용군단 전쟁

코트니 알라메다 지음 / 양유신 옮김

제우미디어

용군단 전쟁

초판 1쇄 | 2024년 3월 28일

지은이 | 코트니 알라메다
옮긴이 | 양유신

펴낸이 | 서인석
펴낸곳 | 제우미디어
출판등록 | 제 3-429호
등록일자 | 1992년 8월 17일
주소 | 서울시 마포구 독막로 76-1 한주빌딩 5층
전화 | 02-3142-6845
팩스 | 02-3142-0075
홈페이지 | www.jeumedia.com

ISBN | 979-11-6718-417-7
• 파본은 구입하신 서점에서 교환해드립니다.

제우미디어 트위터 | twitter.com/jeumedia
제우미디어 페이스북 | facebook.com/jeumedia

만든 사람들
출판사업부 총괄 김금남 | **책임 편집** 안성재 | **기획** 신은주, 민유경, 장재경, 최홍우
제작 김용훈 | **디자인** 디자인 수
도움 주신 분 블리자드코리아 현지화팀, 홍보팀, 커뮤니티팀, 마케팅팀, 웹서비스팀

나를 아제로스로 데려와 준 보,

그리고 과거와 현재, 미래의 용사들에게 이 책을 바칩니다.

우린 아직 서로에게 들려줄 이야기가 많이 남아 있습니다.

혈족의 터
깨어나는
해안
에메랄드
평야

해안
탈드라서스
하늘빛
평원

제 I 부

왕국의 탄생

제 1 장

대체 뭘 한 거야, 알렉스트라자? 비라노스는 발드라켄의 높다란 첨탑 위로 솟아오르며 생각했다. *이건 뭐지?*

오랜 생을 살아온 비라노스도 용족이 이토록 기이한 둥지를 짓는 건 본 적이 없었다. 비라노스의 가장 오랜 친구이자 새롭게 용의 여왕이 된 알렉스트라자는 발드라켄을 도시라고 불렀다. 비라노스는 그 말을 입 속에서 되뇌어 보며, 꼭 티탄의 마법 같다고 생각했다. 도시. 이토록 이질적인 장소에 어울리는 이질적인 어휘라니.

비라노스는 아래쪽 풍경을 전혀 이해할 수 없었다. 탈드라서스 산맥의 정상에 손으로 쌓은 돌의 첨탑이 자리를 잡았다. 공중의 금으로 도금된 등뼈 위에서 강물이 흘렀다. 하늘에 뜬 섬들이 구름 속에 둥지를 틀고, 그곳으로부터 폭포가 허공으로 쏟아져 내렸다. 어린 비룡들이 서로를 뒤쫓고, 꼬리를 깨물며 웃음을 터뜨렸다. 용들은 장대한 단상 위에 앉아 함께 이야기하며 아름다운 하루를 즐겼다.

발드라켄. 도시. 평화를 내뿜는 듯한 장소……. 하지만 어두운 의혹이 비라노스의 심장을 파고들었다. 눈에 띄는 모든 용에게 수호자가 부여한 질서 마법의 징표가 찍혀 있고, 그로 인해 용들의 정신과 육체, 영혼까지 완전히 바뀌어 있었다. 비라노스가 보기에 질서의 용들은 용을 닮은 존재이긴 하지만, 진짜 용은 아니었다. 지상에서 질서의 용들은 마치 새처럼 날개를 등 뒤로 접고 있었다. 하지만 비라노스와 같은 자연의 원시용은 지상과 공중에서 모두 날개로 몸을 지탱해야 했다. 질서의 용들은 이제 정상적인 용으로 보이지 않았다. 이 기이한 힘을 받아들임으로써 알렉스트라자와 그 추종자들은 자신에게 생명을 수여한 행성에 등을 돌렸다.

발드라켄에 홀로 들어선 원시용으로서, 비라노스는 동족 사이에서 고립된 외부인이었다.

이토록 많은 이들이 동족을 배반하고 수호자를 선택하다니. 그녀는 생각했다. 비라노스는 날개를 크게 한 번 펄럭여 도시의 한 봉우리 위쪽으로 올라갔다. 도시 외곽을 비행하는 동안에도 푸른색과 검은색, 청동색, 녹색, 붉은색 보석 같은 가죽을 반짝이는 질서의 용 수백 명을 볼 수 있었다. 각각의 색상은 각기 용의 위상이 이끄는 다섯 용군단을 상징했다.

다섯 위상은 가장 먼저 수호자의 질서 마법을 주입받아, 자연의 법도를 등지고 위험한 길을 걷기 시작한 자들이었다. 그들은 이제 수많은 다른 용들까지 꼬드겨 이런 우스꽝스러운 짓으로 끌어들였다.

비라노스는 비행 속도를 확인한 후 화려한 보석으로 장식된 아치 아래로 강하했다. 그녀의 날개가 드리운 그림자가 도시의 날카롭고 삐죽삐죽하게 각진 금빛 모서리들 위로 일렁였다. 비라노스 아래쪽에선 티탄벼림들이 사체에 몰려든 파리 떼처럼 온 산을 뒤덮고, 바위를 깎고 조각하며 첨탑과 아치를 건설하는 중이었다.

위상들은 스스로 발드라켄의 형상을 일궈 냈지만, 이 도시에는 그 지배자들의 힘이 흘러넘쳤다. 벗어날 수 없는 수호자들의 영향력이 도처에 존재했다. 비라노스의 날개와 콧구멍, 폐를 가득 채운 바람에도 질서 마법이 가득해 온몸의 비늘이 부르르 떨릴 지경이었다. 알렉스트라자와 약속을 하지 않았더라면, 비라노스는 곧바로 돌아서서 뒤도 돌아보지 않고 떠났을 것이다. 하지만 비라노스는 약속을 지키는 용이었다.

오늘, 용의 여왕과 붉은 용군단은 그들의 세계를 지키겠다고 맹세할 것이다. 알렉스트라자는 그 세계를 아제로스라 불렀다. 이 또한 티탄의 어휘처럼 들렸다. 알렉스트라자가 직접 비라노스를 이 의식에 초대했다. 아마 비라노스가 위상들의 대의가 합당하다는 사실을 받아들여 주길 바랐을 것이다. 비라노스는 옛 친구가 명예롭고 진실한 존재임을 알았다. 알렉스트라자가 이 길을 택한 것에는 분명 합당한 이유가 있었을 것이다. 그래도 비라노스의 의혹은 여전히 남아 있었다. 어째서 수호자의 바램을 이루기 위해 용들이 달라져야 한다는 말인가? 비라노스에겐 도무지 말이 안 되는 일 같았다.

커다란 트럼펫 소리가 도시의 첨탑 사이로 울려 퍼졌다. 비라노스는 본능적으로 그 소리가 들려온 방향으로 선회하여 절반쯤 완성된 첨탑의 공허한 뼈대를 스쳐 지났다. 수많은 용들이 햇살 아래로 비늘을 번뜩이며 날아올랐다. 천둥처럼 울리는 날갯짓이 바람을 피워 올리고 구름을 흩어 놓았다. 비라노스도 도시의 풍광에 불쾌감을 느끼지 않았다면, 그 모습에서 짜릿한 즐거움을 느꼈을 것이다. 그녀는 수천 개의 날개에 떠밀려 소용돌이치는 기류를 타고 손쉽게 더 높이 올라갔다.

"비라노스 님!"

한 붉은 용이 비라노스의 기류 속으로 미끄러져 들어왔다. 모든 질서의 용들이 그렇듯, 그 붉은 용은 목이 길고 구불구불했고, 앞다리도 상대적으로 길었다. 그런 다리를 이용해서 질서의 용들은 지상에서 두 발이 아닌 네 발로 설 수 있었다. 질서의 용들은 머리가 작았고, 두개골과 등뼈에 원시용 같은 두껍고 튼튼한 껍질이 없었다. 이 붉은 용은 머리 위로 뒤틀린 뿔이 두 개 있었고, 양쪽 눈 위에는 주름이 선명했다.

지금 그 용은 다른 붉은 용 네 명을 이끌고 선두에 서 있었다. 용의 벌판에서는 그 누구도 감히 이렇게 느긋한 태도로 비라노스에게 접근하지 못했고,

특히 무리를 짓고 있을 때는 더더욱 그랬다. 수호자들의 마법이 동족의 관습까지 잊게 한 걸까?

"전 사리스트라즈라고 합니다."

첫 번째 붉은 용이 인사하듯 우아하게 몸을 돌리며 말했다.

"용의 여왕님 청지기죠. 알렉스트라자 님께서 비라노스 님이 탈드라서스에 머무시는 동안 곁을 지키라고 말씀하셨습니다."

"고맙지만 그럴 필요는 없다."

비라노스는 불쾌감을 주지 않으려 애쓰며 말했다.

"발드라켄에 오랫동안 머무를 생각은 아니니까."

"알렉스트라자 님도 그렇게 말씀하실 거라고 했습니다."

사리스트라즈가 웃으며 말했다.

"알렉스트라자 님이 옳았던 게 또 있군요. 정말 그쪽 분 치고는 말씀을 아주 잘하십니다!"

그쪽 분? 비라노스는 눈을 가늘게 떴지만 아무 말도 하지 않았다.

"그래도 오늘의 의식이 이루어질 곳까지 안내해 드리겠습니다."

사리스트라즈가 말했다.

"당신은 우리 귀빈이시니까요."

"알겠다."

비라노스가 그렇게 대답하고는 오른쪽으로 선회하는 청지기의 뒤를 따랐다. 다른 붉은 용들도 뒤를 바짝 따라왔다.

모퉁이를 돌아 나가자 발드라켄 전체가 눈앞에 펼쳐졌다. 멀리서 하얀색 첨탑이 구름을 찌를 듯 높이 솟아올랐다. 첨탑 아래로는 강이 흐르고, 강둑을 따라 보라색 잎이 무성한 나무들이 줄지어 서 있었다. 첨탑 꼭대기에는 용이 내려앉을 수 있는 착륙장 같은 것이 보였다.

"저긴 위상의 권좌입니다."

사리스트라즈가 자부심에 들뜬 목소리로 말했다.

"저 탑은 발드라켄의 영혼이며, 영예로운 위상들께서 다섯 용군단과 관련된 일을 하시는 곳입니다. 하지만 오늘 우리의 목적지는 권좌가 아닙니다. 따라오십시오, 비라노스 님. 티르홀드로 안내해 드리겠습니다!"

"티르홀드?"

비라노스가 날카로워지려 하는 목소리를 억누르며 물었다. 그 이름은 들어 본 적이 있었다. 알렉스트라자가 수호자 티르가 용족의 일에 어떻게 간섭하고 있는지 종종 이야기했었다. 기억이 정확하다면, 위상들이 질서 마법을 받아들이도록 한 것이 바로 티르였다.

"네, 동쪽에 있는 큰 건물입니다."

사리스트라즈는 돌의 강을 향해 고개를 끄덕이며 말했다.

"수로를 통해 도시 전역으로 운반되는 생명의 물이 샘솟는 원천이죠."

"수로……."

아래쪽에서 아른거리는 물을 바라보며, 비라노스는 조심스럽게 그 말을 뱉었다.

"그런데, 왜 물을 한 곳에서 다른 곳으로 옮겨야 하는 거지? 왜 그 원천에서 제거해야 하는 건가? 어차피 혈족의 터 전체에 물은 충분히 흐르고 있는데?"

"물은 발드라켄에서 많은 곳에 사용됩니다."

함께 언덕을 넘으며 청지기가 말했다.

"그리고 물을 운반하려 할 때는 수로를 이용하는 게 가장 쉽고요."

비라노스는 한쪽 눈썹을 추켜올리며 사리스트라즈를 흘겨봤다.

사리스트라즈는 키들거리며 웃었다.

"솔직히 발드라켄을 처음 보셨다면 상당히 놀라셨을 겁니다. 건물과 수로, 사원, 정원까지. 그래도 시간이 지나면 분명 이해하실 수 있을 겁니다."

건물? 비라노스는 생각했다. *사원? 용족에게 그런 게 왜 필요한 거지?*

"글쎄."

비라노스는 불안한 목소리로 대꾸했다. 발드라켄의 그 어떤 것도 이해할 수 없었고, 그런 생각이 바뀔 것 같지도 않았다.

호위대가 비라노스를 이끌고 산의 한쪽 면에서 쏟아지는 폭포를 통과했다. 서늘한 안개가 날개를 적셨다. 일행은 깔끔하게 다듬어진 모습으로 주위에 달콤한 향기를 채워 주는 에메랄드 정원을 지나치고, 검은 용군단의 가열로가 내뿜는 타는 듯한 열기를 통과했다.

아치 아래와 구름 위를 질주하고, 의식의 현장으로 날아가는 용들의 기쁜 외침을 들으며 사리스트라즈를 따라서 거대한 도시를 통과하는 건 나름 기분 좋은 일이어야 했다. 하지만 비라노스는 어디를 보더라도 티탄의 영향이 없었다면 지금과는 달랐을 발드라켄의 원래 모습만 보였다. 티탄벼림이 깎아내 "건물"을 만들지 않았다면, 얼마나 높은 산이 남아 있었을까? 정원은 왜 스스로 번식하며 야생의 형상을 완성하지 못하고, 이렇게 완벽하게 질서정연한 모습으로 다듬어져야 했을까? 한때 고귀한 원시의 아름다움을 간직했던 형제자매들의 모습, 그 강인한 자세와 장대한 움직임이 어째서 질서 마법을 위해 깎여 나가야 했던 걸까?

티탄이 결점을 찾은 곳에서, 비라노스는 부서지지 않은 아름다움을 보았다. 이 세계는 개선할 필요가 없었다. 티탄도, 질서 마법도 필요 없었다. 어쩌면 이 세계에 도시와 건물, 위상 같은 건 애초에 필요 없었던 건지도 몰랐다.

사리스트라즈와 비라노스는 깎아지른 벼랑의 옆면을 돌아갔다. 멀리 사리스트라즈가 "탑"이라 불렀던 장대한 첨탑이 솟아올라 있었고, 그 하얀색 대리석 벽이 햇살을 받아 환하게 빛났다. 하늘을 향해 뾰족하게 솟아오른 탑이 휘황찬란한 광선을 하늘로 쏘아 올렸다. 높은 하얀색 돌기둥들이 탑 아래쪽을 둘러싸고 있는 것이 비라노스에게는 꼭 날개를 펼친 모습 같았다. 발드라켄의 모든 강이 그 원천으로부터 흘러나오는 것으로 보였다.

티르홀드. 비라노스는 불쾌한 듯 입을 굳게 다물었다.

탑 주위를 떠도는 수만 명의 용들이 밝은 대낮의 햇살을 가려 어둠을 드리웠다. *이렇게 많은 용들이…….* 비라노스는 모여든 용들을 향해 시선을 던지며 생각했다. *어째서 이렇게 많은 용들이 이 길을 선택한 걸까? 어떻게 그렇게 쉽게 자기 자신과 예전의 모든 것을 거부할 수 있었던 걸까?*

"티르홀드에 오신 것을 환영합니다."

사리스트라즈가 말했다.

"따라오십시오! 용의 여왕께서 주 단상으로 모시라고 하셨습니다. 위상들과 함께 자리하시게 될 겁니다."

"영광이군."

비라노스는 심드렁한 목소리로 말했다. 그런 불편한 기색을 눈치챘는지 알 수는 없지만, 사리스트라즈는 아무 말도 하지 않았다.

그들은 주 단상에 내려앉았다. 거대한 돌 뼈대가 머리 위 높이 솟아올랐다.

"기둥입니다."

그걸 올려다보는 비라노스에게 청지기가 말했다. 탑 양쪽으로 탈드라서스의 봉우리들이 당당하고 강인한 모습을 뽐냈다. 그곳엔 수호자의 존재감이 가장 짙게 드리워 있어, 비라노스는 머리 아래쪽이 뭉근하게 지끈거리는 걸 느꼈다. 천둥이 내려친 후의 침묵처럼 귀가 웅웅 울리고, 진드기가 기어다니는 것처럼 비늘 아래가 근질거렸다. 질서 마법이 그런 영향력도 견딜 수 있게 해주는 건지 모르겠지만, 비라노스는 한 순간도 그 자리에 머무르고 싶지 않았다.

단상 위에는 군중이 모여 있었다. 몇몇은 비라노스도 알아볼 수 있었다. 커다란 고대의 붉은 용은 알렉스트라자의 친우이자 배우자인 티라나스트라즈가 분명했다. 갈색이었던 그의 비늘이 이제는 심장에 흐르는 피처럼 따스하고 밝은 붉은색이 되어 있었다. 비라노스의 시선을 느낀 그는 고개를 돌리고 고개를 끄덕여 인사했다.

비라노스도 애써 아무 표정 없이 똑같이 인사해 주었다. 하지만 그녀의 가슴 속 심장은 소용돌이치고 있었다. 그토록 저명한 용이 수호자들의 족쇄를 받아들이다니! 어쩌면 배우자에 대한 사랑 때문이었을지도 몰랐다. 아니면,

그 지혜로운 티라나스트라즈가 질서 마법에서 비라노스는 보지 못하는 무언가를 봤을지도 몰랐다.

낯선 그림자가 비라노스의 심장으로 흘러들었다. 자신의 본질을 변화시킬 힘을 받아들이는 것이 어떻게 지혜로운 일일 수 있겠는가? 수호자의 마법 없이는 용이 충분히 고귀하고, 용맹하고, 강인할 수 없단 말인가?

티라나스트라즈만이 아니었다. 비라노스는 군중 위로 시선을 돌렸지만, 자연 그대로의 용은 하나도 보이지 않았다. 푸른 위상이 되면서 몰라보게 변해버린 말리고스의 두 눈은 비전의 불길로 형형히 빛났다. 그의 날개에서 룬 문자가 아른거렸다. 그의 배우자인 신드라고사가 곁에 서서 또 다른 푸른 용과 이야기했다. 신드라고사는 푸른 용의 말에 고개를 뒤로 젖히며 웃음을 터뜨렸다.

알렉스트라자의 여동생 이세라는 녹색 위상이 되었다. 이세라의 비늘은 봄날의 잎사귀 색으로 짙어졌고, 커다란 금빛 뿔 네 개가 머리를 장식했다. 발톱에는 화사한 꽃이 피어난 모습이었다. 이세라는 녹색 용군단에게 둘러싸여 있었는데, 다들 비라노스는 알아볼 수 없는 용들이었다. 녹색 용들의 날개 그늘 아래에서 작은 생물들이 뛰놀았다. 주위에서는 나비들이 춤을 췄다. 멀리에서도 비라노스는 싹을 틔운 풀과 촉촉한 대지에서 풍기는 내음처럼, 녹색 용군단에게서 흘러나오는 신록의 생명력을 느낄 수 있었다.

반대쪽에선 노즈도르무가 날개를 움직여 아른거리는 청동빛 모래 구름을 피워 올렸다. 알렉스트라자는 그가 이제 시간 그 자체를 조작할 수 있다고 했다. 노즈도르무는 수호자의 마법을 받아들이기 전에도 강한 용이었는데, 이제는 시간 그 자체를 조작할 수 있다고? 비라노스도 그런 힘은 가늠할 수조차 없었다.

마지막으로 그녀는 검은 위상 넬타리온에게 시선을 돌렸다. 비라노스도 알렉스트라자에게 이야기를 들어 알고는 있었지만, 그를 직접 만나 본 적은 없었다. 넬타리온은 다른 세 위상보다 키와 체격이 더 컸고, 숯처럼 검은 비늘이 흑요석과 같이 빛났다. 알렉스트라자가 얘기하기로는 수호자들이 넬타리온에게 대지와 그 심연을 지배하는 힘을 주었다고 했다.

하지만 알렉스트라자는 어디에도 보이지 않았다.

위상들은 붉은 용군단의 구성원들에게 둘러싸이고, 머리 위 하늘에는 더 많은 붉은 용들이 활공했다. 위상들은 날개로 보석을 보호하는 용의 모습을 묘사한 하얀색 돌 조각상 주위에 둘러서 있었다. 조각상의 토대에 박힌 건 커다랗고 피처럼 붉은 루비였다. 멀리서도 비라노스는 그 보석에 담긴 마법을 감지할 수 있었다.

"저 물체는 뭐지?"

비라노스는 조각상을 향해 고갯짓하며 물었다.

"붉은 용군단의 서약의 돌입니다."

사리스트라즈가 대답했다.

"정말 아름답죠? 오늘 힘이 주입되면, 저 서약의 돌은 아제로스와 그 거주민을 지키겠다는 우리 약속의 상징이 될 겁니다. 붉은 용군단은 루비 생명의 웅덩이가 완공되면 서약의 돌을 그곳에 보관할 예정입니다."

서약의 돌? 루비 생명의 웅덩이? 비라노스는 생각에 잠겨 고개를 갸웃거리며 붉은 용을 바라봤다. 모든 게 너무나도 이상했다. 발드라켄에 머무르는 시간이 길어질수록, 비라노스의 불안감도 커져만 갔다. 무엇 하나 자연스럽지 않았다. 사리스트라즈는 어째서 이렇게 완전하고 무조건적으로 위상들을 따르는 걸까?

"말해 봐라, 사리스트라즈."

비라노스는 목이 바싹 마르는 것을 느끼며 물었다.

"왜 질서 마법을 주입받는 걸 선택했지?"

사리스트라즈는 그 질문을 곱씹으며 잠시 아무 말도 하지 않았다. 그리고 목에서 흥얼거리는 듯한 소리를 내고는 이렇게 말했다.

"갈라크론드가 우리 동족의 상황을 바꿨습니다. 용들은 함께할 때 강하다는 걸 그가, 아니, 위상들이 우리에게 보여줬지요."

"네 예전 모습 그대로도 알렉스트라자를 도울 수 있지 않았나?"

그녀가 물었다.

"네 본연의 모습으로?"

"그럴 수 있었겠죠."

그는 웃으며 날개를 펼쳐, 주위 공간을 가득 채운 용들을 가리켰다.

"하지만 전 붉은 용군단의 일원이 되고 싶었습니다. 저 자신보다 더 큰 존재가 되고, 위상들과 함께 더 높은 곳을 바라보고 싶었습니다. 이 세계에 그보다 더 큰 소명은 없지요."

비라노스는 배 속이 뒤틀렸지만 아무 대답도 하지 않았다. 더 묻기 전에, 맹렬한 포효가 군중을 휩쓸었다. 탑 아래쪽에서의 움직임이 비라노스의 시선을 끌었다.

티르홀드의 문이 활짝 열렸고, 알렉스트라자가 고개를 높이 들고 밖으로 나섰다. 다른 위상들과 마찬가지로, 그녀는 완전히 달라진 모습이었다. 햇빛이 황금빛 뿔에 반사되어 반짝였다. 비늘은 짙은 붉은색으로 아른거렸다. 알렉스트라자는 이제 날개를 등 뒤로 접고, 네 발로 빠르고 당당하게 걸었다.

질서의 마법으로 변화한 외모 아래로, 비라노스는 옛 친구의 모습을 조금씩 알아볼 수 있었다. 알렉스트라자는 언제나 상냥하고 친절했다. 그녀의 우아함과 권위에 견줄 수 있는 용은 거의 없었다. 두 눈은 맹렬하고 굴하지 않는 지성으로 반짝였다.

그녀는 알렉스트라자였지만…… 비라노스가 아는 알렉스트라자는 아니었다. 그녀는 생명의 어머니요, 용의 여왕이었다. 붉은 용군단의 수장, 붉은 위상이었다.

그 생각이 비라노스의 심장을 얼음 조각으로 꿰뚫었다.

두 발로 걷는 형체가 알렉스트라자와 함께 걸어 나왔다. 도시 곳곳을 종종거리며 돌아다니는 티탄벼림 피조물들을 닮은 모습이었다. 하지만 그 형체는 나머지 티탄벼림 피조물들보다 훨씬 컸고, 진홍색과 금색 의복을 입고 있었다. 그의 사지 중 하나가 빛을 받아 은색으로 반짝였다.

아, 비라노스는 알렉스트라자가 갈라크론드에 대해 했던 이야기를 떠올렸다. *저게 수호자 티르로군.* 그녀는 으르렁거리는 소리가 새어나오려는 것을 억눌렀다. 티르는 위상들에게 질서 마법을 부여하고, 용군단을 창시하는 임무를 맡겼다. 용들에게 도시와 건물을 가르친 것이 바로 저 수호자였다. 이 의식도 티르가 알렉스트라자에게 강요한 것이 분명했다. 그렇지 않고서야 그녀가 왜 자신의 세계를 보호하겠다고 공공연히 서약을 한단 말인가? 그럴 의도를 갖는 것만으로는 부족했던 걸까? 그녀의 희생만으로는 부족했던 걸까?

알렉스트라자는 서약의 돌 앞에 멈춰 서서 두 날개를 벌려 모두를 환영했다.

"반갑다, 친구들이여! 이토록 중차대한 순간에 모두 함께 모여 있는 것을 보니 정말 기쁘구나!"

엄청난 환호성이 온 하늘에 울려 퍼지고, 비라노스의 발아래 돌들을 뒤흔들었다. 그 외침은 발드라켄의 봉우리들 사이로 메아리치며 하나의 목소리로 점점 커졌다.

"오늘은 내 동료 위상들과 그들의 용군단도 진심으로 환영하겠다."

알렉스트라자가 말을 이었다.

"그리고 감사하게도 우리의 후원자인 티르가 이 의식에 함께해 주었다."

더 큰 환호성이 울려 퍼졌다. 이번에는 사리스트라즈도 고개를 들고 열렬한 환호성을 덧붙였다.

"오늘, 붉은 용군단이 가장 먼저 신성한 맹세를 할 것이다."

알렉스트라자가 말했다.

"우리 용군단 서약의 돌에 힘을 불어넣음으로써, 이 세계에 위해가 가해지지 않도록 우리가 보호하고 지킬 것임을 아제로스와 수호자들……"

알렉스트라자는 티르를 보며 고개를 끄덕였다.

"……그리고 우리 서로에게 맹세한다. 앞으로 녹색 용군단과 검은 용군단, 푸른 용군단, 청동 용군단까지 오늘과 같은 의식을 통해 각자가 만들어 낸 서약의 돌에 힘을 불어넣을 것이다."

"이건 미친 짓이야."

기뻐하는 용들의 외침 속에서 비라노스가 중얼거렸다. 마음속으로는 당장 알렉스트라자에게 달려가 다시 생각해 볼 것을 애원하고 싶었다. 그녀는 갈기를 곤두세우고 수호자 티르를 혈족의 터에서 쫓아내고 싶었다. 모여든 군중을 향해 티르홀드를 산산이 조각내 이 산에서 없애 버리라고 소리치고 싶었다.

하지만 비라노스는 그러지 않았다. 알렉스트라자는 선택을 했다.

용의 여왕은 수호자와 함께 붉은 용군단 서약의 돌에 다가갔다.

"이제 시작하자."

그녀는 이 말과 날개를 넓게 펼쳤다. 현장의 용들이 모두 입을 다물었다.

"나, 생명의 어머니 알렉스트라자,"

그녀가 엄숙한 목소리로 말을 시작했다.

"붉은 용군단의 위상, 다섯 용군단의 여왕은 오늘 아제로스를 수호할 것을 엄숙히 맹세한다."

서약의 돌이 하늘을 향해 루비처럼 붉은 빛의 광선을 쏘아 올렸다. 그 빛이 석양처럼 하늘을 붉게 물들이고, 드넓은 구름에 분홍색과 주황색 색조를 흩뿌렸다. 경외감에 휩싸인 용들이 헉, 숨을 들이쉬었다.

"나는 붉은 용군단에 모든 생명을 보호할 의무를 부여한다."

알렉스트라자는 말했다. 서약의 돌에서 발산되는 루비의 빛이 그녀의 비늘에 반사됐다.

"그곳이 혈족의 터의 에메랄드 평야이든, 칼림도어의 드높은 산봉우리든, 깊은 대양 아래이든, 사막 한가운데이든, 우리는 이 세계의 조화와 평화를 유지할 것임을 맹세한다."

서약의 돌에서 루비의 빛이 방출되어 모여든 이들 사이로 번졌다. 서약의 돌의 마법이 붉은 용군단과 접촉하고, 환희와 기쁨의 외침이 모두를 휩쓸었다. 그 과정이 끝나자, 비라노스는 공포에 질려 뒤로 물러났다. 옆에 있던 사리스트라즈는 숨을 깊이 들이쉬었다. 그의 비늘 위로 태양이 입을 맞춘 지평선처럼 붉게 타오르는 빛이 흘렀다.

"이 마법은……."

사리스트라즈는 경외감에 두 눈이 휘둥그레져서 나직한 목소리로 말했다.

"정말…… 따뜻합니다. 이런 기분은 처음입니다."

비라노스는 으르렁거리며 몸을 낮게 깔았다. 서약의 돌의 마법이 심장에 불을 지피고 그녀를 불렀다. 비라노스는 이를 드러내며 그 유혹을 밀어냈다.

"오늘,"

알렉스트라자는 말을 이었다.

"모든 붉은 용에게 더 큰 용기와 공감 능력, 인내가 부여되었다. 모두가 위험 앞에서 용기를 보이고, 적들과의 사이에서도 공통점을 찾고, 우리가 사랑하는 고향을 지키기 위해서라면 언제나 하늘로 날아오를 수 있는 힘을 보유하기를. 우리의 숨이 끊어지지 않는 한, 아제로스는 무너지지 않을 것이다. 우리가 날개와 발톱으로 지켜낼 것이다."

"붉은 용군단을 대표하여, 우리 서약의 돌에 맹세한다."

알렉스트라자는 선언을 끝마쳤다.

그러자 수호자 티르가 앞으로 나섰다.

"티탄의 사절로서, 나는 오늘 너희 서약을 받아들이겠다."

티르는 거대한 은색 손을 서약의 돌을 향해 내밀었다.

"그리고 그 약속을 여기 이 돌에 봉인하겠다. 이 서약의 돌이 나뿐 아니라 이 세계 전체에 붉은 용군단의 맹세를 상기시켜주는 상징이 되길. 무탈하고 지혜롭게 하늘을 날고, 모두가 용군단 전체의 사명을 완수하기를."

마지막으로 휘황찬란한 붉은색 빛이 서약의 돌에서 폭발했다. 그 위력이 어찌나 강한지 비라노스의 치아가 덜덜 떨릴 지경이었다.

또 한 번 환호성이 울려 퍼졌다. 하나가 된 목소리가 바람을 타고 높이 솟아올랐다. 다른 위상들이 앞으로 나서 알렉스트라자를 축하해 주는 사이, 비라노스는 속이 뒤틀리는 걸 느끼며 사리스트라즈를 향해 돌아섰다.

"벌판으로 돌아가기 전에,"

그녀는 말했다.

"괜찮으면 알렉스트라자와 단 둘이 얘기를 좀 할 수 있겠나?"

"물론이죠."

사리스트라즈는 말했다. 그의 비늘은 서약의 돌의 마법으로 여전히 빛나고 있었다.

"여기서 기다리십시오. 제가 용의 여왕님께 말씀드리겠습니다."

* * *

잠시 후, 사리스트라즈는 비라노스를 위상의 권좌 내에 있는 밝은 동굴로 안내했다. 사실, '동굴'이라는 말은 그곳과 어울리지 않았다. 비라노스는 그 입구에 멈춰 서서 고개를 들었고, 깜짝 놀라 날카롭게 숨을 들이쉬었다. 평생 그런 아름다움은 처음이었다. 따스한 남부 바다를 통과해 비추는 듯한 부드러운 청록색 빛으로 환하게 밝혀진 곳이었다. 사리스트라즈가 "스테인드 글라스 벽화"라 부른 아름다운 그림에는 하늘을 나는 용이 묘사되어 있고, 그 앞에는 앞발을 들어올린 용 석상 두 개가 서 있었다. 벽화를 구성하는 유리는 각기 다섯 용군단을 나타내는 붉은색과 녹색, 푸른색, 청동색, 검은색으로 반짝였다.

"전 이제 돌아가 봐야 합니다만, 이 대기실로 알렉스트라자 여왕님께서 직접 와 주실 겁니다."

사리스트라즈는 사과라도 하듯 말했다.

"의식 이후 수호자 티르가 갑자기 위상들을 만나겠다고 요청하셔서 다들 지금 막 도착했습니다. 오래 걸리진 않을 겁니다."

"알겠다."

비라노스는 빨리 이 도시를 벗어나고 싶은 마음이 간절했지만 그냥 그렇게만 대답했다.

사리스트라즈는 고개를 숙였다.

"더 필요하신 게 있으면 용기병이 도와드릴 겁니다."

청지기는 한 번 더 고개 숙여 인사하고는 돌아서서 대기실을 떠났다. 비라노스는 홀로 남았다.

붉은 용기병 두 명은 비라노스를 방해하지 않으려는 듯 대기실 밖에서 경비를 서고 있었다. 대기실 외부로 나갈 수 있는 통로는 입구뿐이었고, 그 생각이 비라노스를 불안하게 했다. 타라세크가 질서 마법으로 뒤틀려 탄생한 용기병에게선 티탄의 흔적이 더 많이 보였다. 자연 그대로의 타라세크는 수호자들에게 부족했던 건가? 그들 또한 마법으로 더럽혀져야 했던 걸까?

비라노스는 신경 쓰지 않기로 했다. 알렉스트라자의 고결하고 진실한 마음은 그대로 남아 있었기에, 용의 여왕이 누구에게든 질서 마법을 강요하지는 않았을 것이다. 그래도 비라노스는 마음 속으로 스며드는 의혹을 무시할 수만은 없었다. 그 생각이 갈망과 뒤섞여, 비라노스는 불안정한 바람을 타고 떠도는 기분을 느꼈다. 비라노스는 수호자들의 질서 마법에 굴복하는 건 거부했지만, 용족이 서로와 조화를 이루고 함께 살아간다는 사실 자체는 마음에 들었다. 알렉스트라자와 마찬가지로, 비라노스도 용족이 함께 협력하면 위대한 일들을 해낼 수 있다고 믿었다. 용족에겐 서로가 필요할 수도 있다고 생각했다.

혈족의 터는 질서의 용과 원시용 모두를 포함하는 많은 용의 고향이었지만, 위상들은 깨어나는 해안과 에메랄드 평야, 하늘빛 평원, 탈드라서스를 자기들의 영토라고 명확하게 정의했고, 그들의 말은 곧 법이었다. 혈족의 터는 더 큰 규모인 용의 벌판으로 둘러싸여 있었고, 위상들이 새로운 용들에게 질서 마법을 부여하기 시작하면서 대부분의 원시용들은 벌판으로 물러났다.

비라노스는 그러한 변화에 크게 신경을 쓰진 않았지만, 수호자들을 믿는 건 여전히 어리석은 일이라고 생각했다. 티르는 위상들이 갈라크론드를 무찌르는 걸 도와주었지만, 그걸 제외하고는 비라노스가 그 수호자의 의도를 믿어야 할 이유는 없었다.

천천히 시간이 흐르고, 기다림이 길게 늘어졌다. 햇살이 비추는 각도가 바뀌었다. 비라노스가 그곳을 떠나려 하는 찰나, 방의 한가운데에 있는 계단 꼭대기에서 기다란 직사각형 빛이 번뜩였다. 비라노스도 전에 푸른 용군단이 그와 비슷한 마법 균열을 생성하는 걸 본 적이 있었다. 그들은 그걸 *차원문*이라 불렀다. 그 빛으로부터 수호자 티르가 나타났고, 알렉스트라자가 그 뒤를 바싹 따라 나왔다.

티르는 비라노스를 신경도 쓰지 않고 말했다.

"내 말을 잘 생각해 보아라, 알렉스트라자. 나는 너희 용군단이 번성하는 걸 보고 싶을 뿐이다."

알렉스트라자는 턱을 들어올리고 눈을 가늘게 떴다. 예전부터 늘 정중하게 거절할 때면 드러나던 무의식적인 몸짓이었다. 질서의 용이 된 모습으로 그 행동을 하는 걸 보니 왠지…… 불편했다.

"잘 생각해 보겠습니다."

알렉스트라자가 말했다.

수호자는 고개를 끄덕였다.

"그래야만 한다."

돌아서는 수호자를 보는 알렉스트라자의 두 눈이 더 가늘어졌다.

비라노스는 고개를 갸웃거리며 생각했다. *용의 여왕에게는 자유 의지가 남아 있는데, 수호자들이 그녀를 통제하려 하는군. 티르가 알렉스트라자에*

게 원하는 것이 무엇일까?

“나는 이제 발드라켄을 떠나야 한다.”

티르는 계단을 내려오기 시작하며 말했다.

“넬타리온과 검은 용군단이 서약의 돌에 힘을 불어넣을 준비가 되면 돌아오겠다.”

“알겠습니다.”

알렉스트라자가 말했다.

수호자 티르는 비라노스를 스쳐 지나가면서도 눈길조차 주지 않았다.

수호자가 떠나자마자 알렉스트라자는 짐짓 근엄한 모습을 벗어던졌다.

“비라노스!”

그녀는 그렇게 외치며 계단을 깡총깡총 뛰어 내려왔다. 그리고 비라노스의 볼에 볼을 가져다 댔다.

“널 보게 돼서 얼마나 기쁜지 말로는 표현할 수가 없어, 친구. 와 줘서 고마워.”

그녀의 목소리에 담긴 기쁨이 비라노스의 심장 속 얼음을 녹였다.

“나도 그래.”

비라노스가 말했다. 적어도 알렉스트라자의 체취는 예전 그대로였지만, 그 아래에 비라노스도 정확히 뭐라고 말할 수 없는 희미하고 새로운 향취가 더해진 듯했다. 비라노스가 느끼기에는 왠지 연기와 우주 먼지, 그리고 이 세상 것이 아닌 무언가에서 풍기는 냄새 같았다.

“그래, 여기까지 오는 길은 편안했어?”

알렉스트라자가 물었다.

“식사는 했고?”

“바람은 잔잔했어. 네가 보살핀 덕분에 혈족의 터에 꽃이 만개했더라.”

알렉스트라자는 황금의 눈을 빛내며 환하게 웃었다.

“더 보여주고 싶어. 발드라켄 정원 어때? 아니면 넬타리온이 세운 흑요석 성채로 가볼까? 네게 보여주고 싶은 경이로운 풍광이 정말 많아. 잠깐 다른 위상들에게 얘기만 하고 올게. 그 뒤엔 바로 날아갈 수 있어."

비라노스가 미처 대답하기도 전에 알렉스트라자는 차원문을 향해 계단을 올라가기 시작했다.

"그럴…… 필요는 없을 것 같아."

목소리에 서린 냉랭한 기색을 떨쳐내려 애쓰며 비라노스가 말했다.

알렉스트라자는 빙글 돌아서서 친구를 바라봤다.

"무슨 소리야? 적어도 오늘 오후는 함께 보낼 수 있을 줄 알았는데."

"내게 우리 우정이 얼마나 소중한지는 너도 알 거야, 알렉스트라자. 하지만……."

비라노스는 말끝을 흐리며 고개를 가로저었다.

"뭐든 하고 싶은 말이 있으면 그냥 얘기해 줘."

알렉스트라자의 말투에서 수호자와 대화할 때처럼, 여왕에게 어울리는 정치적인 목소리가 희미하게 묻어 나왔다.

"넌 언제나 가장 정직하고 직설적인 친구였어, 비라노스. 나한텐 솔직히 얘기해도 된다는 거 알잖아."

비라노스는 자신이 언제나 솔직하고 단도직입적이라는 사실에 자부심을 느껴 왔지만, 왠지 이 문제는 그 무엇보다 걱정스러웠다. 질서 마법을 비난하는 건 알렉스트라자를 비난하는 것이나 마찬가지였다. 비라노스는 다음 말을 아주 신중히 골라야 했다. 그녀는 수호자의 의지에 굴복하고 싶지 않았지만, 그만큼 친구에게 상처를 주고 싶지도 않았다.

"넌 알 수 없는 바람을 따라가고 있어, 친구. 그래서 걱정스러워."

비라노스는 말했다.

"넌 우리 동족 중에서 가장 고결한 용이야, 알렉스트라자. 난 예전 그대로의 널 사랑했어. 네가 고개를 숙이는 걸, 다른 이를 위해 변하는 걸 보는 게 고통스러워. 내가 보기엔, 아니, 외부인으로서 보기엔, 수호자들이 너와 네 용군단을 지배하려 하는 것 같아서 두려워."

"내가 독립적인 존재라는 건 달라지지 않아."

알렉스트라자가 말했다.

"티르가 나름의 방식으로 이끌어 주긴 하지만, 결정은 모두 내가 하는 거야."

"티르가 용들을 강제로 용군단에 편입시키라고 하면 어떻게 할 거야?"

비라노스가 물었다.

"네 생각에 동의하지 않는 이들의 원하는 바를 무시할 거야?"

"아니, 그런 일은 절대 없어."

알렉스트라자는 고개를 가로저으며 말했다.

"난 질서 마법이 언제나 선택의 대상이 될 거라고 맹세했어."

"그럼 내게도 맹세해 줘."

비라노스가 말했다.

"강제로 원시용이 수호자들의 의지에 복종하게 하는 일은 없을 거라고 맹세해 줘."

알렉스트라자는 비라노스의 눈을 똑바로 바라봤다.

"맹세할게."

오랜 우정을 쌓는 동안, 비라노스는 알렉스트라자가 거짓말을 하는 걸 본 적이 없었다. 기만은 알렉스트라자의 본성에 어울리지 않았다. 그렇지만 지금 비라노스 앞에 서 있는 알렉스트라자는 그토록 오랫동안 비라노스가 알아온 용과는 달랐다. 수호자의 마법은 알렉스트라자의 육체를 바꿔 놓았다. 혹시 그녀의 진실성까지 바꿔 버린 건 아닐까? 그녀 또한 수호자들과 마찬가지로 목적을 이루기 위해서라면 뭐든 할 수 있는 걸까? 가장 소중하고 오랜 친구에게 거짓을 말하면서까지?

비라노스는 그 질문에 답할 수 없었다. 시간만이 그럴 수 있을 것이다.

"난 널 믿어, 알렉스트라자."

비라노스는 그렇게 말하며 몸을 기울여 친구의 이마에 자기 이마를 가져다 댔다.

"하지만 수호자는 믿을 수 없어."

제 2 장

알렉스트라자는 가슴이 죄여, 숨 쉬는 것도 쉽지 않았다. 멀어지는 비라노스를 보며, 알렉스트라자는 하마터면 소리를 지를 뻔했다. *잠깐이라도 여기 남아서 내 이야기를 들어 주면 안 돼?* 생명의 어머니는 입술을 깨물었다. 애원하지는 않을 것이다. 비라노스가 이성적인 판단을 거부하는 지금은 더더욱 그럴 수 없었다.

알렉스트라자는 아제로스의 모든 용 중에서도 비라노스만큼은 위상들이 원시의 본성을 버리고 질서를 택한 이유를 이해해 줄 거라고 생각했었다. 그녀와 비라노스는 언제나 하나의 심장, 하나의 마음이었다. 질서 마법은 무고한 이들의 생명을 더 쉽게 지킬 수 있게 해주었고, 그건 알렉스트라자와 비라노스가 함께 공유해 온 목표였다. 비라노스와 함께 굶주린 갈라크론드로부터 얼마나 많은 용 무리를 지켜냈던가? 비라노스는 자기 혈족을 지키기 위해 날개와 발톱으로 맞서 싸우지 않았던가? 비라노스 자신을 지키기 위해 싸우지 않았던가?

비라노스는 언제나 고집불통이었다. 하지만 늘 그렇게 완강해서 변화를 늦게 받아들인다는 사실 덕분에 탁월한 생존 능력을 보여주기도 했다. 그래도 질서 마법을 두려워할 이유는 전혀 없었다. 비라노스가 발드라켄에 머물렀다면, 알렉스트라자는 질서 마법의 변화를 초래하는 힘이 얼마나 경이로운지 보여주고, 두 친구가 공유하는 목적을 달성하기 위한 도구로 이용하는 방법도 설명해 줄 수 있었을 것이다. 그런데도 비라노스는 알렉스트라자와 위상들, 그리고 용족의 미래에 마음의 문을 닫아 거는 쪽을 택했다.

하지만 생명의 어머니는 비라노스를 그 누구보다 잘 알고 있었다. 그녀의 심장은 빙하처럼 느리게 움직였지만, 때가 되면 녹아내릴 것이다.

비라노스가 사라진 후, 알렉스트라자는 한숨을 쉬고 업무로 복귀했다. 자기 연민에 빠져 있을 수만은 없었다. 다른 위상 네 명이 권좌의 드높은 둥지에서 기다리고 있었다.

위상의 권좌는 발드라켄에서 알렉스트라자가 가장 좋아하는 장소 중 하나였다. 그녀는 섬광과 함께 권좌 정상으로 순간이동했다. 탑은 도시 위로 하늘 높이 솟아올랐고, 그 위에서는 혈족의 터를 모두 아우르는 풍경을 볼 수 있었다. 맑은 날에는 깨어나는 해안의 화산 산맥부터 에메랄드 평야의 완만한 언덕까지 모두 볼 수 있었다. 남쪽에서 바람이 불어올 때면 하늘빛 평원의 고대 붉은 나무에서 풍기는 흙냄새까지 맡을 수 있을 정도였다. 오늘, 용들은 도시 위 하늘을 가득 채우고 붉은 용군단이 새롭게 서약의 돌을 세운 날을 기념했다. 다들 급강하하고, 춤을 추고, 곤두박질치기도 하면서 서약의 돌이 수여하는 마법을 온몸으로 만끽했다.

알렉스트라자는 그런 평화가 가슴에 자리잡을 수 있기를 바랐지만, 비라노스의 말이 그녀를 불안하게 했다……. 티르의 어떤 요청이 있었던 터라 더 더욱 그랬다.

용군단은 더 빨리 성장해야 한다, 알렉스트라자.

티르는 그렇게 말했었다.

야생에서 원시용의 알들을 가져와서 질서 마법을 주입하라. 때가 되었을 때, 너희 용군단이 아제로스를 지킬 준비가 되어 있어야 한다.

알렉스트라자는 그 생각을 거부했다. 그게 요청으로 들리지 않았기 때문에 더더욱 거부감이 심했다.

위층에서 말리고스는 용군단의 깃발 아래에 느긋하게 앉아 푸른 색조의 발톱으로 바닥을 두드리며 지루한 기색을 온몸으로 나타내고 있었다. 이세라는 에메랄드색 꼬리를 발에 감고 알렉스트라자의 왼쪽에 앉았다. 알렉스트라자의 여동생은 상냥한 눈빛에 연민이 조금 담긴 듯한 표정으로 언니를 바라봤다. 다들 비라노스가 떠나는 모습을 본 게 분명했다.

넬타리온은 알렉스트라자의 오른쪽에서 두 눈을 감고 알 수 없는 표정으로 언제나 그렇듯 생각에 잠겨 있었다. 노즈도르무가 권좌로 돌아오는 알렉스트라자를 향해 고개를 돌렸다. 노즈도르무의 날개 옆에선 청동색 모래가 끊임없이 움직였다. 각 위상은 자기 용군단을 나타내는 깃발 앞에서, 청지기 및 경비병들과 함께 서 있었다.

"그래."

넬타리온은 붉은 깃발 앞에 앉는 알렉스트라자를 향해 말했다.

"비라노스는 오늘의 의식이 그리 마음에 들지 않았던 모양이오?"

"그렇소."

알렉스트라자가 말했다.

"하지만 지금은 더 시급한 문제가 있소. 티르의 새로운 요청에 대해 이 의회에서 논의하고 싶소. 청지기, 경비병, 나가 있어라. 위상끼리만 할 이야기가 있다."

청지기들은 생명의 어머니에게 고개 숙여 인사하고 권좌를 떠났다. 용들은 하늘로 날아오른 후 탑을 벗어나 소리가 들리지 않는 곳까지 비행했다. 용기병들도 하나둘 줄지어 하층으로 내려갔다.

그 자리에 위상만 남았을 때, 알렉스트라자는 본론으로 돌아갔다.

"티르가 벌판에서 원시용들의 알을 가져와서 질서 마법을 주입하고 용군단의 수를 더 빨리 늘리라고 했소. 거짓말을 하진 않겠소. 이 요청은—"

"명령이라고 해야겠지."

말리고스가 끼어들었다. 푸른 위상은 발톱 사이로 작은 비전 불덩이를 굴리며 생명의 어머니를 바라봤다.

"우리에게 선택지를 주진 않았으니까."

"우린 언제나 선택할 수 있소."

알렉스트라자가 말했다.

"티르의 의견을 따르기로 선택할 수도 있고, 그가 불쾌해하더라도 거절할 수 있지. 다들 어떻게 생각하오?"

넬타리온은 고개를 갸웃거렸다. 기름처럼 매끄러운 검은색 비늘 위로 빛이 미끄러졌다.

"그대는 질서 마법이 개개인의 선택이 되어야 한다는 신념을 굽히지 않았소, 알렉스트라자. 그런데 어째서 혈족의 허락을 구하거나 개개인의 의사를 물을 수도 없는 알에 마법을 주입하겠다는 것이오?"

알렉스트라자는 검은 위상의 말에서 악의나 반감은 전혀 느낄 수 없었다. 넬타리온은 언제나 알렉스트라자에게 가장 먼저 질문을 던졌다. 그럼으로써 논의를 촉발하고 각각의 문제를 다양한 각도에서 살펴보는 걸 좋아했다. 가끔은 눈치 없이 굴기도 했지만, 넬타리온의 질문은 대개 원하는 결과를 이끌어 냈다.

"옳은 말이오, 넬타리온. 하지만 우리 세계에 대한 위협이나 티탄들이 우리에게 감추고 있는 어둠의 세력에 대해 우린 아는 게 거의 없소."

알렉스트라자는 대답했다.

"우린 모든 용족의 생명, 아제로스의 모든 생명을 지키는 사명을 받았소. 다른 알에 마법을 주입함으로써 미래의 위협을 막아낼 가능성이 높아진다면, 한번 고려해 볼 가치는 있을 거요."

"여왕, 그대에게도 확신은 없는 것 같은데."

말리고스가 공중에서 발톱을 돌리자, 비전 불길이 마치 리본처럼 발톱 사이를 휘돌았다.

"하지만 나도 티르의 생각에는 동의하는 바요. 용군단이 살아남길 바란다면, 우리 수를 보강할 필요가 있소."

"용군단은 이미 번성하고 있지 않소?"

알렉스트라자가 말했다.

"지금은 그렇지."

푸른 위상은 고개를 들고 발톱을 딱 튕겨 불을 껐다. 그리고 자리에서 일어났다.

"하지만 적은 빠르게 세를 불리고 있소. 그대의 사촌도 공공연히 저항하고 있고."

"피락 말이오?"

알렉스트라자는 콧방귀를 뀌었다.

"피락은 선동가이긴 하지만, 지도자의 자질은 없소. 그가 우리에 대한 반란을 이끈다면, 우리 용군단과 싸우는 것보다 자기네 아군과 싸우는 일에 더 오랜 시간을 쓸 것이오."

"피락은 전쟁광이자 광신도니까, 과소평가하지는 않는 게 좋겠소."

넬타리온이 말했다.

"그대는 피락을 나만큼 잘 알지 못하오."

알렉스트라자는 잠시 말을 멈추고 다음 말을 골랐다. 피락은 오직 한 가지, 전투만을 사랑했다. 공중과 지상에서 적수가 없는 전사였고, 알렉스트라자에게 사냥을 하고 싸우는 법을 가르쳐 주기도 했다. 하지만 지난 몇백 년 사이 피락은 전투의 희열에 중독됐고, 그것이 바로 질서 마법에 대한 반란을 주도한 이유가 분명했다.

"하지만 그대의 말에도 일리가 있소."

그녀는 말을 이었다.

"피락은 내게 형제나 마찬가지였지만, 그간의 행동으로 인해 이제는 소원해졌소. 그는 달라졌소. 변했지."

말리고스는 고개를 숙였다.

"여러 의미로 그런 것 같더군. 소문은 들었소? 피락에게 원소의 힘이 주입됐다는 이야기가 있소. 어떻게 한 건지는 아무도 모르지만…… 그보다 강한 자가 정령계에서 끌어낸 힘을 주입해 준 거 아니겠소? 피락은 자기 힘이 위상들의 힘에 맞먹는다고 주장하고, 그 말에 다른 원시용들이 그의 곁으로 모여들고 있소."

"우리 정찰병들도 그런 이야기를 했소."

알렉스트라자가 말했다.

"피락의 힘과 체격이 커졌고, 이제 비늘에서 살아 있는 불길이 춤을 춘다고 하더군. 그래도 내 사촌이 두렵진 않소. 괜히 기분이 나빠지기라도 하면 부하들을 몰살해 버릴 테니까. 불같은 말과 열정으로 원시용들을 끌어모을 수 있다고 해도, 그 무모한 방식과 충동적인 본성이 그들을 오래 붙잡아 두지는 못할 거요."

"그럴 수도 있겠지만, 그자의 위협을 무시하고 싶지는 않소."

말리고스가 말했다.

"피락이 용들을 선동하는 걸 계속 무시한다면, 우리 용군단에 돌이킬 수 없는 해가 될 수 있소. 그가 다른 원시용들을 설득해서 자기가 그랬던 것처럼 원소의 힘을 받아들이게 하면 어떻게 되겠소?"

"우리가 피락을 통제할 수는 없소."

알렉스트라자가 말했다.

"내가 어떻게 했으면 좋겠소? 피락을 처단하길 원하는 거요? 내 친족을? 그런 건 내가 택할 수 있는 길이 아니오."

말리고스가 뭔가 대답하려고 입을 열었지만, 넬타리온이 가슴 속으로부터 울려 퍼지는 깊은 떨림으로 푸른 위상의 말을 막았다.

"내가 우려하는 건 피락이 아니라……."

대지의 수호자가 혼잣말을 중얼거리는 듯한 목소리로 말했다.

"이리디크론이오."

이리디크론의 이름이 바위처럼 모두를 짓누르고, 위상들 사이에 희미한 떨림이 번졌다. 알렉스트라자는 다른 위상들이 충격을 받았다는 걸 감지할 수 있었다. 여느 때처럼 차분하고 침착해 보였는 노즈도르무도 그 생각에 몸을 떨었다. 이세라는 불안한 듯 꼬리를 흔들었다. 말리고스는 눈을 깜빡였고, 그의 아른거리는 룬도 한순간 깜빡거렸다.

알렉스트라자는 늘 홀로 은둔해 있는 이리디크론을 실제로 만나본 적이 없었다. 돌비늘은 주로 칼림도어 북쪽 끝에 있는 참혹한 심연의 자기 둥지에 머물렀지만, 그가 전략과 계략, 힘이라는 측면에서 넬타리온과 맞먹는 용이라는 건 알렉스트라자도 잘 알고 있었다. 넬타리온과 이리디크론은 오랜 라이벌이었다. 이리디크론의 전술적 기량과 풍부한 자원이 피락의 맹렬한 성미와 결합하면, 분명 걱정스러운 상대가 될 수 있었다.

말리고스는 눈살을 찌푸리며 넬타리온을 향해 돌아섰다.

"피락이 이리디크론에게 협력을 구하고 있다는 얘기는 안 했잖소."

"나도 오늘 아침에야 소식을 들었소."

넬타리온이 대답했다.

"이리디크론이 피락과 동맹을 맺는다면, 그들은 전쟁의 바람을 피워 올릴 것이오."

"상황을 그렇게까지 악화시킬 거라고는 생각하지 않소."

알렉스트라자는 고개를 가로저으며 대답했다.

"용이 용과 싸워선 안 되니까."

"우리를 폄하하려는 자들은 우리가 용이 아니라 수호자들에게 징집된 병사라고 하오."

넬타리온이 대꾸했다.

"그들은 기회만 있으면 발드라켄을 폐허로 만들 거요. 난 티르의 생각에 동의하오. 우리의 수를 늘려야 하오. 우리가 야생에서 알을 회수할 때마다 미래에 상대해야 할 적이 하나 줄고 우리 곁의 아군은 하나 느는 셈이오."

"이건 미친 짓이오."

알렉스트라자는 그렇게 말했지만, 대지의 수호자가 얼마나 깊이 우려하고 있는지 분명히 느낄 수 있었다.

"그대는 이 계획을 지지하겠소, 말리고스?"

푸른 위상은 주저했다.

"여왕, 지지라는 말은 너무 강한 것 같지만, 넬타리온의 추론에는 일리가 있소. 돌비늘 이리디크론이 피락과 힘을 합치고 원시용들을 결집시키기로 했다면, 지금의 우리 수로는 혈족의 터를 지켜내기가 쉽지 않을 거요."

알렉스트라자는 고개를 가로저었다.

"그저 의견이 다르다는 이유로 우리 용족이 전쟁에 이를 거라고는 생각하지 않소."

"정말 의견이 다른 것뿐이오?"

넬타리온이 물었다.

"우리 각자의 살아가는 방식을 지키기 위한 싸움 아니오? 우리 혈통을 지키기 위한 싸움은? 모두가 이 길에 함께하기는 걸 선택하진 않았고, 또 적지 않은 수의 용이 우리와 맞서 싸우겠다고 맹세했소. 우리의 수가 늘어가는 것처럼, 그들 또한 세를 불릴 것이오."

알렉스트라자는 영혼 깊은 곳에서 흘러나온 한숨을 내쉬었다. 이세라를 제외하면 그 누구보다 위상들의 대의에 가장 크게 헌신하는 것이 바로 넬타리온이라는 건 이미 알고 있었다. 검은 용군단은 혈족의 터를 보호하는 책무를 맡았으니, 그가 티르의 의견에 선뜻 동의하는 것도 놀랄 일은 아니었다. 넬타리온과 마음이 잘 맞는 말리고스도 마찬가지였다.

"만일의 사태를 위해 모든 가능성에 대비해 두는 것이 좋겠소."

말리고스가 말했다.

"그대도 그렇게 생각하지 않소, 노즈도르무?"

청동 용군단의 위상은 헛기침을 하며 두 날개를 아주 정확히 흔들어 청동색 모래를 바닥에 흩뿌렸다.

"난 그렇게 생각하지 않소. 그런 방식의 행동은 오히려 그대가 피하고자 했던 갈등을 촉발할 수 있소."

"무슨 갈등 말이오?"

넬타리온이 눈썹을 추켜세우며 물었다.

"지금은 확실히 말할 수 없소."

노즈도르무는 대답했다.

"우리 용군단 앞에 천 가지 미래가 보이지만, 시간의 모래가 어느 쪽으로 흐를지는 모를 일이오. 야생에서 원시용의 알을 가져오는 행위는 우리 용군단에 도움이 될 수도 있고, 어쩌면 우리 용군단을 파멸시키는 선택이 될 수도 있소."

"대부의 선물 때문인지 답답할 정도로 아리송한 이야기만 하는군, 친구."

말리고스는 청동 용군단의 위상을 향해 싱긋 웃었다. 노즈도르무는 우아하게 어깨를 으쓱하는 것으로 대답을 대신했다.

"넌 어때, 동생?"

알렉스트라자는 이세라를 향해 말했다.

"이번 회의에서는 유난히 조용하네."

이세라는 알렉스트라자의 입장을 전적으로 이해하고 있는 만큼, 자매와 모든 용족에 대한 사랑과 연민을 온몸으로 표현했다. 그리고 그들이 직면한 선택의 무게에 대해 공감했다.

이세라는 고개를 기울이고는 한참 동안 알렉스트라자를 바라봤다.

"이 문제에 대해선 노즈도르무와 생각이 같아."

그녀는 말했다.

"모든 것은 각자 나름의 방식으로 나름의 시간 동안 성장해야 해. 아무리 질서 마법이 생명의 흐름을 더 크게 표출해 준다고 해도, 생명의 자연적인 순환을 방해하는 행위는 용납할 수 없어."

"그렇다면 논의가 교착 상태에 빠진 것 같은데."

알렉스트라자는 짊어진 책무의 무게를 느끼며 말했다. 용의 여왕이라는 자리가 어려운 것일 줄은 알았지만, 용군단에 필요한 일이 자기가 마음 깊이 아껴 온 원칙에 정면으로 위배되는 것일 수 있다고는 전혀 예상하지 못했었다. 어떻게 그런 결정을 할 수 있단 말인가? 어떻게 어머니이기도 한 알렉스트라자가 소중한 알을 빼앗아 거기 질서 마법을 주입할 수 있다는 건가? 티르와 합의했던 조건처럼 야생에 버려져 보호되지 않는 알만을 대상으로 한다고 해도, 감히 생각조차 할 수 없었다.

하지만 넬타리온과 말리고스가 옳았다. 티르는 선택할 권한을 주지 않았다. 위상들이 수호자의 뜻을 거부한다면 무슨 일이 일어날까? 모두의 삶을 바꿔 놓은 축복을 박탈당하고, 예전처럼 깨닫지 못한 존재로 돌아가게 될까? 아니면 신들의 힘 앞에 놓인 벌레처럼 그들의 빛 자체가 꺼져 버리고 마는 걸까?

알렉스트라자는 발드라켄 위의 하늘을 가득 채운 용들을 바라봤다. 그들의 기쁨은 너무나도 완벽하고 순수했다. 모두의 심장이 별처럼 불타올라, 알렉스트라자에게는 붉은색과 녹색, 청동색, 검은색, 푸른색의 은하계가 권좌 주위를 빙빙 도는 것처럼 보였다. 그래, 그녀는 용의 여왕이었다. 하지만 새로운 지평을 향해 자신을 따라가기로 선택한 용의 건강과 행복을 해쳐도 되는 걸까? 어떻게 모두의 안녕보다 자신의 도덕성을 우선시할 수 있단 말인가? 아무리 여왕이라 해도, 일개 개인을 집단 전체보다 우선할 수는 없는 법이다.

아니, 알렉스트라자는 수호자들을 등지는 위험을 감수할 수 없었다. 피락이 혈족의 터에 대한 반란을 이끌고 있는 지금은 더더욱 그럴 수 없었다. 그런 끔찍한 미래가 현실이 된다면, 위상들에겐 동원할 수 있는 아군 모두가 필요했다.

"이 문제에 대한 양쪽 주장에 모두 일리가 있는 것으로 보이오."

알렉스트라자는 다른 위상들을 향해 시선을 돌리며 말했다.

"나 개인적으로는 야생에서 원시용의 알을 구조하는 것에 반대하는 입장이지만, 티르와 다른 수호자의 지지를 잃는 부담을 감수할 수는 없소. 우리가 그들이 이끄는 길에서 너무 멀리 벗어나면, 그들이 우리의 질서 마법을 박탈할지도 모르오."

넬타리온은 이를 드러내며 반감을 표했지만, 아무 말도 하지 않았다.

"게다가,"

알렉스트라자는 동생을 바라보며 말했다.

"이세라와 나는 야생에서 원시용 알의 생존 확률이 끔찍할 정도로 낮다는 사실도 잘 알고 있소. 그곳에선 새끼용 넷 중 하나만 비룡으로 성장할 수 있소. 그리고 생존한 용 중에서도 절반 가량만 오백 년이나 일천 년까지 살 수 있지. 우리가 구해낼 생명에 대해서도 생각해야 하오. 그 알들은 혈족의 터에서 제대로 보호받을 수 있소. 붉은 용군단의 보살핌을 받으면 더 많은 새끼용이 성년까지 성장할 수 있고, 우리 수가 늘어나면 모두가 사랑하는 세계를 더 수월하게 지킬 수 있을 것이오."

알렉스트라자는 잠시 말을 멈췄다. 아무도 입을 열지 않았다.

"따라서,"

알렉스트라자는 자기가 하는 말이 옳은 것인지 여전히 확신하지 못하면서도, 비라노스와의 약속을 마음 뒤편으로 밀어 놓으며 말을 이었다.

"나는 티탄벼림을 동원하여 야생에서 보호되지 않는 원시용의 알을 회수하는 계획을 승인하겠소."

넬타리온과 말리고스는 둘 다 만족한 듯한 표정이었고, 노즈도르무는 그저 고개만 끄덕였다. 이세라는 언니에게 조금 더 가까이 다가와 알렉스트라자의 어깨에 코를 비볐다.

하지만 알렉스트라자 자신은 그 결정을 아무리 합리화하려고 해도, 검은 그림자가 가슴속에 일렁였다.

* * *

알렉스트라자는 그날 남은 시간 동안 용군단의 여러 구성원을 만나 루비 생명의 웅덩이의 상황을 확인하고, 큰 규모의 붉은 용기병 부대에 곧 찾아올 알들을 보살피는 법을 가르쳤다. 어딜 가든 넬타리온의 말이 머리에서 떠나지 않았다. *우리를 폄하하려는 자들은 우리가 용이 아니라 수호자들에게 징집된 병사라고 하오. 그들은 기회만 있으면 발드라켄을 폐허로 만들 거요.*

그에 답하듯 비라노스의 말이 머릿속에 들려왔다. *강제로 원시용이 수호자들의 의지에 복종하게 하는 일은 없을 거라고 맹세해 줘.*

알렉스트라자는 맹세했었다. 지금은 그때의 말이 정말 후회스러웠다! 질서 마법이라는 단순한 문제조차 이해를 거부하는 비라노스라면, 알렉스트라자의 지위에 수반되는 책임에도 공감하지 못할 것이다. 비라노스에게 그걸 이해할 능력이 없기 때문은 아니었다. 단지 그녀라면 질서 마법을 포기하고 용족을 원시 상태로 되돌리는 해결책을 택할 것이다. 해답이 비라노스가 생각하는 것처럼 단순하다면 얼마나 좋을까.

태양이 지평선을 향해 가라앉고, 알렉스트라자는 발드라켄을 떠났다. 그녀는 위상의 권좌 높은 곳에서 아래로 뛰어내리며, 자유 낙하의 전율을 만끽했다. 지면이 빠른 속도로 다가오고, 그녀는 날개를 펼쳐 한 번 펄럭이며 빠르게 전방으로 돌진했다.

알렉스트라자는 이 도시를 사랑했다. 빛나는 하얀색 탑부터 반짝이는 수로까지, 발드라켄은 혈족의 터의 북적거리는 중심으로 빠르게 변해 가고 있었다. 첨탑들이 솟아오르는 모습을 보는 것은 정말 큰 기쁨이었다. 발드라켄은 아제로스의 그 어떤 곳과도 다른 경이의 상징이었다. 그리고 그곳은 알렉스트라자가 상상도 못했던 방식으로 다섯 용군단을 하나로 만들었다. 청동용과 푸른 용은 청동색 모래와 비전 마법으로 함께 사냥했다. 붉은 용과 녹색용은 도시의 고요하고 그늘진 장소에 풍성한 꽃이 가득한 정원을 키워냈다. 그리고 검은 용군단의 자치구에서는 다섯 용군단 구성원들의 도움을 받아 새로운 서약의 돌이 준비되고 있었다.

알렉스트라자가 어느 곳을 바라봐도 단결과 번영, 연민이 보였다. 다섯 용군단이 조화를 이뤄 함께 일할 방법을 찾을 수 있다면, 피락이나 그 추종자들과도 평화에 이르는 길을 찾을 수 있을 것이다.

분명 적대적인 행위를 피할 방법이 있을 거야. 알렉스트라자는 발드라켄 외곽을 지나치며 생각했다. *분명 평화에 이르는 길을 찾을 수 있을 거야.*

알렉스트라자는 혈족의 터에서 가장 좋아하는 장소로 날아갔다. 에메랄드 평야와 깨어나는 해안 사이에 솟아오른 작은 절벽 위에서 석양을 바라볼 수 있는 곳이었다. 그녀는 따스한 바다 위에 나른하게 앉아 그 온기를 온몸으로 받아들였다. 덩치 큰 붉은 용 두 명이 머리 위를 빙빙 돌며 여왕을 지켜봤다. 아래쪽에서는 석양이 깨어나는 해안을 금빛으로 물들이고, 붉은 돌로 이루어진 계곡의 기둥과 아치들이 불타오르는 것처럼 보이게 했다. 대기에서는 마른 풀의 달콤한 향기가 풍기고, 온 세상에 생명력이 넘쳤다. 보통 그녀는 눈을 감고 고대 나무들의 가지가 흔들리는 소리나, 사냥을 하는 매의 울음소리 등 주위에서 들려오는 노래에 흠뻑 빠져들곤 했다……. 하지만 오늘은 그럴 수 없었다. 살아 있는 세계가 내일은 다른 여명 아래에서 깨어날 거라는 생각에, 마음이 흔들리고 가슴이 아팠다. 알렉스트라자의 결정이 평화를 일구거나 파괴할 것이다.

그녀는 빠르게 다가오는 이세라의 기척을 느끼고도 크게 놀라지 않았다.

"언니가 여기 있을 줄 알았어."

녹색 위상은 알렉스트라자 옆에 내려앉으며 작은 모래 회오리를 피워올렸다.

"괜찮아?"
알렉스트라자는 슬픈 미소를 지었다.
"걱정하고 있구나, 이세라. 난 괜찮으니까 걱정하지 마."
"정말이야?"
이세라는 알렉스트라자의 어깨에 코를 부딪히며 말했다.
"그래. 충분히 괜찮아. 고마워."
"충분히 괜찮다고?"
이세라는 말했다.
"그래도 여전히 우울해 보이는데."
"그렇게 티가 나나?"
"나한테 본심을 숨기는 건 쉽지 않을 거야."
이세라는 알렉스트라자 옆에서 기지개를 켜며 말했다.
"걱정하지 마, 언니. 우린 옳은 선택을 했으니까. 지금 단호하게 행동해야 전쟁에 빼앗기는 것보다 더 많은 생명을 구할 수 있어. 수호자들이 오기 전의 삶에는 거칠고 길들지 않은 아름다움이 있었지만, 본질적으로 잔혹했어. 이걸로 우리에게 반대하는 이들도 조금은 더 원만한 미래를 꿈꿀 수 있을 거야. 어쩌면 우리가 구원하는 새끼용들이 우리와 원시용 사이의 가교가 되어 줄 수도 있고."
"나도 그렇게 생각하고 싶어."
알렉스트라자가 대답했다.
"하지만 의혹이 사라지지 않아. 솔직히 용의 여왕이라는 책무를 짊어지는 게 어려운 일일 줄은 알았지만……. 이런 선택을 해야만 할 거라고는 생각도 못 했어."
"의혹은 버려, 언니."
이세라가 알렉스트라자를 향해 몸을 기울이며 말했다.
"언니의 연민은 끝이 없어. 그래서 수호자들이 언니를 여왕으로 임명한 거겠지. 언니는 우리의 등불이고, 거점이고, 최선이야. 말이 쉽다고 하겠지만, 언니 혼자서 지도자의 무게를 짊어질 필요는 없어. 위상들이 함께할 거야. 내가 함께할 거야."

"나도 알아. 그래서 고마워."

알렉스트라자는 동생에게 등을 기댔다. 이세라가 도와줘서 얼마나 고마운지 몰랐다! 그들이 함께 벼려내고 있는 길은 새롭고 낯설었으며, 알렉스트라자에게도 지도자의 무게는 익숙하지 않았다. 시간이 흐르면 맡은 역할의 압박에도 적응할 수 있겠지만, 지금은 다른 이들의 기대감이 얼마나 무거운지만 느낄 수 있었다. 특히 티르의 기대감이 그러했다.

이세라는 하품을 했다. 저물어가는 빛에 송곳니가 빛났다. 두 자매는 태양이 지평선 아래로 내려가는 모습을 말없이 바라봤다. 황혼이 하늘을 뒤덮고, 바위는 보라색으로 물들었다. 계곡 아래에 그림자가 밀려들었다. 별들이 모습을 드러내고, 다시 혈족의 터로 밀려든 구름 뒤로 숨었다.

바람이 꿈틀거리고, 알렉스트라자는 혀끝으로 눅눅한 대지의 냄새와 아찔한 번개의 맛을 느꼈다.

"이제 가야 해."

알렉스트라자가 말했다.

"시간도 너무 늦었고, 넌 이미 한 발이 꿈속에 들어선 것 같은데."

"그래."

이세라는 희미한 목소리로 느릿느릿 대답했다.

"그래야 할 것 같아."

* * *

달들이 떠오르고, 넬타리온은 흑요석 성채로 돌아갔다. 아니, 결국엔 흑요석 성채가 될 곳으로 돌아갔다. 지금 넬타리온의 용군단은 산기슭을 깎아내고, 분화구를 막아, 바위의 형상을 변형하여 하층으로 사용하고 있었다. 언젠가 그곳은 혈족의 터 서부를 지키는 보루가 되어, 서쪽에서 오는 적들을 막아낼 것이다.

알렉스트라자도 어리석진 않았지만, 이리디크론이 수호자들 및 그들과 접촉한 모든 것을 가슴 깊이 불신한다는 사실을 과소평가했다. 넬타리온도 용의 여왕의 외교술만큼은 절대적으로 신뢰하고 있었지만, 그런 그녀라도 돌비늘의 마음을 녹이는 건 어려울 것이다. 평화가 실패하고 이리디크론이 혈족의 터에서 전쟁을 시작하는 경우에 대비해서 넬타리온은 미리 준비해 둘 생각이었다.

하지만 대지의 수호자인 넬타리온이 이리디크론의 의심과 용의 여왕의 분노를 피하려면 신중해야 했다. 넬타리온은 가장 신뢰하는 비늘장인 둘을 불렀다. 흑요석 성채의 최고위 설계사 움브레니온과 비늘장이들의 수장 칼시아였다. 그들은 성채 아래에서부터 날개 수백 개 길이만큼 혈족의 터 지하로 뻗어 나가는 커다란 천연 동굴로 들어섰다. 기온이 올라가고, 유황의 냄새가 풍기기 시작했다. 갈라진 바위틈으로 용암이 새어 나와, 동굴 전체를 희미한 붉은색 빛으로 비췄다. 용암은 마치 붉은 강처럼 동굴 중앙을 흘러간 후 쐐기 모양의 벼락을 사이에 두고 둘로 갈라졌다. 동굴 구석구석에 있는 커다란 남옥 수정과 빛을 발하는 균류로부터 은은한 불빛이 흘러나왔다.

넬타리온은 동굴 전체를 조망하는 절벽 위에서 잠시 멈춰 섰다.

"이제 성채 건설이 순조롭게 진행되고 있으니, 움브레니온, 너희 기술자들은 하층 동굴에 집중하는 게 좋겠다."

"그러겠습니다, 위상님."

움브레니온이 대답했다.

"여기에선 뭘 하면 되겠습니까?"

"무기고, 작업장, 추가 가열로가 필요하다."

넬타리온은 서쪽과 북쪽, 남쪽을 가리키면서 말했다.

“용기병 훈련장도 필요하다. 하지만 자랄레크 동굴은 날 위해 남겨 둬라.”

“벌써 하층 동굴로 확장해야 하는 이유를 여쭤봐도 되겠습니까?”

칼시아가 앞으로 나서 그 공간을 둘러보며 물었다.

“이 성채만으로는 혈족의 터 서부 지역을 보호하기에 부족하다고 생각하십니까, 위상님?”

“지금은 성채만으로도 충분하겠지.”

넬타리온은 대답했다.

“하지만 미지의 위협으로 인한 불확실한 미래에도 대비해 두어야 한다. 비행지도자들과의 다음 회담에 앞서 동굴을 조사하고 지도를 만들어라. 그때 건설 활동에 자원을 어떻게 배분할지 결정하겠다.”

움브레니온이 고개를 끄덕였다.

“그렇게 하겠습니다.”

“마지막으로 고려해야 할 것이 하나 더 있다.”

넬타리온은 돌아서며 말했다.

“우리 용군단만 이곳에 대해 알고 있어야 한다. 아무에게도 이야기하지 마라. 다른 위상들도 마찬가지다. 알겠나?”

“네.”

움브레니온과 칼시아가 한 목소리로 답했다.

“좋다.”

넬타리온이 대꾸했다.

“이제 시작해라.”

넬타리온이 동굴을 떠나려 하자, 마음 한쪽 구석에서 속삭이는 소리가 들려왔다. 넬타리온은 잠시 멈춰 서서 어깨 너머를 돌아봤지만, 따라오는 이는 없었다. 움브레니온과 칼시아도 날개 몇 개만큼 떨어진 곳에서 넬타리온의 지시에 관해 논의하며 계획을 세우고 있었다. 그렇다면 누가…….

“괜찮으십니까, 위상님?”

칼시아가 다시 그를 바라보며 물었다.

넬타리온은 굳게 고개를 끄덕였다.

"그래."

그는 그렇게 말했지만, 지하에서 기이하고 실체 없는 속삭임을 들은 건 이번이 처음이 아니었다.

"업무에 매진하라."

넬타리온은 그 말만 남기고 황급히 동굴을 떠났다.

제 3 장

피락은 북부 평야 높이 솟아올랐다. 서늘한 공기가 그의 용암 비늘 위로 세차게 몰아쳤다. 매서운 추위도 그의 혈관을 흐르는 분노를 잠재우진 못했다. 오직 전투의 희열만이 잠재울 수 있었다. 그는 송곳니와 발톱의 충돌, 적에게 물리는 순간의 아찔한 고통, 뜨겁게 쇄도하는 폭력을 갈망했다.

오늘, 피락은 이리디크론의 돌 가죽에서 피를 뽑아낼 것이다.

소문에 따르면 이리디크론이 라자게스에게 의식을 수행해서 원시 원소의 힘을 주입했다고 했다. 라자게스가 그 과정에서 살아남았다는 것만 봐도, 라자게스와 폭풍 마법 사이의 유대가 얼마나 강한지 알 수 있었다. 피락이 성공하기 전까지 이미 수백 명의 다른 용들이 같은 과정에서 소멸했으니까.

피락이 세 번째 현신이 추가되었다는 사실에 언짢아하는 건 아니었다. 어차피 전장에서 위상들을 제대로 상대하려면 현신이 더 필요했다. 화가 나는 건, 이리디크론이 그 문제에 관해 자기에게 상의조차 하지 않았기 때문이었다.

어떻게 그렇게 오만할 수가! 피락은 생각했다. *나는 하찮은 졸개고, 자기는 의심할 여지 없는 지도자인 것처럼 굴다니!* 그는 빠르게 아래로 강하하여

참혹한 심연에 있는 이리디크론의 둥지로 다가갔다. 남쪽에는 갈라크론드의 거대한 갈비뼈가 원을 그리며 하늘로 솟아 있었다. 그 야수는 이미 십 년도 더 전에 죽었지만, 여전히 뼈에 붙은 살점이 바람에 흔들렸다. 그 육신에서 풍기는 악취가 피락의 불타는 분노를 부채질했다. 갈라크론드를 보면 알렉스트라자가 승리하고 용의 위상으로 "승격"되었다는 사실이 떠올랐다. 너무 많은 용이 피락의 어리석은 사촌을 따르기로 선택했다. 정의로운 고대의 고룡 티라나스트라즈까지 원시의 본성을 버리고 알렉스트라자를 택했다.

이곳의 남쪽에 있는 지점에서는 갈라크론드의 몰락지 그늘에서 티탄의 새로운 흉물이 만들어지고 있었다. 피락의 정찰병은 위상들이 그 탑에 고룡쉼터 사원이라는 이름을 붙일 거라고 했다. 피락이 보기엔, 그 탑이 악취를 풍기는 갈라크론드의 뼈보다 더 괴물 같았다. 위상들은 틀림없이 원시용들을 감시하는 데 그 탑을 사용할 것이다. 피락은 그걸 잿더미로 만들어 버리고 싶었지만, 이리디크론은 질서의 용들을 직접 공격하는 걸 금지했다.

위상들이 경계하게 하지 마라. 이리디크론은 말했다. *놈들의 의심이 적을수록 우리에게 유리하다.*

피락은 콧방귀를 뀌었었다. 현신들은 가만히 기다리며 지켜볼 것이 아니라, 위상들의 용군단이 더 크고 강해지기 전에 지금 당장이라도 발드라켄을 공격해야 했다. 지난 봄, 노즈도르무의 탈드라서스 성채에서 다섯 번째이자 마지막 서약의 돌에 힘이 주입되었다. 그리고 피락은 서약의 돌이 용군단을 어떻게 변화시켰는지 들을 수 있었다. 모든 보고에서 공통적으로 언급되는 건, 질서의 용들이 이제 더 강해지고 단결했다는 사실이었다. 그들의 힘에 대한 소문이 더 많은 용들을 혈족의 터로 이끌었다.

상관없었다. 이미 원시용 수백 명이 피락의 대의에 동참했으며, 용의 벌판의 토착민으로 작은 체격에 두 발로 걷는 용족 타라세크도 수천 명이나 합류했다. 피락은 자신과 이리디크론이 발드라켄으로 날아간다면, 알렉스트라자와 그녀의 동료들을 박살 낼 수 있다고 확신했다.

하지만 이리디크론은 기다려야 한다고 고집을 부렸다.

피락은 너무 많은 아군이 이리디크론의 통솔을 따르고 있다는 사실이 싫었다. 그들의 새로운 세력을 이끌 자격이 있는 용은 오직 피락 자신뿐이었다. 피락은 가장 먼저 알렉스트라자와 위상들에게 반기를 든 용이자 가장 먼저 원소의 힘을 받아들인 용이었고, 빠르게 성장하는 원시용 세력을 지금의 대의로 집결시킨 주축이었다! 성장하는 반군을 이끌 자격은 이리디크론이 아니라 피락에게 있었다.

바로 그래서 피락이 화산 분지에 있는 그의 둥지로부터 북쪽으로 날아온 것이다. 이리디크론이 원시용을 이끌고 싶다면, 날개와 발톱으로 그럴 자격을 차지해야 할 것이다. 피락은 이리디크론의 변덕에 고개를 조아리진 않을 것이다. 아무리 이리디크론이 원소의 힘을 주입하는 방법을 알아낸 용이라 해도 그럴 수는 없었다.

주위의 그 어떤 산보다 높은 거대한 바위투성이 봉우리가 창처럼 하늘을 찔렀다. 참혹한 심연에 도착했다.

그 아래쪽에 반짝이는 얼음과 눈으로 뒤덮인 낮익은 동굴 입구가 보였다. 이리디크론은 이 세계의 지각 아래쪽 깊은 곳까지 굴을 뚫었고, 덕분에 돌의 원소의 힘을 아무런 방해 없이 흡수할 수 있었다. 이제는 대지 그 자체가 돌비늘에게 응답한다는 얘기도 들렸다. 확실히 막강한 적수였지만, 피락은 그 어떤 용도 두렵지 않았다.

피락은 쌓인 눈 위에 내려앉았다. 발치에서 눈이 칙칙 소리를 내며 녹아내렸다. 얼룩덜룩한 회색 비늘의 원시용 둘이 동굴 입구에서 경비를 서고 있었다.

“이리디크론을 만나러 왔다.”

그는 경비병들에게 말했다. 그의 숨결이 입에서 수증기를 뿜어냈다.

“안내해라.”

두 용은 서로를 바라봤다.

"안 된다, 타오르는 자."

첫 번째 용이 고개를 숙이며 미숙한 말투로 대답했다.

"돌비늘 바쁘다."

"내가 왔다고 하면 이리디크론도 시간을 낼 거다."

피락이 말했다.

용은 눈을 가늘게 떴다.

"안 돼, 지금 바쁘다–"

피락은 앞으로 나섰다. 그의 비늘이 불타올랐다. 그의 주위로 불의 기둥이 회오리치며, 날개 두 개 반경의 눈을 녹이고 발 아래 대지를 바싹 말렸다. 두 원시용은 비틀거리며 뒤로 물러났고, 목을 보호하려는 듯 고개를 숙였다. 그리고 몸을 지키려고 어깨 주위의 비늘을 잔뜩 세우고, 날카로운 금속성 공포의 냄새를 풍기며 뒷걸음질 쳤다. 피락은 콧방귀를 뀌었다. 발톱을 단 한 번만 휘둘러도 두 생명의 불꽃을 꺼뜨릴 수 있었다.

"내가 너희 주인을 두려워할 것 같으냐?"

피락은 그렇게 말하며 동굴을 향해 다가갔다.

"그가 힘을 얻는 방법을 알아낸 건 바로 내 덕분이었다. 내가 없었다면 그도 돌비늘이 될 수 없었다. 당장 비키지 않으면, 너희가 그렇게 좋아하는 땅속으로 돌려보내 주마."

참혹한 심연 내부는 피락이 마지막으로 본 이후 크게 달라졌다. 중앙 동굴은 전보다 더 넓고 높게 입을 벌렸고, 유황과 연기 냄새를 풍겼다. 이빨처럼 날카로운 종유석 수백 개가 천장에 매달려 있었다. 바닥을 가득 채운 커다란 구덩이는 아래쪽에서 구불거리는 미로처럼 뒤엉킨 굴로 이어졌다. 피락은 그 구덩이의 폭이 날개 열 개 이상인 것 같다고 생각했다. 새로 생긴 폭포가 그 구멍으로 쏟아져 내렸고, 발톱 수백 개 높이를 내려가 아래쪽에서 검은 웅덩이를 형성했다.

참혹한 심연에 발을 들이는 건 마치 거대한 포식자의 입 속으로 걸어 들어

가는 것처럼 불쾌했다. 그는 으르렁거리며 그런 기분을 떨쳐냈다.

경비병들 말이 옳았군. 돌비늘은 꽤나 바쁜모양이야.

피락은 그렇게 생각하며 구덩이 가장자리로 다가갔다.

참혹한 심연은 어느 곳을 들여다 봐도 부산한 움직임이 눈에 띄었다. 원시용들은 새로운 굴을 파냈다. 타라세크는 이리저리 돌아다니며 보급품을 운반했다. 커다란 고함이 메아리쳤다. 금속과 금속의 충돌음이 낭랑하게 울려 퍼졌다.

피락은 눈을 가늘게 떴다. 이리디크론이 이번엔 무슨 일을 꾸미고 있는 거지?

"거기, 너희들."

피락은 발톱으로 몇몇 타라세크 무리를 가리키며 말했다. 그중 하나가 찍 소리를 내더니 손에 들고 있던 가죽으로 감싼 상자를 떨어뜨렸다.

"지금 당장 이리디크론이 어디 있는지 말해라!"

타라세크는 떨리는 발톱으로 구덩이 아래쪽에 있는 커다란 굴을 가리켰다. 피락은 거칠게 포효하며 구덩이 너머로 뛰어들어, 바닥의 푸른 웅덩이를 향해 떨어져 내렸다. 폭포에서 흩날리는 물이 그의 비늘에서 발산되는 열기 때문에 증기가 되었다.

피락은 폭포 아래에 내려앉았다. 매캐한 유황 냄새가 더 강해져서, 두 눈에 눈물이 차오를 지경이었다. 그는 굴을 따라 땅속으로 들어갔다. 천장을 따라 돋아난 초록색 인광성 버섯이 희미하게 주위를 밝혔다. 더 깊이 들어갈수록 굴은 점점 더 좁아져 갔다. 피락은 날개가 벽에 스칠 때마다 발끈 화를 냈다. 발 아래 지면은 보이지 않는 힘 때문에 흔들리고 있었다. 돌덩이와 모래가 그의 비늘에 떨어져 내리며, 그가 지표면 아래로 얼마나 깊이 내려왔는지를 불안하게 상기시켰다. 피락은 이런 지하에 하급 야수처럼 갇힐 존재가 아니었다. 그의 배 속에서 밝게 타오르는 불길이 질식하는 듯했다. 이리디크론의 권좌에서 그에게 직접 도전하겠다는 생각이 너무 무모한 것도 같았지만 돌아설 생각은 없었다. 지금은 그럴 수 없었다.

커다란 동굴 안으로 들어서자 가슴을 옥죄던 긴장감이 조금은 풀어졌다. 상층 동굴과 달리 그곳엔 자연광이 없었다. 대신 가시 돋친 화로에서 커다란 불길이 타오르며 주위 벽에 그림자를 드리웠다. 공기는 습하고 눅눅했다. 종유석 끝에서 물이 방울져 떨어졌다. 여기저기 뒤틀리고 부풀어 오른 거대한 기둥들이 산의 무게를 지탱했다.

상층 동굴이 야수의 입이라면, 지금 피락이 있는 곳은 야수의 배 속이었다.

이리디크론의 목소리가 동굴을 쩌렁쩌렁 울렸다. 무슨 말인지는 알아들을 수가 없었다. 피락은 돌비늘의 목소리가 들려오는 쪽을 향해 고개를 돌렸다.

"……위상들의 상황을 감시해야 한다."

다가가는 피락 앞에서 이리디크론은 말했다.

"넬타리온이 혈족의 터 서부 국경에 요새를 건설하고 있다. 새로운 건축물에 침입해서 가능하면 지하에 진입 지점을 만들어야 한다."

이리디크론은 작은 방 안에서 날개지도자 예닐곱 명에게 둘러싸여 있었다. 원시 대지의 힘이 주입된 후 이리디크론의 비늘은 단단히 굳어 돌이 되었다. 그 현신은 방안의 다른 용들보다 체격이 두 배는 커서 언덕 사이의 산처럼 우뚝 솟아올라 있었다. 호박색 대지의 마력이 이리디크론의 등 균열에서 흘러나오는 모습을 보고, 피락은 대지를 쪼개 여는 화산을 떠올렸다. 이리디크론이 움직일 때마다 지면이 흔들렸다.

피락이 동굴로 들어서자, 돌비늘은 밝게 타오르며 상대를 꿰뚫어보는 듯한 시선을 그에게로 돌렸다. 다른 원시용들도 고개를 돌려 불신의 눈빛으로 피락을 바라봤다.

이리디크론은 기이한 석판 앞에 서 있었다. 그 석판에는 피락도 알아볼 수 있는 것들이 작게 새겨져 있었다. 피락은 눈살을 찌푸렸다. 저건 탈드라서스의 산맥 아닌가? 그리고 저기 움푹 패인 곳은 에메랄드 평야를 나타내는 것 같은데? 피락이 혈족의 터에서 오랜 시간을 보낸 건 아니지만, 그래도 가장 두드러진 풍광은 떠올릴 수 있었다.

이리디크론이 뭔가 꾸미고 있는 게 분명했다……. 게다가 이번에도 피락에겐 아무 말도 하지 않았다.

"이 회의에 널 초대한 기억은 없는데."

이리디크론은 짜증스러운 목소리로 말했다. 이리디크론이 발톱으로 혈족의 터 지도를 두드렸다. 그러자 지도는 우르릉 소리와 함께 바닥 아래로 내려갔다.

"내게 초대 따위는 필요 없다."

피락은 침을 뱉듯이 말하며 방으로 들어섰다.

"할 얘기가 있다, 이리디크론."

"네게 내 요새에 멋대로 들이닥쳐 대화를 요구할 권리는 없어."

이리디크론이 말했다.

"난 지금 해야 할 일이 있다. 나중에 이야기–"

"아니, 지금 해야만 한다."

피락이 말했다.

"나는 균열 전체에서 가장 먼저 탄생한 최초의 현신이다. 네게 복종하진 않는다, 이리디크론."

이리디크론의 날개지도자 중 하나가 으르렁거리며 피락을 향해 돌아섰다. 또 다른 날개지도자도 송곳니를 드러내며 같은 행동을 했다. 돌비늘은 아무 말 없이 몸을 꼿꼿이 세웠다. 그리고 꼬리로 바닥을 때려 돌바닥 전체가 흔들렸다. 두 날개지도자는 이리디크론을 바라보며 고개를 숙였다. 겁을 먹었다.

하지만 피락은 겁을 먹지 않을 것이다. 그는 불과 분노에서 태어난 용이지, 기개 없는 졸개가 아니었다.

"넌 여기 네 소굴에 숨어 내 도움을 받아 얻은 힘으로 요새를 건설하고, 군대를 집결시키고, 하찮은 계략을 꾸미고 있다……. 마땅히 충성을 다해야 하는 이들에게도 네가 무슨 짓을 꾸미고 있는지 밝히지 않으면서!"

피락은 으르렁거리듯 말했다. 날카로운 자갈이 그의 발을 찌르고, 다시 또 다른 돌이 찔렀다. 피락은 한쪽 발을 흔들어 옮긴 후 말을 이었다.

"그런 건 너 혼자만 알고 있으면 끝나는 일이 아니다. 특히 상대가 라자게스처럼 예측 불가능한 용이라면 더더욱 그렇고!"

돌비늘은 아무 말도 하지 않았다. 그는 미동도 없이 불안하리만큼 강렬한 눈빛으로 피락을 바라봤다. 눈도 깜박이지 않았다. 아무 말도 하지 않는 그를 보며 피락의 분노는 더 크게 타올랐다.

"역시 너답군."

피락은 다시 입을 열었다. 그의 혀에서 불길이 솟아올랐다.

"넌 항상 지켜보기만 하지. 기다리기만 하고. 우린 위상들이 우리 동족을 티탄의 흉물로 바꿔 놓기 전에 놈들과 싸웠어야 했다! 네가 이 소굴에 숨어 기다려야 한다고 떠들어대는 동안, 위상들은 하루가 다르게 세력을 키우고 있다. 넌 바보다, 이리디크론!"

바보라는 말에 돌비늘은 빛나는 두 눈을 가늘게 떴다. 그의 날개지도자들이 뻣뻣이 굳었다. 그들 중 하나가 안타까운 눈빛으로 피락을 바라봤지만 그는 무시했다. 발아래 떨리는 지면을 무시했던 것처럼.

"나에 대해 알아야 할 게 있다, 피락."

이리디크론이 고개를 왼쪽으로 살짝 꺾으며 작은 목소리로 말했다.

"난 최후의 순간까지 적들에게 내 진짜 힘을 보여주지 않는 걸 좋아한다."

엄청난 무게가 피락의 어깨뼈 사이를 짓눌렀다. 그는 몸을 움직이며 삐걱거리는 관절로 날개를 흔들었다. 발을 들어올리려 했지만 공포스럽게도 발이 느껴지지도, 움직이지도 않았다.

피락은 고개를 숙였다. 발아래 바닥이 마치 진흙처럼 물렁물렁해졌다. 그의 발이 바위 안으로 가라앉고, 그 위에서 바위가 다시 단단히 굳었다. 회색 돌이 정강이를 삼키기 시작하자, 심장이 잠시 멈추는 듯했다. 당황한 그는 발을 빼내려 했다. 양력을 얻으려고 날개를 펄럭여 봤지만, 바닥은 그를 더 강하게 붙들었다.

피락의 혈관을 타고 흐르던 분노가 차갑게 식어 공포가 되었다.

"이게 무슨–"

그는 헐떡이며 돌의 족쇄를 벗어나려 발버둥쳤다.

"이리디크론, 나를 상대로 발톱을 드는 거냐? 네 형제이자 네 성공의 불꽃이었던 이 나를 상대로?"

가늘게 뜬 눈으로, 이리디크론은 아무 말 없이 앞으로 나섰다. 날개지도자들이 황급히 이리디크론의 앞을 피했다. 돌비늘의 등뼈를 따라 흐르던 막대한 마력이 한층 더 밝게 타올랐다.

"정말로 내가 여기 참혹한 심연에 숨어서, 동쪽에서 커가는 위협에 대해 모르고 있다고 생각했나?"

이리디크론은 조용한 목소리로 물었다.

"어서, 날, 풀어줘."

피락은 숨 막히는 목소리로 가까스로 말했다. 목구멍에서 묵직한 덩어리가 커져만 갔다. 마치 돌을 삼킨 것 같았다. 그것 또한 돌비늘의 힘일까? 아니면 그를 약화시키는 공포 때문일까? 그는 고개를 쳐들고 이리디크론의 함정에서 벗어나려 했다. 그래도 불의 용은 계속 땅속으로 가라앉았다. 어느덧 바위는 그의 갈비뼈를 움켜쥐며 호흡을 방해했다.

이대로 있다간 피락은 하늘에서 멀리 떨어진 이곳에서 숨 막혀 죽을 것이다. 그는 휘둥그래진 눈과 쿵쾅거리는 심장으로 헐떡였지만, 필요한 만큼 숨을 들이쉴 수가 없었다. 그의 불길이 잦아들고, 온몸의 열기가 식어갔다.

"불에는 세계를 정화할 힘이 있다. 하지만 오직 녹아내린 돌에만 그 세계를 형성할 힘이 있다."

이리디크론은 말했다.

"우리도 지금 이대로는 위상들을 상대할 수 없다. 너도 그렇게 어리석은 호전성만으로는 넬타리온 같은 자를 상대할 수 없을 거다. 앞으로 우리에겐 담

금질하고, 주조하고, 연마할 자가 필요하다. 알겠나?"

어둠이 피락의 시야를 덮쳤다. 그는 가라앉고 있었고, 죽어갔다.

"그래."

그는 헐떡이며 답했다.

"좋다."

이리디크론은 그렇게 말하며, 발톱 하나로 지면을 두드렸다. 돌이 피락을 풀어주었다. 그는 지면에 널브러져 탐욕스럽게 깊은 숨을 들이쉬었다. 공기가 폐에 도달하자, 거친 기침이 터져 나오며 연기와 재가 쏟아졌다. 두 눈에서 뜨거운 눈물이 흐르고, 경련하는 근육 때문에 바닥을 할퀴어야 했다.

"착각하지 마라, 피락."

이리디크론이 말했다.

"네 불 같은 웅변이 나를 비롯한 많은 이들을 우리 대의로 이끌었지만, 네게 지도자가 될 자질은 없다."

피락은 고개를 들어 이리디크론의 시선을 마주했다. 날개 끝부터 반대쪽 날개 끝까지, 온몸 구석구석이 아팠다. 그는 꿀꺽 침을 삼켰고, 목과 폐를 채운 거친 공기를 느끼며 얼굴을 찡그렸다.

"따라와라."

이리디크론이 말했다.

"너와 내가 함께 위상들을 물리치고 티탄의 때를 제거할 것이다. 오늘, 절대 놈들이 우리 동족을 파멸로 이끌게 허락하지는 않을 거라고 네게 맹세하겠다."

피락은 자기도 모르게 알겠다고 대답했다. 이리디크론이 자신을 살려 두었다는 사실에 놀랐던 것 같았다. 어쩌면 지금 심장이 이삼십 번 뛰는 동안 돌비늘에 대한 존경심을 품게 되었는지도 몰랐다. 어쩌면 피락은 그저 현신들이 위상의 폭정을 무시하지 않을 것임을, 이리디크론이 피락의 도움으로 얻은 힘을 이용해서 무슨 일이든 할 것임을 아는 것만으로 충분했던 건지도 몰랐다.

그리고 이제 알게 되었다.

"가자."

이리디크론이 동굴 입구를 향해 움직이며 말했다.

"우리 자매가 어떻게 지내는지 봐야겠다."

*　*　*

피락과 이리디크론이 날아가는 사이, 북쪽 폭풍비늘 산맥 위 하늘에 짙푸른 구름이 몰려들어 한낮을 어두운 밤으로 바꿨다. 거대한 회오리바람이 대지 위로 맴돌았다. 시리게 푸른 번개가 폭풍 사이에서 춤추며 그 안의 구름을 밝혔다. 피락은 번개가 내뿜는 에너지를 혀로 맛볼 수 있었다. 전류가 그의 비늘을 타고 빠직거리며 흘렀다. 바람이 울부짖으며 그를 멈추지 않는 소용돌이로 끌어들이려 했다.

피락은 평생 이토록 끔찍한 돌풍은 본 적이 없었다. 바람은 지나는 길에 넓은 파괴의 흔적을 남기고, 절벽 바닥을 깊게 찢고, 나무를 뽑아내고, 짐승들을 이리저리 쫓았다. 하지만 이토록 무절제한 힘의 발현을 지켜보니 왠지 가슴이 뛰었다. 라자게스의 힘과 능력은 부정할 수가 없었다. 이리디크론이 라자게스를 세 번째 현신으로 고른 건 옳은 선택이었다.

원소의 힘에 도취된 라자게스의 웃음이 하늘을 가득 채웠다.

"이런 바람이라면 우리 날개가 꺾일지 모른다."

이리디크론이 피락에게 외쳤다.

"어서 돌 아래로 피하자."

이리디크론은 날개를 몸 가까이에 붙이고 근처 산봉우리를 향해 강하했다.

불과 몇 시간 전 그런 일을 겪었는데도, 피락은 흔들리지 않는 산의 바위를 발밑에 두어야 마음이 놓일 것 같았다. 그는 날개를 접고 뒤를 따랐고, 근처

산 정상의 이리디크론 옆에 내려앉았다.

"봐라."

이리디크론은 자부심 가득한 목소리로 말했다.

"라자게스는 정말 경이롭지 않나? 저게 바로 우리 동족이 이룰 수 있는 모습의 정점 아닐까? 필요한 건 모두 이미 우리 손안에 있는데, 형제들은 어째서 수호자에게 의지한 걸까?"

"나도 모른다."

피락이 하늘을 향해 고개를 들며 대답했다.

"하지만 우리 동족을 찢은 분열은 이제 끝나야 한다. 모든 용은 자유로워야 한다. 티탄의 칙령에서만이 아니라, 알렉스트라자의 거짓 통치로부터도 자유로워야 해."

이리디크론은 한동안 아무 말 없이 눈앞에서 날뛰는 폭풍을 바라봤다. 이리디크론은 피락을 향해 고개를 돌렸다.

"우린 싸울 거다. 네게 바라는 건 신뢰뿐이다. 아니, 인내심이다……. 물론 그런 게 너한테 부족하다는 건 잘 알고 있다만."

"흐음."

피락은 콧구멍으로 뜨거운 숨결을 내쉬었다.

이리디크론은 코웃음을 치고는 다시 폭풍을 향해 시선을 돌렸다.

"우리는 위상과 놈들의 지배자를 없앨 거다. 하지만 다가오는 전투에 임하려면 신중한 전략이 필요하다. 그리고 티르가 살아 있는 동안에는 공격을 감행하고 싶지 않아. 수호자들이 위상에게 어느 정도의 마법을 부여했는지는 알 수 없지만, 그들은 이제 우리가 알던 용이 아니다."

"다행히 우리도 그렇지."

피락이 말했다.

이리디크론이 미처 대답하기 전에, 하늘에서 거대한 번개가 내리쳐 구름을 꿰뚫고 대지를 뒤흔들었다. 햇빛의 기둥이 폭풍 속으로 쏟아져 내렸다. 그 빛이 피락에게 너무나도 낯설어진 용을 비췄다. 시리게 푸른 번개가 라자게스의 등 위에서 춤을 추며 날개 주위로 뻗어 나가고, 두 눈에서 타올랐다. 한때 얼룩덜룩한 점박이에 탁한 색상이었던 라자게스의 비늘은 이제 주위에서 소용돌이치는 구름과 같이 짙은 보라색으로 번뜩였다. 라자게스는 하늘에서 가장 격렬한 돌풍의 분노와 잔혹함이 실체화된 폭풍이었다.

"위상을 상대하려면……."

이리디크론이 피락을 향해 말했다.

"적어도 한 명이 더 필요하다."

"그게 누구지?"

피락이 고개를 갸웃거리며 물었다.

"원소의 힘이 주입되는 과정을 이겨낼 힘과 의지, 본능과 결의가 있는 용은 많지 않아."

"내가 생각할 수 있는 건 하나뿐이다……. 그 용만 우리 쪽으로 합류하면, 날카로운 발톱처럼 알렉스트라자의 심장에 구멍을 뚫어 줄 수 있을 거다."

이리디크론이 대답했다.

"물론 그건 나중에 생각할 일이지. 가자, 피락! 우리 자매의 승천을 축하해 주자."

제 2 부

커지는 폭풍

시간의 지배자 노즈도르무가
구술한 역사

수 세기를 살고 나면, 계절은 점점 더 빨리 바뀌어 간다. 몇 달이 한 순간처럼 순식간에 지나가는 때, 시간의 흐름을 제대로 인지할 수 있는 건 오직 청동 용뿐이다. 우리 동족은 오래전부터 뜨고 지는 태양, 계절에 따라 이주하는 무리, 알껍질을 깨고 첫 숨을 내쉬는 생명을 기준으로 시간을 인식해 왔다. "시간을 기록한다"는 개념은 우리 동족에겐 생소하다. "연대기"나 "역사"와 같은 건 그보다도 더 이질적이고 기이하지만, 그럼에도 불구하고 나는 반드시 이런 이야기를 기술해야 한다.

고룡쉼터 사원 건설을 시작했던 해, 폭풍포식자 라자게스가 현신으로 이리디크론과 피락에게 합류했다. 그 소식이 혈족의 터에 첫 번째 공포의 파문을 일으켰다. 현신의 영향력이 확산되고 있었다. 그리고 라자게스는 그 본성에 어울린다고 할 만큼 무리의 다른 구성원보다 훨씬 더 격정적이었다. 피락은 전투에서 기쁨을 찾았지만, 라자게스는 살육에서 찾았다. 우리는 그녀의 번개가 하늘에서 우리 동족을 공격했다고 생각했다……. 하지만 그런 사실을 명확하게 입증할 수 없었고, 살상을 저지른 자에 대한 처벌을 요구할 수도 없었다.

적이 성장하는 가운데 우리 용군단도 계속해서 번성했다. 우리는 발드라켄 건설을 완료한 후, 붉은 용군단의 루비 생명의 웅덩이까지 완성했다. 이십여 년 후, 검은 용군단은 흑요석 성채를 완공했고, 그 직후 하늘빛 평원의 거대한 두 탑 중 첫 번째이자 푸른 용군단의 힘의 정수인 바크스로스가 완성됐다.

거의 이백 년 동안 우리는 우리 원시 친족과의 사이에 가교를 놓기 위해 할 수 있는 것을 모두 다 했다. 참혹한 심연으로부터 가까운 곳에 자리 잡은 고룡쉼터 사원은 우리 외교 활동의 중심이 되었다. 우리는 그곳에서 원시용들을 우리 측에 합류시키려고 설득했고, 간혹 성공하기도 했다. 하지만 윈터스코른 브리쿨이 원시용 수백 명을 붙잡아 티탄벼림 병력과의 유혈이 낭자한 내전에 강제로 동원하면서 이러한 노력도 모두 중단되었다. 전투가 어찌나 치열했는지 티르가 다섯 위상에게 전쟁을 끝내는 걸 도와달라고 요청했고, 우린 기꺼이 날아가 수호자를 도왔다. 우리는 윈터스코른을 물리치는 것만 도운 게 아니었다. 이세라와 나는 주문을 엮어 브리쿨을 꿈도 꾸지 않는 깊은 잠에 빠뜨렸다.

우리는 동족의 해방을 도왔지만, 이 전쟁을 겪으면서 원시용의 수호자와 티탄벼림, 우리 위상들에 대한 불신은 깊어져만 갔다. 원시용들은 우리가 동족에 대한 범죄를 저지른 윈터스코른을 곧바로 궤멸시켜 버리지 않았다는 사실에 크게 분노했고, 그게 바로 우리가 수호자들을 추종하고 있다는 증거라고 말했다.

지금 영속적인 평화에 이르는 길은 깊은 혼란과 우려에 휩싸인 것으로 보인다. 위상인 우리는 계속해서 모든 용족의 더 밝은 미래를 위해 노력해야 하지만, 지평선에 모여드는 치명적인 폭풍을 눈여겨보지 않을 수는 없다.

제 4 장

오랜 시간이 흐르는 동안 질서의 용들은 영토를 확장해 갔지만, 비라노스는 여전히 위상들의 대의에 동의하지 않았다. 그래도 그녀는 시간이 날 때마다 혈족의 터에 있는 알렉스트라자를 찾아와 위상들의 활동을 곁에서 지켜보았다.

오늘, 깨어나는 해안 위로 솟아오르는 비라노스는 가슴이 설렜다. 최근 태어난 새끼용 무리를 만나러 알렉스트라자에게로 가는 길이었다. 갓 태어난 새끼용들을 만나는 것만큼 가슴 따스한 기쁨은 또 없었다. 자연에서 태어난 용이든, 질서의 용이든 관계없었다.

태양은 환하게 빛나 비라노스의 비늘을 따뜻하게 덥혀 주고, 오랫동안 잊고 지냈던 젊음의 활력을 채워 주었다. 비라노스는 날개를 접고 강하하여 붉은 돌 아치를 통과하며 일시적인 무중력의 감각을 즐긴 후, 다시 날개를 넓게 펼쳐 바람에 올라탔다. 다시 낮게 내려간 그녀는 뒷발 발톱으로 강줄기를 갈랐고, 깜짝 놀란 오리 무리가 하늘로 날아올랐다. 온 세상에서 생명의 향기가 났다. 봄을 맞아 꽃은 활짝 피어나고, 새롭게 돋아난 풀이 산들바람에 춤을 췄다. 혈족의 터는 알렉스트라자의 지배 아래 번성했지만, 비라노스는 지금도 용군단에 합류하고 싶지 않았다.

알렉스트라자를 존중하는 마음에, 비라노스도 질서 마법에 대해 진지하게 생각해 봤다. 용군단의 어린 문명은 본질적으로 선하고 명예롭기까지 한 것처럼 보였다. 비라노스는 용군단이 설립되었을 때의 고고한 이상을 충실히 지킬지 궁금한 마음에 그들의 발전 과정을 흥미롭게 지켜봤다. 물론 그들은 지배자의 명령을 맹목적인 열정으로 수행했고…… 바로 그게 문제였다.

비라노스에겐 자신의 독립성과 자유 의지, 원하는 때 원하는 곳으로 갈 수 있는 능력이 가장 중요했다. 용군단을 보강하고 이 세계를 지키겠다고 맹세한 질서의 용들은 그런 자유를 즐기지 못했다. 그녀도 친구를 사랑했지만, 자기 생각을 대신해 줄 여왕은 필요 없었다.

힘을 위해 자신을 변형시킨 이리디크론 역시 위상들보다 나을 게 없었다. 한 세기도 더 전에, 이리디크론은 자신을 현신이라 칭하며 자기가 위상의 위협으로부터 자유를 지킬 수 있는 용족의 마지막 희망이라고 주장했다. 그는 끊임없이, 아니, 때로는 집착에 가깝게 비라노스의 총애를 구하며, 계속해서 사절을 보내 자기 곁에 비라노스의 자리를 마련해 놓았다고 말했다.

이리디크론이 비라노스를 직접 찾아온 건 위상들이 고룡쉼터 사원을 완성한 후 단 한 번뿐이었다. *단 한 번만, 나와 함께해 달라고 부탁하겠다.* 그때 이리디크론은 이렇게 말했다. *이 제안을 거부하면, 다시는 널 귀찮게 하지 않겠다.*

여전히 마음에 확신이 없었던 비라노스는 그에게 아무 말도 하지 않았다.

위상과 현신 사이의 갈등 때문에 그녀는 난처한 입장에 놓여 있었다. 그녀는 질서 마법이 부여되는 걸 원치 않았고, 생존 확률도 지극히 희박한 과정을 통해 이 행성의 원소가 주입되는 것도 원하지 않았다. 그녀는 외로웠고, 이제는 외로움을 느끼는 것이 지긋지긋했다……. 하지만 그렇다고 어느 한쪽 진영의 날개 밑으로 들어갈 생각도 없었다.

질서 마법의 영향을 받은 용족은 비라노스가 이해조차 할 수 없는 것들을 열망했다. 지난 이백 년 동안, 발드라켄의 탑과 첨탑은 탈드라서스의 산맥 위로 솟아올랐다. 북서쪽에서는 넬타리온이 거대한 성채와 가열로를 만들고, 검은 용군단을 동원하여 온갖 종류의 기이한 광경을 만들어 냈다. 서부 해안에서는 이세라와 녹색 용들이 아제로스의 꿈으로 통하는 차원문을 열었다고 주장했다. 그리고 남쪽에서는 말리고스와 그의 푸른 용이 탑과 광대한…… 그걸 뭐라고 했지? 그래, 도서관을 건설했다. 푸른 용군단은 그곳을 석판과 양피지에 기록한 지식으로 채워, 미래 세대가 배울 수 있게 했다. 비라노스는 말리고스의 장대한 바크스로스 탑과 청동 용군단이 건설을 시작한 시간의 합일점도 살펴볼 기회가 있었다.

그중에서도 가장 두드러지는 건, 붉은 용군단의 힘이 집대성된 알렉스트라자의 루비 생명의 웅덩이였다. 혈족의 터 중심부에 있는 생명의 웅덩이는 사방의 적으로부터 보호되었다. 그곳에서는 새끼용들이 잡아 먹힐 걱정 없이 알을 깨고 나와 성장하고, 함께 어울려 놀 수 있었다. 혈족의 터의 모든 새끼용은 잠재력을 모두 발휘할 나이까지 성장할 수 있었다. 그 생각만으로도 기쁨과 희망, 힘이 느껴졌다. 몇 세대가 지나고 나면, 용군단의 수는 원시용들의 수를 능가할 것이다.

그 생각에 비라노스는 놀라움과 공포를 함께 느꼈다.

계곡 위로 솟아오른 비라노스에게 멀리 웅덩이의 낯익은 언덕이 보였다. 붉은 용들이 그 주위 상공에서 배회했고, 언덕 꼭대기에는 반짝이는 대리석 기둥이 솟아오르고 있었다. 티탄벼림 작업자들이 비계 위를 바삐 돌아다니며 거대한 돌 벽돌을 제자리로 옮기는 중이었다.

참으로 이상하군. 비라노스는 생각했다. *루비 생명의 웅덩이는 완성됐다고 생각했는데. 지금은 또 뭘 만들고 있는 거지?*

조금 더 가까이 다가가 보니, 번뜩이는 진홍색 빛이 눈에 띄었다. 용의 여왕이 하늘로 날아올랐다. 알렉스트라자의 루비 비늘과 금색 뿔에 빛이 반사되어 번뜩였다. 비라노스는 질서 마법이 주입된 알렉스트라자의 모습도 이제는 익숙했지만, 간혹 그 모습을 보면 불안감이 느껴질 때도 있었다. 굳이 언급하지 않고 넘어가는 일이 많았던 둘 사이의 간극은 긴 세월이 흐르는 사이 어느덧 더 넓어진 것만 같았다.

"비라노스!"

알렉스트라자가 기쁜 듯 우아하게 공중에서 몸을 돌리며 외쳤다.

"이렇게 보니까 정말 좋다! 그래, 요즘 어떻게 지냈어?"

"아주 잘 지냈지."

비라노스는 공중에 멈춰 서서 대답했다.

"너도 빛이 나는 것 같은데. 혈족의 터에도 아무 문제 없나 봐?"

"당연하지!"

알렉스트라자가 대답했다.

"네가 떠나 있던 수십 년 동안 아주 바빴어."

"내가 보기에도 그런 것 같다."

비라노스는 아래쪽의 잘 연마된 창조물들을 바라보며 대답했다.

"지금은 뭘 하고 있어, 옛 친구?"

"루비 생명의 웅덩이에 상층을 추가하고 있어."

알렉스트라자가 대답했다.

"우리 용군단이 새끼를 많이 낳고 있어서, 알을 보관할 곳이 더 필요해졌거든. 같이 날자. 내가 보여줄게!"

"흠, 좋아."

비라노스는 그렇게 대답하며 희미한 미소를 지었다.

비라노스와 알렉스트라자는 함께 언덕 주위를 돌며 아름다운 낮의 온기와 부드러운 바람을 즐겼다. 그들 아래에서는 티탄벼림들이 언덕 위에 천장이 없는 웅덩이를 건설하는 중이었고, 수로를 통해 티르홀드의 물이 그곳으로 들어갔다. 녹색 용들은 나무를 성장시켜 새로운 웅덩이에 그늘을 드리웠고, 붉은 용들은 용이 내려앉을 수 있는 새로운 착륙장의 건설을 감독했다.

지상 근처에선 어린 붉은 비룡들이 잎이 무성한 진홍색 나무 사이에서 숨바꼭질을 하며 새끼용들을 보살피고 있었다. 새끼용들이 깔깔대는 웃음소리가 계곡에서 메아리쳐 울렸다. 그 소리를 들은 비라노스의 입술에 다시 미소가 떠올랐다.

"수십 년 전부터 이 웅덩이를 확장하고 싶었어."

알렉스트라자의 목소리에는 희미하게 들뜬 기색이 담겨 있었다.

"하지만 발드라켄을 먼저 건설하고, 그 다음에는 국경을 보강하는 일에 자원을 할당해야 했지. 이제야 내가 바라는 일을 실현할 여유가 생겼어."

"혈족의 터 국경을 왜 보강한 거야?"

비라노스가 키들거리며 물었다. 둘은 금과 유백색 스테인드글라스로 수놓아진 새로운 아치의 뼈대 아래를 비스듬히 통과했다.

"누가 감히 위상들의 힘에 도전하겠어?"

알렉스트라자는 씁쓸한 미소와 함께 친구를 바라봤다.

"넬타리온은 혈족의 터를 지키는 일을 아주 진지하게 생각하고 있어……. 가끔은 지나치게 진지한 것 같기도 하지만. 흑요석 성채는 너도 봤잖아……."

"아, 그 녀석이 자기 거대한 머리를 본떠서 건설한 기념비 말이지."

비라노스는 장난스럽게 말했고, 용의 여왕은 왠지 민망한 듯 키들키들 웃었다.

"모두가 너처럼 마음이 넓진 않으니까, 친구."

알렉스트라자가 말했다.

"난 언제나 평화를 지지할 거야. 하지만 내게 반대하는 이들도 그럴 거라고 생각하지는 않아. 미래에 우리가 어떤 위험을 마주하게 될지 아무도 몰라."

아, 그럼 너도 이리디크론이 네게 어떤 위협이 될지 알고 있는 거구나. 비라노스는 생각했다. *겉으로 말하려 하진 않지만, 현신들도 너희처럼 힘을 키우고 있다는 사실을 알고 있는 거야.* 알렉스트라자에게는 혈족의 터 국경 지

역에 있는 질서의 용들을 계속해서 공격하는 폭풍포식자 라자게스가 특히 눈엣가시 같은 존재였다. 라자게스는 때때로 얼어붙은 송곳니에 몰아치는 돌풍의 힘을 즐기며, 그곳에 있는 비라노스의 봉우리 곁을 지나쳐 가곤 했다.

위상과 현신 사이에 분쟁이 발생하면, 비라노스도 계속 중립을 유지하는 건 쉽지 않을 것이다. 그녀가 알렉스트라자에게 애정을 느끼고 있다는 것만은 부정할 수 없었다. 하지만 수 세기가 흘렀어도 비라노스는 수호자들이나 그들의 마법을 신뢰할 수 없었다. 그와 마찬가지로, 현신들의 주장에 일부 동의하면서도 그들을 온전히 신뢰할 수는 없었다.

비라노스에게 최상의 결과는 평화가 유지되는 것이었다.

"괜한 얘기는 그만하자."

알렉스트라자가 웃으며 말했다.

"가자! 우리 새로운 새끼용들을 소개해 줄게."

알렉스트라자는 날개를 접고 루비 생명의 웅덩이의 움푹 꺼진 한가운데로 빠르게 내려갔다. 비라노스도 그 뒤를 따라 내려가며 무성한 초록색 잎과 은빛 폭포를 지나쳤다. 아래쪽에서 알렉스트라자는 낮은 웅덩이 위에 떠 있는 백합 모양의 착륙장 위에 내려앉았다. 비라노스도 친구 곁에 착륙하며 폭포를 지날 때 날개에 맺혔던 물을 털어냈다. 물방울들은…… 따뜻했다. 날개 막을 간지럽히던 물방울이 날갯짓에 떨어져 내렸다.

루비 생명의 웅덩이 안쪽으로 들어서자 기온이 더 올라갔다. 알렉스트라자는 비라노스를 용의 알들이 잔뜩 보관된 동굴로 데려갔다. 붉은 용과 검은 용, 푸른 용, 청동 용, 녹색 용 알들이 맑은 청록색 웅덩이 안에 놓여 있었다. 높은 온도와 습도 덕분에 초목이 워낙 잘 자라서 초록빛이 동굴 전체를 채웠다. 벽에 매달린 촛대에서 따스한 황금의 빛이 흘러나왔다. 용기병들이 웅덩이 안의 알들을 보살폈다. 낮고 부드러운 목소리로 노래를 불러 주고, 이야기를 들려 주고, 비라노스가 온전히 이해하지 못할 기이한 마법으로 부드럽게 안아 주었다.

알렉스트라자가 그 안쪽으로 들어서자 모든 용기병들이 돌아서서 인사를 했다. 용의 여왕은 고개를 마주 끄덕이며 "제자리로 돌아가라"라고 말한 후 앞으로 나아갔다. 알지기 용기병 몇몇이 경계하는 눈빛으로 비라노스를 바라봤지만, 아무 말도 하지 않았다.

"아마 자고 있을 거야."

알렉스트라자는 담쟁이덩굴이 두텁게 늘어진 커튼으로 다가갔다. 그녀가 덩굴을 옆으로 치우자 사방이 막힌 웅덩이가 드러났다. 그곳은 커다란 수련 잎과 섬세하게 빛나는 꽃으로 가득했다.

알에서 갓 태어난 새끼용들이 벨벳 같은 두꺼운 잎 위에서 잠을 자고 있었다. 새끼용들의 비늘은 잠자리 날개처럼 부드러웠다. 새끼용들이 꿈을 꾸는 동안 투명한 눈꺼풀 아래에서 황금빛 홍채가 앞뒤로 움직였다. 화려한 분수에서 졸졸 흐르는 물이 자장가를 불러 주었다.

비라노스는 노른자처럼 달콤한 새끼용들의 향기를 깊이 들이마셨다. 새끼용들은 몸을 구부리고 서로 뒤엉켜 있었지만, 사내아이 하나가 데굴데굴 구르며 무리에서 떨어져 나와 작디작은 다리로 허공을 찼다. 부드러운 손짓으로, 알렉스트라자는 그 꼬마를 형제들 곁으로 살짝 밀어 주었다. 그녀는 새끼용들에게 코를 비빈 후, 잠자는 아이들 위로 따뜻한 숨결을 내뱉어 주었다. 여전히 코를 고는 새끼용 하나가 손을 뻗어 작디작은 앞발을 알렉스트라자의 코 위에 얹었다.

"오, 정말 아름답다."

비라노스는 작은 목소리로 말했다. 문득 자기만의 새끼용을 기르고 싶다는 생각이 간절해졌다. 그녀는 목이 메어 오는 것을 느끼며 말했다.

"축하해."

갑작스럽게 쇄도하는 감정에 비라노스는 깜짝 놀랐다. 애절한 갈망과 욕구에 뒤섞인 이 감정은…… 질투일까?

비라노스에겐 수 세기 동안 자기 무리가 없었다. 갈라크론드가 마지막 배우자를 살해한 후로는 다른 배우자를 만나지도 않았다.

"고마워."

알렉스트라자는 다른 새끼용들을 향해 미소를 지으며 말했다.

비라노스는 자기 감정을 잠시 밀쳐 두고, 혼란에 빠져 생각에 잠겼다. 질투는 비라노스 같은 용에게 어울리는 감정이 아니었다. 그녀는 예리한 지성과 강력한 얼음 마법, 탁월한 비행 능력을 소유한 경험 많은 용이었다. 대부분의 원시용보다 체격도 큰 비라노스는 동족 사이에서 늘 존경과 동경의 대상이었다. 그녀는 아무것도 원하지 않았다. 주로 홀로 지내긴 했지만, 친구나 아군이 부족했던 적은 없었다.

적어도 지금까지는 그랬다. 비라노스에게 누가 남아 있을까? 용족 최고의 용들이 너무나도 많이 알렉스트라자와 위상들에게 합류했다. 남은 용은 대부분 이리디크론을 따르며 분노로 가득한 그의 주장을 되뇌었고, 이제 비라노스는 점점 커져만 가는 폭풍의 한가운데에 붙들려 있었다. 아직까지 중립적인 태도를 유지하는 얼마 되지 않는 용은 너무 어리거나, 경험이 적거나, 두 진영 사이의 갈등을 피해 짝을 이루고 고향을 멀리 떠난 용들뿐이었다.

그래, 비라노스는 알렉스트라자를 질투하고 있었고, 그런 질투가 자신의 심장을 갉아먹기 시작했음을 알았다. 그런 감정이 곪아가도록 그냥 내버려 두면 분명 분노로, 증오로 바뀔 것이다. 그녀는 알렉스트라자가 가진 것을 원했다. 단순한 짝이 아니라, 단순한 무리가 아니라, 이 세상에서 자기가 있을 자리를 원했다.

결국엔 비라노스도 선택해야 할 것이다. 위상인지 현신인지. 질서인지 자연인지. 아직 그 선택이 닥쳐온 건 아니지만, 날마다 조금씩 더 가까워지고 있었다.

"비라노스?"

알렉스트라자의 말이 서리 용을 상념에서 끌어냈다.

"괜찮아?"

잔뜩 찡그린 눈썹과 꼭 다문 입술, 가늘게 뜬 눈까지, 용의 여왕의 얼굴에는 진심으로 걱정하는 표정이 떠올라 있었다. 하지만 비라노스는 알렉스트라자에게 솔직할 수도, 약한 모습을 보일 수도 없었다. 용의 여왕은 아무리 애를 써도 비라노스의 심장에서 소용돌이치는 갈등을 이해할 수 없을 것이다. 그리고 비라노스도 오늘만큼은 알렉스트라자에게 괜한 부담을 줘서 친구의 기쁨을 망치고 싶지 않았다.

비라노스는 주둥이를 알렉스트라자의 어깨에 비볐다.

"그냥 잊을 수 없는 과거가 아쉬워서 그래, 친구."

알렉스트라자는 잠시 비라노스의 눈을 가만히 바라봤다. 비라노스는 가슴이 활짝 열리고 알렉스트라자가 그녀의 두근거리는 심장을 그대로 바라보는 듯한 기분을 느꼈다. 왠지 불안하고 두려웠다.

한참이 지난 후, 알렉스트라자는 미소를 지으며 비라노스의 품에 기댔다.

"우리는 오랜 세월 동안 친구였잖아, 비라노스. 나한테는 무슨 얘기든 해도 된다는 거 알지?"

"알아."

비라노스는 그렇게 말하며 알렉스트라자에게 몸을 기댔다.

무슨 얘기든 해도 되지만…… 이것만은 안 돼.

* * *

오후가 되어 알렉스트라자가 본연의 업무로 돌아간 후에도 비라노스는 혈족의 터에 남아 조금 더 나이가 든 새끼용들과 놀았다.

"나 찾아봐라!"

녹색 새끼용 아티라누스가 근처 나뭇가지 사이에서 킥킥 웃었다. 비라노스는 근처 알지기의 길에 서서 새끼용들이 어디에 숨었는지 모르는 척했다. 붉은 새끼용 남매 탈린스트라즈와 라일라스트라자가 그녀의 머리 위에 앉아 있었다. 푸른 새끼용 라이고스가 비라노스의 왼쪽 어깨 위 허공에서 비틀비틀 날았다. 날개가 워낙 작아서 공중에 떠 있기도 쉽지 않은 듯했다.

"저 위쪽에 있어요!"

라일라스트라자는 비라노스의 머리 위에서 방방 뛰며 말했다.

"저기요! 저 나무에 있어요!"

"어떤 나무?"

비라노스는 당황한 척하며 말했다. 그녀는 커다란 머리를 이리저리 돌리다가 날개의 커다란 발톱으로 강 건너편에 있는 나무를 가리켰다.

"저 나무 말이니?"

"아니요!"

새끼용들은 한 목소리로 외쳤다.

"흠……."

비라노스는 고개를 갸웃거리며 말했다. 그녀는 몸을 돌려 다른 나무를 가리켰다.

"그럼 저거니?"

새끼용들은 깔깔 웃음을 터뜨렸다. 탈린스트라즈는 공중으로 풀쩍 뛰어올라 잠시 버둥거린 후 가까스로 비라노스의 코 앞쪽에 내려앉았다.

"저랑 같이 가요!"

아이는 비라노스를 향해 앞발로 손짓했다.

비라노스는 키들키들 웃으며 새끼용을 따라 나무로 향했고, 탈린스트라즈와 라일라스트라자, 라이고스는 나뭇가지 위로 날아올라 깔깔대며 아티라누스의 이름을 불렀다. 새끼 녹색 용이 꽥꽥 소리를 질렀고, 네 마리 새끼용이 나뭇잎을 이리저리 흩날리며 나무에서 빠져나왔다. 아티라누스가 나무에서 떨어졌지만 비라노스가 날개를 펼쳐 두껍고 부드러운 막으로 받아 주었다. 아티라누스는 날개 위에서 한 번 튀어 오른 후 깜짝 놀라 휘둥그레진 눈으로 웃음을 터뜨렸다.

비라노스도 어린 시절 친구들과 함께 이런 놀이를 자주 했었다. 이 놀이를 통해 새끼용들은 소리를 이용해서 사냥감을 찾고, 눈에 띄지 않도록 몸을 숨기고, 혼자서나 무리를 이뤄 사냥하는 방법을 배웠다. 비라노스도 솔직히 인정해야 했다. 자신의 아이가 아니더라도, 새끼용들과 함께 보내는 시간은 정말 즐거웠다.

문득, 왠지 모르게 요즘 용의 벌판에 새끼용이 줄어든 것 같은 생각이 들었다.

"다음엔 누가 숨을래?"

비라노스가 아티라누스를 다시 공중으로 띄워 올리며 물었다.

"탈린스트라즈? 라일라스트라자?"

"아니요."

라일라스트라자는 그렇게 말하며 비라노스의 머리 위에 내려앉아 서리 용의 두꺼운 갈기 속에 숨었다.

"혼자 있으면 너무 무서워요!"

"뭐라고?"

비라노스가 킥킥 웃으며 물었다.

"왜 무서워하는 건데, 꼬마야?"

"전 이모랑 같이 있을래요."

라일라스트라자가 비라노스의 목에 몸을 묻으며 대답했다.

어리둥절해진 비라노스는 대답했다.

"그래, 그러면 넌 친구들을 찾는 걸 도와주면 되겠다. 탈린스트라즈?"

"저도 숨기 싫어요……."

꼬마 붉은 용이 비라노스의 날개 아래로 달려갔다.

"절 데려갈지도 몰라요!"

"그게 대체 무슨 소리니?"

비라노스가 억지로 웃으며 말했다. 평생 새끼용들이 이렇게 행동하는 건 본 적이 없었다. 새끼용들이 느끼는 공포가 그녀를 머뭇거리게 했다.

"누가 너희를 데려간다는 거야?"

"바위 속 눈이요!"

라일라스트라자가 작은 발톱으로 원시용의 갈기를 움켜쥐고는 숨죽인 목소리로 말했다.

비라노스가 미심쩍은 눈빛으로 곁에 있는 붉은 용기병을 바라봤다. 그 생물은 어깨를 으쓱했다. 비라노스의 찌푸림이 깊어졌다. 어린 새끼용들은 원래 이상한 생각을 하곤 했다. 하지만 혈족의 터에서는 야생과 달리 이렇게까지 포식자를 두려워할 필요가 없었다. 질서의 용들은 공동으로 아이를 양육했고, 붉은 용군단은 모든 새끼용이 보살핌과 사랑, 보호를 받게 해주었다. 비라노스가 알기로는 부모가 자녀들의 삶에 관여하는 비중 역시 원하는 대로 조정할 수 있었다.

머리 위 돌출된 바위 위에는 붉은 용들이 느긋하게 누워 있고, 용기병들은 협곡을 순찰하며 새끼용들을 주시했다. 그 어떤 포식자도 이 아이들에게 접근할 수 없었다. 적어도 이들을 해칠 만큼 큰 적은 그럴 수 없을 것이다. 그렇다면 왜 두려워하는 걸까?

"혈족의 터는 안전하단다."

비라노스가 탈린스트라즈를 코로 살짝 밀며 새끼용들에게 말했다. 탈린스트라즈는 비라노스의 다리에 매달렸다.

"그 무엇도 여기에서 너희를 해칠 수 없어."

탈린스트라즈는 커다란 황금색 눈을 들어 그녀를 바라봤다. 아이의 표정에 가득한 신뢰가 비라노스의 심장을 조금 녹였다.

"바위 속에 숨은 괴물들이 있어요. 제가 봤어요! 어렸을 때 그 괴물들이 절 데려갔어요."

"데려갔다고?"

비라노스가 물었다.

"어디서 데려갔다는 거니?"

"집에서요."

탈린스트라즈가 대답했다.

"이제 가자."

그 대화에 신경이 발톱처럼 날카롭게 곤두섰지만, 비라노스는 부드러운 목소리로 말했다. *바위 속 눈이라고? 새끼용들이 납치됐다고 생각한다고?*

"무서워할 필요 없어."

탈린스트라즈는 고개를 가로저었다.

"좋아, 내가 숨을게."

라이고스가 라일라스트라자를 향해 작은 비전 불길을 내뿜으며 말했다. 붉은 새끼용은 화가 난 듯 짹짹거렸고, 라이고스는 돌 아치 아래로 사라졌다.

걱정스러운 마음이 가득했지만, 그래도 비라노스는 남은 오후 시간 동안 새끼용들과 행복한 시간을 보냈다. 아이들이 만들어 낸 놀이를 하고, 벌레를 사냥하는 걸 지켜보고, 혈족의 터에서의 삶에 대해 물었다. 그녀는 라일라스트라자와 탈린스트라즈를 설득해서 아이들이 무서워하는 것에 대해 더 자세한 이야기를 듣고 싶었지만, 두 새끼용 모두 그냥 눈을 꼭 감고 고개만 절레절레 저었다.

솔직히 말하면, 그 아이들이 어두운 동굴에서 길을 잃거나 뭔가 무서운 걸 만났을 수도 있었다. 비라노스가 만난 다른 새끼용들은 그런 두려움을 겪고 있지 않았다. 녹색 용과 검은 용, 청동 용, 푸른 용, 붉은 용까지, 비라노스가 만난 대부분의 새끼용들은 활기가 넘치고 만족스럽게 살아가고 있었다. 용의 벌판에서보다 훨씬 더 그랬다.

태양이 지평선을 향해 떨어져 내리자, 비라노스는 깨어나는 해안으로 돌아가려고 새끼용들과 알렉스트라자에게 작별 인사를 했다.

"비라노스!"

알렉스트라자는 강둑에 내려앉으며 말했다. 새끼용들은 여왕을 보자 잔뜩 기뻐하며 꽥꽥거렸고, 알렉스트라자는 주위를 둘러싸고 뿔 위까지 날아와

앉는 아이들을 향해 미소를 지어 주었다.

"미안해. 오늘 일이 생각보다 너무 오래 걸렸네. 그다지 우호적이지 않은 우리 반 거인 이웃들이 계속 우릴 괴롭히고 있거든."

"사과할 필요 없어."

비라노스는 고개를 들며 말했다. 새끼용 셋이 여전히 그녀의 갈기에 매달려, 마지막으로 한 번만 더 놀이를 하자고 졸랐다.

"오후 내내 새끼용들하고 아주 즐거운 시간을 보냈으니까. 하지만 이젠 가봐야 할 것 같아."

"난 계속 일에 끌려만 다니는구나."

알렉스트라자는 한숨을 쉬며 그렇게 말하고는, 고개를 숙여 용기병들이 버둥거리는 새끼용들을 데려갈 수 있게 해주었다.

"그래도 혈족의 터 경계까지는 같이 날아갈 수 있어."

"그거 좋겠네."

비라노스가 말했다.

두 용이 서쪽으로 날아가는 사이, 거대한 황혼이 하늘 가득 펼쳐져 포근하게 날개를 감쌌다. 하나둘씩 별들이 깜빡이며 깨어났다. 멀리서 넬타리온의 흑요석 성채에 있는 거대한 가열로들이 환하게 타올랐다. 비라노스에게도 오늘 하루는 분명히 즐거웠지만, 그래도 지금은 어서 빨리 혈족의 터를 벗어나 북쪽에 있는 익숙한 얼음 전당으로 돌아가고 싶었다.

두 용은 국경 지역에 잠시 멈춰 서서 작별 인사를 했다.

"네가 계속 여기 남아 줬으면 좋겠어."

알렉스트라자가 말했다

"네 가슴에서 외로움이 느껴져, 비라노스. 질서의 용이든 아니든, 우리는 언제나 널 환영할 거야. 내가 루비 생명의 웅덩이를 떠올린 건, 갈라크론드로부터 우리 무리를 지켰던 시절 덕분이었어. 네 덕분이라고. 그러니 네가 여기 머물러 준다면, 그보다 더 기쁜 일은 없을 거야."

날카로운 갈망이 비라노스의 가슴 속에서 공명했다. 용은 용이고, 삶이 소박한 기쁨과 익숙한 위험으로만 가득했던, 지금보다 덜 복잡하던 때로 돌아갈 수 있기를 얼마나 바랐던가. 비라노스가 혈족의 터를 방문할 때에도 알렉스트라자는 친구에게 거의 시간을 내 주지 못했다. 용의 여왕의 어깨는 지도자로서의 무거운 책무에 짓눌려 있었다.

모든 것이 변했다. 비라노스만 빼고. 북부의 거대한 빙하처럼, 그녀는 신중하게 천천히 움직였다. 어떤 문제든 마음을 정하기까지 몇 년, 심지어 몇십 년이 걸릴 때도 있었다.

"그럴 순 없어."

비라노스가 말했다.

"넌 혈족의 터에서 정말 굉장한 걸 이뤄냈어, 알렉스트라자. 하지만 내가 머무르고 싶다고 해도, 여기 내가 있을 자리는 없어."

"그렇지 않아."

알렉스트라자는 앞발을 주먹으로 움켜쥐며 말했다. 그녀가 절망할 때면 언제나 보이는 행동이었다.

"비라노스, 혈족의 터에는 네가 머무를 곳이 얼마든지 있어. 모두가 살아갈 곳이 있다고."

비라노스는 날개를 펄럭여 공중으로 떠올랐다.

"하지만 너도 나를 있는 그대로 받아들여 주진 않을 거야. 나도 네 용군단의 일원이 되기 위해 수호자들의 질서 마법에 굴복해야 하겠지."

"우리가 얼마나 발전했는지, 우리 도시와 탑, 제련소와 정원까지 보여줬잖아."

알렉스트라자는 목이 메었다.

"넌 위상들과 함께 앉았고, 우리 새끼용들과 함께 놀았어. 우리 최고의 용들과 함께 날았고, 내 가족과 함께 식사를 했어. 내가 뭘 더 어떻게 해야 이해할 수 있을까, 비라노스? 넌 내 가장 오래고 소중한 친구야. 네가 내 곁에 있어 주면 좋겠어. 우리의 지평선은 점점 어두워져만 가고 있어. 너 없이 그런 어둠을 맞이하고 싶지는 않아."

심장이 뛰는 순간, 비라노스는 자신이 감정에 휩쓸려 가는 것을 느꼈다. 그 길이 눈앞에 펼쳐졌다. 공동체, 배우자. 새끼용. 하지만 그 대가는 무엇일까? 믿음을 굽히고 행복과 교환하는 건 어렵지 않을 것이다……. 하지만 그렇게 행복한 삶은 다른 거죽 속에서 살아가야 한다……. 그 선택의 결과로 정해진 혈족에 구속된 채……. 비라노스는 그들을 위해 그런 선택을 하고 싶진 않았다.

그리고 용군단은 수호자들에게 뭔가 빚을 지고 있었다. 세계를 지켜야 한다고 했던가. 사실 비라노스는 그게 "대의"를 위해 자신을 버려야 한다는 의미일 것 같아 두려웠다. 그러면 혈관에 흐르는 얼음과 날개 아래로 흐르는 바람을 그들에게 줘야 한다는 의미일 것이다……. 그런 희생을 하고 싶지는 않았다.

지금도, 앞으로도 그녀는 비라노스다. 아무리 오래된 소중한 친구라도 그걸 빼앗을 순 없었다.

"미안해, 알렉스트라자."

비라노스가 말했다.

"하지만 그 지평선으로 널 따라갈 순 없어."

그리고 그 말과 함께, 그녀는 날개를 접고 알렉스트라자를 하늘에 혼자 남겨 놓은 채 국경을 향해 강하했다.

용의 여왕이 이름을 부르는 소리가 들린 것 같았다.

하지만 비라노스는 돌아보지 않았다.

* * *

달이 몇 번 차고 기우는 동안, 비라노스는 루비 생명의 웅덩이에서 보낸 하루에 대해, 다섯 용군단에 합류해 달라고 부탁하던 알렉스트라자에 대해 생각하지 않으려 했다. 아무리 알렉스트라자 곁에 머무를 수 있다고 해도, 티탄 마법으로 자신이 바뀌는 것은 상상할 수도 없었다.

수호자들은 비라노스와 원시용 형제들의 갈망을 알았다. 온 세계의 갈망을 알았고, 그래서 자기들의 질서를 이 세계에 강요했다. 하지만 이 행성은 이미 본질적으로 완벽하게 아름다웠다. 어째서 티탄의 변덕에 굴복해야 한단 말인가? 알렉스트라자와 용군단은 어째서 자기 동족의 의견보다 티탄들의 생각을 그렇게 중시하는 걸까?

어차피 그 잘난 티르도 갈라크론드를 무찌르는 덴 실패하지 않았나? 다섯 원시용이 힘을 합쳐 그 괴수를 쓰러뜨릴 방법을 찾지 않았던가? 비라노스도 그 이야기가 사실임을 알고 있는데, 알렉스트라자는 어째서 티탄의 힘이 필요하다고 느끼는 걸까? 그녀 자신의 힘으로도 충분하다는 사실이 이미 입증되지 않았나?

계절이 지나는 동안 매일같이 이런 생각들이 비라노스의 머릿속으로 흘러들었다. 위상들이 더 큰 힘을 원하는 이유는 이해할 수 있었지만, 수호자들을 신뢰하는 건 너무 순진한 일 같았다. 그들의 티탄벼림이 북부에서 원시용들을 덫에 빠뜨리고 붙잡지 않았던가? 알렉스트라자와 다른 위상들이 그 불쌍한 생물들을 해방시키기 위해 싸웠다 해도, 이미 피해를 입은 뒤였다. 티탄과 그들의 피조물들이 용족을 하수인이나…… 최악의 경우 노예로 생각했다는 사실은 분명했다.

어쩌면 그래서 용군단의 서약이 이렇게 비라노스를 망설이게 하는 건지도 몰랐다. 그녀는 자신이 정확히 알지 못하고 이해하지도 못하는 힘을 섬길 생각은 없었다. 알렉스트라자는 정말로 수호자들이 그녀가 동의할 수 없는 일을 요구하지 않을 거라고 말할 수 있을까? 또 만약 그런 일이 일어난다면, 어떻게 할 것인가?

어느 날 오후, 비라노스는 더는 그런 생각을 품고만 있을 수가 없었다. 그녀는 둥지를 떠나 날아올랐다. 봉우리 주위에 몰아치는 차가운 얼음장 같은 바람이 가슴을 무겁게 짓누르는 고민을 달래 주고 의혹을 쫓아 주었다. 머리 위로, 구름이 우르릉거리며 요동쳤다. 구름 아래쪽에서 거미줄처럼 번개가 뻗어 나갔다. 대기가 차가운 북부에서는 흔히 볼 수 없는 광경이었다. 눈은 아직 내리지 않았지만, 머리 위 하늘에서 눈보라가 몰아치고 있는 걸 느낄 수 있었다.

비라노스는 산 꼭대기를 둘러싸고 휘도는 폭풍 속에서 마음껏 만끽하며 맹렬하게 얼어붙는 날을 즐겼다. 폭풍의 순수한 힘에 비라노스는 기분이 좋아졌다……. 그리고 마음 속 작은 구석에서, 알렉스트라자가 날개 밑으로 더 강한 바람을 받고 싶어 하는 이유를 알 것도 같았다. 어쨌든 용의 여왕도 그런 힘을 외부 세력이 아니라 이 세계 자체에서 찾았어야 했다.

비라노스가 갈기를 스치는 바람을 즐기며 봉우리 하나를 감싸고 돌아 하늘로 올라갈 때, 귀에 익은 목소리가 구름 속에서 천둥처럼 울렸다.

“비라노스! 네가 돌풍과 숨바꼭질을 즐길 줄은 몰랐는데.”

“라자게스, 그대인가?”

비라노스는 잠시 멈춰 하늘을 바라봤다. 현신이 용의 벌판을 가로지르는 바람을 따라가는 건 낯선 일이 아니었다.

번개처럼 빠직거리는 웃음과 함께, 거대한 원시용은 구름으로부터 뚝 떨어져 내렸다. 라자게스는 어린 나이인데도 비라노스와 비슷할 만큼 체격이 컸다. 분명히 폭풍의 원소가 주입된 영향도 있을 것이다. 폭풍포식자는 변덕스럽고 불안정해서 언제 화를 낼지 모른다는 소문이 있었지만, 비라노스는 그 현신에게서 악의를 느낀 적은 없었다. 오히려 라자게스는 비라노스가 최근 경험하기 힘들었던 짜릿한 기쁨을 온몸에서 방출하는 듯했다.

“내가 아니면 누구겠어?”

라자게스는 그렇게 말하며 고개를 치켜들었다. 네 개의 거대한 뿔 사이에서 불꽃이 튀었다.

"이렇게…… 예고 없이 불쑥 찾아와서 미안. 난 그냥 폭풍을 따라서 여기까지 온 거야. 마침 이렇게 만났으니, 같이 날아보는 게 어때?"

"같이 날자고?"

비라노스는 날개를 크게 펄럭여 하늘 높이 날아오르며 말했다.

"어디로 가려고?"

"우리가 원하는 곳이면 어디라도 좋지."

라자게스는 싱긋 웃으며 말했다.

"우리 날개로 얼마나 거친 돌풍을 일으킬 수 있는지 확인해 보자! 하늘을 뒤흔들 거대한 눈보라를 일으켜 보자!"

잠시라도 그런 일에 몰두한다면 너무나도 오랫동안 비라노스를 괴롭혀 온 근심을 잠깐이나마 잊을 수 있을 것 같았다. 그래서 비라노스는 고개를 끄덕이고는 라자게스를 따라 소용돌이 속으로 들어섰다.

둘은 봉우리들 사이에서 가슴 뛰는 오후 경주를 즐기며 폭풍을 뒤흔들어 광란을 일으켰다. 바람이 비라노스의 귀에 비명을 지르고 날개를 할퀴었다. 그들은 고개를 숙인 후 강하했고, 나선을 그리며 폭풍을 통과했다. 하급 용의 날개 정도는 갈가리 찢어 버릴 만큼 날카운 눈송이를 뿌리며 눈보라가 날뛰었다. 번개가 하늘을 가르며 현신의 부름에 응답했다.

라자게스는 비라노스에게 목숨을 위협하는 거친 도전을 제안했다. 지면을 향해 자유 낙하하다가 먼저 강하를 멈추는 사람이 지는 시합이었다. 비라노스는 이 시합에서 매번 패배했다. 그녀가 폭풍포식자보다 훨씬 더 조심성이 많기 때문이었다. 하지만 거대한 번개 줄기를 회피하며 봉우리 사이를 빠른 속도로 달리는 경주에서는 비라노스가 현신 라자게스에게 승리하는 일도 적지 않았다. 라자게스가 비라노스를 해치려 하는 건 아니었지만, 거리낌 없이 나이 많은 용을 놀라게 하기도 했다.

서늘한 폭풍 속에서 불안할 정도로 위험한 걸 좋아하는 상대와 함께하고 있으면서도, 비라노스의 혈관 속에서는 피가 끓어올랐다. 가슴 속에서 심장이 거칠게 두근거렸다. 아주 오랜 세월 동안 이렇게 생생하게 살아 있는 기분을 느낀 건 처음이었다. 아니, 그건 살아 있는 기분이 아니라…… 해방감이었다. 자유였다. 비라노스는 외로움, 위상과 현신, 수호자와 그들의 혐오스러운 질서 마법에 대해 생각하는 걸 그만두었다. 생각도, 걱정도 멈추고 그냥 살았다.

하루가 저물기 시작하면서, 비라노스와 라자게스는 폭풍이 사그라지도록 내버려 두었다. 그들은 비라노스의 둥지 북쪽의 절벽에 내려앉아, 바람이 가라앉고 눈보라가 흩어지는 풍경을 바라봤다.

"당신도 나처럼 될 수 있다는 거 알잖아."

라자게스는 머리를 좌우로 흔들며 말했다.

"더욱더 강한 현신이 될 수 있다고."

"이리디크론이 그렇게 말하라고 했나?"

비라노스는 악의 없이 말했다.

"아니."

라자게스는 싱긋 웃으며 말했다.

"그냥 당신이 나와 비슷한 것 같아서 그래. 난 이 세계의 먼 구석구석에 친구들이 있는데, 그중에 당신처럼 폭풍 속을 날면서 기쁨을 느끼는 자는 많지 않아. 내 소용돌이의 분노를 견딜 수 있는 자는 더더욱 적고."

비라노스는 고개를 들어 하늘을 바라보며, 어느새 잦아든 폭풍이 부드럽게 눈송이를 휘날리는 걸 바라봤다.

"이렇게 자유로운 기분은 정말 오랜만이야."

"본능에 저항하지 않고 귀를 기울였기 때문이 아닐까."

라자게스가 말했다.

"원소의 힘이 주입되면 얼마나 더 자유로워질 수 있을지 궁금하지 않아?"

그녀의 얼굴이 뒤틀리며 미소가 떠올랐다.

"물론 위험한 일이야. 아주 위험하지. 하지만 당신이라면 원소를 받아들이고 그 힘을 지배할 수 있을 것 같아……. 물론 당신이 그 길을 선택한다면 말이지만."

그 제안에 비라노스는 잠시 머뭇거렸고, 라자게스는 다시 말을 이었다.

"하지만 당신이 어떤 결정을 내리든, 폭풍을 좋아하기만 한다면 난 아무 상관없어. 친구잖아?"

비라노스는 목이 메어 왔지만, 겉으로는 깜짝 놀란 기색을 전혀 드러내지 않았다. 그냥 그렇게 친구가 되었다고? 비라노스는 라자게스를 잘 알지도 못했다……. 하지만 지금 여기엔 폭풍 속에서 벼려진 연대감 같은 것이 있었다. 서로를 이해하고 받아들일 수 있었다.

"친구지."

비라노스는 고개를 끄덕이며 말했다.

현신은 싱긋 웃었다.

"그럼 가자."

라자게스는 그렇게 말하며 공중으로 솟아올랐다.

"내가 더 강한 바람을 일으켜 줄게. 진짜로 자유롭게 날아 보자고."

제 5 장

한 계절이 지나고, 다시 또 한 계절이 지났다. 머지않아 알렉스트라자는 일 년이라는 시간 동안 비라노스의 소식을 듣지 못했음을 깨달았다. 전에는 그래도 한 계절에 한 번씩은 함께 만나 사냥을 하곤 했지만, 최근 알렉스트라자는 업무에 너무 많은 시간을 할애해야 했고, 비라노스 또한 북부의 익숙한 영토를 벗어나는 걸 더 꺼려했다.

그 깨달음은 적의 정보를 수집하기 위해 새롭게 창설된 넬타리온의 군사 조직, 어둠비늘의 비행지도자 에그니온의 보고를 듣던 도중에 꽤 큰 충격과 함께 찾아왔다. 에그니온이 비라노스가 폭풍포식자 라자게스와 함께 있는 모습이 목격되었다는 보고를 하자, 권좌의 모든 눈이 알렉스트라자를 바라보며 그녀의 반응을 살폈다. 그 소식이 심장을 아프게 벴지만, 여왕은 아무런 내색도 하지 않았다.

비라노스가 정말 라자게스처럼 잔혹하고 예측 불가능한 자와 함께 지내는 걸 좋아하게 된 걸까? 그런 현신과 함께하는 걸? 알렉스트라자는 비라노스가 외로워한다는 걸 알았고, 자신의 업무가 너무 바빠져서 친구가 마음껏 이곳을 찾아올 수도 없었다는 것도 알았지만……. 하필이면 라자게스라고?

비라노스는 대체 어떻게 현신과 친구가 된다는 생각을 견딜 수 있었던 걸까? 피락은 알렉스트라자의 목숨까지 공공연히 위협했었다. 라자게스 또한 나을 게 없어서, 재미 삼아 질서의 용들을 사냥하고 학살하곤 했다.

우리 둘의 심장이 그토록 멀리 떨어지고 만 걸까? 알렉스트라자는 생각에 잠겨 북서쪽을 향해 시선을 돌렸고, 다른 위상들은 자리를 떠날 준비를 했다. 그녀는 권좌 가장자리로 걸어가 오후의 햇살 속으로 들어섰지만, 비늘에 내리쬐는 태양의 열기를 거의 느끼지 못했다.

친구가 현신을 따라 잔혹하고 뒤틀린 길을 걸어가지 않을 수 있도록 알렉스트라자가 할 수 있는 일이 없을까? 지금까지 했던 얘기 외에 또 어떤 말을 해줄 수 있을까? 그녀는 그 자리에 앉아 아래쪽 부산한 거리를 바라봤다. 그녀가 행한 모든 일은 용군단을 위한 것이었고, 그 연장선상에서 아제로스 전체의 안녕을 위한 것이었다. 지난 두 세기 동안 비라노스는 용군단이 이뤄낸 것을 보아왔다. 그게 질서 마법의 선함을 보여주는 증거 아니었던가? 비라노스는 어째서 수호자들이 이 세계에 위해를 가하려 한다고 계속 믿는 걸까?

하지만 그보다 더 중요한 문제는 따로 있었다……. 비라노스는 어째서 용군단의 희망보다 현신들의 잔혹성을 선택한 걸까? 그게 용군단의 연민보다 낫다고 생각한 걸까? 이해할 수 없었다.

뒤쪽 바닥에서 발톱이 달그락거리는 소리가 들렸다.

"알렉스트라자?"

넬타리온이 물었다.

"잠깐 얘기 좀 해도 되겠소?"

"물론이오."

알렉스트라자는 그렇게 대답하며 돌아서서 단상으로 들어서는 넬타리온을 바라봤다.

"무슨 문제라도 있소?"

"나도 같은 질문을 하고 싶은데."

넬타리온은 알렉스트라자 곁에 앉아 멀리 지평선을 바라봤다.

"어둠비늘의 보고에 대해 사과하고 싶소. 비라노스에 관한 정보라면 이렇게 공개 석상에서 보고하기보다는 그대에게 개인적으로 전달하라고 했어야 했소."

"괜찮소."

알렉스트라자는 대답했다. 물론 실상은 괜찮은 것과는 거리가 멀었다.

"비라노스는 현존하는 원시용 중 가장 나이가 많고 현명한 존재요. 이리디크론 또한 나만큼이나 그 사실을 잘 알고 있소. 그러니 비라노스를 무기로 활용해서 날 상대하려 하는 것도 당연하겠지만, 나는…… 그런……."

다음 말이 딱딱하게 응어리져 목을 막았다. 그녀는 묵직한 감정을 애써 삼킨 후 말했다.

"그런 일을 허락하진 않겠소."

"비라노스가 우릴 적대시한다면 우리로서는 크나큰 전력을 상실하는 것이나 마찬가지지요."

넬타리온이 말했다.

"이리디크론이 그녀를 현신으로 만들려 하는 게 분명하오."

알렉스트라자는 몸을 부들부들 떨었다.

"비라노스가 그런 길을 선택한다는 건 상상할 수도 없는 일이지만…… 어쩌면 그녀는 내가 알던 용이 아닌지도 모르오. 다른 누구도 아닌 라자게스와 친구가 될 거라고는 상상도 하지 못했으니까!"

"비라노스가 이리디크론의 세력에 합류하는 건 반드시 막아야 하오."

검은 위상이 말했다.

"그녀와의 친분을 이용할 수 있을 것 같소?"

"나도 그랬으면 좋겠소."

알렉스트라자는 그렇게 말한 후 깊은 한숨을 내쉬었다.

"오늘 얼어붙은 송곳니로 사절을 보내 함께 사냥하자고 비라노스를 초대하겠소."

"나도 어둠비늘에게 그녀의 움직임을 더 면밀히 주시하라고 지시하겠소."

넬타리온이 고개를 들며 말했다.

"아무리 현신 하나가 위상의 힘을 상대할 수는 없다고 해도, 그런 현신이 더 늘어나는 건 바람직하지 않을 테니까."

"비라노스의 마음에 닿을 방법을 찾을 수 있으면 좋겠소."

알렉스트라자는 다시 지평선을 향해 시선을 돌리며 말했다. 배신감이 느껴졌지만, 어쩌면 알렉스트라자가 위상이 되었을 때 비라노스가 느꼈던 기분이 바로 이런 것이었는지도 몰랐다. 가장 오래고 소중한 친구를 더는 이해할 수 없을 것만 같은 느낌.

"그래야만 하오."

넬타리온이 말했다.

"비라노스는 용의 벌판에서 지혜의 상징으로 여겨지고 있소. 그녀가 이리디크론의 대의를 지지한다면, 게다가 직접 현신이 된다면, 많은 이들이 그녀와 같은 길을 따를 것이오. 그런 위험을 감수할 수는 없소. 게다가 지금은 티르의 병력이 윈터스코른과의 전쟁 여파로 뿔뿔이 흩어진 상황이오."

"나도 알고 있소, 옛 친구여."

알렉스트라자가 말했다

"방법을 생각해 보겠소. 약속하오."

"그러는 동안,"

넬타리온은 말했다.

"최정상 거처에 정착한 새로운 부족에 관해서도 논의해야 하오."

알렉스트라자는 고개를 갸웃거렸다.

"또 자라딘 부족은 아니겠지?"

"다행히 이번엔 아니오."

검은 위상이 대답했다.

알렉스트라자가 기억하는 한 칼라시와 자칼리 부족은 언제나 깨어나는 해안에 존재해 왔지만, 최근 들어서는 그들이 유난히 공격적으로 활동하고 있었다.

"지금까지 이 새로운 종은 우리에게 큰 위협이 되지 않고 있소."

넬타리온이 말했다.

"작고, 무르고, 단명하는 종족이오. 노즈도르무와 나는 그들과 접촉해 보고 싶소."

"노즈도르무?"

알렉스트라자가 물었다.

"그가 깨어나는 해안의 일에 왜 관심을 갖는 거요?"

넬타리온은 잠시 주저한 후 말했다.

"노즈도르무는 그 종족이 크게 번성하여, 향후 아제로스 전체에 수백만 명이 살아가는 세력이 될 거라고 생각하오. 그리고 그들이 우리 세계의 운명에 큰 영향을 미칠 거라고 했소."

"그들은 필멸자요."

알렉스트라자는 당황한 목소리로 대꾸했다.

"비록 지성이 있다고는 하지만, 어떻게 그렇게 약한 생물이 그토록 장대한 유산을 남길 수 있겠소?"

"수명이 짧긴 하지만, 그래도 강인하고 적응력이 뛰어난 것 같소."

넬타리온이 대답했다.

"그들의 사냥단이 서로 협력해서 자기 체격보다 열 배는 큰 생물을 처치하는 것도 본 적이 있소. 많은 수가 모이면 그들도 위협이 될 수 있소……. 만약 그들이 우리를 적대시하게 할 방법을 이리디크론이 찾아낸다면 더더욱 그렇고."

"조심하시오, 옛 친구."

그녀는 키들키들 웃으며 말했다.

"이젠 그림자만 보고도 펄쩍 뛸 지경이 된 것 같소."

그는 화가 난 듯 씩씩거리며 그녀를 흘긋 바라봤다.

"글쎄, 우린 지금 그대의 가장 각별했던 친구가 현신들과 힘을 합쳐 그대와의 전쟁을 선포하는 일을 걱정하고 있지 않소."

넬타리온의 말이 날벼락처럼 알렉스트라자를 강타했다. 알렉스트라자는 헉, 소리와 함께 뒤로 물러섰다. 대지의 수호자가 한 말에 심장이 격렬한 반응을 보이며 마음에 금이 갔다. 넬타리온에게 화가 난 것이 아니었다. 가장 오랜 친구에게 자신의 대의가 얼마나 선하고 고귀한 것인지 설득하지 못했다는 무력감에 화가 난 것이었다.

그녀는 날개를 흔들어 갓 피어난 분노의 불꽃을 떨쳐버렸다.

"그대는 늘 문제의 핵심을 파고드는 재주가 있지. 안 그렇소?"

"난 재능이라고 생각하오."

그는 키들키들 웃으며 말했다. 알렉스트라자는 넬타리온을 향해 씁쓸한 미소를 지어 보였다.

"아니, 늘 그렇듯 그대 말이 맞소. 그럼 노즈도르무를 소환하시오. 우리 새로운 이웃에게 효과적으로 접근할 계획을 세워 봅시다."

* * *

필멸자들은 깨어나는 해안 남쪽에 있는 최정상 거처에 소규모 정착지를 건설했다. 수로를 따라 옹기종기 모인 오두막들이 우뚝 솟은 붉은 봉우리와 무성한 신록의 숲이 드리운 그림자 안에 숨어 있었다.

알렉스트라자는 기원의 폭포 동쪽 절벽에 내려선 후 말리고스의 환영 주문으로 변신했다. 이런 일이라면 절대 빠지지 않는 말리고스도 고집을 부려 동료 위상들을 따라왔고, 위상들의 몸을 잠깐 동안 투명하게 해 주었다. 알렉스트라자는 이세라까지 설득해서 데려왔지만, 녹색 위상은 당장이라도 꿈으로 돌아가고 싶은 기색이 역력했다.

생명의 어머니는 흥미로운 눈빛으로 필멸자의 정착지를 내려다 봤다. 이 생물들은 두 다리로 걷고, 체격은 타라세크와 비슷하지만 어딘가 구부정하고 흐느적거렸다. 잉크처럼 푸른 그들의 피부에는 비늘이 없었고, 머리에는 화려한 색의 터럭이 돋아나 있었다. 그들은 불가에 모여 쪼그리고 앉아 목 뒤에서 나는 소리로 대화하고, 손가락이 세 개인 손을 움직여 소통했다. 새끼들은 어설픈 덫을 사용해서 수로의 물고기를 잡았고, 어른들은 네댓씩 함께 모여 바실리스크의 비늘을 벗겼다.

머리 위 높은 곳을 날고 있는 이세라는 하늘에서 일렁이는 에메랄드 빛 아지랑이로만 보였다.

“저들이 어디에서 왔는지는 알고 있소?”

알렉스트라자가 오른쪽에 내려앉는 넬타리온에게 물었다. 검은 위상 또한 공기 중의 그림자로만 보였다. 잠시 후 말리고스도 어리둥절한 표정으로 그들 곁에 합류했다.

“남쪽에 저들과 비슷한 생물이 존재한다는 보고가 있었소.”

대지의 수호자가 대답했다.

“그쪽 문명은 저기 보이는 것보다 규모도 크고 더 잘 발달해 있다고 했소.”

“흥미롭군.”

그녀는 아이 하나가 바구니로 물고기를 잡는 모습을 보며 말했다. 기쁨의 환호성과 함께, 그 아이는 강둑에서 폴짝폴짝 뛰며 잡은 물고기를 어른들에게 가져갔다.

이세라가 정착지 주변을 돌아본 후 알렉스트라자의 반대쪽에 내려앉았다.

“아주 어리고 평화로운 종족이오.”

이세라는 고개를 들며 넬타리온에게 직접 말했다.

“다른 건 몰라도, 용군단에 이들의 발전에 간섭하는 걸 금지하는 명을 내리고 싶소.”

"그런 얘기는 노즈도르무에게 하시오."

넬타리온은 콧방귀를 뀌며 말했다.

"저 필멸자들은 머지않아 적대적인 세력으로 바뀔 수 있소."

그제야 합류한 청동 위상이 이세라 옆에 내려앉으며 모래를 피워올렸다.

"때가 되면 저들의 문명도 크게 번성할 거요. 최초의 만남도 아주 신중하게 접근해야 하오. 그에 따라 우리 용군단에 대한 장기적인 인상이 결정될 수 있으니까."

넬타리온은 자리에 앉아 작은 마을을 곰곰이 바라봤다.

"자라딘에게는 우리의 본모습 그대로 접근했다가 치명적인 공격을 받았소. 저 필멸자들에게는 다른 전략을 사용해야 할 것 같소."

"얘기해 보시오."

그녀는 재촉했다.

"티탄벼림을 통해 접촉하는 걸 고려하고 있소."

넬타리온이 대답했다.

"용기병만 해도 성체가 된 용만큼 위협적이진 않을 테지."

노즈도르무는 흐음 소리를 내며 생각에 잠겼다.

"그러려면 우선 적당한 시간 내에 저들의 언어를 해독하고 티탄벼림에게 가르쳐 줘야 할 텐데."

"티탄벼림은 외교적 목적에는 적합하지 않소."

말리고스는 키들키들 웃으며 말했다.

"윈터스코른이 어떻게 됐는지 보시오! 티르와 협력해서 외교적 목적에 조금 더 부합하는 걸 만들어 낼 수 있을 거요……. 물론 요즘은 티르가 자신의 전쟁 때문에 좀 바쁜 것 같지만 말이요."

"바로 그게 문제요."

넬타리온이 말했다.

"그대의 비전 피조물을 보내 보는 건 어떻겠소, 말리고스?"

알렉스트라자가 푸른 위상을 향해 물었다.

"저들을 닮은 피조물도 만들어 볼 수 있지 않겠소?"

"그럴 수 있을 거요."

푸른 위상이 말했다.

"하지만 노즈도르무의 말이 옳다면, 조금 더 편리하게 필멸자들과 가까워질 수 있는 방법을 찾아야 할 것 같소. 더 영속적인 방법 말이오."

위상들은 잠시 입을 다물고 이용할 수 있는 선택지를 검토했다. 이세라가 고개를 갸웃거리며 강둑에서 놀고 있는 아이들 둘을 바라봤다.

"저들을 이해하기 위해서라면, 역시 저들이 되어 보는 게 제일 좋지 않겠소?"

한참이 지난 후 이세라가 말했다.

"형상만 바뀌는 거라고 해도 말이오."

"형상을 바꾼다라……."

알렉스트라자가 속삭이듯 동생의 말을 반복했다. 흥미로운 생각이었다. 아마 에메랄드의 꿈속 끊임없이 변화하는 세계에서 대부분의 시간을 보내는 이세라만이 할 수 있는 생각일 것이다.

"말리고스, 그런 게 가능하겠소?"

"그런 수치를 무릅쓰고까지 필멸자가 되고 싶은 것이오, 여왕?"

말리고스가 눈썹을 추켜세우며 물었다.

"무슨, 수치라고 할 것까진 없소."

알렉스트라자가 대답했다.

"이세라의 말이 옳소. 일시적으로 필멸자의 모습을 차용하면 저들과 더 긴밀히 공감하고 저들의 상황을 더 잘 이해할 수 있을 거요."

"필멸자의 모습도 나름 쓸모가 있을 것 같은데."

넬타리온이 혼잣말처럼 말했다.

"특히 노즈도르무가 얘기한 것처럼 저 필멸자 종족의 활동력이 왕성하다면 말이오. 우리 첩보 요원을 동원해서 저들의 움직임을 감시하는 게 좋겠소. 그러면 저들의 모습을 모방하기가 쉬워질 테니까."

말리고스는 한숨을 쉬었다.

"일단 조사를 좀 해봐야 하겠소. 우선 환영 마법으로 무엇까지 할 수 있는지 시험해 봅시다."

위상들은 남은 오후 시간을 벼랑 위에서 보내면서, 필멸자의 모습, 그 형상을 어떻게 취할 것인지 논의했다. 위상들은 힘을 합쳐 환영 마법을 엮으며 다양한 결과를 도출했다. 처음엔 넬타리온이 수호자보다 키가 큰 거대한 필멸자로 바뀌었다. 그 다음엔 알렉스트라자를 그보다는 조금 작은 필멸자로 바꿀 수 있었지만, 팔다리가 진홍색 비늘로 덮여 있었다.

말리고스는 짜증스러운 기색을 숨기지 않았지만, 알렉스트라자는 환영이 실패할 때마다 그의 두 눈이 조금씩 더 밝게 빛나는 것 같다고 생각했다. 태양이 기울어 지평선 가득 환한 불길을 피워 올리자, 푸른 위상은 털썩 주저앉아 발톱으로 턱을 문질렀다.

"환영만으로는 부족하오."

그는 이세라의 거대한 환영 필멸자 형상을 보며 말했다. 녹색 위상은 어딘가 비율이 어색했다. 팔이 너무 길어서 땅에 끌릴 지경이었다. 녹색 위상이 우스꽝스러운 사지를 이리저리 흔들자, 알렉스트라자는 새끼용처럼 낄낄대며 웃음을 터뜨렸다. 넬타리온까지도 재미있다는 듯 코웃음을 쳤다.

생명의 어머니는 이렇게 아무런 걱정 없이 웃어 본 지가 몇 년은 된 것 같다는 생각에 왠지 서글픈 기분이 들었다. 티르는 그녀의 지위가 위엄과 품위가 필요한 자리라고 했고, 늘 수많은 걱정거리가 마음을 짓누를 거라고도 했다. 그냥 알렉스트라자로 남아 있을 수 있는 시간이 많지 않았다.

말리고스는 주먹으로 턱을 문지르며 혼잣말을 했다.

"뭔가 다른 게 필요할 것 같은데. 원하는 효과를 내려면 마법이 조금 더 직접적이고 개인적인-"

푸른 위상이 말을 마치기 전에, 하늘에서 요란한 비명의 화음이 메아리쳤다.

알렉스트라자가 고개를 들었다. 위상의 수행원들 사이에서 들불처럼 빠르게 공포가 번졌다. 청지기 사리스트라즈가 언덕을 향해 강하하는 모습을 보며, 알렉스트라자의 미소가 사라져 갔다. 그는 우아하게 생명의 어머니 앞에 내려앉아 고개를 숙였다. 그의 온몸에서 여름의 열기처럼 공포가 피어올랐다.

"여왕님, 발드라켄에서 소식이 전해졌습니다."

"무슨 소식?"

넬타리온이 그들을 향해 달려오며 말했고, 이세라도 용의 모습으로 돌아갔다.

"무슨 일이 있었던 거지?"

"티르 님이……."

사리스트라즈가 말했다.

"……전사하셨습니다."

"돌아가셨다고?"

알렉스트라자의 두 눈이 휘둥그레졌다. 그녀는 심장이 덜컥 떨어지는 느낌에 흠칫 놀랐다. 그리고 충격 받아 눈을 깜빡이며 눈물을 흘리던 이세라를 바라봤다.

"아니, 그럴 순 없다. 난……. 그분이 돌아가셨을 리는 없어! 어떻게 된 거냐?"

"지금은 그게 중요한 게 아니오."

넬타리온이 대꾸했다. 그들 곁으로 다가온 다른 위상들의 얼굴에도 비통함이 고스란히 드러났다.

"이 소식이 외부로 알려져서는 안 되오-"

"티르는 우리의 가장 큰 후원자였소."

이세라는 꿈처럼 깊은 슬픔이 가득 담긴 목소리로 말했다.

"우릴 지금의 모습으로 이끌어 준 존재가 바로 티르였소. 이 소식이 사실이라면, 그분의 기억을 그냥 지워 버리고 싶지는 않소. 티르의 수많은 위업을 기념하고, 그분의 생을 기려야 하오."

"나도 그렇게 생각하오."

넬타리온은 알렉스트라자를 향해 돌아섰다.

"하지만 이 소식이 이리디크론에게 알려져서는 안 되오. 우리가 티르를 비롯한 수호자들과 연합하고 있다는 사실 때문에 혈족의 터가 지금의 위세를 유지하고 있는 거요. 최근의 전쟁으로 티탄벼림이 소멸했소. 티르까지 사라졌다면……."

알렉스트라자는 두 눈을 감고 고개를 숙였다.

"그렇다면 이리디크론도 공격을 감행하겠지."

그 말과 함께 그녀는 깊은 숨을 들이쉬었다.

"좋소. 즉시 발드라켄으로 돌아갑시다."

제 6 장

오후가 황혼으로 저물어 가고, 북쪽 먼 하늘은 짙푸르게 멍들어 구름도 검게 변했다. 이리디크론은 폭풍의 격노 앞에서 눈을 가늘게 떴다. 돌비늘은 화가 났을 때에도 신중한 태도를 잃지 않았다. 그는 라자게스의 격노가 성체 용을 하늘에서 떨어뜨리고, 고대의 나무를 뿌리째 뽑아 버리고, 자신의 도움을 받아 일으킨 거대한 파도로 북부 해안을 강타하는 모습을 보았다. 매서운 바람이 그의 날개를 휩쓸었지만, 그의 비늘은 돌처럼 단단하고 무거웠기 때문에, 라자게스의 폭풍 속에서도 안정을 유지할 수 있었다. 하지만 그렇다고 해도, 라자게스의 돌풍을 온몸에 맞는 건 결코 안전하지 않았다.

라자게스……. 그는 몰아치는 바람 앞에서 눈을 가늘게 뜨고 생각했다. *대체 뭘 하고 있는 거냐, 이 꼬마야?* 폭풍포식자도 참혹한 심연에서 이렇게 가까운 곳에 폭풍을 불러내서는 안 된다는 걸 알고 있었다. 자칫하다간 이리디크론과 그의 날개지도자들이 지하에서 수행하고 있는 섬세하고 위험한 일들을 방해할 수 있기 때문이었다. 라자게스 본인만큼이나 그녀의 폭풍은 예측이 불가능했고, 거칠었다. 오늘, 라자게스의 천둥은 참혹한 심연의 심장부 안쪽까지 메아리치며, 동쪽 대지의 뼈대를 흔들려 했다.

그래서 언짢아진 이리디크론은 직접 폭풍포식자를 대면하러 갔다. 이리디크론의 말도 잘 들으려 하지 않는 라자게스가 날개지도자의 요청을 들어 줄 리가 없었다. 최선의 상황이라면 전령은 그냥 무시당할 테고, 최악이라면 살해되고 말 것이다. 이리디크론은 예측 불가능한 라자게스 때문에 지휘관들의 목숨을 희생시키고 싶은 생각은 없었다.

"라자게스."

그는 거친 바람 위로 외쳤다.

"폭풍을 멈춰라!"

그의 목소리가 라자게스에게 들렸는지 몰라도, 그녀는 대답하지 않았다. 대신 라자게스의 고함이 들려왔다.

"이제 와 여기로 돌아와 자비를 구걸할 수 있을 거라고 생각했나? 네 가죽에서 비늘을 모조리 뜯어내 버리겠다. 네가 한 짓의 대가는 목숨으로 갚아라!"

고통스러운 비명이 밤을 갈랐다. 라자게스의 비명이 아니었다. 어딘가 귀에 익은 음색이었지만, 어디서 들었던 목소리인지 떠올릴 수는 없었다. 공기에서 피 냄새가 났지만, 흩날리는 눈 때문에 앞이 잘 보이지 않았다.

무슨 일일까 궁금해진 이리디크론은 라자게스와 그녀의 사냥감 주위의 돌풍을 따라 빙빙 맴돌았다.

라자게스는 거칠게 포효하며 뿔에서 번개 줄기를 방출하고 작은 용을 감전시켰다. 그 용은 경련을 일으켰고, 고통 속에 날개를 뻗치며 목을 둥글게 말았다. 찬란한 빛이 독특한 윤곽을 이리디크론의 눈에 새겼다. 그건 질서의 검은 용이었다. 작긴 하지만 분명 넬타리온의 용군단에 속한 자였다. 그 용은 몇 초 동안 떨어져 내린 후 다시 정신을 차렸고, 날개를 펼쳐 가까스로 추락을 멈췄다.

질서의 용이 이토록 먼 북쪽에서, 그것도 혼자 뭘 하고 있는 걸까? 질서의 용들은 보통 대여섯 명씩 무리를 지어 돌아다녔고, 특히 용의 벌판을 지나갈 때는 각별히 경계하곤 했다. 위상들이 이렇게 작은 용이라면 아무도 신경 쓰지 않을 거라고 생각하며 첩자를 보낸 걸까?

아니, 뭔가 다른 일이 있었을 거야. 이리디크론은 생각했다. 넬타리온이 참혹한 심연에 졸개들을 들여보냈을 거라는 데는 의심의 여지가 없었다. 대지의 수호자라면 그 정도는 당연했다. 용의 여왕이 아무리 평화를 주창한다 해도 이리디크론과 넬타리온은 이미 패권과 생존을 둘러싼 치명적인 춤을 시작했다.

라자게스가 강하했다. 또 한 번 비명이 폭풍을 찢었다. 그런데 이번에는 익숙한 향이 이리디크론의 코로 스며들었다. 새끼용이던 시절부터 맡았던 냄새였다. *이크로니아?* 그는 그 용을 향해 다가가며 떠올렸다. *내 여동생이라고? 그럴 리가 없어.*

이리디크론의 분노가 가슴 깊은 곳, 돌 심장의 어두운 구석으로부터 끓어오른 후, 다시 차갑게 식어 부서지지 않을 검은 무언가가 되었다. 그 꼬마 무른비늘이! 이리디크론이 무리의 여동생을 마지막으로 본 건 너무 오래전이라, 이미 죽었을 거라 생각했었다. 하지만 차라리 죽는 게 나았을 것이다. 질서 마법이 얼마나 위험한 것인지, 그가 경고하지 않았던가? 그 마법이 자신을 알 수 없는 세력의 변덕에 결속할 뿐이라는 걸 몰랐던 걸까? 티탄이 어떤 요구를 할지, 질서 마법이 얼마나 깊은 얼룩을 남길지 아무도 몰랐다.

이리디크론은 배신한 이크로니아를 라자게스가 죽여 버리게 내버려 둘까 잠시 생각했다.

돌비늘은 하늘을 선회하며 가까이 다가갔고, 라자게스가 작은 용을 계속해서 괴롭히는 모습을 지켜봤다. 차가운 격노 속에서, 이리디크론은 이 상황을 이용할 수 있는 기회도 포착했다. 그라면 이크로니아를 조사해서 위상들과 그들의 능력에 대해 더 자세히 알아볼 수 있었다. 아니면 이크로니아를 넬타리온의 조직 안으로 들여보낼 수도 있었다. 어느 쪽이든, 현신들에게는 그녀가 살아 있는 것이 더 유리했다.

지금 이크로니아의 목숨을 구해준다면, 그녀는 이리디크론의 완벽한 수족이 될 것이다.

"라자게스."

이리디크론이 천둥 같은 목소리로 불렀다.

"당장 내 여동생을 풀어줘라!"

폭풍포식자는 공격을 멈추고 이리디크론을 향해 시선을 돌렸다. 이크로니아는 고통으로 흐릿해진 목소리로 오라비를 불렀다. 그 작은 용은 공중에 떠 있는 것도 힘들어 보였지만, 이리디크론은 동정심 따위 느끼지 않았다. 그녀 자신이 선택한 길이었다. 이제 이크로니아는 자기 선택의 결과를 받아들이거나, 그로 인해 죽게 될 것이다.

"이크로니아는 널 배신했어."

폭풍포식자가 머리를 지켜들고는 말했다.

"이제 와서 네 앞에 머리를 조아리며 자비를 구하려고 한다니. 그런 건 허락할 수 없어!"

"그건 네가 결정할 바가 아니다."

이리디크론이 말했다.

그들 주위의 폭풍이 거칠게 포효했다. 라자게스는 공중에서 몸을 돌렸다. 거대한 뿔들 사이에서 번개가 빠직거렸다.

"날 막으려는 건가? 그녀는 요란한 웃음을 터뜨리며 물었다.

"질서의 용을 파멸로부터 구하려는 건가? 네 누이는 죽어 마땅하다. 지금 당장 죽여 버리고 사체를 수호자들에게 돌려보내야 해!"

이리디크론은 그에 응답하듯 으르렁거렸다.

"마음이 약해진 건가, 돌비늘?"

라자게스가 쏘아붙였다. 그녀의 갈기 사이에서 번개가 춤을 췄다.

"아니면 이제 저 수호자들에게 공감하는 거냐? 어디 한번 보자!"

라자게스가 날개를 앞쪽으로 펄럭여 이크로니아를 향해 거대한 번개 줄기를 방출했다. 번개가 작은 검은 용을 집어삼키고, 그녀는 고통에 울부짖었다. 이리디크론이 거칠게 포효했다. 그리고 거대한 날개를 내리쳐 나선을 그리며 공중으로 솟구친 후 몸을 돌려 그대로 강하했다.

자기 번개의 번쩍이는 빛 속에서 폭풍포식자는 다가오는 그를 보지 못했다.

이리디크론은 라자게스에게 몸을 부딪혔고, 그녀의 가죽에 발톱을 박아 넣었다. 라자게스의 번개가 이리디크론의 몸에 흘렀지만, 번개는 돌에 아무 효과가 없었다. 그녀는 비명을 지르며 그를 향해 발을 휘둘렀지만, 그의 가슴을 때린 발톱은 그대로 튕겨져 나갔다.

"이거 놔!"

그녀가 외쳤다.

"싫다."

이리디크론이 날개를 접었다. 라자게스는 두 용의 무게를 감당하지 못했다. 둘은 함께 바위처럼 떨어져 내렸고, 아래쪽 숲을 향해 그대로 곤두박질쳤다. 폭풍포식자를 진정시키려면, 일단 땅으로 끌어내려야 했다. 라자게스의 격노로부터 그를 지켜 준 돌 비늘이 공중 전투에서는 약점이 되었다.

라자게스는 이리디크론에게 붙잡혀 버둥거리며 비명을 질렀다. 대지가 그들을 향해 달려들었다. 이리디크론은 라자게스의 아랫배를 걷어차 놓아 주었고, 그녀는 눈 덮인 나무를 그대로 들이받았다. 이리디크론은 날개를 펼쳐 바람을 품고 라자게스의 머리 위를 스쳐 날아갔다.

라자게스는 진흙과 눈, 덤불로 뒤덮인 채 공터에 굴러 떨어졌다. 산뜻한 수액 내음이 주위를 가득 채웠다.

이리디크론은 선회해서 근처 땅에 내려앉았다. 그의 발아래 대지가 몸을 떨었다.

공터 반대쪽에는 이크로니아가 눈 더미 위로 쓰러져 미동도 하지 않았다. 그녀는 다음 차례라고, 이리디크론은 생각했다.

숨이 조금 막힌 듯했지만 거친 포효와 함께 라자게스는 몸을 일으켰다. 그리고 고개를 흔들며 날개의 발톱으로 지면을 내리쳐 사방으로 눈을 흩뿌렸다.

"이 대가를 치루게 해 주마!"

라자게스가 외쳤다.

"항복해라."

이리디크론이 말했다.

"네 폭풍도 돌은 부술 수 없다."

"그럴 리가."

라자게스가 새된 목소리로 외쳤다. 그녀가 날개를 펼치고 공중으로 도약하려 하는 순간, 이리디크론이 날개의 발톱으로 땅을 두드렸다. 중력이 발을 붙잡았다. 라자게스는 비틀거렸고, 끙 소리와 함께 눈밭으로 쓰러졌다. 그녀는 다시 날아오르려 했지만, 몸이 앞으로 흔들리기만 했다.

라자게스는 이리디크론를 노려봤다.

"이게 무슨 짓이야?"

그녀는 코를 흔들어 눈을 떨쳐내고 그르렁거렸다.

"항복해라, 라자게스."

이리디크론이 대답했다.

"너와 싸우고 싶지는 않다."

폭풍포식자는 이를 드러내고 으르렁거렸다.

"내가 저 약한 것을 죽여 버리겠다."

"아니, 이크로니아를 써먹을 곳이 있다."

이리디크론이 말했다.

"그녀가 우리 대의에 큰 도움이 될 수 있다는 걸 모르겠나? 폭풍을 가라앉혀라, 자매여. 이크로니아도 때가 되면 심판을 받을 것이다. 그녀의 쓰임이 다한 뒤에 말이지."

폭풍포식자는 투덜거렸지만, 몰아치던 바람이 잦아들었다. 쏟아붓던 눈이 어느덧 부드러운 눈송이로 바뀌어, 이리디크론의 날개와 비늘 위를 얇게 뒤덮었다.

"이 빚은 백 배로 갚아라, 이리디크론. 혈족의 터 전체에서 우리 적들의 비명이 울려 퍼지는 걸 듣고 싶다."

"그리할 수 있을 것이다, 친구여."

이리디크론이 그렇게 대답하면서 움직이지 않는 이크로니아를 향해 돌아섰다.

"사라졌던 내 여동생을 어디서 찾은 거지?"

"이 근처다."

라자게스가 대답했다.

"네 발치에 엎드려 자비를 구하려 하더군. 그게 말이나 되는 일인가?"

"이크로니아가 어떻게 질서의 용이 됐는지 알고 있나?"

이리디크론은 작은 용을 향해 다가가며 물었다. 이크로니아는 얕은 숨을 몰아쉬고 있었다.

"아니."

라자게스는 그를 따르며 대답했다. 그들은 피를 흘리는 이크로니아 곁에 멈춰 섰다.

"그게 상관이 있나? 어차피 배신한 건 마찬가진데."

"그럴 수도 있지."

이리디크론이 말했다.

"이크로니아가 강제로 질서 마법을 받아들인 것인지, 아니면 자유 의지로 선택한 것인지 알고 싶다."

"네 여동생은 너무…… 순진해 보이던데."

라자게스가 하악 소리와 함께 대꾸했다.

"너희 둘이 어떻게 같은 둥지에서 나올 수 있었던 건지 모르겠군."

"흐음."

이리디크론은 그렇게만 대답했다. 이크로니아는 언제나 다른 이들의 생각을 따랐다. 물론 지혜와 분별력을 갖춘 상대의 이야기만 들을 수 있다면, 그런 태도도 큰 문제는 아니었다. 하지만 불가능하기에 그녀는 첩자 노릇에 어울리지 않았다. 동시에 이리디크론은 그녀가 참혹한 심연에 들어가는 것도 원치 않았다. 이리디크론의 병력 사이에 질서의 용을 받아들일 수는 없었다.

그래서 이리디크론은 누이를 자기 소굴 근처의 작은 동굴로 옮겼다. 그는 부드러운 흙의 담요로 상처 입은 누이의 몸을 덮어 주고, 가죽의 깊은 상처는 가는 모래로 채워 주고, 부러진 다리와 꼬리에 돌 부목을 묶어 주었다. 그리고 용암을 끌어들여 이크로니아가 누워 있는 공간을 덥혔다. 그러면서 이리디크론은 자기 누이를 위상을 공격할 무기로 만들 수 있는 최선의 방법을 생각했다.

지난 두 세기 동안 이리디크론은 혈족의 터에서 위상들의 기반을 약화시키기 위해 조용히 노력해 왔다. 최근에는 그와 날개지도자들이 대지를 흔들고 지진을 일으켜 용군단의 활동을 방해하기도 했다.

그중 가장 중요한 건 역시 이리디크론이 용의 벌판에서 위상들에 대한 믿음을 붕괴시킨 것이었다. 그와 추종자들은 동족에게 질서 마법의 효과에 대해 이야기하고, 용군단이 원시용들을 사냥터에서 쫓아냈다고 주장하고, 기이한 날씨의 변화부터 용들이 실종된 일까지 전부 질서의 용들 탓이라고 비난했다. 위상들은 대부분 자기들의 국경 안쪽에 숨어 지내기 때문에, 그런 방법을 이용하면 현신의 추종자들을 더 쉽게 영입할 수도 있었다.

비라노스에 대해서는…… 사실, 이리디크론은 그녀에 대한 계획도 따로 준비해 두었다. 그 얼음 용의 자애로운 기질을 공략할 계획이었다. 위상들이 원시용들에게 해를 끼치고 있다는 생각이 강해진다면, 그만큼 상황이 유리해질 것이다. 이리디크론은 때가 되면 비라노스가 용의 여왕에게 등을 돌릴 수 있는 적절한 이유를 만들어 줄 생각이었다. 그래서 적당한 부하가 필요했다. 원시용들의 불평불만을 얼음 용에게 전해줄 사절이 필요했다. 라자게스도 그런 방면에서 도움이 될 수 있었다. 폭풍포식자가 용의 벌판과 그 너머까지 즐겨 여행을 다니고, 그러는 동안 머나먼 곳에서 다양한 친구들과 어울렸다는 사실은 이미 잘 알려져 있었다. 라자게스와 비라노스 사이의 우정도 빠르게 커졌고, 이리디크론은 바로 그 점을 이용하려 했다.

라자게스는 뚱한 표정으로 동굴 입구에서 그를 바라봤다.

"이크로니아는 너무 약해서 우리에겐 아무 쓸모가 없어, 이리디크론. 그 새끼용은 싸울 줄도 모른다고."

"전쟁에서의 승리는 전장에서 거두는 것이 아니다, 라자게스. 마음과 정신에서 이루는 것이지."

이리디크론이 나지막이 말했다.

"그런 면에서 이크로니아가 충분히 활약할 수 있을 거다……. 물론 적절히 이끌어 줘야겠지만."

폭풍포식자가 성큼성큼 동굴 안쪽으로 들어와, 목뒤 쪽에서 넌더리가 난다는 소리를 냈다.

"그게 무슨 소리지?"

이리디크론이 돌아섰다. 그의 비늘이 바닥을 긁으며 삐걱거리는 소리가 울렸다.

"이크로니아가 깨어나면 혈족의 터 국경 지역으로 데리고 가서 타라세크나 필멸자의 마을을 불태우게 해라. 어느 쪽이든 상관없다. 그 소식을 널리 전하고 혼돈을 울부짖을 수 있을 만큼 생존자도 적당히 남겨 줘라. 하늘에서 불의 비를 쏟아 내려라. 대지를 뒤흔들어라. 필요하다면 하늘에서 폭풍을 끌어내려도 좋지만, 오직 이크로니아만 모습을 드러내야 한다. 알겠나?"

"그래." 라자게스는 낄낄 웃으며 말했다.

이리디크론은 성큼성큼 동굴 밖으로 향했다.

"좋다. 어서 가서 파괴해라, 폭풍 포식자! 그게 네 특기일 테니."

제 7 장

몇 달 동안, 라자게스는 달이 기울 때마다 이크로니아의 소굴 입구에 나타났다. 처음에 이크로니아는 무작위로 마을 한두 개를 파괴하는 밤의 원정을 싫어했다. 습격하는 것이 타라세크 마을이건 필멸자의 마을이건, 라자게스는 신경쓰지 않았다. 폭풍포식자에게 중요한 건 불과 공포, 피뿐이었다.

하지만 계절이 바뀌고 공기가 서늘해지면서, 참혹한 심연의 타라세크 병력도 늘어나기 시작했다. 필멸자들도 위상들의 소행이라고 알려진 파괴 행위로부터 달아나 그들에게 합류하곤 했다. 심지어 원시용들도 용군단의 행동이 달라진 것을 눈치챘다.

이크로니아도 오라비의 목표를 이해한 후로는 자기 과업을 즐기기 시작했다.

필멸자들의 비명이 라자게스의 폭풍을 꿰뚫을 만큼 날카롭게 밤을 갈랐다. 이크로니아는 공중에서 강하하며 불을 내뿜어, 옹기종기 모인 초가집들에 불을 붙였다. 마른 풀이 타올랐다. 작은 생물들이 공포와 고통의 비명을 내지르며 초가집 입구에서 튀어나왔다. 필멸자 한 명은 바닥에 넘어져 산 채로 불길에 삼켜졌다. 이크로니아는 그 곁을 빠르게 지나쳐 날아가며, 날개로 부채질하여 불길을 키웠다.

라자게스는 머리 위 소용돌이치는 검은 하늘에 숨어 낄낄 웃었다. 폭풍포식자는 구름 속 횃대에서 번개 화살을 발사하여 희푸른 빛의 섬광으로 주위를 환하게 밝혔다.

이크로니아는 반쯤 미친 듯한 그 현신을 정말로 증오했다. 그녀도 자기 입장은 이해했다. 지금의 행동이 자신의 가치와 원시용의 대의에 대한 충성심을 입증하는 데 꼭 필요하다는 사실을 알았다. 하지만 라자게스의 발톱 아래에서 겪어야 하는 고통은 도저히 이해할 수가 없었다. 이크로니아가 오라비의 지시를 그냥 따르고 있을 때에도 폭풍포식자는 아무 이유 없이 그녀를 때리곤 했다. 이리디크론이 그녀의 생명을 구해준 건 사실이지만, 그와 함께 폭풍포식자의 변덕을 온몸으로 감내해야 하는 선고를 내린 셈이었다. 그건 자비이자 처벌이었다.

이크로니아의 생각이 짧았다. 오라비가 접근하는 걸 보자마자 라자게스에게 죽임을 당했어야 했다. 알껍질에서 깨어났을 때부터, 이리디크론이 도움을 줄 때는 언제나 조건이 뒤따랐다. 같은 둥지에서 태어난 두 남매 중에서 이리디크론이 더 크고, 더 빠르고, 더 교활했다. 그는 이크로니아를 잡아먹으려 하는 용들로부터 누이를 지켜 주었다. 하지만 이리디크론은 그녀의 목숨을 구해줄 때마다 대가를 받아냈다. 약속을 받아냈다. 말하자면 비늘을 한 줌 씩 벗겨냈다고도 할 수 있겠지만, 실제로 이크로니아의 가죽에서 진짜 비늘을 뜯어낸 건 바로 라자게스였다.

이크로니아 또한 위상과 그들의 용군단이 무너지는 걸 보고 싶었기에, 고통을 견뎌냈다. 이크로니아는 용군단 사이에서 오랫동안 머무르지는 않았다. 겨우 한두 계절뿐이었지만, 그 정도만으로도 자기가 실수했다는 건 충분히 깨달을 수 있었다. 용군단은 혈족의 터에서 머무를 수 있는 자리를 주겠다고 그녀에게 약속했지만, 그"자리"에는 의무와 노동이 뒤따랐다. 검은 위상은 자기 용군단을 지칠 때까지 내몰았다. 검은 용들은 그의 가열로를 관리하고, 군대를 이뤄 행군하고, 그의 성채를 건설했다. 더 심각한 건, 용군단의 서약에 대한 넬타리온의 광신적인 헌신을 지지하지 않는 것이 이크로니아 혼자만인 것 같다는 사실이었다. 검은 용군단의 수는 점점 늘어났지만, 이크로니아는 그만큼 큰 외로움을 느껴 본 적이 없었다.

작은 검은 용이 하늘을 맴돌았다. 날뛰는 불이 아래쪽 대지를 뒤덮고 스치는 모든 것을 집어삼켰다. 불은 숲을 씹어 먹고 검은 연기를 하늘로 뱉어냈다. 새와 작은 생물들이 불길을 피해 달아났다. 필멸자들이 비명을 지르고 아이들은 눈물을 터뜨렸다. 이크로니아가 보기에, 필멸자들의 생명은 아무 의미가 없었다. 용이 아닌 건 모두 사냥감이었다.

그녀는 날개를 접고 마을을 향해 강하했다. 입에서 불길이 쏟아져 나와 지나는 길의 모든 것을 삼켰다. 마을 하나를 불태우고, 생명 하나를 빼앗을 때마다 이크로니아는 위상과 수호자들의 명예를 더럽혔다. 그녀는 위상들이 자기들의 거룩한 이름을 앞세워 마을을 연이어 불태우고, 국경을 따라 공포와 파괴의 씨를 뿌리는 자신의 모습을 봐 줬으면 좋겠다고 생각했다. 하지만 이리디크론은 피락을 비롯한 그 누구에게도 그녀의 진짜 임무가 무엇인지 얘기하지 못하게 했다.

어쩌면 언젠가 이 임무도 끝이 나고, 오라비도 동생의 실수를 용서해 줄지도 몰랐다. 지금은 일단 오라비가 시킨 일을 해야만 했다.

이크로니아는 날개를 기울여 라자게스의 흉포한 격류에 몸을 실었다. 폭풍포식자는 필멸자 마을을 완전히 몰살하고, 한두 명의 생존자만 남겨 둘 것을 요구했다. 누구든 알렉스트라자의 용군단이 용이 아닌 종족을 파괴하는 잔혹한 살인자들이라는 소식을 알려야 했으니까. 몇몇 필멸자들이 이미 이 글거리는 불지옥을 탈출하는 데 성공했다.

이크로니아는 중앙의 커다란 공터에 내려앉았다. 숯이 되어 버린 나무와 타오르는 육신의 자극적이고 매혹적인 냄새가 코를 가득 채웠다. 죽어가는 자들의 비명이 잦아들어, 그녀는 불의 포효와 라자게스가 불러낸 바람의 울부짖음과 함께 홀로 남았다.

왼쪽 오두막 사이에서 무언가 움직이며 그녀의 시선을 끌었다. 필멸자의 아이가 자기 발에 걸려 땅에 넘어지는 모습이 보였다. 이크로니아가 자신을 향해 돌아서자, 아이는 새된 목소리로 폭풍을 넘어갈 듯 비명을 질렀다. 이크로니아는 으르렁거렸고, 불길이 입술 주위를 맴돌았다.

날카로운 고통이 아슬아슬하게 눈을 피해 검은 용의 머리 한쪽을 때렸다. 묵직한 돌이 쾅 소리를 내며 발치에 떨어졌다. 이크로니아는 거칠게 으르렁거리며 돌아섰다. 놀랍게도 공터엔 두 번째 필멸자가 한 손에 돌덩이를 들고서 있었다.

아이보다 키가 큰 필멸자였다. 이리저리 길게 뻗은 머리카락이 어깨 아래까지 내려왔다.

"나를 네 새끼로부터 유인할 생각이냐, 작은 짐승아?"

이크로니아는 그렇게 말하며 필멸자를 향해 쿵쿵 다가갔다. 작디작은 생물은 두 다리가 후들후들 떨리는데도 제자리를 지켰다.

"이제 달아나는 게 좋을 거다."

그 생물은 이해할 수 없는 야성적인 언어로 용에게 "말한" 후 다시 돌을 던졌다. 돌은 아무런 해도 주지 못하고 이크로니아의 가슴에 튕겨 나갔다.

용이 무슨 말을 하기도 전에 희푸른 번개가 하늘에서 떨어져 필멸자를 덮쳤다. 그 생물은 경련을 일으켰고, 두 눈이 뒤쪽으로 넘어가면서 그대로 쓰러졌다. 길고 가느다란 울부짖음이 밤의 한가운데로 흩뿌려졌다.

그런데…… 아이는 어디 있지?

이크로니아는 빙빙 돌며 어린 필멸자를 찾았다. 꼬리가 불타는 오두막의 잔해를 내리쳐 잿불을 공중으로 흩날렸다. 그 아이는 은신처에서 뛰쳐나왔다가, 어머니의 사체를 보고는 멈춰섰다. 그리고 또 한 번 고통스럽게 울부짖으며 쓰러졌다. 그 울음이 이크로니아의 심장을 꿰뚫고 피의 욕망을 산산이 깨뜨렸다. 그건 공포의 울음이 아니었다. 너무나도 깊어서 이 세상까지 가를 수 있을 듯한 고통의 외침이었다. 상실과 그 이상의 무언가가 담긴 울부짖음. 그건 외로움이었다.

이크로니아도 너무 잘 아는 감정이었다. 용은 가슴에 차오르는 감정에 깜짝 놀라 우뚝 멈춰다.

"처치해라."

라자게스의 천둥처럼 깊은 목소리가 하늘에서 울려 퍼졌다.

"저놈은 날 봤다. 이번엔 주저하지 마라!"

폭풍인도자의 목소리만 들어도 이크로니아의 상처가 욱신거렸다.

"이크로니아!"

라자게스가 포효했다.

이크로니아는 흉포하게 포효하며 발톱으로 아이를 강타했다. 작은 생물에게 고통 없이 깨끗한 죽음을 선사했다. 고개를 들어 보니, 나무들 사이로 무언가 움직이는 것이 언뜻 보였다. 나뭇가지 사이에 누군가 숨어 있는 것도 같았지만 이크로니아는 그냥 내버려 두었다.

이크로니아와 라자게스는 마을을 떠났지만, 아이의 마지막 비명은 계속해서 그녀의 뒤를 쫓았다. 이크로니아는 그 비명을 마음속 한쪽 구석에 쑤셔 넣으며 위상들과 그들의 거짓 약속에 대한 증오를 키웠고, 라자게스를 따라 검게 물든 지평선을 향해 날았다.

* * *

북부에서는 비라노스가 둥지를 떠나 밤 사냥을 나섰다. 찬란한 청록색과 초록색, 보라색 빛의 띠 아래로 별이 흩뿌려진 하늘을 향해 비라노스는 솟아올랐다.

머리속에서 생각과 애정이 서로 충돌하며 마구 맴돌았다. 지난 몇 번의 달이 차고 기우는 동안, 알렉스트라자는 비라노스를 더 자주 혈족의 터로 초대했다. 어제만 해도 얼어붙은 송곳니로 또 다른 전령을 보내 고룡쉼터 사원에서 열리는 연회에 비라노스를 초대했다. 비라노스는 이번 계절에만 그런 요청을 이미 세 번이나 거절했다. 알렉스트라자가 그립긴 했지만 마음 아픈 일을 더 겪고 싶진 않았다.

알렉스트라자는 선택을 했고, 비라노스를 선택하지는 않았다.

그리고 바로 그날 아침, 라자게스가 비라노스의 둥지에 나타나 얼어붙은 송곳니를 가로지르는 경주를 하자고 요청했다. 그 요청은 비라노스도 기꺼이 받아들였다. 요즘은 알렉스트라자보다 라자게스가 더 가깝게 느껴지는 마음이 드러나는 것 같기도 했지만…… 비라노스도 아직 그런 현실을 받아들일 준비는 되어 있지 않았다. 물론 폭풍포식자는 예측 불가능하고 폭력성이 드러나는 경우도 많았다. 비라노스는 그런 라자게스가 원초적인 본능을 다스릴 수 있게 해보려고, 현신에게 자비를 베푸는 법을 가르쳐 주기도 했다. 하지만 폭풍포식자가 비라노스의 가르침을 받아들였는지는 알 수 없었다.

라자게스는 흉포하긴 했지만 어린 패기와 삶에 대한 열정은 분명히 소유하고 있었다. 그녀는 강한 바람을 불러내 올라타고 마음껏 돌아다니는 걸 좋아했고, 비라노스를 꼬드겨서 거대한 북쪽 절벽에서 바다를 향해 뛰어내리기도 했다. 하지만 라자게스는 그 무엇보다 폭풍을 뒤쫓는 걸 좋아했다. 그녀는 종종 북부로 날아와 얼어붙은 송곳니의 끔찍한 격노에 몸을 실으며 기쁨을 느끼곤 했다. 그리고 그럴 때면 불쑥 찾아온 걸 사과하기라도 하듯 먹잇감이나 남쪽 소식을 가져왔다. 비라노스는 라자게스에게 절제를 가르쳤지만, 그 현신은 비라노스에게 모든 순간을 최대한 만끽하는 법을 보여줬다.

그래도 비라노스는 알렉스트라자에게 완전히 등을 돌릴 수는 없었다.

비라노스는 머리를 식히려고 북부 해안을 향해 날아갔다. 부빙 위에 있는 북극곰이나 바닷속 일각고래를 사냥할 생각이었다. 얼어붙은 송곳니의 영원한 겨울 속에서 살아가는 생물들의 달콤하고 기름진 고기가 그리웠다. 북쪽 가장 먼 곳의 절벽들을 지나가자, 검고 끝없는 바다가 눈이 닿는 곳까지 모두 뻗어 있었다. 사파이어처럼 푸르른 얼음의 벽이 파도 위로 우뚝 솟아 올라 환한 달빛 아래에서 은은히 빛났다. 바다 위에 흩뿌려진 빙산 중 일부는 작은 섬만큼 거대해서 쉬지 않는 바다새와 다른 야생 동물들의 쉴 곳이 되어 주었다.

놀랍게도, 해안으로부터 날개 몇 개가량 떨어진 곳에서 용 몇 명이 물고기를 잡으려 하고 있었다. 순진하게 비라노스의 영토에 멋대로 침입하는 용은 거의 없었다. 흐음. 그녀는 절벽 위에 앉아 잠시 그들을 지켜봤다.

점박이 초록용이 날개를 접고 물속으로 뛰어들었다. 그리고 몇 초 후, 커다란 고래가 버둥거리며 수면으로 떠올랐다. 고래의 분수공에서 물이 폭발하듯 쏟아져 나왔다. 두 번째 용이 발톱으로 고래의 등을 길게 할퀴었다. 피가 띠처럼 바다로 흘러들었다. 처음 물속으로 들어갔던 용이 찢긴 지느러미를 입에 문 채 파도를 뚫고 솟아나왔다.

고래의 낮고 서글픈 울음소리가 바다 위로 메아리쳤다.

용들이 사냥감을 해안으로 끌어올리는 동안 비라노스는 그들의 머리 위를 맴돌았다. 피 냄새가 코를 찌르자마자 배에서 꼬르륵 소리가 났지만, 고래를 빼앗을 생각은 없었다. 갓 비룡 티를 벗은 어린 용들이었다.

그중에서 쥐색의 여성 용이 고개를 들어 비라노스를 봤다. 입이 피범벅이 되어 붉게 변해 버린 그 용의 두 눈이 휘둥그레졌다. 그 용이 일행에게 경고했다. 남성 둘 중 하나는 황토색, 다른 하나는 이끼 같은 점박이 초록색이었다. 둘 다 목을 길게 빼고 경계하듯 비라노스를 바라봤다. 초록용이 땅에 내려앉는 비라노스를 살폈다. 그는 눈을 내리깔았지만 다른 둘을 지키려는 듯 일행의 앞을 막아섰다.

세 명 모두 몇 달 동안 제대로 된 식사를 하지 못한 듯 두 눈이 퀭하고 볼이 홀쭉했다. 황토색 용은 갈비뼈 개수를 셀 수 있을 것 같았다. 쥐색 용은 꼬리를 발치에 돌돌 말고는 추위에 몸을 덜덜 떨고 있었다. 그나마 점박이 초록용이 가장 건강해 보였지만, 그 역시 체격에 비해 너무 말라 보였다. 비라노스는 그들이 느끼는 절망의 냄새를 맡고, 용들의 배에서 울리는 꼬르륵 소리까지 들을 수 있었다. 가엾다는 생각도 들긴 했지만, 마냥 봐줄 수만은 없었다.

"얘들아, 여기에서 사냥을 해서는 안 된다."

비라노스는 얼음장 같은 목소리로 말하며 용들을 향해 쿵쿵 다가갔다.

"여긴 내 영토야."

쥐색 여성 용이 한 걸음 뒤로 물러서며, 목을 보호하려는 듯 머리를 아래로 내렸다. 그녀 또한 눈을 내리깔았다.

"고대의 용이시여! 이곳은 그대의 바다입니까?"

"그래, 내 것이다."

비라노스가 대답했다.

점박이 초록용이 불편한 듯 몸을 움직이며 쥐색 여성 용을 내려다 봤다. 그는 날개를 펼쳐 부들부들 떠는 여성 용을 감쌌다.

"바다 반대쪽으로 가서 사냥을 해도 되겠습니까?"

비라노스가 눈을 가늘게 떴다.

"너무 멀어서 너희라면 죽고 말 거다. 왜 이 송곳니까지 온 것이냐?"

쥐색 용은 더 격렬하게 몸을 떨었다.

"질서의 용들이 우리 땅에서 우릴 쫓아냈습니다. 여긴 너무 춥지만, 살기 위해서 어쩔 수 없었습니다. 배가 너무 고팠습니다."

비라노스가 한숨을 쉬었다.

"다른 선택지가 없었나?"

쥐색 용이 고개를 끄덕였다.

아무리 외롭다 해도, 비라노스는 이방인 셋과 영토를 공유하고 싶은 생각은 없었다. 그렇다고 이렇게 어린 용들을 굶주리게 내버려 둘 수도 없었다. 많은 용들이 동쪽 혈족의 터로 떠났다. 그러지 않은 용들 중에는 자기 영토를 멋대로 확장하고, 그곳을 철통같이 지키며 어리고 경험이 적은 용들을 변방으로 몰아내는 경우도 있었다.

도와주고 싶진 않지만 그렇다고 외면할 수도 없었던 비라노스는 한숨을 쉬었다.

“좋아. 하지만 다들 내 규칙을 따라야 한다.”

쥐색 용이 두 눈을 깜빡이며 고개를 갸웃거렸다.

“무엇이든 따르겠습니다.”

황토색 용이 그렇게 말하며 앞으로 나섰다.

“세 달에 한 번씩 내게 사냥감을 가져와라.”

비라노스가 말했다.

“여흥을 위해 살생하지 마라. 내가 계속 홀로 지낼 수 있도록 너희 둥지를 따로 찾아라. 알겠나?”

“네.”

점박이 초록용이 말했다.

“좋다.”

비라노스는 오후 나머지 시간을 어린 용들과 함께 보냈다. 쥐색 원시용은 날리크로나, 황토색은 자르닌, 점박이 초록용은 라즈비크였다. 비라노스는 그들과 함께 해안 주위를 날아다니며 비옥한 사냥터 및 둥지와 소굴을 만들기에 좋은 장소들을 가르쳐 주었다.

라즈비크와 날리크로나가 그런 동굴 중 하나를 살펴보는 동안 비라노스와 자르닌은 동굴 밖에 떠 있었다. 동쪽으로는 지평선 위로 빼꼼 고개를 내민 태양이 산봉우리를 비춰 부드러운 분홍색으로 물들였다. 머리 위 하늘은 주황색으로 불타올랐다. 동굴 입구에 그림자가 드리워, 절벽과 바위들 사이에서 잘 눈에 띄지 않았다.

“정말 감사합니다, 고대의 용이시여.”

자르닌이 말했다.

“저들은 벌써 알들을 두 번이나 빼앗겼습니다.”

“빼앗겼다고?”

비라노스가 눈을 가늘게 떴다.

"전부 다 사라졌단 말이냐? 대체 어쩌다가?"

벌판의 원시용 부모는 때때로 알을 한두 개씩 잃어버리기도 했다. 하지만 그렇게 많은 알을 연속으로 잃어버리는 건 흔한 일이 아니었다.

"알들이 그냥 사라졌습니다."

자르닌이 그렇게 말하며 어깨를 으쓱했다.

"돌피부의 짓이라고 하는 얘기가 있습니다. 알 도둑 말입니다."

"돌피부?"

비라노스가 머릿속으로 티탄벼림을 떠올리며 물었다. 혈족의 터에서는 어린 탈린스트라즈와 라일라스트라자가

"바위 속 눈"이 자기들을 데려갈 거라며 설명할 수 없는 공포에 사로잡혀 있었다. 이제 그런 공포가 생각했던 것만큼 비합리적인 건 아닌지도 모르겠다는 생각이 들었다. 새끼용들은 알 속에 있을 때도 주위 환경을 인식하는 경우가 적지 않았다. 무언가 그 새끼용들의 알을 가져갔다면, 아니, 누군가 그 알을 둥지에서 훔쳤다면, 아이들이 느끼는 공포도 충분히 설명할 수 있었다.

"그 알 도둑들을 보았나?"

비라노스가 물었다.

자르닌은 고개를 가로저었다.

"아니요, 그냥 얘기만 들었습니다. 용들과 타라세크에게 들었죠."

"타라세크?"

비라노스가 당황한 목소리로 물었다.

"타라세크는 왜?"

"타라세크도 사라졌습니다."

그는 대답했다.

"마을이 불탔고요."

그녀는 눈살을 찌푸렸다. 이 말이 사실일까? 넬타리온은 언제나 기민한 전

략가처럼 보였다. 이리디크론과 마찬가지로, 검은 위상 또한 외골수처럼 원하는 목표를 향해 내달렸다. 이런 소문이 조금이라도 진실이라면, 혈족의 터에 있는 누군가가 벌판에서 살아가는 원시용들의 수를 줄이는 동시에 용군단의 인원을 보강하겠다는 목표를 조용히 실행하고 있었던 건지도 몰랐다. 잔혹하고 비정한 전략이었지만, 위상들이 이리디크론을 약화시키려고 그런 방법을 사용하고 있을지도 몰랐다.

하지만 그 모든 것에서 왠지 이리디크론의 발자취가 느껴지기도 했다. 날리크로나는 심지어 현신 이리디크론과 비슷한 냄새까지 풍겼다. 어쩌면 혈연 관계인지도 몰랐다. 이 용이 얼어붙은 송곳니에 나타났다는 사실 자체가 이리디크론이 세심하게 준비한 계획인지도 몰랐다. 돌비늘은 확실히 계략을 좋아했다. 그 또한 비라노스가 그의 대의를 외면하는 이유 중 하나였다.

그냥 소문일 뿐이야. 그뿐이라고. 그녀는 자신을 타일렀다.

어쩌면 비라노스는 자신의 거짓말을 믿고 싶었던 건지도 몰랐다.

제 8 장

넬타리온은 잔뜩 짜증이 나서 발톱으로 돌 바닥을 두드렸다. 그는 흑요석 성채의 알현실에서 비행지도자들 셋과 함께 서쪽에서 들어온 최신 정보에 관해 논의하고 있었다. 비늘장이들이 거대한 화성암을 깎아 만든 칼림도어 북부 지도가 그들의 눈앞에 펼쳐졌다. 용의 모습을 한 말이 발드라켄과 참혹한 심연에 놓여 있었다. 각각 위상과 현신의 세력 규모를 나타냈다.

알현실에서는 흑요석 성채 전체와 그 너머의 계곡이 한눈에 들어왔다. 머리 위 구름은 성채의 가열로에서 이글거리는 불길이 반사되어 주황색으로 밝게 타올랐다. 짙은 검은색 연기 기둥이 이리저리 구불거리며 하늘로 피어올랐다. 쩌렁쩌렁 울리는 망치 소리가 날카로운 절벽에 반사되어 메아리쳤다. 검은 용들이 각자 나름의 용무를 바삐 수행하며 여기저기로 날아다녔다.

넬타리온은 자기 용군단이 건설한 성채에 대단한 자부심을 갖고 있었다. 흑요석 성채는 위압적인 형상에 매우 생산적인 기능성이 융합된 용군단 요새 제작 기술의 정점이었다. 그의 용군단은 이백 년 이상의 시간 동안 성채 주위의 산맥을 보강해서 참혹한 심연의 세력을 막아내는 강력한 보루로 바꿔 놓았다. 그들은 거대한 가열로를 건설하고, 산맥에 굴을 뚫어 금고를 만들고,

새로운 무기와 방어구, 방어 체계를 창조해 냈다. 다섯 용군단 중에서 혈족의 터의 전쟁 능력을 향상시키는 임무를 맡은 것이 바로 검은 용군단이었다.

하지만 오늘은 서쪽에서 들려온 소식 때문에 그런 자부심도 무색해졌다. 에그니온이 현신의 영토에서 며칠 밤을 보낸 후 막 돌아온 후였다. 어둠비늘의 지도자인 에그니온은 현장에서 보내는 시간이 많았다. 그날 아침 돌아온 그는 참혹한 심연에 용의 말 두 개를 더 추가했다. 말은 각각 용 백 명을 나타냈다. 이리디크론 세력의 성장세는 위상의 성장세를 크게 앞질렀다. 머지않아 그들은 용군단보다 세 배나 더 큰 규모에 이를 것이다.

이리디크론은 전쟁을 준비하고 있었다.

"지진의 강도와 빈도가 증가하고 있습니다, 위상님."

에그니온이 넬타리온에게 말했다.

"하지만 이리디크론과 원시용들이 그 배후에 있다고 입증할 수는 없습니다."

"우리 영토에 영향을 주는 것을 저지할 수도 없고요."

칼시아가 발톱으로 지도를 가리켰다.

"아시다시피 저희 비늘장이들이 푸른 용군단과 협력해서 혈족의 터 국경을 둘러싼 방첨탑에 마법을 부여했습니다. 그것들이 최악의 지진을 흡수해 주고 있죠."

그녀는 서쪽 국경을 두드리며 말했다. 그녀가 손을 댄 곳이 밝게 타올랐다.

"하지만,"

그녀는 말을 이었다.

"진동의 빈도가 증가하면서 깨어나는 해안 아래의 마그마류가 불안정해졌습니다. 그냥 내버려 두면 이 지역 전체에 심각한 결과가 뒤따를 것으로 보입니다."

"우리 지하의 칼데라가 폭발하면 어떤 일이 일어날지 굳이 말씀드릴 필요는 없겠죠."

에그니온이 말했다.

넬타리온은 다시 바닥을 발톱으로 두드렸다. 이번에는 너무 세게 두드렸는지, 발 아래 돌에 미세한 실금이 이리저리 퍼졌다. 겉보기에는 돌비늘이 지진을 이용해서 위상들이 혈족의 터에서 세력을 키우는 걸 방해하는 것 같았다. 하지만 이리디크론의 목적이 그렇게 피상적인 경우는 거의 없었다. 넬타리온은 대지의 뼈대에 대해 관심이 있다는 공통점을 바탕으로 한때 이리디크론과 가까운 사이이기도 했다. 하지만 그런 오랜 경험과 탁월한 지혜를 총동원해도 지금 현신의 진짜 목적은 짐작할 수가 없었다. 추측과 가정을 통해 추론할 수 있을 뿐이었다.

대지의 수호자는 몸을 움직였다. 사방에서 그를 눌러 오는 세계의 무게 때문에 온몸의 근육이 욱신거렸다. 그는 이리디크론이 이 대륙을 파고들어 균열을 발생시켰다는 사실은 감지할 수 있었지만, 그 이유는 여전히 알지 못했다.

넬타리온의 머릿속에서 맴도는 속삭임이 연기처럼 구불거리며 똬리를 틀었다. *넌 실패할 거다.* 그 속삭임이 노래하듯 말했다. *네겐 돌비늘을 저지할 힘도 머리도 없다.*

넬타리온은 머리를 살짝 흔들었지만, 속삭임은 사라지지 않았다. 놈은 *지금 심연에서 너를 비웃고 있다. 다들 그러고 있어!*

네 동료 위상들도 널 조롱하던데. 세 번째 속삭임이 말했다. *네가 얼마나 바보 같은지 다들 아는 거다!*

우리 힘을 이용해라. 네 번째 목소리가 지시했다. *네 적들을 짓밟을 수 있게 우리가 도와주마.*

이리디크론은 아무것도 아니다. 속삭임들이 지껄이는 소리에 잔뜩 화가 난 넬타리온이 머릿속을 향해 말했다. 그가 검은 용군단의 위상이 되기 전부터 정신의 깊고 검은 동굴로부터 이런 속삭임이 스멀스멀 들려오기 시작했다. 그 후로 오랜 시간에 걸쳐 속삭임은 더욱더 강해졌고, 이제 넬타리온은

자기 자신의 생각과 행동에까지 의문을 품을 수밖에 없었다. 속삭임들로부터 벗어날 수가 없었고, 그것들은 어디에나 존재했다. 넬타리온은 어느 누구에게도 그 속삭임에 대해 이야기하지 않았다. 오랫동안 가장 가까운 친구이자 비밀을 털어놓을 수 있는 사이였던 말리고스에게도 마찬가지였다.

우리를 받아들여라…….

싫다. 나지막이 으르렁거리는 소리가 넬타리온의 목에서 새어 나왔다. 비행지도자들이 미처 반응하기 전에 그는 다시 말했다.

"이리디크론은 날이 갈수록 오만해지고 있는데, 알렉스트라자의 평화 칙령이 우리 발톱을 묶어 두고 있다."

"반격할 방법을 찾아야 합니다, 위상님."

궁지에 몰린 흑요석 성채 경비대의 외눈박이 사무장 벰브리온이 지도를 훑어보며 한숨을 쉬었다.

"현신들은 하루하루 더 많은 성체 용들을 끌어모으고 있습니다. 조만간 우리 새끼용들의 수가 그들을 능가할 순 있겠지만, 그들의 경험과 기술, 힘에 맞설 수 있도록 우리 군대를 성장시키려면 수백 년은 걸릴 겁니다. 이 추세라면, 전면 공격이 시작되는 경우 서부 국경조차 제대로 지킬 수 없을 겁니다."

"나도 알고 있다, 옛 친구여."

넬타리온은 콧구멍으로 뜨거운 숨결을 내쉬며 말했다. 날이 갈수록 현신들의 세력은 강해져만 갔다. 알렉스트라자와 달리 넬타리온은 위상들이 현신과 평화를 이룰 수 있다고 믿지 않았다. 티르는 죽었다. 나머지 수호자들도 뿔뿔이 흩어지거나 죽어 버렸다. 어떤 위협이 도래하든, 위상들만의 힘으로 마주해야 했다.

북서쪽 먼 곳에서 돌비늘은 발아래 지면의 모습을 바꾸었다. 이리디크론은 위상들과 용군단에게 자기 영역에 들어오면 끔찍한 일이 일어날 것이라 경고했고, 그때 그의 영역은 하늘까지 포함했다. 그래서 검은 용군단은 멀리서 이리디크론의 활동을 감시했고, 참혹한 심연에서 시작되어 대지를 뒤흔드는 진동을 관측하고 기록했다. 피락은 원시용들을 현신의 세력으로 집결시켰고, 라자게스는…… 그냥 라자게스답게 굴었다. 폭풍포식자는 어딜 가든 불화와 혼돈의 씨앗을 뿌리는 걸 좋아했고, 용군단의 정찰병들을 괴롭히기도 했다. 라자게스는 이미 혈족의 터 서쪽 국경을 따라 거주하는 검은 용과 녹색 용들을 상당수 공격하기도 했지만, 알렉스트라자는 반격을 시도하지 말라고 경고했다. 라자게스가 전쟁을 유발하려 한다는 건 분명했다.

넬타리온은 알렉스트라자의 신념을 존중했다. 공개적으로는 그도 평화를 옹호하고, 알렉스트라자를 지지하며 자신의 용군단에 원시용들과 싸우지 말라고 지시했다. 그리고 수년 간 그는 용의 여왕의 명령에 따라 참혹한 심연에 사절을 보냈다. 모두가 쫓겨났다. 몇몇은 폭행을 당하기도 했고, 죽을 고비를 가까스로 넘긴 용도 하나 있었다. 이리디크론은 넬타리온의 첩자들을 처치하고, 평화 회담을 거절하고, 질서 마법이 용족에 미치는 효과에 대해 흉악한 소문을 퍼뜨렸다. 그는 용군단이 타라세크 군단을 납치해서 질서 마법을 강제로 주입하고, 용군단에 복종하는 용기병으로 만들었다고 주장했다. 물론 거짓말이었지만, 많은 이들이 진실보다 공포를 선택했다.

이리디크론과는 이성적인 대화가 불가능했다. 그는 누구에게라도 고개를 숙여야 한다면 수호자를 섬기는 이들을 비롯한 칼림도어 전체를 불태워 버리고 말 것이다.

그래서 넬타리온은, 이리디크론이 그러는 것처럼 조용히 전쟁을 준비했다.

그가 세 번째로 바닥을 두드렸다.

"칼시아, 우리도 반격할 수 있을 것 같다. 대지의 진동을 감지하고 그와 동일한 강도의 간섭파를 방출하는 방첨탑을 개발해라. 우리가 일을 계속하려면 지진이 멈춰야 한다."

"할 수 있을 것 같습니다."

칼시아는 앞발로 주먹을 쥐고 턱을 누르며 생각에 잠겼다.

"제가 직접 시험생산품을 만들겠습니다."

"좋다."

넬타리온이 말했다.

"하지만 우리 수를 늘리는 문제를 해결하는 건 그보다 훨씬 더 어렵겠지. 용이 성체가 되는 데는 너무 오랜 시간이 필요하니까. 우리에게 주어진 시간은 수 세기가 아닌 수십 년에 불과하다."

"그래서 가장 나이 많은 비룡들까지 징집해야 합니다."

벰브리온이 말했다.

"성체가 된 용과 싸우게 할 수는 없어."

넬타리온이 말했다.

"다 자란 비룡이라면 정찰이나 지원 역할 정도는 맡을 수 있겠지만, 하늘에서 제 역할을 다할 순 없을 것이다."

"용기병을 더 길러낼 순 없습니까?"

에그니온이 말했다.

"용기병은 하늘에서 싸울 수 없고, 마법 또한 제한적으로만 사용할 수 있다."

넬타리온이 대답했다.

"전장에서 원시용들을 저지하려면 완전히 새로운 유형의 병사를 만들어 내야 한다. 내가 해결 방안을 생각해 보마."

진홍색 불길이 넬타리온의 눈길을 끌었다. 고개를 들자, 놀랍게도 알렉스트라자가 알현실의 난간뜰에 내려앉는 모습이 보였다. 두 번째 용이 용의 여왕 곁에 내려앉았다. 푸른 빛이 도는 얼음의 원시용이었다. *비라노스*. 넬타리온이 눈살을 찌푸리며 생각했다. 비라노스는 꽤 오랫동안 혈족의 터에서 눈에 띄지 않았다. 이번에는 왜 위상의 영토를 찾아온 것일까?

넬타리온은 비라노스를 명성만 들어 알고 있었다. 그 원시용은 알렉스트라자의 오랜 친구였지만, 어둠비늘들은 그녀가 라자게스와 함께 있는 모습을 여러 번 확인했다. 지평선에 분쟁의 불씨가 피어오르기 시작한 지금, 비라노스와 같은 용이라면 오랫동안 중립을 유지할 순 없었다.

넬타리온은 그녀가 질서를 선택할 거라고 생각하진 않았다.

"이 얘기는 아무에게도 하지 마라."

넬타리온은 이번 계획에 대해 비행지도자들에게 말했다. 세 검은 용은 위상을 향해 고개를 끄덕이며 조용히 알겠다고 했다. 에그니온은 지도 위로 날개를 펼쳐 그 위의 말들을 그림자로 가렸다.

"알렉스트라자."

넬타리온은 억지 미소를 지으며 난간 뜰을 향해 갔다.

"오늘은 무슨 일로 흑요석 성채를 찾아준 거요? 혹시 우리 친구 비라노스에게 가열로를 보여줄 생각이오?"

"아니오, 넬타리온."

알렉스트라자가 음울한 목소리로 말했다 용의 여왕은 꼬리를 앞뒤로 흔들었다. 왠지…… 긴장한 기색이었다. 알렉스트라자가 긴장하는 모습은 넬타리온도 본 적이 거의 없었다.

"끔찍한 소식이 확인됐소."

비라노스가 그를 향해 돌아섰다. 그녀의 발 아래에서 생겨난 얇은 서리가 바닥 위로 번졌다.

"그대라면 설명할 수 있지 않겠소, 대지의 수호자."

"뭘 설명하라는 말이오?"

넬타리온은 당황한 표정으로 알렉스트라자를 바라보며 물었다. 비행지도자들이 넬타리온 뒤쪽을 빙 둘러 섰다.

"무슨 일이 있었던 거요?"

알렉스트라자는 불안한 듯 다시 꼬리를 흔들었다.

"이틀 전, 질서의 용이 타라세크 마을을 공격하는 걸 비라노스가 봤다고 하오. 그 정착지 전체가 불에 타서 잿더미가 되었다고 하는군."

넬타리온이 눈을 가늘게 떴다.
"어느 용군단이었소?"
그가 이를 악물고 물었다.
용의 여왕이 한숨을 쉬며 걱정스러운 표정으로 그를 바라봤다.
"아."
넬타리온이 대답했다.
"알겠소."
"사안이 사안인지라, 위상의 권좌에서가 아니라 그대에게 직접 이 소식을 전하고 싶었소."
알렉스트라자가 말했다
"이번 일에 대해 뭐든 알고 있소?"
"아니오."
그는 가슴으로부터 돌이 갈라지는 듯한 우르릉 소리를 내며 대답했다.
"그런 명령은 내리지 않았소."
용의 여왕은 날카로운 황금빛 눈으로 한참 동안 그의 눈을 바라봤다. 지성으로 가득한 그 눈이 그를 심문했다.
여왕은 널 거짓말쟁이라고 생각한다. 속삭임 하나가 말했다. *전쟁광이라고. 자기 기반을 약화시킨다고 생각하겠지.*
닥쳐. 넬타리온은 속삭임을 향해 말한 후, 다시 소리 내어 말했다.
"내가 그대에게 거짓말을 하진 않는다는 거 알고 있잖소, 알렉스트라자."
이미 거짓말을 하고 있잖아. 속삭임이 그의 머리 뒤쪽에서 똬리를 틀었다. *그녀도 네가 어둠 속에서 벼려내는 무기에 대해 알고 있다.*
"비행지도자들은 어떤가?"
알렉스트라자는 에그니온과 칼시아, 벰브리온을 바라보며 물었다.
"그대들의 용군단에서 그런 행동을 목격한 적이 없나?"
"없습니다, 여왕 폐하."

벰브리온이 고개를 숙이며 말했다.

"검은 용군단은 언제나 폐하의 칙령을 따릅니다."

"좋다."

알렉스트라자가 대답했다.

"비라노스, 네 친구들이 우리 국경에서 뭘 봤는지 얘기해 주겠어?"

"이번 가을에 몇몇 비룡을 나의 땅에 받아들였소."

비라노스가 말했다.

"지난 번 달들이 뜨지 않던 때, 그들 중 하나가 질서의 검은 용이 타라세크 마을을 모조리 불태워 버리는 걸 봤소. 필멸자들도 공격을 받았다고 하던데."

"그럴 리가 없습니다."

에그니온이 앞으로 나서며 말했다.

"저희는 도발 없이 무고한 이들을 공격하진 않습니다! 혹여 그런 일이 발생했다면 저희가 이미 알았을 겁니다—"

"에그니온."

넬타리온이 경고하는 투로 말했다. 어둠비늘의 활동이나 임무에 대해 아는 이는 거의 없었고, 검은 위상은 그런 상황을 유지하고 싶었다.

"내가 그대들의 서부 국경에 날아가 봤소."

비라노스는 말했다.

"거기서 파괴된 현장이 더 있다는 증거를 찾았소. 많은 타라세크가 서부로 도망치면서 용의 불길이 마을을 파괴했다는 이야기를 했소. 그리고 몇몇 현장에서는 검은 비늘이 발견되기도 했소."

비라노스는 비늘 여러 개를 대지의 수호자에게 내밀었다. 전부 흑요석의 빛깔로 반짝였다.

넬타리온은 비라노스의 손에서 비늘을 하나 집어들고, 이리저리 돌려 보며 모든 각도에서 살폈다. 그 비늘이 질서의 용 것이라는 점에는 의심할 여지가 없었다. 비늘 여러 개가 오랜 발톱 자국으로 갈라지거나 긁혀 있었다. 그 중 두 개는 구름이 끼기라도 한 듯 탁해 보였다.

"이 비늘은 건강한 용에게서 떨어진 것이 아니오."

넬타리온은 비늘을 에그니온에게 건네며 말했다.

"하지만 비늘의 크기와 형태는 일정한 것 같으니, 아무래도 같은 생물에게서 떨어진 것 같소. 상태가 워낙 좋지 않은 걸 보면, 이 용은 혈족의 터나 용군단 사이에서 살고 있지 않은 게 분명하오."

알렉스트라자는 얼굴을 찌푸렸다.

"흑요석 성채에서 실종된 검은 용이 있소?"

"있을 수도 있겠지."

그는 말했다.

"에그니온, 네게 맡겨도 되겠나? 비늘을 비행지도자들에게 가져가서 식별할 수 있는지 알아봐라."

"그러겠습니다, 위상님."

에그니온은 고개를 한 번 끄덕인 후 비늘을 갖고 서둘러 알현실을 떠났다.

"그동안, 그대만 괜찮다면 불타 버린 마을로 안내해 주겠소."

비라노스가 말했다.

넬타리온은 고개를 갸웃거리며 생각에 잠겼다. 왠지 계략의 냄새가 풍기는 상황이었다. 비라노스가 현신들의 편에 서기로 결정했다면, 이리디크론이 이렇게 도발적인 이야기와 함께 비라노스를 보내, 알렉스트라자를 안전한 혈족의 터에서 끌어내려 한 것일 수도 있었다. 무한한 자애의 마음을 품은 용의 여왕이라면 황급히 국경 지역으로 가서 고통을 달래 주고 그런 사건의 배후에 정의의 심판을 내리려 할 것이다. 그때야말로 외부에 노출된 용의 여왕을 사로잡거나 처치하기에 더할 나위 없이 좋은 기회일 것이다. 용군단은 알렉스트라자 없이 유지될 수 없다는 걸 이리디크론도 알고 있었다. 맥동하는 심장 없이 생존할 수 있는 생물 같은 건 없었다.

그러나 넬타리온은 그 상황을 외면할 수 없었다. 함정이든 아니든, 비라노스의 주장에 대해 조사해 볼 필요가 있었다.

"내가 함께 가겠소."

넬타리온이 말했다.

비라노스가 고개를 숙였다.

"좋소. 그대가 함께 가 준다면 고마울 거요."

"나도 가겠소."

알렉스트라자가 말했다

"그럴 필요는 없소, 여왕."

넬타리온이 알렉스트라자에게 말했다.

"내가 대신 가게 해 주시오. 내가 그대의 눈이 되겠소."

넬타리온이 혼자 가는 게 나았다. 비라노스의 말이 사실이어서 정말로 검은 용군단이 엄청난 수의 생명을 앗아갔다면, 차라리 그러는 편이 좋았다. 만약 그게 사실이라면, 넬타리온이 직접 자기 용군단에 대한 인식과 평판을 통제하는 것이 나을 것이다.

알렉스트라자는 고개를 가로저었다.

"우리 용군단이 다른 이들의 고통을 초래했다면, 우리로 인한 고통을 내 두 눈으로 직접 보고 싶소."

"그럼 갑시다."

비라노스가 말했다.

"너무 늦기 전에 날아가야 하오."

* * *

필멸자의 마을은 그야말로 잿더미가 되어 있었다. 넬타리온과 비라노스가 먼저 도착했다. 용의 여왕은 검은 용군단이 선봉에 서는 걸 용인했다. 넬타리온은 파괴된 마을 위 하늘을 맴돌았다. 벰브리온과 그의 흑요석 경비병들이 그 지역을 확보했다는 신호를 보내자, 대지의 수호자는 선회하여 지상으로 내려갔다.

그래, 비라노스가 마을에 대해 거짓말을 한 건 아니었다. 그래서 넬타리온에겐 완전히 다른 문제가 생겼다.

대지의 수호자가 부서진 오두막의 잔해 사이에 내려앉았다. 불에 그슬린 나무가 그의 발치에서 바스러지고, 발가락 사이로 두개골이 굴러왔다. 불쾌한 마음에 그는 유해를 멀리 차내 재의 구름을 일으켰다.

그 작은 마을도 한때 타라세크의 눈에는 매혹적인 장소였을 것이다. 넓게 펼쳐지며 마을을 보호해 주는 산맥 아래쪽으로 아름다운 강둑에 열다섯 개의 오두막이 서 있었다. 하지만 지금 그 마을에는 검게 타 버린 뼈와 사체 외에는 아무것도 남지 않았다. 공기에서는 숯 냄새가 풍겼고, 산들바람이 남은 나무의 잔해를 흔들었다. 넬타리온의 발아래에서는 대지가 여전히 고통의 비명을 질렀다. 불씨가 토양 안쪽에서 이글거리며 이 세계의 지각 안쪽으로 더 깊이 파고들었다.

용의 여왕은 이곳이 파괴된 것이 너와 네 용군단 때문이라고 비난할 거다. 속삭임이 말했다.

위상들은 네게 지도자의 자격이 없다고 말할 거다.

넬타리온은 눈살을 찌푸리며 속삭임의 말들을 머릿속에서 밀어냈다. 참담하게도, 지면에서 그를 부르는 마법은 분명 질서 마법이었고, 확실히 그의 용군단에서 사용한 것이었다. 비행지도자들이 그의 주위로 내려앉고, 넬타리온은 벰브리온과 조심스러운 눈빛을 교환했다. 늙은 경비대장도 같은 걸 느낀 게 분명했다.

“아무 말도 하지 마라.”

넬타리온은 작은 목소리로 말했다.

“특히 용의 여왕에게는. 이 문제는 우리가 직접 해결해야 한다. 이 지역을 수색해서 증거가 될 만한 건 하나도 남김 없이 가져와라."

"분부대로 하겠습니다, 위상님."

벰브리온은 고개를 숙이며 말했다.

"다른 이들에게도 전하겠습니다."

넬타리온이 돌아섰다. 알렉스트라자가 절망으로 뒤틀린 모습으로 폐허 사이에 내려앉았다. 그녀는 발톱으로 재를 헤집어 서로 부둥켜 안은 해골들을 노출시켰다. 용의 여왕은 발을 딛고 그 뼈들을 바라봤다.

넬타리온은 급증하는 필멸자 종족에게 애정 같은 건 느끼지 않았고, 타라세크에게는 더더욱 그랬다. 하지만 알렉스트라자가 온몸으로 내뿜는 절대적인 참담함이 넬타리온을 뼛속까지 울렸다. 용의 여왕은 두 눈을 감고 고개를 숙였다. 날개가 축 늘어졌다. 심장이 몇 번 뛰는 동안 침묵이 이어졌다.

속삭임이 다시 넬타리온의 머릿속에 똬리를 틀고 그를 불렀다. *저 여왕은 너무 약해서 너희를 이끌 수 없다.* 쇳소리 가득한 목소리가 잔뜩 뒤틀린 발음으로 말했다. *왜 네가 선택받지 않은 거지? 혹시 저 여왕보다 더 약한 거냐?*

여왕은 해야만 하는 일을 할 힘이 없다.

힘에도 여러 종류가 있다. 넬타리온이 머릿속 속삭임을 향해 말했다.

하지만 전쟁에서 승리하는 힘은 하나뿐이지. 속삭임이 말했다.

알렉스트라자의 목소리가 넬타리온을 상념에서 깨웠다.

"여기엔 공포가 스며들어 있어."

여왕이 말했다.

"새 생물이 비명을 지르며 죽었고, 그들의 울부짖음이 이곳을 둘러싼 산맥에서 여전히 메아리치고 있어. 우리 동족이 이런 짓을 저질렀다니, 상상할 수도 없는 일이야. 이런 곳이 더 있다고 했나?"

알렉스트라자는 고개를 들고, 날개 몇 개만큼 떨어져 있는 비라노스를 바라봤다.

"내가 세어본 것만 해도 열 곳 이상이야."

비라노스는 비난을 가득 담은 눈빛으로 대답했다.

"너무 많잖아."

알렉스트라자가 한탄했다.

"질서 마법은 우리를 더 높은 곳으로, 원초적인 본능을 벗어날 수 있는 곳으로 이끌어 주어야 해. 이건 말이 안 돼."

"어쩌면 질서 마법이 네가 약속받은 것과 다른 것일 수도 있지."

비라노스가 대답했다.

알렉스트라자는 이를 악물고 아무 말도 하지 않았다.

용의 여왕이 슬퍼하는 동안 넬타리온은 마을과 그 주위를 조사하기 시작했다. 대지의 수호자는 벰브리온과 함께 잿더미를 파헤치고, 지면의 연소 흔적을 조사하고, 땅속에 불씨가 묻혀 있는 깊이를 파악했다.

"여섯 달 전인가."

그는 발톱으로 집어든 재를 비비며 혼잣말을 했다. 마을이 불타 버린 지 몇 달 지나지 않았다. 넬타리온은 눈살을 찌푸렸다. 주위에서 무슨 일이 있었는지는 명백히 볼 수 있었지만, 그 이유는 찾을 수 없었다.

대지의 수호자는 모래로 뒤덮인 강둑을 걸으며 사납게 바위를 스쳐 흘러가는 하얀 물을 바라봤다. 발아래에서 뭔가 이상하고 낯익은 기운이 느껴졌다. 호기심이 생긴 넬타리온은 앞발로 젖은 모래를 누르고 갈라지라고 명령했다. 모래가 좌우로 갈라지면서 두껍고 뒤틀린 나뭇가지가 드러났다. 가느다란 번개 줄기가 지면에서 솟아올라 축축한 강둑을 따라 지글거렸다. 산뜻하고 날카로운 폭풍의 냄새가 넬타리온의 코를 채웠다.

넬타리온은 얼굴을 찌푸리며 땅속으로 앞발을 뻗어 가지를 꺼냈다. 아니, 그건 나뭇가지가 아니었다. 유리화된 모래의 관, 섬전암이었다. 섬전암이 번개의 격노를 붙들어 유리 안에 가둔 것이었다. 발톱 두 개 길이의 그 섬전암은 넬타리온이 평생 본 것 중에서 가장 큰 표본이었다. 그야말로 거대한 벼락만이 이런 걸 만들어 낼 수 있었다.

넬타리온은 그 섬전암을 앞발로 들어올리며 생각에 잠겼다. 자연적인 원인으로 만들어 질 수도 있는 물체였다. 강력한 폭풍이 해안을 따라가며 번개를 내리치거나, 산맥 사이에서 몰아치는 것도 드문 일은 아니었다. 하지만 그 유물에서는 원소 마법의 기운이 흘러 넘쳤다.

얼마 전, 지평선을 가득 채운 폭풍포식자의 창조물을 본 적이 있었다. 태양을 모두 가려 버릴 정도로 거대하게 휘도는 소용돌이였다. 섬전암에 남아 있는 마법을 본 넬타리온은 라자게스의 거칠고 예측 불가능한 힘을 떠올릴 수밖에 없었다.

폭풍포식자는 이런 계획을 세울 만큼 영리한 용이 아니었다. 분명 이리디크론의 소행이었다. 돌비늘이 검은 용을 꼬드겨 라자게스의 끔찍한 만행을 도울 방법을 찾은 게 분명했다.

대지의 수호자가 고개를 돌려 비라노스를 바라봤다. 그 원시용은 공터 반대쪽에서 알렉스트라자와 함께 불타버린 잡목림을 살펴보고 있었다. 머리 위에서는 검은 용들이 더욱더 경계를 강화하고 하늘을 맴돌았다.

비라노스도 라자게스가 관여했다는 사실을 알고 있었을까? 비라노스는 현명했다. 라자게스가 이곳에서의 일에 관여했다는 사실을 알았다면, 넬타리온과 같은 결론에 도달해서 알렉스트라자가 아닌 이리디크론을 만나러 갔을 것이다. 비라노스라면 곧바로 용의 여왕을 찾아갈 거라는 사실을 잘 알고서, 이리디크론은 다른 누군가를 통해 그녀에게 절반의 진실만을 주입했을 것이다.

이리디크론이 노리는 것은 무엇일까? 이리디크론이 필멸자와 타라세크를 이용해서 위상들을 붙잡으려고 준비한 덫은 대체 무엇일까?

어린 필멸자 종족은 아무 의미도 없었고, 이리디크론 같은 용이라면 필멸자가 눈에 띄지도 않았을 것이다. 그들의 삶은 한 순간 환하게 타오르지만, 그게 전부였다.

"위상님."

벰브리온이 넬타리온 옆에 내려앉으며 말했다.

“다들 움직일 준비가 됐습니다.”

“좋다.”

넬타리온이 눈을 깜빡여 상념을 쫓으며 대답했다. 그는 섬전암을 벰브리온에게 건넸다.

“지금 즉시 이걸 경비병에게 맡겨서 흑요석 성채로 보내라.”

“섬전암입니까?”

벰브리온이 넬타리온에게서 유리관을 받아 들었다. 그는 주저앉아 그 관을 이리저리 돌려 보다가 두 눈이 점점 커졌다. 벰브리온이 섬전암을 코앞으로 들어올려 냄새를 맡았다.

“이건…… 라자게스의 번개로 인해 생성된 것 아닙니까?”

“그럴 수도 있다.”

넬타리온이 대답했다.

“움브레니온에게 가져가서 살펴보라고 해라.”

“티탄이시여.”

벰브리온이 한숨을 내쉬었다.

“베리안이 가장 빠릅니다. 지금 즉시 이걸 들려 보내겠습니다.”

“눈에 띄지 않도록 해라.”

넬타리온이 말했다.

“지금은 용의 여왕이 모르는 것이 낫겠다. 여왕은 지금 상대를 너무 믿고 있지만, 지금 알아낸 정보를 아직 비라노스에게까지 알릴 수는 없다.”

“알겠습니다.”

벰브리온이 말했다.

근심이 무겁게 마음을 짓누르는 것을 느끼며, 넬타리온은 날아올라 하늘 위의 알렉스트라자와 비라노스에게 합류했다.

* * *

그들이 방문한 마을은 모두 너른 땅 위에 남겨진 검은 얼룩에 불과했다.

알렉스트라자는 또 다른 정착지의 잔해 사이에 서 있었다. 그날 찾아간 일곱 번째 폐허였다. 숯가루가 여왕의 무릎 아래를 뒤덮고, 배와 꼬리까지 검게 물들였다. 그녀의 비늘을 덮은 얼룩만큼, 그녀의 심장도 잿더미가 되어 버린 것 같았다.

질서의 용들이 이 마을들을 불태웠다. 그녀의 용들이었다. 넬타리온이 그 사실을 확인해 주었고, 그 지역의 비전 마력을 조사하기 위해 소환한 말리고스도 그랬다. 알렉스트라자는 노즈도르무도 불러냈다. 청동 용이라면 과거를 엿봐서 이 장소에서 무슨 일이 일어났는지 알려줄 수 있을 것 같았다.

미안하오. 노즈도르무는 말했다. *시간의 실타래는 워낙 섬세한 것이고, 난 아직 이 기술을 수련하는 중이오. 다른 방안을 모두 사용해 보기 전까진, 감히 시간의 길을 건드리고 싶지 않소.*

알겠소, 친구. 알렉스트라자는 한숨을 내쉬며 대답했다. *다른 방법을 찾아보겠소.*

이 마을은 다른 마을과 달랐다. 이곳은 타라세크가 아닌 필멸자의 정착지였고, 최근 파괴된 곳이었다. 숯덩이가 된 오두막 사이에서 불씨가 여전히 타올랐다. 재가 눈송이처럼 주위에 흩날렸다. 마을을 둘러싼 나무들 중 절반은 검은 뼈다귀만 남아 있었다. 머리 위로 날이 저물어 갔다. 태양은 지평선 쪽으로 가라앉으며 지면에 길게 늘어진 그림자를 드리웠다.

알렉스트라자의 코에는 죽음의 악취가 가득했고, 대기를 가득 채운 잔해 때문에 눈에는 눈물이 차올랐지만, 차마 고개를 돌릴 수가 없었다. 그녀는 모든 사체의 수를 세며 망자의 수를 추정했다. 모두 더하면 백 명이 넘었다. 어른. 아이. 모든 죽음이 그녀의 심장에 상처를 남겼다.

용의 여왕으로서, 용군단이 정직하게 곧은 길로 날아갈 수 있게 하는 것이 그녀의 책임이었다. 생명의 어머니로서, 아제로스의 모든 생명을 지키는 것이 그녀의 의무였다. 두 가지 모두 실패하고 말았다. 질서의 용이든 아니든, 대체 어떤 용이 아무 이유 없이 이토록 무분별한 살상을 할 수 있다는 말인가?

알렉스트라자의 경비병들이 정착지 외부에서 발자국을 발견했다. 필멸자 중 몇 명이 살아남은 모양이었다. 하지만 마음이 조금도 편치 않았다. 일부가 살아남았다고 해도, 그들은 집을 잃었다. 가족도 잃었다. 알렉스트라자도 필멸자들의 생활에 대해 어느 정도는 알았다. 상당 기간 그들의 형상에 대해 연구해 온 덕분이었다. 필멸자들은 피난처와 음식, 깨끗한 물 없이는 오래 살아남을 수 없었다.

그녀는 용군단이 함께 협력하는 모습을 보며 위로를 받으려 했다. 넬타리온은 말리고스와 함께 정착지 외곽에서 불타 버린 건물들에 남은 마법의 흔적을 조사했다. 검은 용군단은 유해를 모은 후 사체들 위에 흙을 덮어줄 것이다. 청동 용과 푸른 용도 협력하여 폐허들 사이에 남은 증거를 수색했다. 한편, 붉은 용들은 정화의 불길을 사용해서 대지를 치유하고 잿더미 속에서 새로운 생명을 성장시켰다. 그들 모두가 힘을 합쳐 이런 일을 저지른 용 또는 용들을 찾아낼 것이다.

"얘기해 줘."

알렉스트라자가 곁에 내려앉은 비라노스에게 물었다.

"이런 파괴의 현장에서 도망친 희생자들은 어디로 가지?"

"필멸자들은 사라져."

비라노스가 대답했다.

"벌판에서 죽는지, 아니면 이웃 정착지로 가는 건지는 모르겠어. 하지만 타라세크는……."

잠시 침묵이 이어졌다.

"참혹한 심연으로 가겠지."

알렉스트라자가 말했다

"맞아."

비라노스가 말했다.

"그렇다고 탓할 수 있을까? 다들 눈앞에서 가족이 불타 죽는 걸 봤잖아. 너라면 그런 상황에서 무기를 들고 일어서지 않겠어?"

알렉스트라자는 비라노스를 바라봤다.

"아니. 나라면 우선 이해해 보려고 하겠어."

"이들에게 그런 걸 요구할 순 없어, 알렉스트라자."

비라노스가 차가운 눈빛으로 말했다.

"우리에게도 그런 걸 요구할 수는 없는 거야."

"우리라고?"

알렉스트라자는 고개를 홱 쳐들고 비라노스를 바라보며 물었다.

"그럼 현신들에게 공감하는 거야? 자기 뜻을 실현하기 위해서 혈족의 터를 불태우고, 내 동족을 도살하고, 이 세계를 파괴해 버리겠다는 이리디크론에게?"

"네 마음은 이해해, 친구."

비라노스는 말했다.

"하지만 네 동족에 관해 아직 이야기하지 못한 문제들이 남아 있어."

네 동족이라는 말이 너무나도 씁쓸해서, 알렉스트라자는 배 속이 뒤틀릴 정도였다. 비라노스는 너무 많은 이야기를 했고, 자기도 갖고 있는 줄 몰랐던 편견을 실수로 드러냈다. 사과한다고 하더라도, 둘의 우정에 새겨진 상처는 그대로 남을 것이다.

"정확히 무슨 문제가 있는데?"

알렉스트라자가 이를 악물고 물었다.

비라노스의 목소리에 얼음이 스며들었다.

"이 문제를 내게 알려온 건 너희 용군단이 영토에서 쫓아낸 원시용들이었어. 그들의 사례가 그냥 우연한 사건이라고 생각했었는데, 너희 용군단에서 무방비의 필멸자와 타라세크를 공격하는 걸 보니—"

"내 용군단이 이런 정착지를 공격하는 게 아니야."

알렉스트라자가 친구에게 말했다.

"넬타리온은 탈주한 용 하나가 저지른 짓이라고 생각하고 있어."

"그게 사실일까?"

비라노스가 말했다.

"그냥 그렇게 믿고 싶은 거 아닐까? 네 등 뒤에서 용군단이 뭘 하는지 알고는 있어?"

"이런 건 아니야."

알렉스트라자가 단호하게 고개를 가로저으며 말했다.

"용군단은 생명을 보호하겠다는 신성한 서약을 맺었어. 아무 이유 없이 생명을 빼앗진 않아. 이해해 줘, 비라노스. 이건 우리가 아니야. 우리가 행하는 일이 아니라고."

"내게 이해하라고 하지 마."

비라노스가 말했다.

"넌 변했어, 알렉스트라자. 네 향기부터 정수까지, 그 무엇도 예전 같지 않아. 넌 예전의 너를, 네 본질을 거부했어."

"난 언제나 그대로야. 알렉스트라자라고."

그녀는 앞으로 나섰다.

"난 언제나 힘 없는 이들을 지키려고 싸웠어. 지금 그걸 모른척한다면, 아마 네 심장이 얼어붙었기 때문이겠지. 잔혹하고 무자비한 자들과 어울리는 건 바로 너야."

알렉스트라자는 날개를 활짝 펴고 폐허가 된 주위를 가리켰다.

"이런 파괴 행위가 현신들과 관련이 있다고 해도 난 놀라지 않을 거야."

"너희 용군단의 잘못을 적에게 돌릴 셈이야?"

비라노스가 불쾌감이 가득한 눈빛으로 알렉스트라자를 보며 말했다.

"너도 뜬소문만으로 날 비난하고 있잖아."

알렉스트라자가 말했다.

"이곳이 공격받는 걸 직접 본 것도 아니잖아. 그런데도 이리디크론이 늘 그렇듯 널 속이는 게 아니라고 생각하는 이유가 뭐야?"

"내 동족을 믿으니까!"

비라노스가 반쯤 포효하듯 내뱉은 말이 주위의 벼랑에 부딪혀 메아리쳤다. 그 감정에 비라노스도 알렉스트라자만큼 놀란 듯했다. 얼음 용은 얻어맞기라도 한 듯 한 걸음 물러섰다. 계곡에 있던 모두가 입을 다물고, 침묵이 밀려들었다.

생명의 어머니는 깊은 한숨을 내쉬었다. 그녀는 수많은 참극을 마주한 오늘을 거친 말과 마음의 상처로 끝내고 싶진 않았다. 알렉스트라자는 요즘 비라노스와의 우정을 되살리려고 애써 봤지만, 둘 사이의 간극을 메우려 할 때마다 오히려 그 틈은 넓어져만 갔다.

"비라노스."

그녀는 부드러운 목소리로 입을 열었지만, 얼음 용은 그대로 돌아서 고개를 저었다.

"더는 할 얘기가 없어."

비라노스는 그 말만 남기고 날아올라 점점 커지는 황혼 속으로 사라졌다.

알렉스트라자는 예전처럼 얼음 용을 따라가지도, 친구의 이름을 부르지도 않았다. 대신 돌아서서 다른 위상들을 불렀다.

"즉시 필멸자 종족들에 사절을 보내야 하오. 필멸자들의 모습을 닮은 형상 개발을 빨리 완료하지 못하면, 노즈도르무의 예측이 현실이 될 것 같아 두렵소."

* * *

비라노스는 북부로 돌아갔다. 둥지가 있는 서늘한 봉우리 사이에 들어서자 조금이나마 마음이 놓였다. 둥지가 가까워지자, 스산한 냉기가 상처 입은 마음의 갈라진 틈을 얼음으로 메우면서 아픔을 달래 주었다. 그날, 비라노스와 알렉스트라자 사이의 간극이 너무 커졌고, 둘의 우정이 되살아나는 일은 없을 거라는 사실이 확인되었다. 비라노스도 예상했던 일이었지만, 이렇게 빨리 일어날 줄은.

알렉스트라자가 이 세계를 지키려 한다는 사실은 의심할 여지가 없지만, 자연의 질서를 조작한다는 건 경솔함을 넘어 치명적일 수도 있었다. 알렉스트라자는 이 상황이 걷잡을 수 없이 악화될 수 있다는 걸 모르는 걸까? 질서의 용 중에서 상당한 세력이 위상들에게 거역한다면 어떻게 될까? 갈라크론드가 그랬던 것처럼, 위상 중 하나가 그 괴물 같은 힘으로 동족을 공격하기라도 한다면? 그런 생각만으로도 비라노스는 온몸이 떨렸다. 갈라크론드를 그냥 내버려뒀다면 그자는 아마 모두를 집어삼켰을 것이다.

비라노스는 이제 양심상 혈족의 터로 돌아갈 수가 없었다. 적어도 당장은 그럴 수 없었다. 어쩌면 영원히 그럴 수 없을지도 몰랐다.

음울하고 비정상적인 구름이 얼어붙은 송곳니 위로 몰려들었다. 둥지가 가까워지자, 동굴 입구 앞에 사냥한 수사슴 두 마리를 내려놓고 느긋하게 앉아 있는 라자게스의 모습이 보였다. 구름이 우르릉거리며 여주인의 도착을 알렸지만, 폭풍은 흩어지지 않았다.

"이렇게 와 줘서 고맙다, 폭풍포식자."

비라노스는 집 바깥의 얼음 둔덕에 내려앉으며 말했다.

"하지만 지금은 나가고 싶은 기분이 아니야."

"그래, 그럴 것 같았어."

라자게스가 자리에서 일어나며 말했다.

"같이 사냥이나 가자고 북부를 찾아왔는데, 둥지에 당신이 없더라고. 그래서 꼬마 날리크로나에게 물어봤더니, 혈족의 터로 갔다고 하지 뭐야. 멀리까지 다녀왔으니 배가 고플 것 같다는 생각이 들었어."

폭풍포식자는 수사슴 두 마리를 가리켰다.

비라노스는 고개를 갸웃거렸다. 그녀도 라자게스를 좋아하기는 했지만, 폭풍포식자가 다른 이에게 필요한 걸 생각해 주는 모습은 흔히 볼 수 있는 게 아니었다. 라자게스가 악의적이거나 자기중심적이라는 게 아니라, 그냥 그런 문제에 관심이 없기 때문이었다. 라자게스는 폭풍 그 자체와 마찬가지로 자신의 격노 외에는 그 무엇에도 관심이 없었다. 어쩌면 그래서 지금처럼 우정을 표현한 것이 더 놀라운 건지도 몰랐다. 폭풍인도자도 친절함, 아니, 적어도 그와 비슷한 걸 학습할 수 있는지도 몰랐다.

비라노스의 등 뒤 날갯죽지에서 절망의 얼음이 사르르 녹아내렸다.

"마음 써 줘서 고맙다, 친구. 오늘은 정말이지…… 힘든 하루였어."

"위상들은 용으로 사는 게 어떤 건지 잊어버린 것 같아."

라자게스가 말했다. 그리고 수사슴 한 마리를 물어 비라노스의 발치에 던졌다. 사슴의 몸은 아직 따스했다.

"알렉스트라자와 그 친족들은 수호자에게 길들었어. 그런 녀석들은 이미 오래전에 버렸어야지."

"그럴지도 모르지."

비라노스가 말했다.

"왜 아직까지 그런 자들에게 시간을 낭비하고 있는 거야?"

라자게스는 그렇게 묻고는 자기 사냥감을 물어뜯었다. 살점이 뜯겼다. 뼈가 으스러졌다. 내장이 얼음 위로 흘러나와 김이 모락모락 피어올랐다. 그 냄새가 비라노스의 코를 찌르자, 아찔한 식욕에 배까지 꼬륵거렸다.

"난 알렉스트라자에게 책임을 물을 수 있을 거라고 생각했다."

비라노스는 남쪽을 향해 고개를 돌리며 말했다.

"그런데 자기 용군단이 저지른 잘못을 두고 원시용들을 비난하려 하더군."

라자게스는 고개를 들었다. 주둥이에 피가 흥건했다. 커다란 뿔 사이에서 번개가 튀었다.

“그게 무슨 소리야?”

“알렉스트라자의 용군단이 혈족의 터 국경 지역에 있는 타라세크와 필멸자 마을을 모조리 불태워 버렸다.”

비라노스가 말했다.

“그런데도 알렉스트라자는 이리디크론을 비난하려 하더군.”

라자게스의 빛나는 은색 눈이 가늘어졌다. 머리 위에서 천둥이 우르릉거렸다.

“왜 그토록 끔찍한 악행을 저지른 게 우리라고 생각하는 거지? 무슨 증거라도 있어? 이리디크론이 타라세크를 공격했다고 생각할 만한 이유는? 그들은 이리디크론의 아군이란 말이야.”

“아니.”

비라노스가 그렇게만 말했다. 라자게스의 목소리에서 뭔가 불확실한 기색이 느껴져 잠시 말을 멈춰야 했다.

“흐음.”

라자게스는 말했다.

“위상들이 이웃을 배신하고 원시용들을 영토에서 쫓아내기 시작했다면, 머지않아 우리까지 공격할 거야.”

“알렉스트라자는 현신과 전쟁을 할 생각이 없다.”

비라노스가 대답했다.

“그럴지도 모르지.”

라자게스는 말했다.

“그런데 넬타리온도 그렇다고 할 수 있어? 말리고스는? 그들이 우리 동족을 정말 가만히 내버려 둘 거라고 생각해? 난 그렇지 않거든.”

“지금 얘기는 꼭 이리디크론이 하는 말 같은데.”

비라노스가 말했다.

“혈족의 터에서 그런 꼴을 보고 왔는데 어떻게 달리 생각할 수 있지?”

라자게스의 목소리가 조금씩 거칠어졌다.

“우리가 정말로 위상과 그 증오스러운 용군단을 두려워할 필요가 없다고 생각해? 아직까지 그들에게 합류하지 않은 걸 보면, 당신도 어느 정도 의심하고 있는 거겠지.”

비라노스는 한숨을 내쉬었다.

“그럴지도 모르지.”

아니면 이리디크론도 알렉스트라자만큼 믿을 수 없는 자이기 때문일지도 모르고.

“그럴지도 모른다는 얘기는 이제 그만해. 먹기나 하자고.”

라자게스는 그렇게 말하며 비라노스의 발치에 있는 수사슴을 가리켰다.

“그리고 공격받은 마을에 대해 위상들이 뭘 알고 있는지 얘기해 줘.”

제 9 장

오 년 동안 넬타리온은 깨어나는 해안에 정착한 필멸자들을 지켜봤다. 처음엔 의혹 때문이었지만 이제는 큰 관심이 생겼다. 그 기간 동안, 최정상 거처에 있던 필멸자들의 작은 정착지는 성장했다. 새로운 무리도 이주해 왔다. 강둑을 따라 건설된 오두막 개수가 두 배, 다시 세 배로 증가했다. 새로운 아이들이 나타나고, 털가죽 포대에 감싸여 부모의 허리와 등에 업혔다.

이 필멸자들은 용군단이 대부분 자애롭다고 알고 있었다. 알렉스트라자와 이세라는 말리고스의 새로운 형상을 사용해서 모든 면에서 필멸자와 같은 모습으로 변신한 사절을 미리 보냈다. 이번의 일시적인 형상은 공격으로 희생당한 필멸자들의 모습과 일치했지만, 말리고스는 각각의 용이 마음대로 변형해서 자기만의 것으로 차용할 수 있는, 조금 더 영구적인 형상을 곧 만들어 낼 수 있다고 했다.

어쨌든, 그런 접근 방식이 벌써 결실을 맺기라도 한 듯, 지상의 필멸자 사냥꾼들은 흑요석 성채 근처의 언덕 위에 앉은 넬타리온을 보고도 신경조차 쓰지 않았다. 혈족의 터 밖에서 거주하는 필멸자들은 질서의 용이든 원시용이든 용이 나타나기만 하면 공포에 질려 달아났다. 넬타리온도 그 시점의 필멸자들에게서 용에 대한 공포를 달래 줄 방법이 없었다. 필멸자들은 여러 세대가 지나간 후에야 라자게스의 폭풍이 남긴 상처에서 회복할 수 있을 것이다.

라자게스를 떠올리기만 해도 넬타리온은 이를 드러냈다. 그는 폭풍포식자가 필멸자들의 마을을 공격했다는 사실을 입증할 수 있었지만, 위상들이 참혹한 심연에 여러 차례 중재를 요청해도 현신들은 아무 대답도 하지 않았다. 라자게스를 막으려면, 용군단이 범행 현장에서 직접 붙잡아야 했지만…… 폭풍포식자는 제멋대로인 것만 같으면서도 깜짝 놀랄 만큼 교활했다.

머리 위에서 회색 구름이 낮의 햇살을 가리고, 멀리서 우르릉 소리가 들려왔다. 필멸자들은 안개로 뒤덮인 수풀에서 풀을 뜯는 동물 무리를 쫓고 있었다. 흥미롭게도 필멸자들은 늑대 한 마리를 데리고 함께 사냥을 했다. 늑대는 지면에서 냄새를 맡고 필멸자들을 동물 무리 쪽으로 안내했다. 혹시 필멸자들이 미약한 청각과 후각 능력을 보완하기 위해 늑대를 훈련시킨 걸까? 넬타리온은 그 생물들을 훈련시켜서 용을 사냥하게 하면 어떨까 생각했다.

그리고 커지는 호기심에 고개를 갸웃거렸다.

정말로 필멸자들을 훈련시켜서 용을 사냥할 수 있을까? 필멸자들은 분명히 빠르게 번식하고 용보다 훨씬 빨리 성년에 도달했다. 어쩌면 다가오는 전쟁에서 위상들의 병력을 보강해 줄 수 있을지도 모른다.

넬타리온은 깊은 생각에 잠겨 흐음 소리를 냈다. 주위 세계가 흐릿해지고, 머릿속의 거대한 가열로가 움직이기 시작했다. 필멸자의 형체에 용의 비늘과 날개, 마법 감각을 갖춘 병사를 만들 수 있을까? 혹시 필멸자의 적응력과 다섯 용군단의 힘을 융합할 수도 있을까? 그렇게 만들어진 병사들이라면 지상과 공중에서 모두 싸울 수 있고, 무리를 짓는다면 성체 용도 하늘에서 떨어뜨릴 수 있을 것이다. 용이 온전한 힘을 갖출 수 있게 성장하려면 수백 년이 걸리지만, 그런 병사는 20년에서 25년 정도의 시간이면 성년에 도달할 것이다.

이리디크론은 그런 전술을 예상하지 못할 것이고, 그런 적에게 맞춰 전략을 변경할 시간도 없을 것이다.

넬타리온이 눈을 가늘게 떴다. 아무리 뛰어난 능력의 소유자라 해도, 그런 군대를 만들어 내고, 번식시키고, 훈련시키는 데는 오랜 시간이 걸릴 것이다. 하지만 넬타리온에게는 기껏해야 60년이나 70년 정도의 시간이 남아 있었다. 그는 현신들이 한 세기가 지나기 전에 전쟁을 선포할 거라고 확신했다.

불가능한 일이었다. 시간이 부족했다. 하지만 다른 선택지가 있을까? 티르는 죽었다. 원시용의 수는 증가하고 있고, 루비 생명의 웅덩이에 있는 새끼용들만으로는 제대로 된 군대를 만들어 낼 수는 없었다. 비룡만으로도 마찬가지였다. 위상들에겐 도움을 청할 아군이 너무나도 부족했다.

넬타리온은 지상에서 울려 퍼지는 사냥 호각과 동물들의 비명 소리는 듣지도 못한 채 하늘로 날아올랐다. 머릿속에서 불꽃을 피운 아이디어는 그가 자랄레크 동굴 깊은 곳에 숨겨 놓은 실험실 아베루스로 들어서기도 전에 활활 타오르기 시작했다.

그는 혈족의 터 너머에 있는 필멸자들을 산 채로 데려오라고 검은 용군단에 지시했다. 그는 비밀리에 끝없는 시험을 수행했다. 필멸자의 근육을 해체해서 몸의 구조를 파악하고, 인내력의 한계를 시험하고, 다양한 용의 정수로 신체를 강화해 보기도 했다.

몇 번의 계절이 지나고, 다시 몇 년이 흘렀다. 연이은 시험의 결과로 쓸모없는 육신 더미와 자아를 잃은 흉물들만 남았다. 성체 표본은 강화 후 뒤틀려 버린 생체 구조로 인해 잠에서 깨어나지도 못했다. 조작된 용 무리는 성장이 빨라지지 않았다. 임신 상태의 포유류에 직접 영향을 주면 그 끝은 언제나 유산이었다. 넬타리온이 꿈꾸는 병사는 늘 그의 기대에 못미쳤다.

하지만 아무리 실패를 반복해도 넬타리온은 포기하지 않았다. 용족의 생존과 나아가 이 세상 전체의 운명이 그에게 달려 있었다. 대지의 수호자는 외골수 같은 열정으로 연구를 계속하며, 가장 명민하고 가장 믿음직스러운 비행지도자들만 참여시켰다. 이런 과업을 다른 누군가에게 맡길 수는 없었고, 그렇다고 이세라나 말리고스에게 도움을 청할 수도 없었다. 땅속 깊은 곳에서 그가 준비하고 있는 계획을 알렉스트라자가 알아서는 안 됐다.

우선 적당한 때를 기다려야 했다.

그날이 오면, 용의 여왕은 그의 선견지명과 탁월한 통찰력에 감사를 표할 것이다. 다른 위상들도 경외감에 휩싸여 그의 업적을 바라볼 것이며, 혈족의 터는 최고의 수호자인 그에게 경의를 표할 것이다. 속삭임이 뭐라고 하든, 그의 지혜는 용족 중에서도 가장 뛰어났다.

여느 때와 같은 조용한 오후에, 넬타리온은 아베루스 깊은 곳 어둠의 도가니로 들어갔다. 분노에 가득 찬 포효가 동굴 전체에 메아리치고, 그의 얼굴에 미소가 떠올랐다. 그의 용군단은 최근 자칼리 자라딘의 장로이자 라소크라고 알려진 강력한 생물을 생포했다. 처음엔 대지의 수호자도 그저 벌판에서 자라딘의 위협을 제거할 생각뿐이었지만…… 이토록 강력한 살아 있는 불길을 공급하는 자라면 다른 계획에 이용할 수 있었다.

넬타리온이 엘레멘티움 가열로를 지나가자, 검은 용기병이 차렷 자세를 취하며 경례를 했다. 배양기의 청록색 빛이 벽을 따라 흐르며, 용암 폭포의 진홍색 빛과 뒤섞였다. 끊임없이 움직이는 기류에 실려 불꽃이 대기를 맴돌았다. 그 공간 전체에서 녹아내린 금속과 유황 냄새가 풍겼다.

실험실 안으로 들어서자 새끼 히드라들이 황급히 이리저리 달아났다. 커다란 화로들에서 붉은 불길이 멋대로 춤을 추며 검은 그림자를 사방으로 흩뿌렸다. 다섯 검은 용이 깨진 배양 탱크 주위에 모여 작은 목소리로 서로를 향해 속삭였다. 악취를 풍기는 액체가 탱크에서 흘러나와 방을 뒤덮었다. 넬타리온은 이를 드러냈다.

"대체 무슨 일이 일어난 거지?"

찡그린 얼굴로 오른쪽 앞발에 묻은 액체를 털어내며, 넬타리온이 물었다. 몇몇 용들이 화들짝 놀라며, 경계하는 태도로 고개를 돌렸다.

그중 가장 나이가 많은 비행지도자 리비아가 매끈한 머리를 돌려 넬타리온을 바라보고, 나머지는 황급히 고개를 숙였다.

"아, 위상님!"

리비아가 말했다.

"늘 그렇듯 때맞춰 오셨군요. 처음으로 성공 사례가 나온 것 같습니다. 마침내 살아남은 개체가 있습니다."

넬타리온이 다가서자 리비아는 옆으로 비켜섰다. 깨진 탱크 아래쪽에는 작은 형체가 주저앉아, 무릎을 세워 끌어안은 채 온몸을 덜덜 떨었다. 반짝이는 검은색 비늘이 그 형체의 길고 흐느적거리는 사지를 뒤덮었고, 등에는 축 축한 날개가 들러붙어 있었다. 필멸자와 비슷한 체격의 생물이었지만, 필멸자는 아니었다. 용도, 용기병도 아니었고, 지금껏 이 세계에서 눈에 띈 그 어떤 종족과도 달랐다.

그 생물이 쐐기 모양의 머리를 들었다. 지성으로 가득한 황금색 두 눈이 넬타리온의 눈과 마주쳤다. 대지의 수호자의 그림자가 온몸을 뒤덮는 와중에도, 그 생물은 몸을 움찔하거나 시선을 돌리지 않았다.

검은 위상의 찡그렸던 얼굴이 뭔가 뒤틀리고 기만적인 것으로 바뀌어 갔다. 미소라고 할 수는 없었지만, 그래도 기분이 좋은 건 분명해 보였다.

또 실패했구나. 속삭임이 말했다. *덜덜 떨고 있는 꼴 좀 봐라!*

두 번째 목소리가 귓속으로 스며들었다. *다 헛된 짓이다. 네가 원하는 목표는 절대 이루지 못할 거야.*

네 삶은 실패로 끝날 거다. 세 번째 목소리도 말했다.

넬타리온이 눈을 가늘게 떴다. 그 속삭임들이 청동 용조차 알아내지 못하는 그의 미래에 대해 뭘 알고 있단 말인가? 대지의 수호자의 명민함을 보여주는 증거가 지금 그의 발치에 앉아 있었다. 그는 이 생물들을 하늘에서 현신을 공격하는 병사들로 바꿔 놓을 것이다.

"몇 명이나 생존했나?"

넬타리온이 리비아에게 물었다.

"네 명입니다."

비행지도자가 뒤쪽 탱크 안에서 액체 속에 떠 있는 어두운 형체를 향해 고갯짓하며 간결하게 대답했다.

"하지만 아직 깨어나진 않았습니다."

"지금 깨워서 지스카른에게 데려가 시험해 봐라."

넬타리온이 말했다.

"이들이 내가 찾던 병사인지 봐야겠다."

제3부

전쟁의 바람

시간의 지배자 노즈도르무가 구술한 역사

지난 오십 년 동안, 위상과 우리 친족인 현신 사이에서는 긴장감이 커졌다. 이제 현신은 온갖 종류의 생물들을 참혹한 심연으로 불러들이고, 원시용과 타라세크, 심지어 필멸자들까지 자기들의 대의 아래에 집결시키고 있다. 이리디크론은 전쟁을 일으키겠다는 의사를 숨기지 않지만, 아직 공공연히 공격해 오진 않았다.

한 가지 부정할 수 없는 사실 때문에, 위상인 우리는 평화를 향한 대장정을 계속한다. 바로 우리 용군단과 현신 사이의 전쟁은 헤아릴 수 없이 많은 생명을 앗아갈 거라는 사실이다. 나와 우리 청동 용은 시간의 길에서 그런 결과를 보았다. 아직은 평화를 이룩할 희망이 있는 상황에서, 그토록 많은 생명의 위험을 무릅쓸 수는 없다.

따라서 용의 여왕은 계속해서 희망의 씨앗을 육성한다. 최근 여왕은 칼림도어 북부의 사냥터를 두고 이리디크론과 합의를 이루었다. 그의 추종자들도 이제 고룡쉼터 사원에 거주하는 질서의 용들을 괴롭히지만 않는다면, 사원 주위의 영토에서 사냥을 할 수 있다. 비록 보잘 것 없는 일이지만 나름의 승리처럼 느껴진다. 우리는 이 지역에서 어느 쪽에도 속하지 않은 원시용들에게 영향을 미치기 시작했고, 이 땅을 고향이라 부르는 필멸자 부족들과도 관계를 맺고 있다. 말리고스가 만들어 낸 형상이 필멸자들과의 관계에서 큰 효과를 발휘했다.

폭풍포식자와 그 부하들은 계속해서 타라세크와 필멸자의 마을을 공격하지만, 우린 아직 현장을 포착하지 못했다. 피락이나 비텔레노스라는 원시용 지도자와는 달리, 라자게스는 추적이 사실상 불가능하다. 그녀는 폭풍의 분노 안에 숨어 계속해서 이리저리 옮겨 다니기 때문에 그 누구도 제대로 추격할 수가 없다. 또한 어둠비늘들은 라자게스가 작은 검은 용과 대화하는 모습을 포착하기도 했는데, 상대는 이크로니아라는 이름의 용으로 보였다. 검은 용군단이 죽었다고 생각했던 용이었다. 넬타리온은 용군단을 이탈하기 전에 흑요석 성채의 제련소에서 일했을 가능성도 있는 그녀가 이리디크론에게 어떤 비밀을 털어놨을지 걱정하고 있다.

돌비늘은 라자게스를 억제하라는 우리 요청을 무시했고, 그녀가 아무 잘못도 저지르지 않았다는 말만 반복했다.

그런 측면에서, 티르의 죽음을 용군단에게도 숨기기로 했던 넬타리온의 직감은 옳았다. 현신은 아직까지 티르가 사라진 것을 모르는 듯하다. 알렉스트라자는 아군 티탄벼림을 대부분 발드라켄으로 집결시켜 인원을 보강했지만, 일부는 용의 벌판에서 맡은 일을 계속하고 있다. 이리디크론에게는 이 지식을 최대한 오랫동안 감추는 것이 좋을 것이다. 이리디크론은 수호자와 위상의 연합군을 상대하는 걸 원치 않았기에, 티르와 티탄벼림의 존재는 현신들의 침공을 막는 데 탁월한 효과가 있었다.

이토록 위험한 상황이었음에도, 혈족의 터는 계속해서 번성하고 있다. 우리는 불과 얼마 전 청동 용군단의 힘의 권좌인 시간의 합일점 건설을 마치지 않았던가? 시간의 합일점은 시간의 길에서 우리 용군단의 닻이 되어, 전례 없는 곳까지 탐험할 수 있게 해줄 것이다. 이세라와 녹색 용군단은 에메랄드의 꿈으로 직접 통하는 차원문을 열었고, 덕분에 우리는 그 안으로 들어가 꿈의 여왕이 눈을 감았을 때 보는 경이를 함께 볼 수 있다. 녹색 용군단은 또한 우리의 새로운 형상을 가장 자연스럽게 취해서, 우리 필멸자 이웃들과 긴밀한 관계를 구축하고 있다. 그러한 존재들 중 다수가 에메랄드 평야로 이주하여, 녹색 용들의 세심한 보살핌과 함께 빠르게 성장하고 있다.

남부에서는 말리고스와 그의 푸른 용군단이 비전의 지식을 확장하느라 바쁜 시간을 보내고 있으며, 용의 여왕은 각 용군단의 새로운 용기병 군단을 만들어 내고, 성장시키고, 훈련시키는 데 전념하고 있다. 비늘신도들이 이제 하루 종일 발드라켄의 거리를 정찰하고, 국경 지역을 지원한다. 알렉스트라자는 이 생물들이 우리의 서약을 지지할 세력이라고 하지만, 왠지 그녀가 자기 나름의 방식으로 혈족의 터를 지킬 준비를 하는 것이 아닐까 생각한다.

넬타리온의 목표만이 아직 우리에게 비밀로 남아 있다. 그는 연습 시합과 모의전, 기타 다양한 방식으로 세력을 과시하는 한편, 비늘파괴자 봉우리 너머에 있는 혈족의 터 북부 끝자락에서 대부분의 시간을 보냈다. 그는 그 지역이 대공 무기의 시험장이라며, 다른 용군단이 접근하는 걸 금지했다.

시간의 길에서 내게 보이는 미래가 점점 더 어두워지고 있다. 전쟁은 일천 가지 방식으로 우리 땅을 휩쓸 수 있지만, 그 걷잡을 수 없는 파괴를 피할 수 있는 방법은 그리 많지 않다.

바람이 시간의 모래를 어떻게 흔들어 놓을지 두고 봐야 할 것이다.

제 10 장

이리디크론은 바위격노자 첩보원이 알려 온 소식에 관해 곰곰이 생각하며 몸을 움직였다. 위상들의 친애하던 수호자, 티르가 죽었다.

좋아, 그는 생각했다. 돌비늘은 참혹한 심연의 전쟁 동굴에 피락 및 라자게스와 함께 서서, 작전 지도를 바라보고 있었다. 그 거대한 공간은 마치 거대한 야수의 배 안쪽을 파낸 곳 같았다. 종유석으로 이루어진 커다란 등뼈가 천장을 가로질렀다. 산의 심장에서 용암이 뿜어져 나와 녹아내린 바위의 호수를 채웠다. 커다란 섬 몇몇 개가 환하게 빛나는 용암 표면 위에 떠 있었고, 그 중앙의 단상에서 이리디크론은 업무를 했다.

이리디크론의 첩보원들이 혈족의 터에서 수호자 티르를 마지막으로 본 후로 이미 오랜 세월이 지났다. 위상들은 수호자의 죽음을 자기네 용군단에게도 감춘 듯했다. 오늘날까지도 고위 비행지도자들과 사령관들만 티르가 죽었다는 사실을 알았고, 그래서 바위격노자들이 그 사실을 확인하는 데도 수십 년이 걸렸다.

"이 정보를 누구에게 확인했나?"

이리디크론이 첩보원에게 물었다. 자카르노스라는 돌의 원시용이었다.

“넬타리온의 비늘장이들이 돌피부와 하는 이야기를 엿들었습니다.”

자카르노스가 대답했다.

“칼시아라는 여자였습니다. 그들은 발드라켄 외곽에 티탄의 조각상을 만들고 있었습니다.”

“넬타리온의 부하에게 그런 정보를 알아냈다는 사실이 마음에 들지 않는구나.”

이리디크론이 목에서 으르렁 소리를 내며 말했다.

“발각되지 않은 건 확실한가? 칼시아는 대지의 수호자가 가장 신뢰하는 졸개 중 하나였다. 사적인 대화로 위장해서 네게 거짓 정보를 줬다고 해도 놀랄 일은 아닐 것 같은데.”

“전 며칠 동안 수풀 그림자 속에 돌출된 바위로 변해 있었습니다.”

원시용이 대답했다.

“제가 있는 걸 알았다면, 그들이 절 쫓아냈을 겁니다.”

“수호자가 죽었다, 이리디크론.”

피락이 어이가 없다는 듯 눈을 굴리며 요란하게 말했다. 불길의 현신은 섬 반대쪽에 느긋하게 앉아 발톱으로 용암을 휘젓고 있었다.

“이젠 핑계를 댈 거리도 없다. 공격할 때가 왔어.”

“흐음.”

이리디크론은 자신의 첩보원을 신뢰했지만, 넬타리온과 검은 용군단이 현신들을 속이고 섣부른 공격을 유도했다고 해도 놀랄 일은 아닐 것 같았다. 티르가 살아 있던 때, 돌비늘은 발드라켄을 공격하는 걸 꺼렸다. 수호자들은 현신이 제대로 이해하지 못하는 힘을 지배하고 있었으니까.

하지만 정말 수호자가 죽었다면, 위상은 이 세계에 홀로 남겨진 상태였다.

“나도 그렇게 생각해.”

라자게스는 고개를 쳐들며 말했다.

“놈들의 국경에서 으르렁거리면서 깨무는 시늉만 해서는 안 된다고! 폭풍의 격노를 놈들의 하늘에 제대로 풀어놓자."

이리디크론은 눈을 가늘게 뜨고, 작전 지도를 향해 시선을 돌렸다. 지진이 동굴 전체를 뒤흔들고, 지도 위의 말들도 부들부들 떨었다. 이제 현신의 병력이 위상의 세력을 큰 폭으로 압도하는 건 분명한 사실이었다. 위대한 용사들이 수도 없이 북으로 날아와 현신들의 대의에 합류한 것도 사실이었다……. 하지만 가장 강한 용들은 여전히 그를 피했다. 비라노스가 특히 거세게 저항했고, 옥소리아와 그녀의 혈족 또한 그랬다.

하지만 이리디크론이 가장 걱정하는 건 양측의 병력 규모와는 관계가 없었다.

"아직 위상과 질서 마법에 대해 우리가 모르는 게 너무 많다."

그는 흥얼거리듯 말했다.

"지금도 놈들의 용군단은 필멸자의 모습을 빌려 자기네 땅의 부족들과 동맹을 맺고 있다. 그 저주받을 비전 마법을 사용하고 있을 가능성이 높겠지만, 그래도 우린 놈들이 어떻게 그런 모습을 취하는지 정확히 설명할 수 없다."

"아악!"

피락이 벌떡 일어서며 말했다.

"놈들이 필멸자의 모습으로 변하고 싶어 하든 말든 무슨 상관이야? 그러면 더 쉽게 죽일 수 있잖아!"

"알지 못하는 적을 무찌를 수는 없다."

이리디크론이 말했다.

"병력의 수만으로 승리를 차지할 순 없어. 알렉스트라자는 추종자들에게 광신적인 헌신을 받고 있다. 넬타리온의 교활함도 절대 과소평가해서는 안 된다."

공격은 신중해야 한다. 필멸자의 모습을 취할 수 있는 능력에도 전술적인 용도가 있을지 모른다."

"나라면 절대 그 가냘픈 필멸자의 모습으로 바뀌진 않을 거야!"

라자게스가 콧방귀를 뀌며 말했다.

"나도 그렇게 생각한다."

이리디크론이 말했다.

"하지만 원소에 뿌리를 두고 우리 체격을 더 작게 바꿀 수 있다면, 우리도 위상들과 같은 이점을 누릴 수 있을 것이다. 넬타리온의 성가신 정찰병들에게 들키지 않고 혈족의 터를 누빌 수 있게 되겠지."

"그럼 우리도 형상을 이용해 보자!"

피락이 두 눈을 밝히며 말했다.

"분명 시도해 볼 가치는 있다."

이리디크론이 나직하게 말했다.

라자게스가 쉬익 소리를 냈다.

"좋아."

그리고 마지못해 대꾸했다.

"어떻게 해야 하는데?"

"그런 모습을 취하는 데 필요한 건 나중에 자세히 이야기하자."

이리디크론이 말했다.

"티르가 정말 죽었다면, 지금은 더 시급한 문제가 있다. 혈족의 터를 불안정하게 만들어서, 위상들을 속수무책으로 전쟁에 끌어들여야 할 때다."

이리디크론이 라자게스를 향해 시선을 돌렸다.

"네가 그 시발점이다."

폭풍포식자의 얼굴이 갈라지고 굶주린 미소가 떠올랐다.

* * *

온 세상에서 라자게스가 혼돈만큼 좋아하는 건 또 없었다. 오늘 밤, 라자게스는 혈족의 터 북쪽 끝으로 거센 폭풍을 몰고 왔다. 그곳은 위상들과 용군단이 아주 오랫동안 무시해 온, 광활하고 텅 빈 공간이었다. 구름이 밤처럼 검게 물들었다. 라자게스는 숨을 깊이 들이쉬고는 미소를 지었다. 그리고 폭풍 본연의 힘을 날개 아래에 모으며, 그 강대함 속에서 기쁨을 만끽했다.

오늘 밤, 라자게스는 처음으로 혈족의 터를 공격할 계획이었다.

마지막으로 이렇게 들떴던 때가 언제인지도 기억나지 않았다.

폭풍포식자는 그런 힘을 다름 아닌 위상들의 현란한 도시 발드라켄에서 휘둘러 주고 싶었지만, 이리디크론은 조심해야 한다고 당부했다. 그리고 라자게스가 타라세크만 따로 떨어져 사는 해안에서 힘을 시험해 봐야 한다고 고집을 부렸다. 그래서 라자게스와 이크로니아는 북쪽 먼 곳에 있는 작은 타라세크 마을을 찾아왔다.

라자게스와 이크로니아는 50번이 넘는 여름을 거치면서 위상들의 이름으로 이런 정착지를 파괴해 왔다. 하지만 그들은 단 한 번도 붙잡히지 않았고, 위상들도 현신을 도발하지 않으려고 그들의 행위를 입증하거나 저지하지 못했다. 그래서 라자게스는 매년 몇 곳씩 마을을 파괴하며, 공포의 군림을 계속했다. 그런 행위는 위상들을 분노하게 했을 뿐 아니라, 증오스러운 질서 마법에 대한 혐오감을 키워 더 많은 이들이 현신의 세력에 합류하도록 했다.

라자게스와 이크로니아는 지금까지 수많은 타라세크의 물결을 참혹한 심연으로 이끌었고, 그곳에서는 새로운 활동의 생명이 싹을 틔웠다. 이리디크론은 불과 돌, 폭풍의 원소를 자신들에게 주입해 준 원시용들을 기리는 의미에서, 그 진영에 원시술사라는 이름을 붙여 주었다. 그 새로운 힘에 대한 소식을 듣자마자 수많은 용들이 참혹한 심연을 찾아와 위상이 아닌 현신들을 지지할 것을 선언했다. 필멸자들 또한 힘과 안전을 약속하겠다는 말을 믿고 서쪽으로 이동했다.

머지않아 현신들은 자신들의 분노를 혈족의 터를 향해 돌리고 위상들을 공격할 수 있을 것이다. 그 생각만으로도 라자게스의 심장이 거칠고 길들지 않은 기쁨으로 가득 찼다. 용의 여왕은 용족에게 끔찍한 고통을 안겼고, 라자게스는 그에 대한 보답을 하고 싶을 뿐이었다. 폭풍포식자는 마을을 불태우고, 질서의 용을 처치하고, 연기를 피워 올리는 유해를 보며 웃음을 터뜨렸다. 그녀는 알렉스트라자가 형제의 사체를 앞에 두고 흐느끼는 모습을 보고 싶었다. 수호자와 질서 마법이 용족에게 입힌 모든 상처에 대한 복수를 원했다.

하지만 폭풍인도자는 그 무엇보다 알렉스트라자의 가장 각별한 친구를 현신의 대의에 참여시키고 싶었다. 비라노스도 이제 곧 그들 편으로 합류할 것임을 라자게스는 뼛속 깊은 곳으로부터 느꼈다. 그 과정은 이미 설명해 두었으니…… 지금 비라노스에게 필요한 건 마지막으로 한 번의 작은 배신, 하나의 작은 상처를 경험하는 것뿐이었다.

라자게스는 타라세크 마을 위로 높이 솟아오른 얼음 절벽 위에 앉았다. 몇몇 타라세크 부족은 얼어붙은 기후 때문에 용군단의 활동이 적은 북쪽까지 진출해 있었다. 밤이 아래쪽 계곡을 어둠으로 채웠고, 마을의 작은 횃불은 죽어가는 불의 불씨처럼 깜빡이며 빛났다. 이렇게 작고 고립된 마을이라면 라자게스가 일으킨 폭풍의 실체를 알아보지 못하고, 구름의 격노 사이에 숨은 그녀를 찾지도 못할 것이다.

바람이 안절부절 못하며 그녀 주위로 흔들리기 시작했다. 폭풍포식자는 이크로니아가 서쪽에서 신호를 기다리고 있는 걸 느꼈다.

라자게스는 날개를 활짝 펼치고 하늘로 날아올랐다. 그리고 구름 위로 올라가며 폭풍 원소의 힘을 온몸에서 방출했다. 번개가 비늘 위에서 춤추듯 흘렀다. 바람이 비명을 질렀다. 산 꼭대기에서 눈이 소용돌이치며 흩날려 안에 갇힌 모두의 시야를 가렸다.

그때, 라자게스는 거세게 으르렁거리며 첫 번째 우레의 화살을 아래 지면으로 떨어뜨렸다. 잠시 후, 검은 그림자가 마을 위로 지나가면서 초가집 세 채에 불을 붙였다. 바람이 비명 소리를 라자게스의 귀까지 실어 왔다.

"그래, 그래."

라자게스는 킥킥 웃으며 바람으로 불길을 후려쳐 지상을 불지옥으로 바꿔 놓았다. 불길이 어둠을 찢고, 마을과 그 주위의 숲을 빠르게 집어삼켰다. 하지만 그때, 예상치 못한 일이 일어났다. 멀리서 바람에 실려 온 용의 나팔 소리가 경고하듯 그녀의 갈기를 잡아끌었다.

라자게스는 고개를 돌리고 귀를 기울였다. 남동쪽에서 들려온 소리였다. 두 번째 포효가 산을 넘어 왔다. 이번에는 조금 더 가까운 곳에서 매섭게 귀를 찔렀다. 라자게스는 으르렁거리며 바람을 내보내 밤의 어둠 속에서 라자게스와 이크로니아를 쫓는 사냥꾼들을 찾았다.

“저기다!”

계곡 위쪽 산마루에서 검은 용 정찰대가 돌풍을 타고 날아왔다. 그중 둘이 계곡 아래쪽 마을을 향해 강하했다. 이크로니아가 발각되었다. 다른 검은 용들은 공중에 남아서 신중하게 구름 아래로 활공했다.

라자게스는 이크로니아를 좋아하지 않았다. 그러나 만약 검은 용들이 이크로니아를 생포한다면, 그녀가 현신들을 배신하고 비밀을 털어놓을지도 몰랐다. 라자게스는 이크로니아에게 자세한 이야기는 하지 않으려고 애를 썼지만, 그 꼬마 용이 곁에 있을 때 피락이 무슨 말을 쏟아 냈을지 누가 알겠나?

그래서 라자게스는 폭력을, 혼돈을, 죽음을 선택했다. 라자게스는 몸속에서 번개를 발현한 후 지면을 향해 거대하게 갈라지는 벼락을 쏟아내려 마을로 향하던 용 하나를 강타했다. 번개가 용을 푸른 빛으로 감쌌다. 용은 발작하듯 경련했다. 고통스러운 비명을 내지르며 고개를 뒤로 젖히고 사지와 꼬리를 길게 뻗었다. 번개가 스러지며 라자게스의 눈에 검은 용의 마지막 순간이 새겨졌다.

라자게스는 불꽃을 튀기며 두 번째 벼락을 준비했고, 바람이 그녀의 좌우로 흘렀다. 검은 그림자가 양쪽에서 그녀를 향해 달려들었다. 폭풍포식자는 거칠게 포효하며 날개를 접고 아래로 떨어져 내렸다. 검은 용들이 그녀를 바싹 추적했다.

라자게스는 날개를 펼치며 검은 용들의 머리 위로 솟아올라 추적자들의 허를 찔렀다. 왼쪽의 용이 빠르게 거리를 벌렸다. 하지만 오른쪽은 느렸다. 라자게스는 발톱으로 오른쪽 용의 등 가죽을 꿰뚫었다. 뼈가 부러지고, 비늘이 갈라졌다. 라자게스는 전기를 쏟아내 용의 보호되지 않은 몸속으로 밀어넣었다. 거미 다리 같은 번개 줄기가 검은 용의 몸에서 터져 나왔다. 용은 라자게스의 강철 같은 발톱에 붙잡힌 채 꿈틀거렸다. 뜨거운 피가 라자게스의 발톱 위로 솟구쳐 미끈거리며 발가락을 뒤덮었다. 용은 비명을 지르다가 축 늘어졌다. 천둥처럼 뛰던 심장이 고요해졌다.

흐음. 라자게스는 뒤쪽 바람에서 느껴지는 움직임을 감지했다. 본능적으로 날개를 펄럭이며 돌아선 그녀는 돌진해 오는 세 번째 검은 용을 보고도 그리 놀라지 않았다. 라자게스는 날개 아래에 빠른 상승 기류를 불러내 위쪽으로 솟아오르며 검은 용의 사체를 동료에게 내던졌다. 다가오던 검은 용은 재빨리 피했지만, 왼쪽 날개가 사체에 걸렸다. 용은 공중에서 비틀거렸다.

상대가 불안정해진 순간을 놓치지 않고 라자게스는 공격했다. 날개에서 회오리치는 바람을 쏟아내 적을 소용돌이로 휘감았다. 라자게스에게 완전히 제압된 검은 용은 공중에서 빙빙 돌며 몸부림쳤다.

"이게 그 잘난 질서 마법의 힘인가?"

라자게스는 고개를 뒤로 젖히며 웃음을 터뜨렸다.

"한심하구나!"

라자게스는 양쪽 날개의 발톱을 아래로 내려, 검은 용을 지면으로 내던지게끔 바람을 부렸다. 바람은 용을 산꼭대기에 내동댕이쳤고, 온몸의 뼈를 모조리 산산조각 냈다.

"너희는 내 상대가 아니다!"

라자게스는 밤을 향해 포효했다. 그녀는 공중에 떠올라 바람의 움직임을 느끼며 네 번째이자 마지막 검은 용을 찾았다. 바람이 그녀의 시선을 다시 마을로 이끌었다. 그곳에서, 살아남은 검은 용이 거대한 앞발로 이크로니아를 짓밟고 있었다.

사악한 미소를 지으며, 라자게스는 아래로 내려갔다. 그녀는 지면의 바람을 흔들어 불타는 오두막의 잔해를 움직였다. 두 검은 용을 둘러싼 불의 원에서 불길이 높고 뜨겁게 타올랐다. 이크로니아의 목을 붙잡은 검은 용은 계속해서 그녀를 지면으로 밀어붙였다.

"우리가 널 넬타리온 님께 끌고 가서 심판을 받게 해주마."

그가 이크로니아에게 쏘아붙였다. 주위의 불길이 반사된 이가 번뜩였다.

"네가 저지른 악행의 대가를 마주해라, 이 괴물아!"

"우리?"

라자게스가 검은 용 앞쪽의 허공에 멈춰서 키들키들 웃었다.

"이 한심한 멍청아, 우리는 이제 없다. 네 친구는 모두 죽었어."

"우리 위상님 말씀이 옳았군."

검은 용이 말했다.

"네가 이 모든 파괴의 원흉이구나. 네가 바로 수천 개의 생명이 사라진 이유였어!"

라자게스가 머리를 아래로 숙이며 말했다.

"네 생명도 포함해서 말이지."

라자게스는 날개를 펄럭여 바람의 격류를 마을로 밀어냈고, 불길은 더욱 더 커져만 갔다. 붉게 빛나는 불기둥이 하늘로 솟아오르며 사방으로 날개 수백 개 범위를 환하게 밝혔다. 불길은 탐욕스럽게 용들이 호흡하는 공기를 집어삼켰다. 뜨겁고 매캐한 연기가 소용돌이쳤다. 검은 용이 이크로니아에게서 비틀비틀 멀어지며 콜록거렸다.

라자게스는 키들거리며 온몸에서 번개를 끌어냈다. 그녀가 치명적인 번개 줄기를 내뿜는 순간, 검은 용은 대지에 발톱을 박아 넣었다. 그리고 거친 돌의 방패를 몸 앞쪽으로 끌어냈다. 번개가 바위를 강타하며 스러지고, 그 자리에 벌레처럼 꿈틀거리는 전기의 흔적만 남았다.

"이런, 이런."

라자게스가 기쁜 듯 웃으며 말했다.

"네 동료들보다는 똑똑하구나. 현신을 상대로 얼마나 버틸 수 있는지 한번 보자!"

검은 용은 자리에서 일어서며 날개의 흙을 털어냈다. 그리고 라자게스를 노려봤다.

"검은 용군단이 네 잔혹한 만행을 심판할 것이다, 폭풍포식자. 내가 그것만은 맹세하겠다."

"네 맹세 따위는 내게 아무 의미도 없다."

라자게스는 여전히 마을 위에 떠서 말을 뱉었다.

"내 바람이 너희 용군단을 하늘에서 끌어내리고, 모두가 네 친구들처럼 비명을 지르며 죽어갈 것이다!"

"오늘은 아니다."

검은 용이 그녀를 지나쳐 날아오른 후 동쪽 산등성이를 향해 빠르게 날아갔다.

"쫓아라!"

라자게스는 이크로니아를 향해 소리쳤지만, 그녀는 몸을 일으키려 애쓰고만 있었다. 폭풍포식자는 재빨리 돌아서 나무 위로 솟아올랐다. 잠시 상대를 자극하며 즐기기도 했지만, 이제는 진지하게 임해야 했다. 사냥감이 도망치게 놔둘 수는 없었다.

크고 희푸른 번개가 호를 그리며 주위로 떨어져 내리고, 날카로운 산봉우리를 따라 흩어졌다. 라자게스도 이런 속도로 날아가면서 번개를 정확하게 조준할 수는 없었다. 검은 용 앞쪽에서 역풍을 발생시켜 봤지만, 상대는 더 빠르고 거세게 날았다.

그리고 검은 용은 바위투성이 협곡 사이로 몸을 피했다. 라자게스가 뒤를 쫓았지만, 길이 점점 좁아지는 탓에 움직이기도 힘들어졌다. 창백하고 가느다란 회색 빛이 앞쪽의 위험을 보여줬다. 그녀는 날카롭게 튀어나온 바위 아래로 몸을 날려 통과하고, 고대의 나무 뿌리를 피하면서 검은 용을 시야에서 놓치지 않았다. 오른쪽 절벽에서 굉음과 함께 폭포가 떨어져 내렸다. 검은 용이 폭포에 부딪히더니 그대로 협곡의 그림자 속으로 사라졌다.

라자게스는 그 뒤를 따라 폭포를 통과했고, 물살을 따라 전기를 뿌렸다. 전기의 빛이 주위 바위 벽을 때리고는 하늘 위로 날아오르는 검은 용의 꼬리를 비췄다.

"겁쟁이 같으니!"

라자게스는 으르렁거리며 바람을 불러내 협곡 위쪽으로 솟아올랐다. 그리고 회전하며 하늘 높이 올라가, 새하얀 격노로 하늘을 환하게 밝혔다.

하지만 검은 용은 사라지고 없었다.

라자게스는 짜증스러운 기분으로 그 지역을 순찰했다. 하늘이 그녀의 격노와 공명하고, 번개 화살이 비처럼 지상에 쏟아졌다. 라자게스는 돌풍을 불러내 구름을 치우고 검은 용을 찾으려 했으나, 바람은 공허한 울림만 들려주었다.

폭풍포식자가 돌아서자, 자연의 바람이 방향을 바꿔 북동쪽에서 불어왔다. 그 바람에 실려 나무가 불타는 매캐한 냄새와 검은 용 비늘에서 풍기는 대지의 향이 라자게스에게 전해졌다. 이렇게 북쪽 먼 곳에서 위상들이 뭘 하고 있는 걸까? 삐죽삐죽한 산봉우리 너머에서 주황색 빛이 구름 아래쪽을 물들였다.

호기심이 앞선 라자게스는 눈에 띄지 않게 몸을 숨기고 산맥을 향해 날아갔다. 이빨 같은 높다란 봉우리들이 아래쪽 계곡에 둥글게 원을 그리고 서 있었다. 거대한 화로에서 불길이 타오르며 적어도 백여 명의 검은 용들과 다섯 용군단 전체의 용기병 수천 명의 형체를 비췄다. 몇몇 비행지도자들이 위쪽 하늘을 맴돌았다. 라자게스가 보기에, 지상과 공중에서 이루어지고 있는 모의전은 꼭 군사 훈련 같았다.

검은 용군단은 전쟁을 대비한 훈련을 하고 있는 것으로 보였다.

잠깐. 라자게스는 유연하게 하늘로 날아오르는 생물을 바라보며 생각했다. 그 생물은 날개를 활짝 펴고, 아무렇지도 않게 계곡 바닥을 향해 활공했다. *저건 용기병이 아니잖아!* 용기병은 날개도 없고, 하늘을 날 수도 없었다.

이건 대체 무슨 흉물이지? 라자게스는 거대한 규모의 병력에게 발각되지 않으려고 뒤로 물러나며 생각했다. 그리고 키들키들 웃으며 남쪽으로 몸을 돌려, 소용돌이에 있는 자기 둥지를 향해 빠르게 날아갔다.

라자게스는 이크로니아를 기다리지 않았다. 어차피 이제 아무 상관 없었다. 그 꼬마 바보는 어떻게든 자기 둥지로 돌아갈 것이다. 게다가…… 폭풍포식자는 이제 새로운 사냥을 준비해야 했다.

* * *

이크로니아는 라자게스를 따라가려고 움직였지만, 갈비뼈가 적어도 두 개는 부러진 듯했다. 조금 느리더라도 날 수는 있었지만, 라자게스의 폭풍이 쏟아낸 격노 때문에 하늘에 오래 떠 있을 수조차 없었다. 이크로니아는 마을을 벗어나 날개 몇백 개 거리를 가까스로 날아갔지만, 결국엔 바위 절벽 위에 쓰러져 거친 숨을 몰아쉬었다. 머리 위에서 소용돌이치며 날뛰는 바람이 그녀의 비늘을 눈으로 덮었다.

머지않아 검은 용군단이 이크로니아를 찾아냈다.

검은 용 네 명이 이크로니아를 흑요석 성채까지 호위했다. 성채의 탑들은 숯검댕으로 얼룩진 하늘을 향해 뻗은 거수의 발톱처럼 보였다. 가열로가 붉게 빛나고, 용 머리 모양의 분수가 거대한 용암 방울을 쏟아냈다. 이크로니아는 여기에서 너무 오랜 시간을 낭비했었다. 가열로에서 끝없는 노역을 하던 그때는 언제나 용들에게 둘러싸여 있었지만, 그래도 너무나 외로웠다.

검은 용들은 이크로니아에게 높이, 더 높이 날아오를 것을 강요했다. 고통이 어찌나 큰지 그녀는 하마터면 하늘에서 그대로 곤두박질칠 뻔하기도 했다. 체격이 큰 검은 용 중 하나가 한숨을 쉬며 한쪽 날개를 내밀었다. 이크로니아는 고마워서가 아니라 완전히 탈진했던 탓에 그의 도움을 받아들였다.

높은 턱에 내려앉았을 때, 이크로니아는 그대로 바닥에 무너져 내려 온몸을 부들부들 떨었다. 검은 용들은 그녀를 탑 안쪽으로 데려갔고, 그곳에서 용기병들이 이크로니아를 둘러싸고는 앞발에 족쇄를 채워 바닥에 묶었다. 이크로니아는 쉬익 거리는 소리를 내며 용기병들을 위협적으로 물려고 해 봤지만, 그들은 그녀의 느리고 약한 공격을 대수롭지 않게 피해 버렸다.

"그 어떤 용도 이런 고통을 겪어서는 안 돼."

이크로니아는 앞발을 구속한 무쇠 족쇄를 잡아당기며 그들에게 말했다. 금속에 주입된 질서 마법이 그녀를 뼛속까지 울려 이가 딱딱 부딪힐 정도였다.

"어째서 날 그냥 죽이지 않는 거냐?"

"네 운명은 우리가 결정할 몫이 아니다."

검은 용 하나가 말했다.

"넌 우리 용군단의 일원이다. 우리 위상만이 널 심판할 수 있다."

"스스로 생각조차 할 줄 모르는 거냐?"

이크로니아는 따지듯 말했다.

"아니면 무슨 일이든 주인의 의지에 따르는 거냐?"

검은 용은 콧방귀를 뀌었다.

"너도 우리의 일원이었다가 도망친 게 아니었나?"

그는 시선을 돌리며 물었다.

"그 질문에 대한 대답은 나보다 네가 더 잘 알고 있을 것 같다만."

검은 용들은 그녀의 상처를 치료하는 용기병 한 명만 남겨두고 그곳을 떠났다. 이크로니아는 용기병의 상냥한 손길에 당황하며, 차라리 검은 용들이 자기를 죽여 버리고 모든 걸 끝내 주었으면 좋겠다고 생각했다. 라자게스는 아군이었음에도 전투에서 승리하건 말건 이크로니아를 때렸다. 위상들을 거역하고 붙잡힌 지금, 위상의 발톱에 어떤 고통을 겪게 될까?
기다림이 길어질수록 공포는 커져만 갔다. 커다란 화로가 기이하게 뒤틀린 그림자들을 벽에 뿌렸지만, 이크로니아는 그 공간의 가장 큰 비중을 점령한 돌 지도를 바라볼 수밖에 없었다. 이리디크론도 참혹한 심연에 그와 비슷한 지도를 갖고 있었다. 그녀 또한 오라비의 텅 빈 의회실에서 지도를 읽어보고 그의 전략을 추측하며 여러 날 밤을 지새기도 했다. 이리디크론은 이크로니아에게 자세한 계획을 알려주진 않고 감췄지만, 오랜 시간에 걸쳐 그녀도 많은 걸 알아낼 수 있었다.
이리디크론과 넬타리온은 서로 참 비슷했다. 티탄들이 용들의 일에 관여하기 전에만 해도, 둘은 마치 형제처럼 가까운 사이였다. 이크로니아와 이리디크론 사이의 관계와는 전혀 달랐다. 이리디크론과 넬타리온은 목표와 관심 분야는 비슷했지만, 넬타리온은 언제나 자기가 건설가라고 주장하고 이리디크론은 대지가 파괴되는 걸 좋아했다. 결국엔 둘 사이에도 갈등이 깊어지긴 했지만, 정확히 무슨 일이 있었던 건지는 이크로니아도 알 수 없었다.
한참이 지난 후, 깊은 목소리가 그녀의 상념을 깨웠다.
"이토록 많은 필멸자에게 고통을 초래한 건 역시 이리디크론과 그자의 친족이었군."
이크로니아가 고개를 돌렸다. 대지의 수호자이자 오라비의 가장 큰 적수 넬타리온이 그녀의 뒤쪽 단상에 내려앉았다. 그는 부관 두 명을 양쪽에 거느리고 알현실로 들어섰다. 칠흑 같은 비늘에 불길이 비춰 춤을 췄다. 탑 아래에서 전쟁 기계에 동력을 공급하는 불길처럼 잔혹하게 타오르는 맹렬한 주황색 화염이 그의 두 눈에서 아른거렸다.
공포가 이크로니아의 심장을 채웠다. 그녀는 원래 검은 용 중에서 체구가 작은 편이었지만, 넬타리온은 그녀를 비롯한 방안의 모든 용들을 작은 드워프로 보이게 했다. 그가 발을 옮길 때마다 바닥이 후들거렸다. 이리디크론도 검은 위상만큼 크고 강해 보이진 않을 것이다. 그리고 그런 상대를 대면하려니 공포가 이크로니아의 존재 자체를 휩쓸었다. 그녀는 몸을 움츠리며 한 걸음 물러섰다. 사슬이 그녀의 비늘을 잡아당겼다.

넬타리온은 이크로니아에게서 몇 걸음 떨어진 곳에 멈춰 섰다.

"말해 봐라."

그는 고개를 낮춰 이크로니아의 눈을 똑바로 바라보며 말했다.

"네 오라비가 이런 계략을 실행하려고 널 검은 용군단에 강제로 집어넣은 것이냐?"

"아, 아닙니다. 전 스스로 발드라켄을 선택했습니다."

이크로니아는 그렇게 말하며 고개를 돌렸다.

"하지만 제 선택을 후회하고 달아났던 겁니다. 그랬다가 라자게스에게 붙잡혔고……."

"너와 같은 자들이 또 있나?"

넬타리온이 물었다. 그의 목소리가 커지고, 발톱처럼 날카로워졌다.

"이리디크론의 꾐에 넘어가 무고한 자들의 마을을 불태우고 있는 검은 용이 또 있더냐? 아니면 모든 게 네가 저지른 소행이냐?"

"모두 제가 한 짓입니다."

이크로니아는 그렇게 말하고는 바닥에 엎드렸고, 날개를 등에 붙이며 몸을 최대한 작게 웅크렸다.

"제 오라비가 억지로 그 마을들을 불태우라고 시켰습니다. 거절했다면 라자게스에게 죽임을 당했을 겁니다."

넬타리온은 고개를 가로저었다.

"네 오라비는 언제나 날 실망시키는구나. 하지만 네 가죽에 생긴 상처가 라자게스가 얼마나 잔혹한지 보여주는 증거라 하겠다. 그래도 이크로니아, 넌 검은 용군단의 이름으로 너무 많은 목숨을 앗아갔고, 그것만은 도저히 용서할 수 없다."

넬타리온이 앞으로 나섰다. 그녀는 더 움츠러들었고, 어깨뼈를 잔뜩 긴장하며 다가올 죽음을 기다렸다. 하지만 검은 위상은 그녀를 공격하지 않았다.

오랜 침묵이 지나간 후, 넬타리온이 말했다.

“잔혹한 건 이리디크론의 방식이지, 내 것이 아니다. 넌 끔찍한 악행을 저질렀지만 여전히 내 용군단의 일원이며, 따라서 내 동족이다. 넌 이제 해안에 투옥되어, 네가 본 것들을 다시는 누구에게도 이야기하지 못할 것이다.”

“투옥된다고요?”

이크로니아가 속삭임에 가까운 목소리로 물었다.

“차라리 죽음을 택하겠습니다.”

“죽음이 자비로운 처분이겠지만, 넌 우리 용군단에 갚아야 할 빚이 있다. 그리고 넌 아직 쓸모가 있다.”

넬타리온은 그렇게 말하며 돌아섰다.

“자, 넬타루스로 내려가자. 거기서 네 오라비의 계획을 모두 털어놓아라.”

“아무 얘기도 하지 않겠습니다.”

이크로니아가 말을 뱉었다.

“네 의지가 필요하다고 하진 않았다.”

넬타리온이 말했다. 더는 아무 말도 없이, 검은 위상은 단상을 향해 걸어갔다. 이크로니아를 묶었던 족쇄가 삐걱 소리와 함께 열리고, 그녀는 마지못해 운명을 좇아갔다.

제 11 장

검은 용군단의 전령이 새벽에 끔찍한 소식과 함께 루비 생명의 웅덩이에 도착했다. 해안의 타라세크 마을들이 불탔다. 그 이후의 교전에서 검은 용 세 명이 목숨을 잃었지만, 주범인 라자게스는 도망쳤다. 이미 수십 년 전부터 혈족의 터 외부에서 정착지가 불타 버리는 사건이 계속되어 왔지만, 혈족의 터 안쪽에 있는 마을이 표적이 된 건 이번이 처음이었다. 질서의 용들 영토에서 너무나도 가까운 곳에 고통을 가한 대담한 공격이었으며, 분명히 범인들도 상당한 위험을 감수한 작전이었다.

태양이 지평선에서 반짝이는 눈을 뜨기도 전인 이른 시간부터 알렉스트라자는 비상 회의를 소집했다. 노즈도르무와 말리고스, 넬타리온이 위상의 권좌로 빠르게 달려왔다. 이세라는 에메랄드 정원에 남아 이세라의 눈 제작을 감독했다. 그곳은 녹색 용군단이 두 세계를 모두 지켜볼 수 있게 해주는 꿈속의 공간이었다. 녹색 위상은 처음으로 섬세한 꽃을 피운 자기 작품 곁을 떠나려 하지 않았다. 대신 그녀는 자신의 환영을 회의에 참석시켰다. 이세라의 환영은 마치 유령이 되어 버린 녹색 위상처럼, 꿈으로 통하는 차원문과 같은 빛이 아른거렸다. 환영은 이세라 자신처럼 말하고 위상들과 소통했지만, 알렉스트라자는 거기에서 여동생 특유의 온기와 힘을 느낄 수가 없었다.

권좌 아래쪽 발드라켄은 여전히 잠들어 있었고, 하늘도 고요했다. 서늘하고 부드러운 산들바람이 탑을 지나갔다. 하늘을 날기에 완벽한 아침이었지만, 알렉스트라자의 기분은 자유로운 것과는 거리가 멀었다.

"라자게스의 악행을 막을 방법이 없겠소?"

알렉스트라자의 목소리에는 불만스러운 기색이 완연했다.

"라자게스는 지난 오십 년 동안 오직 혼란만을 초래해 왔고, 이제는 무모하게도 우리 본거지에 이토록 가까운 곳까지 습격하고 있소. 참혹한 심연에서는 우리 사절들을 계속 거부하고 있지만, 더 단호한 조치를 했다가는 그들의 저항을 유발할 것 같소."

"현신들도 우리 발톱이 묶여 있다는 걸 알고 있소."

넬타리온이 대답했다.

"우리에겐 라자게스를 통제할 방법이 없고, 그렇다고 참혹한 심연을 공격할 수도 없소."

"그럼 어떻게 해야 하겠소?"

말리고스는 말했다. 그 마법의 지배자는 언제나 냉철하리만큼 단정한 모습이었지만, 오늘만큼은 그의 비늘도 헝클어져 보였다.

"다음에는 흑요석 성채나 하늘빛 기록 보관소, 심지어 에메랄드 정원이 공격받을 수도 있소."

이세라의 환영이 화가 난 듯 콧구멍을 벌름거렸다.

"그렇게 대담하게 우릴 직접 공격하지는 않을 거요. 타라세크 마을을 불태우는 것과 용군단의 본진에서 우리 전력과 싸우는 건 완전히 다른 문제니까."

"하지만 이제는 전쟁이 필연적인 결과가 아니라고는 할 수 없겠소."

넬타리온은 이세라를 향해 고개를 끄덕이며 대답했다.

"노즈도르무까지 그렇게 얘기하지 않았소."

"전쟁이 필연적인 일이라고 하진 않았소."

노즈도르무가 넬타리온을 흘겨보며 대꾸했다.

"계절이 지날수록 평화에 이르는 길의 수가 적어지고, 이제는 전쟁이 일어날 가능성이 전보다 더 높아졌다고 한 거요. 우리 의회가 분쟁을 원한다면 그만큼 가능성은 더 커질 것이오."

넬타리온은 이를 드러냈다.

"현신들과 전쟁을 원하는 게 아니오, 노즈도르무."

"지금은 그런지도 모르지."

청동 위상은 믿기 힘들어하는 말투로 대꾸했다.

"그만하시오."

알렉스트라자가 말했다 하지만 가슴 속 깊고 검은 구석에서, 넬타리온이라면 전쟁을 환영할 거라는 생각이 들었다.

아니, 아니야. 알렉스트라자는 자신을 타이르며 근거 없는 생각을 쫓았다. 가장 오랫동안 함께해 온 가장 용맹한 아군을 그런 식으로 비방할 수는 없었다. 넬타리온은 그녀의 신뢰를 깨뜨릴 일은 아무것도 하지 않았고, 그녀나 다른 위상에게 진실하지 않았던 적도 없었다.

그래도 괜한 걱정이 마음에 그림자를 드리웠다.

알렉스트라자는 이리디크론이 위상 모두를 진퇴양난의 상황에 빠뜨릴 생각일 거라고 확신했다. 외교는 실패하고 있었지만, 원래 전쟁이라는 게 그런 의미 아니었던가? 완전하고 절대적인 외교의 실패? 태양이 떠오르는 것을 막을 수 없듯이, 현신이 평화 회담을 거부하는 걸 막을 수도 없었다.

광기나 증오와 어떻게 합리적인 대화가 가능하단 말인가? 돌처럼 단단한 심장을 어떻게 무르게 하고, 얼음으로 뒤덮인 비라노스의 심장을 어떻게 녹일 수 있단 말인가? 하지만 가장 중요한 건 따로 있었다.

"전쟁을 시작하지 않고 원시술사들로부터 우리를 지키려면 어떻게 해야 한단 말인가?"

알렉스트라자는 혼잣말처럼 말했다.

"우리 국경을 폐쇄할 수는 없소. 모든 원시용이 참혹한 심연에 합류한 건 아니고, 그들을 밀어내면 결국 우리 적들의 세력을 키워주는 꼴이 될 것이오."

"그건 사실이오."

넬타리온이 입을 열었다.

"하지만 우리 땅에 누구나 들어올 수 있게 허락하는 건, 전술적 이점을 포기하는 것이나 마찬가지요. 국경을 폐쇄할 수 없다면, 적어도 우리 권좌에서 모든 원시용을 추방해야 하오.

"이리디크론은 이미 수 세기 전부터 이번과 같은 행위를 해 왔소."

넬타리온이 말을 이었다.

"지금쯤이면 우리 거주지와 인원을 속속들이 파악하고, 약점까지도 찾아냈을 거요. 그래서 지금 원시용들은 서쪽으로부터 흑요석 성채에 접근하거나, 최정상 거처와 생명의 어머니의 정원 위를 비행하지 못하는 거요."

"어떻게 그들의 움직임을 제한한 거요?"

말리고스가 물었다.

"달리 무슨 방법이 있겠소? 무력을 동원한 거지."

넬타리온이 콧방귀를 뀌며 말했다.

"하지만 푸른 용군단이라면 마법을 이용해서 비슷한 결과를 도출할 수도 있을 것 같은데."

이세라의 환영이 고개를 갸웃거렸다.

"나도 이 계획을 지지하지만, 혈족의 터에서는 평화를 원하는 원시용을 모두 환영한다는 사실을 다시 명확히 선언하는 게 좋겠소. 우리 원시 친족들에게 더 큰 고통을 주고 싶지는 않소."

"티탄들도 그들이 너무 많이 괴롭힘을 당했다는 걸 알고 있소."

노즈도르무가 한숨을 쉬며 말했다.

"우리 비룡들에 관한 소식은 다들 들었소?"

"무슨 소식 말이오?"

알렉스트라자가 물었다.

"최근 우리 가장 어린 비룡들이 혈족의 터에서 사냥하는 원시용들을 괴롭히고 있다는 보고를 받았소."

노즈도르무가 말했다.

"다음 공식 의회에서 이 문제를 논의할 생각이었소만, 아무래도 오늘 이야기와도 관련이 있을 것 같군."

알렉스트라자는 관자놀이를 두드리는 묵직한 아픔을 느끼며 한숨을 쉬었다.

"그런 일이 일어난 지는 얼마나 됐소?"

"석 달 전, 한 비행지도자가 몇몇 비룡들이 원시용과 싸우는 모습을 봤소."

노즈도르무의 대답에 말리고스는 어이없다는 듯 눈을 굴렸다.

"하지만 그 비룡들이 그런 행위를 꽤 오랫동안 계속해 왔다고 알고 있소."

"우리 어린 비룡들이 원시용을 공격한 이유가 무엇이오?"

이세라의 환영이 노즈도르무에게 물었다.

"원시용들이 먼저 도발했다고 하오."

노즈도르무가 대답했다.

"물론 그들을 공격한 건 변명의 여지가 없는 잘못이었소."

알렉스트라자는 오른쪽에 앉아 있는 청지기 사리스트라즈를 향해 말했다.

"이 일과 관련된 비룡들을 일몰 때까지 루비 자치구로 데려와라. 내가 직접 이야기해보고 싶다."

"그렇게 하겠습니다."

청지기가 대답했다. 그가 다른 청지기들과 함께 권좌를 떠나자, 알렉스트라자는 다시 위상들을 향해 돌아섰다.

말리고스가 먼저 입을 열었다.

"넬타리온의 말에 일리가 있소. 원시용들이 우리 군단의 성채에 접근하지 못하게 하는 것도 고려해야 하오. 그리고 현신들이 우리 영토를 공격하는 걸 마법으로 막을 수는 없겠지만, 최대한 억제할 수는 있을 거요."

알렉스트라자는 고개를 들고 호기심 가득한 눈빛을 던졌다.

"자세히 얘기해 보시오."

"보여주는 게 더 좋겠소."

말리고스의 발톱 주위를 작은 비전 불꽃이 맴돌았다. 그 불꽃이 땅에 떨어져 확장되더니, 소용돌이를 그리듯 맴돌아 작은 깔때기로 변했다. 주위의 대기가 전기로 가득 차고, 마력이 응축된 후 안정되었다. 소용돌이에서 원소 정령이 나타나더니 마나 수정 덩어리처럼 전기를 빠직거리며 빛을 내뿜었다. 머리에서는 두 개의 눈이 마치 별처럼 타올랐다.

"비전 정령인가?"

넬타리온이 눈썹을 추켜세우며 물었다.

"그렇소."

말리고스가 말했다.

"우리 용군단은 최근 이들을 소환하여 제어할 수 있는 기술을 개발했소."

"실례하겠소, 말리고스."

이세라의 환영이 고개를 갸웃거리며 말했다.

"이들이 어떻게 도움이 될지 모르겠소만."

"친애하는 이세라, 지금부터 마법을 가미할 거요."

말리고스가 발톱을 흔들며 대답했다. 비전 정령이 아른거리며 변형되어 온몸에 푸른 비늘이 돋아나더니, 꼬리와 날개, 목과 갈기, 머리까지 생겨났다. 단 몇 초 만에 성체 푸른 용이 꼬리를 좌우로 흔들며 그들 앞에 서 있었다.

"티탄이여, 이게 실존하는 거요?"

알렉스트라자의 두 눈이 휘둥그레졌다. 그녀는 앞으로 나서 푸른 용을 만져보려 했다. 하지만 그녀의 발톱은 허공을 갈랐다. 용 정령은 고개를 돌려 생명의 어머니를 바라봤지만, 두 눈은 그녀를 지나쳐 생기 없이 허공을 바라봤다.

"아니오."

넬타리온까지 알렉스트라자 곁으로 다가오는 순간 말리고스가 말했다.

"하지만 내 용군단은 비전 정령의 군대를 소환하고 그들이 용과 같은 모습으로 움직이게 꾸밀 수 있소. 이런 복제물을 혈족의 터 주위 전략적 요충지에 배치해 둔다면……."

"우리 병력이 실제보다 서너 배 정도 더 많아 보이게 할 수 있겠군."

넬타리온이 두 눈을 환하게 불태우며 말했다. 그는 용 정령 주위를 빙빙 돌았다.

"환영 군대를 만들어 원시술사들이 우리 방어선의 약점이 아닌 다른 곳을 노리게 할 수 있겠어."

"바로 그거요."

말리고스가 고개를 끄덕이며 말했다.

"정령들로 병력을 증원하면 전략적 요충지를 보호하고 방어할 수 있을 것이오. 아니, 필요하다면 무방비의 필멸자와 타라세크 마을을 지키는 것도 가능하겠지."

알렉스트라자는 마법의 지배자를 향해 시선을 돌렸다.

"그러면 그대의 용군단엔 얼마나 큰 부담이 되겠소?"

"상당한 부담이 되겠지만, 충분히 그럴 가치가 있을 것이오."

말리고스가 대답했다.

"푸른 용 한두 명이 각 지역에서 정령을 이끌어야 하겠지만, 비룡이나 용기병으로도 충분할 거요."

"좋소."

생명의 어머니가 말했다.

"이 계획을 반대하는 위상이 있소? 아니면 모두 같은 마음이오? 노즈도르무, 그대 생각은 어떻소?"

"아주 훌륭한 전략이오."

청동 위상이 말했다.

"하지만 천천히 도입하는 게 좋겠다는 말을 해두고 싶소. 국경을 따라 수백 명의 용이 갑자기 나타나는 일은 없어야 하니까."

"나도 그렇게 생각하오."

넬타리온이 말했다.

"그대만 허락한다면, 알렉스트라자, 내가 말리고스와 협력해서 우리 새로운 '병력'을 가장 먼저 배치할 위치를 고르고 싶소."

"좋소."

생명의 어머니는 그렇게 말하며 마지막으로 이세라의 환영을 바라봤다.

"넌 어떻게 생각하니, 동생? 우리가 간과한 점이 있을까?"

이세라의 환영은 눈을 감고 흥얼거리며 생각에 잠겼다.

"한 가지……. 우리가 애써 관계를 맺어 온 필멸자 마을도 날개로 감싸 보호해 주고 싶어. 폭풍포식자 때문에 수십 년에 걸친 노력이 수포로 돌아가서는 안 되니까."

"당연하오."

말리고스가 말했다.

"필멸자의 형상을 입힌 사절을 파견해서 필멸자들에게도 정령을 소개해 주지 않겠소? 지금까지 붉은 용군단과 녹색 용군단은 필멸자들을 이해하고 돕는 일에 있어 탁월한 능력을 선보였으니 말이오."

"기꺼이 하겠소."

이세라의 환영이 고개를 끄덕였다.

"그럼 결정됐군."

알렉스트라자가 말했다

"우리가 해야 할 일을 합시다."

*　*　*

그날 오후, 혈족의 터의 어린 비룡들이 루비 자치구에 모였다.

알렉스트라자는 자치구의 절벽 끝자락에 서 있는 석조 정자를 좋아했다. 정자의 아치는 북서쪽을 향해 있어, 루비 생명의 웅덩이를 바라볼 수 있었다. 꽃 덩굴이 그 구조물의 기둥을 타고 올라와 달콤한 향기로 주위를 채웠다. 오팔색의 차폐물 안에서 마법 깃든 불길이 춤을 췄다. 작은 폭포가 인근의 높은 산에서 흐늘거리며 떨어져 주위 공기를 서늘하게 식혔다.

그 정자에는 위상의 권좌와 같은 장대한 아름다움은 없었지만, 버릇 없는 어린아이 무리를 상대할 때는 그렇게 친밀하고 덜 위압적인 환경이 더 나을 것 같았다. 이 비룡들은 질서의 용 부모에게서 태어난 첫 번째 세대였기에, 알렉스트라자는 이들이 진실되고 올바르게 하늘을 날 수 있도록 돕고 싶었다.

알렉스트라자는 정자의 계단 꼭대기에 서서 도착하는 비룡들을 바라봤다. 그녀의 양 옆에는 배우자인 티라나스트라즈와 청지기 사리스트라즈가 서 있었다. 저무는 햇살에 비친 비룡들의 붉은색, 검은색, 청동색, 녹색, 푸른색 비늘이 반짝였다. 아직 청소년기의 비룡들이었다. 대부분 아직 백 번의 여름도 채 경험해 보지 않았기에, 알렉스트라자와 비교하면 기껏 찰나의 생을 살았을 뿐이었다. 다들 너무 어리고 세계에 대해 아는 게 거의 없었다.

생명의 어머니는 비룡들이 긴장하고 있는 걸 느꼈다. 그들은 안절부절하고 날개를 떨면서 정자를 향해 긴장된 눈빛을 던졌다. 사리스트라즈는 알렉스트라자를 소개했고, 어린 비룡들은 어색하고 미숙한 몸짓으로 여왕을 향해 고개 숙여 인사했다. 모여든 용들 사이에 수근거리는 소리가 번졌다.

"반갑다, 나의 아이들아."

알렉스트라자가 정자의 계단 꼭대기에 앉아 말했다.

"너희를 보니 가슴이 뛸 듯이 기쁘구나! 너희 어린 얼굴을 볼 때마다 우리 용군단의 미래에 대한 확신이 생긴다."

알렉스트라자는 자치구 전체를 훑어봤다.

"하지만 최근에 불안한 소식을 들었다. 너희가 우리 국경 안팎에서 원시용들과의 다툼을 유발했다는 이야기였다. 왜 그런 일을 했는지는 상상조차 할 수가 없구나. 수 세기 동안, 우리는 원시의 친족들과 우호적인 관계를 맺으려 노력해 왔다. 그런데 너희 행동은 우리 사이의 갈등을 키우기만 할 뿐이다."

모인 비룡들 중 절반 이상이 고개를 숙였다. 생명의 어머니는 잠시 말을 멈추고, 비룡들에게 생각할 시간을 주었다.

"우리 사명은 생명을 빼앗는 것이 아니라 보호하는 것이다. 이것이 용군단이 처음 탄생할 때 우리가 이 세계와 맺은 서약이다. 우리 용군단이 그 약속을 지킬 수 있도록 하는 것이 나의 사명이기에 너희 행동을 용납할 수는–"

"이 삶은 우리가 선택한 게 아니에요."

뒤쪽에서 들려온 목소리가 그녀의 말을 잘랐다.

"우린 서약 같은 건 맺지 않았어요. 약속도 안 했고요."

자치구에서 헉, 숨을 들이쉬는 소리가 메아리쳤다. 사리스트라즈가 앞으로 나섰지만, 알렉스트라자가 발톱 두 개를 들어올리며 자신에게 맡기라고 했다.

"네 대담함에 깜짝 놀랐다는 말을 해야겠구나."

알렉스트라자가 싱긋 웃으며 말했다.

"네 그런 대담함이 이렇게 우릴 이 자리에 모은 거겠지. 앞으로 나서라, 아이야. 얼굴을 마주하고 이야기해 보자."

비룡들은 고개를 돌리며 양쪽으로 갈라져, 어린 붉은 용이 앞쪽으로 나설 길을 열어 주었다. 그 붉은 용의 키와 날개 길이는 그냥 평범했지만 움직임이 유연하고 우아했다. 두 개의 길고 우아한 뿔이 머리 위에 돋아 있었다. 하지만 알렉스트라자가 느끼기에 그 비룡에게서 가장 눈에 띄는 점은 공포가 아예 결여되어 있다는 사실이었다. 그는 움츠러드는 친구들과는 달리 위상 앞에서도 고개를 꼿꼿이 들고 있었다.

"탈린스트라즈."

알렉스트라자는 담대하고 두려움을 모르는 그를 알아보고는 말했다. 생명의 어머니가 자기 이름을 알고 있다는 사실에 어린 붉은 용의 두 눈이 휘둥그레졌다. 물론 놀랄 일은 아니었다. 알렉스트라자는 루비 생명의 웅덩이에서 태어나 보살핌을 받은 용의 이름은 모두 알고 있었다. 나이로 미루어 보면, 탈린스트라즈도 얼마 전까지 그곳의 새끼용이었다. 성공적으로 질서 마법을 주입받은 첫 세대의 알에서 태어났다고는 할 수 없지만, 그래도 초창기에 속한다고 할 수 있을 것이다.

그녀는 고개를 갸웃거리며 비룡을 면밀히 살폈다.

"이 삶은 너희가 선택한 게 아니라는 말이 무슨 뜻이니?"

탈린스트라즈가 고개를 들어 붉은 위상의 시선을 정면으로 마주했다.

"발드라켄이 생기기 전에는 모든 용이 질서의 마법을 받아들일 것인지 선택할 수 있었다고 들었어요. 하지만 전 그런 선택을 할 기회가 없었죠. 알 속에서 질서 마법이 주입되던 순간을 지금도 기억해요. 그때 일이 꿈에도 나오고요. 시리고사도 그래요."

탈린스트라즈는 알렉스트라자의 왼쪽에서 군중 앞쪽에 서 있는 푸른 비룡을 향해 고갯짓을 했다.

용이 부화하기 전의 환경을 기억하는 건 드문 일은 아니었고, 특히 부화가 가까워졌을 때의 일은 기억하는 경우가 많았다. 많은 새끼용들이 빛과 온기, 편안한 기운이 몸속으로 흘러들어오는 걸 기억한다고 알지기들에게 들은 적도 있었지만, 알렉스트라자는 그런 기억이 있다고 해서 비룡들이 질서의 용이 되었다는 사실에 대해 거부감을 표출하는 이유는 알 수 없었다.

흥미가 생긴 알렉스트라자는 푸른 비룡에게 물었다.

"너는 뭘 기억하지, 시리고사?"

시리고사는 땅에 앉아 꼬리로 발을 감쌌다. 그녀는 탈린스트라즈와는 달리 생명의 어머니와 눈을 마주치지 않았다.

"기억한다는 건 정확한 표현이 아닌 것 같기도 해요. 말리고스 님이 항상 말은 정확하게 해야 한다고 가르쳐 주셨거든요. 제가 질서 마법이 주입되는 걸 기억한다고 하는 건 사실이 아니에요. 잠을 잘 때, 가끔씩 마법이 제 비늘을 따라 흘러가면서 비늘을 다른 형태로 바꾸는 게 느껴질 때도 있어요. 기억보다는 꿈에 가깝다고 할까요? 저도 잘 모르겠어요."

몇몇 비룡들이 비늘을 번쩍이며 동의하듯 고개를 끄덕였다.

"다들 이런 꿈을 꾸니?"

알렉스트라자가 비룡들을 향해 물었다.

더 많은 비룡들이 고개를 끄덕였다. 합창하는 듯한 "네, 여왕님"이라는 말이 그들의 입술에서 흘러 나왔다. 목소리를 크게 내는 비룡도, 속삭이는 비룡도 있었다.

"질서 마법이 주입되는 과정을 기억하는 건 놀랄 일이 아니다."

알렉스트라자가 말했다

"우리 위상들은 항상 모든 부모가 알을 혈족의 터로 가져와서 질서 마법을 주입받을 수 있도록 허가하고 있다. 우리가 따로 제한을 두지 않았기 때문에, 너희 어머니들이 질서 마법을 주입받던 날 알을 품고 있었을 수도 있다.

"하지만,"

그녀는 말을 이었다.

"그 문제가 너희가 허가 없이 원시 비룡들을 공격한 것과 무슨 관계가 있는지는 모르겠구나."

탈린스트라즈가 앞으로 나섰다.

"원시용들이 우리를 도발했어요, 여왕님. 우리를 흉물이라고, 오직 티탄들의 변덕을 들어 주려고 살아가는 무른비늘이라고 했죠. 우리도 가능하면 무시하고, 가끔은 싸우기도 하지만……. 요즘은 그들의 말이 옳은 건 아닐까 하는 생각이 들어요."

이전 세대 질서의 비룡은 단 한 번도 이런 말을 한 적이 없었다.

"만약 그렇다고 하면, 이런 삶을 선택한 건 우리가 아니라고요."

탈린스트라즈의 목소리가 달라지고, 호흡이 가빠졌다.

"우리 모두 선택하지 않았어요!"

알렉스트라자는 티라나스트라즈와 시선을 교환했다. 원시용들이 질서의 비룡을 도발하고, 그들의 머리에 선동적인 생각을 주입한다? 이리디크론이 취할 법한 전략으로 들렸다. 얼마나 많은 돌비늘의 요원들이 혈족의 터에 둥지를 짓고 용군단의 세력들 사이에 그렇게 끔찍한 독을 퍼뜨리고 있는 걸까? 그렇게 생각하자 원시용들을 각 용군단의 권좌에서 몰아내야 한다는 욕구가 강해져만 갔다.

어느 쪽에도 속하지 않은 벌판의 용들이 이런 소문을 듣는다면 어떻게 될까? 비라노스가 듣는다면? 그렇다면 전례 없는 혼돈이 일어날 것이다.

끓어오르는 분노를 달래려고, 알렉스트라자는 어린 붉은 비룡의 마음에 닿기를 바라며 인내와 평온의 오라를 방출했다.

"탈린스트라즈, 넌 붉은 용군단에서 태어났다. 그건 네 혈관에 흐르는 피가 네게 뛰어난 지혜와 용기, 연민을 준다는 의미지."

그녀는 부드러운 목소리로 말했다.

"원시용들의 분노에 폭력으로 답하는 건 어리석은 일이라는 걸 알아야 한다. 그들은 너무 근시안적이라 질서 마법이 우리 동족에게 수여하는 선물을 보지 못하는 거다."

"어째서 제가 하지도 않은 선택 때문에 절 비난하는 걸 듣고만 있어야 하죠?"

탈린스트라즈가 말했다.

"우리 붉은 용 역사가는 모든 용에게 직접 선택할 권리가 있었다고 했어요. 그런데 왜 우리는 그런 기회를 빼앗긴 거죠?"

"질서의 용 부모에게서 태어난 알은 선천적으로 질서 마법이 부여된단다."

알렉스트라자가 부드럽게 말했다

"너희 부모가 직접 자신과 혈통을 위해 그런 선택을 한 만큼, 그 이유를 설명하는 것 또한 부모의 몫이겠지"

"전 부모님이 누구신지도 몰라요."

탈린스트라즈는 목소리를 높여 말했다.

"붉은 용군단에서는 부모가 혈족과의 관계를 직접 선택할 수 있게 해준다는 건 알고 있고, 그게 우리 용군단을 강하게 해 준다는 것도 알아요. 하지만 전 우리 중 어떤 용에게도 선택받지 못했고, 여기 있는 비룡들도 대부분 그래요. 질서의 부모를 알고 있는 용들이라면 이런 문제의 답을 찾을 수 있을지 몰라도, 전 그럴 수 없다고요. 오늘 여기 서 있는 비룡들은 모두―"

"탈린스트라즈."

사리스트라즈가 날카로운 목소리로 말했다.

"여왕 폐하 앞이다. 말조심해라!"

"틀린 말이 아니에요."

검은 비룡 중 하나가 소리쳤다.

"우리에게도 선택할 권리가 주어졌어야 해요."

녹색 비룡이 말했다.

하지만 시리고사는 고개를 갸웃거리며 말했다.

"꼭 그런 건 아니야, 탈린. 여기 모인 비룡 중에는 질서 마법이 주입되던 때를 기억하고, 또 부모님 얼굴도 아는 애들도 있어. 우리 위상님은 언제나 기억은 달라질 수 있다고, 그래서 항상 기록해 두는 것이 중요하다고 말씀하셨어. 네 그 기억도 실제로는 네가 생각하는 것과 다를 수 있어."

"청동 비룡이 본 건 어떻게 하고?"

푸른 비룡이 말했다.

"어휴, 무슨 소리야."

시리고사는 어이가 없다는 듯 눈을 굴리며 고개를 들었다.

"놀리즈도르무는 지난주에 시간의 길에서 뭘 사냥했는지도 기억 못 하는데, 부화 이전에 있었던 일을 어떻게 기억한다는 거야!"

"야, 그건 아니거든!"

한 청동 비룡이 코를 벌름거리며 말했다.

사방에서 목소리가 터져 나오고, 소란스러워지기 시작했다. 알렉스트라자는 오른쪽 날개를 들어 모두의 시선을 끌었다. 비룡들은 입을 다물었지만, 알렉스트라자는 탈린스트라즈의 말이 그들 모두를 동요시켰다는 걸 알 수 있었다.

"원시 비룡들의 말이 우리를 어떻게 분열시키는지 알겠지?"

그녀의 말투는 부드럽지만 매서웠다.

"지금 이 순간에도 이리디크론과 원시술사들은 우리 용군단을 파괴하기 위해 최선을 다하고 있다. 그들은 목적을 이루기 위해서라면 어떤 거짓말이라도 하고, 어떤 약점이라도 공략하고, 무고한 이들까지도 살해한다. 지금 이리디크론은 너희가 고향과 가족, 너희 용군단을 거부하게 하려는 게 분명해. 너희는 아직 부모가 누구인지 모를 수도 있다, 탈린스트라즈. 그리고 너희에게 그걸 알려주지 않는 것 또한 너희 부모의 권리인 만큼, 앞으로도 모르고 지내야 할 수도 있겠지. 하지만 그 용들 대신 붉은 용군단이 너희 모두를 보호하고, 인도하고, 키워 줄 거다. 원시술사들은 너희를 용군단에서 고립시켜 우리 지원을 약화시키고, 너희를 손쉬운 사냥감으로 만들려는 거다.

"우리 모두 돌비늘의 거짓말을 조심해야 한다."

알렉스트라자가 말을 이었다.

"너희가 걱정하는 마음은 이해하지만, 뜬소문과 억측에 휘둘리지 말고, 궁금한 게 있으면 차라리 나를 직접 찾아오는 게 좋겠다. 그리고 원시 비룡을 상대할 때는 조심하는 게 좋아. 그들은 애초에 너희를 위하는 마음이 없으니까. 알겠니?"

비룡들은 대부분 알았다는 듯 고개를 숙였다. 탈린스트라즈는 생명의 어머니의 눈을 똑바로 바라봤고, 잠시 동안 알렉스트라자는 그 비룡이 어리석게도 자신에게 한 번 더 도전할 거라고 생각했다. 하지만 그도 결국엔 눈을 감고 고개를 숙였다.

"너희 여왕으로서, 목숨이 위태로운 상황이 아니라면 원시용과 싸우는 걸 금지하겠다."

알렉스트라자가 말했고, 붉은 용 각인사 중 한 명이 여왕의 말을 양피지에 새겨 법률로 제정했다.

"이번의 무분별한 행동을 속죄하는 의미에서, 너희는 각각 고룡쉼터 사원에서 한 계절을 보내며 우리 사절의 외부 활동을 지원해야 한다. 그러고 나면 너희에게 주어진 선물을 이해할 수 있을 것이다."

비룡들은 신음을 흘렸지만, 다 같이 입을 모아 큰 소리로 말했다.

"네, 여왕 폐하."

"이제 가 봐라."

알렉스트라자는 침착한 미소와 함께 말했다.

"당당히 앞으로 나아가 너희 용군단의 용장이 되어라. 너희 각각의 앞날에 밝은 미래가 기다리고 있단다."

여왕의 선언이 끝난 후, 사리스트라즈가 물러나 비룡들을 자치구에서 떠나보냈다. 생명의 어머니는 그 모습을 보며 비룡들의 말을 곱씹었다. 어린 비룡들이 날개를 펴고 날아올라 색색의 빛깔로 하늘을 채우자, 티라나스트라즈가 알렉스트라자의 어깨를 슬쩍 찌르며 정자 가장자리로 이끌었다.

알렉스트라자는 한숨을 내쉬며 배우자 옆에 쓰러지듯 앉았다. 멀리 석양이 루비 생명의 웅덩이의 첨탑을 금빛으로 물들였다. 아름다운 풍광이었지만, 그녀의 마음을 가라앉히지는 못했다.

"여왕이 되는 게 어려울 줄은 알았지만……."

하늘에서 작아지는 비룡들의 모습을 보며 알렉스트라자가 말했다

"지금은 모두를 실망시키고 있는 것만 같아. 용군단과 다른 위상들, 티르

까지."

이런 순간이면 수호자 티르가 살아 있어 그녀를 이끌어 주면 좋겠다는 생각이 들었다. 그의 방식에 항상 동의할 수 있는 건 아니었지만, 그 결과만큼은 인정할 수밖에 없었다.

"당신은 아무도 실망시키지 않아, 알렉스트라자."

티라나스트라즈가 고개를 들어 지평선을 바라보며 말했다.

"우리 앞의 하늘에 역풍이 가득하리라는 건 이미 알고 있었잖아. 벌판에서 알을 모으는 일이 일부 용들에게는 논란의 대상이 될 수 있겠지만, 이 세상의 누구라도 태어날 때의 상황을 선택하지는 못하는 법이지. 입양된 알들에서 태어난 비룡들의 상당수가 각기 용군단의 자랑거리가 되어 주었어."

"그래도 걱정할 수밖에 없잖아."

알렉스트라자가 대답했다.

"원시술사들의 위협은 하루가 다르게 커져만 가고 있어. 내 가장 가까웠던 아군인 넬타리온은 항상 어둠 속에서 바삐 일하면서도 내게는 자기가 뭘 하는지도 얘기하지 않아. 지금 성장하는 세대의 아이들은 자기 존재의 본질을 거부하려 하고. 어쩌면 그 아이들도 화를 낼 자격이 있을지도 몰라."

비라노스의 이름을 소리 내어 말하진 않았지만, 알렉스트라자 생각의 흐름이 가장 오랜 친구로 향했다. 생명의 어머니는 이 비밀을 그토록 오랫동안 숨겨 오면서, 비라노스의 귀에 들어가는 일이 없기만을 바랐다. 물론 붉은 용군단에서 위상이 가장 신뢰하는 일부 구성원들은 알 수밖에 없었다. 어차피 직접 알을 받고, 질서 마법을 주입하고, 보살피는 일을 맡은 용들이 있었기 때문이었다.

늙은 비룡은 키들키들 웃으며 알렉스트라자의 코에 자기 코를 비볐다.

"그런 게 젊음의 어리석음이지, 내 사랑. 때가 되면 그들도 당신이 수여한 위대한 선물의 가치를 알게 될 거야. 당신은 지금 원대한 실험을 수행하고 있고, 그 자리에서 어느 누구도 당신과 같은 열정과 지혜를 보여줄 수는 없었을 거라고."

"당신, 정말 친절하네."

알렉스트라자는 혈족의 터를 향해 물끄러미 시선을 던졌다. 멀리서 알렉스트라자의 시선을 벗어났다고 생각하는 비룡들이 공중을 선회하고 급강하하는 모습이 보였다.

"오래전 우리가 위상으로써 했던 결정을 후회하는 건 아니야……. 저들을 봐! 우리 원시의 사촌들에게서는 생각조차 할 수 없는 잠재력과 가능성이 가득하잖아. 그런데도……."

그 고요한 순간, 알렉스트라자는 자기가 실수를 한 것이 아닐까 생각했다. 그녀는 이 공포를 아주 오래전 여동생에게만 드러냈었다. 그때 이후로 그녀는 여왕으로서도 성장했으며, 혼자서만 짊어져야 하는 짐이 있다는 사실도 깨달았다.

"두려워하지 마."

티라나스트라즈는 말했다.

"난 언제나 당신이 당당히 일어서서 용기와 연민으로 도전에 맞서는 모습을 지켜봐 왔어. 이번에도 다르진 않을 거야."

그녀는 배우자의 말을 믿고 싶은 마음에 미소를 지었다.

제 12 장

검은 용군단은 해안의 산맥 깊은 곳, 창문도 없는 작은 동굴에 이크로니아를 가뒀다. 발에 닿는 바닥의 느낌이 거칠기만 했다. 바깥 복도의 화로에서 창백한 불빛이 스멀스멀 흘러들었다. 입구는 깨지지 않는 엘레멘티움 창살로 봉인되어 있었다. 검은 용 두 명이 밤낮으로 그녀를 감시하며, 감옥을 둘러싼 돌의 수호물을 지켰다.

심문을 받은 후, 이크로니아의 경비병들은 그녀 앞에서 한 번에 한두 마디 이상은 절대 말하지 않았다. 하지만 용기병 보호자들은 그녀가 가여웠는지, 책과 무른 돌들도 가져다 주었다. 이크로니아는 책으로는 뭘 해야 할지도 알 수 없었다. 그녀가 보기에 지식이란 그저 푸른 용군단의 전유물일 뿐이었다. 하지만 돌들은 심심할 때 이리저리 쌓고 조각하며 시간을 보낼 수 있었다. 그녀는 시간의 흐름을 파악하려고 경비병이 교대하는 횟수를 셌고, 자신이 적어도 달이 한두 번 바뀌는 동안은 갇혀 있었다고 추정했다.

놀랍게도, 죄책감이 이크로니아 곁을 떠나지 않았다. 라자게스의 천둥 소리가 귀를 울리지 않아서인지, 지금까지 공격했던 마을에 대한 기억을 떨칠 수가 없었다. 필멸자들의 비명이 그녀의 머리속에 메아리치고, 불타 버린 육신과 털의 냄새가 코에서 맴돌았다. 그녀 정신의 눈에는 여전히 이리저리 흩날리며 죽어가는 이들의 모습이 생생했다.

어쩌면 이 감방에 깃든 티탄 마법이 그 안의 죄수에게 자신의 범죄를 몇 번이고 되새기게 강제하는 건지도 몰랐다. 하지만 진실이 무엇이든, 위상이나 용군단에 대한 이크로니아의 마음은 누그러지지 않았다. 특히 넬타리온과 검은 용군단에 대한 증오가 강하게 남았다. 가끔은 넬타리온이 그냥 자기를 죽여 줬으면 좋겠다는 생각이 들기도 했다. 이크로니아는 구원을 바랄 이유가 없었다. 이리디크론은 그녀가 위상이나 용군단에 붙잡히더라도 구하러 오는 일은 없을 거라고 분명히 말했다. 이크로니아를 장난감으로 생각하는 라자게스도 마찬가지였다. 그녀의 삶은 빠른 죽음을 제외하고는 아무런 희망도 없는 지루한 존재의 연속이었다.

그러던 어느 날, 우렁찬 천둥 소리가 이크로니아를 깨웠다.

감방 바깥쪽 통로에서 고함이 메아리쳤다. 이크로니아는 고개를 들고 흐릿한 눈을 깜빡였다. 또 다른 천둥이 산 전체를 뒤흔들었다. 귀로 들리지는 않아도 뼛속 깊은 곳에서 소리가 들렸다.

라자게스? 이크로니아는 소리가 들리는 방향을 향해 고개를 돌렸다. *아니, 그럴 리가 없어……. 이리디크론이 절대 허락하지 않았을 거야.* 하지만 대지를 뒤흔들 힘이 담긴 이런 폭풍을 또 누가 불러낼 수 있단 말인가? 이리디크론의 돌 심장이 누이가 붙잡혔다는 사실 때문에 부드러워지기라도 한 걸까? 아니, 너무 지나친 희망 같았다. 오라비가 그녀 때문에 위상들과 시기상조의 전쟁을 시작할 리가 없었다. 지금까지 엿들은 이야기들을 종합해 보면 위상들의 수호자가 죽었다는 건 알아낼 수 있었지만, 돌비늘은 여전히 군대를 모집하고 계획을 세우고 있었다.

모든 현신들 중에서 위상들의 힘을 가장 잘 알고 있는 건 바로 이리디크론이었다……. 그렇기 때문에 이토록 오랫동안 위상들을 파괴할 준비를 하고 있는 것이다.

감방 바깥쪽에서 이크로니아의 경비병들이 서로를 마주 봤다. 다급한 발소리가 돌에 부딪혀 메아리쳤다. 용들이 서로에게 명령을 외치며 달려 지나갔다. 그들의 그림자가 이크로니아의 감방 벽에 파문을 일으켰다. 호기심이 생긴 그녀가 일어서서 감방 앞쪽으로 나섰다. 그리고 목을 길게 빼고 밖에서 벌어지고 있는 일들을 살폈다. 창과 도끼로 무장하고 갑주를 두른 용기병들이 옆을 지나갔다.

이크로니아의 경비병 중 하나로, 엔데미온이라는 덩치 큰 검은 용이 앞으로 나섰다.

"군단지배자 레바리안 님!"

그는 이크로니아에게는 보이지 않는 누군가를 향해 소리쳤다.

"무슨 일입니까?"

"라자게스다."

세 번째 검은 용이 이크로니아의 시야가 가까스로 미치는 곳에 멈춰서 대답했다. 레바리안은 이크로니아의 경비병들보다 키가 더 컸다. 근육질의 강력한 검은 용이 용기병들과 같이 빛나는 판금 갑옷을 갖춰 입고 있었다.

"원시술사들이 해안으로 진격해 오고 있다."

이크로니아의 심장이 쿵 떨어졌다.

"말도 안 돼."

엔데미온이 대꾸했다.

"라자게스가 미친 겁니까? 이 해안에 검은 용군단의 힘이 집결해 있다는 건 라자게스도 알고 있을 겁니다. 게다가 하필이면 오늘 공격을 감행한다는 건-"

검은 용은 거기 이크로니아가 있다는 걸 떠올리고는 뒤를 흘긋 돌아봤다. 그리고 눈살을 찌푸리며 말을 줄였다.

"어떻게 이렇게 빨리 군대를 동원한 겁니까?"

다른 경비병이 말했다. 뿔이 둥글게 굽고 체격이 작은 여성 검은 용이었다. 이름이 산데시아라고 했던 것 같다.

"저희는 왜 사전에 공격의 징후를 알아채지 못한 겁니까?"

"폭풍포식자가 강력한 폭풍의 눈에 병력을 숨겨 두었다."

비행지도자는 고개를 들고 코를 벌름거리며 말했다.

"어둠비늘도 라자게스의 몰아치는 소용돌이를 뚫을 수가 없었지. 하지만 지금은 그게 중요한 게 아니다. 위상들이 모든 병력을 전장으로 소환했다. 지금부터 우린 드랙티르와 함께 실전에 투입될 것이다. 웨이른의 힘이 처음으로 시험을 거치는 것이다."

이크로니아가 눈을 가늘게 떴다. 경비병들이 넬타리온의 새로운 흉물, 필멸자의 피와 용의 정수로 만들어 낸 드랙티르에 대해 수군거리는 걸 들은 적이 있었다. 실제로 드랙티르 한두 명이 지나가는 걸 본 적도 있었다. 그들은 용기병보다는 체격이 작고, 날개가 있었고, 성체 용을 공중에서 공격해 떨어뜨릴 수 있을 정도로 강했다. 넬타리온은 오직 한 가지 목적을 위해 드랙티르를 창조했다. 바로 원시용, 그중에서도 현신들을 처치하는 것이었다.

"지원이 더 필요합니까?"

엔데미온이 물었다.

"아직은 아니다."

비행지도자는 경비병 너머의 이크로니아를 보며 말했다.

"아직 폭풍포식자의 목적을 확인하지 못했다. 너희는 여기 남는 게 좋겠다."

"알겠습니다."

산데시아가 고개를 끄덕이며 말했다.

"바람이 그대와 함께하기를, 친구여."

비행지도자도 인사를 돌려 주었다.

"그대와도 함께하기를."

그가 떠나자, 엔데미온은 이크로니아를 향해 고개를 돌렸다.

"구출되는 건 꿈도 꾸지 마라. 드랙티르가 순식간에 라자게스와 그녀의 병력을 처치해 버릴 테니까. 그들은 잔혹한 현신들의 손아귀로부터 혈족의 터를 지키기 위해 만들어졌다."

"난 라자게스의 잔혹한 모습을 수백 번 보았다."

이크로니아는 쉬익 소리를 내며 대꾸했다.

"내 가죽에 새겨진 모든 상처가 바로 라자게스의 발톱이 남긴 것이다. 그녀의 격노가 일으킨 바람이 너희 등의 비늘을 모두 벗겨내고, 날개의 부드러운 살을 다 벗겨낼 거다. 정말로 너희가 현신의 힘에 맞설 수 있다고 생각하나?"

두 번째 경비병은 냉정한 태도를 유지했다.

"아침이 되면 누가 남는지 알 수 있겠지."

"그렇겠지."

이크로니아도 똑같은 악의를 담아 대꾸했다.

그 말과 함께 이크로니아의 경비병들은 시선을 돌렸지만, 이크로니아는 여전히 주위를 채운 긴장감의 냄새를 맡을 수 있었다. 번개가 산 측면에 떨어질 때마다 두 검은 용의 날개가 흔들렸다. 폭풍의 격노에 지면이 떨릴 때면, 둘은 서로를 바라봤다. 부상자들의 비명이 산속 통로에 메아리칠 때, 그들은 온몸을 부들부들 떨었다.

몇 시간이 흐르고, 전투는 계속됐다. 용과 용기병이 나타나고 사라졌다. 어느새 시간이 늦어지고, 여기저기 상처 입고 피를 흘리는 검은 용이 절뚝거리며 던전에 들어와 말했다.

"엔데미온, 산데시아, 지금 우리 용군단에 모두의 힘이 필요하다. 전선으로 나가서 싸워라. 너희 죄수는 내가 어떻게든 지킬 테니까."

"우리 둘 다 이 자리를 벗어날 수는 없습니다, 이그니온."

엔데미온이 말했다.

"이 죄수는 항상 우리 용군단의 구성원 두 명이 지켜야 한다는 지시를 받았습니다."

"게다가 지금 부상이 너무 심각합니다."

산데시아가 덧붙였다.

"지금은 경비병 역할을 맡으실 게 아니라 치유사를 찾아가셔야 합니다."

"이해를 못 하는구나."

이그니온이 대답했다.

"해안이 함락되면, 원시술사들이 어차피 이리디크론의 누이를 풀어 줄 거다. 당장 가서 싸워라. 나도 하늘을 날 수는 없지만, 여기서 쉬면서 수호물을 지키는 정도는 할 수 있다."

이크로니아는 옆걸음질로 감방의 봉인에 조금 더 가까이 다가갔다. 엔데미온은 산데시아를 향해 의문 가득한 시선을 던졌다.

"이그니온의 말이 맞아."

산데시아는 부드럽게 말했다.

"오늘 해안이 함락되게 해서는 안 돼."

하지만 그렇게 될 거야. 이크로니아는 생각했다. *너희 비참한 용군단은 지금도 라자게스의 공격을 저지하지 못하고 있으니까!* 넬타리온이 강력한 건 사실이었지만, 지금은 폭풍포식자의 격노 앞에 대지까지 전율하고 있었다.

엔데미온은 늙은 검은 용을 향해 고개를 끄덕였다.

"알겠습니다. 저희 책무는 당신께 맡기겠습니다."

"잘 싸워라."

이그니온이 그들에게 말했다.

두 검은 용은 이크로니아를 지키는 일은 이그니온에게 맡기고 황급히 그곳을 떠났다. 이그니온은 키와 체격이 이크로니아보다 훨씬 더 크고, 이전 경비병 두 명보다 나이도 훨씬 많았다. 이크로니아는 그 용의 힘이 주위의 돌을 짓누르는 걸 느낄 수 있었다. 비록 큰 부상을 당했지만, 이그니온은 그녀가 지금껏 이 던전에서 본 그 누구보다 강했다.

"그래……."

이그니온이 이크로니아의 감방 옆에 주저앉으며 말했다.

"드디어 우리 용군단을 배신한 용을 만나게 되었군."

"너희 용군단은 용족 모두를 배신했다."

이크로니아가 야유하는 듯한 목소리로 말했다.

"난 라자게스가 너희 위상을 하늘에서 떨어뜨리는 모습을 기꺼이 지켜보겠다—"

라자게스가 그 말을 듣기라도 한 것처럼, 천둥이 산을 때렸다.

늙은 용은 돌벽 너머 외부에서 몰아치는 폭풍을 볼 수 있기라도 한 것처럼 고개를 들었다.

"말해 봐라, 이리디크론의 누이 이크로니아여. 우리를 그토록 증오한다면, 왜 질서 마법을 부여받는 걸 선택한 거지?"

넬타리온도 이크로니아에게 그와 비슷한 질문을 한 적이 있었다. 물론 대지의 수호자도 그녀의 대답을 곧이곧대로 믿었을 것 같진 않았다. 그래서 그녀는 거짓말 같은 목소리로 말했다.

"너희 용군단의 꿈을 믿고 싶었다."

"그럼 왜 우리가 부족하다고 생각한 건가?"

이그니온이 물었다. 그의 몸 아래에 피가 고이고, 희미한 빛을 받아 반짝였다. 늙은 용이 알고 있는지 몰라도, 그는 지금 죽어가는 중이었다. 그리고 그와 함께 이크로니아의 감옥을 둘러싼 수호물의 힘도 잦아들고 있었다.

"난 너희 안에 내가 있을 곳, 진짜 소속감을 느낄 곳이 있을 거라고 생각했다."

이크로니아는 늙은 용 아래의 피 웅덩이가 넓어지는 걸 보며 말을 이었다.

"하지만 질서 마법은 날 흉측한 존재로…… 부자연스러운 무언가로 바꿔 놓았다. 내 변해 버린 모습을 견딜 수가 없어서, 난 혈족의 터를 떠나 오라비에게 돌아갔다."

"이리디크론은 워낙 자애로운 자로 유명하니까."

이그니온이 코웃음을 치며 말했다.

"그자를 아는 입장에서 보면, 애초에 그가 널 조종해서 혈족의 터로 들여보냈다고 해도 놀랍지는 않을 거다. 그런 게 돌비늘의 특기니까."

"내가 직접 선택한 일이야."

이크로니아가 으르렁거리며 대답했다.

"정말 그랬을까?"

그가 대꾸했다.

"네 오라비가 그렇게 생각하게 만들었을 거다."

"내 오라비는 절대 어느 누구라도 질서 마법을 받아들이게 조종하지 않아."

이크로니아는 이그니온이 마음 속에 심으려 하는 의혹의 씨앗을 무시하며 거친 목소리로 말했다.

"이리디크론은 위상들이 몰락하는 걸 볼 수 있다면 무슨 짓이든 할 거다."

이그니온이 말했다.

"그자라면 자기가 숭배하는 가치들까지 모두 저버리고 혈족의 터를 불태울 거다. 그렇다면 그런 목적을 이루기 위해 자기 누이를 무기로 이용하는 것도 못할 일은 아니겠지?"

"거짓말."

이크로니아는 문에서 물러나며 말했다.

"내가 오라비를 배신하게 하려는 거겠지."

그는 거친 호흡을 내쉬고는 말했다.

"아니다, 꼬마야. 난 그저 네가 이리디크론의 진짜 모습을 보길 바라는 거다. 그자는 계략의 달인이며, 다른 모두를 자기 발밑의 자갈보다 못한 존재로 본다."

이그니온이 기침을 했다. 돌바닥에 피가 점점이 흩뿌려졌다.

"나도 네가 왜 우리를 찾아왔다가 다시 돌아섰는지 정말 모르겠지만, 그게 네 생각만큼 단순한 일이라고는 생각하지 않는다. 여기엔 아직 네 자리가 남아 있을 거다……. 하지만 네 오라비의 곁에서는 미래를 찾을 수 없을 거야."

"거짓말, 거짓말, 거짓말."

이크로니아는 감방 구석에 웅크린 채 이그니온을 노려봤다.

"라자게스에게 너희 용군단이 갈가리 찢겨 나가길 빌겠어."

늙은 용은 대답하지 않았다.

감방 밖에서, 끈적한 붉은 웅덩이가 이그니온 주위의 돌을 뒤덮었다. 그 액체가 바닥을 지나 감방의 창살 너머까지 흘러들었다. 이그니온은 고개를 숙이고 거친 숨을 내쉬었고, 주위 산의 돌을 지배하는 힘도 점차 약해져 갔다.

머지않아 이그니온의 의식이 흐려졌다. 주위를 채우고 있던 그의 수호물도 젖은 흙처럼 무너져 내렸고, 이크로니아의 힘이 돌아왔다. 그녀는 기다리지 않았다. 이 지역 전체가 혼돈에 휩싸여 있었지만, 누군가는 그녀의 수호물이 붕괴되었다는 걸 알아챌 것이다. 탈출하고 싶다면, 지금이 바로 유일한 기회였다.

이크로니아는 발톱을 돌에 박아 넣고, 창살 옆의 벽을 무너뜨렸다. 그리고 감방에서 빠져나와, 그림자에 몸을 숨기고 출구 쪽으로 향했다. 지하 감옥 전체를 뒤덮은 혼돈 때문에, 아무도 그녀에게 신경조차 쓰지 않았다. 어차피 그녀의 외형은 다른 검은 용들과 비슷했고, 이리디크론의 누이가 탈출했다고 생각할 이유도 없었다.

이크로니아는 산에서 빠져나와 폭풍 속으로 들어섰다. 착륙장으로 나서자 비가 그녀의 비늘을 뒤덮었다. 하늘은 짙고 검은 구름으로 뒤덮여, 지금이 낮인지 밤인지도 알 수 없었다. 번개가 번쩍였다. 천둥이 울려 퍼지며 전투의 포효 및 비명과 뒤섞였다. 울부짖는 바람이 귀를 채웠다. 이크로니아는 날개를 등에 붙이고 안전한 바위 그늘로 숨어들었다.

이미 오십 번이 넘는 여름을 라자게스와 함께 날았지만, 이크로니아도 폭풍포식자의 온전한 격노의 힘을 직접 본 적은 없었다. 하지만 라자게스의 진짜 힘에 가까울 것만 같은 지금의 폭풍은…… 정말이지 무시무시했다.

거대한 소용돌이가 북서쪽 산마루를 따라 휘돌며 절벽의 거대한 한쪽 면을 두들겼다. 돌풍이 나무를 땅에서 뽑아내고, 바위를 공중에 내던지고, 강을 하늘로 빨아올렸다. 라자게스는 그 소용돌이의 한가운데에서 돌풍의 격노를 벗어나 병력을 지휘하고 있는 게 분명했다.

하지만 넬타리온의 드랙티르가 원시술사의 공중 전선을 붕괴시켰고, 적이 돌풍 속에서 뿔뿔이 흩어져 싸워야 했다.

드랙티르는 무자비하고 잔혹했다. 그들은 하늘로 뛰어올라 목표를 정밀 공격하고, 원시용들의 여린 날개 막을 베어 버렸다. 이크로니아는 드랙티르 두 명이 완벽한 조화를 이루며 원시용의 등으로 강하한 후, 발톱 모양의 무기를 그 불쌍한 용의 근육에 꽂아 넣는 모습을 지켜봤다. 원시용은 비명을 지르며 땅으로 곤두박질쳤다. 드랙티르들은 풀쩍 뛰어올라 그대로 다음 목표를 향해 활공했다.

지상에 있는 원시술사의 타라세크 병력도 그리 상황이 나아 보이지 않았다. 그들 역시 넬타리온의 드랙티르와 용기병 연합군의 힘 앞에 무너져 갔다. 하늘에서와 마찬가지로, 지상의 드랙티르도 완벽한 조화를 이루며 움직였다. 아무리 멀리 떨어진 곳이라 해도, 지켜보고 있으면 어딘가 불안해지는 모습이었다. 드랙티르의 조직화된 공격이 지나간 길에 부서진 타라세크의 사체 수천 구가 남겨졌다.

이크로니아는 자기가 라자게스와 그녀의 군대를 도울 수 있을지 확신할 수 없었지만, 그래도 해봐야 했다. 이크로니아는 용기를 끌어모아 착륙장에서 뛰어내렸다. 온몸의 힘을 모조리 끌어내고서야 겨우 공중에 뜰 수 있었다. 폭풍포식자의 바람은 맹렬하고 광적으로 몰아쳤다. 이크로니아는 라자게스의 폭풍 속에서 비행을 한 경험이 많았지만, 이런 분노는 처음이었다. 기류가 이크로니아의 예측을 뛰어넘는 빠른 속도로 방향을 바꿨다. 한 순간 바람이 그녀의 날개를 채웠다. 하지만 다음 순간 바람은 빠르게 멀어졌고, 이크로니아는 가속도를 유지하려고 아래로 떨어져 내려야 했다. 그녀는 빙빙 돌며 춤을 췄고, 자기를 알아보지 못할 원시술사들을 피해 검은 용군단 사이에 몸을 숨기고는 라자게스를 찾았다.

멀리 산 아래에서 거대한 화로가 타올랐다. 넬타리온이 밖으로 드러난 넓은 단상 위에 필멸자의 형상으로 혼자 서 있었다. 비굴하게 필멸자의 모습이 되어 숨다니! 어쩌면 그 형상은 위장일 수도 있었다. 필멸자의 모습을 쫓는 원시술사는 없을 테니까. 이크로니아는 이를 드러냈다.

이리디크론이 혐오감이 가득한 목소리로 위상들의 형상에 관한 이야기를 한 적이 있었고, 그녀는 검은 위상이 어떤 형태를 취하든 알아볼 수 있다고 확신했다. 대지의 수호자가 그녀의 의식까지 지배할 순 없겠지만, 이크로니아는 마치 중력처럼 넬타리온에게 이끌렸다. 궁금한 마음에 그녀는 위상이 있는 곳을 향해 방향을 돌렸다. 이크로니아는 눈에 띄지 않고 용기병과 드랙티르 위를 날아갔다. 누구도 그녀에게 주목하지 않았다. 그들의 눈에는 이크로니아도 그냥 최전선에서 돌아오는 검은 용 한 명에 불과했다.

몇몇 비행지도자들이 검은 위상 위쪽의 하늘을 정찰하며 라자게스의 격노를 넬타리온에게서 돌렸다. 필멸자의 형상을 한 넬타리온은 오른쪽 팔뚝에 티탄이 만든 유물을 착용하고 있었다. 이크로니아도 정확한 명칭을 알 수는 없었지만, 그건 금을 엮어 만들어진 필멸자의 손과 같은 모양이었다. 유물이 어찌나 밝게 빛나는지, 검은 위상의 주위엔 그림자가 드리우지 않았다.

넬타리온은 유물을 높이 들어올리며 강렬한 눈빛으로 전장을 바라봤다. 그와 함께 드랙티르는 마치 하나가 된 듯 움직여 위치를 바꿨다. 넬타리온이 거친 바람 때문에 들리지 않는 말을 뱉으며 팔을 앞으로 뻗자, 하늘에 있던 드랙티르들이 라자게스의 사령관 중 하나에게 시선을 집중했다. 그리고 그 불쌍한 용을 지상으로 추락시켰다.

오한이 이크로니아의 비늘을 할퀴었다. 마치 수호자가 넬타리온을 조종하는 것처럼, 넬타리온은 드랙티르를 조종하며 지배와 억압의 굴레를 영원히 이어 가는 것 같았다. 이크로니아는 자신이 싫었다. 오래전 티르홀드로 자신을 이끌었던 그 한 순간의 약한 마음이 싫었다.

지금 대지의 수호자를 기습해서 쓰러뜨리고 싶다는 생각이 들었지만, 그녀가 위상을 상대할 수는 없었다. 하지만 라자게스라면 충분히 상대할 수 있을 것이다. 폭풍포식자가 전쟁의 판세를 뒤집고 싶다면, 그 유물을 파괴하는 것부터 시작해야 했다. 라자게스도 그녀가 본 것을 알아야 했다.

이크로니아는 몸을 빙글 돌려 최전선으로 향했다.

그녀는 강인한 산비탈이 강한 바람을 막아주길 바라며 아래로 내려왔다. 산마루를 넘어서자, 포식자의 시선에 등골이 서늘해지는 걸 느꼈다.

이크로니아가 어깨 너머를 돌아보자, 마침 커다랗고 불타는 용암갈퀴가 날아드는 것이 보였다. 아드레날린이 샘솟아 심장을 채웠다. 그녀는 본능적으로 옆으로 몸을 굴렸다. 원시용은 아슬아슬하게 그녀를 스쳐 지나갔고, 용암갈퀴의 비늘에서 이글거리는 열기가 그녀의 날개를 그슬렸다. 이크로니아는 얼굴을 찌푸렸고, 여린 날개 막이 열기로 인해 팽팽하게 당겨졌다.

"진정해, 친구!"

이크로니아는 외치려 했지만, 바람이 그녀의 목소리를 앗아갔다. 불의 원시술사는 공중에서 몸을 돌려, 이크로니아를 향해 두 번째로 날아들었다. 그녀는 강하게 날개를 펄럭여 오른쪽으로 몸을 날렸고, 절벽의 수직면에 붙어 돌에 발톱을 박아 넣었다. 달려드는 원시술사를 보며, 이크로니아는 꼬리로 바위를 내리쳐 면도날처럼 날카로운 돌의 파편을 공중으로 흩뿌렸다. 파편은 원시술사의 날개를 꿰뚫었고, 그를 죽이진 못했지만 그래도 지상으로 떨어뜨렸다. 불의 원시술사는 아래쪽 진흙탕에 나뒹굴었고, 화가 난 듯 포효하며 벌떡 일어섰다.

동료 원시술사의 주의를 끌기 전에, 이크로니아는 절벽에서 몸을 날렸다.

그리고 이번에는 산에 바싹 붙어 시선을 피했다. 주위를 가득 채운 혼돈 속에서, 그녀는 원시술사들의 전선을 지나 라자게스의 소용돌이를 향해 날아갔다. 하지만 격렬한 바람 때문에 근처의 산 중턱에 내려앉아야 했고, 그곳에서 바위에 발톱을 박고 고개를 들어 하늘을 바라봤다.

"라자게스!"

이크로니아는 바람이 목소리를 실어다 주길 바라며 외쳤다.

"넬타리온을 공격해야 해요! 지금 필멸자의 모습으로 티탄 유물을 이용해서 병력을 조종하고 있어요!"

깊은 웃음이 휘도는 구름 속에서 메아리쳤다. 핏줄 같은 번개 줄기가 소용돌이 주위를 맴돌았다. 갑자기 요란한 천둥의 굉음과 함께 폭풍 전체가 폭발하며 잔해를 사방으로 흩뿌렸다. 나무 한 그루가 이크로니아의 아래쪽 턱에 부딪혀 산산이 조각났다. 바위가 그녀의 뒤쪽 산과 충돌하여 커다란 분화구를 형성했고, 온 세계가 뒤흔들렸다.

이크로니아는 몸을 웅크리고 고개를 들었다. 구름 아래에 떠 있는 라자게스의 날개로부터 번개가 춤을 췄다. 현신은 전장을 바라보며 거칠게 포효했고, 계곡 전체가 부들부들 떨렸다.

"그렇더냐?"

라자게스가 낄낄 웃으며 이크로니아를 바라봤다.

"내가 도울게요."

이크로니아가 말했다.

"넬타리온이 있는 곳을 알려드릴 수 있어요!"

"네 도움 따위가 필요할 거라고 생각했나?"

폭풍포식자는 말했다. 그녀의 뿔에서 번개가 마구 튀었다.

"이 전쟁은 지금부터 시작이다. 너나 네 오라비의 장난 같은 건 이제 필요 없다. 내가 혈족의 터를 끝없는 폭풍으로 뒤덮을 것이다! 넬타리온과 꼬마 벌레들부터 시작해 주마!"

폭풍포식자가 몸을 돌렸다. 다급해진 이크로니아는 폭풍 속으로 몸을 던지며 외쳤다.

"라자게스, 기다려요!"

밝은 천둥의 섬광이 작은 검은 용을 감싸, 온몸의 신경을 불태웠다. 하늘에서 떨어져 내리는 이크로니아의 세계가 어둠으로 뒤덮였다.

제 13 장

예리해진 바람이 넬타리온의 머리카락을 이리저리 흔들었다. 바람에 실려 발톱이 갑주에 부딪히는 날카로운 쇳소리와 죽어가는 자의 비명이 들려왔다. 그는 서리석 금고 밖의 돌 계단 꼭대기에 서서 공중과 지상에서 벌어지고 있는 전투를 지켜봤다.

티탄이시여. 환영의 눈으로 바라본 라자게스의 폭풍은 훨씬 더 끔찍했다. 필멸자의 육신도 나름대로 쓸모가 있긴 했지만, 너무 물러서 도무지 좋아할 수가 없었다. 그는 대지와 돌의 생물이었다. 아무리 갑주를 착용하고 있다고 해도 이토록 작고 취약해진 기분을 느끼는 건…… 불쾌했다.

넬타리온은 티탄의 금고 깊은 곳에서 찾아낸 서약체결자 건틀릿을 통해 드랙티르를 조종하려고 필멸자의 형상을 취했다. 드랙티르가 용을 살상하는 능력이 정말로 뛰어나다는 사실을 확인한 후, 대지의 수호자는 티탄벼림에게 요청하여 드랙티르를 조종할 수 있도록 이 장치를 개조했다.

상대가 라자게스라면 첫 시험으로는 더할 나위 없을 것이다.

폭풍포식자와 원시술사들이 바람을 타고 괴물 같은 속도로 다가왔다. 넬타리온은 라자게스의 무모함을 도저히 이해할 수 없었다. 정말로 위상의 힘을 상대할 수 있다고 생각한 걸까? 드랙티르가 하늘에서 원시용들을 말살하는 걸 보지 않았던가?

드랙티르는 모든 면에서 그의 기대를 능가했다. 서부 전선에서는 아주라텔과 그의 흑요석 수호병단이 웨이른 훈련장의 방어선을 지키며 원시술사의 타라세크 군단을 막아내는 보루가 되어 주었다. 신드레스레쉬가 이끄는 검은 갈퀴발톱은 치명적인 정밀함으로 하늘을 향해 도약했다. 그들은 원시용의 등에 올라타 적의 날개 근육과 꼬리를 베었다. 다친 용들은 하늘에서 지상으로 떨어졌고, 추락 순간 목숨을 잃었다. 사카레스가 이끄는 칠흑의 비늘들로 구성된 소규모 부대는 전장 전역으로 흩어져 싸웠고, 비리디아와 치유의 날개도 마찬가지였다. 웨이른은 최전선의 동료들에게 강력한 공격 및 방어 지원을 제공했다.

그야말로 경이로운 전황으로, 대지의 수호자는 원시술사들이 다시는 혈족의 터를 공격할 생각을 못 하게 하고 싶었다.

너는 쓰러질 거다. 그의 머릿속으로 속삭임이 기어들었다. 요란한 전쟁의 소음 한가운데에서도 그 소리는 믿을 수 없을 만큼 크게 들렸다. *네 용군단이 널 버릴 거다.*

너는 이 폭풍을 견뎌낼 수 없다. 또 다른 목소리가 속삭였다. *우리 힘이 없으면 안 된다.*

우리의 힘은 영원하니까. 첫 번째 목소리가 속삭였다. *원소조차 우리에게 복종한다.*

아니, 내게도 복종할 것이다. 넬타리온은 속삭임들에게 말하며, 신드레스레쉬가 하늘에서 원시술사의 용사를 찢어발기는 모습을 지켜봤다. 불의 용은 분노로 가득 차 포효하며 혜성처럼 땅으로 떨어져 내렸다. *원시술사는 위상의 상대가 되지 못한다!*

최전선에서 검은 용들이 포효하며 동료들에게 위험이 다가오고 있음을 알렸다. 넬타리온의 비행지도자 중 한 명인 레바리안이 그의 옆에 내려앉았다.

레바리안도 경험이 많은 전투원이었지만, 이번 전투에서는 여기저기 다치고 멍든 곳이 많았다. 그의 방어구에도 깊이 패인 상처가 많았지만, 다행히 아직 부서지진 않았다.

"위상님."

레바리안이 말했다.

"폭풍포식자가 우리 위치로 날아오고 있습니다."

"그렇구나."

넬타리온은 이를 악물고 다가오는 라자게스를 보며 말했다.

"내 드랙티르가 현신과 어떻게 싸우는지 볼까?"

넬타리온은 손을 앞으로 뻗으며 외쳤다.

"신드레스레쉬! 검은 갈퀴발톱을 데려가 하늘에서 라자게스를 공격해라! 사카레스, 검은 비늘의 불길로 폭풍포식자를 삼켜라!"

그는 드랙티르의 시선이 현신에게 향하는 것을, 모두의 분노가 용암처럼 형형하고 뜨겁게 타오르는 것을 눈이 아닌 정신으로 느꼈다.

"라자게스를 죽여라."

그는 번개의 눈부신 섬광을 배경으로 검은 갈퀴발톱 무리가 하늘로 날아오르는 모습을 보며 말했다.

* * *

라자게스는 평생 이렇게 살아 있는 기분은 처음이었다. 주위의 폭풍은 누그러질 기색도 없이 사악할 정도로 거칠게 몰아쳤다. 조만간 검은 위상을 직접 공격할 생각이었지만, 우선은 소중한 용군단이 비명을 지르며 죽어가는 모습을 보여주고 싶었다.

넬타리온의 뒤틀린 새끼용들이 달려드는 모습을 보며 현신은 키들키들 웃었다. 그리고 날개 아래에 바람을 모아 아래로 내려치면서 국지적인 하강

기류를 생성했다. 돌풍이 하늘을 찢으며 원시술사와 질서의 용들을 흩어 놓았다.

하지만 넬타리온의 벌레들은 날개를 등에 붙이고는 바람을 가르며 돌파했다.

라자게스는 으르렁거리며 그들을 향해 강하했다. 아래로 떨어져 내리며 폭풍의 잔혹한 힘을 가슴에 집중시켰다. 짐승들이 즉시 그녀에게 달려들었고, 라자게스는 가슴에 모아 둔 원소를 방출하여 자신을 찬란하게 타오르는 번개 구체로 바꿨다. 번개 줄기가 하늘을 가득 채우며 날개 오십 개 범위의 모든 생물을 덮치고, 모두의 피와 뼈를 타고 흐르며 내부로부터 불태워 버렸다. 바람이 그들의 비명을 뒤틀었다. 사체가 비처럼 쏟아져 내렸다.

폭풍포식자는 승리에 취해 한껏 우쭐해졌다. 그녀가 두 번째 공격을 위해 힘을 모으는 사이, 진홍색 비늘의 섬광이 빠르게 스쳐 지나갔다. 작은 야수는 공중에서 빙빙 돌더니 날개를 활짝 펴고 라자게스를 향해 날아들었다.

라자게스는 으르렁거리며 위로 솟구쳤지만, 그 벌레는 그녀의 비늘에 갈고리를 걸었다. 그들은 하늘로 솟아올랐다. 아찔한 고통이 라자게스의 목을 찌르고, 날카로운 발톱이 점점 더 깊이 파고들었다. 고통은 왼쪽 어깨를 찢고 날개의 손가락까지 밀려들었다. 새된 고함을 내지르며 라자게스는 몸을 회전시켰지만, 야수는 떨어지지 않았다.

"해안을 찾아온 건 실수였다, 폭풍포식자."

작은 야수가 바람의 굉음 너머로 외쳤다.

"하! 고작 새끼용 따위가 잘난 척을 하는구나!"

라자게스는 포효했지만, 그 말이 입술을 떠나자마자 야수는 칼날을 더 깊이 밀어 넣고 옆으로 찢어냈고, 라자게스는 끔찍한 고통에 정신을 잃을 지경이었다. 둘은 자유 낙하를 시작했다. 천둥이 하늘을 울리고, 넬타리온의 증오스러운 마귀들이 그들을 향해 달려들었다.

"난 신드레스레쉬다."

라자게스의 등에 매달린 야수가 말했다.

"우리 웨이른이 위상의 이름으로 널 파괴하겠다!"

"네 위상은 약하다."

라자게스가 말했다. 고통 때문에 잔뜩 화가 나고 반쯤은 미쳐 버린 그녀는 날아오르는 넬타리온의 벌레 무리 한가운데로 뛰어들어, 몸을 회전시키며 바람을 자신의 주위로 끌어들였다. 거대한 회오리바람이 그녀의 주위에 몰아쳤다. 신드레스레쉬는 등에서 떨어지고 드랙티르는 바람에 휩쓸려 흩어졌다.

라자게스는 포효하며 날개를 활짝 펼치고 바람을 쏟아냈다. 넬타리온의 뒤틀린 피조물들은 그녀가 처음 예상했던 것보다 훨씬 더 위험한 존재였다. 이대로 살려 둘 수는 없었다.

공중에서 자세를 바로잡던 그녀의 눈에 계곡 반대쪽에 있는 넬타리온이 들어왔다. 그녀는 으르렁거렸고, 용의 입에서 번개가 날뛰며 춤을 추었다.

라자게스가 넬타리온을 향해 날아가려 할 때, 불타는 바위가 휘익 소리와 함께 머리를 스쳤다. 두 번째 바위가 그녀의 날개 막에 충돌해, 불타는 고통이 어깨에 흩뿌려졌다. 폭풍포식자가 고개를 들었다. 공포스럽게도, 유성의 비가 구름을 뚫고 하늘을 지옥의 빛으로 물들이며 떨어져 내렸다.

라자게스는 빠르게 강하하여 지면을 박차고 타라세크의 머리 위를 지나갔다. 불의 비가 그녀의 병력 위로 쏟아졌다. 분노한 그녀는 공기를 꿀꺽 삼키고, 폐 속에서 폭풍이 파지직거리는 걸 느꼈다. 그녀는 빠르게 최전선으로 날아가며 넬타리온의 병력을 향해 번개의 격류를 뿜어냈다. 번개가 적 부대에 적중하여 병사들을 사방으로 날려 버렸다. 라자게스는 번개를 방출하여 적 병력을 마구잡이로 파괴하며, 그들의 위상을 향해 똑바로 돌진했다.

오늘 밤, 티탄의 끔찍한 힘이 원소 앞에 고개를 숙일 것이다. 라자게스는 다시 폭풍을 가슴 가득 들이쉬며 그 혼돈의 에너지와 힘을 만끽했다.

돌진해 오는 폭풍포식자 앞에서도 넬타리온은 여전히 용의 형상으로 돌아오지 않았다. 오만하거나 미쳤거나, 둘 중 하나였다. 그는 산 아래에 있는 단상에 서서 라자게스에게 시선을 집중한 채 한쪽 손을 현신을 향해 뻗었다. 넬타리온의 팔뚝에서 티탄 유물이 빛을 뿜었다.

손쉬운 표적이었다.

너무 쉬웠다.

섣부른 기쁨에 휩싸여, 라자게스는 하마터면 구름으로부터 떨어져 내리는 그림자를 보지 못할 뻔했다. 검은 용! 그녀의 왼쪽과 오른쪽, 머리 위와 꼬리 위로 용들이 날아들었다. 아래쪽에서는 넬타리온의 작은 야수들이 다시 집결하여 공격을 준비했다.

"너희가 현신의 진짜 힘을 상대할 수 있을 것 같나?"

라자게스는 공격해 오는 용들을 향해 외쳤다. 그녀의 목소리가 산에 부딪혀 메아리쳤다. 그녀는 날개를 휩쓸어 회오리바람을 일으켰고, 하늘에서 구름을 끌어내렸다. 깔때기처럼 구불구불 소용돌이치는 바람이 지면에 격돌했고, 바위를 깨뜨리며 공격자들을 뒤로 밀어냈다.

번개가 나선 모양으로 주위를 감쌌다. 요란한 천둥이 귀를 울렸다. 가슴 속에서 심장이 거세게 맥동하며 새하얗게 타오르는 불꽃을 혈관에 채웠다. 그리고 라자게스는 혼돈의 한가운데에서 앞발 발톱 사이에 번개 구체를 형성했다. 그 구체를 던지면, 쇄도하는 번개가 폭풍 전체에 전기를 쏟아내 사방으로 날개 수백 개 범위에 살아 있는 모든 걸 처치할 것이다. 어쩌면 위상을 처치할 만한 위력이 있을지도 몰랐다.

넬타리온의 드랙티르가 계속해서 증가하게 내버려 둘 수는 없었다. 그것들이라면 현신들이 지금껏 힘겹게 일궈 온 모든 것을 파괴할 것이다. 아니, 절대로 그래선 안됐다. 라자게스는 단 한 번의 화려하고 잔혹한 폭풍으로 그것들을 모두 처치하고 망할 위상까지 함께 없애 버릴 것이다.

그러나 거친 고함이 그녀 심장의 맥동과 울리는 천둥을 찢었다.

"경계단을 위하여!"

누군가 외쳤다.

"넬타리온을 위하여!"

작은 형체가 라자게스의 목 아래쪽에 부딪히고, 곧이어 두 번째와 세 번째 형체가 들러붙었다. 여전히 고통스러운 주문에 붙잡혀 있던 폭풍포식자는 이리저리 날뛰고 포효하며 넬타리온의 흉물들을 등에서 떼어내려 했다.

"날개를 꺾어라."

누군가 다시 외쳤다.

날카로운 고통이 폭풍포식자의 어깨를 관통했고, 라자게스는 어쩔 수 없이 날개를 아래로 내려야 했다.

"이 벌레들이!"

라자게스가 새된 소리를 질렀다. 날개를 잃은 탓에 바람에 대한 통제력이 상실됐다. 발톱 사이에 있던 번개의 구체도 불안정해지며 사방으로 전기 충격을 흩뿌렸다.

그녀의 두개골 아래쪽에 박힌 세 번째 칼날이 뒤틀리며 안쪽으로 깊이 파고들었다. 아찔한 고통이 라자게스의 머릿속에서 새하얗게 폭발했다. 끔찍한 아픔에 비명을 지르며, 그녀는 아래로 곤두박질쳤다. 지면에 충돌하는 순간, 발톱에 붙잡혀 있던 번개의 구체가 폭발하며 믿을 수 없을 만큼 밝은 빛을 내뿜었다. 충격파가 대지의 토대를 뒤흔들고, 그녀 아래의 지면을 파괴했다.

몇 번의 호흡을 내쉬는 동안, 세계는 어두워지고 고요해졌다. 경고하는 듯한 천둥의 외침이 라자게스를 흔들어 깨웠다.

깜짝 놀란 폭풍포식자는 비틀거리며 일어났고, 부상의 고통 때문에 어깨를 움츠렸다. 그녀는 거대한 분화구 안쪽에 서 있었다. 잔류 전기가 지면 전체를 뒤덮고 빠직거렸다. 원시술사와 질서의 용, 작은 흉물들까지, 수백 구의 사체가 주위를 둘러쌌다. 그녀는 이를 드러내며 북동쪽으로 시선을 돌렸다. 라자게스는 그토록 먼 거리에서도 넬타리온의 시선을 느낄 수 있었다.

"엠버탈!"

검은 위상의 목소리가 계곡을 지나 분화구 안쪽까지 들려왔다.

"이제 끝장을 내라!"

번개가 번뜩였다. 검은 비늘의 작은 마귀가 황금의 눈을 빛내며 폭풍포식자 앞에 내려앉았다. 피로 얼룩진 긴 장창을 들고 있었다.

"넌 오늘 선량한 드랙티르를 너무 많이 살해했다."

그녀는 부드러운 목소리로 말했다. 위험하고, 익숙한 목소리였다.

"위상께서 명하지 않으셨더라도, 난 기꺼이 네게 죽음을 선사했을 거다."

"새끼용 녀석아, 너 따위는 내 상대가 아니야! 라자게스가 딱 잘라 말했다.

"내가 널 하늘에서 떨어뜨렸다."

작은 야수가 현신을 향해 장창을 내밀며 대꾸했다. 그리고 날개를 펼치며 공격할 준비를 했다.

"너 정도야 얼마든지 파괴할 수 있지."

"그 작은 막대기로?" 라자게스는 이를 드러내고 말했다.

"하! 어림도 없다. 네 주인의 장난은 이제 지긋지긋하다. 넬타리온에게 날 직접 상대하라고 해라!"

그 벌레가 미처 공격하기 전에, 라자게스는 하늘의 폭풍을 모아 검은 위상에게 번개를 발사했다.

* * *

하늘에서 내리꽂힌 희푸른 번개가 서약체결자를 때려 산산이 조각냈다.

강렬한 고통이 넬타리온의 팔을 강타했다. 폭발과 함께 금속 파편이 사방으로 날아가고, 그의 방어구와 육체에도 박혔다. 넬타리온은 포효하며 고개를 돌리고 다친 팔을 감싸 안았다. 천둥의 여파로 귀가 윙윙 울렸다. 오존과 불타는 육신의 냄새가 코를 채웠다.

검게 그을리고 부서진 서약체결자가 그의 앞에 놓여 있었다.

드랙티르도 조화를 이뤄 움직이던 공격을 멈추고, 당황한 표정으로 서로를 바라봤다. 불이 꺼지듯 그들과의 결속도 꺼져 버렸다.

라자게스는 날개를 펴고 날아올랐다. 그녀의 거친 웃음소리가 해안을 가득 채우며 메아리쳤다. 넬타리온이 눈을 가늘게 떴다. 폭풍포식자가 어떻게 서약체결자에 대해 알았던 거지? 서약체결자는 그가 가장 은밀하게 지켜 온 비밀로, 오직 이곳 해안의 아군들만 알고 있었다.

이제 알겠나? 목소리 중 하나가 속삭였다.

넌 약하다. 또 다른 목소리가 말했다.

넌 이길 수 없다. 세 번째 목소리가 말했다.

대지의 수호자는 이를 악물고 다시 전장을 향해 시선을 돌렸다. 서약체결자의 마법이 사라진 탓에 드랙티르 병력도 뿔뿔이 흩어졌다. 라자게스는 전장 위를 휩쓸고 날아가면서 번개를 뿜어 드랙티르들을 더 큰 혼란에 빠뜨렸다. 원시용들이 검은 용군단을 금고 쪽으로 밀어내며 점점 거리를 좁혀왔다. 지상에서는 타라세크가 아주라텔의 최전방 방어선을 돌파했다.

서약체결자 없이는 넬타리온도 원시술사의 공격을 막아낼 수가 없었다. 아직 이런 규모의 전투에 대응할 준비가 되어 있지 않았다. 드랙티르를 제외한다면 해안에 주둔한 군대의 규모는 크지 않았다.

달 없는 밤처럼 검은 절망과 분노의 촉수가 그의 안에서 피어올랐다. 패배할 수는 없었다. 그는 수십 년 동안 알렉스트라자의 예리한 눈으로부터 드랙티르를 숨겨 두었다. 그들은 넬타리온이 만들어 낸 피조물의 정점이고, 검은 용군단의 탁월한 능력이 실체화된 존재였다. 그 모든 것이 무로 돌아가게 할 수도, 드랙티르가 도살당하도록 내버려 둘 수도 없었다. 라자게스의 공격으로부터 해안을 지키는 일에 실패하는 건 받아들일 수 없었다. 다른 위상들이 어떻게 생각하겠는가? 알렉스트라자는? 북부의 비참한 터 한 조각조차 구원하지 못한다면, 그가 어떻게 혈족의 터의 가장 위대한 수호자라고 주장할 수 있겠는가?

넬타리온은 비행지도자들을 주위로 불러모았다.

"드랙티르를 퇴각시키고 후방에서 재집결해라."

가장 가까이에 있던 가리온이 고개를 끄덕이고는 공중으로 날아올랐다.

라자게스는 이제 전쟁의 요람 위에서 엠버탈의 남은 불굴의 경계단과 싸우고 있었다.

"이 땅에서 네 흉물들을 모두 없애 주마, 넬타리온!"

라자게스가 외치며 폭풍의 전기를 날개 안으로 끌어모았다.

이렇게 멀리 떨어진 곳에서도 넬타리온은 얼마 남지 않은 불굴의 경계단 병력이 폭풍포식자를 향한 최후의 공격을 위해 공중으로 날아오르는 걸 볼 수 있었다.

구름이 폭발하며 라자게스를 중심으로 거미줄처럼 얽힌 번개를 뿌렸다. 그 빛이 계곡 전체를 낮처럼 밝히고, 번개 줄기가 불굴의 경계단 드랙티르들을 휘감았다. 그들의 몸이 뒤틀렸다. 일그러졌다. 비명의 격류가 폭풍포식자의 바람에 실려 맴돌았다. 빛이 꺼지고, 분화구가 어둠에 잠겼다.

넬타리온의 가슴에 묵직한 분노가 차오르고, 주위의 모든 것이 흐릿해지면서 오직 라자게스만 보였다. 그 대가로 라자게스를 파괴할 것이다. 그녀의 가죽에서 비늘을 마지막 하나까지 뜯어내고, 사체는 구더기들에게 먹일 것이다.

"넌 졌다, 넬타리온!"

라자게스는 키들키들 웃으며 그의 뒤쪽 단상에 내려앉았다. 그리고 이를 드러내며 말했다.

"한심한 녀석."

우리 힘을 불러내라. 속삭임들이 이젠 하나가 되어 전보다 더 큰 목소리로 말했다. *우리 힘을 불러내서 복수해라!*

우리가 이 폭풍을 끝낼 수 있다!

넬타리온은 거칠게 포효하며 억눌린 분노와 절망, 공포를 내뿜었다. 그런 감정이 보라색 빛의 격류가 되어 넬타리온을 감싸고, 정신의 갈라진 틈을 넓혔다. 그 어둠의 소용돌이 속에서, 넬타리온은 광대한 미지의 존재, 무시무시한 우주의 존재가 자신을 마주 바라보는 걸 느꼈다. 그는 그런 느낌을 무시하고 앞으로 나아가 모든 분노를 폭풍포식자에게 집중시켰다.

어서 해라! 목소리들이 더 크게 말했다. *복수를 해라!*

넬타리온은 다친 손을 내밀어 어둠의 힘이 라자게스의 뒤쪽 산 내부에 뿌리를 내리게 했다. 현신 뒤쪽에서 어둠의 소용돌이와 함께 으스스한 보라색 빛이 터져 나왔다. 그 빛이 칼데라의 뒤틀린 돌들을 비췄다. 넬타리온은 세상 모두를 삼키고도 만족하지 못할 소용돌이의 끔찍한 허기를 느꼈다.

"뭐지?"

라자게스가 새된 소리를 지르며 뒤쪽을 돌아봤다. 소용돌이가 점점 커지며 라자게스를 구멍 쪽으로 끌어당겼다. 폭풍포식자는 비명을 지르며 뒤쪽 바위에 발톱을 꽂았지만, 공허의 힘에는 상대가 되지 않았다.

소용돌이는 차원문 속으로 라자게스를 빨아들이고, 산 내부 티탄의 빈 금고에 가뒀다. 그러고는 아무 흔적도 남기지 않고 깜빡이다가 사라졌다. 바람에 실린 아련한 웃음소리만 남았다. 넬타리온은 그게 천둥의 마지막 메아리일 뿐이라고 되뇌었다.

폭우는 어느덧 잔잔한 빗줄기로 줄어들었다. 폭풍포식자가 사라진 자리에 외로운 마지막 돌풍이 불어와 원시술사들을 해안의 먼 구석으로 쫓아보냈다.

굶주린 힘이 넬타리온에게서 빠져나가, 그는 한참을 헐떡여야 했다. 이제는 어둠으로부터 돌아설 수 없음을 알았기에, 온몸이 덜덜 떨려왔다. 넬타리온이 한없이 약해졌던 순간, 결의의 미세하게 갈라진 틈으로부터 어둠의 촉수가 새어 나왔다. 속삭임이 그의 머리를 가득 채우고, 의식의 가장자리에서 끝도 없이 중얼거렸다.

그는 무릎을 꿇고 서약체결자의 파편을 손으로 그러모았다. 희미하게 남은 질서 마법의 불꽃이 그의 손가락 끝에 따스한 온기를 채웠다. 아마 마지막 명령을 내릴 수 있을 정도의 마법 같았다.

서약체결자의 잔해를 들고 일어선 넬타리온은 검은 용군단의 모든 눈이 자신에게로 향하는 것을 느꼈다. 검은 용들이 하늘에서 원을 그리며 그를 지켰다. 군단지배자 가리온과 레바리안은 휘둥그레진 눈으로 말 없이 그의 곁으로 돌아왔다.

전장의 드랙티르도 눈을 들어 그를 올려다 봤다. 웨이른은 뿔뿔이 흩어지고, 아군과 적 모두의 사체로 둘러싸인 모습이었다. 이토록 찬란한 실험이 이렇게 모호한 어둠 속에서 끝나야 한다니! 넬타리온은 그런 모습을 목격한 드랙티르를 자유롭게 풀어 놓을 수는 없었다. 지금의 모습을 본 비행지도자들을 살려두는 것만으로도 쉽지 않은 일이었다. 물론 군단지배자 가리온과 레바리안이 계속 자신에게 충성할 것임은 의심할 여지가 없었다. 그들은 아베루스에서 넬타리온이 하고 있는 일을 이미 알고 있었다. 하지만 살아남은 나머지 비행지도자 다섯 명과도 죽음의 고통을 담보로 비밀 서약을 맺어야 할 것이다.

드랙티르는…… 서약체결자 없이 조종하기에는 수가 너무 많았다. 그들을 조종할 새로운 방법을 찾아내기 전까진, 대지의 수호자도 그들을 해안에 가둬 둘 수밖에 없었다. 알렉스트라자에게는 여기서 있었던 일의 진실을 절대 알릴 수 없었다. 드랙티르에 관한 정보도, 라자게스가 금고에 갇힌 경위도 밝히지 않아야 했다.

라자게스가 사라진 자리는 눈에 띌 것이다.

진실을 대신할 그럴듯한 이야기가 필요했다.

"가리온."

넬타리온이 작은 목소리로 말했다.

"비행지도자들과 살아 있는 검은 용을 모두 모아라. 내 허락 없이는 그 누구도 해안을 떠나선 안 된다."

"분부대로 하겠습니다, 위상님."

가리온이 그렇게 답하고 날아올랐다.

"레바리안, 옛 친구여, 네게는 다른 임무를 주겠다."

넬타리온이 말했다.

"뭐든 말씀만 하십시오, 위상님."

레바리안은 앞으로 나서며 말했다.

"내가 웨이른에게 요람으로 돌아가라는 명령을 하면, 너와 네 부대는 내 다음 지시가 있을 때까지 그들을 그곳에 묶어 두어라."넬타리온이 말했다.

레바리안이 고개를 숙여 수락하자, 넬타리온은 서약체결자의 파편을 살아남은 드랙티르를 향해 뻗었다. 어쩌면 모든 걸 잃은 건 아닌지도 몰랐다. 드랙티르를 다시 전장으로 데려올 방법을 찾을 수 있을지도 몰랐다. 그들은 아직 이 세계와 그곳을 지키는 일에 쓸모가 있을 것이다.

파편이 빛을 뿜었다. 드랙티르의 눈이 빛났다.

하나둘씩 드랙티르가 그에게 등을 돌리고 마지막 명령을 따랐다.

서약체결자의 빛은 흐릿해지고, 이내 완전히 꺼져 버렸다.

제 14 장

넬타리온의 부탁을 받은 말리고스는 검은 위상의 청지기 날락사와 둘이서 새벽녘 해안으로 날아갔다. 넬타리온이 말리고스에게 혼자서만 빨리 와 달라고 부탁했다.

또 연습 시합이나 시연을 하라고 부른 거라면, 말리고스는 넬타리온의 목이라도 조를 생각이었다. 하지만 청지기의 태도를 보면, 마법의 지배자도 이번 요청이 평범한 것이 아니라는 걸 짐작할 수 있었다. 날락사는 언제나 냉담하다고 할 만큼 침착한 용이었으나, 이번에 넬타리온의 간청을 전할 때는 목소리까지 떨릴 정도였다.

또 무슨 짓을 한 거지, 옛 친구? 말리고스는 비늘파괴자 봉우리 위로 솟구쳐 북쪽으로 향하며 생각했다. 검은 위상은 언제나 비밀스러웠고, 항상 성채와 해안의 훈련장에서만 머물렀다. 하지만 최근엔 유난히 더 고립되어 버린 것만 같았다. 검은 위상도 말리고스에게는 모든 걸 털어놓던 때가 있었다. 하지만 이제는 말리고스도 친구가 하는 일을 아무것도 몰랐다.

그들은 산마루를 넘어 해안으로 들어섰다. 말리고스의 두 눈이 휘둥그레졌다. 계곡 전체가 마치 선혈이 낭자한 세계의 상처처럼 보였다. 대기가 분쟁의 기운으로 이글거렸다. 나무와 관목은 모두 뜯겨 나갔다. 강은 원래의 길로 흐르지 않고, 여기저기 튀어나온 바위와 통나무를 따라 새로운 길을 찾았다. 거대한 금고의 당당했던 첨탑은 갈라지고, 텅 빈 공간에 부서진 다리가 돌출되어 있었다.

가장 끔찍한 건 용과 용기병, 타라세크 등 수천 구의 사체가 땅에 널브러져 있다는 점이었다. 생존자들은 용군단 사망자의 사체를 옮기고 장례용 장작을 준비하고 있었다. 검은 용군단의 전통에 따라 망자는 화장되고 그들의 유골은 발드라켄의 영묘에 매장될 것이다. 그리고 그들의 재는 한때 그들에게 힘을 주었던 돌로 돌아갈 수 있도록 깨어나는 해안의 마그마 폭포에 흩뿌려질 것이다.

말리고스는 서리석 금고 바깥의 단상에 내려앉았고, 그곳에서는 검은 용군단 비늘장이가 거대한 문을 보강하는 중이었다. 넬타리온이 돌아섰고, 말리고스는 친구의 눈에서 반짝인 것이 안도감이라고 믿고 싶었다.

"티탄이시여……. 넬타리온, 여기서 대체 무슨 일이 있었던 거요?"

말리고스는 날개를 접으며 물었다.

"급하게 연락했는데 이렇게 와 줘서 고맙소."

대지의 수호자는 단상 가장자리에 있는 말리고스의 곁으로 다가가며 말했다.

"어젯밤 라자게스가 해안을 공격했소."

"라자게스가 이런 짓을 했다고? 말리고스는 그렇게 물었고, 꼬리를 거칠게 바닥에 긁으며 돌아서서 전장을 다시 둘러봤다.

"즉시 알렉스트라자에게 알려야 하오. 이리디크론이 혈족의 터도 공격할 계획을 세운 건지도 모르오."

"그럴 수는 없소."

넬타리온이 날카롭게 말했다.

말리고스가 의심스러운 눈빛으로 친구를 보았다.

대지의 수호자는 전장을 향해 손짓했다.

"라자게스는 혼자 움직였소. 거칠고 변칙적인 전략을 이용했지. 이리디크론의 소행이라면 이토록 제멋대로이고 어리숙했을 리가 없소. 게다가 참혹한 심연에서 전쟁을 준비했다면, 우리도 미리 알 수 있었을 것이오. 우리 어둠비늘이 그런 채비를 해 두었으니까."

"폭풍포식자는 지금 어디 있소?"

말리고스가 물었다.

"내가 가까스로 물리쳐 가둘 수 있었소."

넬타리온이 말했다.

그 말이 라자게스의 천둥처럼 말리고스를 강타했다.

"뭐라고?"

"우리는 날개와 발톱을 맞대고 싸웠소."

넬타리온이 뒤쪽 금고를 향해 손짓하며 대답했다.

"어느 순간, 내가 라자게스를 하늘에서 대지의 품으로 떨어뜨렸고, 그녀는 의식을 잃었소. 그녀가 떨어지는 것을 본 병력들은 달아나 버렸고."

"믿을 수가 없군."

말리고스가 금고의 문을 바라보며 말했다.

"그렇다면 폭풍포식자는 살아남아서 옛 티탄의 금고에 갇혀 있다는 거요? 이제 하루하루 시간이 지날수록 점점 더 분노하지 않겠소?"

"그렇소."

넬타리온이 말했다.

"이리디크론도 이미 라자게스가 붙잡혔다는 연락을 받았을 테니, 그자가 반격을 시작하기 전에 감옥을 보강해야 하오."

"참 마음이 놓이는 얘기군."

말리고스는 비꼬는 투로 말하며 다시 전장을 향해 돌아섰다.

"전장에 쓰러진 전사들 중에서…… 일부는 용기병도, 타라세크도 아닌 것 같소. 혹시 원시술사의 병력이오? 이런 병사들은 처음 보는데."

"아니, 그렇지 않소."

넬타리온이 몸을 움직이며 대답했다. 그의 목소리에 언뜻 비친 것은 후회였을까, 아니면 슬픔이었을까? 마법의 지배자는 분간할 수가 없었다.

"내 부하들이오."

넬타리온은 한참을 기다린 후에 말했다.

"나의 드랙티르요."

"드랙티르."

말리고스는 미간을 찌푸리고는 전장 위로 시선을 돌렸다. 티탄이시여, 전장에는 그 전사들이 수백 명, 아니 그 이상 나뒹굴고 있었다.

"저들은 정확히 무엇이고, 왜 우리에게 아무 얘기도 하지 않았소? 적어도 내게는 말했어야지."

"아무도 모르게 완벽한 병사를 만들고 싶었소."

넬타리온이 대답했다.

"특히 알렉스트라자에게는 알릴 수 없었소. 여왕이라면 저들이 존재하는 이유를 꿰뚫어 봤을 테니까. 그래, 저들이 현신과 원시술사의 반란을 격퇴할 도구라는 걸 알아차렸겠지."

말리고스는 무겁게 울리는 한숨을 내쉬었다.

"그래, 라자게스가 패배하고 투옥되었다는 사실을 이리디크론이 알게 되면 그대의 완벽한 병사들이 우리에게 꼭 필요한 존재가 될 거요. 그의 분노는 저지할 방법이 없을 테니."

넬타리온은 고개를 가로저었다.

"아직 살아 있는 이들이 많지만, 자유롭게 풀어 줄 수는 없소."

말리고스가 한쪽 눈썹을 추켜 올렸다.

"저들이 이상적인 병사라고 하지 않았소?"

"내가 질서 마법으로 제어할 수 있을 때는 그랬소."

대지의 수호자가 말했다.

"하지만 내가 저들의 의지를 제어하는 데 사용하는 도구를 라자게스가 깨뜨려 버려서—"

"저들의 의지를 제어한다고? 넬타리온, 나는……."

말리고스는 고개를 절레절레 저으며 말을 잇지 못했다. 지금의 검은 위상에게 설교를 해 봐야 무슨 소용이 있겠는가? 이미 저지른 실수이고, 넬타리온은 아무리 건설적인 비판이라도 있는 그대로 받아들이는 적이 없었다.

그래서 말리고스는 이렇게만 말했다.

"그냥 그런 이야기를 하려고 하늘빛 평원에 있던 날 불러낸 건 아니겠지. 내 도움이 필요한 거 아니오?"

"그렇소."

"그리고 이번 일에 대해 용의 여왕에게는 말하지 않아야 할 테고?"

넬타리온은 고개를 들었다.

"알렉스트라자는 영원히 드랙티르의 존재를 몰라야 하오."

"영원히?"

푸른 위상이 한쪽 눈썹을 추켜 올렸다.

"영원이라는 건 너무 긴 시간 같소만. 현신들이 우리 국경을 공격하고 그대의 '완벽한 병사'가 필요한 때가 되면 어떻게 되겠소? 알렉스트라자도 그대의 선견지명에 고마워하지 않겠소?"

"다른 방법을 찾아 보겠소."

"흐음."

말리고스도 용의 여왕에게 감추는 게 있는 만큼, 넬타리온의 마음을 어느 정도는 이해할 수 있었다. 하지만 넬타리온의 비밀을 알렉스트라자에게 숨겨 주는 건 또 다른 문제였다. 만약 알렉스트라자가 이러한 기만과 말리고스도 거기 한 몫을 했다는 사실까지 알아내면, 실수의 대가를 크게 치러야 할 것이다.

게다가 말리고스는 지금도 친구가 모든 걸 털어놓지는 않았다는 느낌을 받았다. 넬타리온은 대개 자신의 공적과 위업을 시적으로 표현하는 걸 즐겼다. 하지만 오늘은 유별나게 신중했고, 어딘가 불안해하는 것 같기도 했다. 그의 날개지도자들은 그림자만 보고도 깜짝깜짝 놀랐다. 그들 뒤쪽에서, 비늘장이들은 아무 말 없이 낡은 티탄 금고를 감옥으로 개조하는 중이었다. 승리의 노래도, 용맹한 이야기도 없었고, 산 자들도 마음을 놓지 못했다.

어젯밤 해안에서 무슨 일이 있었든 검은 용군단 전체에 심각한 충격을 준 것이 분명했다. 지금으로서는 용의 여왕의 분노를 감내하지 않는 것이 좋을 것 같았다.

말리고스는 넬타리온을 흘긋 봤다.

"조건이 있소."

"무슨 조건?"

넬타리온이 퉅툴거리는 투로 대답했다.

"하나. 내가 여기서 있었던 일을 용의 여왕에게 숨겨 준다면, 그대도 나를 위해 같은 일을 해줄 거라고 믿소."

푸른 위상이 말했다.

"우리 용군단에 시급한 문제가 발생할 경우, 아무것도 묻지 말고 즉시 우릴 도와주러 올 거라고 맹세해 주시오."

"맹세하겠소."

넬타리온이 말했다. 그것만큼은 넬타리온도 진심인 듯했다.

"둘. 여기에서의 일이 끝나면, 우리가 같이 발드라켄으로 가서 알렉스트라자에게 현신들이 해안을 공격했다고 말해야 하오–"

넬타리온이 얼굴을 찡그렸다.

"말리고스, 난–"

"그러지 마시오."

말리고스가 발톱 하나를 들어올려 그의 말을 끊었다.

"비밀이 늘어난다면 결국 그대의 신뢰도에 더 많은 흠집이 생길 뿐이오. 말할 수 있는 것 모두를 최대한 진실하게 말해 주시오. 그러지 못하면, 내가 직접 여왕에게 모든 이야기를 하겠소. 드랙티르도 포함해서."

푸른 위상은 발톱을 흔들어 전장에 쓰러진 병사들을 가리켰다.

"난 그대가 친구라고 생각했는데."

넬타리온은 고개를 한쪽으로 기울여 푸른 용을 바라보며 말했다.

"친구요."

말리고스는 말했다.

"넬타리온, 그대의 가장 친한 친구이기에 이미 행한 것 이상의 실수를 하지 않게 하려는 거요."

대지의 수호자는 코웃음을 치면서도 대답했다.

"좋소. 따라오시오. 우리가 해야 할 일을 알려 주겠소."

그들은 하늘로 날아올랐고, 잠시 후 웨이른 땅의 금고 밖에 있는 단상에 내려앉았다. 넬타리온은 잿불을 휘날리며 필멸자의 형상으로 변신했고, 말리고스에게도 그렇게 하라고 손짓했다. 푸른 위상은 어리벙벙한 표정으로 자신의 필멸자 형상으로 변신했다.

검은 용기병 두 명이 금고로 들어서는 넬타리온에게 고개를 숙였다.

"나는 그들을 파괴하려는 게 아니라, 깊고 평안한 잠에 빠지게 하려는 거요."

그는 오른손의 건틀릿을 조정하면서 얼굴을 찌푸렸다. 방어구 아래쪽으로, 그의 팔뚝은 붉게 변하고 물집까지 잡힌 것 같았다.

"그들을 제어할 새로운 방법을 찾아야 할 것 같소."

"애초에 왜 저들을 제어해야 하는 거요?"

말리고스는 어둠으로 향하는 계단을 내려가며 물었다. 따뜻한, 아니, 거의 뜨겁다고 할 수 있는 상승 기류가 그들을 맞이했다.

"그들이 정말 그렇게 뛰어난 병사라면, 독자적으로 행동해야 하는 것 아니오?"

"드랙티르는 용 학살자로 만들어졌소."

넬타리온이 차분한 목소리로 말했다.

"이리디크론이 그들을 역이용하는 위험을 감수할 수는 없소."

마법의 지배자는 눈살을 찌푸렸지만, 대답하지는 않았다.

"그렇게 생각하지 않소?"

거대한 지하실 입구에 멈춰 서서, 넬타리온이 물었다.

"그대는 이리디크론의 설득 능력을 과대평가하고 있소, 친구."

말리고스는 로브 옷깃을 매만지며 말했다. 티탄이시여, 그곳은 정말 뜨거웠다. 원기둥 모양의 방은 아래쪽에서 부글거리는 용암 웅덩이에서 번져 나오는 빛으로 환하게 밝혀져 있었다. 가느다란 용암 폭포가 방 중앙에서 떨어져 내렸다. 말리고스는 고개를 들었고, 그 방의 돌 벽에 있는 수많은 문을 보며 깜짝 놀랐다. 문은 나선형으로 빙빙 돌며 높이, 더 높이 올라가 어둠 속으로 사라졌다.

"난 드랙티르의 머릿속을 나 자신처럼 알고 있소."

넬타리온이 말했다.

"날 믿어야 하오."

"그대를 믿소……. 하지만 꼭 필요한 만큼만 믿고 싶소."

푸른 위상은 그렇게 대답하며 대지의 수호자에게 짓궂은 미소를 지어 보였다. 넬타리온은 어이없다는 듯 눈을 굴렸지만, 얼굴의 긴장감이 조금은 빠져나간 듯했다.

"내가 드랙티르를 얼음 속에 잠재울 수 있소."

말리고스는 그렇게 말하며 방으로 들어가, 문들을 향해 손짓했다.

"그러면 일 년이든 일천 년이든 상관없이 잠잘 수 있을 거요. 마법으로 인한 부작용 같은 것도 없고, 육체와 정신 모두 지금 그대로 유지될 것이오."

"훌륭하군."

넬타리온이 대답했다.

"언제 시작할 수 있겠소?"

"지금부터요."

푸른 위상이 대답하고는 한손을 흔들었다. 푸른 보라색 불꽃이 그의 손가락 끝에서 뿜어져 나왔다.

"혹시 작별 인사라도 하고 싶소?"

대지의 수호자는 고개를 가로저었다.

"저들도 모르고 있을 때 하는 게 좋을 것 같소."

그들은 함께 드랙티르 요람으로 들어섰다. 말리고스의 비전 오라가 얼음처럼 바닥을 뒤덮고, 접촉하는 드랙티르를 하나씩 얼렸다. 창조주인 넬타리온을 만나 반가웠던 표정이 말리고스의 마법이 사지에 흘러드는 사이 당혹감으로, 다시 공포로 변해 갔다. 많은 드랙티르가 친구나 연인의 이름을 외쳐 불렀고, 넬타리온을 부르는 이들도 있었다……. 하지만 각각의 요람에서 넬타리온은 그들에게 등을 돌렸다. 다시, 또 다시 등을 돌렸다.

푸른 위상은 그들이 가여웠다. 이 생물들은 창조주의 야심을 너무 뛰어난 실력으로 완수했다는 죄로 감옥에 갇힐 운명이었다. 말리고스도 솔직히 말하진 못했지만, 넬타리온이 질서 마법을 사용해서 지성이 있는 다른 존재의 자유 의지를 박탈했다는 건 굉장히 위험한 행동이었다. 질서 마법은 지배하려는 목적이 아니라, 해방시키기 위해 사용되어야 했다.

처리가 끝나고, 말리고스와 넬타리온은 지면에 새롭게 만든 분화구 근처의 마지막 요람에서 빠져나왔다. 햇빛이 남은 회색 구름 사이로 흘러들어, 라자게스가 자행한 파괴의 흔적을 생생히 드러냈다.

푸른 위상은 해안이 예전으로 돌아갈 수 있을 거라고는 생각지 않았다. 눈에 보이는 모든 곳에서, 라자게스의 폭풍의 힘은 계곡에서 나무를 모조리 뽑아내고, 강 전체를 옮기고, 산봉우리까지 깎아내 버렸다. 거대한 용암 쐐기가 공중으로 솟아오른 후 날카로운 검은색 발톱 모양으로 굳어 돌이 되었다.

죽음의 기념비만 아니었다면 아름답다고 할 만한 모습이었다.

"내일 내가 가장 신뢰하는 주문비늘과 주문서약 용기병들과 함께 돌아오겠소."

말리고스는 착륙장에 잠시 서서 말했다.

"그들이 요람을 지키며 원시술사의 침공으로부터 해안을 방어할 거요. 이리디크론이 이 소식을 들으면 곧바로 우리 국경으로 날아올 것임은 그대도 알고 있겠지."

"미리 대비할 수 있을 것이오."

넬타리온이 대답했다.

"원시술사를 상대할 준비는 할 수 있겠지."

말리고스가 말했다.

"그런데 알렉스트라자에게 여기서 있었던 일을 말할 준비는 됐소?"

"이번 거래의 그 조건은 그대도 잊어 버렸길 바랐는데."

대지의 수호자가 웃으며 말했다.

"하!"

말리고스는 웃으며 위상의 모습으로 돌아갔다.

"그럼 이제 발드라켄으로 가겠소?"

"갑시다."

넬타리온이 대답했다.

* * *

북부의 소식은 알렉스트라자가 품어 왔던 평화의 꿈을 산산이 조각냈다. 위상의 권좌 주위의 맑은 하늘에는 깜빡이는 별들이 흩뿌려져 있었지만, 지평선에서는 이제 폭풍이 요동치기 시작했다. 아무리 강력한 힘을 소유한 알렉스트라자라고 해도 폭풍을 멈추게 할 수는 없었다.

생명의 어머니는 다른 위상들과 함께 권좌에 서서 끓어오르는 분노를 억누르며 넬타리온의 이야기에 귀를 기울였다. 라자게스가 해안을 공격했다. 넬타리온과 한 무리의 날개지도자들은 가까스로 폭풍포식자의 공격을 막아내고, 해안의 여러 돌 금고 중 하나에 그녀를 가두는 데 성공했다. 이야기를 들어 보니, 넬타리온과 날개지도자들은 이번 전투에서 가까스로 살아남은 것 같았다.

"어떻게 감히 그런 짓을?"

알렉스트라자는 고개를 들고 차분한 태도로 말했지만, 분노로 덜덜 떨려오는 몸을 애써 억눌러야 했다. 다리와 어깨, 배 근육이 부들부들 떨리고, 얼굴은 붉게 상기됐다.

"다른 곳도 아닌 해안에서 우리가 그런 공격을 받아야 하는 이유가 무엇이오? 이번 공격을 참혹한 심연에서 주도한 것 같소, 아니면 라자게스가 독자적으로 수행한 것 같소?"

"나도 아직 어둠비늘의 소식을 기다리고 있소."

넬타리온이 말했다.

"하지만 라자게스가 독자적으로 행동했을 거라고 생각하오."

이리디크론이라면 이렇게 실패하지도 않았을 것이며, 그라면 아직 전쟁을 선포할 때가 아니라고 생각했을 거요."

"날이 지날수록 그럴 가능성이 점점 더 커지고 있소."

노즈도르무가 반짝이는 금빛 눈으로 알렉스트라자의 어깨 너머 먼 곳을 바라보며 말했다.

"이제 우리에게 남아 있는 평화의 길은 많지 않소."

"없을 수도 있겠지."

말리고스가 말했다.

"라자게스가 수감되었다는 소식을 들으면 이리디크론이 크게 화를 낼 테니까."

비라노스도 그렇겠지. 알렉스트라자는 이를 악물었다. 단 하룻밤 만에, 라자게스는 수 세기에 걸친 평화와 외교의 노력을 수포로 돌렸다. 물론 이백 년이 넘는 시간 동안 현신과의 사이에서 긴장 관계가 유지되어 온 것은 사실이지만, 그래도 지금까지는 전쟁을 피하는 데 성공했다. 폭풍포식자가 수감되었다는 사실을 알게 되면, 긴장은 더욱더 높아지고 현신들은 폭력적으로 변할 것이다. 생명의 어머니는 생각에 잠겨 발톱으로 바닥을 두드렸다.

이세라가 그녀를 향해 돌아섰다.

"라자게스가 전장에서 사라졌다는 점에서 위안을 찾아야 하지 않을까, 언니. 이제는 라자게스가 우릴 위협할 일은 없잖아."

"넌 언제나처럼 낙관적이구나."

알렉스트라자는 웃으며 말했지만, 그 웃음은 입술에 닿는 순간 사라져 버렸다.

"최근 있었던 일들을 고려해 보면, 전쟁을 준비하면서도 계속해서 평화를 위해 노력해야 하오. 말리고스, 유령 군대 개발은 어떻게 되고 있소?"

"사실 성과가 괜찮은 편이오."

마법의 지배자는 말했다.

"신드라고사와 베레고스가 이미 우리 비전 피조물에게 임무를 부여하는 데 성공했소. 이제 며칠 후면, 수백 명의 새로운 '용'을 우리 국경으로 보낼 수 있을 거요."

"좋소."

알렉스트라자가 말했다.

"넬타리온, 비늘장이들이 위상의 권좌를 위해 혈족의 터와 칼림도어 대륙의 전술 지도를 만들어 줄 수 있겠소? 푸른 용군단의 피조물을 어디로 보내는 게 최선일지 결정해야 하오."

"물론이오,"

그는 말했다.

"라자게스가 해안에 갇혀 있으니, 상당한 규모의 병력으로 감옥을 지켜야 하오."

알렉스트라자가 말했다.

"푸른 용 부대를 그쪽으로 배치하겠소."

말리고스가 넬타리온을 향해 고개를 끄덕이며 말했다.

"정원의 붉은 용들도 지원해 줄 거요."

생명의 어머니는 그렇게 말하고 여동생을 바라봤다.

"이세라, 혈족의 터와 우리 국경 인근에 있는 모든 필멸자 마을에 전령을 보내 줄 수 있겠니? 라자게스는 체포되었지만 아직 현신의 위협은 남아 있다는 이야기를 전해야 하니까."

"동이 트자마자 녹색 용들을 보낼게."

꿈의 여왕이 말했다.

알렉스트라자는 고개를 끄덕이고, 마지막으로 노즈도르무를 바라봤다. 그녀는 한숨을 쉬었다.

"그대는 전쟁을 피하는 건 거의 불가능하다고 오래전부터 경고했었지, 친구. 하지만 불가능한 일이라도 부탁해야 하겠소. 어디든 평화로 향하는 길이 남아 있다면, 그대와 그대의 용군단이 찾아내 주시오."

노즈도르무는 고개를 끄덕였다.

"그동안 나 또한 불가능한 일을 가능하게 해 보겠소."

알렉스트라자가 말했다

"이리디크론을 만나 평화를 위한 교섭을 시작하겠소."

"그자는 절대 응하지 않을 것이오."

넬타리온이 고개를 홱 쳐들며 말했다.

"돌비늘이 원하는 건 오직 하나, 전쟁뿐이오."

"그대는 어떻소, 넬타리온?"

알렉스트라자가 고개를 돌려 대지의 수호자의 눈을 바라봤다. 권좌에 침묵이 내려 앉았다.

"그대는 전쟁을 원하오?"

넬타리온은 산의 바위처럼 무표정했지만, 그의 가슴 속 갈등이 알렉스트라자의 가슴 속에도 메아리쳤다. 용의 여왕은 혈족의 터를 지키려는 넬타리온의 욕망과 함께 해안에서 자기 용군단이 겪어야 했던 상실에 대한 분노를 느낄 수 있었다. 알렉스트라자 역시 같은 감정을 느꼈기에, 충분히 공감할 수 있었다. 망자들에 대한 정의를 실현하고, 백성을 해치려는 자들로부터 용군단을 보호하길 원하지 않는다면 그녀는 훌륭한 여왕이라 할 수 없을 것이다.

하지만 평화를 포기하고 싶진 않았다.

넬타리온의 이글거리는 분노와 흔들리지 않는 결의 아래에서, 알렉스트라자는 뭔가…… 다른 것을 느꼈다. 그건 마치 시야 가장자리에서 아른거리는 그림자처럼, 똑바로 바라보려 하면 어느새 사라졌다. 왠지 불안한 느낌이 남았지만, 솔직히 상상의 산물일 수도 있었다.

"아니오."

한참이 지난 후, 대지의 수호자가 말했다. 그는 침을 꿀꺽 삼켰다.

"나는 현신의 분노를 직접 보았고, 혈족의 터 다른 지역까지 그런 파괴를 경험하게 하고 싶지는 않소."

"그렇다면 적들이 아무리 거부한다 해도, 우린 최선을 다해 전쟁을 피해야 하오."

그녀는 말했다.

"참혹한 심연과 맺은 조약은 이제 무효화되었소. 현신들과의 관계가 개선되기 전까진, 혈족의 터와 고룡쉼터 사원에서 모든 원시용의 출입을 금지하겠소. 국경을 폐쇄하고, 경계를 강화하시오. 다시는 허를 찔려선 안 되오."

* * *

라자게스가 몇 달 동안 참혹한 심연으로 돌아오지 않았다는 사실이 이리디크론의 눈길을 끌었다. 새롭게 들어온 보고에 따르면, 소용돌이에 있는 라자게스의 둥지도 버려진 듯했다. 폭풍포식자는 변덕스러웠다. 때때로 온 대륙의 폭풍을 쫓아 며칠씩 사라지기도 했다. 하지만 소용돌이 전체가 이렇게 비어 버린 건 분명 걱정스러운 일이었다. 세 현신 중에서 라자게스의 둥지가 가장 혈족의 터에 가까웠다. 하지만 공격을 받은 흔적은 없었다.

이크로니아 역시 사라졌고, 이리디크론은 그것이 재앙을 의미한다고 생각했다. 둘은 너무 오랫동안 범행이 발각되지 않았던 만큼, 이리디크론은 마침내 운명이 두 용을 따라잡은 모양이라고 추측했다.

그래서 이리디크론은 바위격노자가 해안에 거대한 폭풍이 몰아쳤다고 수군거리는 소리를 들었을 때, 날개지도자들에게 사라진 현신을 찾아내라고 명령했다. 하지만 이크로니아 얘기는 하지 않았다. 원시술사 중에서 그녀의 누이가 존재한다는 사실을 아는 용은 거의 없었고, 아는 이들도 절대 그 이름은 입 밖에 내지 않았다. 타라세크와 필멸자들이 공격의 실체를 모르고 자신들의 슬픔을 위상의 탓으로 돌리는 편이 훨씬 나았다.

원시술사들은 용의 벌판 구석구석으로 날아가, 라자게스를 찾으려고 온 하늘을 뒤졌다. 수색단은 폭풍포식자의 흔적을 뭐라도 찾으려 했다. 한 무리가 얼어붙은 송곳니로 가서, 비라노스에게 라자게스를 보았는지, 아니면 어디로 갔는지 알고 있느냐고 물었다. 비라노스는 걱정과 당혹감에 빠져, 이리디크론의 날개지도자들과 함께 라자게스를 찾아 나섰다.

아무 소식도 없이 하루, 또 하루가 지나갔다.

사흘 째 되던 날, 이리디크론은 전쟁동굴에 서서 돌로 만든 용의 벌판 지도를 뚫어져라 바라보고 있었다. 흐르는 용암에서 흘러나오는 흐릿한 빛을 제외하면, 방은 대부분 어두컴컴했다.

이리디크론은 겉으로는 절대 걱정스러운 기색을 드러내지 않았지만, 라자게스가 사라진 건 분명 심각하게 걱정스러운 상황이었다. 바위격노자들은 폭풍포식자가 혈족의 터의 국경 내에서도 눈에 띄지 않았으며, 흑요석 성채의 지하 감옥에 갇힌 것도 아니라고 알려 왔다. 지도 위 라자게스의 말은 여전히 참혹한 심연에 놓여 있었지만 그녀는 거기 없었다. 이 세계가 라자게스를 삼켜 버린 듯했다.

누군가의 날개가 동굴 속 무겁게 가라앉은 공기를 흔들었다.

"돌비늘 님, 전할 말씀이 있습니다."

목소리가 들려왔다.

이리디크론이 지도에서 눈을 떼고 고개를 돌렸다. 날개지도자 중 하나인 라바가 뒤쪽의 커다란 돌 단상에 내려앉았다. 이리디크론은 영리하고, 대담하고, 적극적인 라바를 가장 좋아했다. 그녀의 발톱은 이미 많은 질서의 용에게서 목숨을 빼앗았다. 이 솜씨 좋은 원시용의 비늘은 희미한 빛 아래에서도 흑요석처럼 반짝였고, 두 눈은 흉포하고 잔혹한 지성으로 타올랐다.

라바는 한쪽 날개의 발톱을 가슴에 대고 경례했다.

"동쪽에서 뭘 좀 가져왔습니다."

"뭐지?"

이리디크론이 동요한 기색을 감추려 하지도 않고 말했다.

"그녀를 찾았나? 라자게스를 찾았어?"

"그렇게 좋은 소식을 가져오고 싶었습니다."

라바는 말했다.

"하지만 아쉽게도 조금…… 다른 것을 가져왔습니다. 마음에 드실 겁니다."

"그럼 가져와 봐라."

라바가 동굴 입구에 서 있는 부관 라이아노그와 카고즈노스를 향해 손짓했다. 이리디크론은 고개를 끄덕이며 돌 단상을 용암에서 끌어올려 두 개의 섬을 연결했다. 부관들이 앞으로 움직이기 시작했다. 그들 뒤로 타라세크 열 명이 하얀색 잔해 더미를 썰매에 실어 끌고 왔다. 나무 기둥이 돌에 긁혀 거친 소리를 냈다. 타라세크는 용암 호수를 건너 중앙의 섬까지 썰매를 끌어다 놓고는 이리디크론을 향해 도마뱀의 머리를 깊이 숙였다.

썰매에는 쓰러진 티탄벼림의 갈가리 찢긴 유해가 놓여 있었다. 생물의 몸통에는 서로 교차하는 커다란 발톱 자국이 가득했다. 돌로 만들어진 머리는 반으로 갈라지고, 한쪽 팔이 없었다.

이리디크론을 호기심에 이끌려 앞으로 나섰다. 라바가 그의 오른쪽에 와서 서고, 부관들이 썰매 옆으로 늘어섰다. 타라세크들은 눈을 계속 내리깔고 섬 가장자리로 물러났다. 그들은 돌비늘의 불쾌감에 희생된 자들을 너무 많이 보았기 때문에, 지금은 입을 다물고 있어야 한다는 걸 알았다.

"이건 뭐지?"

이리디크론이 라바를 향해 물었다.

"티탄이 만든 알 도둑입니다."

그녀가 대답했다.

이리디크론은 그녀가 방 안의 공기를 모두 삼켜 버린 듯한 기분을 느꼈다.

"이런 걸 어디에서 찾았나?"

그는 다시 날개지도자를 향해 시선을 돌리며 물었다.

"고룡쉼터 사원 근처였습니다."

라이아노그가 대답했다.

이리디크론의 머릿속에 폭풍 같은 생각이 밀려들어 소용돌이가 되었다. 수 세기 동안 그는 벌판에서 알들이 사라진 것이 위상들 때문이라고 비난해 왔지만……. 그게 진짜 사실일 거라고는 생각하지 못했었다. 그토록 도덕적인 설교를 늘어놓는 용의 여왕이 생각한 것보다 더 교활한 자일 수도 있었다.

이런 날을 얼마나 기다렸던가! 비라노스와 시샨즈, 이기니아르 등 강력한 원시용들은 대부분 위상들을 적대시하는 걸 거부했다. 다들 혈족의 터에 있는 용들과 오랜 친분을 유지했던 용들이었다. 하지만 이런 사실이 밝혀지면 그들 또한 현신과 위상 사이의 분쟁이 단순한 견해의 차이가 아니라, 생존의 문제라는 걸 인정하게 될 것이다.

머릿속에서 소용돌이치는 생각들을 애써 억누르며, 이리디크론은 간단히 말했다.

"설명해 봐라."

라바는 고개를 끄덕였다.

"라이아노그, 돌비늘께 그 장치를 보여드려라."

얼음 비룡은 썰매에 있는 구형 물체를 입으로 물어 꺼냈다. 그는 머리를 낮추고 이리디크론에게 다가가, 돌비늘 앞의 지면에 그 물체를 내려놓았다.

이리디크론은 그 물체를 집어 들어 살펴봤다.

그 장치는 티탄이 만든 것으로, 거품처럼 둥근 모양에 용의 알보다 조금 컸다. 둥글게 굽은 옆면은 석영처럼 투명했지만 금이 가서 갈라졌고, 그 표면에는 소용돌이치는 듯한 문양이 새겨져 있었다. 내부는 불투명한 노른자 같은 물질로 뒤덮였다. 이리디크론은 그 안쪽에서 알껍질 파편과 새끼용의 날개에 찍힌 희미한 자국을 볼 수 있었다.

이리디크론은 눈을 가늘게 뜨며 아무 말도 하지 않았다.

"이 티탄의 흉물이 보호자 없는 둥지에서 용의 알을 가져다가 이 장치 안에 보관했습니다."

라이아노그가 으르렁거리며 말했다.

"놈이 다른 알을 훔치기 전에 제가 공격했습니다."

"흐음."

이리디크론이 산사태처럼 우르릉거리는 목소리로 말했다. 그래, 그의 의심이 옳았다. 비라노스는 라자게스에게 질서의 용 쪽의 새끼용 수가 원시용을 능가했다고 말했다. 그 이유가 붉은 용군단의 관리와 용의 벌판에 비해 안전한 거처 때문일 거라고 말하면서도, 비라노스는 그 사실이 이상하다고 생각하고 있었다. 용의 여왕은 원시용들에게 질서 마법이 선택의 문제가 될 거라고 약속했지만, 이미 태어난 용들만이 선택할 수 있다는 말은 명확히 하지 않았다. 혹시 넬타리온이 용의 여왕 모르게 알들을 가져간 걸까? 이건 대지의 수호자의 교활함을 훌쩍 뛰어넘은 계획이었다.

위상들이 알을 얼마나 많이 납치한 걸까? 혈족의 터의 어린 비룡들 중에서 티탄의 얼룩을 피했어야 하는 자들이 얼마나 많을까? 이리디크론의 눈앞에서 원시용의 수가 얼마나 줄어들었던 걸까?

돌비늘의 핏줄에서 용암처럼 느리고 뜨거운 분노가 끓어올랐다. 다른 현신들과는 달리, 이리디크론의 분노는 폭발적이거나 변덕스럽지 않았다. 그의 분노는 수 세기 동안 누적되고, 위상의 발톱에 원시용이 고통스러운 모욕을 당할 때마다 끊임없이 뜨거워졌다.

알을 훔치는 건 도저히 받아들일 수 없는 만행이었다.

"위상들은 우리 동족을 말살하려 한다."

이리디크론은 고개를 들어올리며 작은 목소리로 말했다.

"라바, 지금 즉시 이 소식을 시산즈에게 전해라. 서쪽에 있는 이기니아르와 그의 무리에도 전령을 보내라. 내게 위상들의 배반을 입증할 증거가 있다고 알려라. 나는 곧바로 얼어붙은 송곳니로 날아가겠다. 비라노스와 직접 이야기해야 할 것 같으니."

* * *

여명의 첫 회색 발톱이 하늘을 가로지르는 순간, 이리디크론은 비라노스의 높은 둥지를 향해 날아갔다. 구름 낀 하늘 사이로 송곳니의 봉우리들이 드러나자, 그는 길게 울부짖어 자신의 방문을 알렸다. 서리 용과 그녀의 무리가 모르는 사이에 찾아가고 싶지는 않았다. 그는 경험을 통해 비라노스가 깜짝 놀라는 걸 싫어한다는 사실을 알았다.

이리디크론은 비라노스의 둥지 바깥쪽 턱에 내려앉았다. 그의 돌 발톱이 얼음 위에서 미끄러졌다. 공기가 차갑더라도 그걸 느낄 수는 없었다. 이리디크론은 육체가 돌로 변한 뒤부터 추위를 느끼지 않았다.

"이리디크론."

비라노스의 목소리가 동굴 깊은 곳에서 메아리쳤다. 발톱으로 얼음을 긁으며 그녀가 시야에 들어왔다. 서리의 그림자 속에서 지혜로워 보이는 눈이 빛났다.

"이렇게 이른 시간에 무슨 일로 송곳니를 찾아왔지? 라자게스를 찾았나?"

"아니, 아직이다."

돌비늘이 대답했다.

"흐음."

비라노스가 말했다.

"그랬다면 라자게스가 직접 여길 찾아왔겠지……. 그럼 뭐지? 솔직히 말해라."

"오래전, 내 대의에 함께하는 걸 거절하면 다시는 부탁하지 않겠다고 얘기했었지."

그는 티탄이 만든 장치를 절벽 위에 내려놓았다. 비라노스는 고개를 갸웃거렸고, 장치에 머물렀던 시선이 다시 이리디크론에게로 향했다.

"오늘 그 약속을 깨뜨려야 할 것 같다."

"저게 뭐지?"

그녀가 둥지 밖으로 나와 콧잔등을 찌푸리며 물었다.

"저건 우리 동족의 알을 훔치기 위해 알렉스트라자가 만든 티탄벼림 장치다."

이리디크론이 부드러운 목소리로 말했다.

비라노스는 걸음을 옮기다 우뚝 멈춰섰다. 마치 주위를 가득 채운 빙하로 변해 버린 것만 같았다. 그녀는 휘둥그레진 눈으로 그 장치를 바라봤고, 입술이 벌어지며 아래턱에 전율이 일었다. 한참이 지나서야 비라노스는 떨리는 숨을 깊이 들이쉬었다.

"넬타리온이 아니라 알렉스트라자가 한 일이라는 걸 어떻게 아는 거지?"

그녀가 물었다.

"용의 여왕이 우리 새끼용들을 깨어나는 해안에서 키우고 있다."

이리디크론은 그렇게 말하고는 으르렁거리는 소리를 덧붙였다.

"그녀가 명령을 내렸든 아니든 상관없어. 그 알이 원시용의 것이라는 건 뻔히 알 수 있으니, 여왕도 알고 있다."

비라노스는 다시, 또 다시 떨리는 숨을 들이쉬었고, 오한이 온몸을 타고 흘렀다.

"아니, 뭔가 착각했을 거다……. 나와 알렉스트라자의 우정이 시들긴 했지만, 이런 문제에 있어 그녀가 내게 거짓말을 했다고는 믿을 수가 없어. 그랬을 리가 없다. 내게 맹세했단 말이다."

"믿고 싶은 대로 믿어도 좋아."

그는 대답했다.

"하지만 내 정찰병들이 직접 보았다—"

"이리디크론 님!"

당황한 목소리가 하늘을 갈랐다. 눈살을 찌푸리며 돌비늘은 고개를 들었고, 놀랍게도 폭풍 용이 빠른 바람을 타고 송곳니로 날아들고 있었다.

"최대한 빨리 따라왔지만 따라잡을 수가 없었습니다. 바위격노자들이 라자게스를 찾았습니다! 라자게스는 해안에서 위상들에게 붙잡혔습니다! 넬타리온이 돌의 감옥에 봉인했습니다!"

뭐라고? 그의 가슴에서 돌덩이가 구르는 듯한 으르렁거리는 소리가 들렸다. 돌비늘은 눈을 가늘게 떴고, 분노가 더 밝게 타올랐다. 하지만 그의 분노도 비라노스의 포효와는 비교조차 할 수 없었다. 얼음 용이 내뱉은 격노의 외침이 산사태를 불러일으켰다. 송곳니의 경사면을 따라 흘러내리는 눈이 용과 함께 포효하며 비라노스의 분노 그 자체를 원소로 발현했다. 공기가 얼음 결정으로 가득 차 이리디크론의 폐를 얼어붙게 하고 하늘을 가렸다. 발아래 땅이 뒤흔들려서 이리디크론은 산이 뿌리째 뽑혀 버리는 건 아닐까 걱정했다.

영원처럼 느껴지는 시간이 지난 뒤 침묵이 내려앉았다. 주위를 가득 채웠던 얼음 수정이 내려앉아 이리디크론의 비늘 위를 얇은 서리로 덮었다. 비라노스는 고개를 숙이고 두 눈을 꼭 감은 채 미동도 없이 서 있었다.

"세 번째로 묻겠다."

이리디크론이 나지막한 목소리로 말했다.

"나와 함께해라."

비라노스는 흐느낌 같은 한숨을 내쉬었다. 한 순간 그녀가 다시 제안을 거절할 거라는 생각이 들었지만, 결국 비라노스는 고개를 들고 이리디크론의 눈을 바라봤다.

"도둑맞은 알들을 위해서."

그녀는 고개를 끄덕이며 말했다.

"그리고 라자게스를 위해서."

제 15 장

이리디크론이 전쟁의 위협을 키워 가던 때, 알렉스트라자는 현신들을 평화 교섭의 자리로 초대했다. 이리디크론은 라자게스를 풀어 주기를 원하고, 생명의 어머니는 평화를 약속하기를 바랐다. 하지만 알렉스트라자도 순진하게 그들의 목표가 양립할 수 있다고 생각하지는 않았다. 폭풍포식자가 풀려난다면 계속해서 혈족의 터 국경 지역을 혼란에 빠뜨릴 것이다.

그래도 알렉스트라자는 돌비늘을 직접 만나 이야기하고 싶었다. 지난 두 세기 동안, 그들의 교류는 모두 고룡쉼터 사원에 있는 대사관을 통해서만 이루어졌을 뿐이니까. 이리디크론이나 원시술사들과 전쟁을 시작해야 한다면, 알렉스트라자는 적어도 그의 힘을 직접 가늠해 볼 기회가 필요했다. 티탄들은 그와 이성적인 대화가 불가능하다는 걸 알았지만, 알렉스트라자라면 전면전을 지연시킬 방법을 찾을 수 있을지도 몰랐다. 용군단에는 분명 뛰어난 용들이 존재했지만, 지금의 용군단만으로는 수적으로 불리한 상황이었다. 전장에서 원시술사들을 상대할 준비를 하려면 시간이 더 필요했다.

여명의 회색 빛이 밝아오던 때, 알렉스트라자는 참혹한 심연과 혈족의 터 사이에서 아무 이름도 없이 고독하게 길게 뻗은 칼림도어 북부의 동토에 내려앉았다. 그녀의 발톱이 얇게 쌓인 얼음과 눈을 깨뜨리고, 눈앞에는 광활한 북부 동토의 풍경이 펼쳐졌다. 현신이나 원시술사의 기척은 전혀 느낄 수 없었다. 적어도 지금의 이곳엔 위상과 그들의 병력만이 존재했다.

장담하건대, 이리디크론은 그저 우리의 주의를 돌리려고 교섭에 응한 거요. 넬타리온은 그렇게 말했었다. *그자는 분명히 이 기회를 이용해서 공격해 올 거요……. 하지만 어딜 어떻게 공격할지는 나도 짐작할 수가 없소.*

기습 공격에 대비하기 위해, 위상들은 힘을 합쳐 방어 계획을 수립했다. 말리고스의 환영 용들이 해안과 에메랄드 평야, 하늘빛 기록 보관소에 자리를 잡고 위상들의 병력 규모가 실제보다 훨씬 더 커 보이게 했다. 넬타리온은 혈족의 터 국경 지역을 따라 전략적 요충지를 선정하여 함정을 설치했고, 필멸자의 마을은 투사체 무기로 무장시켰다. 최정상 거처의 부족들은 이미 오래전부터 검은 용군단과 교류해 온 덕분에 그런 기술을 놀라운 속도로 받아들였다.

알렉스트라자가 목을 길게 뻗으면 남쪽 지평선에서 흑요석 성채의 거대한 성채가 얼핏 눈에 들어왔다. 넬타리온은 그곳에 상당한 규모의 검은 용 및 붉은 용과 함께 용기병 보병들도 수십 명씩 배치했다.

만약 현신들이 그들을 기만하는 경우, 위상들은 성채로 물러나고 넬타리온이 병력을 지휘할 계획이었다. 알렉스트라자는 이리디크론이 성채를 직접 공격할 거라고는 생각하지 않았다. 아무래도 해안을 공격할 가능성이 높았다. 그래서 알렉스트라자는 모든 용군단의 공중 부대와 용기병 군단을 보내 라자게스의 감옥을 지키게 했다.

현신들이 어딜 공격할지 몰라서, 위상들도 모든 곳에서 전쟁 준비를 해야만 했다.

"마음에 안 드는군요."

사리스트라즈가 코를 킁킁거리며 이를 드러냈다.

"뭔가 이상합니다. 지금 계절 치고는 공기가 너무 차갑고, 대지의 작은 생물들도 자기들 둥지에서 떨고 있습니다. 하늘에 머물러야 합니다."

"나도 그렇게 생각하지만, 넬타리온이 지상에 머무르라고 했다."

알렉스트라자가 대답하며 대지의 수호자를 향해 시선을 돌렸다. 그는 지금 날개 열 개 거리도 채 떨어지지 않은 곳에서 지면과 교감하고 있었다. 이세라가 알렉스트라자 곁으로 다가왔다. 에메랄드 비늘이 아침 햇살을 받아 반짝였다. 알렉스트라자는 여동생의 평안한 기척을 느끼며 마음의 위안을 얻었다.

"검은 용군단이 이 지역의 경계를 감시하고 있다."

알렉스트라자는 말을 이었다.

"위험이 다가온다면 그들이 경고해 줄 거야. 게다가 이리디크론도 어리석게 다섯 위상의 힘을 한번에 시험하려 하지는 않을 거다."

이세라는 꼬리를 지면에 휩쓸어 바닥의 눈을 흩뿌렸다. 녹색 위상은 굳세고 용맹하긴 했지만, 분쟁을 싫어했다.

"그렇다고 해도……."

사리스트라즈가 불안한 듯 날개를 펄럭이며 말했다.

"불안한 건 어쩔 수가 없군요."

"걱정하는 마음은 나도 똑같다, 친구."

알렉스트라자가 상냥하게 말했다.

"하지만 이리디크론과 대화하는 일을 내가 아닌 그 누구에게도 맡길 순 없어. 우린 평화를 위해 교섭해야 한다. 전쟁은 결국 우리가, 아니, 내가 용군단과 아제로스 전체를 보호하는 임무에 실패했다는 의미다."

"여왕님은 실패하지 않았습니다."

사리스트라즈가 목에서 우르릉 소리를 냈다.

"게다가 우리 동족은 이 세계를 지키기 위해 만들어졌습니다. 이 세계를 지키기 위해서라면, 한때 가족이라 불렀던 이들이 상대라 해도 싸워야 합니다."

"믿어 줘서 고맙다, 오랜 친구여."

알렉스트라자는 그렇게 말했지만, 지난번 위상의 의회에서 노즈도르무의 얼굴에 떠올랐던 표정을 머리에서 떨칠 수가 없었다. 그녀는 시간의 길에서 새로운 소식이 없었는지 물었지만, 그는 엄숙하게 고개만 가로저을 뿐이었다. 청동 용군단은 이 전쟁을 피할 수 있는 미래를 찾기 위해 애를 쓰고 있었다. 알렉스트라자는 평화로 향하는 마지막 길이 사라졌다는 말을 차마 감당할 수 없었기 때문에, 청동 위상은 아예 아무 말도 하지 않았다.

노즈도르무가 알렉스트라자의 왼쪽에 내려앉아, 생명의 어머니를 상념으로부터 깨웠다. 그는 알렉스트라자를 향해 고개를 끄덕였다. 말리고스도 넬타리온의 오른쪽 지면에 내려왔다. 호위대 절반은 하늘에 남아 경계를 늦추지 않았다.

동쪽에서 떠오른 태양이 지평선을 찢어 열고, 혈족의 터 전체를 밝게 빛나는 붉은 상처로 뒤덮었다. 알렉스트라자의 초조한 마음이 커져만 가고, 현신이 나타나기는 할지 궁금해졌다. 시간이 흐를수록 긴장은 커져만 갔다. 용들은 주위를 서성이며 하늘을 올려다 봤다. 다른 이들도 마법과 수호물을 엮고, 낮은 목소리로 이야기하며 각자의 본분을 다했다. 넬타리온까지도 초조한 듯 발톱으로 돌을 두드렸다.

"저기 왔군요."

사리스트라즈가 눈을 가늘게 뜨며 작은 목소리로 말했다.

서쪽 지평선에 피락을 선두로 한 소규모 원시용 무리가 나타났다. 점점 다가오는 그들을 보며, 알렉스트라자는 눈살을 찌푸렸다.

"내가 잘못 아는 게 아니라면, 피락 곁에 이리디크론으로 보이는 용은 없는 것 같은데."

"없습니다."

사리스트라즈의 두 눈이 커다래졌다.

"전 돌비늘을 직접 본 적이 있습니다만, 지금 저들 중에는 없습니다."

"티탄이시여, 우리를 지켜 주소서."

알렉스트라자가 한숨을 내쉬었다. 아드레날린이 쏟아져 나와 그녀의 심장을 때렸다. 이리디크론과 피락은 동이 틀 무렵 그녀와 만나겠다고 했었다. 돌비늘이 여기 없다면, 혹시 병력을 집결시켜 다른 곳을 공격하려 하는 것일까?

"넬타리온."

알렉스트라자가 대지의 수호자를 보며 외쳤다.

"인근에서 돌비늘의 기척이 느껴지오? 지금 현신의 대표단 사이에 그가 없소."

"아니오. 느껴지지 않소."

넬타리온은 그렇게 대답하고, 호위대에 즉시 주변 지역을 수색하라는 명령을 내렸다. 검은 용 네 명이 사방으로 날아갔다. 대지의 수호자의 방첨탑에 있는 검은 용들에게 경고하려 하는 게 분명했다.

"내가 혈족의 터로 전령을 보내겠소."

말리고스는 푸른 용들을 위한 차원문을 여러 개 열었다. 알렉스트라자는 차원문의 빛나는 표면 안쪽에서 흑요석 성채와 바크스로스, 발드라켄을 볼 수 있었다.

피락이 가까이 다가오자, 두려움이 눈밭 전체에 스멀스멀 번졌다. 알렉스트라자는 사촌이 현신이 된 후로는 한 번도 본 적이 없었다. 위상들과 마찬가지로 피락 또한 완전히 달라진 모습이었다. 불꽃이 그의 비늘을 검게 그슬리고, 뿔에서 불이 타올랐다. 등뼈를 따라 커다란 불의 돌기가 돋아나고, 두 눈은 빨갛게 이글거렸다.

그가 알렉스트라자 앞쪽의 지면에 내려앉자 발 아래에 있던 눈이 치익 소리를 냈다. 피락은 알렉스트라자만큼이나 키가 커서, 함께 온 작은 원시용들에 비하면 거인처럼 보였다. 사촌에게서 날개 열 개 거리에 서 있는데도 그의 비늘에서 이글거리는 열기를 느낄 수 있었다. 하지만 알렉스트라자에 대한 피락의 증오는 그보다 더 뜨겁게 타올랐다.

생명의 어머니가 앞으로 나섰다.

"무의미한 인사말은 생략하자, 사촌. 이리디크론은 어디 있지?"

"돌비늘이 유감의 뜻을 전했다, 사촌."

피락이 산을 깨뜨릴 듯 낮은 목소리로 낄낄거리며 말했다.

"오늘 교섭에는 참석할 수 없을 것 같다는군."

넬타리온이 으르렁거리며 고개를 홱 쳐들었다.

"우리가 합의했던 것과는 다른 것 같은데. 이리디크론에게 용족의 미래를 결정하는 것보다 더 중요한 일이 뭐지?"

"난 용족의 미래를 결정하는 데는 관심이 없다."

피락은 넬타리온을 보며 말했다.

"폭풍포식자 라자게스의 석방을 협상하러 왔을 뿐이야. 라자게스가 풀려나기 전까진 현신과 위상 사이에 평화는 없을 것이다."

"그럴 순 없다."

넬타리온이 송곳니를 드러내며 잘라 말했다.

"라자게스는 정당한 이유 없이 해안을 공격해서 우리 용군단 수백 명을 살해했다. 그런 상처를 용서하거나 잊을 수 없다."

피락의 등뼈를 타라 이글거리는 불길이 더 밝게 타올랐다.

"너희 용군단이 우리 동족을 타락시키고 있으면서, 감히 상처를 운운하는 거냐? 어리석은 것들! 모욕의 대가로 너희 날개를 빼앗겠다–"

"그만!"

알렉스트라자는 소리치며, 한쪽 앞발로 땅을 내리쳤다. 내리친 지점으로부터 루비의 빛이 퍼져 나와, 마음을 가라앉히는 힘으로 주위 모두를 감쌌다. 피락은 으르렁거리면서 그 빛으로부터 물러났다.

"우린 과거의 상처를 두고 싸우려고 여기 온 게 아니다. 라자게스의 석방, 그리고 평화에 이르는 길을 여는 데 필요한 조건을 논의하러 온 거지. 이리디크론 없이 시작해야 한다면, 그렇게 하자."

"평화는 없다, 알렉스트라자."

피락이 말했다.

"내 누이가 갇혀 있는 동안에는 말이야."

"라자게스가 검은 용군단을 상대로 저지른 범죄를 생각하면 받아 마땅한 처벌이다."

알렉스트라자가 말했다.

"그녀가 해안을 공격하지 않았다면, 우리도 라자게스를 가둘 이유가 없었을 테니까."

"그게 사실이라면,"

피락은 말했다.

"알렉스트라자, 너도 용의 여왕이라는 지위를 버리고 우리 일족에게 저지른 범죄에 대해 현신의 심판을 받아라."

"내가 너희에게 어떤 범죄를 저질렀지?"

알렉스트라자가 앞으로 나서 날개를 활짝 펼치며 외쳤다.

"수 세기 동안 나는 우리 동족의 평화를 이룩하려고 노력해 왔다. 현신이나 원시용들에게 해를 끼칠 수 있는 일은 절대로 하지―"

알렉스트라자가 미처 말을 끝맺기 전에, 피락이 부하의 손에서 무언가를 빼앗아 땅에 던졌다. 그 물체는 눈밭 위로 날개 몇 개 거리를 미끄러진 후 알렉스트라자 앞에서 멈췄다.

발톱에 찢겨 죽은 티탄벼림의 사체였다.

가슴 속 알렉스트라자의 심장이 잠시 멈췄다. 그녀는 경계하는 시선을 들어 피락을 바라봤다. 주위에 있던 다른 위상들도 움직임을 멈췄다. 넬타리온의 분노가 용암처럼 끓어오르는 것이 느껴졌고, 말리고스에게선 그와 대비되는 얼음장 같은 증오가 흘러나왔다. 이세라는 고개를 들어 냉철한 눈빛으로 피락을 훑어봤다. 이세라는 원래 피락을 좋아하지 않았다. 그의 불 같은 성미는 이세라의 부드러운 성격과는 정반대였다.

오직 노즈도르무만이 아무 움직임도 보이지 않았다. 그 순간, 아주 오래전 들었던 청동 위상의 말이 알렉스트라자의 머릿속에 되살아났다. *그런 방식의 행동은 오히려 그대가 피하고자 했던 갈등을 촉발할 수 있소.*

"수 세기 동안 너와 네 수호자들은 우리 알을 훔쳤다."

피락이 치명적인 악의가 가득한 목소리로 말했다.

"너희는 훔친 알에 질서 마법을 강제로 주입하고 너희 새끼용으로 키웠다—"

"무슨 증거가 있기에 그런 주장을 하는 거지?"

알렉스트라자가 이를 드러내며 앞으로 나섰다.

"그리미노스!"

피락이 말했다. 서리 용이 작은 손에 둥근 물체를 들고 앞으로 나섰다. 그리고 그 원시술사는 피락과 위상들 사이의 땅에 그 유물을 조심스럽게 내려놓았다. 희미한 햇살이 유물의 금속 고리와 삐죽삐죽하게 깨진 유리에 반사되어 빛을 뿌렸다. 알렉스트라자는 유물 안쪽에서 압사한 새끼용의 유해를 볼 수 있었다.

알렉스트라자는 그 유물을 곧바로 알아봤다. 티탄벼림이 야생 원시용의 알을 혈족의 터로 운반하는 동안 알을 보호하기 위해 사용하는 알 운반기였다. 그녀는 유물을 물끄러미 바라보며, 지면에 발톱을 박아 넣어 심장처럼 빠르게 뛰는 정신을 다잡았다.

"이걸 보고 뭐라고 하겠느냐?"

피락은 알렉스트라자를 향해 소리쳤다. 그의 목소리가 텅 빈 평원을 쩌렁쩌렁 울렸다.

"모든 용에게 선택할 권리가 주어질 거라고 맹세했던 네가, 우리 동족이 너희 티탄 주인을 강제로 섬기는 일은 없을 거라고 맹세했던 네가!"

"거짓말."

넬타리온이 발 아래 땅 전체를 울리며 대답했다.

"우리 이름으로 마을들을 불태우던 때와 똑같이, 또다시 우리를 비방하려 하는구나!"

"마을을 불태운 건 너희였잖아."

피락이 으르렁거리며 말했다.

"아니다, 사촌."

알렉스트라자가 대답했다.

"그건 검은 용군단의 탈주자와 협력한 라자게스의 소행이었다."

넬타리온이 앞으로 나서며 말을 이었다.

"수십 년 동안 이리디크론은 라자게스를 보내 위상들의 이름으로 마을을 불태우고, 우리 국경에 공포와 불화의 씨를 뿌렸다. 네 기만은 얼마든지 꿰뚫어볼 수 있다, 피락! 넌 그저 거짓말로 더 많은 용들이 우리 곁을 떠나게 하려는 것뿐이다."

"우리 새끼용들의 생명을 그 벌레들의 것과 비교하려는 거냐?"

피락이 잘라 말했다.

"필멸자의 생명 따위엔 아무 의미도 없다."

"아니다."

넬타리온이 으르렁거렸다.

"너와 달리 난 이리디크론이 전쟁을 도발하려 한다는 걸 있는 그대로 꿰뚫어볼 수–"

피락은 거칠게 포효하며 넬타리온을 향해 돌진했다. 대지의 수호자도 분연하게 공격을 맞이하려 했다. 알렉스트라자는 본능적으로 몸을 던져 피락의 비어있는 옆구리를 들이받았고, 현신은 뒤로 나뒹굴었다. 피락은 눈 위로 한참을 미끄러졌고, 그가 지나간 자리에서 연기처럼 증기가 피어올랐다. 알렉스트라자는 우아하게 착지한 후 몸을 꼿꼿이 세웠다.

"이곳은 교섭의 현장이다."

온몸의 비늘에서 루비의 빛이 타오르는 모습으로, 알렉스트라자는 우렁차게 선언했다. 원시용들은 그녀 앞에서 몸을 움츠리고, 여왕에게서 뿜어져 나오는 빛을 피해 얼굴을 가렸다.

"그런데 하찮은 비난과 거짓의 장으로 퇴화되고 말았구나. 앞으로 나아갈 길을 찾으려면, 우리의 차이는 잠시 미뤄 두고 서로를 이해하려 노력해야 한다."

"평화는 없을 거라고 이미 얘기한 것 같은데, 알렉스트라자."

피락이 일어서며 말했다. 그는 날개를 흔들며 그녀를 노려봤다.

"현신은 너희 같은 괴물들과 평화 협정을 맺을 생각이 없다."

알렉스트라자는 눈을 가늘게 뜨고 턱을 당겨 피락의 공격에 대비했다. 넬타리온과 노즈도르무가 여왕의 양쪽으로 다가왔다.

"평화를 논의하고 싶다면,"

피락은 말을 이었다.

"라자게스를 풀어주거나 너희 여왕을 우리에게 넘겨 죗값을 치르게 해라. 현신은 그 외의 조건은 받아들이지 않을 것이다–"

"싫다."

넬타리온이 말했다.

"라자게스는 이유 없이 해안을 선제 공격했고, 검은 용군단에 심각하고 지속적인 피해를 남겼다. 우리 용군단은 정의를 실현해야 한다."

"우리 현신들이 너희 하찮은 정의에 신경이나 쓸 것 같나?" 피락의 송곳니를 불길이 휘감았다.

"이제 입을 다물어라! 라자게스를 내놓지 않으면, 원시술사들이 지금 바로 고룡쉼터 사원을 공격할 거다."

"이리디크론은 거기 있는 건가?"

알렉스트라자가 으르렁거리며 물었다.

"우리 맹약을 깨뜨리고 중립 지역을 공격하려는 건가?"

피락은 싱긋 웃었다.

생명의 어머니는 발톱을 대지에 밀어넣어 발 아래 지면을 깨뜨렸다. 고룡쉼터 사원에는 소규모 방어군만 남아 있었다. 이리디크론도 원시용들이 그 주변 지역에서 사냥을 하는 것이 허락되는 한, 사원을 중립 지역으로 지정하는 것에 동의했었다. 그곳에 있는 질서의 용들이 현신이나 원시술사의 공격을 받는다면, 아마 다들 순식간에 학살되고 말 것이다. 알렉스트라자는 그들을 버릴 수도, 고룡쉼터 사원이 무너지게 내버려 둘 수도 없었다. 어마어마한 사상자는 말할 것도 없고, 적들 또한 그녀가 용군단을 이끌기에는 너무 약하다는 생각을 하게 될 것이다.

"어떻게 하면 좋겠소, 여왕?"

넬타리온이 물었다.

"이 절망적인 순간에 우리 동족을 저버릴 수는 없소."

알렉스트라자가 피락의 눈을 똑바로 바라보며 말했다. 사촌의 미소는 커지기만 했다.

"이리디크론에게 전해라, 사촌. 그가 이 계획을 실행한다면, 내가 고룡쉼터 사원부터 발드라켄에 이르는 모든 영토를 차지할 것이다. 우리 녹색 용이 사냥터에서 너희를 추방할 것이다. 너희 장대한 군대도 결국엔 굶주리게 될 것이다."

피락이 으르렁거렸다.

"우린 혈족의 터에 불을 붙일 거다. 너희 또한 우리와 함께 불타리라!"

"그렇다면 너 또한 라자게스처럼 쓰러질 것이다!"

알렉스트라자가 잘라 말했다.

"넬타리온, 내 사촌을 상대하시오. 나는 즉시 고룡쉼터로 가봐야 할 것 같소."

"나는 이미 현신 하나를 하늘에서 떨어뜨렸소."

넬타리온이 이를 악물고 타오르는 자를 향해 다가갔다. 머리 위에서는 검은 용들이 선회하며 고도를 낮췄다. 피락은 킬킬 웃으며 꼬리로 지면을 내리쳤다.

"말리고스! 나와 호위가 고룡쉼터 사원으로 갈 수 있게 차원문을 열어 주시오."

알렉스트라자가 사리스트라즈를 가리키며 말했다.

"나머지는 혈족의 터로 돌아가서 전진부대를 집결시켜라."

"고룡쉼터로 혼자 가서는 안 돼!"

이세라가 외쳤다.

"함정일 수도 있어."

물의 거울처럼 아른거리는 푸른 차원문이 알렉스트라자 앞에 나타났다. 차원문 안쪽으로 고룡쉼터 사원 정상이 보였다. 알렉스트라자는 곁눈질로 넬타리온을 봤다.

"물론 함정이겠지. 하지만 우리 용군단을 버릴 수는 없어. 날 너무 기다리게 하지는 마. 붉은 용들이여, 나를 따르라!"

더는 말다툼에 시간을 낭비할 수 없었다. 알렉스트라자는 차원문에 뛰어들었다. 호흡도 무게도 없이 공간 사이로 도약하는 육체적 분리의 순간이 지나간 후, 발 아래에 미끌거리고 차갑지만 단단한 지면이 실체화되었다. 얼어붙은 바람이 알렉스트라자의 비늘을 물어뜯고, 서리가 날개막을 뒤덮어 날개가 한층 무거워졌다. 움직임이 굼떠졌다. 피 냄새가 주위를 가득 채웠다. 알렉스트라자는 흩날리는 눈발을 피해 눈을 가늘게 떴다. 주위의 단상은 텅 비어 있었지만, 머리 위 하늘에서는 용들이 폭풍을 헤치며 이리저리 피하고 강하하는 모습이 보였다.

차원문을 통과하여 나타난 사리스트라즈가 눈살을 찌푸리며 물었다.

"폭풍인가요? 말리고스가 우릴 엉뚱한 곳으로 보낸 겁니까?"

"안 돼."

알렉스트라자가 말했다. 사리스트라즈에게 하는 말이 아니라, 가슴 속에 솟아오르는 공포를 향해 던진 말이었다. 그녀는 고룡쉼터 사원 주위를 휘도는 원소의 힘이 무엇인지 자기 영혼처럼 명확히 알고 있었다. 알렉스트라자는 온몸을 덜덜 떨며 단상 가장자리로 다가가 하늘을 바라봤다.

고룡쉼터 사원 위쪽에서 구름을 휘젓는 존재는 바로 비라노스였다.

그녀의 모습을 보는것만으로 알렉스트라자의 심장에 얼음 조각이 박혔다. 비라노스는 이제 알렉스트라자가 기억하는 모습이 아니었다. 비늘은 빙하의 심장과 같은 짙은 청색으로 물들었다. 뿔에는 날카롭고 빛나는 얼음 덩어리들이 돋아났다. 날개를 펄럭일 때마다 눈보라가 몰아쳤다.

비라노스는 얼음의 현신이었다.

알렉스트라자가 흐느낌을 내쉬었다.

거대한 현신은 생명의 어머니의 기척을 느끼기라도 한 듯 사원 꼭대기를 바라봤다.

"오, 비라노스."

알렉스트라자가 속삭였다.

"무슨 짓을 한 거야?"

비라노스는 거칠게 포효했다. 고통에 갈라진 목소리가 전투의 현장을 뒤덮었다. 그 목소리 속에서 생명의 어머니는 상처와 분노, 절망이 소용돌이치는 걸 느낄 수 있었다. 그리고 거기엔…… 배신감이 가득했다. 그 순간, 알렉스트라자가 여왕으로서 해야만 했던 모든 선택의 무게가 어깨를 짓눌렀다. 그녀는 동족의 기대감과 압박, 동족에 대한 책임감에 충실하지 못한 것 외에도, 가장 가까운 상대까지 실망시켰다. 그녀는 친구에게 맹세를 하고…… 그걸 여지없이 깨뜨렸다. 아무리 공공의 이익을 위한 것이라 해도 절대 돌이킬 수 없는 잘못이었다.

용의 여왕은 목소리를 높여 바람을 향해 외쳤다.

"비라노스! 친구여, 부탁이야— 넌 언제나 평화를 옹호했잖아! 나와 얘기해 줘! 다른 방식으로 우리 생각의 차이를 좁힐 수 있을지 몰라—"

"싫어!"

비라노스가 울부짖었다.

"너희 티탄 주인이 처음으로 원시용의 알을 훔치는 걸 용인했을 때, 넌 이미 평화의 희망을 깨뜨렸어. 우리도 함께 둥지를 지키던 때가 있었지. 이 괴물! 서약을 깨다니! 네 말은 독이다. 더는 듣고 있지 않겠어!"

비라노스는 날개를 접고 탑을 향해 강하했다.

아드레날린이 알렉스트라자의 근육에 짜릿한 충격을 주었다. 그녀는 앞으로 크게 한 걸음 뛰어 고룡쉼터 사원의 옆쪽으로 뛰어내렸다. 지면이 빠르게 가까워지자, 그녀는 커다란 날개를 활짝 펴고 바람을 가득 채웠다. 그리고 땅에 닿기 직전에 등근육을 당겨 날개를 펄럭였고, 폭발하듯 눈을 흩날리며 쏜살같이 앞으로 날아갔다.

처참하게도 고룡쉼터 사원 주위의 하늘과 지상은 모두 전쟁에 휘말려 있었다. 질서의 용들과 원시용들 모두 이와 발톱을 휘두르며 유혈이 낭자한 전투에 몰두했다. 지상에서는 타라세크 군단이 사원의 소규모 용기병 병력을 압도했다. 여기에서 비라노스와 맞서 싸우면 더 많은 이들의 목숨을 위험에 처하게 할 뿐이었다. 알렉스트라자는 라자게스가 해안을 공격했을 때의 이야기를 이미 들었다. 이번에도 비라노스의 분노 앞에 용군단을 위험하게 할 수는 없었다.

알렉스트라자는 사원 주위를 돌며 비라노스의 서리 숨결을 피했다. 얼음과 눈이 사원의 서쪽 측면에 부딪혔다. 언뜻 반짝인 루비 비늘이 알렉스트라자의 시선을 끌었다. 붉은 용 두 명이 알렉스트라자의 옆으로 빠르게 강하했다. 그중 하나가 외쳤다.

"여왕님! 비라노스가 쫓아옵니다! 저희가 어떻게 하면 되겠습니까?"

"비라노스는 내가 직접 상대하겠다."

알렉스트라자가 바람을 뚫고 외쳤다.

"다른 이들에게는 넬타리온이 지원군과 함께 도착할 때까지 고룡쉼터 사원을 지키라고 해라."

붉은 용이 고개를 끄덕였다. 그는 머리를 낮춰 알렉스트라자 아래를 지나 간 후 북동쪽을 향해 날아갔다. 그의 동료도 그 뒤를 따라갔다.

"날 따돌릴 순 없어, 알렉스트라자."

비라노스가 뒤쪽에서 포효했다.

알렉스트라자는 날개로 바람을 받아 급회전했고, 몸을 돌려 사원의 열린 단상을 통과한 후 북쪽으로 향했다. 그녀 뒤쪽에서 비라노스가 짜증 가득한 포효를 내질렀다.

지상에서는 교전 중인 용기병 부대가 탑의 북쪽 입구를 방어하는 중이었다. 알렉스트라자는 아래쪽으로 내려가 뜨거운 치유의 숨결을 내뿜어 부하들을 회복시켰다. 부상자들이 자리에서 일어나 무기를 들고 용의 여왕을 향해 환호했다.

그녀는 비라노스를 전장에서 멀리 떨어진 곳으로 유인하려고 계속 날아갔다. 앞쪽으로 갈라크론드의 커다란 갈비뼈가 원을 그리며 하늘로 솟아 있었다. 갈라크론드는 이미 수 세기 전에 죽었지만, 칼림도어 북부의 추운 기온은 그의 부패하는 육신을 얼려 버렸다. 오래전 말라붙어버린 가죽 조각이 여전히 그의 뼈에 매달려, 바람 속에서 마치 전투 깃발처럼 흔들렸다. 갈라크론드의 눈은 석화되어 타르 웅덩이로 변해 버렸고, 피가 지면을 검게 물들였다.

하늘이 요동치는 구름으로 끓어오르고, 알렉스트라자는 분화구 주위를 빙빙 돌았다. 거세진 바람이 새된 소리를 내며 공허하고 외로운 뼈들을 스쳤다. 알렉스트라자는 원래 협박의 의미로 그 장소를 선택했다. 위상들이 갈라크론드 같은 괴수를 쓰러뜨릴 수 있다면, 현신들에게 승산이 있다고 생각할 수는 없지 않을까? 하지만 지금은 도발과 도전의 의미만 전해졌을 것 같아 걱정됐다. 다행히 갈라크론드의 유해 주위의 분화구에는 생명의 흔적이 없었다. 땅을 기어다니는 작은 생물들조차 이 장소를 버렸다……. 혼란스러운 전투가 벌어지는 가운데 무고한 생명이 스러질 위험은 없었다.

알렉스트라자의 머리 위 구름이 어두워졌다. 온몸에 삐죽삐죽한 얼음이 돋아난 비라노스가 시야에 들어왔다. 알렉스트라자는 본능적으로 날개를 접고 현신 아래쪽으로 강하하여, 분화구를 향해 날아갔다.

"알렉스트라자!"

비라노스가 포효했다.

"배신의 대가를 치러라!"

내 생명으로 치를 순 없어. 알렉스트라자는 생각했다. *네 생명을 앗아갈 수도 없고.*

알렉스트라자는 갈라크론드의 갈비뼈 사이를 통과한 후 날개를 크게 펄럭여 하늘을 보며 위로 솟아올랐다. 그녀가 몸을 돌리는 순간, 비라노스가 그녀를 덮쳤다. 얼음 현신이 알렉스트라자의 배를 보호하는 비늘에 뒷다리 발톱을 걸었다. 그 충격에 알렉스트라자는 호흡을 모두 뱉고 하마터면 의식을 잃을 뻔했다. 두 용이 빙빙 돌며 지상을 향해 떨어져 내리는 동안, 알렉스트라자는 비라노스의 얼음 가죽 위를 더듬으며 붙잡을 곳을 찾았다. 날개를 허우적거렸다. 지면이 시야에 들어오고 사라지는 걸 반복하며 점점 가까워졌다.

알렉스트라자는 긴 앞발로 비라노스의 목을 베었다. 발톱이 순수한 얼음에 부딪혀 미끄러졌다. 흉포하게 포효하며 알렉스트라자는 비라노스를 향해 불의 숨결을 내뿜어 현신을 보호하는 얼음을 녹였다. 비라노스는 고통스러운 듯 신음을 흘렸다. 용의 여왕이 다시 공격하기 전에, 비라노스가 그녀를 밀어냈다.

알렉스트라자는 뒤로 몸을 회전시키며 날개를 펼쳤고, 빠른 속도로 분화구를 향해 내려갔다. 그녀는 어리석게도 비라노스에게 빈틈을 보였다. 같은 실수를 반복할 수는 없었다. 다음 공격이 알렉스트라자의 생명을 앗아갈 수도 있었다.

알렉스트라자의 시야 한쪽 구석에서 비라노스가 낮게 깔린 회색 구름 쪽으로 올라가는 것이 보였다. 알렉스트라자는 오른쪽으로 선회하고 분화구의 외곽을 따라 순항했다. 비라노스는 사라졌다.

이제 숨기로 한 건가? 알렉스트라자는 날개를 펄럭여 위로 올라가며 생각했다. 비라노스는 교활한 전술로도 유명한 만큼, 어리석게 그 얼음 구름 속에서 비라노스와 싸울 생각은 전혀 없었다. 비라노스가 알렉스트라자를 직접 공격하지 않는다면, 분명한 이유가 있을 터였다.

바람은 알렉스트라자의 비행을 방해하겠다는 뜻을 명확하게 내비치며 그녀 주위를 맴돌았다. 비라노스가 이토록 거세게 울부짖는 바람을 불러낸 걸까? 상관없었다. 알렉스트라자에게도 새로운 능력이 있었으니까.

알렉스트라자는 머리 위에서 소용돌이치는 부자연스러운 구름에 접촉하지 않으려고 조심하며 분화구 위에 떠올랐다.

"비라노스!"

그녀는 외쳤다.

"오늘 피를 더 흘릴 필요는 없어. 너와 나 모두 평화를 원하잖아! 예전처럼 친구로서, 자매로서 대화해 보자—"

"자매라고?"

비라노스의 외침이 바람에 실려 알렉스트라자에게 들려왔다.

"넌 내게서 진짜 자매를 빼앗았다! 라자게스를 풀어주기 전까진 평화란 있을 수 없어!"

기온이 급강하하여 알렉스트라자의 비늘에 얼음을 더 두껍게 덮었다. 생명의 어머니의 날개 막에 냉기가 번져, 관절이 뻣뻣해지고 공중에 떠 있기가 어려웠다. 근육이 무거워졌다.

알렉스트라자는 허공에서 흔들거렸다. 비라노스의 주문이 효력을 발휘하고 있다는 걸 너무 늦게 알아차린 것이다. 머리 위에서 천둥처럼 콰앙 소리가 메아리쳤다. 냉랭한 공기의 도끼가 구름을 가르고 알렉스트라자를 강타하여, 그녀를 지면으로 내동댕이쳤다. 그녀는 분화구 아래쪽에 떨어져 검은 진창을 한참 동안 미끄러지다가 갈라크론드의 악취를 풍기는 두개골과 충돌하고서야 멈췄다.

"내가 뭘 바라는지 알아, 친구?"

비라노스가 외치며 구름 아래로 내려왔다.

"차라리 내가 가장 두려워했던 일이 일어난 것이길 바라. 네 주인의 질서 마법이 네 정신을 뒤틀어 놓은 것이길 바란다고. 지금의 넌 내가 예전에 알았던 그 용일 리가 없으니까!"

알렉스트라자가 신음과 함께 비틀거리며 일어선 후 몸을 흔들어 진흙과 눈을 털어냈다. 몸의 왼쪽 절반이 욱신거렸다. 비늘이 긁히고 더러운 얼음이 잔뜩 묻어 있었다. 그녀는 얼굴을 찌푸리며 한쪽 발을 뻗고, 다시 날개를 펼치며 네 다리와 두 날개를 시험해 보았다. 멍은 들었어도 부러진 곳은 없었다.

그녀는 고개를 들어 하늘을 바라봤다. 이렇게 멀리 떨어진 거리에서도 알렉스트라자는 비라노스가 부상을 당했음을, 열기가 현신의 목을 할퀴고 있음을 알 수 있었다. 화상이 현신의 육신 깊은 곳까지 파고들 것이다.

하지만 비라노스의 눈에 담긴 배신감이 더 아팠다. 현신의 슬픔은 마음 깊은 곳을 파고들었고, 알렉스트라자도 그 고통을 함께 느꼈다. 생명의 어머니 자신의 심장이 가슴에서 뜯겨 나와 갈가리 찢기는 것만 같았다. 알렉스트라자는 지금 자신을 배신한 비라노스를 증오할 수 없었다. 오히려 친구의 입장에 공감했다. 알렉스트라자는 비라노스에게 약속을 했었지만, 다른 이들을 보호하겠다는 목표를 추구하다가 결국 가장 소중하고 가장 오랜 친구에게 등을 돌리고 말았다.

"나도 네 마음이 어떤지 알아, 비라노스. 정말이야."

알렉스트라자는 하늘을 향해 외쳤다.

"하지만 네 생각에 동의할 수는 없어. 네 자매 라자게스는 해안으로 진격해서 선제 공격하고, 무고한 이들을 수백 명이나 살해했어. 수감되기 전에도 수십 년 동안 칼림도어 전역에 있는 마을들을 공격해서 무방비 상태의 필멸자와 타라세크를 수도 없이 도살했고! 그런데도 지금 날 비난하려는 거야?"

"아니야, 옛 친구."

알렉스트라자는 턱을 가슴이 붙이고 어깨의 비늘을 세웠다. 그리고 날개를 활짝 펼치고는 진홍색 불길이 되어 높이 날아올랐다.

"네가 전쟁광이나 살인자들과 함께하기로 결정한 거야. 기어코 그 길을 걷겠다면, 너야말로 예전의 네가 아닌 거야."

비라노스는 포효하며 생명의 어머니를 향해 떨어져 내렸다. 알렉스트라자는 더 거칠게 날개를 펄럭이며 자신을 둘러싼 불길을 키웠다. 날개를 점점 더 빠르게 펄럭이자, 그녀는 어느덧 태양처럼 밝게 타올랐다. 비라노스는 으르렁거리며 하강을 멈췄고, 눈을 찡그리며 알렉스트라자의 빛을 바라봤다.

"내 얘기 좀 들어 봐."

알렉스트라자가 말했다.

"생명의 어머니이자 용의 여왕으로서, 난 현신들이 이 세계를 잔혹하게 지배하는 모습을 지켜보고만 있지는 않을 거야. 그로 인해 우리가 각각 전쟁의 반대쪽에 서야 한다면, 어쩔 수 없지!"

그 말과 함께 알렉스트라자는 날개를 위쪽으로 휘둘렀다. 진홍의 불길이 거칠게 바깥쪽으로 폭발하며, 비라노스의 눈보라를 날개 열 개, 스무 개, 다시 오십 개 범위까지 날려 버렸다. 구름 속에 새롭게 만들어진 분화구 사이로 햇살이 흘러들었다. 그 위의 하늘은 푸른 용의 비늘처럼 푸르렀다.

비라노스는 날개를 펄럭여 생명의 어머니에게서 멀어졌다.

"참 가엾구나, 알렉스트라자."

그녀는 말했다.

"그 알량한 서약 때문에 한때 널 이끌었던 고귀한 목표로부터 멀어져 버렸으니 말이야. 이제는 네가 목적을 이루기 위해 저질렀던 끔찍한 악행들이 모두 돌아오고 있어! 네게 기회가 있었다면 내 둥지에서도 알들을 훔쳤을까? 내가 네 알들을 훔쳤다면 넌 어떻게 할거지?"

"자기가 옳다는 확신이 과도할 때는, 그 어떤 행동도 부당하게 느껴지지 않지.”

현신은 새된 목소리로 말했다.

“너희 용들이 널 여왕이라고 부를 때, 이 말을 곱씹어 봐.”

그 말에 아프게 베인 알렉스트라자가 가쁜 숨을 들이쉬었지만, 미처 대답하기 전에 동토 반대쪽에서 용의 나팔이 울려 퍼졌다. 고개를 돌려 보니 검은 위상이 검은 용의 공중 부대 전체를 이끌고 날아오는 모습이 보였다. 넬타리온!

“물러나라, 비라노스!”

넬타리온이 포효했다.

“아무리 너라도 다섯 위상과 그 병력 전체에 맞설 수는 없다!”

“석 달 내에 라자게스를 풀어줘, 알렉스트라자.”

비라노스가 고개를 들며 말했다.

“그러지 않으면 내가 혈족의 터로 가서 복수를 시작할 테니까. 네가 우리에게서 훔쳐간 어린 용들을 구해줄 수는 없어. 하지만 우리 동족은 구해야 하겠지. 나는 내 자매를 돌려받을 거야. 네 용군단 모두를 상대해야 한다고 해도!”

비라노스가 남은 병력을 이끌고 물러나자, 알렉스트라자는 몸속을 가득 채웠던 아드레날린이 사라지고 허무함과 기진맥진함이 그 자리를 차지하는 걸 느꼈다.

넬타리온이 다가왔다.

“다쳤소?”

“멍이 조금 들었을 뿐이오.”

알렉스트라자는 어깨를 돌리며 날개 근육을 시험했다.

“하지만 비라노스에게 심장을 찔렸소. 난 그녀를 실망시켰소, 넬타리온. 내가 우리 모두를 배신했고, 이제 우리 용군단은 내가 감췄던 비밀의 대가를 치르게 될 거요.”

넬타리온이 고개를 돌려 떠나는 비라노스의 모습을 바라봤다.

"그대 잘못이 아니오, 알렉스트라자. 위상들의 목표는 언제나 현신이 원하는 바의 반대쪽에 있었고, 혈족의 터를 지키려는 우리의 노력이 현신과 충돌하는 건 시간문제였을 뿐이오. 이리디크론이 상대라면, 애초에 진정한 평화라는 목표는 불가능한 것이오. 우리의 길은 처음부터 피로 얼룩져 있었던 거지."

"그렇지 않길 바랐소."

알렉스트라자가 대꾸했다.

"그도 이성적인 판단을 내릴 수 있기를 바랐소!"

"돌의 고집을 꺾을 순 없지."

넬타리온은 의미심장한 눈빛으로 알렉스트라자를 바라보며 말했다.

"그대가 지금까지 한 말 중 가장 맞는 말인 것 같소."

그녀가 대답했다. 무거운 마음으로, 그녀는 비라노스의 흐릿해져가는 모습으로부터 시선을 돌렸다.

"좋소, 넬타리온. 혈족의 터에서 전쟁을 준비합시다."

* * *

비라노스는 얼어붙은 송곳니에 있는 둥지로 돌아가, 날개지도자들에게 자기를 가만히 내버려 두라고 지시했다. 북부의 서늘한 바람이 쪼개진 심장의 고통을 먹먹하게 달래 줄 것이다. 분노에 떠밀린 비라노스는 그렇게도 오랫동안 너무나도 많이 사랑했던 용과 날개와 발톱을 맞대고 싸워야 했다. 이제 고요한 순간을 홀로 맞이한 후에는 알렉스트라자의 배신이 남긴 고통을 삭여야 했다. 혼자서 해야 하는 일이었다.

둥지가 가까워지던 때, 뒤따라오는 작은 그림자가 보였다. 고개를 돌려 보면, 가끔 눈 덮인 봉우리 사이에서 붉은 빛이 반짝이는 것이 보였다. 비라노스는 으르렁거리며 머리 위로 낮게 걸린 얼음 구름 속으로 몸을 날렸다. 그렇게 몸을 숨긴 그녀는 공중에서 선회하며 주위를 감시했다.

기껏해야 어린 나이로 보이는 작은 붉은 비룡이 산의 바위 틈새에서 기어 나와 좌우를 두리번거렸다. 그 비룡은 얼음 위에서 자꾸 미끄러지는 발톱으로 버둥거리며 절벽 위에 올라서서 주위 먼 곳을 살폈다. 붉은 용군단의 첩자라면 정말 형편없는 녀석이었다.

그래도 비라노스는 장난을 칠 기분이 아니었다. 그녀는 길고 날카로운 얼음 창을 소환했고, 바람을 가르며 붉은 비룡을 향해 날려 보냈다. 창은 붉은 비룡의 옆쪽 바위에 명중했고, 비룡은 어찌나 깜짝 놀랐는지 하마터면 미끄러져서 아래쪽 협곡으로 떨어질 뻔했다.

"원하는 게 뭐냐, 알렉스트라자의 자손이여?"

비라노스가 구름 속에서 포효했다.

"오늘은 너희 일족을 용서할 수 없다."

"당신을 해치려 한 게 아닙니다, 위대한 현신이시여."

작은 붉은 비룡이 고개를 숙이고 덜덜 떨며 외쳤다.

"그리고 용의 여왕의 명령을 받고 여기로 온 것도 아닙니다! 여쭤보고 싶은 게 있었습니다."

"사라져라!"

비라노스는 이를 드러내며 대답했고, 다음 얼음 창을 붉은 비룡에게 날려 버릴 준비를 했다. 이번에는 빗나가지 않을 것이다.

"위상들이 원시용에게서 알을 납치했다는 것이 사실입니까?"

붉은 비룡이 외쳤다.

비라노스는 잠시 멈추고 으르렁거렸다.

"그렇다."

"제…… 제가 그런 알에서 태어난 것 같습니다."

비룡은 하늘의 비라노스를 향해 날아올랐다.

"전 탈린스트라즈라고 합니다. 저 말고도 납치되었던 기억이 남아 있는 비룡이 몇 명 더 있습니다."

탈린스트라즈. 비라노스는 아주 오래전에 들었던 그 이름을 떠올렸다. 그때의 그는 비라노스의 날개 아래로 몸을 숨기고 벌벌 떨었던 어린 새끼용이었다. 그와 누이 라일라스트라자는 납치되는 것을 두려워했었다. 이제야 비라노스도 그 이유를 알게 되었다.

"나도 널 기억하고 있다."

비라노스가 고개를 한쪽으로 기울이며 말했다. 그녀의 마음이 누그러졌다.

"무엇을 원하느냐, 어린아이야?"

"진실입니다."

탈린스트라즈가 구름을 빠져나와 자신을 향해 내려오는 비라노스에게 대답했다.

"용의 여왕은 제 출생에 대해…… 저 자신에 대해 거짓말을 했습니다."

"알렉스트라자는 우리 모두에게 거짓말을 했다. 같이 가자, 어린아이야. 할 얘기가 많다."

제 16 장

수 세기 동안 비밀리에 활동했던 넬타리온은 마침내 자기 용군단의 진정한 천재성을 다른 위상들 앞에 내보였다. 그는 용의 여왕의 분노를 피하려고 자신의 피조물을 비밀로 감췄지만, 대체 누가 그의 선견지명에 반대할 수 있겠는가? 이제 다른 위상들은 검은 위상과 그의 용군단을 영웅으로 칭송할 것이다.

"지난 두 세기 동안,"

대지의 수호자는 넬타루스의 어두운 창고 중 하나에 들어서며 말했다.

"우리 용군단은 꼭 필요한 시기에 도움이 될 포괄적인 무기고를 구축하기 위해 애를 써 왔소."

다른 위상들이 한 명씩 줄지어 들어왔다. 이세라까지 다가오는 전쟁에서 자신의 용군단을 이끌기 위해 꿈에서 나와 실체로 그 자리에 참석했다.

넬타리온은 창고 한가운데에서 멈춰 서서 앞발을 흔들어 빛을 밝혔다. 그를 둘러싼 가시 돋친 화로에 불이 붙으면서 거대한 동굴이 환하게 밝아졌다. 뒤쪽에서 다른 위상들이 헉, 숨을 들이쉬었다.

넬타리온의 비늘장이들은 그 금고에 용과 성장한 비룡, 용기병, 필멸자 모두를 위한 방어구를 가득 채워 두었다. 화로의 빛이 반사되는 곳에 줄지어 있는 건 용의 목과 가슴을 추가로 보호해 줄 반짝이는 흉갑이었다. 어깨 높이의 피라미드에는 완갑이 겹겹이 쌓여 있었다. 동굴의 거대한 사각형 기둥에는 수천 개의 투구가 걸려 있었다. 검은 용군단의 대장장이들은 끝부분에 면도날처럼 날카로운 꼬리지느러미가 달려 있는 꼬리 방어구, 비늘에 대한 관통력을 증가시켜 줄 발톱 덮개, 비행 중 날개 근육이 손상되는 걸 방지해 줄 징박한 견갑까지 새롭게 만들어 냈다.

"넬타리온, 이게 무슨……."

알렉스트라자가 말하며 동굴 전체를 둘러봤다. 그녀는 두 눈을 깜빡인 후 넬타리온을 향해 고개를 돌렸다.

"대체 언제부터 이렇게…… 전쟁을 준비해 왔소?"

대지의 수호자가 고개를 숙여 살짝 인사를 했다.

"우리 용군단은 서약의 돌에 힘을 주입한 다음 날 가열로를 준비하기 시작했소."

"뭐라고?"

알렉스트라자와 이세라가 한목소리로 외쳤다.

"삼백 년도 더 전의 일 아니오."

노즈도르무가 눈살을 찌푸리며 말했다.

"그때도 난 이리디크론의 허기를 채울 수 있는 것이 전쟁뿐이라는 걸 알고 있었소."

검은 위상은 대답했다.

"그래, 그랬지. 오, 위대한 대지의 수호자여, 그대는 참으로 영리하고 현명하오."

말리고스는 비꼬는 투로 말하며 동굴을 가로질러 넬타리온 옆에 섰다. 푸른 위상은 그에게 짓궂은 미소를 지어 보였다.

"전부 그대가 설계한 거요?"

넬타리온은 콧방귀를 뀌며 인근 선반에서 손 보호구를 꺼냈다.

"전부는 아니오. 우리 비늘장이들이 새로운 형상의 검은강철과 엘레멘티움을 개발했고, 이들에 기반한 경량 방어구로 공중에서 용들을 보호해줄 수 있게 되었소."

그는 말했다.

"예를 들어 이 손 보호구는 용의 날개 손가락에 착용해서 손을 보호할 수 있지. 우리 목표는 기동성을 제한하지 않으면서 용의 방어력을 증가시키는 것이었소."

"내가 좀 착용해 봐도 되겠소?"

말리고스가 발톱을 뻗으며 물었다.

"물론이지."

넬타리온은 손 보호구를 푸른 위상에게 건넸다.

"우리라면 손쉽게 각 방어구에 수호 주문을 부여해서 보호력을 증가시킬 수 있소."

말리고스가 그렇게 말하며 나머지 위상들을 바라봤다. 그는 손 보호구를 발톱 위로 떠오르게 한 후 다른 앞발로 주문을 시전했다. 금속에 하늘색 빛이 아른거렸다.

"그러면 우리 방어구가 물리 공격을 방어해 주는 것뿐 아니라 원소 공격도 흡수하거나 반사할 수 있을 거요."

"하늘에서 큰 도움이 되겠군."

알렉스트라자가 앞으로 나서 손 보호구를 살펴보며 말했다.

"이 창고의 모든 방어구에 마법을 부여하는 데 시간이 얼마나 걸리겠소?"

"바로 그게 문제요."

말리고스가 대답했다.

"마법사 백 명을 동원할 수 있다고 해도, 모든 방어구에 적절한 마법을 부여하는 데는 몇 년이 걸릴 거요. 물론 지금은 그 정도 인원이 투입될 수도 없지만.”

“게다가 넬타루스에 무기고가 여기만 있는 것도 아니오.”

넬타리온이 말했다.

알렉스트라자는 황금빛 눈으로 그를 바라봤다.

“이런 방이 몇 개나 있소?”

“방어구용으로는 다섯 개요.”

넬타리온이 대답했다.

“그리고 용기병과 필멸자 종족의 무기가 보관된 곳이 두 개 있소. 우리의 현재 인원을 고려하면, 혈족의 터에서 활동하는 모든 부대를 무장시킬 수 있소.”

“티탄이시여.”

이세라는 숨을 내쉬며 용의 여왕 곁에 앉았다.

“용이 수천 명은 될 텐데.”

“내 목표는 언제나 가능한 한 많은 생명을 지키는 것이오.”

알렉스트라자가 발톱으로 손 보호구를 돌려 보며 말했다.

“하지만 이런 정보를 우리에게 감춰선 안 되는 일이었소, 넬타리온. 내가 위상 모두에게 각자의 용군단에 관한 문제를 직접 처리할 수 있는 권한을 주었던 건, 개개인의 활동을 내게 알려 줄 거라고 믿었기 때문이었소. 하지만…… 그대는 이런 활동에 대해 내게 아무 말도 하지 않았소.”

그녀는 도전적인 눈빛으로 그를 올려다봤다. 늘 평화를 추구하는 알렉스트라자였지만, 눈빛 하나만으로도 전쟁을 선포할 수 있었다.

용의 여왕이 네 심장을 꿰뚫어본다. 속삭임이 말했다. *네가 거짓말을 한다는 것도 알고 있다.*

“아니오, 알렉스트라자.”

넬타리온이 말했다.

“나는 혈족의 터의 방어를 강화하겠다고 말했소. 솔직히 거기 포함된 모든 정보를 세세하게 설명하지 않았다는 건 인정하겠소만. 티르도 직접 우리 세계를 차지하려 하는 적들에 대해 경고했소……. 단지 첫번째 위협이 우리 동족으로부터 시작될 줄은 몰랐소."

용의 여왕이 눈을 가늘게 떴다. 그래, 넬타리온이 자기가 뭘 하는지 그녀에게 숨긴 건 사실이었다. 하지만 만약 용의 여왕이 성채의 가열로가 밤낮으로 타오르는 이유가 뭔지 알았다면, 그녀는 당장 작업을 중단시켜서 용군단이 현신을 상대로 우위를 점할 기회를 박탈했을 것이다.

용의 여왕은 네가 숨기고 있는 걸 알고 있다. 속삭임이 넬타리온의 머릿속으로 스며들었다. *아베루스. 드랙티르. 이리디크론의 누이–*

이크로니아는 죽었다. 넬타리온이 대꾸했다.

이크로니아가 죽기 전에 네 적들에게 무슨 말을 했을까? 두 번째 속삭임이 물었다.

이리디크론은 네가 해안에서 우리를 불러냈다는 걸 알고 있다. 또 다른 속삭임이 말했다. *그자는 네가 우리 도움을 받지 않고는 가장 약한 현신조차 통제할 수 없는 나약한 존재라고 생각할 거다!*

넬타리온은 그들의 말을 외면하려고 힘겹게 노력했다. 솔직히 라자게스와의 운명적인 전투 이후 속삭임은 더 커지고 끈질겨져서 때로는 전력을 다해야 가까스로 정신을 다잡을 수 있었다. 가장 약해진 순간에는 넬타리온도 아베루스 깊은 곳에 있는 드랙티르의 탄생지, 자랄레크 동굴에 있는 작업장에 틀어박혀 조용히 아픔을 견뎠다.

때로는 속삭임들이 너무 커져서, 끊임없이 윙윙거리는 소리로 귀를 채우기도 했다. 또 때로는 머릿속에 몰아치는 혼돈 때문에 성소의 바닥에 누워 새끼용처럼 바들바들 떨어야만 했다.

인정하고 싶지는 않았지만, 넬타리온은 자기에게 혈족의 터를 모조리 불태우려 하는 용을 막을 수 있는 지혜와 힘, 결단력이 없는 게 아닐까 두려웠다. 결국 자기가 부족하다는 사실이 드러날까 봐 두려웠다.

넬타리온은 이리디크론과 같은 자에게 패배하는 걸 거부했다.

그래서 넬타리온은 자기 용군단이 라자게스가 수감되었던 사건에 대해 자세히 이야기하는 걸 금지시켰다. 다른 위상들은 절대 해안에서 무슨 일이 있었는지 알아서는 안 됐다. 넬타리온은 티르가 경고했던 어둠의 힘을 불러냈다……. 아무리 상황이 절박했다 해도, 결코 용서받지 못할 행동이었다. 알렉스트라자는 이해하지 못할 것이다.

위상들이 금고를 빠져갈 때, 알렉스트라자가 말했다.

"넬타리온, 잠깐 얘기 좀 할 수 있겠소."

넬타리온은 다른 세 명의 위상이 방을 떠날 수 있도록 옆으로 비켜섰다. 말리고스는 떠나기 전에 넬타리온을 안쓰러워 하는 눈빛을 던졌다.

대지의 수호자는 알렉스트라자가 검은 용군단이 넬타루스에서 했던 활동에 대해 추궁할 것까지 예상했었다. 그래서 방어할 논리까지 준비해 두기도 했다. 어차피 그는 자신에게 주어진 명령을 충실히 수행하고 있었던 것 아닌가? 티르는 그에게 혈족의 터, 나아가 아제로스 전체를 지키라는 임무를 맡기지 않았던가? 넬타리온이 모든 수단을 동원하여 그런 목표를 달성하기 위해 노력하는 건 당연한 일이었다.

통로에서 다른 위상들의 목소리가 잦아들자 알렉스트라자는 넬타리온을 향해 돌아섰다.

"앞으로의 전쟁에서는 대지의 수호자인 그대가 용군단 전체의 비행사령관 책무를 맡는 것이 당연하오."

여왕은 너 없이 용군단을 이끌 힘이 없다. 속삭임이 넬타리온의 머릿속 한쪽 구석으로 밀려들었다.

그리고 넌 우리 없이는 아무것도 아니다!

"하지만 그대는 너무 많은 걸 내게 숨겼소, 옛 친구."

알렉스트라자는 말을 이었다. 그녀의 황금색 두 눈에는 넬타리온이 예상한 비난이 아닌 공감이 가득했다.

"해안에서도 그대는 이런 일에 대해 아무 이야기도 하지 않았고, 라자게스가 공격해 왔을 때 도움을 요청하지도 않았소. 그런데 지금에야 난 그대의 용군단이 수 세기 동안 전쟁 병기를 만들어 왔음을 알게 되었소. 그대가 또 어떤 걸 숨겼을지 궁금할 뿐이오."

알렉스트라자는 무기고를 향해 날개를 우아하게 흔들었다.

"솔직히 이 모든 건 그대의 용군단이 일궈 낸 굉장한 성과요. 하지만 그대가 맡은 역할을 온전히 수행하려면, 더는 우리 사이에 비밀이 있어서는 안 되오. 내가 그대를 믿을 수 있어야 하오, 넬타리온."

알렉스트라자는 천천히 몸을 움직이며 모든 걸 알고 있다는 눈빛으로 그를 바라봤다. 알렉스트라자가 그의 심장과 영혼의 가장 어두운 구석까지 꿰뚫어 보는 듯한 기분이 다시 들었다. 속삭임들이 그녀를 저주하며 사라졌다. 그들이 자리를 비우자, 넬타리온은 흔들렸다. 그 황금빛 눈을 믿고 알렉스트라자에게 모든 걸 털어놓고 싶었다. 이 세상을 모두 짊어진 듯 무거운 짐을 내려놓고 싶었다!

하지만 그가 말하려 입을 여는 순간, 속삭임이 흘러들었다. *여왕에게 뭐라고 말할 생각이지, 넬타리온?*

두 번째 목소리가 스며들어 덧붙였다. *라자게스에 대해 말할 생각인가?*

네가 너무 약해서 현신을 혼자서 물리칠 수는 없었다고 말할 건가?

조용히 해! 그는 입을 다물고 속삭임들을 향해 외쳤다. 용의 여왕의 평가에 자신을 내맡기는 것도, 언제나 혈족의 터를 지키는 강인하고 굳건한 수호자의 모습을 잃는 것도 싫었다.

"지금부터 언제까지라도 그럴 것이오, 알렉스트라자."

넬타리온이 말했다.

"우리 사이에 비밀은 없을 거라고 맹세하겠소."

알렉스트라자는 잠시 동안 그의 시선을 살핀 후 한쪽 입꼬리를 올리며 고개를 끄덕였다.

"좋소, 비행사령관. 다른 위상들에게 갑시다."

용의 여왕이 돌아서고, 넬타리온의 머릿속 속삭임들은 어둠 속에서 낄낄거리며 웃었다. 증오스러운 것들! 넬타리온은 그들에게서 부정한 어둠의 힘을 느낄 수 있었고, 그만큼 그들의 폭압에 굴복하지 않아야 한다는 걸 알았다. 티탄들은 그를 더 높은 곳으로 끌어올리려 했지만, 그 속삭임들은 끊임없이 그를 어둠 속으로 끌어내리려 했다. 넬타리온은 하루 종일 그들의 눈이 자신을 지켜보면서, 그의 결의에 생긴 틈으로 슬쩍 흘러들 기회만 엿보고 있는 것을 느꼈다. 해안에서 있었던 일을 반복할 수는 없었다. 라자게스의 비명이 여전히 꿈 속에서 그를 괴롭혔다.

넬타리온은 자기도 모르게 말했다.

"알렉스트라자, 잠깐."

용의 여왕은 무기고의 입구에 멈춰 서서 고개를 돌렸다.

"왜 그러시오?"

안 돼. 속삭임이 말했다. 해안의 진실을 이야기하지 마라.

'우리'의 진실을 이야기하지 마라. 또 다른 속삭임이 말했다.

여왕이 네 지위를 앗아갈 거다. 세 번째 속삭임이 말했다. *여왕이 네 용군단을 빼앗을 거다!*

네가 만들어 낸 감옥에 널 가두고, 하늘의 색을 잊어버릴 때까지 풀어 주지 않을 것이다.

그는 그 생각에 얼굴을 찌푸리며 이를 악물었다.

"무슨 문제라도 있소?"

알렉스트라자가 물었다. 그녀의 얼굴에 걱정스러운 빛이 쓰쳤다.

"꼭…… 고통스러워하는 것 같은데."

그는 자기도 모르게, 머릿속 목소리를 무시하며 한숨을 내쉬었다.

여왕에게 말하지 마라. 속삭임이 들려왔다. *우리 말이 사실이라는 걸 알고 있잖아.*

"난 사과가 어렵소."

넬타리온은 가슴과 머리 속의 혼란을 숨기려고 어색하게 웃으며 말했다. 거짓말이 아무렇지도 않게 흘러나왔다. 사과는 진실보다 쉬웠으니까.

"그대 말이 맞소. 넬타루스의 무기고를 그대에게 숨기면 안 되는 거였소. 각 위상은 우리 의회에 각기 고유한 관점을 제공해 주지. 그대의 통찰력이 내게 큰 도움을 된다는 이야기를 하고 싶었소, 알렉스트라자. 미안하오."

용의 여왕이 고개를 숙였다.

"괜찮소. 나도 그대의 선견지명에 진심으로 감사하고 있소. 앞으로 우리 적들은 전력을 다해 우리의 단합을 깨뜨리려 할 것이오. 갈라크론드가 남긴 교훈을 잊지 말고, 우리가 함께할 때 더 강해질 수 있게 합시다."

이번에는 넬타리온의 얼굴에도 진실한 미소가 떠올랐다.

"물론이오, 여왕."

* * *

무기고와 훈련장을 포함한 넬타루스의 나머지 장소를 모두 돌아본 후, 위상들은 권좌에 다시 모여 전략을 논의했다. 성채에 막강한 무기고가 준비되어 있고, 용군단이 원시용에 대해 상당한 우위를 점하고 있는 건 분명했지만, 위상들의 승리가 확실하다고 볼 수는 없었다. 우선 현신의 병력이 훨씬 많았다. 게다가 이리디크론은 명예 따위에는 신경조차 쓰지 않았기 때문에, 전장에서 훨씬 더 잔혹하고 무자비한 전술까지 차용할 수 있었다. 위상들에게는 교전 규칙이라는 것이 있었지만, 현신은 승리하기 위해서라면 무슨 짓이든 할 것이다.

무시무시한 생각이었다.

넬타리온은 그런 우려를 곱씹으며 위상의 권좌에 내려앉았다. 태양은 이미 지평선을 향해 가라앉기 시작했고 기온이 급격히 낮아졌다. 평소 같으면 추위가 불편할 일이 없었지만, 오늘은 온몸의 비늘이 부들부들 떨렸다.

알렉스트라자는 권좌 중앙으로 걸어간 후, 진홍색 불길을 내뿜어 바닥을 뒤덮었다. 밝은 불길이 바닥의 판석 위에 혈족의 터와 용의 벌판, 북부 칼림도어의 지도를 그렸다. 흑요석 성채와 참혹한 심연의 쌍둥이 요새가 가장 먼저 모습을 드러내고, 이후 고룡쉼터 사원과 발드라켄 고원이 나타났다. 현신의 돌 조각상들이 참혹한 심연과 함몰지, 얼어붙은 송곳니에 나타나고, 그와 함께 현신의 병력을 상징하는 수백 개의 말들이 모습을 드러냈다. 그다음 반짝이는 보석으로 만들어진 위상들의 징표가 나타나고, 다시 용군단과 용기병, 필멸자와 타라세크 아군을 나타내는 말들이 구체화되었다.

공중과 지상에서 현신의 병력은 위상의 병력보다 세 배는 많았다.

알렉스트라자의 얼굴에 걱정하는 표정이 스쳤다.

"이 숫자는 정확하오?"

"모두 열 달 이내에 확인한 수치요."

넬타리온이 대답했다.

"하지만 어제 고룡쉼터 사원에서 있었던 전투 때문에 현신들의 대의에 합류한 원시용들이 더 많을 수 있소."

알렉스트라자의 주름살이 깊어졌다.

"원시술사들이 사흘 후에 우리 국경을 공격할 거요. 우리 용들이라면 각각 원시술사 세 명씩은 상대할 수 있고, 특히 갑주까지 착용하면 훨씬 더 유리하겠지만……."

그녀는 넬타리온을 향해 고개를 끄덕였다.

"우린 아직 수적으로 불리하오. 가능하면 사상자를 최소화하면서 그들을 격퇴할 전략을 수립하고 실행해야 하오."

"전쟁은 시간의 길에서 무한하게 분기하는 경로를 생성하오. 지금 우리는 우리 시간의 길이 어떤 방향으로 나아갈지 알지 못하오."

노즈도르무는 여느 때처럼 넬타리온의 오른쪽으로 와서 말했다. 청동 위상은 날개를 흔든 후 자리에 앉아 지도를 바라봤다.

"하지만 한 가지는 분명하오. 전쟁이 길어지면 길어질수록 우리가 승리할 가능성이 줄어든다는 거요."

"나 또한 이 전쟁을 빨리 끝내고 싶소."

알렉스트라자는 대답했다.

"그리고 양측의 사상자는 최소한으로 억제하고 싶고."

용이 용과 싸워선 안 되니까. 그녀 자신의 말이 머릿속에 메아리쳤다.

"그럼 그냥 이리디크론을 처치해 버리고 모든 걸 끝냅시다."

말리고스가 말했다.

"그러려면 아주 오랜 시간 동안 참혹한 심연을 상대로 전면전을 벌여야 할 거요."

넬타리온이 단호하게 말했다.

"고룡쉼터 사원의 전 병력이 출전해야 할 테고, 그러면 혈족의 터 방어가 끔찍하게 취약해지겠지. 나는 적절한 방어 체계를 마련하지 않고는 흑요석 성채와 해안을 떠나지 않을 거요. 그대 또한 그대의 요새에 대해 같은 생각을 하고 있을 거라고 믿소."

"그렇다면 이리디크론만 직접 공격하면 되지 않겠소."

말리고스가 대답했다.

"좀 더 은밀한 방법으로."

넬타리온은 고개를 갸웃거리며 싱긋 웃었다.

"내가 시도해보지 않았을 거라고 생각하오? 우리 어둠비늘은 확실히 능력이 뛰어나지만, 참혹한 심연의 동굴은 미로와 같고, 끊임없이 흔들리며, 돌비늘의 뜻에 따라 마음대로 구조가 바뀌어 버리오. 우린 그의 요새 깊은 곳까지 진입해 본 적도 없소."

"그 점에는 나도 동의하오."

노즈도르무가 어딘가 멀리 떨어진 곳에서 들려 오는 듯한 목소리로 대답했다.

"암살을 시도해 봐야 동일한 보복을 유도할 뿐이오. 넬타리온 그대 역시 피하고 싶을 만한 수치스러운 결말이 여럿 실현될 수 있소."

시간의 지배자가 시선을 옆으로 돌려 넬타리온을 똑바로 바라봤다. 대지의 수호자는 가슴 속으로 부들부들 떨었다. 노즈도르무가 해안에서의 일을 보았다면 어떻게 되는 걸까? 넬타리온은 청동 위상의 능력이 어떻게 작동하는 건지 잘 몰랐다……. 청동 용군단 자체도 지금 그 능력을 처음으로 발현해 가는 상황인 만큼 당연한 일이었다.

이세라가 발톱으로 지도를 가리켰다.

"더 중요한 건, 이리디크론이 죽는다 해도 원시술사들의 움직임이 멈추지는 않을 것이오. 비라노스 역시 그만큼 강한 지도자가 될 수 있고, 이제는 시산즈와 비텔레노스 같은 고대용들도 그녀를 지지하고 있으니까."

"옥소리아와 그 혈족도 남부 밀림을 떠났다는 소문이 있소."

알렉스트라자는 발톱으로 바닥을 두드렸다.

"라자게스가 구금되었다는 소식에 많은 이들이 우리에게 등을 돌렸소. 폭풍포식자는 먼 곳까지 날아다니며 많은 친구들을 사귀었으니까."

"옥소리아는 아직까지 참혹한 심연에서 목격되진 않았지만, 예상치 못한 소식은 아니군."

넬타리온이 한숨을 쉬며 말했다. 옥소리아의 혈족은 놀라웠다. 새끼용들이 비룡이 되면 그냥 버리는 일이 많은 다른 원시용들과 달리, 옥소리아는 어린 비룡들에게 자기 둥지 근처에서 살아가라고 하여 생존률을 높이고 일족 간의 유대를 강화했다. 옥소리아가 북쪽으로 날아갔다면, 상당한 규모의 원시용 일족을 이끌고 갔을 것이며, 그들 모두는 전략적으로 사고하고 용군단처럼 협력하여 싸울 수 있는 용들이었다.

알렉스트라자는 말을 이었다.

"우리의 가장 중요한 목표는 혈족의 터를 보호하고 우리 삶의 방식을 보존하는 것이오. 혈족의 터에 대한 현신들의 진격을 차단하고, 흑요석 성채와 고룡쉼터 사원 사이의 황야에서 전투를 치러낼 방법을 찾고 싶소."

"나 또한 현신들을 우리 국경으로부터 가능한 한 멀리 떨어지게 하고 싶소."

넬타리온은 라자게스, 그리고 그녀가 풀려났을 경우 밝혀질 수 있는 비밀을 생각하며 말했다.

"그런 전략을 준비하려면 우선 혈족의 터 전체를 아우를 수 있는 보호막이나 방벽을 만들어 낼 수 있는지부터 확인해 봐야 할 것 같소…… 말리고스?"

"방벽이라고? 혈족의 터 전체에 말이오?"

말리고스는 콧방귀를 뀌며 물었다.

"그런 건 확실히 불가능하다고 말하고 싶소, 넬타리온. 우리 거주지의 일부만 방어하는 방벽이라 해도, 단 며칠이면 우리 용군단 전체의 마법을 소진해 버릴 것이오."

넬타리온은 말리고스에게 짓궂은 미소를 지어 보였다.

"난 그대의 용군단이 불가능한 일을 가능케 하는 것에 탁월한 능력을 발휘한다고 생각했는데. 내 생각이 틀렸소?"

"아니오."

말리고스는 조금 씩씩대며 말했다.

"하지만 그건 우리 용군단만으로 시도할 수 있는 일이 아니오. 각 용군단의 능력을 활용해서 우리의 기존 방어 체계를 보강할 방법을 찾을 수는 있을지도 모르오."

마법의 지배자는 돌 지도를 두드렸다. 혈족의 터 국경을 따라 작은 파란색 광원들이 나타났다.

"수 세기 전,"

말리고스는 말을 이었다.

"푸른 용군단은 검은 용군단과 함께 혈족의 터 아래의 지각을 안정화해 주는 방첨탑을 건설했소. 이리디크론의 지진이 우리 영토에 영향을 주지 못하게 하려는 생각이었지. 그 방첨탑들은 각각 가상의 지맥을 통해 바크스로스와 연결되어 있소.

각각의 광원으로부터 푸른 선이 뻗어 나와 하늘빛 평원에 있는 바크스로스로 이어졌다.

"그 방첨탑을 강화하면 혈족의 터에 한 겹의 보호 체계를 추가할 수 있을 거요."

말리고스가 말했다.

"거대한 반구형 보호막이라고 할까."

넬타리온이 불편한 듯 자세를 바꿨다. 방첨탑을 이용하지 못하면 이리디크론이 혈족의 터 아래 지각을 움직여 공격할 것이다. 최악의 경우, 용군단의 거주지 아래 지각판을 쪼개 버릴 수도 있다.

"대지에 대한 보호를 포기할 수는 없소."

넬타리온이 말했다.

"그랬다가는 이리디크론과 그의 바위격노자들에게 무방비 상태로 노출될 거요."

"방첨탑의 용도를 바꾸자는 게 아니라, 그걸 강화하자는 거요."

말리고스는 지도를 향해 손짓하며 말했다. 깨어나는 해안과 에메랄드 평야, 탈드라서스의 지맥이 각각 붉은색과 녹색, 황금색으로 빛을 발했다.

"각각의 용군단이 자기 영토에 있는 지맥을 강화할 수 있다면, 혈족의 터 전체에 일종의 보호막을 부여할 수 있을 거요."

"그러려면 어떤 마법이 필요하겠소?"

알렉스트라자가 그 제안을 곱씹으며 물었다.

"에메랄드 평야에는 독이나 쇠락의 마법을 도입할 수 있을 것 같아."

이세라는 발톱으로 자기 영토의 국경을 따라 그리며 말했다.

"원시용이나 타라세크만 공격하는 주문을 만들 수 있어. 그러면 다른 생명체는 다치지 않고 그 방벽을 통과할 수 있겠지."

"마음에 드는데."

알렉스트라자는 털썩 앉아 주먹으로 턱을 괴고 생각에 잠겼다.

"붉은 용들도 원기 상실의 주문을 집중시켜 우리 적들의 힘이나 의지, 용기를 빼앗을 수 있겠어."

"그대도 큰 그림을 보기 시작한 것 같군, 여왕."

말리고스가 말했다.

"청동 용은 간단히 침입자의 시간을 빠르게 하거나 느리게 할 수 있소."

노즈도르무가 말했다.

"방첨탑을 강화하는 데 시간이 얼마나 걸리겠소?"

"그대들이 도와준다면, 며칠이면 되오."

말리고스가 말했다.

"하지만 다들 짐작하다시피 이런 것도 모두 임시방편일 뿐이오. 방첨탑은 워낙 오래된 구조물이라, 이렇게 부담을 주면 파손이 빨라질 거요."

"시간이 얼마나 있겠소?"

알렉스트라자가 물었다.

"확실하게 하려면 넬타리온과 내가 조사해 봐야 하겠소."

말리고스가 말했다.

"하지만 부담이 커지는 만큼 방첨탑이 일 년만 버텨 줘도 놀랄 것 같소."

"그 정도면 충분하오."

넬타리온이 말리고스를 향해 고개를 끄덕이며 말했다.

"일 년이면 원시술사의 세력을 크게 약화시키고, 참혹한 심연을 합동 공격할 준비를 마칠 수 있을 거요."

"그들을 어떻게 약화시킬 생각이오?"

말리고스가 물었다.

알렉스트라자가 눈을 가늘게 떴다.

"놈들을 굶겨서라도 평화를 얻어내겠소. 이리디크론은 우리와의 조약을 위반했으니, 이제 우리가 통제하는 사냥터에 접근할 수 없소. 우린 혈족의 터와 고룡쉼터 사원 사이의 대지에서 그들을 쫓아낼 거요. 추가로 이세라와 내가 협력해서 원시술사의 영토에 있는 동물들을 동쪽으로 이주시키겠소."

"확실히 그쪽엔 먹여야 할 용이 많지."

말리고스가 냉정한 목소리로 말했다.

노즈도르무가 불편한 듯 자세를 바꿨다.

"굶주리면 약해지긴 하겠지만, 그만큼 더 절박해질 거요. 하지만 그들 사이에 불화를 일으키거나, 그들이 원시술사의 대의를 완전히 포기하게 한다면…… 분명 효과가 있겠지."

"동물들을 이동시키면 필멸자 유목민들도 우리 땅으로 이주할 거야."

이세라가 말했다.

"그들 중 상당수는 아직 우리 용군단에 우호적이지 않아."

"우리 용군단은 그동안 필멸자 종족들에게 뛰어난 스승이 되어 줬잖아."

알렉스트라자가 녹색 위상에게 말했다.

"우리가 함께하면 그런 역경은 충분히 극복할 수 있다고 믿어."

이세라는 웃으며 고개를 끄덕였다.

"그래."

"그들이 유용한 아군이 될 수도 있소."

넬타리온이 드랙티르를 떠올리며 말했다.

"필멸자 종족은 영리하고 적응력이 뛰어나오. 확실히 용족과는 다르게 문제에 접근하지."

서약체결자가 파괴되지 않았다면 얼마나 좋았을까! 소규모 드랙티르 병력이라도 원시술사의 침공에서는 상당한 도움이 될 것이다. 신드레스레쉬는 라자게스의 폭풍 속으로 뛰어들어 현신을 추락시키지 않았던가. 라자게스도 번개만 아니었으면 폭풍분리 분화구에서 죽었을 것이다.

넬타리온은 눈을 감았다. 드랙티르가 봉인되지 않았더라면 얼마나 많은 걸 이룰 수 있었을까? 대지의 수호자와 검은 용군단이 해안에서 진정한 승리를 거두었다면 상황이 어떻게 달라졌을까? 위상들이 지금 이 대화를 하고 있었을까? 아니면 간단히 드랙티르를 출동시켜 현신들을 하늘에서 몰아냈을까?

대지의 수호자는 말리고스에게 현신의 위협을 막아낼 다른 방법을 찾을 거라고 말했고, 정확히 그렇게 할 생각이었다.

드랙티르 없이도 위상들의 전략은 실현 가능성이 충분했다. 혈족의 터에서만큼은 전쟁을 막아내려는 알렉스트라자의 본능적인 생각은 옳았다. 이리디크론의 병력이 고룡쉼터 사원에 접근하지 못하게만 한다면, 참혹한 심연을 공격했을 때의 승산도 증가할 거다.

이 계획은 실패할 거다. 속삭임이 말했다. *넌 소중한 혈족의 터가 불타는 걸 보게 될 거다.*

넌 돌비늘과 그의 군대의 상대가 안 된다. 넌 네가 생각하는 것만큼 영리하지도, 강하지도 않으니, 결국 패배하고 말 거다.

속삭임들이 계속해서 그를 도발했다.

해안은 시작에 불과해.

검은 용들이 마지막 하나까지 하늘에서 떨어지는 꼴을 보게 될 거다.

네가 친구들의 산산이 조각난 사체를 불태우게 되리라!

그들을 구할 방법은 없다.

넬타리온은 눈을 가늘게 뜨고 비웃었다. *해안에서 너희를 부른 건 실수였다.* 그는 으르렁거리며 생각했다. *내가 또 그렇게 판단을 그르치는 일이 있을 거라고는 생각하지 마라—*

"넬타리온!"

알렉스트라자의 목소리가 대지의 수호자를 상념으로부터 깨웠다.

고개를 들어 보니, 놀랍게도 네 위상 모두가 휘둥그레진 눈으로 그를 바라보고 있었다.

알렉스트라자가 먼저 말했다.

"괜찮소?"

"그렇소. 미안하군."

그는 여왕의 걱정을 떨치려는 듯 발톱을 흔들며 말했다.

"서부 지역은 내가 고룡쉼터 사원의 병력을 지휘하겠소. 적이 최전선으로 집결할 테니, 우리도 최고의 전사들을—"

말리고스가 쿡쿡 웃었다.

"우린 현신을 금고에 가둘 방법에 대해 이야기하고 있었소, 친구. 대체 언제부터 얘기를 듣지 않은 거요?"

"게다가 노즈도르무가 아주 훌륭한 제안을 했을 때 으르렁거리기도 했소."

이세라가 청동 위상과 장난스러운 눈빛을 교환하며 부드럽게 말했다.

넬타리온은 헛기침을 하며 자신을 해부하는 듯한 알렉스트라자의 시선을 무시했다.

"미안하오, 노즈도르무. 전략에 관해 생각하던 중에 원시술사들이 해안을 공격하던 때의 일이 떠올랐소. 아까 했던 이야기를 다시 들려주겠소?"

"얘기했다시피,"

노즈도르무는 넬타리온에게 너그러운 미소를 지어 보이며 말했다.

"용의 여왕이 현신들을 처치하지 않을 생각이라면, 여기에 가둘 수 있을 것 같소."

청동 위상이 앞발을 뻗어 티르홀드 동쪽에 인접한 산맥을 두드렸다.

"내가 티탄벼림을 동원해서 현신들을 영구적인 정지 상태로 가둘 수 있는 거대한 금고를 만들 수 있소."

노즈도르무가 말했다.

"하지만 그런 걸 건설하려면 상당한 시간과 노력이 필요할 거요."

"왜 그냥 죽여 버리지 않는 거요?"

넬타리온이 용의 여왕을 보며 물었다.

"안 되오."

알렉스트라자가 말했다.

"비라노스나 다른 현신들을 처형하는 건 절대 허락할 수 없소. 그들이 전투에서 쓰러지는 건 어쩔 수 없겠지만, 처형은 완전히 다른 문제요."

"알겠소."

넬타리온이 말했다.

"그럼 현신의 금고를 건설합시다. 우리 용군단도 돕겠소, 노즈도르무."

"그대가 도와준다면 언제든 환영이지."

청동 위상이 말했다.

알렉스트라자는 미소를 지었다.

"자! 다들 이 제안에 동의하오?"

"그래."

이세라가 말했다. 그녀의 머리 뒤쪽 신록의 깃발에 박힌 보석이 밝게 빛났다.

"그렇소."

말리고스와 노즈도르무가 한목소리로 말하자, 그들의 깃발도 각각 하늘색과 청동색 불길로 빛났다.

알렉스트라자는 기대감이 가득한 시선을 다시 넬타리온에게 돌렸다.

"그렇소."

넬타리온은 그렇게 대답했지만 머릿속 속삭임들은 키들거렸다.

"좋소!"

알렉스트라자가 말했다.

"이제 움직입시다. 적들이 곧 우리 국경으로 몰려올 것이고, 준비해야 할 게 많습니다."

다른 위상들이 돌아서자, 속삭임들이 다시 넬타리온을 괴롭히기 시작했다.

넌 실패할 거다. 실패할 거다—

"넬타리온?"

속삭임들 사이에서 알렉스트라자의 목소리가 일그러졌다. 그녀가 걱정스러운 듯 황금빛 눈을 가늘게 뜨고 다시 그를 바라봤다.

"정말 괜찮은 거요? 오늘은 그대답지 않게 유난히…… 산만해 보이는데."

"괜찮소."

넬타리온이 여왕을 달래려고 애써 미소를 지으며 대답했다. 괜찮을 것이다. 그가 그렇게 만들 테니까.

속삭임들의 말이 모두 틀렸다.

그는 실패하지 않을 것이다.

* * *

탈린스트라즈는 위상들이 나타나기 전의 세상에 대해 알면 알수록 더욱더 화가 치밀었다.

어린 비룡은 두 달을 비라노스와 함께 머무르며 그녀의 이야기를 듣고 입양한 가족을 만났다. 그들은 날리크로나의 새끼용들이 발치에서 뛰어다니는 동안 갈라크론드와 위상들의 새벽에 관해 이야기했다.

탈린스트라즈도 옛 이야기를 알고 있었다. 사실 혈족의 터에 있는 모든 새끼용들이 배우는 이야기였다. 하지만 위상들이 티탄벼림을 벌판에 보내 원시용의 둥지에서 알을 납치했다는 건 알지 못했다. 날리크로나와 라즈비크는 이틀 이내로 사냥을 할 때만 둥지를 비웠었는데도 가족과 헤어져야 했다고 말했다. 이렇게 북쪽 먼 곳에 있는 가족은 안전할 거라고 생각하면서도, 그들은 열정적으로 새끼용들을 지켰다.

비라노스는 탈린스트라즈에게 자기가 어떻게 현신이 되었는지, 또 한때 따스했던 심장이 단단한 얼음이 되었음을 상징적으로 표현한 "얼음심장"이라는 이름을 라즈비크가 어떻게 수여하게 된 건지도 이야기해 주었다.

심장이 얼어붙었다고 해도, 현신은 날리크로나의 새끼용들을 상냥하게 대해 주었고, 자기 등과 날개에서 마음껏 뛰어다닐 수 있게 해주었다. 혈족의 터에서 비라노스와 함께 놀이를 하던 시절의 기억을 떠올리자 붉은 용은 아련한 아픔을 느꼈다. 그는 자기를 낳아 준 용들이 누구인지 아는 새끼용들이 부러웠다.

부모님의 얼굴을 본다는 건 어떤 느낌일까? 질서 마법이 부여되기 전의 그는 어땠을까? 그의 비늘은 녹슨 금속의 색이었을까, 아니면 깨어나는 해안의 벼랑처럼 붉은색이었을까? 아니면 아예 다른 색이었을까?

탈린스트라즈는 자신의 알에 드리웠던 검은 그림자에 대한 기억, 이글거리는 섬광, 그리고 따뜻하고 부드러운 물속에 가라앉던 기억에 관해 이야기했다. 그렇게 마법이 주입되면서 그의 몸과 마음, 정신이 변형되었다. 그것만큼은 분명했다.

붉은 비룡이 깨어나는 해안으로 돌아갈 준비를 하던 때, 비라노스가 그에게 다가왔다.

"얘야, 여기 머물러도 좋다. 송곳니는 워낙 북쪽 먼 곳에 있으니, 네 질서의 사촌들이 보복하러 올 일도 없어."

"감사합니다."

탈린스트라즈가 말했다.

"하지만 제가 알게 된 것을 혈족의 터에 있는 다른 비룡들에게도 알려줘야 해요. 걔들도 진실을 알아야 하니까요."

"물론이지."

비라노스는 지친 목소리로 대답했다. 탈린스트라즈는 현신이 자신을 온전히 믿고 있지 않다는 걸 알았다. 솔직히 믿을 이유가 없지 않는가? 그의 비늘 색깔만 봐도 가장 소중하고 가장 오랜 친구에 의해 경험해야 했던 배신이 떠오를 텐데.

"혹시 더 알고 싶다면, 내 둥지는 네게 언제나 열려 있단다."

비라노스가 말했다.

"내 둥지는 네게 언제나 열려 있단다."

제 17 장

태양이 떠오르고, 이세라는 에메랄드 정원 상공에서 서쪽을 바라봤다. 그녀가 날고 있는 곳에서 날개 삼백 개 거리에 있는 영토 경계에서 희미한 초록색 아지랑이가 피어올랐다. 녹색 용군단만 알아볼 수 있을 만큼 여린 빛이었다.

현신이나 원시용이 저 방벽을 통과하면 마치 가을 낙엽처럼 시들어 버릴 것이다.

오늘은 꿈의 부드러운 산들바람도 이세라의 긴장을 늦춰 주진 못했다. 작은 새들이 그녀의 뿔 주위를 날아다니며 햇살처럼 따스한 노래를 불러 주었지만, 그 달콤한 소리도 녹색 위상의 심장에 닿지 못했다. 외교와 평화를 위한 모든 노력이 실패로 돌아갔다.

이제 위상들은 방벽의 힘을 시험해야 했다. 마법이 실패하면, 인근의 용군단이 날개와 발톱으로 혈족의 터를 지킬 것이다.

그녀 뒤쪽으로는 녹색 용군단의 전 병력이 원시술사들의 공격을 격퇴할 준비를 마치고 하늘을 가득 채웠다. 비행지도자 세 명이 그녀의 왼쪽, 두 명이 오른쪽을 지켰고, 청지기 바시라는 그녀의 오른쪽에서 날았다. 푸른 용군단의 환영 군대 덕분에 용군단의 규모가 두 배는 커 보였다. 이세라는 현신들이 정원 북쪽을 공격하게 하려고 그 "용들"을 남쪽에 배치했다.

폭풍분리 분화구의 정예병인 가리온이 이끄는 넬타리온의 무쇠비늘 연대가 그들과 합류했다. 무쇠비늘이 선두에 서서 녹색 용군단과 국경 사이를 가로막는 보루를 형성했다.

지상에서는 녹색 용기병들이 에메랄드의 꿈으로 통하는 차원문 주위를 가득 채웠다. 성체 비룡들은 차원문 안쪽에 자리를 잡고 강제로 통과하려는 적들을 처치할 준비를 했다.

방벽이 실패로 돌아갈 경우 용군단을 지킬 수 있도록 신록의 보존자들도 준비를 마치고 대기하고 있었지만, 이세라는 상황이 그렇게까지 악화되지는 않기만을 바랐다. 그녀 최고의 전사 50명이 이미 고룡쉼터 사원으로 가서 방어선을 구축하고, 북부 순록 무리를 서쪽으로 옮기고, 원시술사들을 주변 지역으로 쫓았다.

"전쟁은 낭비입니다."

바시라는 녹색 위상에게만 들리게 작은 목소리로 말했다.

"에메랄드 평야를 지키기 위해 싸우는 건 두렵지 않습니다만, 위상님……. 일이 이렇게까지 되는 건 바라지 않았습니다."

"나도 그렇다. 하지만 우리 용군단의 마법은 강하다."

이세라가 대답했다.

"우리 땅을 둘러싼 방벽은 버텨 줄 거야."

"그럴 겁니다."

바시라가 단호하게 고개를 끄덕이며 말했다.

"그래야만 합니다."

첫 나팔 소리가 울려 퍼졌다. 서쪽 지평선에서 원시술사 무리가 산맥 위로 모습을 드러냈다. 용이 어찌나 많은지 개미굴에서 쏟아져 나오는 개미들 같았다. 녹색 용군단도 전력을 동원했지만, 수적으로는 비교조차 할 수 없었다.

"준비!"

가리온이 최전선에서 외쳤다.

"탈리엔, 조라스티아! 공중 부대를 이끌고 남쪽에서 공격할 준비를 해라. 정원 상공에서 싸워서는 안 돼!"

무쇠비늘이 병력을 조정하는 사이, 원시술사들은 점점 더 다가왔다. 이세라는 이제 그들 가운데서 날고 있는 피락을 볼 수 있었다. 비라노스는 해안을 공격하고, 이리디크론은 흑요석 성채를 돌파하려 할 테니, 여기에서는 타오르는 자를 상대할 준비를 하라고 언니가 이야기했었다. 세 현신은 혈족의 터 서쪽을 강타해서 위상들이 세 개의 전선 모두에서 싸우게 할 작정이었다.

넬타리온은 흑요석 성채에 머무르고, 알렉스트라자는 생명의 어머니의 정원에서 해안을 방어하기 위해 북쪽으로 향했다.

피락과 그의 군대가 접근했다.

"용기를 내라!"

이세라는 그렇게 외쳤지만, 오늘은 그런 용기가 필요 없기를 바랐다.

원시술사의 선두 병력이 에메랄드 평야로 진입하는 순간 초록빛 섬광이 하늘 가득 폭발했다. 원시용들은 공중에서 경련을 일으키며 몸을 뒤틀고 비명을 질렀다. 그들의 세포가 시들어가며 뼈에 들러붙었다. 용들이 지면으로 추락하자 날개지도자들이 나팔을 불어 정지 명령을 내렸다. 일천 명의 원시용들이 갑자기 멈춰서는 바람에 선두의 용들은 방벽으로 밀려들 뻔했다.

녹색 용군단에서 거센 환호성이 터져 나왔다.

피락이 방벽 앞으로 다가오자, 방벽에서 불꽃이 튀며 그를 밀어냈다.

"이세라!"

그는 포효했다.

"이게 무슨 짓이냐? 이리 나와 전장에서 날 상대해라, 겁쟁이!"

"우리 피로 목을 축일 수는 없을 거다, 피락."

이세라가 말하며 무쇠비늘들의 머리 위를 날았다.

“참혹한 심연으로 돌아가라! 너희 더러운 소굴로 돌아가라! 여기는 너희가 싸울 곳이 아니다.”

피락은 분노의 포효를 내지르며 녹색 위상을 향해 화염구를 뱉었다. 이세라는 뒤로 몸을 날려 손쉽게 피했다.

“분명히 말해 두지만,”

피락이 말했다.

“다시 돌아오면 네 소중한 정원을 잿더미로 만들어 주마.”

피락과 원시술사들이 돌아서자 가리온이 하늘의 이세라 곁으로 다가왔다.

“추적할까요, 이세라 님?”

비행지도자가 물었다.

“아니.”

이세라가 말했다.

“적들이 피를 찾아 떠나게 내버려 둬라. 우리가 필요해질 때까지 여기서 기다리자. 다른 위상들도 우리처럼 잘 해냈길 바래야지.”

* * *

혈족의 터 국경에서 위상들의 새로운 방벽이 반짝이던 때, 탈린스트라즈는 깨어나는 해안의 미로 같은 수로에 친구들을 모았다. 다섯 용군단 전체에서 스무 명이 넘는 비룡이 어른들의 눈을 피해 생명의 어머니의 정원 아래 외딴 곳에 모였다. 탈린스트라즈의 가장 친한 친구 시리고사와 놀리즈도르무가 즉시 부름에 응했고, 그가 고룡쉼터 사원에서 사귀었던 많은 비룡도 그를 만나러 왔다. 전장에서 그의 목숨을 구해주었던 쌍둥이 검은 용 오베지온과 라비아도 함께했다.

시리고사가 하늘색 비늘을 아른거리며 그의 곁으로 다가왔다.

“탈린스트라즈, 다들 네가 죽은 줄로만 알았어!”

시리고사가 머리를 탈린스트라즈의 머리에 살포시 부딪혔다.

"멍청한 용 같으니, 그래도 네가 무사해서 기뻐."

"난 괜찮아. 정말이야."

탈린스트라즈는 웃으며 말했다.

"고룡쉼터 사원에서 전투가 벌어진 이후로 석 달이 지났어."

놀리즈도르무의 황금색 눈 속에서 모래가 춤을 췄다.

"무슨 일이 있었던 거야? 솔직히 네 과거가 전혀 보이지 않아."

"가자. 전부 다 얘기해 줄게."

탈린스트라즈가 친구들에게 손짓하며 커다란 입구에 담쟁이덩굴이 드리워진 동굴 안으로 들어갔다. 마지막 비룡까지 쭈뼛거리며 안으로 들어서고, 스무 쌍의 호기심 어린 눈이 탈린스트라즈에게 향했다.

"고룡쉼터 사원에서의 전투 이후,"

그가 이야기를 시작했다.

"난 얼음심장 비라노스를 따라 송곳니에 있는 그분의 둥지로 갔어."

몇몇 비룡이 경계하듯 뒤로 물러서며 헉하고 놀랐다.

"현신 말이야?"

누군가 새된 목소리로 물었다. 몇몇 용들은 고개를 숙이고 귓속말을 하고, 또 몇몇은 불편한 듯 자세를 바꾸거나 눈을 가늘게 뜨기도 했다. 시리고사와 놀리즈도르무는 시선을 교환했지만 아무 말도 하지 않았다.

탈린스트라즈는 말을 이었다.

"몇 달 전, 현신들이 벌판에서 원시용 둥지에 있는 알을 훔치는 티탄벼림을 붙잡았어. 비라노스 님은 지난 200년 동안 수백 개, 어쩌면 수천 개의 알들이 벌판에서 납치되었다고 추정하고 있어……. 여기 모인 우리도 전부 그렇게 납치된 알에서 태어났을 거야.

"우린 루비 생명의 웅덩이에서 함께 자랐어."

탈린스트라즈가 말을 이었다.

"애초에 질서의 용들에게서 태어난 새끼용들 사이에 우리를 숨겨 두는 건 어려운 일이 아니었겠지. 하지만 제노도르무, 넌 부모님 이름을 알아? 탈레고사, 넌? 다른 비룡들에겐 부모님이 있는데, 우리 부모님은 어디 계시지?"

비룡들 사이에서 술렁거리던 소리가 으르렁거리는 소리로 굵어졌다. 오베지온과 라비아가 서로를 바라봤다. 이레모스와 제노도르무, 미리고사도 송곳니를 번뜩이며 낮은 목소리로 이야기를 시작했다. 그들 모두에게 탈린스트라즈와 비슷한 기억이 남아 있었다.

"우리에겐 형제들 같은 선택의 권리가 주어지지 않았어."

탈린스트라즈가 앞으로 나서며 날개를 펼쳤다.

"왜 위상들은 부모님으로부터 우릴 납치해서 질서 마법을 강제로 부여한 걸까? 다른 용들은 모두 선택할 수 있는 문제였는데?"

"확실해, 탈린스트라즈?"

시리고사는 혼란스러운 표정이 역력한 채 말했다.

"하지만 용의 여왕님이…… 약속하셨는데—"

"우리에게 거짓말하신 거야?"

탈레고사가 헉 소리와 함께 물었다.

"아니야."

또 다른 누군가 말했다.

"용의 여왕님이 거짓말을 할 리가 없어!"

"무슨 증거라도 있어?"

누군가 말했다.

"얼음심장이 너한테 거짓말한 거 아냐, 탈린스트라즈?"

라비아가 탈린스트라즈를 똑바로 바라보며 웅성거리는 소리를 뚫고 큰 소리로 말했다.

"고룡쉼터 사원에서 비라노스가 말하는 것도 들었는데, 솔직히 믿을 수가 없었어. 게다가 라자게스를 자기 자매라고 했단 말야. 그 라자게스를! 우리 용군단을 무자비하게 공격했던 바로 그 용 말이야. 그날 착한 용들이 너무 많이 죽었어. 내 날개지도자와 스승님도 돌아가셨고."

그녀의 쌍둥이 오베지온이 이를 드러냈다.

"우리 집을 불태운 괴물과 함께 하늘을 날자고 하는 거야?"

"그들은 괴물이 아니야."

탈린스트라즈가 잘라 말했다.

"난 라자게스 때문에 졸티카의 재 한 줌을 흑요석 성채에 있는 용암 도가니에 던져야 했어."

라비아가 앞으로 나서며 말했다. 목소리가 점점 커졌다.

"네가 그 잘난 선택 말고 또 뭘 잃었는지 얘기해 봐."

탈린스트라즈는 입을 열었지만 라비아의 말에 말문이 막혔다. 한 순간 그의 결의가 흔들렸지만, 아니, 그냥 물러설 순 없었다. 그때의 라자게스는 폭력적이고 잔혹했지만, 비라노스는 폭풍포식자가 아니었다. 비라노스는 빙하처럼 나이가 많았고, 언제나 지혜롭고, 상냥하고, 차분했다. 그런 비라노스가 그토록 오랜 세월을 함께 보낸 알렉스트라자에게 등을 돌렸다면, 분명 그래야 할 이유가 있었을 것이다.

"선택이라는 건 자기 자신의 운명을 결정하는 힘이야."

탈린스트라즈가 비라노스가 해준 말을 반복했다.

"혈족의 터에 있는 모든 비룡은 위상들의 기만에 대해 알아야 해."

"기만이라고?"

오베지온이 침착하고 냉랭한 시선을 탈린스트라즈에게 던지며 말했다.

"혈족의 터에서 누가 네 말을 믿겠어? 용군단이 우리 여왕님 말보다 배신자 현신의 말을 믿을 것 같아?"

"비라노스는 배신자가 아니야."

탈린스트라즈가 목소리를 높여 말했다.

"알렉스트라자가 우리 모두를 배신한 거라고."

오베지온의 목에서 낮게 울리는 으르렁 소리가 주위의 모든 대화를 침묵시켰다. 나이가 가장 많지는 않았지만, 오베지온은 그 자리에 모인 비룡들 중에서 체격이 가장 큰 편이었다. 그 검은 용은 어깨 높이도 탈린스트라즈보다는 한 뼘 정도 높았고, 흑요석 성채의 가열로에서 오랫동안 일해온 탓에 체격도 훨씬 더 컸다.

다른 비룡들이 불안한 듯 오베지온에게서 물러섰다. 하지만 라비아는 오라비의 곁에 남아 냉랭한 시선으로 그들을 바라봤다. 탈린스트라즈는 긴장하며 싸울 준비를 했다.

"용의 여왕님을 욕하겠다는 거야?"

오베지온이 말했다.

탈린스트라즈가 으르렁거리며 송곳니를 드러냈다.

"난 진실을 얘기하는 거야, 오베지온. 네가 그걸 거부한다고 해도 내 잘못은 아니지."

"차라리 고룡쉼터에서 한심한 널 구하지 말걸 그랬네."

오베지온은 앞발로 지면을 짓누르며 말했다.

"지금이라도 그…… 실수를 바로잡아야겠어."

땅이 흔들려 탈린스트라즈의 균형을 무너뜨렸다. 오베지온이 그를 향해 달려들었다. 거대한 발톱에 빛이 반사되어 반짝였다. 탈린스트라즈는 몸을 굴려 공격 범위를 벗어났고, 발을 딛고 몸을 돌렸다. 오베지온은 빠르게 움직이면서 몸을 회전하여 가시 돋친 꼬리로 탈린스트라즈의 볼을 강타했다. 탈린스트라즈의 눈앞에 밝은 빛이 폭발했다. 그는 비틀거리며 머리를 흔들었다.

동굴 전체가 폭발적인 혼돈에 휩쓸리는 순간, 누군가 소리쳤다.

"그만 둬!"

비행지도자의 분노와 권위가 가득한 목소리였다.

탈린스트라즈의 가슴 속에서 심장이 멈칫거렸다. 그는 알렉스트라자 아니라면 비행지도자들 중 하나의 분노를 마주해야 할 거라고 예상하며 몸을 돌렸다.

놀랍게도, 목소리의 주인공은 그의 누이 라일라스트라자였다. 위선적으로 도덕적인 척하는 누이. 깨어나는 해안의 금빛 새끼용! 라일라스트라자는 이제 겨우 여름을 50번 정도 보냈을 뿐이건만, 붉은 용군단의 날개지도자들은 그녀를 용의 여왕과 비교하곤 했다.

라일라스트라자가 담쟁이덩굴 장막을 어깨로 밀어내며 동굴 안으로 들어섰다. 다른 비룡 세 명이 그녀와 함께 나타났다. 두 번째 붉은 비룡 아이메스트라즈는 라일라스트라자를 지켜 주겠다고 맹세하고 그림자처럼 따라다녔다. 녹색 비룡 아티라누스는 그녀의 가장 친한 친구였고, 푸른 비룡 라이고스는 신랄한 독설과 재치 때문에 탈린스트라즈와 다투는 일이 많았다. 탈린스트라즈는 이미 수십 년 전에 시리고사나 놀리즈도르무와 소원해졌지만, 라일라스트라자는 여전히 새끼용 때부터 함께 지내온 친구들과 우정을 나누고 있었다.

"라일라스트라자,"

탈린스트라즈가 희미하게 으르렁거리며 말했다.

"네가 상관할 일이 아니야."

"널 위해서 온거야."

라일라스트라자가 말했다.

"너 고룡쉼터 사원에 싸우러 갔던 거 아니었어? 그런데 이제 원시용들과 싸우는 것이 금지되니까, 오히려 동족에게 발톱을 돌리려는 거야?"

"그들을 내 동족이라고 할 수 있을까."

"네 오라비가 지금 용의 여왕과 위상들을 욕하고 있어."

오베지온이 그녀에게 말했다.

"난 알렉스트라자 님의 명예를 지키려고 공격했을 뿐이야."

"뭐라고?"

라일라스트라자는 두 눈을 깜빡이며 고개를 살짝 저었다.

"대체 무엇 때문에 여왕님을 욕하는 거야? 우리 용군단의 위상이시잖아, 탈린."

"위상들은 벌판에서 우리 알을 훔쳤어."

탈린스트라즈가 말했지만, 누이가 받아들일 거라고 생각하진 않았다.

"고룡쉼터 사원에서 싸운 후에 난 얼음심장 비라노스를 만났고—"

라일라스트라자가 쉬익 소리를 내며 뒤로 물러났다.

"그 배신자와 얘기했다고?"

"내 얘기 좀 들어 봐."

탈린스트라즈가 말했다.

"알렉스트라자는 우리 알을 언제 어디서 구해 왔는지에 대해 거짓말을 했어, 라일라스트라자! 위상들이 우리를 진짜 부모님에게서 납치한 거야—"

"현신들이 용족을 갈라놓을 거라고 예상했기 때문이겠지."

라일라스트라자가 딱 잘라 말했다.

"우리를 갈라놓고 있는 게 바로 위상들이야."

탈린스트라즈는 누이를 노려보며 말했다.

"그들은 우리 동족의 심장에 가시를 꽂았고, 그래서 우리는 지금 그들의 기만에 속아 전쟁을 벌이려 하는 거야!"

이 선언에 모여든 용들 모두 큰 충격을 받은 듯했지만, 탈린스트라즈는 멈출 수가 없었다.

"내가 일궈낼 삶의 모습을 용의 여왕이 선택했어. 내 죽음까지 그 손에 맡기진 않을 거야. 난 차라리 원시술사들과 함께하겠어."

다른 비룡들이 충격에 휩싸여 휘둥그레진 눈으로 그를 바라봤다. 오베지온이 가장 먼저 거친 욕설과 함께 숨을 내쉬었다. 그는 쿵쿵거리며 동굴을 떠났고, 쌍둥이 라비아가 그 뒤를 바싹 따라 나갔다.

"넌 내 둥지 오라비야, 탈린스트라즈."

라일라스트라자가 말했다.

"내가 널 사랑한다는 거 잊지 마. 하지만 그 길까지 널 따라가진 않을 거야. 위상들을 상대로 반란을 일으킬 생각이라면, 너 혼자서 잘해 봐."

라일라스트라자는 그 말을 남기고 돌아서서 오베지온을 따라 동굴을 떠났다.

"어떻게 그런 말을 할 수 있어."

탈린스트라즈가 말했다.

"그들이 네게서 선택할 권리를 빼앗았어—"

"뭘 선택할 권리?"

라일라스트라자가 빙글 돌아서며 물었다.

"칼림도어의 벌판에서 마법도 사용하지 못한 채 살아남으려고 발버둥치는 원시용이 될 권리? 용족으로서 이룩할 수 있는 모든 걸 모르는 채로, 특별할 것 없고 눈에 띄지 않는 존재가 될 권리? 힘을 합쳐서 공동의 역경을 극복하는 게 아니라, 먹이를 구하려고 동족과 싸울 권리? 아니. 난 하늘을 누비는 힘을 버리고 땅 위를 걷진 않겠어."

탈린스트라즈는 얼굴을 찌푸렸다.

"왜 모르는 거야—"

"아니, 모르는 건 너야."

라일라스트라자가 목소리를 높였다.

"넌 네게 주어진 선물의 힘을, 네가 살아갈 수 있었던 삶을 무시하는 걸 선택했어. 과거의 상처 때문에 미래를 저버렸단 말이야. 분명히 얘기하지만, 네가 우리 여왕님과 맞서 싸우겠다고 한다면, 살아남아 내일을 볼 수는 없을 거야."

그 말을 남기고, 라일라스트라자는 동굴을 떠나 하늘로 날아올랐다. 친구들도 어깨 너머로 경계하는 눈빛을 보내며 그녀를 따라갔다.

"또 갈 사람 없어?"

탈린스트라즈는 목이 메어 거칠어진 목소리로 물었다. 시리고사와 놀리즈도르무를 포함하여 남은 비룡은 열 명이 채 안 됐다. 무른비늘 같은 자매는 가 버리라지! 그녀가 무슨 말을 하든, 그가 도둑맞은 선택의 권리를 되돌릴 수는 없었다.

더는 떠나는 비룡이 없어서 그는 말했다.

"좋아. 그럼 이제 무엇부터 해야 할지 얘기해 보자."

제4부

치솟는 지옥불

시간의 지배자 노즈도르무가
구술한 역사

방벽은 24년 동안 혈족의 터를 침공으로부터 보호했다. 넬타리온의 어둠비늘은 이리디크론의 전술을 역으로 이용하여, 방벽이 접촉한 원시용에게 질서 마법을 주입할 거라는 소문과 거짓을 퍼뜨렸다. 넬타리온은 돌비늘이 계속 지진을 일으킨다면 라자게스의 감옥을 붕괴시켜 버리겠다고 협박하기도 했다. 우리 아래 지면도 잠잠해졌다.

한동안 원시용들은 우리의 가장 먼 국경에도 접근하지 않았다……. 하지만 원시술사의 영토만으로는 폭발적으로 증가하는 인원을 모두 감당할 수가 없었다. 굶주림이 만연하자, 원시술사들은 이리디크론의 지도력에 의문을 품기 시작했다. 걱정이 많아진 돌비늘은 고룡쉼터 사원을 공격하라고 명령했고, 이는 훗날 용의 안식처 전투로 알려지게 되었다. 우리 용군단은 피락과 그의 군단을 상대로 사원을 지키는 데 성공했지만, 고룡쉼터와 참혹한 심연 사이의 모든 영토를 잃었다. 이제 우리 용군단은 보호막과 마법으로 사원을 감싸 지키고 있다. 용군단은 비전 정령을 이용하여 차원문을 통해 물자를 운반하고, 검은 용군단의 어둠비늘은 그곳을 첩보 활동의 기지로 이용하고 있다.

서부에서의 전투에서 그랬던 것처럼, 수적으로 우수한 원시술사와 맞서 싸우면서 우리는 서서히 입지를 잃었다. 우리는 패배의 구렁텅이에서 몇 번의 승리를 빼앗았다. 그리고 영토를 잃긴 했지만, 원시술사의 병력에서 수천 명의 용을 솎아내기도 했다. 탈주한 자들도 있었다. 죽고, 굶주리고, 전장에서 쓰러진 자들도 있었다.

비텔레노스는 얼음날개 균열에서 심장 수호대 지도자인 보이산즈에게 쓰러졌고, 그로서 비라노스가 가장 신뢰하는 부관이 전장에서 사라졌다. 검은 용군단의 비행지도자인 레바리안은 잿불서리 골짜기에서 옥소리아의 배우자를 처치했고, 이후 강대한 대모와 직접 발톱을 맞대고 겨뤘다. 이때 그는 한쪽 눈을 잃었고, 넬타리온은 모범적인 활약을 보인 그를 검은 용군단의 비행사령관으로 진급시켰다. 녹아내린 심연에서는 푸른 용군단이 환영 마법을 사용해서 원시술사 군단 전체를 지하로 유인했고…… 검은 용군단이 즉시 지표면을 붕괴시켜 적을 모두 땅속에 생매장했다. 하늘빛 기록 보관소의 대사서 베레고스가 그 놀라운 계획을 구체화했다.

전장에서 독특한 전술에 의지하고, 용군단의 능력을 십분 활용하면서, 우리는 오랜 세월 동안 용을 백여 명 이상 잃지 않았다. 우리에게는 원시술사에 비해 유리한 점이 몇 가지 있었다. 우선 우린 원시용으로 살았던 적이 있었지만, 그들은 질서의 용이었던 적이 없었다. 원시술사는 우리가 생각하는 방식을 이해하지 못했지만, 우린 그들의 마음이 어떻게 움직이는지 잘 알았다.

하지만 우린 한 번 승리할 때마다 두 번 퇴각하면서도 텅 빈 동토를 우리 발 아래에 두는 것보다는 용군단의 생명을 보전하는 것을 우선시했다. 하지만 시간이 흐를수록 원시술사는 조금씩 혈족의 터에 접근해 왔다……. 그리고 얼마 지나지 않아 우리는 적의 수를 줄이기 위한 싸움을 포기해야 했다. 그리고 살아남기 위해 싸워야 했다.

방벽이 영원히 버틸 수는 없었다. 이리디크론은 그 사실을 알지 못한다고 해도, 우리 위상들은 알고 있었다. 우리는 주어진 시간을 낭비하지 않았고,

쉬지 않고 국내 전선을 지키기 위한 준비를 했다.

알렉스트라자는 용군단의 협력을 장려하기 위해 모의전과 연습 전투, 시합을 실시했다. 용의 여왕은 성체 비룡과 어린 비룡들을 위한 용군단 대학을 설립하여 그들이 혈족의 터와 향후 아제로스 전반을 지키는 데 필요한 실력을 쌓을 수 있게 했다. 성체 비룡들은 이제 다 자란 용과 함께 국경 정찰에 참여하기도 했다.

흑요석 성채의 망치는 쉬지 않고 쇠를 내리쳤고, 넬타리온의 어둠비늘은 용의 벌판 전역을 감시했다. 에메랄드 정원에서, 이세라는 자신의 땅으로 이주해 온 상당수 필멸자 부족을 동원하여 들판을 경작하는 방법을 가르치고 자연을 존중하는 마음을 길러 주었다. 녹색 용군단은 동물 무리를 벌판에서 평야로 이주시키면서 공성전을 준비했다. 말리고스와 푸른 용군단은 혈족의 터 전역의 지맥을 강화하여 강력한 비전 마력의 샘을 확보했다. 그리고 우리 청동 용은 시간의 길에 대한 숙련도를 증가시켜 미래의 사건을 확실하진 않더라도 더 명료하게 볼 수 있도록 했다.

시간이 없다. 우린 전쟁을 치러야 한다.

제 18 장

어느 늦여름의 하루, 알렉스트라자는 혼자서 현신의 금고를 나섰다. 그리고 햇살이 내리쬐는 난간뜰 가장자리에 멈춰 서서 바람에 실려 오는 냉기를 느꼈다. 거의 25년 동안 혈족의 터는 비교적 평화로웠지만…… 알렉스트라자는 그 평화가 그리 오래 가지 않을 것임을 알고 있었다.

그래도 용군단은 시간을 낭비하지 않았다. 현신의 금고는 검은 용군단과 청동 용군단의 창의성이 어떤 작품을 만들어 낼 수 있는지 여실히 보여줬다. 하얀 대리석 기둥과 황금 박공으로, 금고는 탈드라서스의 풍경을 한층 더 경이롭게 꾸며 주며 자리를 잡았다. 피어나는 꽃이 산비탈을 뒤덮었다. 축복받은 강이 금고의 양쪽으로 쏟아져 내려, 아래쪽에서 반짝이는 웅덩이를 채웠다. 새들의 노래가 주위를 가득 채웠다.

생명의 어머니도 이 장소의 진짜 목적을 몰랐다면, 평화롭고 평온한 풍경이라고 했을 것이다. 하지만 이 금고는 한때 가족이라고, 친구라고 불렀던 이들에게 작은 친절을 베풀기 위한 아름다운 감옥일 뿐이었다.

알렉스트라자는 그 목적에는 너무 신경을 쓰지 않으려고 애썼다.

넬타리온은 현신의 금고를 지하의 용암층 아래에 건설해서, 그 토대가 특정 유형의 지진파를 더 잘 흡수할 수 있게 했다. 노즈도르무와 티탄벼림은 금고 안쪽에 현신을 영원히 정지 상태로 가둘 수 있는 구체형 수감실 세 개를 만들었다. 라자게스는 말리고스의 가장 강력한 수호물로 보강된 감옥이 있는 해안에 남을 것이다.

오늘, 노즈도르무와 청동 용군단은 각 수감실의 시간 마법 부여를 마무리하고 있었다. 적어도 금고 문제만큼은 모든 준비가 끝났다.

무거운 발걸음이 단상 위를 쿵쿵 울렸다.

"무슨 문제라도 있소, 알렉스트라자?"

노즈도르무가 그녀 곁에 멈춰서 물었다. 오후 햇살 아래에서 청동 위상의 비늘이 황금색으로 빛났다.

"질문이 잘못됐던 것 같군. 지금은 문제가 없는 곳이 없다고 해야겠지?"

알렉스트라자는 한숨을 쉬며 분화구 너머 티르홀드 쪽을 바라봤다.

"얘기해 주시오."

그녀는 자기 질문이 얼마나 심각한 것인지 잘 아는 듯 나지막한 목소리로 물었다.

"시간의 길에 나보다 더 현명하게 용군단을 이끌어 전쟁 없이 이 분쟁을 해결한 알렉스트라자가 있었소?"

"그래, 전쟁을 피한 이들도 있었소."

노즈도르무가 말했다.

"하지만 그들이 더 현명했다고 할 수는 없겠소. 언제나 끔찍한 대가가 뒤따랐으니까. 한 시간의 길에서는 알렉스트라자가 현신들을 직접 추적해서 한 명씩 처치했소. 그런 행동이 그녀의 심장을 독으로 오염시켰고, 결국 그녀는 어둠의 여왕이 되어 자기가 구하려 했던 세계를 파괴하고 말았지. 또 다른 시간의 길에서는 그녀가 죽음의 고통을 앞세워 모든 용이 질서 마법을 받아들이게 강제했소. 그 과정에 수천 명이 도살당했고."

그런 말도 알렉스트라자에게 아무 위안이 되지 않았다. 그녀는 온몸을 부들부들 떨며, 대체 어떤 힘에 떠밀렸기에 자기가 세상을 반으로 쪼갤 수 있었을까 생각했다.

"그대가 자신을 탓하고 있다는 건 알지만, 알렉스트라자, 이 분쟁은 그대 잘못이 아니오."

노즈도르무는 웃으며 말했다. 그 말의 무게를 부정하기라도 하듯, 전령 두 명이 난간뜰을 향해 날아왔다.

"어떤 시간의 길에서도 깨끗한 승리를 쉽게 거둘 수는 없소. 우리의 전투는 언제나 잔혹하고 피투성이이며, 우리 용군단은 뼛속까지 참혹하게 망가질 수 있소. 그런데 어떤 길에서든 반드시 실패를 유발하는 요인이 딱 하나 있소."

"그게 뭐지?"

알렉스트라자가 물었다.

"그대의 죽음이오."

노즈도르무는 날카로운 시선을 알렉스트라자에게 돌리며 대답했다. 그의 미소가 서서히 사그라들었다.

"그 어떤 시간의 길에서도 용군단은 그대 없이 살아남지 못했소. 앞으로도 그대의 목숨을 거는 건 우리 모두의 목숨을 거는 것임을 기억하시오."

알렉스트라자는 날카로운 숨을 들이쉬면서 그를 향해 고개를 끄덕였다.

"우리에겐 그대가 필요하오, 여왕."

노즈도르무가 말했다.

"그대는 모르고 있을지 몰라도, 그대야말로 우리 용군단의 뛰는 심장이오. 다가오는 전쟁에서 우리 중 누구라도 살아남으려면, 그대에게 자신의 심장을 따라갈 힘과 용기가 있어야 하오."

우리 용군단의 뛰는 심장. 그 말을 여동생과 배우자, 아군에게 몇 번이나 들었던가. 그들은 모두 그 말이 칭찬이라고, 친절한 표현이라고 말했다. 하지만 알렉스트라자는 이제야 그 말의 무게를 알 수 있었다.

"오, 노즈도르무."

그녀는 난간뜰에 내려앉는 전령을 보며 말했다.

"가끔은 티르가 이토록 많은 실수를 저지른 나를 왜 용의 여왕으로 임명한 건지 궁금하오. 나는……."

그녀는 비라노스의 눈 속에서 보았던 분노와 고통을 떠올리며 말끝을 흐렸다. 그녀는 용의 벌판 둥지에서 납치되었던 때를 기억한다고 주장하는 비룡들에 대해 생각했다. 그리고 알렉스트라자가 새끼용들을 노릴까 봐 무리를 지키려고 참혹한 심연으로 날아간 옥소리아와 같은 원시용들을 생각했다.

자기가 옳다는 확신이 과도할 때는, 그 어떤 행동도 부당하게 느껴지지 않지.

아주 오랫동안 알렉스트라자는 자신이 수호자들의 지혜를 따라 공공의 이익을 추구하고 있다고 생각했지만, 이제는 공공의 이익이라는 것이 단순하게 하나로 정의할 수 없는 것임을 알 수 있었다. 그녀가 세운 최선의 계획도 예측할 수 없는 결과로 이어지고, 일은 상상할 수조차 없었던 방향으로 복잡하게 꼬여만 갔다……. 갈등하는 두 진영을 도우려던 노력은 결국 전쟁의 불길을 부채질하고 말았다.

"나는 티르의 선택에 한 번도 의문을 제기하지 않았소."

노즈도르무의 말에 그녀는 상념에서 깨어났다.

"그의 임무는 아제로스를 관리하고 보호하는 것이었으니까. 그대도 그 이상의 목표를 이룰 수 있소, 알렉스트라자. 힘을 내시오."

"고맙소, 친구."

그녀는 말했다.

"날이 어두워지더라도 그대의 말을 기억하겠소."

노즈도르무는 고개를 숙였다.

"그러길 바라겠소."

"위상님!"

붉은 용 티메우스트라즈가 난간뜰에 내려앉자마자 황급히 머리 숙여 인사했다.

"마법의 지배자 말리고스가 두 분을 긴급하게 위상의 권좌로 모셔 오라고 했습니다."

"무슨 일이냐?"

알렉스트라자가 날개를 펼치고 날아갈 준비를 하며 단상 가장자리로 걸어갔다.

푸른 용군단에서 우리 방벽에 동력을 공급하는 마나 수정을 훼손하려 하는 비룡을 몇 명 붙잡았습니다."

티메우스트라즈가 말했다.

"마법의 지배자는 방벽이 오늘 하루를 버티지 못할지도 모른다고 했습니다."

안 돼. 알렉스트라자의 가슴 속에 남아 있던 숨이 모두 빠져나갔다.

"그게 전부가 아닙니다."

검은 용 스탈리엔이 고개를 숙였다.

"얼음심장 비라노스의 지휘 아래 원시술사들이 병력을 해안 쪽으로 이동시키고 있습니다. 공격을 준비하는 것 같습니다."

"뭐라고?"

노즈도르무가 몸을 움츠리며 물었다.

"즉시 권좌로 날아가자."

알렉스트라자는 그 말이 입술을 떠나기도 전에 하늘로 날아올랐다. 나머지도 황급히 그 뒤를 따랐다. 있는 힘껏 날개를 펄럭여 티르홀드 상공 높은 곳으로 날아오를 때, 왠지 이번 공격은 지난번처럼 쉽게 막아내지 못할 것 같다는 생각이 들었다. 이제 진짜 전쟁이 그들의 땅으로 밀려들고 있었다. 알렉스트라자는 동족을 실망시킬 수 없었기에, 절대로 실망시키지 않을 생각이었다.

알렉스트라자는 위상의 권좌 난간뜰에 추락하듯 내려앉았다. 당연하게도 의회실에는 위상과 청지기, 배우자, 비행지도자 등 수많은 용들이 모여 있었다. 긴장감이 너무나도 무겁게 깔려, 발톱을 휘두르면 벨 수 있을 것만 같았다.

용들이 황급히 양옆으로 비켜나고, 생명의 어머니는 바삐 권좌로 들어서며 외쳤다.

"말리고스, 무슨 일인지 얘기하시오!"

푸른 위상이 지친 몸짓으로 고개를 들었다. 수십 년 동안 바크스로스와 하늘빛 기록 보관소에서 비전의 샘을 관리하는 일에는 대가가 따랐다. 그의 비늘은 어느덧 탁한 파란색으로 변하고, 생생하던 두 눈의 불길도 거의 꺼지고 말았다. 두 볼은 움푹 들어가고, 어깨도 둥글게 굽고, 날개 막은 그가 사랑하는 책의 낱장처럼 바싹 말라 버렸다. 그의 배우자 신드라고사가 앞으로 나서며 대신 말하려 했지만, 말리고스가 손을 흔들어 말렸다.

마법의 지배자가 한숨을 쉬었다.

"미안하오, 알렉스트라자. 하지만 방벽이 오래 버티지 못할 것 같소."

"괜찮소, 친구."

알렉스트라자는 부드러운 목소리로 말하며 용군단 사이에 섰다. 티라나스트라즈는 그녀 주위로 꼬리를 감아 말 없이 응원해 주었고, 사리스트라즈는 생명의 어머니 왼쪽으로 몇 걸음 비켜나 자리를 만들어 주었다.

그녀는 푸른 위상을 보며 말을 이었다.

"그대와 푸른 용군단은 우리 모두를 지키기 위해 정말 큰 희생을 해주었고, 우리 모두 끝없이 감사하고 있소. 다들 이런 날이 올 줄 알았지만, 우리 비룡이 이 순간을 어떻게 재촉한 건지 말해 주시오."

말리고스가 고개를 끄덕였다.

"아직 한 시간도 지나지 않은 일이오. 신드라고사가 비룡 여섯 명이 하늘빛 기록 보관소 깊은 곳에 있는 마나 수정을 파괴하려 하는 걸 붙잡았소."

"방첨탑에 지맥을 공급하는 수정이겠지?"

그녀가 두근거리는 가슴을 억누르며 말했다.

"바로 그거요."

말리고스가 대답했다.

"피해가 얼마나 심각하오?"

알렉스트라자가 물었다.

마법의 지배자는 입을 열고 뭔가 말하려 했지만, 그냥 한숨을 내쉬며 고개만 저었다.

신드라고사는 말리고스의 어깨에 앞발을 올렸다.

"복구할 수가 없소, 여왕. 제때 방벽을 지켜낼 수는 없을 것 같소. 미안하오. 그 어린 비룡 시리고사가…… 원시술사의 기술을 이용해서 기록실의 방어를 무력화했소. 얼음을 이용한 기술이었소."

알렉스트라자는 입을 굳게 다물었다.

"우리 비룡들이 원시술사와 내통하고 있었다고?"

"비라노스요."

넬타리온이 말을 뱉었다.

"붉은 비룡 탈린스트라즈가 당당히 인정했소."

권좌에서 요란한 외침이 터져 나왔다. 탈린스트라즈. 생명의 어머니는 눈을 가늘게 떴다. 뻔뻔한 꼬마 붉은 비룡이 여전히 기억에 생생했지만, 그 버릇없는 아이가 본격적으로 반란을 꾀할 거라고는 상상도 못 했었다. 그 소식이 알렉스트라자의 화를 돋웠다. 어떻게 감히 적과 내통해서 수십만 용의 목숨을 위태롭게 할 수 있지? 피락이 루비 생명의 웅덩이에 있는 새끼용들을 살려 줄 거라고 생각했을까? 비라노스가 혈족의 터를 녹지 않는 빙하기로 이끌지는 않을 거라고, 이리디크론이 이 땅의 모든 산을 무너뜨리지는 않을 거라고 생각했던 걸까?

"또 누가 가담했소?"

알렉스트라자가 물었다.

"이름을 말하시오."

신드라고사가 입을 열었다.

"엘레고스, 놀리즈도르무, 아자리안, 이바루스입니다. 각 용군단에서 한 명씩, 그리고 저희 용군단에서는 두 명이었습니다."

"그들은 체포했소?"

생명의 어머니는 넬타리온을 보며 물었다.

"어둠비늘이 지금 성채 던전에서 심문하고 있소."

검은 위상이 말했다.

"좋소."

알렉스트라자이 대답했다.

"청지기 제군, 탈린스트라즈와 협력한 것으로 보이는 비룡을 모두 붙잡아서 흑요석 성채로 보내 심문을 실시하라. 나머지는 공격을 준비해야—"

"그들의 말에도 일리가 있습니다!"

푸른 용들의 구역에서 목소리가 울려 퍼져, 생명의 어머니의 말을 잘랐다.

권좌 전체에 장막 같은 침묵이 내려앉았다. 방안의 모든 눈이 말리고스의 주문비늘 부대의 날개지도자 스텔레고스에게 향했다.

"스텔레고스."

푸른 위상이 한숨을 내쉬며 말했다.

"이미 얘기했던 문제잖나. 지금은 이럴 때가 아니야."

"우리도 평화 회담에서 피락이 했던 말을 들었습니다."

스텔레고스가 말했다.

"그리고 고룡쉼터 사원 상공에서 비라노스가 한 말도 들었습니다. 우리 모두 비라노스가 용의 여왕님이 원시용 둥지에서 알을 훔쳤다고 비난하는 걸 들었습니다!"

"그만하라고 했잖나."

말리고스가 잘라 말했다.

스텔레고스는 말을 이었다.

"더는 감출 수-"

"그만!"

말리고스가 스텔레고스를 향해 빙글 돌아섰다. 그의 발톱에서 피어오르는 비전 불길처럼 그의 분노도 뜨겁게 타올랐다. 스텔레고스는 몸을 움츠렸고, 목을 보호하려 머리를 떨구며 비늘을 빳빳하게 세웠다. 발톱이 돌 바닥을 스쳐 끼익 소리가 울렸다. 항상 차분하고 어떤 경우에도 동요하지 않는 신드라고사조차 이를 드러내고 으르렁거렸다. 권좌 전체가 공포에 휩싸이고, 녹색 용과 청동 용들이 푸른 용들을 피해 몸을 웅크렸다.

"괜찮다."

알렉스트라자가 그렇게 말하며, 부드러운 루비의 빛을 방 전체에 뿌려 긴장감을 완화시켰다.

"말리고스, 나 때문에 그렇게 화를 낼 필요는 없소."

마법의 지배자가 그녀를 바라보며 한숨을 내쉬고 다시 자리에 앉았다. 그리고 패배감이나 수치심이 아닌, 단순한 피로 때문에 고개를 숙였다.

용의 여왕은 말리고스가 화를 냈다고 나무라지 않았다. 말리고스는 어리석은 행동을 용인해 주는 법이 없었고, 게다가 지금은 자기 몸 하나 간수하기도 힘든 상태였다. 말리고스가 매일 같이 자신의 영혼뿐 아니라 다른 위상, 자기 친구들과의 결속을 시험하느라 짊어져야 했던 끝없는 부담을 알렉스트라자도 고스란히 느낄 수 있었다. 용의 여왕은 푸른 위상에게 너무 많은 것을 요구했고, 그는 모든 걸 바쳐 그 요구에 따라 주었다.

스텔레고스가 알렉스트라자를 바라보며 목소리를 높였다.

"부정하시겠습니까? 벌판에서 용의 알을 훔치라는 계획을 여왕님께서 승인하셨습니까?"

푸른 용의 목소리가 하늘 가득 울려 퍼졌다. 그 소리가 어찌나 큰지, 근처를 날아가던 다른 용들이 고개를 돌려 권좌를 바라볼 정도였다. 알렉스트라자는 당황한 기색을 내보이지 않으려고 애써 태연한 표정을 지었다. 그녀는 넬타리온이나 여동생을 바라보진 않았다. 대신 흔들리지 않는 눈빛으로 그 푸른 용의 눈을 바라봤고, 결국 스텔레고스는 고개를 떨구고 땅을 바라봤다.

아주 오래전, 노즈도르무가 이런 일이 일어날 수 있다고, 용군단 전체의 미래가 그 운명적인 결정의 결과에 달려 있다고 그녀에게 경고했었다. *우리 용군단 앞에 일천 가지 미래가 보이지만, 시간의 모래가 어느 쪽으로 흐를지는 모를 일이오. 야생에서 원시용의 알을 가져오는 행위는 우리 용군단에 도움이 될 수도 있고, 어쩌면 우리 용군단을 파멸시키는 선택이 될 수도 있소.*

용군단은 생존할 필요가 있었다. 살아남아야 했다. 그녀도 이제는 그 목표를 달성하기 위해 위상들이 어려운 선택을 했다는 사실을 숨길 수 없었다. 넬타리온의 시선이 비늘을 파고들어 진실을 감추라고, 지금 심장에서 흘러나오려 하는 말을 입 밖으로 내놓지 말라고 간청하는 것을 느낄 수 있었다.

하지만 알렉스트라자는 용의 여왕이었고, 가장 가까운 이들에게 진실을 알리지 않을 경우 어떤 비극이 일어날 수 있는지 슬픈 경험을 통해 배웠다.

이제 비밀은 없다.

"내 얘기를 잘 들어라."

알렉스트라자가 방안의 모든 이를 향해 말했다.

"너희에게 우리 용군단에 대한 애정이 있다면, 우리 위상이 300년 전에 왜 그런 어려운 결정을 내려야 했는지 이해할 수 있을 거다."

넬타리온은 아무 말 없이 눈을 감았다.

불안감의 파문이 권좌를 휩쓸고, 알렉스트라자는 말을 이었다.

"티르의 명령에 따라, 우리가 서로와 이 세계에 맺은 서약을 지키기 위해, 위상들은 용의 벌판에서 원시용의 알을 회수해 온다는 계획을 승인했다."

그녀는 잠시 말을 멈추고 그곳에 모인 용들에게 그 말을 곱씹어 볼 기회를 주었다. 새롭게 드러난 사실이라고 할 수는 없었지만, 생명의 어머니가 진실을 인정함으로써 모든 것이 달라졌다.

하지만 그녀의 옆과 뒤쪽에 있는 붉은 용들은 아무도 동요하지 않고 흔들리지 않는 결의를 보여주었다. 청동 용들 또한 놀라지 않고 계속 침착한 태도를 유지했다. 하지만 푸른 용과 녹색 용들은 그렇게 쉽게 진실을 받아들이지 못하는 듯 서로를 바라봤다.

검은 용도 놀란 듯했지만 어딘가 의기양양해 보이기도 했다.

"우리도 그 지시를 따르는 것이 쉽지 않았다."

알렉스트라자는 이세라를 보며 말했다

"정당한 부모로부터 알을 빼앗아 오고 싶지는 않았으니까. 그래서 티탄벼림을 통해 벌판에서 보호받지 못하는 알들만 가져오는 것으로 타협했다. 어차피 포식자들에게 희생될 법한 알 말이다. 물론 쉽지 않은 결정이었다.

"피락이 자신에게 원소의 힘을 주입했을 때, 새로운 움직임이 자리를 잡았다. 원시술사들은 우리에게 흉물이자 괴물이라는, 티탄의 노예라는 꼬리표를 붙였다. 그들은 우리가 위험하고, 제거해야 할 대상이라고 했다. 우리는 피락이 혈족의 터 전체와 질서의 용 모두를 불태우기 전까지 멈추지 않을 것임을 알았다."

알렉스트라자는 방 전체를 둘러봤다.

"솔직히 얘기해 봐라. 지금 우리 국경으로 밀려드는 공포와 마주했을 때, 너희라면 그와 같은 결정을 내리지 않았겠느냐? 너희라면 적을 약화시키고 아군의 수를 늘릴 수 있는 계획을 시도하지 않았겠느냐? 동족의 생존을 보장하기 위해 할 수 있는 모든 걸 시도하지 않겠느냐?"

뒤쪽에서 한 녹색 용이 소리 높여 말했다.

"그래서 현신들이 혈족의 터와 평화 협상을 거부한 게 아니겠습니까? 바로 그런 사실 때문에 비라노스가 우리를 등진 겁니다!"

"놈들은 어차피 우릴 공격할 생각이었어."

사리스트라즈가 알렉스트라자를 지원하려고 앞으로 나서며 잘라 말했다.

"이리디크론은 그저 혈족의 터에 전쟁을 선포할 이유를 원했던 것뿐이다."

"하지만 시간이 더 있을 수도 있었습니다."

스텔레고스가 말했다.

"위태로운 평화라도 몇백 년이 아닌 일천 년 동안 영유할 수 있었을지도 모릅니다! 시간만 있었다면, 그들과 공존할 방법을 찾았을지도 모르고요."

"우리가 존재하지 않아야 한다고 믿는 자들과는 평화를 논의할 수도, 공존할 수도 없어."

어둠비늘의 에그니온이 가슴 깊은 곳에서 우르릉 소리를 내며 말했다.

"수 세기 동안 그들을 지켜본 내가 분명히 말하지만, 현신들은 우리 동족을 말살하는 것 외에는 아무것도 원하지 않아!"

스텔레고스가 어깨를 펴고 고개를 꼿꼿이 세웠다.

"평화에 이르는 다른 길이 없었다고 생각하진 않습니다."

"스텔레고스, 전쟁의 저울이 기울어진 건 그 알들 때문이 아니라 라자게스가 붙잡혔기 때문이다."

알렉스트라자가 부드럽게 말했지만, 그 말이 방안의 다른 목소리를 모두 침묵시켰다.

"다시 한 세기에 걸친 평화를 얻어내기 위해 폭풍포식자를 석방해야 하겠나? 라자게스는 평화를 허락하지 않을 거다. 잊지 마라. 먼저 공격한 건 라자게스였다."

푸른 용은 풀이 죽어 물러났다. 기대감이 가득한 모두의 눈이 다시 생명의 어머니에게로 향했다. 용들은 애써 침착한 태도를 유지했지만, 모두의 공포, 분노, 혼란이 방 전체에 이글거렸다. 주위의 지도자들은 이 상황을 완벽히 수습해야만 했다. 그러지 못하면 오늘 아주 많은 생명의 불씨가 꺼질지도 몰랐다.

"지금 이 순간에도 적들은 우리 국경을 향해 날아오고 있다."

알렉스트라자가 말했다

"우리 용군단과 가족, 우리 삶 전체가 조만간 공격받을 거다. 혈족의 터가 무너지면 여기 모인 용들에게 무슨 일이 일어날지 설명할 필요는 없겠지."

"너희가 실망하고 분노하는 건 이해한다."

여왕은 스텔레고스를 바라보며 말했고, 푸른 용은 고개를 숙였다.

"티르가 처음 위상들에게 벌판에서 알을 가져오라는 말을 했을 때 나도 그런 기분을 느꼈으니까. 그 명령을 듣고 내 심장도 날뛰었다. 이제 너희도 진실을 알게 되었으니, 너희가 발드라켄을 떠나 더는 용군단에 협력하지 않겠다고 해도 탓하지 않겠다. 선택은 오직 너희만의 몫이다. 이제 다시는 개인의 자율성을 박탈하는 행위를 묵인하지 않겠다.

"너희는 우리 용군단의 지도자다."

그녀는 그렇게 말하며, 고개를 들고 어깨를 곧게 폈다.

"다가오는 폭풍을 이겨내려면, 이곳에 있는 모두의 심장이 함께 뛰어야 한다. 나도 완벽한 지도자가 되겠다고 약속할 수는 없겠지만, 언제까지고 너희 안녕과 행복을 지키기 위해 노력하겠다고 약속하겠다. 난 마지막 숨을 내쉴 때까지 너희를 위해 싸우고, 너희 승리를 함께 축하하고, 도움이 필요할 때 너희를 돕겠다. 하지만 오늘 이 자리에서는, 다른 무엇보다 다시는 내가 하려는 일을 감추지 않겠다고 맹세하겠다."

알렉스트라자는 이미 약속을 한 번 어겼고, 그 실수로 인해 그녀와 용군단은 매우 큰 대가를 치러야 했다. 다시는 그런 잘못을 하지 않을 것이다.

굳건한 결심과 함께, 그녀는 소리 높여 말했다.

"우리 하늘이 어두워질 것이다. 지금 나와 함께 서서 우리가 사랑하는 고향을 지키겠느냐?"

생명의 어머니의 말이 끝나기도 전에 이세라는 말했다.

"언제라도."

티라나스트라즈가 꼬리로 바닥을 때려 권좌 전체에 전율을 일으켰다.

"나도 언제까지나 그대 곁에 있겠다, 알렉스트라자."

"우리 용군단 모두가 그러할 것입니다!"

사리스트라즈가 말했다.

"우리 동족이 희망을 잃게 하진 않겠습니다."

넬타리온이 앞으로 나섰다.

"검은 용군단은 그대와 함께 혈족의 터를 지킬 준비가 됐소, 여왕."

주위의 검은 용들이 고개를 들고 맹렬한 전투의 외침을 내질렀다. 검은 용군단은 오늘 이 날을 위해 몇 세기 동안 준비해 왔다.

"푸른 용도 마찬가지요."

말리고스도 고개를 들고 말했다. 아주 오랜만에 마법의 지배자의 두 눈에 비전 불꽃이 피어올랐다. 그의 뒤에 있는 스텔레고스는 눈을 감았지만, 고개를 끄덕였다.

"청동 용군단 역시 모든 능력을 동원하겠소."

노즈도르무가 말했다. 그가 다른 말을 하기 전에, 청동 용군단 구역에서 흐느끼는 소리가 흘러나와, 지금까지 형성된 희망의 끈을 끊어 버렸다.

"소리도르미."

청동 위상이 눈살을 찌푸리고 배우자를 바라보며 말했다.

"무슨 일이오?"

황금색 빛이 소리도르미의 눈에 아른거렸다. 밝게 빛나는 눈물이 볼을 따라 흘러내렸다. 그녀는 다리를 부들부들 떨고, 날개를 등에 바싹 붙였다.

"펴…… 평원이 불타고 있어요."

소리도르미는 다시 흐느끼며 말했다.

"제…… 제 눈에…… 가까이 보여요……. 피락이 원시술사 군대를 이끌고 에메랄드 정원을 불태우고 있어요. 모…… 모르겠어요……. 시간이 없어요. 하지만 꿈으로 통하는 차원문이, 아!"

이세라가 비명을 질렀고, 그녀의 뿔에 앉아 있던 작은 새들이 사방으로 흩어졌다. 녹색 용들은 당황했고, 위상을 바라보며 명령을 기다렸다.

"어서 가!"

알렉스트라자가 말했다.

"시간이 없어. 빨리 가!"

이세라가 여왕을 향해 고개를 끄덕였다.

"티탄이 함께하길, 언니."

"너에게도 함께하길."

생명의 어머니가 제대로 작별 인사를 할 시간이 없어 아쉬운 마음을 달래며 말했다.

녹색 용들이 하늘로 날아오르자 권좌 전체가 혼돈에 휩싸였다. 위상들이 비행사령관들과 상의하고, 명령을 외치고, 용들을 사방으로 보냈다. 알렉스트라자는 방으로 돌아가 바닥에 대장정 지도를 불러냈다. 어느새 권좌는 남은 위상 네 명만 남겨 두고 비어 버렸다.

"이제 시작이군."

넬타리온이 알렉스트라자의 오른쪽으로 다가오며 말했다.

"별로 기분이 좋진 않은 모양이오."

말리고스는 특유의 표정으로 대지의 수호자를 바라보며 말했다. 마법의 지배자는 아무리 피곤해도 검은 위상을 놀리는 건 빼놓지 않았다.

넬타리온은 얼굴을 찌푸렸지만, 그가 미처 대답하기 전에 알렉스트라자가 끼어들었다.

"둘이 티격태격하는 걸 보는 것도 좋지만, 지금은 시간이 없소. 해안과 에메랄드 정원을 원시술사의 공격으로부터 지켜야 하오. 넬타리온과 내가 북쪽으로 가서 해안을 방어하고, 붉은 용들이 정원에 자리를 잡겠소."

그녀는 생명의 어머니의 정원을 발톱으로 두드려 붉은 불길을 피워올렸다. 그녀의 루비 앞발이 바닥 위로 미끄러져 요새 쪽으로 향했고, 넬타리온은 해안의 경계 쪽으로 움직였다.

넬타리온이 자기 부대 중 하나를 에메랄드 평야로 옮겼다.

"전방의 녹색 용들을 지원할 수 있도록 가리온과 무쇠비늘을 보냈소."

"좋소."

알렉스트라자가 말했다.

"말리고스, 그대도 빨리 하늘빛 기록 보관소로 돌아가고 싶겠지?"

"그게 좋겠소."

푸른 위상이 말했다.

"내가 아군에게 몇 시간 정도를 벌어 줄 수 있을 것 같소."

"좋소. 해야 할 일을 하시오."

여왕은 그렇게 대답하고, 사파이어 말을 기록 보관소로 옮겼다.

"노즈도르무, 시간의 합일점으로 돌아가 공격을 준비하시오. 아직 이리디크론이 전장에 나타났는지 확인되지 않았소."

"즉시 그러겠소."

청동 위상이 말했다.

알렉스트라자는 대장정 지도를 살펴보며 약한 곳을 찾았다.

"내가 놓친 게 있소, 넬타리온?"

"없소."

그는 대답했다.

"레바리안을 흑요석 성채로 보내 대지 방벽과 용기병, 깨어나는 해안의 계곡에 숨어 있던 필멸자의 연합군을 지휘하게 했소. 사상자를 최소화할 수 있는 유리한 위치에서 적과의 교전이 이루어질 수 있도록 유령 군대를 배치해 두었고, 용기병들은 국경을 따라 용학살자 대포를 운용하고 있소."

"그걸로 충분하길 바라 봅시다."

알렉스트라자가 말했다.

"온 힘을 다해 오늘 혈족의 터가 무너지지 않도록 지켜 내겠소."

* * *

비라노스는 해안 외부의 절벽 위에 서서 깨어나는 해안 전체를 둘러싼 짙은 붉은색 방벽을 살폈다. 루비의 빛 촉수가 구불거리며 하늘을 향해 뻗어 올라가 구름을 분홍색으로 물들였다. 태양이 지평선을 향해 가라앉고, 방벽 반대쪽에는 그녀의 자매가 해안에 일궈 놓은 파괴의 흔적이 드러났다. 라자게스가 무모하다는 건 알았지만, 그래도 비라노스는 자매가 아무 이유 없이 혈족의 터를 공격하지는 않았을 거라 생각했다.

넬타리온이 해안에 무언가를 숨기고 있었고, 그녀의 자매가 그 대가를 치렀다.

내가 풀어 주마, 라자게스. 비라노스가 생각했다. *어떤 대가를 치르더라도, 바람이 다시 한번 네 날개를 채울 수 있게 해주마.*

지금 이 순간이 오기까지 25년을 기다려 왔다. 얼음심장은 어린 질서의 비룡들을 자기 품으로 받아들였고, 위상들의 의혹을 사지 않도록 가끔씩 그들과 대화했다. 시리고사에게 적절한 주문을 가르치고, 다시 그 비룡이 하늘빛 기록 보관소에서 믿음직스러운 사서로 자리 잡기까지 몇 년이라는 시간이 걸렸다.

라즈비크가 비라노스 곁에 내려앉아, 날개 발톱을 가슴에 댔다. 지난 오십 년 동안, 점박이 녹색 용은 그녀와 떨어질 수 없는 존재로 자랐고, 그녀의 오른쪽 날개이자 조언자, 속 깊은 대화를 나누는 상대가 되어 주었다. 라즈비크와 배우자는 비라노스의 가족이었고, 새끼용들도 그녀를 할머니로 생각했다. 비라노스에게 얼음 원소가 주입되었을 때 그 곁에서 경계를 선 것도, 알렉스트라자의 배신 이후 그녀에게 얼음심장이라는 이름을 붙여 준 것도, 처음 고룡쉼터 사원을 공격할 때 비라노스의 오른쪽에서 함께 날았던 것 또한 라즈비크였다.

"태양이 지평선을 향해 날아갑니다."

그는 고개를 들고 냄새를 맡으며 말했다. 그는 비라노스에게 전술과 편성에 관해 많은 것을 배웠다.

"비룡들이 늦는군요."

"기다려 봐라."

비라노스가 말했다.

"그들이 실패했다면, 검은 용군단이 지금처럼 국경에서 우글거리지는 않을 것이다. 다들 제자리에 있나?"

"그렇습니다."

라즈비크가 말했다.

"좋다."

비라노스는 대지의 수호자와 여러 차례 충돌해 봤고, 승리한 횟수만큼 패배한 횟수도 많았다. 넬타리온의 부대는 전장의 어떤 병력보다 조직적인 훈련을 받았다. 단순히 강한 망치로 때린다고 해서 깨뜨릴 수 있는 상대가 아니었다. 넬타리온을 상대하려면 어느 정도의 전략이 필요했다.

"도무지 기분 좋은 구석이 없는 전쟁입니다."

라즈비크가 말했다.

"언젠가 전장에서 제 친족과 싸우게 될 것만 같습니다."

비라노스는 목 깊은 곳에서 우르릉 소리를 내며 공감의 뜻을 내보였다.

"혈족의 터 비룡들 사이에 진실이 알려졌을 거라고 믿어야 한다. 탈린스트라즈가 알 속에서 질서 마법이 주입되었다는 걸 알고 있다고 했으니, 납치당한 다른 새끼용들도 알고 있을 게 분명하다. 그들은 원시의 친족과 싸우려 하진 않을 것이다."

"전 현신님을 믿지만,"

라즈비크가 말했다.

"그래도 두렵습니다."

"어떻게 그렇지 않을 수 있겠나?"

비라노스가 대답했다.

"나는 전투를 즐기지 않지만, 위상들이 우리에게 선택지를 주지 않았다.

나는 그들 주인의 의지에 굴복하지 않을 것이고, 그들이 우리 동족을 학살하거나, 타락시키거나, 투옥하는 걸 보고만 있지는 않을 것이다. 그리고 내 자매를 저 증오스러운 산 밑에 묻어 버린 걸 절대 용납하지 않을 것이다."

비라노스는 계곡 너머로 시선을 던졌다. 동쪽 산맥을 따라 산비탈에서 아른거리는 푸른 수호물이 희미하게 보였다. 이리디크론의 바위격노자들이 보고해 온 정보에 따르면, 저곳이 바로 넬타리온이 폭풍포식자를 가둔 장소였다.

라자게스가 무슨 일을 했기에 이렇게 경비가 삼엄한 감옥에 갇힌 걸까? 아니면 그녀가 여기 해안에서 어떤 끔찍한 공포를 보았기에, 원시의 친족들에게 그 죄악이 알려지는 걸 두려워한 위상들이 라자게스를 가둬 버린 걸까?

라즈비크는 고개를 끄덕였다.

"비라노스 님, 우리 동족에 대한 만행의 대가를 받아낼 때까지, 제가 현신님 곁에서 싸우겠습니다."

"방벽이 떨어지면 즉시 공격한다."

비라노스가 말했다.

"시산즈가 대지 방벽과 싸우게 하고, 얼음발톱을 보내 국경에 있는 용기병의 용학살자를 파괴해라. 우리 목표는 웨이른 땅까지 진격하는 거지만, 넬타리온과 알렉스트라자가 전장에 나타난다면 절대 목숨을 낭비하지 마라. 두 위상과 동시에 싸우진 않겠다."

"알겠습니다."

라즈비크가 고개를 끄덕이며 말했다.

다시 한 시간, 두 시간이 흘렀다. 태양이 지평선에 닿아 서부 산맥을 붉게 물들이고, 대기가 파지직거리기 시작했다. 국경을 따라 마치 폭죽의 장막처럼 붉은 불꽃이 폭발했다. 하늘에서 불씨가 비처럼 쏟아졌다.

그들이 지상으로 내려서자, 알렉스트라자의 방벽은 사라지고 없었다. 나팔 소리가 울려 퍼졌다. 검은 용군단이 산맥 위로 모습을 드러냈다. 수백 개의 날개가 펄럭이는 소리 위로 자신감과 확신이 가득한 비행지도자들의 목소리가 울려 퍼졌다.

비라노스의 입술 한쪽에 희미한 미소가 나타났다. 그녀는 하늘로 날아올랐다. 비라노스는 날개를 한 번 펄럭여 공기 중의 수분을 얼리고 봉우리를 짙은 안개로 뒤덮었다. 그녀는 안개를 해안 쪽으로 밀어냈고, 날개지도자들이 포효하며 공격을 알렸다. 라즈비크는 비라노스가 부대 내 서열 3위로 지명한 원시용 미스루즈와 함께 그녀를 따라왔다.

안개가 일렁이며 해안으로 흘러들어 거대한 계곡을 가득 채우고 그녀의 병력을 감춰 주었다. 그녀의 서리비늘 전사들이 안개를 뚫고 돌진했다. 안개는 그들의 몸에 엉겨 붙고 응고되어 비늘 위 얼음 갑주가 되었다.

서리비늘이 공기를 가르고 검은 용들을 덮쳤다. 두 군대의 강렬한 충돌에 전투의 굉음이 산비탈에 부딪히며 메아리쳤다. 포효와 비명이 높이 휘몰아쳤다. 용기병은 투석기로 불타는 용암을 하늘 높이 쏘아 올리고, 안개 속으로부터 빛을 밝혔다. 피 냄새가 대기를 물들였다.

비라노스의 기동 부대 얼음발톱이 서리비늘 아래로 강하하여 아래쪽 산맥에 있는 용기병들에게 향했다. 거대한 나무 투창 이 안개를 뚫고 날아와, 몇몇 얼음발톱의 가슴과 날개를 꿰뚫었다. 나머지는 용기병들을 덮쳐 적의 사지를 뜯고 무기를 부쉈다. 하지만 산의 균열에서, 돌을 끌로 잘라내는 듯 어둠비늘들이 모습을 드러냈다. 대지 수호자의 검은 용들이 비라노스의 얼음발톱 병사들에게 달려들어 용기병과 중화기 곁에서 몰아냈다.

"미스루즈, 최전방으로 합류해라."

비라노스가 말했다.

"스톨트리아가 레바리안 대신 대지 방벽을 이끌고 있다. 비텔레노스를 해친 용들 중 하나다. 죽여라."

미스루즈가 고개를 끄덕이고 최전방으로 강하했고, 그 즉시 원시술사 세 명과 맞서 싸우는 중장갑의 검은 용에게 달려들었다. 스톨트리아는 공중제

비를 돌아 꼬리로 폭풍발톱의 머리를 강타하며 목을 꺾었다.

"적의 포대를 파괴하면, 서리비늘로 검은 용군단을 압박해서 계곡으로 내려보내라."

비라노스가 라즈비크에게 말했다.

"산 위에서 싸우면 적의 경보병이 우릴 봉우리에 가두려 할 것이다."

그녀는 넬타리온의 흑마노 돌격대가 사냥하는 매처럼 하늘에서 떨어져 내려 산 정상의 목표물을 타격하고, 날개와 등뼈, 목을 순식간에 부러뜨리는 모습을 많이 보았다. 그런 공격은 방어하기가 어려웠다. 흑마노 돌격대는 하늘에서 유성처럼 아찔한 속도로 떨어져 내렸다. 넬타리온은 그런 전략을 잿불석과 빙하 아귀뿐 아니라 용의 벌판 전역에서 벌어졌던 소규모 교전에서 이미 사용한 바 있었다.

해안에서는 돌격대가 눈에 띄지 않았지만, 넬타리온이 그들을 아껴 두고 있을 가능성도 있었다.

넬타리온은 어디 있지? 비라노스는 불안한 마음으로 생각했다. 검은 위상은 아무리 큰 질서의 용이라도 아이처럼 보이게 할 만큼 체격이 커서, 전장에서도 쉽게 눈에 띄었다. 비라노스는 좌절한 듯 으르렁거렸다. *어디에 숨은 거냐……?*

얼음발톱이 빠르게 곁을 스쳐 지나가 검은 위상의 장난감을 파괴했고, 비라노스는 얼음장 같은 안개를 발톱에 휘감아 얼음의 창을 만들었다. 그리고 공중에서 한 번 회전한 후, 산 측면에서 쇠뇌를 운용하는 용기병 무리를 향해 창을 던졌다. 얼음 조각이 투석기 하나에 적중하여 그곳으로부터 날개 스무 개 범위에 있는 모든 것을 얼려 버렸다. 비라노스는 두 번째 화살을 최전선에 있는 넬타리온의 날개지도자에게 발사했다. 그 용은 하늘에서 추락했고, 아래쪽 바위에 부딪혀 얼음 파편으로 산산이 조각났다.

넬타리온이 해안을 무방비 상태로 남겨두진 않았을 것이다. 이리디크론의 공격을 예상하고 흑요석 성채로 간 걸까? 돌비늘은 다른 현신들과 함께 이번 전투에 합류하지 않고, 쐐기 대형으로 넬타리온의 요새를 공략할 수 있도록 양면 공격을 펼치자고 했다. 만약 성질 급한 피락이 돌갈래 폭포로 진입하는 데 성공하는 위업을 달성한다면, 피락과 비라노스는 각각 북쪽과 남쪽으로부터 성채를 공격할 것이다.

아니, 뭔가 잘못됐다. 창을 하나씩 던져 넬타리온의 용들을 하늘에서 떨어뜨리면서도, 비라노스는 배 속 깊은 곳에서 불안한 기분을 느낄 수 있었다. 지상에서 마지막 용기병이 쓰러지자, 미스루즈와 시산즈가 진격의 포효를 외쳤다. 서리비늘은 전방으로 쇄도하여 검은 용들을 계곡 안으로 몰아넣고 삼면에서 포위했다.

그래도 대지의 수호자는 나타나지 않았다.

비라노스는 병력을 따라 경계하며 해안으로 들어섰다. 라즈비크가 뒤로 물러나, 전장 위에 떠 있는 현신에게 합류했다.

"대지의 수호자를 봤나?"

그녀가 물었다.

라즈비크가 고개를 가로저었다.

"다른 전선에서 싸우는 건지도 모르겠습니다."

"아니, 넬타리온은 내가 잘 안다."

비라노스가 말했다.

"그의 비행사령관도 비행지도자도 여기 없구나. 그렇다면 그가 직접 해안의 병력을 지휘하거나–"

비라노스가 그 말을 하자마자 머리 위 안개가 움직였다. 희미한 쉬익 소리가 들렸다. 고개를 들어 보니, 검은 용 열다섯 명이 그녀를 향해 떨어져 내리고 있었다.

"돌격대다!"

라자게스가 외치고 날개를 활짝 펼쳐 공기를 서리로 뒤덮었다. 그리고 현신은 강하했다. 얼음심장도 괴물같은 돌격대를 완전히 따돌릴 수 없다는 건 알았지만, 그들이 날개를 펼쳤을 때 그녀의 냉기가 비행 속도를 줄여 줄 것이다.

산 아래쪽까지 떨어져 내리자 안개가 옅어졌다. 아래쪽 대지에서 불꽃이 피어올랐다. 처음엔 두 개, 다시 열 개, 그리고 스무 개.

아니, 그건 불꽃이 아니라…… 눈이었다. 스물다섯 쌍의 눈이 그녀의 모든 움직임을 지켜봤다.

흙이 흔들리며 요동치기 시작했다. 놀랍게도, 흙 속에 숨어 있던 검은 용 부대가 지상으로 올라왔고, 몸을 흔들어 등에 묻은 흙을 털어냈다. 대지가 쪼개져 열리고, 검은 비늘의 거대한 앞발이 빠져나와 지면에 발톱을 박았다.

넬타리온! 비라노스의 심장이 목구멍까지 튀어 올랐다. 지면이 빠르게 다가오고, 돌격대는 그녀보다 더 빠르게 떨어져 내렸다. 심장이 한두 번만 뛰면 그녀를 덮칠 것이다.

비라노스는 날개를 펼쳐 적들의 머리 위를 빠르게 지나갔다. 앞쪽에서 넬타리온이 두 눈을 불태우며 대지 밖으로 모습을 드러냈다. 검은 위상은 이를 드러내며 싱긋 웃었고, 발톱을 지면에 꽂아 거대한 바위를 비라노스에게 던졌다. 그녀는 날개를 접고 왼쪽으로 몸을 회전시켰지만, 바위에 오른쪽 엉덩이를 맞았다. 몸에 맞은 흙과 돌이 폭발했다. 고통스러운 충격이 연이어 밀려와 등뼈가 터져 나가는 듯했다. 그녀는 추진력을 잃고 지면에 추락했고, 돌격대가 그녀의 머리 위로 모여들었다.

비라노스가 다시 일어서기 전에 넬타리온이 옆으로 달려들었다. 검은 위상은 비라노스를 땅속으로 짓누르며 앞발 발톱으로 비늘을 꿰뚫었다. 비라노스는 비명을 지르며 날개의 뾰족한 발톱을 그의 어깨 보호대 사이 틈으로 찔러 넣었다. 대지의 수호자가 포효하며 뒤로 풀쩍 뛰었다. 상처에서 피가 솟아올라 흑마노처럼 검은 비늘을 적셨다.

비라노스가 비틀거리며 일어서 헐떡였다. 가슴과 고막에서 맥박이 쿵쾅거리며 뛰었다. 소리가 어찌나 큰지 전투의 소음이 들리지 않을 정도였다. 그녀는 머리를 낮춰 목을 보호했다.

대지의 수호자는 그녀의 허를 찌르는 공격에 성공했고, 돌격대를 동원해서 그녀를 지상으로 떨어뜨렸다. 대지 방벽이 물러나게 해서 얼음심장과 그녀의 병력을 방심시킨 것도 모두 계획의 일부였을까? 넬타리온은 비라노스의 생존 본능을 역으로 이용해서 불리한 장소로 몰아넣었다. 생각이 거기까지 미치자, 비라노스는 으르렁거렸다.

머리 위에서 라즈비크가 짧게 네 번 포효하여 원시술사들에게 비라노스가 지상에 추락했다고 경고했다. 서리비늘들은 당황해서 대형이 흐트러졌다. 시산즈가 마주 포효하여 응답했다. 하지만 원시술사들이 현신을 보호하려고 강하하기 전에, 검은 용군단이 밀려들어 원시술사들을 산마루 뒤쪽으로 밀어내고 현신을 적진 뒤쪽에 가뒀다.

하늘 높은 곳에서 돌격대가 안개를 뚫고 두 번째 강하를 시작했다. 오십 명, 어쩌면 육십 명 정도의 용들이 최전방에 대치한 병력 위로 떨어져 내렸다.

비라노스는 눈을 가늘게 뜨고 다시 대지의 수호자를 바라봤다. 검은 용 네 명이 그의 양옆에 서고, 다른 용들이 머리 위를 맴돌았다. 퇴로는 산으로 막혔다. 산의 바위면에서 한 쌍의 폭포가 거세게 쏟아져 내리며 대기를 안개로 채웠다.

넬타리온이 그녀를 함정에 빠뜨린 건 사실이었지만, 아직 그가 이긴 건 아니었다. 비라노스가 숨을 깊이 들이쉬어 피를 차갑게 식히고 심장 박동을 늦췄다. 이 교전에서 살아남으려면 정신을 면도날처럼 예리하게 가다듬어야 했다.

대지의 수호자는 다친 어깨를 빙빙 돌리고, 머리를 좌우로 꺾으며 느긋한 태도로 목을 풀었다.

"정말로 나를 이길 수 있다고 생각하나?"

검은 위상이 조롱하듯 미소를 지으며 물었다. 그는 고개를 들었다.

“용의 벌판에서 우리가 시도했던 작전은 이 혈족의 터에서 너희에게 보여 주려는 것에 비하면 새끼용의 장난에 불과했다.”

비라노스는 입술을 들어 송곳니를 드러냈다.

“너는 이곳으로부터 참혹한 심연에 이르기까지 모든 영토를 잃었다, 넬타리온. 정말로 너희가 현신의 힘에 맞설 수 있다고 생각하는 거냐? 나는 자매를 해방시킬 것이고, 우린 함께 혈족의 터와 증오스러운 너희 도시를 말살할 것이다.”

“네 자매를 산 아래에 가둔 게 바로 나다.”

넬타리온의 말에는 날카로운 악의가 가득했다. 그는 증오심으로 두 눈을 불태우며 비라노스에게 다가갔다.

“이제 네게도 같은 대접을 해주려 한다.”

“그건 어려울 거다.”

비라노스가 악다문 이 사이로 말했다. 대지의 수호자가 그녀에게 달려들고, 그녀는 공중으로 뛰어올라 가슴에서 서늘한 냉기의 충격파를 내뿜었다. 폭포가 한 순간에 얼어붙었다. 그녀가 분노의 외침을 내지르자, 얼어붙은 폭포는 백만 개의 면도날처럼 날카로운 조각으로 깨졌다. 비라노스는 날개를 앞으로 강하게 펄럭여, 얼음 조각을 검은 위상과 그의 병력을 향해 쏟아부었다.

얼음이 날카롭게 날아와 날개 막을 찢고 비늘을 쪼갰다. 그녀 주위의 검은용들은 검은 그림자처럼 안개 속으로 나뒹굴었다. 냉기에 휩쓸린 방어구가 갈라졌다. 비명이 안개를 찢었다. 반짝이는 얼음 구름에 휩싸인 검은 위상이 분노의 포효를 내질렀다.

비라노스는 그가 다음 공격을 하기 전에 도망쳤다. 그녀는 날개에서 소용돌이치는 얼음을 응결시켜 어깨 위 허공에 굵은 고드름을 형성했다. 그리고 검은 용군단의 최전선에서 가장 약한 부분을 찾아내, 적의 방어구 사이 틈을 고드름 창으로 찔렀다.

서리비늘들이 거칠게 포효하며 갈라진 틈 사이로 뛰어들어 현신을 위해 길을 열었다. 비라노스가 그들 사이로 빠져나간 후 선회하여 원시술사의 벽 뒤에서 떠올랐다.

아슬아슬했군. 비라노스는 거친 숨을 몰아쉬며 씁쓸하게 생각했다. 아래쪽에서는 넬타리온이 꼬리를 한 번 휘둘러 서리비늘 열 명을 처치했다. 다른 서리비늘들은 대지의 수호자 앞에서 뿔뿔이 흩어졌다.

"비라노스 님!"

라즈비크가 현신의 이름을 외치며 날아올랐다. 두 눈에 공포가 가득했다.

"추락하시는 건 봤습니다만, 그 뒤의 일은 보지 못했습니다. 다치시지 않았습니까?"

"괜찮다."

비라노스가 으르렁거리며 대답했다. 자신의 우둔함에 화가 났다. 넬타리온은 그녀를 처치하는 것이 아니라 붙잡으려 한 게 분명했다……. 하지만 그 이유는 알 수 없었다. 기존의 교전에서만 해도 넬타리온과 다른 위상들은 무력으로 현신들을 처치하려 했다. 비라노스 또한 그들의 발톱에 베인 가죽이 여전히 쓰라렸고, 청동 용 비행지도자와의 치열했던 전투 이후 왼쪽 어깨가 예전 같지 않았다.

전략이 어떻게 바뀐 거지, 알렉스트라자? 그녀는 서리비늘을 파괴하는 넬타리온을 냉정하게 바라보며 생각했다. *뭘 하는 거냐?*

얼음심장의 생각에 응답하기라도 하듯, 희미한 루비의 빛이 남동쪽 지평선에 나타났다. 비라노스가 머리를 돌렸다. 빛이 계곡 전체에 번져, 따스한 온기와 함께 해안을 밝혔다. 그 온기가 비라노스의 얼음 안개를 녹이고 하늘에서 폭풍을 거두어, 반짝이는 별의 날개가 드러났다.

알렉스트라자는 해안 끝자락에 있는 탑 위에서 마치 작은 태양처럼 타올랐다. 붉은 용들이 진홍색 불길로 추위를 밀어냈다. 옛 친구를 보는 것만으로도 비라노스의 가슴에 얼음장 같은 분노가 차올랐다. 용의 여왕을 바라보며 연민을 느꼈던 때도 있었지만, 지금 눈에 보이는 건 적이었다.

언젠가 자신의 발톱으로 하늘 위 알렉스트라자를 찢어버릴 거라고, 비라노스는 라자게스의 이름으로, 또 질서 마법에 짓밟힌 모든 알들을 대신해서 맹세했다.

"퇴각 신호를 울려라."

얼음심장이 라즈비크에게 말했다.

"다음을 기약하지."

*　*　*

검은 용군단은 비라노스와 원시술사들의 첫 번째 진격에 총 열여덟 명의 용을 잃었다. 원시술사들의 전사자와는 비교조차 할 수 없게 적은 수였지만, 넬타리온은 불의 심장으로 하늘을 향해 떠난 용 하나하나를 애도했다.

검은 용군단은 치유사의 함몰지에 있는 석호의 호반을 따라 새까만 장작을 쌓았다. 달빛이 망자들의 흑요석 비늘을 어루만졌다. 겉보기에는 돌처럼 단단해 보이는 넬타리온도 그들을 보자 지독한 슬픔에 빠져들었다. 그의 용군단은 해안에서 이미 너무 큰 희생을 치렀다. 앞으로 또 얼마나 많은 이들이 쓰러져야 할까? 얼마나 많은 이들이 평화를 위해 목숨을 바쳐야 할까?

알렉스트라자는 넬타리온이 이 전쟁을 원했다고 생각할지 몰라도, 그는 여왕만큼이나 전쟁을 증오했다. 대지의 수호자는 원래 파괴자가 아니라 건설자이자 보호자였다. 그토록 많은 생명의 찬란한 불빛이 적들의 발톱에 꺼지는 건 차마 볼 수가 없었다. 폭풍분리 전투에서처럼 너무나도 많은 잠재력이 사라지고 말았다.

검은 용군단의 대지 방벽이 말 없이 해안에 모였다. 아직은 동료와 친구, 가족, 용군단에게 작별 인사를 할 준비가 되지 않은 그들은 산 절벽에 앉아만 있었다. 망자를 벌레 먹이로 남겨두는 원시술사들과는 달리, 검은 용군단의 쓰러진 구성원은 용기병의 손에 이끌려 단 한 명도 빠짐없이 장작 위에 놓였다. 넬타리온은 용들의 유해를 잉걸불과 함께 하늘로 올려보내서 자유롭게 날 수 있게 해줄 것이다. 바람에 실릴 수 없는 무거운 뼈는 장막의 납골당에 매장될 것이다. 망자는 대지의 품 안에서 안식에 들 자격이 있었다.

"마지막 비행을 끝냈구나, 나의 친구들이여."

그는 목이 메어 힘겨운 목소리로 말했다.

"너희 희생 덕분에 우리는 또 하루 싸울 수 있었다. 그걸 가능하게 해준 너희 이름은 절대 잊히지 않을 것이다."

넬타리온은 눈을 감고 숨을 깊이 들이쉬었다. 그의 폐가 공기를 뜨겁게 달구고, 송곳니 위에 불길이 똬리를 틀었다. 넬타리온은 고개를 들고 부드러운 모래에 발톱을 박아 넣었다. 그리고 횡격막에 힘을 모아 주위를 휩쓸듯 머리를 회전하며 가슴 속에 응어리진 불길을 쏟아냈다.

장작 위로 거대한 불길이 피어올랐다. 주위의 검은 용군단이 소리 높여 망자들의 이름을 불렀다. 속삭이는 소리로 시작된 그 의식은 이내 포효가 되어, 불이 동료들의 육신을 삼키는 동안 모두의 이름을 기억 속에 새겼다. 용군단은 장작불이 낮게 잦아들 때까지 경계를 섰다.

용기병들이 앞으로 나서 망자의 불씨와 뼈를 수습하는 사이, 익숙한 목소리가 넬타리온의 상념을 깨웠다.

"얼음심장에게 승리를 거두신 것을 축하드립니다, 위상님."

대지의 수호자는 고개를 돌렸고, 레바리안을 반갑게 맞이했다. 비행사령관은 고개를 숙이며 말했다.

"제가 함께해도 괜찮겠습니까?"

"물론이지."

넬타리온은 다시 잿더미를 향해 시선을 돌리며 말했다.

"성채와 탈드라서스, 하늘빛 평원까지, 돌비늘은 그 어떤 전장에도 나타나지 않았다고 들었다."

"네, 그렇습니다."

레바리안은 넬타리온 곁에 앉아, 용기병들이 재를 퍼올려 가벼운 금속 그릇에 담는 모습을 지켜봤다.

"솔직히 놀랐습니다……. 방벽이 사라지면 현신들이 전력을 동원해서 우릴 공격할 거라고 생각했으니까요."

"흐음."

검은 위상이 생각에 잠겨 말했다.

"이리디크론이 전장에 없다는 건 그가 금고에 대해 알고 있고, 붙잡힐 위험을 감수하지 않으려 한다는 의미일 수도 있다."

반란을 일으킨 비룡들을 현신들에게 연결해 준 당사자가 비라노스라면, 그녀는 금고에 대해 알고 있으면서도 그 위험성을 아예 무시했던 것일 수도 있었다. 위상들이 금고에 대한 진실을 널리 알리진 않았지만, 그렇다고 애써 자세한 내막을 감춘 것도 아니었다.

비행사령관이 위상을 향해 고개를 돌렸다. 금고 말이 나와서 말씀드립니다만, 비행지도자들이 위상님께서 첫 공격으로 얼음심장을 거의 붙잡을 뻔했다고 하더군요."

"흐음."

넬타리온이 대답했다.

"거의는 성공이 아니고, 축하할 일도 아니다."

레바리안이 능글맞게 웃었다.

"그렇게 말씀하시면 그런 거겠죠, 군주님."

"놈들은 다시 쳐들어 올 것이다."

넬타리온이 잿더미에서 시선을 돌리며 말했다.

"가자, 레바리안. 태양이 떠오르기 전에 해야 할 일이 많다."

제 19 장

넬타리온은 비라노스를 붙잡지 못했다는 사실에 좌절했다. 그가 성공했더라면, 북부를 공략하는 원시술사의 대장정에 압도적인 타격을 줄 수 있었을 것이다. 하지만 원시술사는 다음 날 다시 돌아와 혈족의 터를 다시 점령하려 했다. 검은 용군단과 붉은 용군단, 녹색 용군단이 그들을 막아냈다.

그들은 단념하지 않고 사흘 째 되는 날 여명에 공격을 감행했고, 나흘째에 다시 시도했다. 위상의 병력에서 희생된 용들보다 희생된 원시술사의 수가 열 배는 많았다. 그래도 적들은 공격을 멈추지 않았다. 알렉스트라자의 붉은 용은 해안에서 아군을 지원하고, 힘들어 하는 방어병들을 증원하고, 치유 마법으로 부상자들을 치유했다.

전투를 치를 때마다 비라노스의 전술은 점점 더 교묘해지며 넬타리온의 전략을 시험하고, 검은 용군단의 힘을 깎아내려 했다. 비라노스가 사령관으로서 성장한 건지, 아니면 이리디크론이 그녀의 접근 방식에 영향을 준 건지는 대지의 수호자도 알 수 없었다. 얼음심장은 수적 우위를 이용해서 파괴적인 공격을 감행했다. 하지만 그래도 원시술사들은 해안에서 날개 한 개 범위도 점령하지 못했다.

넬타리온은 날이 갈수록 현신들이 원하는 궁극적 목표를 명확하게 알 수 있었다. 그들은 흑요석 성채의 북쪽과 남쪽 인접 지역을 점령해서 쐐기 공격으로 성채를 제압하려 했다. 해안에서 라자게스는 부차적인 목표였다. 어차피 성채가 함락되면 깨어나는 해안 전체가 함락되는 것이나 마찬가지였다.

엿새째 되던 날, 비라노스는 해안의 여러 강을 하늘로 끌어 올리고, 그걸로 거대한 빙하를 만들어 지스케라 금고 남쪽의 산맥을 꿰뚫었다. 얼음심장과 그녀의 아군은 두꺼운 얼음으로부터 막대한 힘을 끌어낼 수 있었기에, 넬타리온은 병력에 퇴각 명령을 내렸다. 빙하는 서서히 번져서 해안 전체를 뒤덮을 것이다.

걱정스러운 마음이 앞선 넬타리온은 엿새째 저녁에 알렉스트라자에게 위상들을 권좌로 모아 달라고 부탁했다. 분위기는 심각했다. 용의 여왕은 초조한 듯 대장정 지도를 살펴보며 낮은 목소리로 노즈도르무와 이야기를 나눴다. 그 맞은편에는 말리고스가 지난 수십 년 중에서 가장 건강해 보이는 모습으로 앉아 있었다. 넬타리온이 권좌로 성큼성큼 들어오는 모습을 보자, 그의 눈에 비전 불꽃이 타올랐다.

지난 엿새 동안 피락을 막아내야 했던 이세라는 마법의 지배자 옆에서 기진맥진해진 모습으로 축 늘어져 있었다. 목과 어깨의 왼쪽 부분에는 불에 그슬려 검은 색 수포가 돋아났고, 상처를 반짝이는 물이끼로 덮어 둔 모습이었다. 나비들이 이끼 위에서 춤을 추며, 반짝이는 마법을 상처에 주입했다.

이세라의 녹색 용과 검은 용군단의 무쇠비늘이 평야에 불을 지르려는 피락을 저지했는데, 피락은 비라노스처럼 신중하지 않았다. 그는 용군단 사이에 가능한 한 많은 고통과 공포를 퍼뜨리려 했다.

넬타리온이 용의 여왕 옆에 앉으려 할 때, 말리고스가 큭큭 웃었다.

"회의를 주최해 놓고 늦었군."

푸른 위상이 말했다.

"답답한 도서관에서 벗어나 나와 함께 최전선에서 비라노스와 싸우고 싶소?"

넬타리온이 대답했다.

마법의 지배자는 콧잔등에 주름을 잡으며 고개를 가로저었다.

"그럴 줄 알았소."

넬타리온이 콧방귀를 뀌며 말했다. 그는 녹색 위상을 향해 돌아섰다.

"좀 어땠소, 이세라? 가리온이 돌갈래 폭포에서 아주 치열한 전투가 벌어졌다고 하던데."

꿈의 여왕이 하품을 하고는 머리를 조금 흔들었다.

"나쁘진 않았소. 하지만 솔직히 빨리 끝나는 게 좋을 것 같소. 피락은 전투에 대한 갈증을 도무지 채우지 못하는 것 같더군. 그자는 가장 먼저 전장에 나타나고, 가장 마지막에 물러나곤 하오."

"그럼 알렉스트라자가 허락한다면, 바로 본론으로 들어가겠소."

넬타리온이 말했다.

"그렇게 하시오."

용의 여왕이 한쪽 앞발을 흔들며 말했다. 그녀의 시선은 여전히 혈족의 터 국경을 따라 놓인 말들을 살펴보는 중이었다.

"신중하게 고려해 본 결과,"

넬타리온이 본론으로 들어갔다.

"이리디크론은 쐐기 대형 또는 삼중 공성 작전을 통해 흑요석 성채를 점령할 생각인 것 같소. 그래서 비라노스와 피락이 서로 다른 전선에서 싸우는 것이오. 성채의 북쪽 및 남쪽에 인접한 영토를 점령한 후, 함께 요새를 공격하려는 거지."

전쟁 지도에서 대지의 수호자가 언급한 해안과 에메랄드 평야 북부가 빛났다. 황금색 빛이 흑요석 성채를 둘러싸고, 강렬한 빛으로 요새 전체를 삼켜버렸다.

알렉스트라자가 눈을 가늘게 떴다.

“그럴 가능성이 충분한 것 같소. 성채가 붕괴되어서는 안 되오. 그랬다가는 루비 생명의 웅덩이가 무방비 상태가 될 거고, 현신들도 발드라켄을 공격할 최적의 위치를 확보할 테니. 어떻게 하는 게 좋겠소, 넬타리온?”

“모두의 힘을 집중하여 현신 하나를 즉시 전장에서 제거해야 하오.”

넬타리온이 대답했다.

“비라노스는 너무 영리하오. 그녀를 붙잡을 방법을 찾아내려면 상당한 시간이 필요할 거요. 하지만 피락이라면…….”

“피락의 머리는 대충 바위 더미와 비슷하겠지.”

말리고스의 말에 이세라가 평소답지 않게 코웃음을 쳤다.

“바로 그거요.”

넬타리온이 말했다.

노즈도르무가 땅을 두드렸다.

“여러 시간의 길에서 피락은 첫 번째나 두 번째로 쓰러졌소. 진정한 시간의 길에서도 그런 일이 있지 말라는 법은 없지.”

알렉스트라자가 고개를 한쪽으로 기울이자 뿔에 매달린 보석이 흔들렸다.

“그대가 계획을 준비해 뒀겠지?”

그녀는 대지의 수호자에게 시선을 향하며 물었다.

“그렇소.”

넬타리온이 한숨을 쉬었다.

“아니, 계획의 일부라고 해야겠군. 미안하지만 그대 마음에는 들지 않을 거요, 이세라.”

녹색 위상이 코를 벌름거렸다.

“이유가 뭐요?”

“그대가 돌갈래 폭포를 피락에게 넘겨줬으면 하오.”

넬타리온이 말했다.

이세라가 몸을 움츠렸다. 알렉스트라자는 넬타리온을 바라보며 눈으로 질문을 대신했다.

"미쳤소?"

이세라가 반쯤 호흡과 같은 소리로 물었다.

"녹색 용군단과 검은 용군단은 돌갈래 폭포에서 선한 용 마흔 명을 잃었소!"

"알고 있소."

넬타리온이 대답했다.

"피락이 자기가 이기고 있다고 생각해야 하오. 그에게 돌갈래 폭포를 내주고, 녹색 용군단은 물러나서 평야를 방어해야 하오."

넬타리온이 녹색 용군단을 돌갈래 폭포 근처의 강으로 이동시킨 후, 대지 방벽의 말 다섯 개를 최정상 거처로 옮겼다.

"레바리안과 그의 부대가 피락을 도발하여 여기 최정상 거처에서 피락의 병력과 맞서 싸우다가 서서히 성채 쪽으로 퇴각할 거요. 계곡에 배치한 우리 필멸자 아군을 동원하면 접근하는 원시술사들의 수를 줄일 수도 있소."

말리고스가 눈살을 찌푸렸다.

"피락이 왜 그대의 병력을 따라 깨어나는 해안으로 들어갈 거라고 생각하오? 그건 돌비늘의 명령에 반하는 것일 수 있소. 아무리 피락이라고 해도 이리디크론의 뜻을 거역하지는 않을 거요."

넬타리온은 미소를 지으며 알렉스트라자의 루비 말을 성채의 흉벽에 올려놓았다. 말의 정밀하고 예리한 단면에 반사된 빛이 주위로 흩뿌려졌다.

말리고스의 두 눈이 휘둥그레졌다.

"피락이 확실히 용의 여왕을 증오하기는 하지."

"안 되오."

이세라가 비명을 지르는 와중에 노즈도르무가 말했다.

"어떤 상황에서도 알렉스트라자의 생명을 위태롭게 해서는 안 되오. 미끼로 이용한다는 건 절대 용납할 수 없소."

알렉스트라자는 불편한 듯 자세를 바꿨지만, 자신의 루비 말에 시선을 고정한 채 아무 말도 하지 않았다.

“운이 따라 준다면,”

넬타리온이 대답했다.

“알렉스트라자가 피락과 싸울 필요는 없을 거요.”

“운에 의존하고 싶지는 않소.”

말리고스가 목에서 우르릉 소리를 내고, 바크스로스에서 자기 말을 뽑아 내 살펴봤다. 그는 자신의 사파이어 말을 이리저리 돌리며 빛에 비춰 본 후, 비전 불길의 소용돌이에 실어 위로 떠올렸다.

푸른 위상은 송곳니를 드러내며 웃었다.

“이제 나도 답답한 도서관에서 벗어날 때가 된 것 같소.”

그는 대지의 수호자에게 말했다.

“내 도움이 필요하겠지?”

말리고스의 말이 사라지고, 푸른 빛을 번쩍이며 흑요석 성채에 다시 나타났다.

넬타리온이 푸른 위상을 올려다보며 싱긋 웃었다.

* * *

피락과 그의 군대가 돌갈래 폭포를 점령하고 사흘째 되던 날, 비라노스의 이상한 전갈이 도착했다. *조심해라, 피락.* 얼음심장은 전령을 통해 전했다. *위상들이 우리를 붙잡으려 하는 것 같다.*

피락은 비라노스의 전령에게 고맙다고 인사하면서도 웃음을 터뜨렸다. 늙은 얼음의 현신은 이리디크론만큼이나 편집증이 심했다. 피락은 라자게스처럼 위상들에게 붙잡힐 바에는 차라리 죽음을 택할 것이다. 그는 그렇게 약하지 않았다.

피락이 돌갈래 폭포에서 승리한 후, 넬타리온은 대지 방벽을 최정상 거처로 보내 원시술사들을 괴롭혔다. 이제는 알렉스트라자가 직접 성채를 지휘하며 루비 불꽃인도자와 흑마노 돌격대, 흑요석 경비병, 몇몇 용기병 부대의 연합군을 이끌었다.

피락은 그 소식에 흥미를 느꼈다. 대지 방벽만 돌파한다면, 성채에서 직접 용의 여왕에게 도전할 수 있는 것이다. 수 세기 동안, 피락은 사촌과 직접 싸우는 날을 기다렸다. 그는 티탄의 변덕에 따라 이 세계의 대지를 뒤트는 그녀의 돌 괴물들을 파괴하고, 티탄이 변형시킨 그녀의 얼굴에서 정의로운 체하는 미소를 지워 버리고, 목덜미가 젖은 갈대처럼 부러지는 순간 부글거리는 최후의 호흡에 귀를 기울이고 싶었다.

어릴 때는 피락이 그녀에게 사냥하고 싸우는 법과 뼈를 부러뜨리고 살을 찢어내는 데 필요한 힘을 가르쳐 주었다. 알렉스트라자가 지금 할 수 있는 모든 것은 그가 가르쳐 준 것이었다. 피락은 그녀의 모든 기술과 약점을 알았다. 그리고 자신이 더 나은 투사라는 것도 알았다.

알렉스트라자라면 피락이 그토록 갈망해 온 전투를 경험하게 해줄 것이다. 현신이 된 후, 피락은 자기 피의 욕망을 달래 줄 다른 용을 만나지 못했다. 다들 너무 약하거나 용기가 없어서 그를 위협하지 못했다. 피락은 전쟁이 약속된 상황에도 지루했다. 하늘에서는 그 어떤 질서의 용도 그의 상대가 되지 못했다. 그는 이세라의 가죽에도 직접 상처를 남겼다.

이제야 진짜 싸움에 이르는 길이 보였다. 피락이 원하는 건 알렉스트라자를 자기 발톱으로 죽이는 것뿐이었다. 용의 여왕을 처치한다면 용군단도 뿔뿔이 흩어지고 말 것이다. 피락은 단 한 번의 전투로 전쟁에서 승리할 수 있었다. 그 뒤에는 남은 질서의 용들을 마지막 하나까지 사냥하면 된다.

아주 재미있을 것 같았다.

피락은 이리디크론의 연락을 기다릴까도 생각해 봤지만, 새끼용처럼 모든 걸 돌비늘에게 맡길 필요는 없었다. 게다가, 이리디크론이 용의 안식처 전투의 현장에 있었던가? 아니. 서리불꽃 협곡에 있었던가? 아니. 얼음날개 균열은? 아니! 얼음날개 균열에서 승리를 거둔 건 비라노스였지만, 피락이 제때 도와주지 않았다면 그녀가 승리할 수는 없었을 것이다.

그는 얼음심장에게는 자기 계획을 이야기할 생각이 없었다. 그녀는 이미 이리디크론이 가장 총애하는 용이었다. 이제 와서 그녀에게 자신의 영광을 도둑맞을 수는 없었다.

그래서 그는 용암갈퀴들에게 야간 공격을 준비하라고 지시했다.

해가 지고, 피락은 에메랄드 평야의 높고 외로운 봉우리 끝에 앉아 성채를 바라봤다. 기대감에 배 속이 부글거려서, 꼭 성난 말벌 둥지를 삼킨 듯한 기분이었다. 가끔 한 번씩은 마음을 가라앉히지 못하고 온몸을 씰룩거리기도 했다.

"강대한 현신이시여!"

피락의 날개지도자 중 하나인 바제리온이 뜨거운 바람을 일으키며 타오르는 자의 곁에 내려앉았다.

"성채는 조용합니다. 정찰병들도 대부분 지상에 머무르고 있습니다. 대지 방벽도 지금은 잠이 든 것 같습니다."

피락은 낄낄 웃었다.

"좋아. 달이 지면 공격한다."

달들이 지평선 아래로 내려가고, 피락과 그의 부대 두 개가 별빛과 함께 날아올랐다. 멀리 흑요석 성채 위로 무거운 구름이 낮게 깔리고, 구름 아래로 넬타리온의 가열로 빛이 비췄다. 오늘 밤, 원시술사가 위상들의 서부 방어선을 깨뜨릴 것이다. 이리디크론도 피락에게 감사해야 할 것이다. 돌비늘도 이제는 그의 힘과 지력을 인정할 것이다. 비라노스는 지나친 원칙주의자에 과도하게 신중하기만 했다. 혈족의 터에 혼돈을 불러일으켜 잿더미만 남길 수 있는 건 오직 피락뿐이었다. 제압할 수 없는 상대가 아니라면 살려주었다. 피락이 보기엔, 그렇게 주저하는 마음이 그녀를 약하게 했다.

그들이 가까이 다가가자, 한밤의 전쟁 뿔피리 소리가 고독하게 경고음을 울렸다. 피락이 싱긋 웃었다. 뜨겁게 타오르는 아드레날린이 그의 혈관을 강타했다. 드러난 이 사이에서 용암이 지글거렸다. 오늘, 그는 검은 용군단과 붉은 용군단의 피를 쏟을 것이다. 그들은 여명이 밝아오기 전에 자기들의 소중한 여왕이 하늘에서 떨어지는 꼴을 보게 될 것이다.

적을 완전히 무방비 상태에서 공격할 수 있을 거라고는 피락도 생각하지 않았다. 위상들은 도처에 첩자와 정찰병들을 동원하고 있었으니까. 현신과 그의 병력이 야영지를 떠나 북쪽으로 날아가는 모습도 분명히 눈에 띄었을 것이다. 설사 그렇다고 해도, 대지 방벽이 빠르게 병력을 동원할 수는 없을 것이다. 피락은 혼돈을 마음껏 집어삼킬 것이다.

두 번째 전쟁 뿔피리 소리가 조금 더 가까운 곳에서 울렸다. 피락은 눈을 가늘게 떴다. 깨달음이 조금 늦게 찾아왔다. *저건 용의 나팔이 아니야……. 필멸자의 사냥 나팔이다.*

그림자가 바람을 가르며 피락의 귓가를 스치고 왼쪽에서 날던 원시용과 충돌했다. 용의 목에 박힌 나무 조각 사이로 거품이 부글거리고, 생명을 잃은 육체는 아래로 떨어졌다. 두 번째 일제 사격이 피락의 날개지도자들에게 적중하고, 투창이 날개에 박힌 세 번째 용이 비명을 질렀다.

"올라가라!"

피락이 날개를 활짝 펴고 높이 솟구쳐 오르며 외쳤다. 앞장서 있던 그의 용암갈퀴들은 그렇게 빠르게 대응하지 못했다. 아래쪽 밀림에서 검은 투창이 계속 날아와 쉰 명이 넘는 용의 두개골을 깨뜨리고, 배를 꿰뚫고, 날개의 불을 꺼뜨렸다.

나머지 병력이 고도를 높이는 사이, 피락의 혈관에서 분노가 부글거렸다. 이 오만한 벌레들을 박살 내 버릴 것이다. 감히 현신의 계획을 방해하려 하다니!

"숲을 불태워라!"

피락이 하늘을 향해 외쳤다.

"전부 불태워!"

그는 앞장서서 아래로 강하했고, 가슴 속에 강렬한 불길을 끌어모았다. 뿔피리 소리가 세 번째로 울렸지만, 이번의 음색은 경고가 아니었다. 도전이었다.

성채의 불타오르는 하늘을 배경으로, 거의 일백 명의 붉은 용이 갑주를 반짝이며 숲에서 솟아나왔다. 그 선두에는 루비 불꽃인도자의 비행지도자로, 피락이 보유한 수보다 더 많은 원시술사들을 처치한 막강한 거수 크리스탈스트라즈가 날고 있었다. 피락의 정찰병들은 크리스탈스트라즈가 남쪽에 주둔해 있다는 이야기도 하지 않았지만, 어차피 상관없었다. 모두가 원시의 불길 속에서 죽을 테니까.

"그래, 덤벼라!"

피락은 포효하며 용군단의 도전에 응했다. 그는 강력하게 날개를 펄럭여 빙빙 도는 불의 기둥을 적들에게 쏘아 보냈다. 붉은 용들은 동요하지 않고 불길을 우회하여 용암갈퀴를 덮쳤다. 전투의 최전선에 진홍색과 금색이 언뜻 보였지만, 이내 솟구치는 잿불 너머로 사라졌다.

알렉스트라자, 피락은 생각했다. *좋아! 이제 내가 네 용군단의 사지를 뜯어내는 걸 잘 봐라!*

피락은 언제나 살상이 즐거웠다. 그는 하늘에서 붉은 용 하나를 붙잡아 이상하리만큼 긴 목을 물었다. 그의 턱 힘을 이기지 못한 뼈가 부러졌다. 그 용을 떨어뜨린 피락은 앞으로 돌진하여 적 다섯 명의 무리와 충돌하고, 강렬한 열기를 방출했다. 아무리 용의 갑주와 비늘이라 해도 현신의 불길을 막아낼 순 없었기에, 용들의 여린 날개 막에 불이 붙었다. 그들의 생생한 비명은 피락의 귀엔 음악이었다. 불에 그슬린 육신의 달콤한 향기가 코를 채웠다. 지상으로 떨어져 내리는 그들을 동료들이 공중에서 낚아챘다. 루비의 빛이 쓰러진 용들을 감싸고 부상을 치유해 주었다.

상관없었다. 아직 피락의 병력이 우세했다. 적들에게 한 번 더 고통을 주는 걸 마다하지는 않을 것이다.

커다란 붉은 용 두 명이 그를 향해 돌진했다. 피락은 싱긋 웃으며 첫 번째 용을 향해 도약하고, 왼쪽으로 움직여 적의 공격을 피했다. 두 번째 붉은 용이 즉시 피락에게 달려들어, 커다란 어깨 근육에 발톱을 걸었다. 현신의 육신에 고통의 불꽃이 튀었지만, 그는 아픔을 즐겼다. 거세게 등을 뒤틀어, 피락은 붉은 용의 예상을 깨고 몸을 뒤집었다. 그리고 강력한 날개로 상대를 붙잡아 자기 몸에 짓눌렀다. 붉은 용은 버둥거렸지만 풀려나지 못했다.

"실수했구나."

그는 거친 웃음을 터뜨리며 말했다.

그들은 함께 허공을 가로지르며 추락했고, 아래쪽에 진을 친 용들과 충돌했다. 뼈가 부러지고, 두개골이 깨지며, 갑주가 산산이 조각났다. 거칠게 몰아치는 날개와 발톱의 폭풍 앞에 아홉 명의 용이 쓰러졌다. 고통과 공포의 비명이 하늘에 울려 퍼지고, 피락의 심장에 불을 붙였다. 그는 강인한 뒷발의 발톱을 붉은 용의 배에 찌르고 그대로 찢어 손쉽게 내장을 쏟았다. 그다음 피락은 붉은 용을 발로 차서 밀어냈고, 그의 사냥감은 그대로 아래쪽 바위에 떨어져 부서졌다.

"혈족의 터는 불탈 것이다."

피락은 분노의 포효를 외쳤고, 날개를 펼치고 강하게 펄럭여 하늘 위로 솟아올랐다. 그는 피의 열기를 온몸으로 만끽했다.

이것이 피락이 원하는 전부였다.

이것이 피락이 살고 싸우는 이유였다.

그의 전장은 혼돈이었다. 타오르는 자에게 전략은 아무 의미도 없었다. 이리디크론은 지루하고 비라노스는 굼떴다. 피락은 전투의 맥동 속에 빠져들어, 자신이 하늘에서 떨어뜨리는 붉은 용을 보며 기쁨을 느꼈다. 그는 적 주위로 떨어지며 몸을 뒤틀었다. 뜨거운 기류를 이용해서 적을 죽음의 소용돌이로 내몰고, 용들의 갑주를 뜨겁게 달구고, 녹아내린 금속을 용들의 비늘에 때려 박아 온 하늘을 밝혔다. 검은 용군단의 갑주는 원시용을 상대할 땐 효과적이겠지만, 피락이라면 새끼용의 비늘처럼 손쉽게 찢어 버릴 수 있었다.

찬란한 싸움이었다. 그는 알렉스트라자의 소중한 용군단을 상대로 자신이 그리고 있는 폭력의 걸작을 붉은 위상이 지켜보고 있기를 바라며, 용을 하나둘씩 죽음으로 인도했다. 비라노스와 달리, 피락은 자신을 따르는 용들 뒤에서 부들부들 떨고만 있지는 않았다. 아니, 그는 병사들과 함께 전투에 뛰어들었다. 그의 용들은 피락이 내보이는 전투의 열정으로부터 힘을 얻었다. 함께한 그들은 저지할 수 없는 압도적인 힘으로 적들에게 불과 혼돈의 비를 뿌렸다.

루비 불꽃인도자의 전선 중앙에서, 크리스탈스트라즈가 퇴각 나팔을 불고 성채 쪽으로 물러났다.

"그래, 도망갈 테냐?"

피락의 말끝이 웃음으로 이어졌다.

"좋다! 원소의 힘이 너희 그 잘난 질서보다 강하다는 걸 인정-"

그가 말을 끝맺기 전에, 피락의 병력 뒤쪽에서 전투의 외침이 메아리쳤다. 현신은 공중에서 몸을 돌렸다. 당연한 일이겠지만, 넬타리온이 가장 좋아하는 외눈 날개지도자 레바리안이 검은 용 부대를 이끌고 원시술사의 후방 경비대를 공격하는 모습이 눈에 띄었다.

"하늘에서 용암갈퀴를 공격해라."

레바리안이 자기 부대를 향해 외쳤다.

"현신은 내게 맡겨라!"

"하!"

피락이 외쳤다.

"어디 한번 해 봐라, 이 새끼용아!"

레바리안이 날개를 몸 가까이 붙이고 현신을 향해 강하했다. 피락은 싱긋 웃으며 공기를 탐욕스럽게 폐에 밀어넣었다. 등뼈를 따라 피어오르는 불길이 더 밝게 타오르고, 그는 불의 격류를 검은 용 날개지도자에게 내뿜었다. 그는 그 숨결이 용들의 가죽을 뒤덮은 비늘을 녹여 버리는 걸 보았었다. 그 무엇도 그런 열기를 이겨낼 수 없었다.

하지만 레바리안은 아무런 해도 입지 않고 불길을 뚫고 나왔다. 그의 비늘과 날개, 갑주가 비전 마법으로 반짝였다. 깜짝 놀라 숨이 막힐 듯한 감각에 피락은 가쁜 숨을 들이쉬었다. 호흡이 식도를 불태웠다. 날개지도자가 현신에게 달려들어, 용암으로 굳어진 피락의 비늘을 뜯어냈다. 상처에서 고통이 스멀스멀 흘러나왔다.

"날 불태울 순 없다, 피락."

날개지도자는 피락에게 잘 들리지도 않는 희미한 목소리로 말했다.

"그래도 네 목을 찢어 버릴 순 있겠지."

피락은 포효하며 말했다. 그는 몸을 뒤틀어 레바리안을 붙잡으려 했지만, 민첩한 날개지도자는 재빨리 피락의 날개와 발톱이 닿는 범위를 벗어났다. 레바리안이 피락의 두 번째 공격을 피하는 순간, 진홍색 비늘의 불길이 빠르게 달려들었다. 붉은 용 하나가 현신의 날개 막 하나를 벤 후, 불꽃을 튀기며 재빨리 멀어졌다.

두 용은 힘을 합쳐 피락을 공격하고, 이리저리 강하하며 그의 공격을 피했다. 붉은 용은 알렉스트라자가 아끼는 용사 보이산즈인 것 같다고 피락은 생각했다. 보이산즈도 레바리안과 마찬가지로 내열 비늘 및 날개로 무장하고 있었다. 그들은 빠르고 무자비하게 공격했고, 절대로 피락의 접근과 공격을 허용하지 않았다.

분노한 피락은 날개를 가슴에 모았다가 활짝 펼쳐 폭발적인 힘을 방출했다. 그는 용들을 쳐내고 아래쪽으로 떨어뜨렸다.

현신은 으르렁거리며 위로 떠올라 현재 위치를 확인했다. 위상의 작은 벌레들에게 완전히 정신이 팔려서, 검은 용군단이 자신을 흑요석 성채의 남쪽 가장자리까지 밀어냈다는 사실도 지금껏 몰랐다.

그는 가슴 안에서 타들어가는 두려움의 불씨는 무시한 채, 뜨거운 숨결을 콧구멍으로 내뿜었다. 대지 방벽이 왜 원시술사들을 성채에 더 가까운 곳으로 유인한 걸까? 혹시 성벽에 설치된 포대의 공격 범위로 원시술사들을 끌어들이면 전투를 유리하게 끌고 갈 수 있다고 생각한 걸까? 하! 그는 용기병 부대 전체를 단 한 번의 숨결로 몰살해 버릴 수 있었다.

피락은 성채를 먼 거리에서만 보았었다. 그곳은 생각보다 훨씬 더 커서, 검은 산의 서쪽 가장자리를 뒤덮고 바위 아래의 천연 칼데라를 이용해서 가열로를 운영하고 있었다. 피락은 그곳에서도 돌 아래로 흐르는 용암을 느낄 수 있었다.

용 수백 명이 피락과 성벽 사이에서 날고 있었다. 흑요석 경비병들이 성곽 위로 날아오르고, 루비 불꽃인도자가 그 뒤로 집결했다. 말리고스의 주문비늘 두 부대가 후방 경계를 맡았다.

성채에 푸른 용군단이 존재한다는 보고는 한 번도 들은 적이 없었으니, 사뭇 이상한 일이었다. 그래도 상관은 없었다. 피락이 진격하면서 병력 삼분의 일을 잃는다 해도, 원시술사들의 수는 여전히 알렉스트라자의 병력보다 많았다.

흑요석 경비병이 돌진했다. 검은 용군단이 피락의 전선과 충돌하고, 현신은 끓어오르는 대기에 몸을 싣고 앞으로 쇄도했다. 뜨거운 바람이 경비병들의 날개 막에서 수분을 뽑아내 바싹 말려 버렸다. 원시용들이 검은 용들 사이로 뛰어들었다. 피락 또한 포효하며 그들과 함께했다. 뜨거운 전투의 불길 속에서, 피락은 머리 위 높은 곳에서 반짝이고 흔들리는 별을 보지 못할 뻔했다.

위험했다.

흑마노 돌격대의 망치가 하늘에서 떨어졌다. 피락이 두 번 울부짖어 경고 신호를 보냈다. 그의 원시용들도 고룡쉼터 사원과 잿불서리 골짜기에서 이미 보았던 그 대형은 반격하기가 상당히 까다로웠다. 검은 용들은 빠르게 표적을 덮쳐 원시용들의 갑주와 등을 부수고, 상대를 기절시키고, 지면에 짓이길 것이다. 그 공격은 피하는 것이 거의 불가능했고, 야간에는 특히 위험했다.

피락은 날개 아래의 공기를 뜨겁게 가열하여 접근하는 돌격대를 향해 날아올랐다. 그리고 위로 향하는 가속도에 몸을 실어 회전시키고, 주위의 열기를 끌어들였다. 돌격대의 공격이 적중하기 직전, 그는 날개를 활짝 펼쳐 열기를 폭발시켰다. 뜨거운 폭발에 휩쓸린 검은 용들은 빙빙 돌며 사방으로 날아갔다. 제정신을 유지한 용들은 현신 앞에서 달아났지만, 그를 따돌리기엔 너무 느렸다. 그는 한 번에 두 검은 용을 덮쳐 그들의 등에서 날개를 찢고 세 번째 용을 향해 도약했다.

하지만 목표에 공격을 적중시키진 못했다. 또 다른 검은 용이 뒤쪽에서 피락을 강타하여, 그의 가죽에 발톱을 박았다. 피락은 척추를 따라 타오르는 불길을 더 크게 피워올려, 검은 용의 얼굴을 불태웠다. 검은 용은 고통으로 울부짖었지만, 등에서 떨어지지 않았다. 두 번째 검은 용이 오른쪽에서 공격했다. 피락은 몸을 가로 방향으로 회전시킨 후 아래로 강하하여 공격자들을 따돌린 후, 다시 뒤쪽으로 선회하여 원시술사들의 전선으로 돌아갔다.

원시술사들은 계속 전진했지만, 흑요석 경비병은 붉은 용보다 훨씬 더 끈질겼다. 속도는 느렸지만 두꺼운 갑주와 밀집 대형 때문에 사실상 처치하는 게 불가능했다. 대지 방벽도 계속해서 원시술사들을 성채에 더 가까운 곳으로 밀어내, 용기병들의 쇠뇌 사거리 안쪽으로 옮겼다.

피락의 시야 한쪽에 짙은 붉은색 비늘과 아른거리는 루비가 다시 번뜩였다. 고개를 돌리자, 용의 여왕은 다시 불꽃을 흩뿌리고 사라졌다.

"알렉스트라자!"

그는 용의 여왕을 향해 포효했다.

"비겁한 녀석! 이리 나와 싸워라! 그러지 않으면 깨어나는 해안에 있는 용을 모두 죽여 버릴 거다!"

하지만 알렉스트라자는 사라졌다.

피락은 으르렁거리며 난투의 현장에 다시 뛰어들었고, 발이 닿는 범위 내의 모든 것과 모든 용을 처치했다. 용들이 하늘에서 떨어졌다. 그의 용과 적의 용들 모두. 검은 산에서 비명이 울려 퍼졌다. 죽음이 그의 코를 채우고 귀를 울렸다. 그의 눈에 용의 여왕의 모습이 세 번째, 네 번째로 언뜻 보였다. 여왕은 최전선에 한순간 나타나 정화의 불길로 흑요석 경비병들을 치유했다.

알렉스트라자는 너무 겁쟁이라서 전장에서 그를 직접 상대하는 걸 거부하는 걸까?

흐음. 부하들을 학살해서 용의 여왕을 움직일 수 없다면, 차라리 흑요석 성채 자체를 위협하는 게 나을 것도 같았다. 이제 성채의 관문은 멀리 있지 않았다. 기껏해야 날개 몇백 개 거리일 것이다. 검은 산의 매끄러운 화산 비탈 위에 떠 있을 때, 그는 세계의 지각 아래에 불타는 피처럼 흐르는 용암의 기척을 느꼈다. 그 용암은 피락의 명령을 이리디크론의 말처럼 듣지는 않았다. 돌비늘은 녹아내린 바위를 진흙처럼 마음대로 움직일 수 있었다. 피락은 용암이 산맥을 만들게 할 수는 없었지만, 그 고요한 심장에서 격렬한 폭발을 일으킬 수는 있었다.

병력을 불러내 지원을 요청하고, 피락은 아래쪽 대지에 불을 집중하기 시작했다. 원시술사들이 그의 주위에 집결하여, 원소의 힘을 끌어내는 그를 지켰다. 작고 구불구불한 불의 촉수가 바위에서 나타나, 이리저리 뒤틀리며 타오르는 자에게 다가왔다. 두 번째 불의 혀가 뻗어나오고, 세 번째, 네 번째, 그리고 수많은 촉수들이 나타났다. 하늘에 있는 현신 주위에서 불길이 뒤틀리고 꿈틀거렸다. 불은 용 일백 명의 목소리로 포효하고, 사방으로 날개 쉰 개 범위 내의 땅을 환하게 밝혔다.

피락은 불길을 마구 집어삼켰다. 대지의 열기가 그의 등뼈와 폐에 쌓여 그의 힘을 강화했다. 피락의 불타는 뿔이 더 밝게 빛나며 날개는 핏빛으로 불타올랐다. 피락이 포효하고, 대지는 응답했다. 돌이 갈라지고 뜨거운 열기에 녹아내렸다. 성채 주위에 용암 웅덩이가 생겨났고, 점차 넓어졌다.

피락은 해방된 불의 원소 그 자체였다. 그는 이 찬란하게 불타오르는 파괴와 죽음의 약속을 한껏 즐겼다. 고통과 피로가 모두 불길 속에서 스러졌다. 오늘, 생명의 어머니 알렉스트라자는 쓰러지고 혈족의 터 또한 그녀와 함께 무너질 것이다.

멀리서 혼돈에 휩싸인 검은 용들이 포효했다. 그중 일부는 지상으로 빠르게 강하했다. 아무래도 피락이 끌어낸 열기 때문에 성채의 토대가 녹아내리는 사태를 막아내려 하는 것 같았다. 다른 원시용들도 피락이 만들어낸 비늘까지 태워버릴 것만 같은 열기를 피해 그에게서 멀어졌다.

피락은 고개를 젖히고 웃음을 터뜨렸다.

"덤벼라, 알렉스트라자!"

그는 포효하며 외쳤다.

"지금 당장 나와 싸우지 않으면, 네가 이룩한 모든 것이 불타리라!"

휘도는 불길 너머로 아른거리는 루비 비늘이 보였지만, 용의 여왕은 그의 도전에 응답하지 않았다. 좋다. 그렇다면 성채의 측면에 구멍을 뚫어 줘야겠다!

"여왕입니다!"

원시술사 중 하나가 소리쳤다. 최전선에서 경고의 나팔이 울려 퍼졌다.

"용의 여왕입니다!"

머리 위 하늘에서 떨어져 내리는 금빛이 눈길을 끌었다.

피락은 고개를 들었다. 먼저 번뜩이는 발톱이 보였다. 그는 몸을 숙였지만, 이미 너무 늦었다. 알렉스트라자가 발톱으로 그의 입을 할퀴어 마법을 깨뜨렸다. 그를 둘러쌌던 거대한 불지옥이 붕괴하고, 지글거리는 잿불이 되어 바람에 흩날렸다. 그는 으르렁거렸다. 여왕은 공중에서 뒤로 돌아 그의 턱 아래쪽을 걷어차, 그의 시야를 밝게 빛나는 불꽃으로 가득 채웠다. 송곳니가 혀를 베어, 피락의 입에 피 맛이 가득 찼다.

걸걸한 웃음소리와 함께 알렉스트라자는 날개를 접고 성채의 관문 쪽으로 떨어져 내렸다.

"거기 있구나, 알렉스트라자!"

피락은 피를 뱉으며 거칠게 포효했다. 공포에 질린 원시술사들이 여왕을 쫓아 전방으로 돌진하는 피락을 피하려고 좌우로 갈라졌다. 알렉스트라자는 땅에 충돌하기 직전에 날개를 펼쳐, 성벽을 향해 빠르게 날았다. 여왕을 그녀의 군단 뒤로 돌려보낼 수는 없었다.

성벽에 설치된 쇠뇌에서 발사된 화살이 바람을 가르며 그를 스쳤다. 피락은 그 아래로 몸을 피하며 날개를 거세게 펄럭여 용의 여왕을 향해 달려들었다. 그는 왼쪽으로 움직이는 척하고는 오른쪽으로 튀어 나갔다. 그리고 입을 크게 벌리며 회피하던 알렉스트라자의 갑주를 두른 목을 노렸다. 물어뜯기만 하면 여왕의 목덜미를 파괴할 수 있었다. 하지만 공격은 빗나갔다.

알렉스트라자는 으르렁거렸고, 낮은 떨림이 그의 배를 붙잡았다. 그녀가 머리를 휘둘러 그의 볼과 눈두덩이를 때렸다. 고통이 턱 관절에서 폭발했다. 여왕의 뿔이 그의 가죽을 벴다. 그리고 그녀는 날개를 크게 휘두르며 다시 그를 걷어찼다.

"괜찮은 공격이구나."

피락은 쉭쉭거리며 말했다. 두 용은 서로를 보고 나선을 그리며 위로 솟구쳤다. 따스한 기류가 피락을 더 빨리, 더 높이 밀어 올렸다.

"하지만 그 정도로는 날 쓰러뜨릴 수 없다. 이길 수 있다고 생각했나, 용의 여왕?"

"널 상대로? 당연하지."

그녀가 말했지만, 그 음색이 어딘가 다르게 들렸다. 조금 더 굵은 것 같기도 했다. 평화 교섭을 할 때는 그녀의 목소리가 달라졌다는 느낌을 받진 않았었다.

"흐음! 내가 가르쳐 준 걸 기억하고 있는지 확인하겠다. 진짜 용처럼 싸우는 법 말이다!"

피락이 날개를 앞쪽으로 펄럭여 둘 사이의 공기에 불을 붙였다. 그는 불 아래로 강하하여 미처 공격에 대비하지 못한 알렉스트라자의 옆구리에 몸을 부딪혔다. 그는 발톱으로 여왕의 가슴 방어구 한쪽 판을 뜯어내고 어깨 근육에 가벼운 상처를 남겼다. 피 냄새가 피락의 코를 채웠다. 희미한 푸른 빛이 그녀의 비늘에 아른거렸다. *또 다른 보호막인가?* 피락이 코를 벌름거리며 생각했다.

알렉스트라자는 공중에서 몸을 회전하여 피락의 배에 발톱을 박았다. 현신은 고통으로 울부짖었다. 그리고 뒤엉킨 상대와 함께 떨어지지 않으려고 펄럭거리며, 앞발로 그녀의 가슴을 마구 할퀴었다.

"문제가 하나 있다, 피락."

용의 여왕이 말했다. 목소리가 점점 더 거칠고 굵어졌다. 그녀가 피락을 더 바싹 끌어당겼다. 보라색 불꽃이 그녀의 황금색 두 눈에서 터져 나왔다.

"난 알렉스트라자가 아니야."

피락이 헉, 숨을 들이켰다.

"말리고스!"

위상이 싱긋 웃으며 날개를 접고, 피락을 붙잡은 채 뒤로 몸을 던졌다. 둘이 하늘을 가로질러 추락하는 사이, 말리고스의 비늘에서 붉은 색조가 씻겨 나가고 원래의 하늘색 빛이 드러났다. 피락은 말리고스의 손아귀에서 벗어나려고 버둥거렸지만, 푸른 위상은 그를 놓아 주지 않았다. 그는 거칠게 포효하며 끓어오르는 열기를 방출했지만, 푸른 위상은 타오르는 불길 속에서 그를 끌어내렸다.

그리고 말리고스는 날개를 휘둘러 아래쪽에 거대하게 아른거리는 차원문을 열었다. 피락은 분노의 비명을 내지르며, 발버둥치고, 허공을 깨물고, 발톱을 마구 휘둘렀다. 그리고 계속 떨어져 내렸다. 그들은 차원문의 표면을 데굴데굴 구르며 통과했다. 추위가 피락의 감각을 마비시키고 밝게 타오르던 불길을 잠재웠다. 한 순간 온몸의 감각이 먹먹해지고, 침묵이 그를 둘러쌌다.

그가 당황하기 직전, 세계의 포효가 돌아왔다. 피락은 단단한 땅에 부딪혀 데굴데굴 굴렀고, 바닥을 한참 긁고 나서야 멈춰섰다.

"차원문을 우아하게 통과하진 못했군."

흙먼지 사이로 목소리가 들려왔다.

"하지만 나를 죽이려 하는 짐짝을 들고 있을 때는 어쩔 수 없겠지."

피락은 버둥거리며 자리에서 일어났고, 한쪽 다리가 휘청거려 날개로 땅을 짚었다. 그는 어두운 동굴 안의 둥근 단상 위에 앉아 있었다. 창백한 빛이 방으로 흘러들었다. 노즈도르무와 이세라, 말리고스가 앞쪽 단상 위에서 공격 범위를 살짝 벗어난 곳에 서 있었다. 위상들은 호기심 가득한 시선으로 그를 바라봤다.

그의 뒤쪽으로, 티탄이 제작한 거대한 기계 세 개가 천장에 매달린 채 아래로 늘어져 있었다. 각 기계의 발톱 사이에는 빛나는 거대 구체가 붙잡혀 있었다. 현신은 그림자 속에서 자기를 바라보는 티탄벼림이 언뜻 보였다는 생각을 했지만, 지금 그의 눈앞 세상은 이리저리 흔들리기만 했다. 방안의 다른 단상과 턱이 희미하게 보였지만, 어디에 쓰는 것인지는 짐작조차 할 수 없었다.

"현신의 금고에 잘 왔다, 피락."

노즈도르무가 차분한 목소리로 말했다.

"때맞춰 왔구나."

"이건 뭐지?"

피락은 그렇게 말하며 앞으로 나서려 했다. 아찔한 현기증에 휩쓸려, 그는 땅으로 고꾸라졌다. 몇 초 동안 어디가 위쪽인지도 알 수 없었다. 그는 얼굴을 찡그렸다.

"내게…… 무슨 짓을 한 거지?"

"아, 처음 차원문을 통과하던 때가 기억이 나는군."

말리고스는 키들거리며 말했다.

"몸이 잃어버린 방향 감각을 되찾기까지는 몇 시간 정도 걸리겠지만, 보통은 증상이 영구적으로 남지는 않는다."

"이런 짓을 하다니…… 죽여 주마."

피락이 말했다.

"말리고스……."

"아니야, 사촌."

이세라는 앞으로 나서며 말했다.

"넌 꿈도 꾸지 않는 깊은 잠에 빠질 거야. 미안하지만 다시는 만나지 않았으면 좋겠어."

피락이 버둥거리며 일어서려 했다.

"이세라, 잠깐—"

꿈의 여왕은 깊은 숨을 들이쉰 후, 달콤한 여름의 풀과 들꽃 향기를 풍기는 초록색 구름을 내뿜었다. 피락은 도망치려 했지만, 구름이 짙은 안개처럼 그를 뒤덮고, 콧구멍으로 흘러들어 폐를 채웠다.

세 번째 숨을 들이쉬었을 때, 그의 눈꺼풀이 흘러내리기 시작했다.

"잘 가라, 피락."

노즈도르무가 말하자, 황금빛 모래가 현신의 눈앞에서 춤을 췄다.

"네 시간은 여기에서 끝난다."

* * *

"비라노스 님!"

그 목소리가 얼음심장의 잠을 깨워, 그녀는 고개를 들었다. 아찔한 두려움이 온몸을 휩쓸어, 그녀는 퍼뜩 정신을 차렸다. 현신은 거대한 빙하 안에서 잠을 자며, 잠을 자는 동안에도 빙하가 더 커지고 확장하게 했다.

일백 년이 걸린다 해도, 해안 전체를 얼음으로 뒤덮어 넬타리온의 산까지 묻어 버릴 생각이었다. 그녀가 라자게스를 해방시킬 것이다. 그리고 폭풍포식자가 하늘에 다시 합류하면, 알렉스트라자가 용족 전체를 상대로 저지른 범죄의 심판을 내릴 것이다.

"비라노스 님."

그 목소리가 얼음 통로 사이로 다시 메아리쳤다. 이번에는 그게 라즈비크의 목소리라는 걸 알 수 있었다.

"남쪽에서 전해진 소식입니다."

"여기 있다."

비라노스는 그렇게 말하며 빙하 안쪽의 여러 동굴 중 하나에서 모습을 드러냈다. 라즈비크가 황급히 통로를 지나 헐떡이며 그녀 앞으로 왔다. 많이 당황했는지 얼음 위에서 발을 헛디뎌 한참을 미끄러졌다.

"이렇게 경솔한 모습은 지금껏 못 본 것 같은데."

비라노스는 날개의 발톱으로 그를 일으켜 세워 주면서 말했다.

"무슨 일이냐?"

"전투가 벌어졌습니다."

그는 헐떡이며 말했다.

"흑요석 성채 상공이었습니다. 피락 님이…… 위상들에게 붙잡혔습니다."

비라노스가 날카로운 숨을 들이쉬고, 라즈비크가 전한 소식에 화상을 입기라도 한 것처럼 뒤로 물러났다. 턱이 부들부들 떨렸다. 그녀는 입을 굳게 다물고 그 어떤 감정이나 반응도 드러내지 않으려 했다. *안 돼.* 그녀는 생각했다. *안 돼, 용의 여왕에게 또 한 명을 빼앗길 순 없어! 피락, 이 멍청한 녀석. 대체 무슨 짓을 한 거냐? 내가 위험하다고 경고하지 않았더냐?*

위상들이 피락도 돌의 감옥에 가둘까? 그에게서 하늘을, 그리고 그의 심장에 거대한 불을 지피는 공기를 빼앗는 걸까? 비라노스는 타오르는 자와 가까운 사이는 아니었다. 둘은 각자가 상징하는 각각의 원소처럼 상반된 존재였다. 하지만 피락을 잃었다는 사실이 라자게스를 잃었을 때 경험했던 것과 같은 감정을 빠르게 끌어냈다. 그녀의 분노를 삼키며 확장하는 빙하가 신음하며 끼기긱 소리를 냈다. 바닥이 흔들리고, 기온이 뚝 떨어져 라즈비크까지도 몸을 떨었다.

오래전, 알렉스트라자는 비라노스 앞에서 달아났었다. 그런데 이제 와서 그녀의 용군단이 현신에게 소중한 모든 것을 훔쳐가는 걸 얼음심장이 가만히 보고만 있을 거라고 생각하는 걸까? 아니, 그럴 순 없다. 비라노스는 혈족의 터에 얼음의 빙하기를 불러오고, 동료들이 풀려날 때까지 끝없는 전쟁을 계속할 것이다.

비라노스가 새로운 세계에서 자기 자리를 찾기까지 정말 오랜 세월이 걸렸다. 지금 그 자리를 용의 여왕에게 빼앗길 수는 없었다. 알렉스트라자는 이미 그녀의 심장에 너무 많은 상처를 남겼으니까.

"비라노스 님?"

라즈비크가 떨리는 목소리로 물었다.

"무슨 일이 있었던 건지 알고 있느냐?"

비라노스가 조용한 목소리로 물었다.

"생존자들의 보고가 들어왔습니다."

"알겠다."

비라노스가 그렇게 말하며 그를 지나쳐 갔다.

"즉시 참혹한 심연으로 날아가도록 하지."

제 5 부

얼어붙은 심장

시간의 지배자 노즈도르무가
구술한 역사

피락의 마지막 전투는 흑요석 성채 위의 하늘에서 현신을 붙들고 지상으로 곤두박질쳤던 말리고스의 영웅적인 활약상을 기념하여 불길의 몰락 전투로 불렸다. 피락을 잃은 것 외에도, 그날 밤 원시술사는 넬타리온의 대지 방벽과 흑요석 경비병의 좌우측 공격에 휩쓸려 오백 명이 도살당했다.

그 시점까지의 전쟁에서 가장 많은 생명이 소실된 날이었다. 사흘 후 녹색 용군단은 피락의 남은 병력을 돌갈래 폭포에서 몰아냈다. 비라노스의 부대는 해안에 기반을 두고 계속해서 확장하는 빙하와 함께 남았다.

그 후 한동안 전장에 비라노스나 이리디크론은 보이지 않았다. 얼음심장은 해안에 빙하를 지키기에 충분한 병력을 남겨 놓았고, 빙하는 지금까지도 계속해서 라자게스의 감옥을 향해 조금씩 다가가고 있다. 알렉스트라자와 붉은 용들은 주기적으로 불의 방벽을 펼쳐 빙하의 전진을 늦추고, 넬타리온은 용암의 흐름을 바꿔 빙하 아래의 지면을 데우기도 하지만, 비라노스의 서리용에 의해 성장하는 빙하는 끊임없이 움직인다. 이제는 해안의 절반을 뒤덮고 있을 정도다.

약 오십 년 전, 비라노스는 은둔을 벗어나 모습을 드러냈다. 그녀는 깨진 용 조각상의 잔해를 알렉스트라자에게 보냈다. 용의 여왕은 그게 얼음심장이 혈족의 터에 마지막으로 찾아왔던 때 자신이 비라노스에게 주었던, 영원히 녹지 않는 얼음을 조각해 만든 선물이라고 말했다. 알렉스트라자는 그 조각을 검은 용군단의 비늘장이에게 전해 수리할 수 있을지 물었다. 수리는 불가능했지만, 비늘장이들은 조각상의 갈라진 부분에 녹인 금을 채워 넣어 복원했다.

얼음심장이 전장에 다시 나타났을 때, 그녀는 해안 서부의 최전선으로 돌아가지 않았다. 대신 그녀는 용의 벌판 동부에 야영지를 설립하고 탈드라서스와 해안 동부를 공격했다.

현신의 우선순위가 바뀐 것이다. 그들은 어떤 대가를 치르더라도 갇힌 형제들을 풀어주려 했다. 하지만 탈드라서스와 현신의 금고는 쉽게 점령할 수 있는 목표가 아니었다. 둘 다 동쪽은 높이가 폭풍우 봉우리에 맞먹는, 칼림도어 북부에서 가장 높은 산맥으로 보호되고 있었다. 비라노스는 북쪽으로 주의를 돌렸다.

비라노스는 빠르게 장막의 납골당을 점령하고, 우리 명예로운 망자의 전당을 원시술사 광신도의 군사 기지로 이용했다. 원시술사는 그 신성한 전당을 더럽혔고, 무덤을 훼손하고 전쟁에서 쓰러진 용사들의 안식처를 모독했다.

알렉스트라자는 영토의 교환을 제안하며 얼음심장과 교섭을 시도했다. 비라노스는 거절했고, 피락과 라자게스가 풀려나기 전까지 용의 여왕과 용군단에 자비를 베풀지 않겠다고 했다.

당연한 일이지만, 알렉스트라자도 거절했다.

비라노스는 납골당으로부터 옥소리아와 그녀의 혈족을 북쪽으로 보내 서리석 금고의 감옥에서 라자게스를 구출하려 했고, 넬타리온과 알렉스트라자는 두 개의 전선에서 싸워야 했다. 그들은 동부에서는 옥소리아, 그리고 서부에서는 해안 대장정의 오랜 정예병 미스루즈를 상대해야 했다. 넬타리온은 생명의 어머니의 정원에서 서부를, 갈퀴군주의 감시대에서 동부를 동시에 공격함으로써 반격했다.

한편, 비라노스는 알게타르 대학으로 병력을 동원했고, 그곳에서 말리고스와 내가 연합군과 함께 그녀를 마주했다. 대학은 탈드라서스의 북쪽 관문이었다. 원시술사들이 그곳을 점령하면 티르홀드와 발드라켄, 현신의 금고를 공격할 이상적인 위치를 점유하게 된다.

하지만 원시술사는 마법사와 시간여행단을 상대할 준비가 되어 있지 않았다. 특히 푸른 용군단이 복잡한 비전 이동 수단을 마련해서 적을 기습 공격하고 용군단이 전략적 요충지 사이를 쉽게 오갈 수 있게 된 덕분에, 비라노스는 우리에게서 대학을 빼앗지 못했다. 우리 청동 용군단은 시간 마법으로 상처를 되돌리는 방법을 알아냈고, 그 덕분에 우리 용들은 공중에서 더 강인하고 튼튼한 전사가 되었다. 푸른 용군단의 보호를 받아, 우리는 최전선에서 원시술사와 맞서 싸우며 마법과 무력을 모두 동원하여 적의 진격을 늦췄다.

하늘에서 원시술사 수백 명이 추락했다. 우리 또한 병력을 잃었다. 하지만 원시술사에게 단 한 번의 공격으로 목숨을 잃지 않은 용들은 한 순간에 하늘로 다시 날아올랐다. 우리 병력도 불멸은 아니었지만, 우리 용 하나가 원시술사 다섯을 쓰러뜨렸다.

아주 오랫동안 비라노스는 신중한 전략을 펼쳤다. 그녀는 결코 전장에 모습을 드러내지 않고, 전선 후방에서 결과를 지켜보는 걸 선호했다. 용군단이 해안과 탈드라서스 양쪽의 공격을 막아내자, 그녀는 다시 소모전을 통해 우리를 지치게 하려 했다. 비라노스는 에메랄드 평야를 습격해 사냥감을 도살하고 초목은 불태웠다. 원시술사는 게릴라 전술로 우리 정찰병을 기습 공격했다. 해안의 아군 병력은 밤낮으로 적의 공격에 시달렸다. 넬타리온은 해안에서 "전쟁은 잠들지 않는다"고 종종 말하곤 했다.

이후 잿불내림 전투에서는 옥소리아가 폭풍분리 분화구로 진격하는 것을 저지하기 위해 도박과도 같은 절박한 전투를 펼친 끝에 일천 명이 넘는 용이 쓰러졌다. 그건 우리 역사상 가장 참혹한 전투였고, 검은 용군단의 무쇠비늘과 대지 방벽, 흑마노 돌격대에서만 거의 이백 명이 목숨을 잃었다. 그것이 바로 점차 거세지던 공세의 첫 번째 본격적인 전투였고, 이후 오랫동안 전쟁은 점점 더 독하고 냉혈해졌다.

서부 전선에서는, 붉은 용군단이 점점 거칠어지는 자라딘 반 거인의 병력도 상대해야 한다. 지난 몇 년 간, 자라딘은 동쪽을 압박하여 깨어나는 해안으로 침투했고, 비늘파괴자 봉우리를 자기들이 차지하려 했다. 알렉스트라자는 다 자란 비룡들에게 자라딘의 침입을 처리하라고 명령했고, 지금까지는 그들이 적의 위협을 어느 정도 통제하고 있었다.

그래도 전쟁은 너무 오랫동안 계속됐다. 우리 용군단은 넓은 전선에 뿔뿔이 흩어졌고, 해가 바뀔 때마다 더 지치고, 상심하고, 패배하기만 했다.

우리 동족은 매일 목숨을 잃을지 모른다는 공포에 시달리지만, 나는 이 분쟁 너머에 기다리는 나날, 그리고 이 전쟁의 시대가 바꿔 놓은 우리 자신에 대한 공포에 시달리기 시작했다.

제 20 장

라일라스트라자는 밤의 그림자 속에서 생명의 어머니의 정원 밖 벼랑에 내려앉았다. 그녀 아래에서 좁다란 계곡으로부터 짙은 연기가 피어올랐다. 상당한 규모의 칼라시 자라딘 용사냥꾼들이 불을 붙인 나무들이 빠직거리며 타올랐다.

붉은 용은 이를 드러냈다. 자라딘이 계곡으로 진출하려 시도한 건 이번이 세 번째였다. 이제 그들은 국경을 따라 나무를 불태웠고, 아무래도 붉은 용들을 자기 위치까지 끌어내려 하는 것 같았다. 자라딘도 붉은 용군단이 무분별한 생명의 파괴를 그냥 보고만 있지는 않는다는 걸 알고 있었던 만큼, 당연한 전술이라 할 수 있었다. 칼라시는 몸을 숨기는 건 생각도 하지 않고 언제나 교전을 시도했다.

자라딘은 기억할 수도 없을 만큼 오래전부터 깨어나는 해안에 살았지만, 용군단이 해안에서 전쟁을 치르던 지난 한 세기 동안 점점 더 적대적으로 변해갔다. 특히 칼라시는 무모할 만큼 무자비하게 검은 용과 붉은 용을 살해하고, 최전선에서 쇠뇌를 훔치고, 흑요석 성채의 성벽을 훼손시키려 했다. 어린 붉은 용들은 여왕의 청지기인 사리스트라즈의 지시에 따라 움직여, 원시술사를 제외한 적들의 위협으로부터 혈족의 터 서부를 지켰다.

전쟁이 길어지자, 점점 더 많은 비룡들이 평범한 용들에게 주어지는 책임까지 짊어지게 되었다. 어린 비룡과 성체 비룡들은 새로운 용기병 부대를 훈련시키고, 치유사를 지원하고, 가열로에서 일을 하고, 새끼용들을 교육하고, 국경에서 경계 근무를 하기도 했다. 비행지도자들은 아무리 성년에 가까운 비룡이라도 다 자란 원시용들과 싸워야 하는 최전선으로 보내진 않았다. 알렉스트라자가 금지한 일이었다. 그래서 어린 세대의 비룡은 최선을 다해 혈족의 터 방어에 기여했다.

다른 용 여덟 명의 윤곽이 별빛을 가리며 머리 위로 지나갔다. 사리스트라즈가 직접 라일라스트라자에게 이번 정찰을 맡겼다. 붉은 비룡은 자랑스러운 마음으로 수락했다. 라일라스트라자는 오라비의 죄를 만회할 수만 있다면 무슨 일이든 기꺼이 하면서 알렉스트라자와 붉은 용군단에 충성하는 모습을 보여주려 했다.

용군단은 끔찍한 만행을 저지를 탈린스트라즈를 증오했고, 백 년이 지나도 마음은 누그러지지 않았다. 탈린스트라즈와 그의 동료들이 하늘빛 기록보관소 안의 마나 수정을 깨뜨리지 않았다면 방벽이 얼마나 오랫동안 지속되었을지 아무도 모르는 일이었다. 그래서 붉은 용들은 동족의 일원이 그토록 많은 고통과 죽음을 초래했다는 사실을 수치스러워했다. 이제는 배신의 망령이 모든 용군단을 괴롭히고 있었고, 시리고사는 푸른 용들 사이에서 지독한 증오의 대상이 되어, 아무도 그녀의 이름조차 언급하지 않았다. 넬타리온이 잿불내림 전투에서 사용하려던 전략은 옥소리아의 이중 첩자로 활동하는 어둠비늘 때문에 사전에 전모가 드러났다. 청동 비룡은 시간을 되돌려 원시술사들에게 유리한 상황을 이끌어내려 했다. 그리고 한 번은 녹색 비룡과 붉은 비룡들이 루비 생명의 웅덩이에서 알을 납치할 계획을 세우기도 했다.

이 전쟁으로 인해 형제와 자매, 친구와 친구 등 너무나도 많은 용이 서로 싸워야 했다. 의미 없는 고통과 죽음이 너무나도 많이 뒤따랐다! 다른 용들의 증오와 야망이라는 제단 위에서 너무나도 많은 생명이 낭비되었다. 원시술사들이 얼마나 많이 죽어야 혈족의 터에서 철수하고 용군단에게 평화를 허락할 것인가?

라일라스트라자의 부관이자 오랜 친구인 아이메스트라즈가 절벽 위 그녀 곁에 내려앉았다. 그는 콧잔등에 주름을 잡으며 공기의 냄새를 맡았다.

"아, 연기, 유황, 반 거인의 땀…… 분명 자라딘 전투부대의 냄새네. 둔감함에 냄새가 있다면 이런 거 아닐까. 붉은 용으로 가득한 계곡을 향해 돌진해봐야 결국엔 재앙으로 끝날 뿐이라는 걸 아직도 깨닫지 못한 걸까?"

"이번엔 용암 매머드를 데려왔어."

라일라스트라자가 계곡에서 쿵쾅거리고 돌아다니면서 엄니로 모든 걸 파괴하고 있는 커다란 잿빛 동물을 가리켰다.

"저런 전술이라면 확실히 전세를 역전할 수 있을 것 같은데."

자라딘은 두 다리로 걷는 모습과 날개 없는 등이 티탄벼림과 유사했지만, 비슷한 면은 거기서 끝이었다. 자라딘은 반 거인으로, 비행 중인 용에게 갈고리를 걸어 지상으로 끌어내릴 수 있을 만큼 크고 강인한 야수였다. 잉크처럼 짙푸른 피부는 살아 있는 불길이 새겨진 문신으로 덮여 있었다. 하지만 라일라스트라자가 보기에 가장 인상적인 건 그들의 잔혹한 눈빛이었다. 원시술사들과 마찬가지로, 그들은 용군단에 대한 증오에 이끌려 살았다.

"오늘은 푸른 용이 하나뿐이야."

라일라스트라자가 머릿속에서 선택지를 꼽아 보며 말했다.

"아듀고스라면 계곡 입구에 얼음 장벽을 펼칠 수 있겠지만, 용암 매머드가 저렇게 많으니 자라딘이 그냥 통과해 버릴 것 같은데."

"용암 매머드를 데려온 걸 보면 아무래도 진짜 전략을 도입하기 시작한 것 같은데."

아이메스트라즈가 싱긋 웃으며 말했다.

"너무 높이 평가하진 마."

라일라스트라자도 이를 드러내며 웃었다.

"라비아와 오베지온에게 얘기해서 계곡 아래로 산사태를 일으키자. 그러면 불도 꺼질 테고, 용암 매머드들이 날뛰다가 자기 주인까지 짓밟을 거야. 그다음에는 우리가 북서쪽으로 가서 남은 생존자들을 처치하면 돼."

"좋아."

아이메스트라즈가 음산하게 웃으며 말했다.

"너라면 언젠가 좋은 비행지도자가 될 거야, 라일라. 너도 알지?"

라일라스트라자가 공포의 발톱이 가슴을 찔러오는 걸 느끼며 얼어붙었다. 나이 많은 친구들은 이미 최전선으로 불려 가기 시작했다. 전쟁이 조만간 끝나지 않으면, 비행지도자들이 아이메스트라즈도 해안으로 부를 것이다.

아이메스트라즈는 그녀보다 한두 살 많았고, 어깨 높이도 높고, 머리부터 꼬리까지의 길이도 더 길었다. 지난 수십 년 동안 그는 유난히 긴 날개가 어울리는 체격으로 성장하고 근육도 잔뜩 붙었다. 머리 위에는 이제 우아한 뿔의 왕관까지 얹혀 있었다. 아이메스트라즈는 아직 다 자란 용이라고 할 수 없었지만, 적어도 외모와 비행 기술만큼은 진짜 용처럼 보이기 시작했다. 비행지도자들은 이미 훈련 중 그를 주목하고 기록을 남겨 두곤 했다. 라일라스트라자는 그가 용의 여왕 직속의 붉은 용 부대인 루비 불꽃인도자의 일원이 될 거라고 확신했다. 그녀는 아이메스트라즈가 자랑스러웠다.

하지만 두렵기도 했다.

깨어나는 해안의 붉은 용과 검은 용은 다들 해안에서의 전쟁이 얼마나 공포스러운 것이었는지 잘 알았다. 미스루즈와 옥소리아는 잔혹하고 무자비한 지도자여서, 아무리 많은 부하의 목숨을 희생하더라도 폭풍포식자를 감옥에서 풀어주려고 했다. 검은 용군단과 붉은 용군단은 잿불내림 전투에서 가까스로 적을 막아냈고, 그때 원시술사들도 워낙 많이 희생되었기 때문에, 옥소리아도 한 계절 동안은 원치 않아도 전장을 떠나야 했다.

요즘 라일라스트라자는 아이메스트라즈나 라이고스, 아티라누스의 사체가 놓인 장작불 옆에 서 있는 악몽에 시달리느라 잠도 제대로 자지 못했다. 위상들이여, 우리를 도우소서……. 오라비가 성채에 갇혀 여생을 보내길 바라는 마음과는 별개로, 그의 사체가 장작불에서 불타는 악몽은 괴로웠다. 눈을 감을 때마다, 라일라스트라자는 친구들의 몸을 받친 장작에 불을 붙이고, 그들의 육신이 불타올라 달도 없는 하늘로 재가 날아오르는 것을 지켜보면서 모두의 이름을 속삭였다. 그녀는 매일 아침 무거운 날개와 아픈 심장을 부여잡고 잠에서 깨어났다. 하지만 원시술사들은 쉬지 않고 끝도 없이 혈족의 터를 공격했다.

라일라스트라자는 자신의 꿈에 대해 아무에게도 말하지 않았지만, 친구들은 언제나 그녀 얼굴에 나타난 감정을 읽었다. 그녀는 도무지 자기감정을 숨길 수가 없었다. 오라비와는 달리 그녀에겐 능청스러운 구석이 없었다.

"왜 그렇게 슬픈 표정을 하고 있어?"

아이메스트라즈가 쿡쿡 웃으며 물었다.

"잠깐, 얘기하지 마. 나한테서 자라딘 같은 냄새가 나는 거야?"

그는 킁킁거리며 자기 냄새를 맡는 시늉을 한 후 얼굴을 찌푸렸다.

라일라스트라자는 살짝 웃었다.

"아니, 너 때문이 아니라, 그냥……."

하지만 그녀는 차마 말을 꺼내지 못하고 말끝을 흐렸다. 어색한 침묵이 길게 이어지고, 어딘가 불편한 장애물처럼 둘 사이를 가로막는 듯했다.

한참이 지나고 나서 그가 말했다.

"사리스트라즈나 크리스탈스트라즈가 나를 최전선으로 보낼까 봐 걱정하는 거지."

"아니야."

라일라스트라자는 고개를 살짝 가로저으며 말했지만, 그 말이 거짓말인 건 누구나 알 수 있을 것 같았다.

"아니, 아니야. 최전선에서 용군단을 위해 봉사할 수 있다는 건 엄청난 영광이고, 혈족의 터를 지키기 위해 싸우는 것보다 더 중요한 일이 뭐가 있겠어."

"라일라."

아이메스트라즈는 날개로 그녀를 쿡 찔렀다.

"우리 둘 다 조금 더 자라야 최전선으로 갈 수 있지 않겠어?"

그녀는 두렵다는 걸 인정하고 싶지 않았다. 죽음이 두려운 게 아니라, 친구와 사랑하는 이들이 전쟁의 공포에 시달리는 걸 지켜보는 게 두려웠다. 얼마나 많은 것을 잃었던가! 하지만 눈앞의 폭력에는 끝이 없는 것만 같았다.

"언젠가 비행지도자들에게 선택의 여지가 없어지는 날이 올 거야."

라일라스트라자는 부드러운 목소리로 말했다.

"참혹한 심연에서 이리디크론이 나타나 성채를 공격하면 어떻게 하지? 이리디크론과 바위격노자 군단이 기다리고 있어……. 비라노스가 북동쪽에서 우릴 공격하는 상황에서 이리디크론까지 상대할 수 있을지 모르겠어."

성급한 피락과는 달리, 비라노스는 붙잡는 것이 아예 불가능했다. 그녀는 항상 전장을 벗어난 곳에서 머무르며, 멀리서 부대 운용과 전술을 지휘했다. 라일라스트라자는 어린 시절 함께 숨바꼭질을 하고 놀았던 친절한 용이 그토록 잔혹한 심장의 소유자이고, 그녀의 오라비를 속여 가족을 배신하게 만들었다는 사실을 믿을 수가 없었다. 그리고 라일라스트라자는 얼마 되지도 않는 자신의 가족을 깨뜨리고, 그녀의 혈통에 검은 흉터를 남긴 비라노스를 결코 용서할 수 없었다.

하지만 오라비의 배신을 경험하는 과정에서, 라일라스트라자는 가족이라는 것이 오라비 하나가 아니라 친구들과 용군단 전체까지 모두 아우르는 것이라는 걸 깨달았다. 그리고 그들을 지키기 위해서라면 무슨 일이든 하겠다고 결심했다.

"용기를 내. 이리디크론은 참혹한 심연을 무방비 상태로 내버려두고 떠나는 일이 없을 거야. 아예 밖으로 나오지 않는 걸지도 모르고."

아이메스트라즈는 장난스럽게 싱긋 웃으며 말했다.

“가자. 지금의 이런 모습은 내가 알던 라일라스트라자가 아니야. 전투의 열기를 경험하고 나면 기분이 좀 나아질 거야. 빨리 이 야수들을 처치하고 우리 영토에서 쫓아내자!”

“좋아.”

라일라스트라자가 말하며 미소로 답했다.

그들은 하늘로 날아올랐다. 라일라스트라자는 아이메스트라즈를 라비아와 다른 붉은 비룡 두 명과 함께 남쪽 벼랑으로 보냈고, 자신은 오베지온과 푸른 비룡 아듀고스, 녹색 비룡 필로라와 함께 북쪽으로 향했다.

비룡들은 계곡의 동쪽 끝에서 다시 모였다.

“아듀고스, 필로라.”

라일라스트라자가 접근해 오는 자라딘을 보며 낮은 목소리로 말했다.

“용암 매머드가 날뛰기 시작하면, 너희가 남은 불길을 끄는 일을 맡아 줘. 불이 정원에 도달하게 해서는 안 되지만, 몸조심하고 목숨을 위태롭게 하지 마.”

푸른 비룡과 녹색 비룡은 고개를 끄덕였다.

오베지온이 그녀 옆의 돌에 발톱을 박았다.

“명령만 내려 줘.”

그가 말했다. 계곡 반대편에서, 그의 누이 라비아도 신중하게 그림자 속에 몸을 숨기며 자리를 잡았다.

아래쪽에서는 자라딘이 경계를 늦추지 않고 전진했다. 라일라스트라자는 반 거인 열 명과 용암 매머드 다섯 마리를 확인했다. 자라딘 두 명이 선두에 서서 횃불로 계곡을 밝히며 위험에 대비했다. 오늘 밤에는 전쟁군주 사르가나 소위 살점분리자라는 자들은 보이지 않아서 그나마 다행이었다.

첫 번째 자라딘이 그들 아래로 들어서자, 라일라스트라자는 고개를 들고 한 번 울부짖어 공격을 알렸다.

자라딘 사이에서도 거친 외침이 터져 나왔다. 오베지온이 발톱으로 벼랑을 때려 바위를 부쉈다. 천둥 같은 굉음과 함께, 벼랑의 경사면을 따라 거의 날개 열 개 길이에 이르는 균열이 뻗어 나갔다. 한 순간 침묵이 스치고, 이내 산산이 조각난 바위들이 가파른 경사면을 미끄러져 자라딘 전투부대를 향해 점점 더 빠른 속도로 돌진했다. 몇 초 후 계곡의 남쪽 면이 붕괴되며 산비탈이 계곡 바닥으로 떨어져 내렸다. 또 한 번, 무시무시한 와지끈 소리가 밤을 가르며 울려 퍼졌다. 바위 첨탑이 칼로 잘라낸 듯 떨어져 내려, 앞으로 나아가는 길을 막아 버렸다.

비명이 협곡을 갈랐다. 낙석이 굉음과 함께 떨어져 선봉대를 압살했다. 바윗덩어리들이 새끼용 장난감처럼 이리저리 튀었다. 불타오르는 나무들이 잔해 사이로 떨어져 내렸다. 용암 매머드는 비명을 지르며, 사방에서 공격을 받는 듯 비틀비틀 뒤로 물러났다. 그중 하나가 옆으로 걸음을 옮기다가 주인을 밟아 죽이고는 함께 잔해에 파묻혔다. 자라딘은 버둥거리며 산을 기어오르려 했지만, 조각난 바위들이 모두를 삼켜 버렸다.

먼지 구름과 연기, 이글거리는 잉걸불이 공중으로 자욱하게 피어올랐다. 남쪽 벼랑에서는 라비아가 기쁜 듯 깔깔 웃었다. 그녀의 웃음소리가 혼돈의 현장 위로 울려 퍼졌다.

"우리 누이는 아주 재미있었나 보네."

오베지온이 싱긋 웃으며 말했다.

"자라딘 병력을 줄였으니 오늘은 충분히 보람 있는 날이네."

라일라스트라자가 말하고, 검은 비룡이 고개를 끄덕였다.

"가자. 이제 생존자들을 쫓아 버려야지."

* * *

하늘을 날아 발드라켄으로 돌아가던 중 라일라스트라자는 마지못해 친구들 곁을 떠났다. 예전에는 매일 같이 흑요석 성채의 지하 감옥에 갇힌 탈린스트라즈를 면회하기도 했지만, 최근 한 달 동안에는 너무 바빠서 그러지 못했다. 정규 임무 외에도 자라딘 사냥꾼이 되고 싶다는 어린 비룡 몇 명을 훈련시키는 일까지 자원해서 맡았기 때문이었다.

평소에는 아주 무관심하고 내향적인 아듀고스까지 라일라스트라자에게 하룻밤 만이라도 오라비는 잊어버리고 루비 연회장에서 다른 비룡들과 어울리라고 말할 정도였다.

"탈린이 어디 갈 것도 아니잖아."

아이메스트라즈가 쾌활하게 웃으며 말했다.

"사실,"

라비아도 키득거리며 말했다.

"지난 백 년 동안 아무 데도 안 갔을 걸!"

오베지온은 누이의 말에 콧방귀를 뀌었고, 라일라스트라자는 마음속에서 희미한 질투심이 꿈틀거리는 걸 느꼈다. 라비아와 오베지온처럼, 탈린스트라즈 곁에서 혈족의 터를 지키기 위해 싸울 수 있다면 얼마나 좋을까!

"가자."

필로라가 라일라스트라자 옆에서 정신없이 오락가락하고 공중에서 빙빙 돌며 말했다.

"내일 가도 되잖아!"

"내일은 루비 생명의 웅덩이에서 경계 근무를 해야 해."

라일라스트라자가 웃으며 말했다.

"아무리 새끼용처럼 멍청하다고 해도, 탈린은 내 오라비야. 게다가 우리가 자라딘의 머리 위로 산사태를 일으켰다고 하면 아주 재미있어 할 거야."

라비아는 깔깔 웃으며 유쾌하게 말했다.

"이제 자라딘은 절대 그 계곡에 들어가지 않겠지!"

"들어갈 걸."

아듀고스는 한숨을 내쉬며 말했다.

"다음에는 차르가스를 데려올 거고."

"오오, 차르가스!"

라비아가 푸른 비룡을 향해 앞발 발톱을 꼼지락거리며 말했다.

"비늘의 파멸이자 깨어나는 해안의 공포!"

"그 녀석은 바위를 피할 수 있을까?"

오베지온이 냉랭하게 말했다.

"자기보다 더 큰 건 못 피하겠지!"

라비아가 말했다.

아이메스트라즈는 어이가 없다는 듯 눈을 굴렸다.

"정말 나 혼자 쟤들을 상대하게 할 거야, 라일라? 저 녀석들이…… 이런 꼴일 때는 나도 도움이 필요하다고."

그는 능글맞게 웃으며 친구들을 가리켰다.

"포도주를 손에 넣을 때까지만 기다려 봐."

라비아가 깔깔거리며 말했다.

"아듀고스가 춤을 추며 양꼬치 주점을 누비게 만들어 줄 테니까!"

"그럴 일은 없어."

푸른 비룡이 단호하게 말했다.

"나도 같이 가고 싶지만, 오라비한테 가 봐야 해."

라일라스트라자는 그렇게 말하며 아이메스트라즈와 함께 공중에서 멈췄다. 쌍둥이 남매는 날개를 흔들며 그들을 지나갔고, 아듀고스도 그 뒤를 따라갔다.

"마지막으로,"

아이메스트라즈는 말했다.

"탈린이 저지른 일 때문에 널 비난하는 용은 없다는 얘기를 꼭 해주고 싶었어. 네가 탈린을 내버려서 그 녀석이 남은 생을 혼자 썩어가야 한다고 해도,

아무도 널 탓하지 않을 거야."

"가끔 그런 용도 있더라고."

라일라스트라자는 지금까지도 자신을 피하는 붉은 용들을 떠올리며 말했다.

"나도 다시는 탈린을 만나고 싶지 않다는 생각이 드는 날도 있지만…… 그럴 때면 우리 위상의 지혜로운 말씀을 떠올려. 살아 있는 것은 언제나 성장하고 변화할 수 있다. 진심으로 그 말이 사실이길 바라."

"너 같은 누이는 그 녀석에게 과분해."

아이메스트라즈가 말했다.

"아이메스트라즈, 어서 가자."

오베지온이 외쳤다.

"이러다간 케이크가 바닥나 버릴 거야!"

"내일 보자, 라일라."

아이메스트라즈가 한쪽 앞발을 들어 작별 인사를 했다. 라일라스트라자는 미소를 지으며 인사했다. 그와 함께 발드라켄으로 날아가고 싶다는 마음이 간절했다.

하지만 그녀는 남서쪽으로 고개를 돌리고, 흑요석 성채를 향해 날아갔다. 아무리 고집불통의 바보라고 해도 탈린스트라즈는 그녀의 오라비였다. 무엇도 그 사실을 바꿀 순 없었다. 질서 마법도, 믿음의 차이도, 그의 끔찍하게 잘못된 선택도 그럴 수 없었다. 그녀가 탈린스트라즈의 가족이라는 이유만으로 그녀를 피하는 붉은 용이 많았고, 그를 계속 만나는 것 때문에 싫어하는 이들도 있었다. 라일라스트라자도 그들의 분노를 이해했다. 방벽이 무너지던 날, 모두가 사랑하는 이들을 잃었다……. 하지만 그녀까지 오라비를 잃는 건 싫었다.

가까이 다가가 보니 검은 산을 따라 봉화가 타올랐다. 성채가 경계 태세에 돌입한 것이었다. 걱정에 마음이 급해진 라일라스트라자는 비행 속도를 높였다. 성곽에 가까이 다가가자 흑요석 비늘신도들이 그녀를 알아보고 손을 흔들어 통과시켰다. 거대한 가열로 위를 지나가며 보니, 놀랍게도 가열로 주변이 텅 비어 있었다. 비늘장이들은 어디 있는 거지? 용기병은? 성채에서는 보통 밤낮으로 망치를 두드리는 소리가 울려 퍼졌지만, 지금은 온통 침묵에 잠겨 있었다.

배 속에 긴장감이 차올랐다. 그녀는 오라비가 무사할까 걱정하는 마음에 재빨리 성채 깊은 곳으로 날아들었다. 라일라스트라자는 흑요석 성채의 지하 감옥과 그곳의 어둡고 위압적인 벽이 싫었지만, 오라비가 그곳에서 한 세기가 넘는 시간을 살아가야 하는 이유가 더 싫었다.

검은 용들이 이리저리 뛰어다녔지만, 다들 너무 바빠서 그녀에게 상황을 설명해 주지 못했다. 용기병들도 서로를 향해 이런저런 명령을 외쳤다. 라일라스트라자는 혈족의 터를 배신한 용들이 수감되는 곳인 성채 최하층의 수감 구역으로 내려가 보기로 했다.

최하층에 도달하기도 전에 피 냄새가 풍겨왔다.

그 구역에 들어선 그녀는 헉, 놀란 숨을 들이쉬었다. 돌바닥이 마른 피로 덮여 있었다. 깨지고 피가 흩뿌려진 검은색 비늘이 사방에 널려 있었다. 그곳의 모든 감방은 열려 있었고, 비전 수호물과 그곳에 수감되었던 죄수 모두 사라진 후였다.

라일라스트라자의 심장이 쿵쾅거리며 갈비뼈에 부딪혔다. 여기엔 탈린스트라즈나 시리고사와 같은 부류만 갇혀 있었던 게 아니었다. 장막의 납골당이 무너진 일에 관여한 원시술사의 이중 첩자인 라이진도르무도 오라비에게서 세 개 옆의 감방에 갇혀 있었다. 모퉁이 너머에는 꿈의 차원문을 파괴하려 했던 녹색 용 제타누스가 있었고, 미스루즈를 암살하려던 어둠비늘의 계획을 유출한 검은 용 릴도라도 반대쪽 감방에 갇혀 있었다.

경비병인 헤마티온과 사브리아가 그 구역 반대쪽에서 검은 용군단의 비행지도자와 이야기하는 중이었다. 몇몇 푸른 용이 감방을 조사하며, 라일라스트라자는 이해하지 못하는 마법 이론에 관해 기술적인 표현을 섞어 이야기했다. 주위 공기에 당장이라도 지글거리며 깨져 버릴 듯한 팽팽한 긴장감이 차올랐다. 빠른 대화가 띄엄띄엄 끊어지며 통로 아래쪽까지 메아리쳤다.

"탈린스트라즈?"

그녀가 속삭이며 천천히 앞으로 나섰다. 오라비의 감방은 왼쪽 세 번째로, 시리고사의 감방 맞은편이었다. 그녀는 흐느끼며 다급히 오라비의 감방으로 달려갔다.

그곳은 희미한 냄새만 남은 채 텅 비어 있었다. 라일라스트라자는 머리에서 피가 모두 빠져나간 듯 아찔한 현기증을 느꼈다. 뒤로 비틀비틀 물러난 붉은 용은 축 늘어져 주저앉았다.

탈린스트라즈가 떠났다. 오라비는 대체 몇 번이나 누이의 마음을 찢으려는 걸까? 새끼용 시절 서로를 부둥켜 안고 언제나 서로를 지켜 주겠다는 약속을 하지 않았던가? 지난 백여 년 동안 수백 번, 아니 수천 번이나 이 감방을 방문하면서 라일라스트라자는 오라비의 마음에 공감의 씨앗을 심을 수 있을 거라 생각했지만…… 아무래도 그녀의 생각이 틀렸던 모양이었다.

라일라스트라자는 눈을 감고 울지 않겠다고 맹세했다.

그녀 뒤쪽에서 발톱으로 돌을 긁는 소리가 들렸다. 사브리아가 희미한 빛 아래에서 흑요석 비늘을 반짝이며 그녀 옆에 앉았다. 라일라스트라자는 그간 감옥을 방문하며 오라비를 지키는 경비병들을 모두 알게 되었고, 그중에서도 사브리아와는 친구 같은 사이가 되었다. 그 검은 용은 상냥하고 존중하는 태도로 그녀를 대해 주었고, 오라비가 앞발을 물어뜯으려 했을 때에는 루비 생명의 웅덩이까지 날아와 라일라스트라자에게 오라비의 상태를 알려 주기도 했다. 그들은 식사와 웃음, 상실과 슬픔을 함께 나눴다. 오라비가 수감된 일에 긍정적인 면이 있다면, 그게 바로 사브리아였다.

"어떻게 된 거야?"

라일라스트라자가 오라비의 어두워진 감방에서 눈을 떼지 못하며 물었다.

"원시술사들이 소규모로 구출 작전을 시도했어."

사브리아가 부드러운 목소리로 말했다.

"놈들이 검은 용기병 몇 명을 배신시켰고, 그자들이 너희 오라비와 동료들이 탈출하게 도와줬어. 넬타리온 님이 지금 그 용기병을…… 심문하고 있어. 그래서 가열로 작업자들도 전부 대피시킨 거야."

심문이라고? 라일라스트라자는 머릿속에 떠오른 생각을 입 밖에 내놓진 않았다. 대지의 수호자가 배신자들을 가혹하게 처벌한다는 건 누구나 알았다.

"다친 사람은 없어?"

라일라스트라자가 물었다.

"경비병 두 명이 죽었어."

사브리아가 말했다.

"다른 두 명은 크게 다쳐서, 오늘 밤을 넘길 수 있을지 모르겠어."

라일라스트라자의 다리가 후들거리기 시작했지만, 그 이유가 공포인지 분노인지는 알 수 없었다. 이 지하 감옥에서 탈린스트라즈에게 바깥 세계의 소식을 가져다 주고, 함께 웃고 떠들며 며칠 밤을 지샜던가? 검은 용군단에서는 위상들의 자세한 전략에 대해 아무 얘기도 하지 말라고 했지만, 그래도 위상들이 승리를 거둔 것이나 그녀 자신이 자라딘과 맞서 싸운 이야기 정도는 해줄 수 있었다.

라일라스트라자는 오라비가 태양과 하늘도 보지 못하고 감방에서 여생을 보내는 것이 달갑지는 않았다……. 그렇다고 그가 비라노스 밑에서 일하는 걸 보는 건 더더욱 싫었다. 오랜 시간이 지났지만, 얼음심장에 대한 탈린스트라즈의 사랑은 흐려지지 않았다. 그는 비라노스에 대해 말할 때는 마치 어머니를 생각하는 것처럼 애정을 담아 이야기했다. 비라노스의 요원들이 성채에 침입해서 탈린스트라즈의 탈출을 도운 걸까? 만약 그렇다면, 비라노스는 그 비룡들을 어디에 쓰려는 걸까? 방벽을 해제하고 혈족의 터에 죽음의 비를 내리는 것만으로는 부족했던 걸까?

"비라노스가 그들을 위한 계획을 준비해 뒀을 거야."

라일라스트라자는 떨리는 목소리로 말했다.

"그렇지 않았다면 성채를 공격하는 위험까지 감수했을 리가 없어."

"난 잘 모르겠어, 친구."

사브리아가 한숨을 쉬며 대답했다.

"여기 수감되어 있던 비룡 거의 열다섯 명이 전부 달아났어. 어둠비늘들이 지금도 추적하고 있고."

"사브리아!"

비행지도자가 한쪽 날개로 검은 용을 불렀다.

"잠깐 얘기 좀 할까?"

"바로 가겠습니다!"

사브리아는 그렇게 말하고 비룡을 향해 고개를 돌렸다.

"원한다면 언제까지나 여기 머물러도 돼. 하지만 당분간은 오라비의 감방에 손을 대지는 마."

"그래야지."

라일라스트라자는 오라비의 텅 빈 감방을 바라보며 말했다. 거기엔 소지품이라고 할 만한 것도 별로 없었다.

하지만 시리고사의 감방은 달랐다. 그 푸른 용은 한쪽 벽에 책등이 용군단처럼 화려하고 다채로운 색상으로 장식된 책들을 잔뜩 쌓아 놓고 있었다. 생각해 보면, 시리고사는 늘 감방 안에서 연구하며 조용히 시간을 보내는 것에 만족했다. 그녀가 읽고 있던 책들을 보면 라일라스트라자도 오라비가 탈출한 이유를 알아낼 수 있을지도 몰랐다.

라일라스트라자는 감방 안으로 들어가 고개를 옆으로 기울이고 책 제목을 확인했다.

"지맥의 수수께끼: 숙련자의 안내서"

그녀는 감방 입구를 흘긋거리며 작은 목소리로 읽었다. 시간 직조: 시간술에 관한 논문이라는 고서가 비전 미궁: 마나의 비밀 열어보기라는 두꺼운 책 위에 놓여 있었다. 그녀는 책 더미 전체를 훑어봤지만 일관적인 주제는 눈에 띄지 않았다. 하지만 책 두 권 사이에 끼어 있던 빛나는 종이 조각이 그녀의 시선을 끌었다.

라일라스트라자는 발톱으로 조심스럽게 그 종이를 꺼냈다. 빈 종이 같았지만, 종이의 결 사이로 엮인 마법을 느낄 수 있었다. 그녀는 종이 위로 작은 불길을 부드럽게 내뿜었다. 시리고사가 반짝이는 파란색 잉크를 사용해서 아름다운 글씨로 유려하게 적어 놓은 글귀가 드러났다.

탈린에게 경계심을 불러일으키지 않고 경비병들에게 경고할 방법이 없었어. 일단 비라노스에게 의심받지 않아야 내가 도움이 될 것 같거든.
제때 이 전갈을 찾아낸다면, 즉시 말리고스 님에게 가. 엘레고사가 딸깍뼈 동굴에서 알게타르 대학으로 통하는 비밀 통로를 열려고 해. 그러면 원시술사들이 그곳을 이용해서 푸른 용군단과 청동 용군단을 기습 공격할 거야. 나도 그 통로가 어디에 있는지는 알지 못하지만, 그녀가 "잊힌 동굴"이나 "비룡의 동굴"이라는 곳을 언급하는 걸 들은 적이 있어.
나도 어떻게든 막아 볼게. 내 머리 위로 동굴을 붕괴시켜야 한다고 해도 하고 말 거야.
빨리 날아가 줘. 비라노스와 그녀의 자식들에게 우리 용군단의 유산이 파괴되는 걸 보고 싶지는 않아. 나는 탈린처럼 그 헌신을 존경하지는 않아. 그냥 친구들의 열정적인 말에 어린 마음이 이끌렸던 것뿐이야.

—시리

"오, 시리고사."

라일라스트라자가 가쁜 숨을 내쉬며 이 말이 사실일지, 아니면 원시술사의 또 다른 계략일지 생각했다. 어차피 상관은 없었다. 어느 쪽이든 푸른 위상에게 알려야 했다. 이 정보를 토대로 무엇을 해야 할지는 위상이 결정할 것이다.

감방 밖으로 나온 라일라스트라자는 통로에 있던 푸른 용에게 다가가 쪽지를 내밀며 말했다.

"위상님이 보셔야 할 게 있습니다."

제 21 장

말리고스는 거의 오십 년 동안 알게타르 대학 전선에서 싸워 왔지만, 비라노스와 그녀의 원시술사들을 막아내지 못할 것 같다는 두려움이 앞선 건 오늘이 처음이었다.

일반적인 상황이었다면 말리고스와 노즈도르무가 함께 싸웠겠지만, 시리고사의 편지 때문에 위상들은 전술을 변경해야 했다. 말리고스가 청동 용 시간의 수호자들과 푸른 용 주문비늘들을 이끌고 시산즈의 부대와 싸우는 사이, 노즈도르무는 시간마법사들을 이끌고 대학에 주둔하여 두 용군단의 측방을 지켰다.

지금은 말리고스 혼자서 전선을 사수해야 했다.

마법의 지배자는 머리를 숙이고 가늘게 뜬 눈으로 비라노스의 폭풍을 바라봤다. 전장 가장자리를 휩쓰는 눈보라를 몇몇 비전 감독관들이 막아내고 있었다. 눈의 맹렬한 기세에 대학의 남쪽 첨탑도 말리고스의 눈에 보이지 않았다. 공중에 떠 있는 섬들은 모두 얼음에 뒤덮였다. 어찌나 추운지 화로 위에서 피어오르는 거대한 불길조차 덜덜 떠는 것만 같았다.

비라노스는 늘 눈보라와 함께 공격해 왔지만, 오늘 폭풍은 유난히 혹독하게 느껴졌다.

최전선에서 싸우는 시간의 수호자들이 대학 훈련장을 둘러싸는 긴 초승달 대형을 이뤘다. 용군단의 전선은 선형이 아니라 수직 공간을 포함하는 구형으로 북쪽 섬들을 감싸, 현신들이 아래쪽에서 공격해 오는 걸 차단했다. 말리고스와 푸른 용들이 그 구형 공간의 중심에서 원거리 지원을 제공했다. 주문비늘은 청동 용과 푸른 용의 모습으로 꾸며진 비전 정령 백여 명을 조종해서, 아군 병력이 실제보다 훨씬 더 많아 보이게 했다.

일반적인 상황이었다면, 말리고스는 원시술사들을 두려워할 일이 없었다. 시산즈의 서리비늘들은 알게타르 대학의 땅을 한 뼘도 제대로 차지하지 못했다. 하지만 노즈도르무가 자리를 비우면서 시간의 수호자들은 평소답지 않은 혼란에 휩싸여 있었다. 말리고스의 주문비늘들도 불안한 표정이었고, 다들 걱정스러운 눈빛으로 거센 눈보라를 바라봤다.

망할 시리고사와 그 일당들 같으니! 말리고스는 고개를 절레절레 저으며 생각했다. 그들은 잘 조직된 방어를 망쳐 놓았다. 그리고 푸른 위상이 시리고사가 지금껏 편지를 통해 진실을 말했느냐고 물어보자, 노즈도르무는 짜증스럽게도 "가끔은"이라고만 대답했다.

가끔은? 미래를 볼 수 있다고 해도 그걸 제대로 활용할 수 없다면 무슨 의미가 있단 말인가? 편지의 내용이 진실이 아니라면, 위상은 아무 의미 없이 병력을 나눠 최전선을 약화시킨 셈이다. 그리고 만약 시리고사의 경고를 무시한다면, 불시의 기습을 당할 위험에 노출되어야 한다. 어느 쪽이든 비라노스에게 유리한 상황이었다. 그런 상황을 현신이 어떻게 이용할지 알 수 없었기에, 마법의 지배자는 불안하기만 했다.

말리고스의 실망감을 키운 것은 알게타르 대학의 교장인 도라고사가 신성한 전당으로 통하는 비밀 통로의 존재를 전혀 모르고 있다는 사실이었다. 그녀와 교수들은 침입 지점을 찾아내려고 밤을 새며 대학 내부를 수색했지만, 아침이 되자 결국 빈손으로 푸른 위상에게 돌아왔다. 혈족의 터에 있는 여러 장소와 마찬가지로, 딸깍뼈 동굴에는 수많은 굴과 동굴이 가득했다. 그걸 모조리 수색할 시간은 없었고, 특히 "비룡의 동굴"이라 불리는 곳을 아는 용은 아무도 없었다. 그런 장소가 실제로 존재한다고 해도, 그 이름은 아마 별명일 것이다.

혹시나 하는 마음에, 말리고스는 딸깍뼈 동굴에 비전 감독관과 피조물 부대를 숨겨 놓았다. 노즈도르무는 대학 내부에 자리를 잡고, 시리고사의 주장이 사실일 경우 시간마법사와 함께 대응할 준비를 했다.

머리 위로 검은 구름이 드리워, 어스름한 빛이 주위를 채웠다. 말리고스는 바람이 변화하는 걸 느꼈지만, 그가 미처 반응하기 전에 거대한 번개가 하늘에서 불쑥 떨어져 대학의 성곽 위에 있던 비전 감독관을 강타했다. 훈련장 외곽에서 비라노스의 눈보라를 막아냈던 마법이 약화되고, 다시 다른 감독관까지 주문에 대한 통제력을 상실하면서 마법은 완전히 깨져 버렸다.

곧바로 폭풍이 밀려들었고, 너무나도 차가운 눈송이가 작은 송곳니처럼 말리고스의 가죽을 파고들었다. 날개가 얼음으로 뒤덮였다. 최전선의 청동 용들은 혼란에 휩싸였다. 백시 현상으로 인해 마법의 지배자도 청동 용들을 실제로 볼 수는 없었지만, 아군이 으르렁거리고 적을 물어뜯는 소리와 고통스러운 비명 소리가 바람에 실려 왔다. 그는 눈보라를 피하려 눈을 가늘게 떴다. 너무나도 뜨겁게 불타올라 주위의 폭풍까지 녹여 버리는 용암갈퀴에게 쫓겨 청동 용 세 명이 다급하게 도망쳐 오고 있었다.

"전선을 사수하라!"

말리고스가 소리치며 발톱을 앞으로 뻗어 원시술사를 향해 신비한 화살을 일제히 발사했다. 비전 화살이 원시용의 가슴과 날개에 적중했다. 귀에 거슬리는 비명과 함께 용암갈퀴가 쓰러졌다.

"바드루고사!"

그는 울부짖는 바람 너머로 비행지도자에게 외쳤다.

"날 지켜라!"

바드루고사의 알았다는 외침이 희미하게 들렸지만, 이런 폭풍 속에서 부하의 모습을 볼 수는 없었다. 하지만 그건 다행히 적들도 그를 볼 수 없다는 의미였다.

푸른 보라색 거품이 마법의 지배자를 감쌌다. 전장 중앙으로 날아간 그는 공중에 멈춰서 정신을 집중하여 초신성폭발을 생성하기 시작했다. 경계 태세를 늦추지 않으면서, 그는 자기 존재의 핵심을 구성하는 비전 마력, 즉 주위 세계 전체의 마력을 끌어냈다. 전장의 외침이 속삭임으로 변하고, 바람과 눈의 포효도 사그라들었다. 펄럭이는 날개에서 푸른 보라색 불꽃이 점점 더 빠르고 강하게 빠직거렸고, 이내 마법은 그의 혈관을 휘돌고 두개골 안쪽을 마구 두드리며 절박하게 풀려나려 했다.

비전의 힘을 더는 억제할 수 없게 되자, 말리고스는 날개를 활짝 펼치며 마력을 하늘에 쏟아냈다. 마력이 끔찍한 쾅 소리와 함께 사방으로 폭발하여 비라노스의 눈보라를 밀어내고 접촉한 원시술사의 최전선 병력을 대부분 불태웠다. 마력이 휩쓸어 간 자리에 흐릿한 증기만이 남았다.

햇살이 대학의 훈련장에 쏟아져 내렸다. 말리고스가 그날 처음으로 느낀 따스한 손길이었다. 부드러운 바람이 날개를 채워, 힘겨운 주문을 사용한 그에게 잠깐의 휴식을 선사했다. 그는 마나가 바닥난 것을 느끼며, 숨을 깊이 들이쉬어 마음을 가라앉혔다.

최전선에서 시간의 수호자들이 다급하게 외치는 소리가 들렸다. 말리고스가 고개를 들었다. 대학과 장막의 납골당 사이의 하늘을 원시술사들이 가득 채우고, 푸른 용과 청동 용들을 사방에서 포위하고 있었다. 그 충격적인 사실에 그의 가슴은 쐐기가 박힌 듯 고통스러웠다. 말리고스가 대충 헤아려 봐도, 하늘에는 천 명에 가까운 원시용들이 날고 있었다. 비라노스의 서리비늘 및 용암갈퀴와 더불어 이리디크론의 바위격노자도 2개 부대 이상이 동원된 것 같았지만, 전장에 돌비늘의 모습은 보이지 않았다.

이게 바로 현신의 계획이었다. 비라노스도 영리한 사령관이었지만, 이렇게 철저하게 위상들을 따돌리는 경우는 거의 없었다. 기진맥진한 채로 이용할 자원도 없는 말리고스가 전장에서 그런 공격을 막아낼 수는 없었다. 노즈도르무의 도움 없이는 불가능했다. 하지만 현신이 기습해 올 수도 있는 상황에서 청동 위상을 불러낼 수는 없었다.

말리고스의 눈에 비라노스는 보이지 않았지만, 얼음심장의 포효가 전장 전체에 울려 퍼졌다. 대학의 섬들을 뒤덮었던 얼음이 산산이 깨지고, 하늘로 날아올라 거대한 정령들을 만들어 냈다. 원시술사들이 진격하여 날개로 하늘을 뒤덮었다.

최전선에서 시간의 수호자들의 비행지도자가 거칠게 포효하며 청동 용들에게 모래 폭풍으로 원시술사의 진격을 늦추라고 명령했다. 반짝거리는 커다란 구름이 원시술사들을 휘감아 속도를 절반으로 떨어뜨렸다. 한편, 바드루고사와 다른 주문비늘들은 얼음 정령에게 신비한 화살을 쏟아부어 정령의 수를 줄였다.

그래도 전장에는 가늠할 수 없을 만큼 적이 많았다. 청동 용의 마법은 오래 버티지 못할 것이다. 기껏해야 심장이 몇 번 뛰고 나면 사라질 것이다. 말리고스가 푸른 용과 청동 용을 학살의 현장으로 내몰 수도 없었다. 오늘 잿불내림 전투를 반복하고 싶지는 않았다.

"후퇴하라!"

말리고스가 외쳤다.

"주문비늘! 대학 위에 보호막을 덮어서 후퇴하는 병력을 지켜라!"

비행지도자들이 부하들을 향해 소리쳐 명령을 전달했다. 청동 용이 퇴각을 시작하자, 비라노스가 전장에 나타났다. 비라노스는 바람을 가르며 선봉대 앞쪽으로 내려왔고, 돌풍을 불러일으켜 청동 용들의 시간의 모래를 흩어 놓았다. 비라노스의 부름에 단상 위에 조각나 있던 얼음 정령들이 다시 원래의 모습으로 복원되어 일어섰다.

위상과 현신이 전장 위로 시선을 고정했다. 말리고스는 입을 벌리고 송곳니를 드러냈다. 비라노스는 승리를 확신해서 위험을 감수하고 최전방에 모습을 드러낸 걸까? 피락에게 그랬던 것처럼, 말리고스는 점멸 마법으로 비라노스가 있는 곳까지 이동해서 그녀를 끌고 현신의 금고로 통하는 차원문을 통과할 수 있었다. 마나만 남아 있었다면…… 단 한 번의 움직임으로 전쟁의 이번 장을 끝낼 수 있었다.

함정이야. 그는 자신을 타일렀다. 비라노스는 알게타르 대학에서 승리할 수 없었기에, 마법의 지배자가 아주 어리석은 실수를 저지르도록 미끼를 놓은 것이다. 정말로 말리고스가 자신을 위험에 빠뜨릴 정도로 어리석거나 절박하다고 생각한 걸까?

그래도 얼음심장이 공격 범위 내에 있는데 말리고스가 그냥 도망칠 수는 없었다. 완전히 힘이 소진되었지만, 마법의 지배자에겐 아직 방법이 남아 있었다.

말리고스는 이를 악물고 남은 힘을 모두 끌어내 아른거리는 자신의 환영을 두 개 만들어 냈다. 환영이 쉬익 소리와 함께 그의 비늘에서 떨어져 나갔다. 말리고스는 두 환영이 포효하며 현신을 향해 돌진하게 했다. 환영들의 발톱에서 뿜어져 나온 신비한 화살이 비라노스와 날개지도자들에게 쏟아져 내렸다.

비라노스는 몸을 선회하여 첫 공격을 회피했다. 날개지도자들은 뿔뿔이 흩어졌다. 두 번째로 쏟아진 신비한 화살이 몸을 숙이고 부하들 사이로 빠져나가는 비라노스의 왼쪽 옆구리에 적중했다. 원시술사들이 현신의 주위에 집결했지만, 말리고스의 환영들은 바람처럼 무형의 모습으로 그들을 스쳐 지나갔다. 비라노스는 환영들을 피해 달아났다.

말리고스는 앞발을 뻗고 현신을 추적했다. 반짝이는 발톱 너머로 바위격노자 무리가 달려드는 모습이 보였지만, 비라노스를 쓰러뜨릴 순간이 손에 잡힐 듯 너무나도 가까웠다. 날개를 손상시켜서…… 저 아래 바위 위로 떨어뜨릴 수만 있어도…….

"물러나시오, 말리고스!"

누군가 소리쳤다.

아주 잠깐이면—

엄청난 무게가 마법의 지배자 등을 강타하고 그를 잡아끌었다. 시간의 수호자들이 전방으로 쇄도하며 초고열 모래로 바위격노자들을 날려 버렸다. 집중력이 흐트러지면서, 말리고스는 환영의 통제력을 잃었다. 전장에서 환영들이 사라지는 모습이 보였다.

"오늘이 마지막이길 바라는 거요?"

노즈도르무가 단호하게 말하며 거대하게 반짝이는 대학의 보호막 아래 안전한 곳으로 마법의 지배자를 끌어냈다.

"지금은 영웅심에 취할 때가 아니오. 비라노스를 상대로 불길의 몰락을 재현할 수는 없소!"

"내가 그걸 모를 것 같소?"

말리고스가 그렇게 외치며 몸을 흔들어 청동 위상의 손아귀를 벗어났다.

"거의 잡았었소. 날개만 꺾었다면 충분했을 것을!"

"바위격노자들이 먼저 그대를 덮쳤을 거요."

노즈도르무가 씩씩거리며 말했다.

시간의 지배자 말이 옳은지도 몰랐지만, 말리고스는 순순히 인정할 생각이 없었다. 마법의 지배자는 언짢은 듯 으르렁거리며 다시 돌아서 전장을 바라봤다. 보호막에 동력을 공급하는 중이 아닌 주문비늘은 모두 진격해 오는 적군을 향해 신비한 화살을 발사했고, 용기병은 쇠뇌의 위치를 옮겨 반격을 준비했다. 원시용이 하늘에서 떨어지고, 지면에 충돌하기도 전에 죽었다. 원시술사 날개지도자들은 외곽의 섬 위에서 정지할 것을 명령했다. 적어도 오늘은 공성전의 위험을 감수할 생각이 없는 듯했다.

"적이 동굴에서 공격했소?"

말리고스가 물었다.

"시리고사의 편지가 사실이었소?"

"그렇소."

노즈도르무가 말했다.

"우리가 적의 선봉대를 간단히 물리쳤지만, 질서의 용 변절자들은 대부분 탈출했소. 그대의 시리고사도 거기 포함되어 있었던 것 같소."

"알겠소."

말리고스는 한숨을 쉬며 비라노스가 대학 외곽의 섬을 차지하는 모습을 지켜봤다. 푸른 위상은 멀리서 현신의 얼음 비늘에 햇살이 반사되는 것만 겨우 볼 수 있었다. 확실히 말할 수는 없었지만, 얼음심장의 입술에 잔혹한 미소가 서려 있는 게 보였다는 생각이 들었다.

적어도 현신이 오늘 알게타르 대학을 차지하는 일은 없을 것이다.

* * *

밤의 어둠이 내리고, 넬타리온은 발드라켄에 있는 다른 위상들에게 합류했다. 권좌 위 높은 곳에서 무심하고, 무정하고, 냉혹한 별들이 지나갔다. 멀리 도시를 둘러싼 보호의 방벽이 아른거렸다. 그 너머로 알게타르 대학을 둘러싸고 있는 작은 보라색 방울이 희미하게 보였다.

하마터면 끔찍한 재앙으로 끝날 수 있었던 하루가 어떻게든 마무리되었다. 대학이 적의 손에 넘어간 건 아니었지만, 원시술사들은 공중의 섬을 점령하는 데 성공했다. 말리고스는 원시술사의 공격으로부터 대학을 지켜 냈고, 노즈도르무는 대학 내부를 노린 기습 공격을 격퇴했다. 넬타리온이 보기에는 비라노스가 위상들을 압박해서 퇴각하게 한 후 기습 공격으로 병력을 말살하려 했던 것 같았다.

그 공격을 지원하려고 이리디크론은 장막의 납골당으로 바위격노자 1개 부대 전체를 보냈다. 그들이 전장에 나타났다는 건 두 가지 의미였다. 하나,

비라노스는 탈드라서스에 진출하려는 시도가 번번히 실패로 돌아가는 것에 좌절하고 있었다. 둘, 말리고스와 노즈도르무의 대장정이 나름의 성공을 거둬, 원시술사들의 공격에 참혹한 심연의 지원군까지 필요한 상황이 되었다.

이리디크론은 수백 년 동안 바위격노자들을 아껴 왔다. 그런 그들이 전장에 출현했다는 건 상당한 수적 우위를 점하고 있음에도 불구하고 원시술사들이 전쟁에서 승리하지 못하고 있음을 인정하는 것이나 마찬가지였다.

넬타리온이 의회실로 들어섰고, 다른 위상들은 대장정 지도 주위에 모여 있었다. 바위격노자의 말 두 개가 장막의 납골당에 서 있고, 대학 주위로는 작은 비전 보호막이 반짝였다. 위상들은 고개를 끄덕여 넬타리온에게 인사했지만, 대화를 멈추진 않았다.

"우리가 패배했다고 생각하진 않소."

알렉스트라자가 말리고스와 노즈도르무에게 말했다.

"그대들은 인명손실을 최소화하면서 원시술사들의 진격을 막아 냈소–"

"가까스로 버텨냈을 뿐이오."

말리고스가 바닥을 두드리면서 대꾸했다.

"아무리 사소한 일이라도 좋은 일은 축하해야 하오."

용의 여왕은 부드러운 미소를 지으며 말했다.

"오늘 밤에는 원시술사들이 발드라켄을 공격하진 못할 거요. 그리고 우리 골칫덩이 비룡 중 하나가 기습 공격에 대해 경고해 줬다는 게 사실이오?"

"그랬소."

말리고스가 대답했다.

"시리고사였지."

"나도 기억하는 아이군."

알렉스트라자가 말했다.

"그 아이의 마음이 누그러졌다면, 다른 아이들의 마음도 바뀔 수 있지 않을까. 모든 걸 잃은 건 아닌 모양이오."

넬타리온이 헛기침을 했다.

"적들도 그대와 같은 생각을 할 것이오, 알렉스트라자."

그는 그렇게 말하며 대장정 탁자 위에 놓인 새로운 말을 가리켰다.

"나도 바위격노자가 참혹한 심연 밖으로 나설 줄은 몰랐는데, 아무래도 현신들이 병력을 더 동원하고 싶었던 것 같소."

"어떻게 반격해야 할지 모르겠소."

노즈도르무가 말리고스를 흘긋 보며 말했다.

"푸른 용이 보호막을 영구적으로 유지할 수는 없을 테고, 우리 병력도 너무 넓게 흩어졌소."

"바크스로스나 기록실에서 비전 감독관을 더 차출할 수도 없소."

말리고스가 말했다.

"그랬다가는 남부 국경이 약화될 거요."

알렉스트라자는 얼굴을 찌푸렸다.

"그게 바로 현신들이 원하는 거겠지. 이세라, 혹시 신록의 보존자들을 탈드라서스에 배치해 줄 수 있겠어?"

"미안하지만 2개 부대까지 옮길 수는 없을 것 같아."

녹색 위상이 말했다.

"우리도 전력을 다해 평야를 방어하지 않으면, 원시술사들이 우리 쪽 동물들을 도살할 거야. 그러면 혈족의 터 거주민들이 굶주리게 될 테고."

"우리도 해안의 병력을 움직일 수는 없소."

넬타리온이 알렉스트라자에게 말했다.

"지금도 그 지역을 제대로 방어하기 힘든 상황이니까."

"알고 있소."

용의 여왕이 말하며 고개를 숙여 대장정 지도를 바라봤다.

"우리 용군단은 용맹하게 싸웠지만, 아쉽게도 우리의 대장정이 위태로운 지점에 도달한 것 같소. 반드시 비라노스를 구속해야 하오. 그러지 못하면 원시술사들 쪽으로 저울이 기울고 말 테니."

넬타리온과 알렉스트라자는 최근 이와 같은 얘기를 자주 했다. 검은 용군단과 붉은 용군단은 크나큰 타격을 입고 기진맥진한 채로, 희망을 잃고 있었다. 얼음심장의 빙하는 빠른 속도로 확장했다. 넬타리온이 보기엔, 빙하가 현재 속도를 유지한다면 십오 년에서 이십 년 사이에 해안을 뒤덮을 것 같았다.

비라노스를 전장에서 제거한다면 빙하의 확장을 중단시키고 원시술사들을 뿔뿔이 흩어 놓을 수 있을 것이다. 물론 때가 되면 이리디크론이 병력을 규합하겠지만, 그동안 혈족의 터는 비라노스의 끝없는 공격과 매서운 겨울에서 벗어나 소중한 휴식을 취할 것이다.

"나도 그렇게 생각하오."

넬타리온이 말했다.

"문제는 어떻게 하느냐는 거겠지? 우리가 아직 시도해 보지 않은 방법이 있소?"

노즈도르무는 한숨을 쉬었다.

"얼음심장은 피락의 실수로부터 교훈을 얻었소. 절대 전장에 혼자 나서지 않고, 최전선에서 멀리 떨어진 후방에서 전투를 지휘하더군."

"우리도 비라노스를 직접 공격해 보려고 모든 수단을 동원해 봤소. 비전 차원문, 시간 팽창, 환영 군대……."

말리고스는 발톱을 접어 이용한 전략을 하나씩 꼽아보며 말했다.

"……모래 폭풍, 모래 괴물, 독, 열파, 은신 공격, 암살 시도……. 솔직히 말하면, 여왕, 이제 다른 방법을 떠올릴 수가 없소."

이번 세기 들어 처음은 아니었지만, 넬타리온의 머릿속에 드랙티르가 떠올랐다. 드랙티르가 다섯 용군단과 함께 전장에 나설 수 있었더라면, 전쟁이 어떻게 흘러갔을까? 폭풍분리 분화구 전투 이후 백여 년이 지난 후, 위상들이 여전히 비라노스를 떨어뜨릴 방법을 논의해야 했을까? 이리디크론도 기억 속 존재가 되어 있지 않았을까?

넬타리온의 머릿속에 속삭임이 똬리를 틀었다. *너는 너무 약해서 혼자 힘으로 비라노스를 물리칠 순 없다.*

우리 힘이 있으면, 얼음심장을 붙잡을 수 있을 거다.

우리가 널 위해 전쟁을 끝내줄 수 있다.

돌비늘도 우리 힘 앞에 고개를 숙일 거다.

"비라노스를 끌어내야 하오."

넬타리온이 머릿속 목소리를 무시하며 말했다.

"분명히 아직 시도하지 않은 방법이 있을 거요. 얼어붙은 송곳니에 가족이 있다고 들었는데, 그 새끼용을 인질로 잡을 수는 없겠소?"

이세라는 고개를 가로저었다.

"예전 일을 생각해 보면, 다시 원시용들의 새끼용을 인질로 잡는 게 현명한 일은 아닐 거요."

"나도 그렇게 생각하오."

알렉스트라자가 말했다.

"그러면 어떻게 하는 게 좋겠소?"

넬타리온이 물었다.

"우리가 시도한 모든 방법은 실패로 돌아갔고, 어떤 책략을 사용하더라도 비라노스는 쉽게 속지 않을 거요."

용의 여왕은 자리에 앉아 날개를 등에 꼭 붙였다. 그녀는 입을 꾹 다물고 둘 사이에 펼쳐진 대장정 지도를 뚫어져라 바라봤다. 알렉스트라자의 이런 모습을 본 용은 별로 없었다. 여리고 꾸밈없는 모습을 본 용은 간혹 있을지라도, 자신에 대한 확신이 없는 모습이 드러나는 경우는 없었다. 최근 수 세기 동안 그녀는 자신의 역할에 어울리게 성장했지만, 넬타리온은 여전히 황금 뿔의 왕관 뒤에 남은 다정다감한 존재를 엿볼 수 있었다.

"비라노스가 원하는 건 하나뿐이오."

알렉스트라자가 말했다

"바로 나. 내가 비라노스와 발톱을 맞대고 싸우겠소. 내가 패배하면, 내 목숨을 적의 손에 맡기겠소. 비라노스가 패배하면, 그녀를 현신의 금고에 가두겠소."

놀란 숨소리가 의회실 가득 울려 퍼졌다. 넬타리온은 용의 여왕이 그런 걸 제안했다는 사실 자체에 깜짝 놀라 뒤로 물러났다.

"절대 안 되오."

대지의 수호자 입에서 가장 먼저 튀어나온 말이었다. 터무니없는 생각이었다! 알렉스트라자가 뛰어난 전사라는 점은 부정할 수 없었지만, 그렇다고 해도 단판 승부에서 비라노스를 꺾는 건 어려울 것이다. 설령 얼음심장이 명예로운 전투를 약속한다 해도, 넬타리온은 현신들이 교전 규칙을 지킬 거라고 생각하지는 않았다. 알렉스트라자의 생명을 위험하게 하는 건 용군단으로서는 절대 받아들일 수 없는 조건이었다.

"안 돼, 언니."

이세라는 그렇게 속삭이며, 앞발을 뻗어 알렉스트라자의 앞발 위에 얹었다. 이세라는 언니의 앞발을 꼭 잡았다.

"너무 위험해. 그리고 언니를 잃는 건 생각조차 할 수 없어."

"마음에 들지 않소."

노즈도르무가 말했다.

"방벽이 무너지던 날 내가 했던 이야기를 잊지 마시오. 그대의 목숨을 거는 건 용군단 전체의 목숨을 거는 것이오."

"비라노스는 절대로 수락하지 않을 거요."

말리고스가 고개를 절레절레 저으며 말했다.

"우리가 배신할 거라고 예상할 테니까."

"수락할 거요."

알렉스트라자가 말했다.

"비라노스는 나와 용군단의 행동에 대한 책임을 물으려고 현신이 되었소. 다섯 용군단 전체의 책임은 오롯이 용의 여왕인 내게서 시작되고 끝나는 것이오. 정의를 실현하려는 비라노스를 만족시키려는 게 아니라, 우리 대의의 선함을 입증하기 위해서 내가 지금까지 있었던 모든 일에 대한 대답을 내놓아야 하오.

"비라노스를 저지해야 하오."

그녀는 말을 이었다.

"나도 더는 부하들 뒤에서 기다리고 있을 수만은 없소."

넬타리온이 길게 숨을 내쉬었다. 그는 대장정 지도를 뚫어져라 바라보며, 알렉스트라자의 결정을 거부할 수단을 무엇이든 떠올려 보려 했다. 갑주를 제외하면, 대지의 수호자가 일대일 전투에서 용의 여왕을 보호해 줄 방법은 거의 없었다. 또한 그가 아무리 거대한 야망의 소유자라고 해도, 알렉스트라자가 쓰러지는 건 보고 싶지 않았다. 어떤 위상이든 사망하면, 그 위상의 용군단 전체가 깨져 버릴 것이다. 티르가 없으니, 그들 중 누구도 대체할 수 없었다. 알렉스트라자가 패배한다면…… 전쟁은 끝이다.

위상들이 각각 자기만의 생각에 잠겨, 의회실에 침묵이 내려앉았다.

"알렉스트라자가 합당한 이야기를 했지만, 우린 함께 싸울 때 가장 강하오."

오랜 침묵 끝에 이세라가 의회실을 둘러보며 말했다.

"따라서 나는 한 가지 조건하에 이 계획에 동의하겠소. 알렉스트라자가 우리 용군단 각각의 축복을 받고 싸워야 한다는 조건이오. 얼음심장에게 혼자 맞서는 일은 없어야 하오."

그것만큼은 넬타리온도 지지할 수 있었다.

"어떻게 하는 게 좋겠소?"

알렉스트라자가 물었다.

"흑요석 성채의 가열로에서 만들어 낸 엘레멘티움 갑주를 주겠소."

넬타리온이 말했다. 그의 머릿속에는 이미 검은색과 황금색의 갑주에 각 용군단을 상징하는 보석을 박은 디자인이 떠올랐다.

"내가 직접 만들고 우리 비늘장이들에게 가열로의 열기를 주입해 두라고 하겠소."

"나는 비라노스의 냉기에 저항할 수 있는 마법을 그 갑주에 부여하겠소."

말리고스가 용의 여왕을 바라보며 말했다.

"그리고 푸른 용군단에서는 날개를 서리로부터 보호해 주는 마법도 부여해 주겠소. 그 마법이 우리 전선에서는 아주 큰 효과가 있더군."

"그래, 그랬소."

이세라가 조금 들뜬 목소리로 말했다.

"발톱에도 독을 주입하고 싶지만, 비라노스의 얼음 심장에 큰 효과가 있을지는 모르겠어. 대신 내 황금 덩굴에 치유 마법을 채워, 힘을 회복하는 데 쓸 수 있게 해줄게. 덩굴이 꿈의 부드러운 숨결처럼 지속적으로 전투를 도와줄 거야."

"좋소."

용의 여왕이 말하며 노즈도르무를 바라봤다.

"그대는 어떻소, 노즈도르무? 전투에서 그대 용군단의 영혼이 함께하려면 어떻게 하는 게 좋겠소?"

"예지."

노즈도르무가 말했다.

뭐라고? 말리고스는 코를 찡그리며 노즈도르무에게 입모양으로 말했지만, 청동 위상은 그를 무시한 채 말을 이었다.

"이 마법은 아직…… 실험 단계라고밖에 말할 수 없지만, 우리 용군단은 용의 여왕에게 시간의 합일점에서 유래한 시간의 모래를 주입할 수 있소. 이론적으로는, 이 마법을 통해 얼음심장의 공격을 예측하고, 대응할 시간을 벌 수 있을 거요."

"알렉스트라자는 청동 용이 아니오."

말리고스가 고개를 갸웃거렸다.

"그런데도 그 마법을 발현하거나 통제할 수 있겠소?"

"내 도움이 필요할 거요."

노즈도르무는 고개를 가로저으며 말했다.

"자칫하다가는 시간의 길에 떨어져서 우리 곁을 떠나고 말 테니."

이세라와 알렉스트라자는 걱정스러운 눈길을 교환했다.

"차라리 비라노스를 떠나보낼 수 있으면 좋으련만."

말리고스가 코웃음을 치며 말했다.

"그런 게 가능했다면, 내가 알 수 있었겠지."

노즈도르무가 말했다.

"그럼 다들 동의하는 거요?"

용의 여왕이 위상들을 차례대로 바라보며 말했다. 다른 위상들은 한목소리로 동의하며 각각의 깃발에 불을 밝혔다.

"솔직히 미친 계획이라고 생각하지만,"

넬타리온은 말했다.

"동의하오."

"좋소."

용의 여왕이 말했다.

"장막의 납골당으로 사절을 보내겠소. 얼음심장의 공포 통치를 종식시킵시다."

* * *

알게타르 대학에 대한 기습 공격이 실패로 돌아간 후, 비라노스의 날개지도자들은 그녀에게 녹지 않는 얼음으로 만들어진 용 조각상을 가져다 주었다. 얼음심장은 곧바로 알아봤다. 알렉스트라자가 아주 오래전 그녀에게 주었던 것인데, 비라노스는 피락이 붙잡힌 후 그걸 부숴 버리고 파편만 용군단에 돌려보냈었다. 용의 여왕이 그걸 금으로 복원한 모양이었다.

비라노스는 조각상을 보자마자 알렉스트라자가 또 한 번의 교섭을 요청하는 것이라 생각하며 투덜거렸지만…… 이번에 용의 여왕은 그녀에게 도전했다. 비라노스가 선택한 시간과 장소에서 일대일 대결을 하자는 요청이었다.

결국 이렇게 되고 말았다. 절박해진 알렉스트라자가 직접 비라노스를 상대하겠다고 나선 것이다. 그건 강대한 위상들도 조만간 원시술사에 대한 대장정을 계속해 나갈 수 없을 것임을 인정하는 일이었다. 위상들은 탈드라서스와 해안에서 입지를 잃고 있었다. 물론 빠른 속도라고 할 수는 없겠지만, 비라노스는 그 누구보다 참을성이 많았다. 그녀가 해안을 점령하지 못한다 해도, 때가 되면 빙하가 그곳 전체를 삼킬 것이다.

알렉스트라자가 강한 상대이기는 하지만, 얼음의 전장에서 비라노스를 상대하는 건 불가능했다. 하지만 위상들도 알렉스트라자의 승리가 확실하지 않았다면, 여왕의 목숨을 전장에 내놓진 않았을 것이다. 그래도 용의 여왕과 직접 싸울 수 있다면, 위험을 감수할 가치는 충분했다.

비라노스는 이리디크론 또한 그 소식에 흥미를 가질 거라고 생각해서 직접 참혹한 심연으로 날아갔다. 돌비늘은 위상들의 책략을 역으로 이용하는 걸 좋아했다. 그라면 이번 도전을 수락해야 한다고 생각할지도 몰랐다.

이리디크론은 참혹한 심연 깊은 곳에 있는 전쟁동굴에서 비라노스를 맞이했다. 여기에서는 산의 뿌리가 쉬지 않고 움직였다. 용암이 끝없이 부글거리며 동굴 벽을 밝혔다. 거대한 용암 폭포가 동굴 끝자락에 있는 이리디크론의 권좌 앞쪽으로 장막을 드리웠다. 발광 생명체들이 종유석과 석순들에 으스스한 초록색 빛을 비췄다. 땅 속 깊은 곳이라 바람도 불지 않아서 공기가 무겁게 내려앉았다.

이리디크론의 날개지도자들을 통과한 비라노스는 중앙의 단상에 홀로 내려앉았다. 이리디크론은 비라노스를 오래 기다리게 하지 않았다. 참혹한 심연의 위압적인 열기는 비늘을 녹여 버릴 듯 뜨거웠다.

"비라노스, 오랜 친구여."

이리디크론이 그녀 곁에 내려앉으며 말했다. 그리고 그녀를 지나쳐 자신의 대장정 지도 앞으로 향했다.

"오늘은 무슨 일로 참혹한 심연까지 온 거지?"

"최전선에서 새로운 소식이 들려왔다."

그녀는 거대한 석판에 다가서며 말했다.

"알렉스트라자가 일대일 전투를 제안했다."

이리디크론은 그 소식을 듣고도 즉시 반응을 보이진 않았다. 그냥 고개를 살짝 돌려 비라노스를 바라봤다.

"함정이야."

그는 냉담한 목소리로 말했다.

"위상들이 절박해진 것 같다."

비라노스는 말했다.

"저들의 무모한 작전을 우리가 이용해야 한다."

한참이 지난 후, 돌비늘은 그녀의 발치로 시선을 내렸다가 다시 고개를 들어 눈을 바라봤다.

"자세히 얘기해 봐라."

"내가 알렉스트라자를 북쪽으로 데려가서, 넬타리온이 해안을 혼자 지키게 하겠다."

비라노스는 앞쪽 지도를 내려다보며 말했다. 그녀는 용의 여왕의 말을 얼어붙은 송곳니의 거대한 천연 구덩이 얼음결속 눈으로 밀어 놓았다.

"네 바위격노자가 도와준다면, 내가 라즈비크를 보내 탈드라서스의 말리고스와 노즈도르무를 압박하고, 티르홀드나 발드라켄으로 물러나게 할 수 있다. 그러면 넬타리온도 병력을 나눠서 해안은 레바리안에게 맡기겠지. 발드라켄이 더 중요한 곳일 테니까. 그곳이 무너지면, 혈족의 터도 무너진다. 그러면 우리가 동쪽과 서쪽에서 레바리안을 공격해서 라자게스를 풀어 줄 수 있다."

"이세라는?"

돌비늘이 한쪽 눈썹을 추켜세우며 물었다.

"발드라켄이 불탄다면, 이세라도 동쪽으로 오겠지."

돌비늘의 가슴 속에서 우르릉 소리가 들렸다. 그는 지도를 응시하며 미동도 없이 머릿속에서 비라노스의 전략을 검토했다. 그의 등뼈를 따라 밝게 빛나는 대지의 마력만이 쉬지 않고 움직였다.

"용의 여왕에 대한 일이라면 네가 나보다 더 잘 알겠지."

이리디크론이 말했다.

"일대일 대결에서 여왕을 꺾을 수 있다고 확신하나?"

비라노스는 코웃음을 쳤다.

"넬타리온이 끼어들지만 않았어도, 고룡쉼터 사원에서 처치해 버릴 수 있었을 거다."

"내가 들은 이야기는 그렇지 않던데."

이리디크론이 대꾸했다.

"솔직히 말하면, 비라노스, 난 이 전략이 마음에 들지 않는다. 우리로서는 소모전을 계속하는 게 더 나아. 십 년에서 이십 년 정도면 해안은 몰락할 거고, 우리가 라자게스와 힘을 합친다면 발드라켄도 오래 버티진 못할 거다."

"내게도 이 정도의 자격은 있지 않던가?"

비라노스는 이를 악물고 말했다.

"나는 지금껏 네게 거의 아무런 부탁도 하지 않았다. 이번 한 번만 용의 여왕의 가죽을 찢어발길 기회를 달라고 네게 부탁, 아니, 요구하는 거다!"

"네 요구가 지금까지 준비해 온 모든 것을 위태롭게 흔들 수 있어."

이리디크론은 발드라켄에 있는 말들을 가리키며 대답했다.

"이 전투가 네게 개인적인 의미가 있다는 건 알고 있지만, 아무래도 용의 여왕에 대한 증오심 때문에 판단력이 흐려진 것 같은데."

"아니다."

비라노스의 목소리는 다시 얼음처럼 차가워졌다.

"그저 적들의 방어선을 무너뜨리고, 위상들의 허를 찌르고, 혈족의 터를 굴복시킬 대담한 전략을 찾은 것뿐이다. 놈들이 네 머리를 베려고 참혹한 심연에 올 때까지 기다리겠느냐, 이리디크론? 아니면 이번 공격에 나와 함께해서 우리 동족을 폭군으로부터 구원하겠느냐?"

이리디크론의 표정은 변하지 않았다. 한 순간, 비라노스는 이리디크론이 자신의 계획을 거절할 거라고 생각했다. 그가 참혹한 심연을 무방비 상태로 놓아두는 걸 얼마나 싫어하는지는 그녀도 잘 알았다.

"그렇다면 용의 여왕의 도전을 수락해라."

이리디크론이 말했다.

"이제 모든 걸 끝내자."

제 22 장

용의 여왕은 동이 트기 전에 루비 불꽃인도자와 검은 용, 푸른 용, 녹색 용, 청동 용의 최정예 전사들로 구성된 연합 부대와 함께 발드라켄을 떠나 얼음결속 눈으로 향했다.

넬타리온은 다른 이들에게 작별 인사를 하러 위상의 권좌에 가지 않았다. 이미 어제 일몰 이후 생명의 어머니의 정원에서 만났을 때 행운은 충분히 빌어 주었다. 그때 용의 여왕은 차분하고 결연했다. 하지만 신하들과 청지기가 없는 곳에서 둘만 남았을 때, 여왕은 자기가 얼마나 두려워하고 있는지 털어놓았다. 알렉스트라자는 바보가 아니었다. 내일이 마지막이 될 수 있다는 걸 잘 알았다.

이리디크론은 이 기회를 놓치지 않고 공격해 올 거요. 알렉스트라자는 그렇게 말했었다. *어떤 공격이든 막아낼 수 있게 준비해야 하오, 넬타리온. 혈족의 터를 지키는 일은 그대에게 맡기겠소.*

내일 혈족의 터가 무너지는 일은 없을 거요, 알렉스트라자. 넬타리온은 그렇게 말했었다. *그대도 마찬가지고.*

용의 여왕은 단호하게 고개를 끄덕이는 것으로 대답을 대신했었다.

대지의 수호자는 지금 용의 여왕에게 마음을 쓰는 대신 밤낮으로 쉬지 않고 움직이며 대지 방벽이 옥소리아와, 알렉스트라자의 심장 수호대가 미스루즈와 싸우게 할 준비를 하는 데 몰두했다. 레바리안은 북쪽으로 날아가 전선에서 대지의 수호자를 도왔고, 가리온은 무쇠비늘들을 이끌고 비행사령관이 자리를 비운 성채를 지켰다. 오늘 녹색 용군단이 공격을 받는다면, 신드라고사가 푸른 용들을 이끌고 서쪽으로 날아가 평야를 지킬 것이다. 하늘빛 기록 보관소가 이리디크론의 표적이 된다면, 이세라가 푸른 용들을 도우러 갈 것이다. 노즈도르무와 말리고스는 탈드라서스 전선을 수호할 것이다.

위상들은 모든 계획을 상세히 준비했다. 그런데도 대지의 수호자는 마치 떨어지지 않는 비늘처럼 파멸의 느낌을 떨칠 수 없었다. 그는 알렉스트라자를 믿었다. 여왕은 모두를 이끌고 갈라크론드와 싸웠고, 피락을 직접 사냥하기도 했다. 전투에서 그녀만큼 강한 힘을 발휘하는 용은 거의 없었다. 하지만 이 전쟁 전체가 용의 여왕의 어깨에 달려 있다고 생각하니, 불안한 느낌이 용솟음쳤다. 모든 선택, 모든 희생, 모든 흉터가 수포로 돌아갈지도 몰랐다. 알렉스트라자가 비라노스와의 전투에서 살아남지 못한다면, 이 전쟁에서 위상들이 패배할 것임은 분명했다.

여명이 깨어나고, 넬타리온은 옥소리아가 공격을 선포할 거라 예상했지만…… 아무 일도 일어나지 않았다. 회색 아침의 빛이 산비탈을 기어올라, 원시술사들의 텅 빈 야영지를 드러냈다. 옥소리아와 그 혈족은 폭풍가름 분화구 남쪽의 주둔지에서 그냥 사라져 버렸다. 비라노스의 거대한 빙하에서도 미스루즈의 병력이 하나도 남김 없이 사라진 후였다. 정찰병들이 원시술사가 있을 것으로 예상한 지점에는 달빛 속에서 잠자는 용처럼 생긴 우아한 얼음 피조물들만 남아 있었다.

잔뜩 화가 난 넬타리온은 해안 상공의 높은 지점으로 날아올랐다. 어떻게 밤 사이 수백 명의 용들이 사라질 수 있었던 거지? 어둠비늘의 하늘감시자들도 그렇게 많은 용들이 날아가는 건 보지 못했다. 전쟁인도자 라바는 혼자서 알게타르 대학의 바위격노자들을 이끌었다. 그날 아침, 시산즈와 서리비늘이 비라노스와 함께 장막의 납골당을 떠나 북쪽으로 갔다는 사실이 확인되었다.

흑요석 성채 위 하늘엔 아무것도 없었고, 에메랄드 정원이나 하늘빛 기록보관소도 공격받았다는 보고는 없었다.

이리디크론은 움직이고 있었다. 넬타리온은 그것만큼은 확신했다. 대지의 수호자는 사라진 원시술사들을 찾아내라는 명령을 내리며 사방으로 어둠비늘을 파견했다.

돌비늘이 널 속였다. 속삭임이 말했다. *어리석은 녀석!*

너는 너무 약해서 그들의 공격을 저지할 수 없다.

너 때문에 혈족의 터가 불탈 거다!

우리 힘을 불러내라. 목소리들이 말했다. *네 고향을 지켜라!*

싫다. 넬타리온은 말했다. *놈들이 하늘이나 혈족의 터 주변 지역에 없다면, 지금 있을 만한 곳은 하나뿐이다.*

대지의 수호자는 전쟁의 요람 외부에 내려앉았다. 그는 발톱을 대지에 박아 넣고, 바위의 이야기에 귀를 기울였다. 넬타리온은 끊임없이 움직이고, 변화하고, 떨리는 이 행성의 뼈대를 아주 오랫동안 지켜 왔다. 그는 지금 세계의 지각 안쪽 깊은 곳에서 이리디크론이 막대한 힘을 발휘하고 있는 걸 느꼈지만…… 그 대상이 정확히 무엇인지는 알 수 없었다. 돌비늘이 대지 그 자체를 부여잡고 있는 이유가 무엇일까?

넬타리온은 으르렁거리며 발톱을 더 깊이 밀어 넣었다. 아래쪽 깊은 곳에서 작디작은 생명의 불꽃이 느껴졌다. 마치 땅속 동굴을 오가는 벌레들처럼 빠르고 광적인 움직임으로 남쪽 발드라켄을 향해 움직이고 있었다…….

"안 돼."

두 눈이 휘둥그레진 넬타리온이 놀란 숨을 들이쉬며 말했다.

이리디크론은 원소의 막대한 힘으로 산을 붙잡아 올리고, 지하에서 군대를 움직이고 있었다. *끔찍하고 무시무시한 깨달음이* 갑작스러운 섬광처럼 찾아와, 대지의 수호자는 지금까지 돌비늘이 준비한 계획을 이해했다. 쉬지 않고 움직이는 아제로스의 뼈대, 그 지진과 균열, 여진은 혈족의 터에서 용군단의 활동을 방해하려는 의도가 아니었다. 돌비늘은 끊임없이 발아래 대지를 파내면서 기존 지하 굴을 연장하여 지하에서 발드라켄으로 통하는 길을 만들었다. 그 모든 움직임이 어찌나 미세한지, 넬타리온조차 모든 것이 자연현상이라고 생각했었다. 비라노스의 선봉대가 알게타르 대학에 그렇게 쉽게 침입할 수 있었던 것도 놀랄 일이 아니었다!

지금 이리디크론의 병력은 혈족의 터 심장부로 직접 진격하고 있었다.

모두 네 잘못이다! 속삭임이 그에게 말했다. *넌 네 사명을 저버렸다!* 넬타리온은 고개를 흔들어 그 목소리를 지웠다.

지금은 절망이 아니라 행동해야 할 시간이었다. 설사 오늘 혈족의 터가 몰락한다 해도, 쭈뼛거리는 일 없이 포효하며 그 최후를 맞이할 것이다. 넬타리온이 숨을 쉬는 한 발드라켄은 싸울 것이다.

대지의 수호자는 공중으로 날아올라 비행지도자들을 불러모았다. 레바리안은 병력과 함께 해안에 남아야 했다. 발드라켄이 공격받는다 해도, 라자게스의 감옥을 무방비 상태로 내버려둘 수는 없었다. 그는 흑요석 성채로 전령을 보내, 성채는 벰브리온과 흑요석 경비병에게 맡기고 가리온과 무쇠비늘은 수도로 집결하라고 명했다. 스톨트리아와 흑마노 돌격대는 넬타리온과 함께 발드라켄으로 날아갈 것이고, 보이산즈와 붉은 용군단 심장 수호대도 그럴 것이다.

넬타리온은 날개가 가장 빠른 용들을 이세라와 말리고스, 노즈도르무에게 보내 적이 땅속으로부터 공격해 올 것임을 경고했다. 그리고 추가 전령이 루비 생명의 웅덩이 및 발드라켄 비늘신도의 지도자들에게 급파되어 공격에 대비할 것을 촉구했다.

이세라는 신록의 보존자와 함께 즉시 오겠다고 했다. 노즈도르무는 알렉스트라자와 함께 북쪽으로 갔지만, 그의 시간마법사들은 말리고스가 바위격노자들을 대학에 붙잡아 두고 있는 동안 소리도르미의 지휘 아래 남쪽 티르홀드로 갔다.

넬타리온은 무쇠비늘, 흑마노 돌격대, 붉은 용군단 심장 수호대, 청동 용군단 시간마법사, 녹색 용군단 신록의 보존자 등 총 다섯 개의 용 부대를 이끌고 있었다. 모두 합해 두 위상과 용 육백여 명, 비늘신도 일천 명이 넬타리온과 함께했다. 지금 발 아래에서 얼마나 많은 용이 움직이는 건지 알 수는 없었지만, 이리디크론이 전력을 동원했다고 가정해야 했다.

다섯 용군단 또한 전력을 동원해서 최후까지 싸울 것이다.

발드라켄은 무너지지 않을 것이다.

* * *

알렉스트라자는 정오에 얼음결속 눈에 도착했다. 그녀는 구덩이의 날카로운 얼음 돌출부 하나에 앉아, 그 흉포한 아름다움을 감상했다. 얼음결속 눈은 땅속으로 날개 백 개 이상의 깊이까지 이어지는 깊고 거대한 구덩이였다. 높은 산봉우리들이 구덩이 가장자리를 고리처럼 둘러쌌다. 구덩이의 서리로 뒤덮인 벽은 마치 심해어의 식도처럼 날카로운 가시가 촘촘히 박혀 있었다. 구덩이 주위에는 성체 용이라도 반짝이는 얼음이빨에 내동댕이칠 만큼 빠른 기류가 소용돌이쳤다.

바람이 불어오자 심연에서 거대하게 울부짖는 소리가 울려 퍼져 알렉스트라자는 온몸을 부들부들 떨었다.

오늘 전투의 규칙은 간단했다. 알렉스트라자와 비라노스는 얼음결속 눈 위에서 일대일로 결투를 벌일 것이다. 배신 행위가 일어나지 않도록 양측 병력이 현장에 함께 있었지만, 외부에서 간섭하는 경우 즉시 규칙을 위반한 쪽이 패배하는 것으로 간주되었다. 위상과 현신 모두 이 규칙에 동의했지만, 양쪽은 서로가 그 규칙을 지킬 것이라고 믿지 않았다. 어쩌면 패배가 가까워질 경우 양측 모두가 그런 규칙을 깨뜨릴 준비가 되어 있는지도 몰랐다.

사리스트라즈와 크리스탈스트라즈가 여왕 곁의 둔덕에 내려앉았다. 그들의 비늘 위에서 알렉스트라자의 눈에만 보이는 금빛 모래가 아른거렸다. 발드라켄을 떠나기 전에 노즈도르무가 살아 있는 모든 생물의 다음 움직임을 보여주는 시간의 모래를 여왕에게 주입해 주었다. 바라보는 모든 생명체가 끊임없는 움직임으로 아른거렸다.

청동 위상은 인근 동굴에 몸을 숨기고 주문을 안정화하며 그녀를 돕고 있었다. 하늘의 청동 용들이 위상의 마법이 미치는 범위를 증폭했다. *조심하시오, 알렉스트라자.* 노즈도르무는 말했었다. *우리 청동 용의 범위를 벗어나면, 주문에 대한 통제력을 잃을 수 있소.*

얼음결속 눈의 규모를 생각해 보면 충분히 가능한 일이었다. 바로 그런 이유 때문에 알렉스트라자가 용군단의 시야에는 머무르면서도 마법 지원을 받지 못하게 하려고 얼음심장이 이 장소를 골랐다고 해도 놀랄 일은 아니었다.

원시술사들이 금빛을 아른거리며 지평선에 나타났다.

"왠지 마음에 들지 않습니다."

크리스탈스트라즈가 이를 드러내며 심연을 들여다 봤다.

"이 장소는 얼음심장에게 거의 끝없는 힘을 줄 겁니다, 여왕님. 비라노스의 능력이 여왕님과 맞먹는 수준으로 강화될 겁니다."

사리스트라즈가 고개를 가로저으며 뒤로 한 걸음 물러났다.

"여왕님, 제발 그만두십시오! 너무 위험합니다! 그냥 포기하고 돌아간다고 해도 비난받을 일은 없을 겁니다."

"난 돌아가지 않는다."

알렉스트라자는 고개를 들고 어깨를 폈다. 넬타리온의 따뜻하고 편안한 갑주가 가슴 위에서 빛났다.

"내가 그토록 사랑했던 친구와 싸워야 한다는 사실에 가슴이 아프지만, 이제 내 친구에게 우리의 힘과…… 연대를 보여주겠다. 나는 우리 용군단 전체의 힘과 희망을 품고 싸울 것이다. 만약 내가 쓰러진다면, 너희가 앞장서서 나를 대신해 지도자의 책무를 짊어져라."

사리스트라즈는 숨 막히는 소리를 냈지만, 가만히 고개를 끄덕였다.

얼음심장이 얼음결속 눈의 중앙으로 날아왔다. 그 옆에는 날개지도자 중 하나인 시산즈가 함께 날았다. 봉우리 위쪽 하늘에 원시술사 서리비늘들이 부채꼴로 퍼지면서, 북쪽 산마루를 따라 초승달 형태의 대형을 이루었다. 알렉스트라자의 병력도 같은 형태로 구덩이의 남쪽 가장자리를 따라 경계를 형성했다.

"때가 되었다."

알렉스트라자는 잠시 자신의 용군단을 바라본 후 공중으로 날아올랐다. 노즈도르무의 모래가 날개 주위를 휘도는 용들이 얼마나 아름다운가! 용군단은 그녀가 꿈도 꾸지 못했던 많은 것을 이룩했다. 오늘, 그 모든 희망과 모두의 심장이 그녀와 함께 하늘을 날 것이다. 넬타리온의 갑주가 가슴과 등, 날개의 손가락을 보호하며 고향의 온기를 간직해 주었다. 이세라의 황금 덩굴이 앞발을 장식하고, 알렉스트라자에게 지속적으로 맥동하는 치유의 마법을 걸어 주었다. 말리고스는 날개와 비늘을 서리로부터 보호해 주어, 그녀가 비라노스의 가장 흉포한 추위를 뚫고 날 수 있게 해주었다.

알렉스트라자의 시선이 티라나스트라즈의 눈을 찾았다. 그는 고개를 깊이 숙여 인사해 주었다. 그 연로한 고룡은 알렉스트라자가 이 계획을 이야기했을 때 아무런 질문도 하지 않았다. 그저 그녀의 이마에 이마를 마주대고 조용히 한숨만 내쉬었다. 배우자가 생명을 잃을까 봐 두려워하면서도, 그는 이 결투의 의미를 이해했다.

"저들과 함께 있어라, 사리스트라즈."

그녀는 청지기에게 말했다.

"내게 무슨 일이 생기면, 네가 모두를 안전한 곳으로 이끌어야 한다."

찰나의 슬픔이 청지기의 얼굴을 스쳤지만, 그는 아무 말도 하지 않았다. 그저 가만히 눈을 감고 고개를 숙이며 속삭였다.

"티탄이 함께하길 기원합니다, 여왕님."

"그대와도 함께하길."

그녀가 말했다. 알렉스트라자는 크리스탈스트라즈에게 고개를 끄덕이며 안전한 산봉우리를 떠났다. 그들은 거대한 구덩이 위쪽으로 비라노스와 시산즈로부터 날개 열 개 거리만큼 떨어진 지점에 멈췄다. 비라노스 주위의 기온이 뚝 떨어졌다. 그에 대응하듯 알렉스트라자의 생명의 힘이 뻗어나갔다. 심장이 조금 더 빨리 뛰어 온기를 근육에 전달했다.

그녀에 대한 얼음심장의 증오는 주위의 냉랭한 공기보다 훨씬 더 차가웠다. 아주 오래전, 알렉스트라자는 비라노스의 마음이 텅 비게 만든 외로움을 느꼈었다. 오직 비라노스의 힘만을 원했던 이리디크론 때문에 그녀의 외로움은 끝없이 커지고, 해안을 뒤덮은 빙하 안에서 한없이 악화되었다! 상실감 또한 비라노스의 분노를 키웠다. 휘하의 전사들, 동료 현신들…… 나아가 알렉스트라자와 질서 마법의 도래까지.

알렉스트라자의 첫 번째 죄는 용의 벌판에서 원시용의 알을 훔치는 일을 승인한 것이었다. 하지만 두 번째 죄는 가장 소중하고 가장 오랜 친구를 버린 것이었다.

오늘, 그녀는 자신의 실수를 해명하려 했다.

"비라노스."

알렉스트라자는 인사를 대신해 말했다. 현신의 몸 주위에서 춤을 추는 모래는 애써 보지 않으려 했다.

"알렉스트라자."

비라노스가 대답했다. 현신의 그토록 차가운 목소리는 처음이었다. 생명의 어머니는 친구의 심장에 호소하려 했지만, 얼음에 덮여 있어 가까이 갈 수조차 없었다. 알렉스트라자의 가장 오랜 친구에 대한 깊은 사랑의 온기마저도 그런 방벽을 깨뜨릴 수는 없었다.

비라노스의 적대감을 녹일 수는 없어도, 어쩌면 금이라도 가게 할 수는 있을지 몰랐다.

"예전엔 너도 나처럼 평화를 원했었지."

알렉스트라자가 말했다

"이젠 너도 이 전쟁이 얼마나 어리석은 건지-"

"말로 해결할 때는 지났다."

비라노스가 말했다.

"이제 와 무엇을 하든, 네 죽음은 잠시 연기될 뿐이야. 물론 내게도 즐거운 일은 아니겠지만, 오늘 난 이 하늘에서 널 공격할 거다."

"현신들이 아무리 강하다 해도, 전장에서 위상을 혼자 상대하는 건 쉽지 않을 거야."

알렉스트라자가 대꾸했다.

"그러니 내 가장 오랜 친구에게 다시 부탁하겠어. 우리 생각의 차이는 잠시 묻어 두고, 동족 모두의 더 나은 미래를 위해 함께 노력하자."

"그럴 수 없다는 건 알 텐데."

비라노스는 목소리를 높여 말했다.

"너와 네 동족이 지금껏 저지른 짓이 있는데, 내가 어떻게 널 다시 믿을 수 있겠나? 우리가 가만히 있으면, 넌 원시용들을 멸종으로 내몰았을 거다!"

"아니. 혈족의 터에는 모두 함께 살아갈 자리가 있어. 우리 거주지와 우리 지식은 그걸 원하는 모두에게 개방되어 있다는 거 너도 알잖아. 난 우리 동족 사이에 이런 쐐기를 박을 생각이 없어."

알렉스트라자가 말했다

"난 라자게스가 오십 번의 여름이 지나는 동안 필멸자와 타라세크를 도살했기 때문에, 라자게스가 해안으로 날아와서는 아무 이유 없이 재미 삼아 내 동족을 살해했기 때문에 싸우는 거야. 이런 죄악을 벌하지 않을 수 없었어,

비라노스–"

"죄악?"

현신이 고함을 질렀다.

"지금 죄악 얘기를 하겠다는 건가, 알렉스트라자? 네 명령을 받은 티탄의 흉물들이 우리 둥지에서 알을 빼앗았다! 자칭 생명의 어머니라는 네가, 너희 웅덩이에서 우리 새끼용을 키우는 네가 무슨 변명을 하더라도 그런 행위를 합리화할 순 없어! 너희 비룡에게도 부모의 얼굴을 알 권리가 있었는데, 네가 그걸 빼앗았다!"

"그럴 수도 있겠지."

알렉스트라자가 말했다. 그러고는 목소리를 높여 얼음결속 눈 전체에 울려 퍼지게 했다.

"하지만 이제 내 말을 잘 들어라. 수 세기 동안 원시술사들의 잔혹한 행태를 지켜본 지금, 나는 벌판에서 그 새끼용들을 구원한 것을 후회하진 않는다. 비라노스, 넌 그 알들을 그렇게 애도한다면서도 혈족의 터로 진격하여 바로 그 알들에서 태어난 비룡들을 학살했다. 이제 누가 괴물이지? 난 언제나 생명을 보호하기 위해 싸웠다. 난 언제나 평화를 바랐지만, 넌 굽히지 않았다. 그러니 이제 내가 이 날개와 발톱으로 나의 용군단을 지키겠다!"

"닥쳐!"

비라노스가 포효했다. 희미한 빛을 뿌리는 거대한 고드름이 그녀의 등 뒤에 나타났다. 하나하나 알렉스트라자의 갑주를 꿰뚫을 수 있을 만큼 날카로웠다. 고드름 하나하나의 주위에서 시간의 모래가 움직이며, 뾰족한 끝부분을 환한 금색으로 물들였다.

"날아가라, 크리스탈스트라즈."

알렉스트라자가 비행지도자에게 외쳤다.

"어서 가!"

비행지도자가 몸을 숙이며 멀어져 갔다.

알렉스트라자는 현신의 눈을 똑바로 바라봤다.

“아주 오래전, 나는 언제나 똑같다고 네게 얘기했었지.”

알렉스트라자가 말했다.

“질서 마법의 영향을 받았더라도, 난 달라지지 않았다고. 하지만 오늘은 그렇지 않아. 난 너무 오랫동안 평화를 유지하겠다며 모두를 만족시키려고 노력해 왔어. 하지만 이제 우리 용군단이 곧고 진실하게 날아가려면, 내 가슴 속에서 타오르는 불길을 따라갈 용기가 있어야 한다는 걸 깨달았지.”

비라노스가 으르렁거리며 갈기를 빳빳하게 세웠다.

그녀는 목소리를 높이며 선언했다.

“나는 생명의 어머니이자 이오나의 축복을 받은 아제로스 다섯 용군단의 여왕, 살아 있는 모든 존재의 수호자인 알렉스트라자다.”

그녀의 두 눈에서 진홍색 불길이 타올랐다.

“오늘 나의 서약을 지키겠다.”

* * *

경고의 종이 발드라켄 거리 전체에 울려 퍼졌다. 넬타리온의 날개가 도시의 첨탑을 가리던 때, 시간의 합일점에서 거대한 모래 폭풍이 휘돌았다. 그 구름이 청동 용군단의 날개에 밀려 부자연스러운 속도로 도시를 향해 움직였다. 녹색 비늘이 남쪽 지평선에 아른거리고, 바크스로스와 하늘빛 기록 보관소에서는 구조 신호가 하늘 높이 솟아오르며 모든 푸른 용을 전장에 소환했다.

지상에서는 비늘신도들이 민간인들을 안전한 주입의 전당까지 호위했다. 자치구와 시장, 도시 광장에 있던 모든 용들이 자리를 피했다. 비룡들은 루비 생명의 웅덩이로 배치되어 새끼용과 알들을 지켰고, 용기병은 성벽과 착륙장의 쇠뇌와 기타 포대 앞에 늘어섰다.

넬타리온이 위상의 권좌에 도착했을 때는 가리온과 무쇠비늘이 이미 기다리고 있었다. 무쇠비늘은 검은 용군단, 아니, 용군단 전체에서 가장 큰 규모의 부대로, 이백 명에 가까운 정예병들이 소속되어 있었다. 머리부터 꼬리까지 갑주를 착용한 그 용들은 전장에서 죽이기 힘든 상대였다.

"위상님!"

넬타리온이 다른 비행지도자와 함께 내려앉자, 가리온이 고개를 숙이며 말했다.

"명령을 내려주십시오."

"무쇠비늘은 나와 함께 간다."

넬타리온이 말했다.

"원시술사들이 나타날 지점을 알아내기만 하면, 전선을 구축하고 구멍을 빠져나오는 적을 하나씩 소탕할 수 있다."

그다음 넬타리온은 보이산즈를 바라봤다.

"심장 수호대로 위상의 권좌를 둘러싸고, 네가 공중 방어를 지휘해라. 스톨트리아! 흑마노 돌격대를 동원해서 필요에 따라 자치구를 지원해라. 에그니온과 어둠비늘은 원시술사의 움직임에 대한 정보를 전달하고, 드라인 대장과 비늘신도들은 지상에서 지원한다.

"만약 돌비늘이 전장에 나타났다면,"

대지의 수호자가 냉혹하게 덧붙였다.

"그자의 목숨은 내가 가져가겠다."

커다란 쾅 소리가 도시 전체에 메아리쳤다. 위상의 권좌가 뒤흔들렸다. 넬타리온이 어깨 너머를 돌아보자, 대지가 비명을 지르며 도시 아래의 수호물이 붕괴되었다.

"적이 온다."

넬타리온이 외치며 도시를 향해 돌아섰다. 그는 절벽 위로 올라서서 가슴을 한껏 부풀리고 날개를 펼쳤다. 그의 목소리가 탈드라서스의 봉우리들 사이로 울려 퍼졌다.

"오늘, 아제로스의 다섯 용군단은 하나가 되어 싸운다! 비록 우리는 산개해 있지만, 하나로 일어서 우리의 소중한 고향을 지킬 것이다. 하늘에서 모든 원시술사를 공격해라! 그들을 대지에서 몰아내고 갈가리 찢어라! 우리가 살아 숨쉬는 한, 발드라켄은 무너지지 않는다!"

하늘에서 거친 포효의 합창이 터져 나왔다.

비행지도자들이 소리쳐 부대에 명령을 내렸다. 진홍색 비늘을 번뜩이며 심장 수호대가 권좌를 둘러쌌다. 아래쪽 안마당에선 드라인 대장이 비늘신도를 집결시켰다. 거대한 청동색 모래 구름이 해를 완전히 가렸다. 산들바람이 에메랄드 정원의 향을 그의 코로 전해 주었다. 이세라 역시 부하들을 이끌고 다가오는 중이었다.

넬타리온은 권좌의 자리에서도 땅속 깊은 곳에서 이리디크론의 병사들이 움직이는 걸 느낄 수 있었다. 그들 중 일부가 위상의 권좌 바로 아래에서 나타날 것이다. 두 번째 부대의 기척이 비늘감시 동굴 근처에서 느껴졌다. 이세라를 보내 그들을 상대해야 한다.

넬타리온은 세 번째 적 부대는 없기를 바랐다.

탑의 토대가 공격받기라도 하듯 대지가 뒤흔들렸다. 또 한 번 커다란 굉음과 함께 권좌 아래쪽 산비탈이 바깥쪽으로 폭발했다. 거대한 바위가 비늘신도들을 덮치고, 교각에 충돌하고, 안마당의 분수를 산산이 조각냈다. 원시술사 용암갈퀴와 바위격노자가 산비탈의 구멍에서 쏟아져 나왔다. 드라인 대장이 비늘신도들에게 소리쳐 명령을 내리고, 그들은 재집결하여 방패의 벽을 만들었다. 원시술사들이 전방으로 쇄도했다.

넬타리온의 피가 뜨겁게 끓어올랐다. 긴 세월이 흘렀어도, 그는 여전히 전투를 사랑했다.

"무쇠비늘, 나를 따르라!"

그는 그렇게 외친 후 날개를 등에 붙이고 권좌를 벗어나 강하했다. 숨조차 제대로 쉴 수 없는 빠른 속도였다. 대지의 수호자는 마지막 순간에 날개를 펼쳤다. 낙하를 중단하는 것이 아니라, 공중에서 방향을 바꾸려는 목적이었다. 그는 안마당에 있는 원시술사들과 충돌하여, 다섯 명의 용을 짓밟고 지면을 따라 충격파를 퍼뜨렸다. 그 파동에 그를 향해 달려들던 용들의 발이 불안정해졌고, 몇몇 용들이 쓰러졌다. 그는 몸을 빙글 돌리며 꼬리 끝의 묵직한 가시로 적들을 강타하여 뼈를 부숴 버렸다. 고통의 비명이 피의 욕망을 자극했다. 몸의 절반이 부서진 용들이 버둥거리며 안전한 곳으로 피하려 했지만, 비늘신도들이 나타나 용들의 비늘 사이에 칼을 꽂았다.

감히 용의 위상에게 도전하다니!

감히 발드라켄을 점령할 수 있을 거라 생각하다니!

"이 벌레들아!"

넬타리온은 거칠게 외치며 부서진 산을 향해 도약하여 원시술사들의 측면을 찢었다.

강 반대쪽에서 두 번째 균열이 열리고, 또 다른 원시술사들이 도시로 쏟아져 들어왔다. 가리온이 무쇠비늘과 함께 그들을 덮쳐 단 한 명의 용도 하늘로 날아오르지 못하게 했다. 세 번째 균열이 열리자 무쇠비늘은 갈라졌고, 네 번째 균열과 함께 한 번 더 분열하며 정밀하고 숙련된 솜씨로 인원을 조정했다.

도시가 다시 한번 전율하고, 비늘감시 동굴 근처의 대지가 붕괴되었다. 그 폭력적인 행위가 본능적인 거부감을 불러일으켜, 넬타리온의 뼈와 이가 덜덜 떨렸다. 그는 으르렁거리며 콧구멍을 벌름거렸다.

발드라켄 아래의 대지를 더럽힌 자들을 모두 찢어버릴 작정이었다.

"가리온!"

그는 용암날개의 두개골을 짓밟으며 외쳤다.

"무쇠비늘 절반을 데려가서 북쪽 균열을 붕괴시켜라. 이쪽 병력은 내가 지휘하겠다!"

비행지도자가 검은 위상을 향해 고개를 끄덕인 후 하늘로 날아올랐다. 가리온이 병력에게 소리쳐 명령을 내리는 순간, 대지의 수호자 발톱 아래의 땅이 흔들렸다. 위상이 미처 반응하기도 전에 갑자기 대지가 솟아올라 그의 턱을 때렸다. 그의 머리가 뒤로 튕겼다. 깜짝 놀란 그는 휘청거리면서도 비늘신도의 전선을 무너뜨리지 않도록 조심하며 뒤로 물러났다.

지면의 갈라진 균열 속에서 스산한 웃음소리가 흘러나왔다. 바위 안에서 암처럼 밝게 타오르는 두 개의 눈에는 증오가 가득했다.

"넬타리온."

여자의 목소리였다. 가까이 다가오는 그녀의 비늘이 바위에 스쳐 쉭쉭 소리를 냈다.

"네 가죽에서 비늘을 뜯어내는 날을 얼마나 오랫동안 기다렸는지 아느냐?"

넬타리온이 눈을 가늘게 떴다.

"옥소리아."

그는 으르렁거리며 말했다.

"드디어 왔구나."

대모가 균열을 벗어나 공중으로 뛰어오르며 하악거렸다. 그녀 주위로 바위가 비처럼 쏟아져, 넬타리온의 갑주에 맞고 튕겨났다. 옥소리아는 고대 고룡이었다. 그녀의 비늘은 이미 오래전 석화되어 쥐색으로 변했다. 하지만 나이가 들었어도 지성이나 발톱이 무뎌지진 않았다.

전장에서 오랫동안 그녀의 병력과 싸워 왔지만, 옥소리아를 직접 상대하는 건 이번이 처음이었다. 장막의 납골당이 함락된 후 원시술사들은 위상들과 추가적인 교섭을 거부했다.

"넌 우리 혈족에게 너무나도 많은 아픔과 슬픔을 초래했다."

옥소리아는 어깨 주위의 돌 비늘을 빳빳하게 세웠다.

"네 더러운 날개지도자가 내 배우자를 살해했다. 수많은 내 아이들이 해안에서 너와 티탄의 마법에 쓰러졌고. 오늘은 모든 이들의 복수를 하겠다!"

옥소리아가 거칠게 포효했다. 지독한 슬픔이 서려 있는 그 부름에 대지가 응답했다. 그늘진 통로 주위 산기슭에서 균열이 새롭게 열렸다. 새롭게 갈라진 바위틈에서 원시술사들이 몰려나왔다. 용암갈퀴가 날아오르며 계곡 전체에 불을 질렀다.

넬타리온은 하늘을 향해 두 번 포효하여 돌격대에 강하할 것을 명령했다.

"네 혈족을 잃고 싶지 않았다면, 옥소리아."

넬타리온이 다시 대모를 바라보고 으르렁거리며 말했다.

"북쪽 참혹한 심연으로 날아가지 말았어야지."

"난 너 같은 괴물들로부터 나의 혈족을 지키려고 북쪽으로 갔다."

그녀는 말을 뱉은 후 넬타리온을 향해 달려들었다. 그는 으르렁거리며 왼쪽으로 움직였다. 옥소리아는 지면을 강타한 후 몸을 돌려 넬타리온을 바라봤고, 발톱을 땅에 박아 넣어 몸을 고정했다. 바닥이 그 무게에 짓눌려 깨졌다. 넬타리온이 달려들어 옥소리아를 뿔로 들이받으며 비늘신도들에게서 떼어 놓았다. 그녀는 비틀거리다가 넬타리온의 목을 물어뜯으려 했다. 바위 송곳니가 갑주를 긁어 끼익 소리가 울렸다. 옥소리아의 강한 턱에 금속 갑주가 부들부들 떨렸다. 넬타리온은 뒤로 물러나며 발톱으로 상대의 코를 긁었다.

옥소리아가 거칠게 으르렁거리며 물러났다. 그 뒤쪽으로 흑마노 돌격대가 바람을 가르며 공중의 원시술사들과 충돌했다. 넬타리온은 하늘에서 떨어지는 폭풍발톱의 사체를 피해 옆으로 걸음을 옮겼다. 사체가 지면에 떨어져 박살나며 두 용에게 피를 뿌렸다. 넬타리온은 으르렁거리며 가죽에 묻은 내장 덩어리와 한쪽 날개의 핏자국을 털어냈다.

또 다른 사체가 하늘에서 떨어졌다. 흑마노 돌격대 두 명이 떨어지는 별처럼 대모를 향해 강하했다. 눈치챈 옥소리아가 절벽에서 뛰어내렸고, 폭포수를 향해 곤두박질쳤다. 그녀는 돌격대만이 아니라 막 도착한 녹색 용군단에게도 쫓기고 있었다. 이세라의 명령을 받은 소규모 녹색 용 부대가 본진에서 빠져나와 계곡의 대모를 추적했다.

이세라가 대지의 수호자를 향해 급강하했고, 녹색 용들의 날개가 빠르게 지나가며 발드라켄의 바닥 틈새로 독 숨결을 불어넣었다.

"넬타리온!"

녹색 위상이 휘둥그레진 눈으로 공중에 멈춰 서서 외쳤다.

"발드라켄이 불타고 있소! 어떻게 된 거요? 아니, 시간이 없군. 어딜 도우면 되겠소?"

"가리온과 무쇠비늘의 절반이 비늘감시 동굴 근처의 균열을 막고 있소."

넬타리온이 답했다.

"그쪽에 도움이 필요할 거요."

"지금 가겠소."

녹색 위상은 그렇게 말한 후 자기 용군단을 향해 전투의 외침을 내질렀다. 그녀가 북쪽을 향해 빠르게 날아가고, 신록의 보존자들이 그 뒤를 따랐다.

이세라의 말 그대로 발드라켄이 불탔다. 용암갈퀴들이 계곡을 따라 달리며 초록색으로 살아 있는 모든 것에 불을 질렀다. 검고 거대한 연기 기둥이 피어올라 하늘을 잿빛으로 뒤덮고 청동 용군단의 금빛 모래에 검댕을 뒤섞었다. 검게 탄 자국이 도시의 하얀 돌에 얼룩을 남겼다. 벽은 주황색 빛으로 반짝였다. 질서의 용과 원시용, 용기병의 훼손된 사체들이 거리를 뒤덮었다. 죽음 앞에서는 모두가 평등했다.

그중에 무쇠비늘의 사체는 많지 않다는 점에서 넬타리온은 자부심을 느꼈지만, 그의 부하들 병력 역시 적에게 압도되기 직전이었다. 원시술사들이 계속해서 대지를 벗어나 하늘로 날아올랐고, 심장 수호대 및 흑마노 돌격대와 맞서 싸웠다.

넬타리온은 적을 물리치며 균열을 하나하나 찾아갔고, 뜨거운 숨결로 바위를 가열하여 붕괴시켰다. 그럼에도 갈라진 틈을 하나 닫을 때마다 새롭게 두 개가 열렸다. 그는 원시술사를 차례차례 쓰러뜨리고, 어깨에서 날개를 뽑아내고, 등뼈를 부러뜨리고, 목을 베었다. 그래도 적은 쉬지 않고 밀려들었다. 막을 수가 없었다.

대지의 수호자는 시간이 발톱 사이로 흘러나가고, 비늘이 흥건한 피로 뒤덮이고, 자기 앞에 얼마나 많은 용이 쓰러졌는지 가늠할 수 없을 때까지 싸웠다. 온몸의 근육이 돌덩이처럼 무거워지고, 더는 죽어가는 자들의 비명이 들리지 않을 때까지 싸웠다. 모든 것이 폭력과 죽음의 연무로 뒤덮였다.

청동 용들이 계곡에 금빛 모래를 채워서 적의 노화를 가속시키고 육신을 흙으로 되돌리면서 붉은 용군단과 녹색 용군단, 검은 용군단이 때때로 휴식을 취할 수 있게 해주었다. 신드라고사가 대학의 말리고스를 지원하러 가는 길에 잠시 멈춰서 산비탈을 얼음으로 뒤덮고 불길이 도시 중심부에 미치지 못하게 했다. 심장 수호대는 치유의 빛을 내뿜어 싸우는 무쇠비늘에게 용기와 힘을 주었다.

하지만 넬타리온은 그것으로도 부족한 게 아닐까 두려웠다. 이리디크론은 참혹한 심연의 전군을 동원하여 발드라켄으로 진격해 왔다. 용군단은 지쳐가고, 대형이 흐트러지고, 발톱이 무뎌졌다.

날이 저물어 가고 그날의 불씨가 지평선 위에서 타들어가던 때, 넬타리온은 에그니온이 빠르게 다가오는 걸 보았다.

"위상님!"

어둠비늘이 말했다.

"어서 와 주십시오. 이리디크론을 찾아냈습니다. 지금 현신의 금고를 파괴하려 합니다!"

넬타리온이 눈을 가늘게 떴다. 기진맥진한 상태였지만 그의 증오가 새하얗게 타올라 마지막 전투에 뛰어들 힘을 주었다. 금고에서 이리디크론을 붙잡거나 처치할 수만 있다면, 지휘관을 잃은 원시술사 병력도 뿔뿔이 흩어질 것이다. 비라노스는 북쪽에 있었다. 그러지 않기를 바라지만 설사 비라노스가 알렉스트라자와의 결투에서 살아남았다고 해도, 원시술사를 이끌고 도시를 공격할 상태는 아닐 것이다.

운이 따라 준다면, 같은 날 두 현신을 모두 제압할 수 있을지도 몰랐다.

"제레니안, 병력을 지휘해라!"

넬타리온은 전장의 최고위 무쇠비늘을 향해 소리치고는 하늘로 날아올랐다.

"나는 돌비늘을 환영하려 발드라켄으로 가겠다."

* * *

'나의 서약을 지키겠다'는 말이 입술을 떠나기도 전에 빛의 기둥이 알렉스트라자의 가슴을 향해 날아들었다. 그녀는 본능적으로 날개를 접고 돌덩이처럼 떨어져 내렸다. 비라노스의 거대한 고드름 하나가 용의 여왕 머리 위를 아슬아슬하게 스쳐 지나갔다.

날개를 펼치며, 알렉스트라자는 위쪽에서 황금색 빛을 감지했다. 그녀는 오른쪽으로 몸을 굴렸다. 비라노스가 여왕을 스쳐 지나가며 얼음 안개를 불러냈다. 얼음결속 눈 전체에서 안개가 비정상적인 속도로 부풀어 올라 구덩이를 가득 채우고 햇빛을 가렸다.

사방의 시야가 날개 두세 개 거리까지로 제한되었다. 알렉스트라자의 날개 막에 물방울이 맺혔지만, 오랜 전투에서 검증된 말리고스의 마법 덕분에 얼어붙지는 않았다. 그래도 비라노스가 얼음 창으로 알렉스트라자를 꿰뚫기가 쉬워졌다. 안개 때문에 눈으로 비라노스를 추적하는 건 거의 불가능했고, 냄새를 따라갈 수밖에 없었다.

"공포에 얼어붙었구나."

비라노스는 킥킥 웃으며 말했다. 현신의 목소리는 구덩이의 얼음벽에 반사되어 사방에서 동시에 들려왔다. 소리가 점점 커지는 것 같아, 알렉스트라자는 현신이 아래쪽에 있을 거라고 생각했다.

알렉스트라자의 목에서 으르렁거리는 소리가 새어 나가려 했다. 여왕은 그 소리를 삼키며 아무 소리도 내지 않았다. 이번 전투가 위험할 것임은, 비라노스가 전장의 유리한 점을 모두 이용할 것임은 이미 알고 있었다. 알렉스트라자가 살아남으려면, 아니, 승리하려면, 공세를 취하고 계속 움직여야 했다. 그러지 못하면, 비라노스의 얼음 창의 손쉬운 표적이 되고 말 것이다.

눈이나 귀로 현신을 추적할 수 없다고 해도, 추위 그 자체가 얼음심장의 위치를 드러낼 것이다. 생명의 어머니가 날개를 펼치고 얼음결속 눈의 둘레를 조용히 맴돌며 냉기의 중심점을 찾았다.

알렉스트라자 오른쪽에서 안개가 소용돌이를 그렸다. 흐르는 모래로 만들어진 금빛 정령이 폭발하듯 시야에 들어오고, 곧이어 순수한 얼음으로 만들어진 정령이 나타났다. 알렉스트라자는 목을 구부리고 루비의 불길을 정령에게 쏟아냈다. 정령은 얼음이 갈라지는 소리와 매 울음소리가 뒤섞인 듯한 비현실적인 음성으로 비명을 지른 후 폭발하여 면도날처럼 날카로운 파편을 흩뿌렸다. 다른 금빛 정령 두 마리가 안개 속에서 아른거렸다. 알렉스트라자는 날개를 펄럭이며 공중에서 회전하여 꼬리로 첫 번째 정령을 완전히 조각냈다. 그리고 포효하며 두 번째 정령을 붙잡고 화염을 내뿜었다. 정령은 여왕에게 붙잡힌 채 녹아내렸다.

우레와 같은 와지끈 소리가 머리 위에서 울려 퍼졌다. 얼음결속 눈을 뒤덮을 듯 거대한 얼음 창이 바람을 가르는 굉음과 함께 회전하며 알렉스트라자를 향해 떨어져 내렸다.

알렉스트라자는 고개를 숙이고 아래로 빠르게 강하했다. 그리고 불의 숨결을 내뿜어 온몸을 찬란한 진홍색 혜성으로 바꿨다. 주위의 얼음이 쉬익 소리를 내며 기화했다. 알렉스트라자는 얼음결속 눈 한가운데로 떨어져 내리며 뜨겁게 타올라 벽의 얼음 가시들을 뭉툭하게 녹여 버렸다. 온몸의 열기가 안개를 밀어내고 아래쪽에서 아른거리는 모래를 드러냈다.

금빛 섬광이 알렉스트라자의 왼쪽 귀를 스쳐 지나갔다. 생명의 어머니는 비라노스의 얼음 창 하나를 피한 후, 다시 몸을 돌려 두 번째 공격도 피했다.

거기구나! 금빛 날개가 번뜩이는 것이 알렉스트라자의 눈에 들어왔다. 그녀는 포효하며 비라노스에게 달려들어 불타는 발톱을 현신의 등에 꽂았다. 공격이 비라노스의 얼음 비늘에 미끄러졌다. 현신은 으르렁거리며 몸을 뒤틀어 알렉스트라자를 떨쳐 버리려고 했다.

"널 다치게 하고 싶지는 않아, 비라노스."

알렉스트라자가 날개를 펄럭여 위로 올라가며 말했다.

"우린 다른 점이 많아…… 서로에게 참 많은 상처도 주었지…… 그래도 난 폭력보다는 평화를 택하고 싶어!"

"우리 중 하나가 죽기 전까지 평화는 있을 수 없어!"

비라노스가 새된 소리로 말했다. 시간의 모래가 왼쪽으로 움직이고, 곧이어 얼음심장이 그 뒤를 따라갔다. 알렉스트라자는 그들을 따라잡아 안개 속으로 숨어들려 하는 비라노스를 향해 떨어져 내렸다.

비라노스의 금빛 환영이 오른쪽으로 방향을 크게 틀었다. 알렉스트라자는 날개를 움직여 그 뒤를 빠르게 따라갔고, 덕분에 안개 속에 우뚝 솟은 날카로운 쐐기를 아슬아슬하게 피할 수 있었다.

끓어오르는 숨결을 깊이 들이쉬며, 알렉스트라자는 불길의 기둥을 비라노스에게 발사했다. 현신은 불길을 그대로 통과했고, 뜨거운 열기에 얼음 비늘이 지글거리며 녹아내렸다. 비라노스가 속임수를 쓰며 피하려고 했지만, 알렉스트라자가 더 빨랐다. 그녀는 날개를 접고 위쪽에서 현신과 충돌하며, 비라노스를 구덩이 벽의 얼음 쐐기를 향해 밀쳤다. 현신과 충돌한 쐐기들이 폭발을 일으켜, 짙은 얼음 구름을 피워올렸다.

비라노스는 벽을 박차고 뛰어올라 갈기를 털었다.

"넌 언제나 교활한 사냥꾼이었지, 알렉스트라자."

그녀는 말했다.

"하지만 이토록 예리한 움직임을 보는 건 처음이다. 누가 널 돕는 거냐, 거짓의 여왕?"

"너와 싸우는 건 나 하나뿐이야."

알렉스트라자가 대답했다.

"꼭 빙하처럼 굼뜬 것이 나이가 들어서 실력이 무뎌진 모양이야. 원소의 힘이 없으면 나와 싸우지도 못하는 건가! 혹시 혼자서 날 상대하는 게 두려운 거야?"

"그럴 리가!"

비라노스가 말했다. 그녀의 금빛 환영이 날개를 펼치고 앞으로 튀어나왔다. 알렉스트라자가 왼쪽으로 피하자마자 벽을 박차고 날아든 현신이 지나갔다. 비라노스가 미처 몸을 돌리기 전에, 알렉스트라자는 현신의 옆구리에 불을 뿜었다. 비라노스의 금빛 환영이 아래로 내려갔다. 알렉스트라자는 떨어지는 비라노스를 따라 얼음결속 눈의 어둠 속으로 더 깊이 들어갔다.

얼음의 벽이 다시 신음하고 안개 속에서 흐릿한 금빛이 번뜩였다. 와지끈, 천둥이 가까이에 내려칠 때보다 더 요란한 소리가 다시 구덩이에 울려 퍼졌다. 알렉스트라자는 하강을 멈추고 얼음결속 눈의 중앙에 머물렀고, 한껏 경계했다. 비라노스가 아래쪽 어둠 속으로 사라졌다.

왼쪽에서 안개가 움직였다. 반짝이는 얼음 정령의 환영이 알렉스트라자에게 달려들었다. 여왕은 회피했다. 두 번째 금빛 환영이 나타나고, 또 세 번째가 나타났다. 그들의 얼음 망령이 곧바로 그 뒤를 따라 바람을 갈랐다. 알렉스트라자는 몸을 돌려 공격으로부터 거리를 벌렸다. 환영은 다섯, 일곱, 아니, 열 개나 지나갔다. 하지만 제대로 공격하는 건 없었다.

"어떤 괴물의 힘이 널 돕는 거냐, 알렉스트라자?"

비라노스가 쉬익 소리를 냈다.

알렉스트라자의 귀에서 심장 박동이 쿵쿵 울렸다. 금빛 환영이 하나씩 나타나 용의 여왕을 둥글게 둘러쌌다. 비라노스가 정령으로 뭘 하려는 걸까? 끔찍한 공격을 새롭게 시작하기 전에 주의를 끌려는 걸까? 아니면 알렉스트라자를 시험하며 빈틈을 찾는 걸까?

알렉스트라자의 오른쪽에 있던 정령이 날아들었다. 여왕은 급하게 방향을 틀고, 다시 뒤쪽에서 달려드는 공격을 피했다. 알렉스트라자는 빠르게 강하한 후 불길을 내뿜어 세 번째 정령을 녹여 버렸다. 용의 여왕은 한참 동안 이리저리 공격을 피해 다니고, 비라노스의 웃음 소리가 얼음결속 눈의 얼음 벽에 부딪혀 메아리쳤다.

"이제 알 것 같구나."

현신의 목소리는 훨씬 더 가까운 곳에서 들렸다.

비라노스의 반짝이는 환영이 알렉스트라자를 향해 날아들었다. 하지만 이번엔 환영의 머리가 두 개로 갈라져, 하나는 날개, 다른 하나는 목을 물어뜯으려 했다. 알렉스트라자가 목을 보호하려고 오른쪽으로 회전하는 순간, 비라노스가 폭발하듯 시야에 들어왔다. 현신은 알렉스트라자와 충돌하여 붉은 위상의 균형을 무너뜨렸다. 비라노스는 뒷발 발톱을 알렉스트라자의 가슴에 꽂으려 했지만, 발톱은 용의 여왕의 갑주에 부딪혀 그대로 미끄러졌다. 비라노스는 거칠게 포효하며 알렉스트라자의 어깨를 물었고, 송곳니가 비늘을 뚫고 위상의 살점 한 덩이를 뜯어냈다. 날카로운 고통이 알렉스트라자의 날개를 찌르고, 등뼈를 따라 고통스러운 충격이 흘렀다. 그녀는 비명을 질렀다.

"왜 내게 한 약속을 지키지 않았어?"

갑자기 비라노스의 목소리에 벌거벗은 슬픔이 너무나도 생생하게 드러났다. 그녀는 알렉스트라자를 끌어당겼다.

"왜 수호자들과의 약속만 그렇게 중요했던 거야?"

"난 여왕이야, 비라노스."

알렉스트라자가 고통에 흐릿해지는 정신을 부여잡으며 말했다.

"날 달라지게 한 건 질서 마법이 아니라 여왕으로서의 사명이야. 난 동족을 지켜야 했어—"

"내 동족은 크나큰 대가를 치러야 했고!"

비라노스가 비명을 질렀다.

“너는 날 내버렸으면서, 내가 새롭게 찾은 가족까지 모두 파괴하려 하고 있다. 절대로 허락하지 않겠어, 알렉스트라자! 이것마저 내게서 빼앗을 수는 없어!”

“비라노스.”

알렉스타라자가 놀란 숨을 들이쉬며 말했다.

둘은 금빛 모래와 얼음 안개, 진홍 불길의 소용돌이가 되어 얼음결속 눈 아래로 떨어져 내렸다. 비라노스는 뒷발 발톱을 알렉스트라자의 갑주 틈에 걸고, 붉은 위상을 아찔한 속도로 동굴의 벽에 밀어붙였다. 지독한 고통 속에서 비라노스로부터 떨어지려고, 알렉스트라자는 등에 힘을 주고 몸을 뒤집었다. 비라노스의 발톱이 몸을 돌리는 알렉스트라자의 옆구리에 깊은 상처를 남기고 흉갑 가장자리에 걸렸다. 그 고통에 알렉스트라자는 정신을 잃을 뻔했지만, 이세라의 덩굴이 치유 마법의 파동을 주입해 주었다. 용의 여왕은 얼굴을 찡그리며 공기를 최대한 많이 폐에 밀어넣은 후 비라노스의 얼굴을 향해 불길을 내뱉었다.

둘은 함께 얼음결속 눈의 벽에 충돌했다. 알렉스트라자의 몸 안에서 뼈가 부러지고, 몸 밖에서는 얼음이 깨졌다. 쐐기 하나가 날개 막을 꿰뚫고, 다른 하나가 갑주에 튕겨 배를 찔렀다.

비라노스는 거칠게 포효하며 멀리 뛰었다. 알렉스트라자는 아찔한 고통 속에서 벽을 따라 미끄러지며 어둠 속으로 떨어졌다. 한 순간, 아니, 영원한 추락이었다.

알렉스트라자는 얼음결속 눈의 차가운 밑바닥에 떨어지고, 다시 움직이지 못했다.

제 23 장

넬타리온은 티르홀드 주위에서 싸우는 청동 용과 바위격노자들 사이로 강하하며, 눈앞의 원시술사들을 순식간에 불태웠다. 그리고 적의 불씨를 빠르게 통과하며 대형을 무너뜨리고 현신의 금고 앞에 나타났다. 넬타리온은 공중에서 멈췄다. 아래쪽 금고의 난간뜰 위에서 이리디크론이 혼자서 넬타리온을 등지고 서 있었다. 지금 당장이라도 무방비 상태의 돌비늘을 공격할 수 있었다…….

넬타리온의 마음 한구석에서 속삭임이 들려왔다. *우리 없이는 이리디크론을 물리칠 수 없다.*

지금 공격해라! 두 번째 속삭임이 재촉했다. *단 한 번의 공격으로 이 전쟁을 끝내라.*

대지의 수호자는 주저했다. 유혹을 느꼈다. 그 어둠의 힘을 다시 불러내 이리디크론을 현신의 금고에 봉인한다면 모든 걸 얼마나 쉽게 끝낼 수 있겠는가! 돌비늘이 전장에서 사라진다면 원시술사들의 공세도 모두 무너지고 말 것이다. 아무리 힘과 전략이 뛰어난 비라노스라 해도, 이리디크론처럼 원시술사들을 이끌 수는 없었다.

그러나 넬타리온은 그 속삭임들을 믿지 않았다. 아무리 많은 약속을 하더라도, 그 목소리들은 기만적이고 잔혹하게 들렸다……. 넬타리온은 그들의 먹잇감이 되고 싶지는 않았다.

이리디크론이 돌아섰다.

"넬타리온."

그는 생기 없는 목소리로 말했다. 지루해하는 것만 같았다.

"늘 내 꼬리를 쫓아다니는구나."

그의 움직임에 따라 거대한 용암의 손가락이 대지에서 뻗어 나와 금고 둘레를 감쌌다.

"네가 워낙 겁쟁이라 나와의 정면 승부는 꿈도 꾸지 못하기 때문이겠지."

분노한 대지의 수호자는 날개를 넓게 벌리고 거대한 용암 촉수를 석화시켜 부서지지 않는 검은 바위로 바꿨다.

티탄이 만든 방어 체계가 이리디크론의 힘을 견딜 수 있을까?

넬타리온은 기다리지 않았다. 날개를 접으며 이리디크론을 향해 강하했다. 돌비늘은 왼쪽으로 풀쩍 뛰었고, 넬타리온은 난간뜰에 충돌했다. 이리디크론은 빙글 돌아 꼬리 끝의 가시를 넬타리온의 머리를 향해 휘둘렀다. 넬타리온은 고개를 숙였다. 이리디크론의 꼬리가 뿔 위 허공을 갈랐다.

넌 이길 수 없다. 속삭임이 말했다.

넬타리온은 으르렁거리며 앞으로 돌진하여 이리디크론의 허를 찔렀다.

우리 힘을 불러내라. 승리를 차지해라. 다른 속삭임이 조금 더 크게 말했다.

검은 위상은 이리디크론의 돌 가죽을 발톱으로 할퀴어 옆구리에 녹아내린 상처를 남겼다. 격노한 이리디크론이 포효했다.

넌 돌비늘을 물리칠 수 없다—

이리디크론이 몸을 돌려 한쪽 뿔로 넬타리온의 목덜미를 들이받았다. 강한 충격에 넬타리온의 갑주가 찌그러질 정도였다. 그 타격에 대지의 수호자는 숨이 막혀 휘청거렸다. 그는 비틀거리며 이리디크론에게서 멀어졌고, 목의 갑주를 떼어냈다.

우리 힘 없이는 안 돼!

이리디크론이 넬타리온에게 달려들어 드러난 비늘을 깨물려 했다. 넬타리온이 분노의 비명을 내질렀다. 그리고 발 아래에서 바위를 끌어올려 그 힘으로 돌비늘을 밀어냈다. 이리디크론은 금고 입구 쪽으로 데굴데굴 굴러갔고, 한참을 미끄러지다가 신음하며 멈춰섰다.

어둠의 힘이 다시 넬타리온의 발톱 끝자락에 어른거리며 그를 부르고, 회유하고, 유인했다. 보라색 빛이 그의 비늘에 번졌다. 지금이라면 이리디크론을 간단히 처리할 수 있었다. 수 세기에 걸친 고통을 끝낼 수 있었다. 그가 앞발을 까딱하기만 하면 이 전쟁이 완전히 끝나 버릴 것이다. 용이 더 죽을 필요가 없었다. 땅을 더 잃을 필요가 없었다. 검은 위상이자 대지의 수호자인 넬타리온이라 해도 너무 피곤했다. 그는 몇 시간, 며칠, 아니, 수 세기 동안 싸워 왔다.

이제는 모든 걸 놓아 버리고 끝을 보고 싶었다.

* * *

알렉스트라자의 의식이 이세라의 치유 마법에 이끌려 조금씩 돌아왔다. 그녀는 신음을 흘렸다. 온몸의 뼈와 근육, 힘줄이 전부 아팠다. 그녀는 얼음결속 눈의 차디찬 돌바닥에 쓰러져 있었다. 하늘에서 희미한 빛이 흘러들어, 구덩이를 그림자로 감쌌다. 이 스산한 장소에서 유일하게 따뜻한 물질인 자신의 피 냄새가 코를 채웠다. 넬타리온이 만든 갑주의 열기도 마법이 깨어진 탓에 스러졌다.

멀리서 용의 여왕이 고통받고 있다는 걸 감지한 붉은 용들이 한목소리로 외쳤다. 알렉스트라자는 용들을 마지막으로 한 번만 보려고 목을 길게 뺐다……. 하지만 얼음결속 눈 아래쪽의 칠흑같이 어두운 그림자가 그녀를 뒤덮었다.

비라노스의 금빛 도플갱어가 현신보다 조금 빨리 내려앉고, 모래가 얼음결속 눈의 얼어붙은 바닥에 흩어졌다. 알렉스트라자는 노즈도르무의 힘이 미치는 범위를 벗어났다.

"잘 싸웠다, 옛 친구."

현신은 앞으로 나서며 말했다.

"하지만 네가 패배했으니, 이제 네 목숨을 내게 맡겨라."

비라노스가 그녀를 향해 다가오고, 현신이 걸음을 옮길 때마다 시간의 모래가 후들거리며 떨어져 내렸다. 알렉스트라자의 눈앞에서 용군단의 미래가 금빛으로 깜빡였다. 폐허가 된 발드라켄, 오염되어 버린 축복받은 물, 파괴된 서약의 돌. 원시술사들에게 고문을 받은 용들, 등에서 뜯겨 나간 날개, 가죽에서 뽑혀 버린 비늘, 살아 있는 육신의 배를 가르고 쏟아진 내장. 이리디크론의 잔혹한 의지에 결속된 용들. 고룡쉼터 사원 밖 용의 안식처에서 죽어 간 용들, 장례를 치르지 못한 채 썩어 야생 동물의 먹이로 남겨진 사체들. 오직 알렉스트라자만 들을 수 있는 비명이 얼음결속 눈 전체에 소용돌이처럼 메아리쳤다. 알렉스트라자의 심금이 끊어졌다. 입술 사이로 애절한 비명이 흘러나왔다.

모래가 다시 아른거렸다. 어린 비룡들이 자라딘의 그림자 아래에서 흐느끼는 새끼용들을 달랬다. 루비 생명의 웅덩이에서 도둑맞은 알이 깨어지고, 그녀의 동족이 종말을 맞았다.

마지막 섬광과 함께, 알렉스트라자는 보았다. 헤아릴 수 없이 많은 괴물들이 이 세계를 행군하고, 지금껏 경험한 적 없는 규모의 파괴를 자행했다. 그 초록색 불길 속에서 필멸자와 타라세크, 원시술사까지 모두가 쓰러졌다. 위상들의 유산이, 아제로스를 보호한다는 책무가 모두 실패로 돌아갔다.

그 어떤 시간의 길에서도 용군단은 그대 없이 살아남지 못했소. 기억 속 노즈도르무가 속삭였다. *그대의 목숨을 거는 건 우리 모두의 목숨을 거는*

것이오.

고통스럽게 헐떡이며, 알렉스트라자는 억지로 몸을 일으켰다. 상처에서 피가 울컥 솟아 나왔다. 오른쪽 앞다리에 체중을 실을 수도, 왼쪽 눈을 뜰 수도 없었다. 왼쪽 날개는 뼈가 조각나고, 갑주도 모두 깨졌다.

"아직도 싸우려는 건가?"

비라노스가 날개 몇 개 거리만큼 떨어진 곳에 멈춰서 물었다.

"숨이 끊어질 때까지…… 싸울 거다."

알렉스트라자는 악다문 이 사이로 말했다.

"나는 맹세했다. 티탄에게만이 아니라, 나의 용군단과 아제로스의 모두에게. 내 사명을 저버리진 않을 거야."

"내게 한 약속에는 신경조차 쓰지 않았으면서."

비라노스가 으르렁거리며 말했다.

"좋아! 지금이 숨이 끊어질 때다."

비라노스는 날개를 펄럭여 공중으로 날아오르며 알렉스트라자를 향해 돌격했다. 시간이 느려졌지만, 알렉스트라자는 노즈도르무의 마법 때문인지 혈관을 타고 흐르는 아드레날린 때문인지 알지 못했다. 알렉스트라자는 용군단에 대한 사랑을 마지막 하나까지 끌어내 그 진홍색 불길에서 힘을 얻었다. 여왕은 전방으로 돌진하며 마법에 몸을 맡기고 심장에 불길을 지폈다.

비라노스가 공격하려는 순간, 알렉스트라자는 환영으로 변신하여 얼음 위를 미끄러졌다. 비라노스는 여린 필멸자의 육체 주위로 바람을 흩뿌리며 여왕의 위쪽을 스쳐 지나갔다. 알렉스트라자는 잠시 미끄러지다가 손바닥으로 땅을 밀어 몸을 일으켰고, 루비의 불길을 피워 올리며 원래의 모습으로 돌아갔다.

거칠게 포효하며, 알렉스트라자는 마지막 남은 힘을 모두 쏟아내 노출된 비라노스의 등에 달려들었다. 얼음을 기화시킬 수 있을 만큼 뜨거운 불길로 현신을 뒤덮은 후, 비라노스의 어깨에 이를 꽂았다. 알렉스트라자는 머리를 거칠게 흔들어 현신의 날개를 탈구시켰다. 비라노스는 고통에 울부짖었고, 그 소리에 알렉스트라자의 가슴 깊은 곳이 흔들렸다. 여왕은 으르렁거리며 비라노스의 왼쪽 어깨와 목에 발톱을 꽂아 동맥을 찔렀다. 피가 솟구쳐 지글지글 소리를 내며 얼음심장의 비늘 위로 번졌다.

현신은 뒤로 물러나며 알렉스트라자를 얼음에 내던졌다. 생명의 어머니는 한쪽 날개를 질질 끌며 비틀비틀 일어났고, 반격에 대비했지만…… 비라노스는 공격해 오지 않았다.

비라노스는 무릎을 꿇었다. 아직은 호흡을 따라 부서진 어깨가 조금씩 들썩였지만, 그것도 오래 가진 않았다.

"비라노스."

알렉스트라자가 슬픔과 고통으로 거칠어진 목소리로 말했다.

"내 오랜 친구…… 미안해…… 정말 미안해."

비라노스는 흐느끼려 했지만, 쌕쌕거리는 소리만 낼 수 있었다.

얼어붙은 안개가 흩어졌다. 비라노스가 쓰러졌다. 질서의 용과 원시용 모두 주위에 내려앉아 그들을 지켜봤다. 얼음심장이 항복하거나 죽기 전까지는 그 누구도 간섭할 수 없었다. 티라나스트라즈와 크리스탈스트라즈는 가까이에 있어서, 냄새를 맡을 수 있을 정도였다. 지금은 그저 배우자의 곁에 털썩 주저앉고 싶은 마음뿐이었지만, 지금 결투의 장을 벗어날 수는 없었다.

"말해, 비라노스."

알렉스트라자가 고통에 짓눌린 목소리로 말했다.

"항복해. 부탁이야. 네가 죽는 걸 보고 싶지 않아."

현신은 한참 동안 아무 말이 없었고, 알렉스트라자는 얼음심장의 마지막 호흡을 보게 될 거라고 생각했다. 하지만 그때, 조용한 목소리로, 비라노스가 말했다.

"항복한다, 알렉스트라자……. 승리는…… 네 것이야."

알렉스트라자의 흐느낌이 벽에 부딪혀 메아리쳤다. 힘겨운 무게가 온몸을 빠져나갔다. 그녀가 쓰러지고, 녹색 용과 붉은 용들이 그녀 곁으로 몰려 들었다.

"비라노스가 죽게 하진 마라."

알렉스트라자가 용들에게 말했다.

"그녀도 현신의 금고에서 다른 현신들과 함께 죗값을 치를 것이다. 그래도 부디…… 그녀를 지켜다오."

붉은 용들이 생명의 어머니를 보살피는 사이, 녹색 용들은 달콤하고 부드러운 안개를 현신에게 내뿜어 깊은 잠에 빠뜨렸다. 그리고 치유의 마법을 비라노스의 목에 주입해서 지혈을 했다. 푸른 용들이 바크스로스로 통하는 차원문을 열고, 쓰러진 현신을 운반할 준비를 했다.

검은 용과 청동 용이 여왕 주위에서 경계를 서며 원시술사들의 접근을 차단했다.

티라나스트라즈가 그녀 곁에 앉아 코를 맞부딪혔다.

"난 언제나 당신을 믿었어, 알렉스트라자. 그냥 걱정했을 뿐이야."

"나도 알아."

알렉스트라자는 눈을 감고 숨을 깊이 들이쉬었다. 치유의 마법이 살과 근육을 다시 꿰맸다. 비늘 가득 봄 햇살의 온기가 쏟아지는 듯 기분이 좋아졌다.

"승리를 축하하고 싶지만,"

티라나스트라즈는 말을 이었다.

"조금 전 발드라켄에서 전령이 왔어. 당신이 자리를 비운 사이에 이리디크론이 도시를 기습 공격했다고 하더군. 노즈도르무는 이미 떠났어. 우리도 즉시 돌아가야 해."

"안 돼……. 안 돼, 그럴 순 없어."

알렉스트라자는 그렇게 말하며 일어서려 했다. 강렬한 고통이 등뼈를 따라 흘러내렸다. 그녀는 얼굴을 찡그렸다.

"잠깐 쉬십시오."

붉은 용 하나가 조잘거렸다.

"금방 회복하실 겁니다, 여왕님. 약속드리겠습니다. 하지만 가만히 계셔야 합니다. 날개를 복원하는 건 아주 섬세한 작업입니다."

알렉스트라자는 지금 그럴 시간이 있을지 알지 못했지만, 부상이 심해서 싸울 수 없는 상태로는 발드라켄으로 가 봐야 큰 도움이 되지 않을 것이다. 그래서 순순히 따랐다.

티라나스트라즈의 가슴 속 깊은 곳에서 낮게 으르렁거리는 소리가 울려 퍼졌다. 그리고 고대 고룡은 알렉스트라자 앞을 막아서며 경고하듯 머리를 낮췄다. 원시용 세 명이 양옆의 검은 용들에게 이끌려 그들을 향해 다가왔다. 원시용들은 잠시 멈춰 커다란 날개의 주먹으로 가슴을 두드려 경례했다.

"싸울 생각은 없습니다."

그들의 지도자가 티라나스트라즈에게 말했다.

"용의 여왕께 드릴 말씀이 있습니다."

"진실인 것 같군."

알렉스트라자가 말했다

"악의는 느껴지지 않아."

여왕의 배우자는 고개를 끄덕이며 옆으로 비켜섰다.

원시술사는 알렉스트라자를 향해 고개를 숙였다. 나이가 많은 용이었다. 거칠어진 비늘에는 너무 많은 전투를 겪으며 흉터가 잔뜩 남았고, 뿔은 순수한 얼음이었다. 원시술사는 지혜로운 파란색 눈으로 그녀를 바라봤다.

"아는 얼굴이군."

알렉스트라자가 말했다

"비라노스의 서리비늘 날개지도자 시산즈였지. 너희 군단이 하늘에서 나의 용들을 수도 없이 떨어뜨렸다. 무슨 일로 나를 찾아온 거냐?"

시산즈는 동료들을 흘긋 바라보며 앞으로 나섰다.

“전 이리디크론이 아니라 비라노스를 따랐습니다. 이제 허기를 다스려 줄 얼음심장도 없으니, 이번 전쟁에서 이리디크론이 우리 용족을 파멸로 이끌지 않을까 두렵습니다. 라바와 옥소리아도 그런 광기에 사로잡혀 있습니다. 그들을 따라 파멸의 미래로 가고 싶진 않습니다.”

“그렇다고 우리가 질서 마법을 받아들이지도 않을 겁니다.”

시산즈가 말을 이었다.

“하지만 더는 그대들과 싸우지 않겠습니다, 질서의 용의 여왕이시여. 우리 동족을 그냥 내버려 두겠다고 약속해 주신다면, 저희도 이리디크론의 힘을 빼앗는 걸 돕겠습니다. 지금이 오래전 비라노스 님과 했던 약속을 지키실 때입니다.”

알렉스트라자는 고통 때문에 여전히 후들거리는 근육을 달래며 자리에서 일어섰다. 이런 어둠의 장소에서 희망의 씨앗을 찾다니…… 이건 꿈일까? 아니면 현신들의 또 다른 계략일까?

날개 한 개 거리에서 크리스탈스트라즈가 긴장한 듯 자세를 바꿨지만 아무 말도 하지 않았다. 다른 붉은 용들은 혼란에 휩싸여 휘둥그레진 눈으로 알렉스트라자를 바라봤다.

“네게서 기만은 느껴지지 않는구나.”

알렉스트라자는 그의 심장 속 깊고 깊은 구석을 들여다 보듯 눈을 가늘게 뜨고 고개를 갸웃거리며 말했다.

“그래도 내가 왜 주저하는지는 알고 있겠지. 이리디크론은 언제나 위상들의 선의를 자기 목적에 이용했고, 지금 이 또한 그자의 또 다른 계략으로만 보인다.”

시산즈는 어깨 너머로 잠자는 비라노스를 차원문으로 데려가는 용들을 봤다. 바크스로스의 탑이 거울 같은 차원문의 표면 위로 아른거렸다.

“저를 믿을 필요는 없습니다.”

시산즈는 다시 여왕을 돌아보며 말했다.

"그대의 전쟁 의회에 참여하고 싶은 것도, 그대의 친구가 되고 싶은 것도 아닙니다. 전 그저 너무나도 많은 것을 약속했지만 그 무엇도 주지 않은 용의 죽음을 원할 뿐입니다. 이리디크론이 요새에 숨어 있는 동안 제 혈족은 대부분 죽었습니다. 더는 그자를 돕지 않으려 합니다."

알렉스트라자는 티라나스트라즈와 시선을 교환했다. 연로한 고룡은 아무 내색도 하지 않았지만, 알렉스트라자는 그의 회의적인 생각을 감지했다. 수 세기 동안 돌비늘은 수단과 방법을 가리지 않고 위상과 용군단을 약화시키려 했다. 알렉스트라자도 이리디크론 휘하에서 하늘을 날았던 자라면 그 누구도 믿고 싶지 않았지만…… 시산즈의 말에는 일리가 있었다. 믿지 않아도 협력할 수는 있을 것이다.

"약속하겠다. 용의 여왕으로서만이 아니라, 얼음심장 비라노스의 친구인 알렉스트라자로서도."

알렉스트라자는 시산즈에게 다시 시선을 돌리며 말했다.

"우리 용군단을 도와 이리디크론을 함께 물리쳐 준다면, 나도 오래전 했던 약속을 지키겠다."

* * *

하늘에 비명이 울려 퍼졌다. 발드라켄의 돌들이 무너지고, 넬타리온이 그토록 오랫동안 힘겹게 지켜온 모든 것을 굶주린 불길이 집어삼켰다. 돌비늘은 이제 위상들이 만들어 낸 모든 것을 파괴하고, 위상의 모든 승리를 산산이 조각내는 순간에 성큼 다가섰다.

이리디크론이 일어섰다. 넬타리온의 비늘에 보라색 빛이 서렸다.

우리를 불러내라. 속삭임이 말했다.

지금 당장!

안 돼. 넬타리온이 말했다. *이렇게는 안 돼–*

어서 끝내라!

넬타리온이 속삭임에 맞서듯 포효하며 자신이 능력 없고, 강하지 않고, *특별하지* 않다는 모든 생각을 거부했다. 불협화음 속에서 속삭임이 모두 잦아들 때까지, 그들의 거짓말이 아무것도 남지 않을 때까지 포효했다. 그리고 마침내 입을 다물었을 때 찾아온 침묵에 깜짝 놀랐다.

"넌 이제 혼자다."

이리디크론이 조용히 말했다.

"비라노스가 알렉스트라자를 하늘에서 떨어뜨리면, 여왕을 빼앗긴 넌 무엇을 할 것이냐? 새로운 위상을 만들어 줄 수호자는 없다. 네 주인들은 모두 사라졌고, 넌 그저 그들의 힘이 드리운 창백한 그림자일 뿐이다!"

"수호자들은 우리 주인이 아니었다."

넬타리온이 말했다.

"과연 그럴까?"

이리디크론이 노란 눈을 빛내며 물었다.

"아무런 의심 없이 놈들이 내민 목줄을 받아들이고, 그들의 변덕을 충실히 따를 거라고 맹세하지 않았던가? 이토록 오랜 시간이 흘렀는데도 놈들이 널 어떻게 조종했는지 모른다니…… 넌 바보다, 넬타리온!"

"넌 나에 대해 아무것도 모른다."

넬타리온이 새된 목소리로 말했다.

"흐음."

이리디크론은 송곳니를 드러내고 몸을 웅크려 공격할 준비를 하며 대꾸했다.

"나만큼 널 잘 아는 용은 없을—"

하늘에서 울부짖는 소리가 메아리치며 돌비늘의 말을 잘랐다. 두 번째 목소리가 노래하듯 커지고, 다시 세 번째 목소리가 울려 퍼졌다. 그렇게 하나씩 더해진 청동 용들의 목소리가 아름다운 화음이 되어 티르홀드 주위의 산맥에서 메아리쳤다.

"뭐지?"

이리디크론이 으르렁거리며 말했다.

"승리의 포효로군."

넬타리온이 당황한 듯 두 눈을 빠르게 깜빡였다.

"너희 멍청한 청동 용들은 지금 너희가 승리했다고 생각하는 거냐?"

돌비늘이 고개를 들어 하늘을 바라보며 물었다. 그의 시선이 날개 일천 개 거리로 향하고, 두 눈이 휘둥그레졌다. 그의 등뼈를 따라 흐르는 담황색 마력이 흔들렸다.

넬타리온은 돌아서서 고개를 들었다. 거대한 모루 모양의 구름이 도시 위로 피어오르고, 흉포한 일몰 앞에서 분홍색으로 물들었다. 전투가 너무 오래 지속돼서 벌써 하루가 저물어버린 걸까? 넬타리온은 태양이 여전히 서쪽 지평선에 걸려 연기 속 붉은 눈처럼 빛나고 있는 걸 느꼈다.

아니…… 저건 일몰의 빛이 아니었다. 넬타리온의 가슴이 부풀어올랐다. 아래턱이 덜컥 열렸다. 붉은 용군단의 의연하고 굴하지 않는 서약을 보여주는 진홍색 빛이었다.

"알렉스트라자."

넬타리온이 감사의 기도를 올리듯 속삭였다.

다음 순간, 용의 여왕이 구름을 뚫고 나타났다. 여왕의 비늘이 루비의 빛으로 반짝였다. 주위 전장의 전투가 멈추고 모두의 눈이 하늘로 향했다. 도시 전체가 숨을 죽였다.

"내가 얼음심장 비라노스를 구속했다!"

알렉스트라자가 하늘 높은 곳에서 포효했다. 청아한 음성이 산꼭대기를 휘감으며 울려 퍼졌다.

"일어나라, 발드라켄! 일어나서 적들을 우리 고향에서 몰아내라!"

알렉스트라자의 빛이 가슴에 응축되어 작은 별처럼 찬란하게 타올랐다.

그 빛이 폭발하여 고리 모양으로 퍼져 나가며 발드라켄과 북부 탈드라서스를 가로질렀다. 빛에 감싸인 넬타리온은 기운이 샘솟고 용기가 새롭게 솟아오르는 것을 느꼈다.

"나를 따르라!"

알렉스트라자가 외치고 위상의 권좌를 향해 강하했다. 수백 명의 용들, 질서의 용과 원시용 모두가 하늘에서 쏟아져 나왔다.

서리비늘이잖아! 넬타리온이 놀란 숨을 들이쉬며 비라노스의 부대가 붉은 용, 녹색 용, 푸른 용, 검은 용, 청동 용과 함께 날아오는 모습을 보았다. 넬타리온은 알렉스트라자가 어떻게 비라노스의 서리비늘을 이끌고 함께 싸우게 된 건지 짐작조차 할 수 없었지만, 이유와 관계없이 경외심에 사로잡혔다.

"비라노스가 쓰러졌군."

용의 여왕이 시야에서 사라지자, 이리디크론이 말했다.

"너와 네 동료들이 내 누이를 어떻게 속였을지 궁금하구나. 알게타르 대학과 발드라켄 전장에서 노즈도르무가 보이지 않던데. 청동 위상이 너희 여왕과 함께 북쪽으로 갔던 건가?"

넬타리온이 돌비늘을 향해 돌아섰다.

"알렉스트라자는 우리 도움 없이도 얼음심장을 꺾을 수 있었다. 인정하고 싶지 않겠지만 우리 힘은 너희보다 강하다."

"또 거짓말이군."

이리디크론은 하늘에 머무르던 시선을 대지의 수호자에게 돌렸다.

"질서 마법이 이 행성의 원소와 경쟁할 수 없다는 건 우리 둘 다 잘 알고 있다. 그래서 어둠의 힘에 의존하는 건가? 알렉스트라자가 네 기만을 꿰뚫어보기까지 얼마나 걸릴까?"

넬타리온은 한 걸음 뒤로 물러나며 날개를 접고 머리를 낮췄다.

이리디크론이 싱긋 웃었다.

"네가 그렇게 영리하다고 생각하나, 넬타리온? 동료 위상들은 네 진짜 모습을 보지 못하는 것 같다만, 난 볼 수 있다. 오늘의 승리는 너와 용의 여왕이 가져갔지만, 다음엔 아닐 것이다.”

그 말을 남기고 돌비늘은 난간뜰 너머로 뛰어내려 아래쪽 땅속으로 사라졌다. 넬타리온은 끓어오르는 분노를 억누르며 돌비늘이 도망치게 내버려 두었다. 원시술사들이 퇴각 명령을 외쳤다.

속삭임이 귓속으로 스멀스멀 흘러들었다. *네 무력함이 일궈 놓은 걸 봐라! 네게 선견지명이 있었다면 이 전쟁을 끝낼 수 있었을 것이다.*

승리는 없다. 두 번째 속삭임이 말했다. *넌 실패했다.*

넬타리온은 그들이 지껄이는 소리를 더는 견딜 수 없어서 머릿속에서 모든 목소리를 밀어냈다. 오늘 아군은 승리했지만, 그에게 남은 건 오롯이 패배감뿐이었다.

제 24 장

그 무엇도 계획대로 되지 않았다.

참혹한 심연으로 돌아온 이리디크론은 전쟁동굴로 물러났다. 용암이 물처럼 쏟아지고 열기가 등의 돌 근육을 나른하게 풀어 주는 이 심연에서는 대개 마음이 놓였지만…… 오늘은 비라노스를 잃었다는 사실 때문에 크게 흔들렸다.

이리디크론은 무거운 한숨을 내쉬며 대장정 지도 옆으로 다가섰다. 그는 비라노스의 말을 현신의 금고에 놓은 후 서리비늘과 얼음발톱을 얼어붙은 송곳니로 옮겼다. 놀랍게도 서리비늘은 알게타르 대학에서 위상의 세력에 합류했고, 말리고스와 함께 전쟁인도자 라바와 그녀의 병력을 용의 벌판 동부로 몰아냈다. 미스루즈는 이세라와의 결투에서 쓰러졌다. 옥소리아와 조각난 혈족은 발드라켄에서 가까스로 탈출하여 잿불서리 골짜기로 퇴각했고, 그곳에서 회복한 후 참혹한 심연으로 돌아올 예정이었다.

분노한 이리디크론은 날개의 발톱으로 돌 지도를 내리쳐 반으로 쪼갰다. 여러 말들이 불안정하게 흔들렸다.

비라노스를 그렇게 믿은 것이 실수였다! 얼음심장은 이제 산 아래에 잠들어 있었다. 바위격노자 절반은 발드라켄 주변 계곡에 시체가 되어 널브러졌다. 수 세기 동안 혈족의 터 아래 지각판을 조심스럽게 파냈던 그 모든 노력이 수포로 돌아갔고, 원시술사들은 탈드라서스와 해안의 기반을 모두 잃었다.

이리디크론은 으르렁거렸고, 그의 고요한 분노에 동굴 전체가 흔들거렸다. 이제 혼자서 위상들에게 맞서야 했다. 다시 실패한다면, 용족 전체가 영원히 수호자와 질서 마법의 족쇄에 묶일 것이다. 그리고 마지막 현신도 형제자매와 함께 돌의 감옥에 갇힐 것이다.

이리디크론은 굴복하지 않을 것이다. 멈추지도 않을 것이다. 어떤 대가를 치르더라도 아군을 해방시키고 위상들을 파괴할 방법을 찾을 것이다. 대지의 수호자가 다시 그를 꺾을 수는 없었다.

이리디크론은 넬타리온보다 강했다.

모든 위상들보다 강했다.

수호자가 없으니, 알렉스트라자는 자기 휘하에서 싸울 새로운 위상을 길러낼 수 없었다. 하지만 이리디크론에게는 그런 제약이 없었다. 비록 발드라켄에서는 패배했지만 여전히 수많은 원시용들을 거느리고 있으며, 그 용들은 대부분 수 세기 동안 전쟁을 거치며 더욱더 강해지기만 했다. 이제 다른 용들에게도 의례를 가르쳐 주고, 곁에서 함께 싸울 새로운 현신들을 길러낼 것이다.

그러다 용들이 죽는다고 해도 어쩔 수 없었다.

한편, 이리디크론은 참혹한 심연에 대한 공격도 대비해야 했다. 돌비늘은 아주 오랜 세월에 걸쳐 날개 수백 개, 아니 수천 개 길이의 굴을 뚫었다……. 아무리 경험 많은 날개지도자라 해도 지하 미궁에서 길을 잃는 일이 많았다.

이제 그가 홀로 남았으니, 위상들은 분명히 혈족의 터에서 전쟁을 종식시키고 용의 벌판으로 진출할 것이다. 위상들이 참혹한 심연에 쳐들어오는 상황에 대비하려면 이 요새 전체를 무기화해야 했다.

단상 앞쪽에서 펄럭이는 날개가 그의 시선을 끌었다. 그는 고개를 들고, 앞쪽에 내려앉는 날개지도자를 보며 인상을 썼다.

"무슨 일이지?"

그는 으르렁거리며 말했다.

"돌비늘 님."

날개지도자가 발톱으로 가슴을 두드리며 말했다.

"전쟁인도자 라바가 최전선에서 돌아왔습니다. 지금 들어와도—"

"죽여 버리겠어!"

새된 목소리가 동굴 전체를 울렸다.

"이 빚은 시산즈의 목으로 받아내겠어!"

이리디크론은 한숨을 쉬며 고개를 끄덕였다. 상관없었다. 라바가 요란한 굉음과 함께 전쟁동굴로 들어섰고, 공중으로 풀쩍 뛰어올라 쿵, 중앙 단상에 착지했다.

"사지를 모조리 찢어 버리겠어!"

라바의 돌 비늘은 여기저기 갈라지고 깨져 있었다. 거의 십여 년 만에 만난 라바는 오랜 전쟁에 너무 많이 시달린 모습이었다.

"이리디크론 님, 놈이 우리를 배신했습니다! 우리 동족과 대의를 배신하고, 제 눈앞에서 우리 날개지도자를 죽였습니다!"

"진정해라, 라바."

이리디크론이 말했다. 그가 비늘로 바닥을 긁으며 대장정 지도에서 물러났다.

"우린 계획을 다시 수립하고 새로운 아군을 찾을 것이다."

"누구 말입니까?"

라바가 딱 잘라 말했다.

"이제 누가 남았습니까? 비라노스의 꼬마 비룡들 말씀이십니까? 하!"

"아직 우리만큼 위상들을 증오하는 자들이 있다."

이리디크론이 말했다.

"참혹한 심연으로 병력을 집결시켜라. 공중에서 위상들을 물리칠 수 없다다면, 바위 속에 가둬 버리면 된다."

제6부

굶주린 심연

시간의 지배자 노즈도르무가
구술한 역사

발드라켄과 얼음결속 눈에서 승리한 이후, 우리는 원시술사들을 혈족의 터 밖으로 밀어내 용의 벌판으로 쫓아 보냈다. 알렉스트라자와 넬타리온, 붉은 용, 검은 용, 푸른 용, 녹색 용, 청동 용의 연합군이 그들을 추적했고, 이세라와 말리고스, 나는 뒤에 남아 혈족의 터를 침공으로부터 방어했다. 우리는 위험을 감수하지 않았다. 고향에서의 평화를 위해 용군단의 피를 대가로 치른 후 그럴 수는 없었다.

우리 병력이 참혹한 심연에 접근하는 사이, 이리디크론의 전략은 점점 더 불규칙적이 되어 갔고, 때론 절박한 듯 보이기도 했다. 원시술사들은 매복 공격을 하고, 소규모 교전을 시도하고, 퇴각하면서 속임수와 반격으로 대응하는 등 전통적인 전투의 위험을 감수하려 하지 않았다. 돌비늘이 아군의 진격을 늦췄지만, 이제는 그에게도 우리를 장시간 막아낼 병력이 없었다.

어둠비늘의 보고에 따르면, 이리디크론은 새로운 현신을 만들어 내려고 애를 썼지만, 어떤 후보자도 그 과정을 이겨내지 못했다. 원시술사의 가장 강대한 용사 중 하나인 이기니아르도 다음 불길의 현신이 되려고 시도하다가 쓰러지고 말았다. 분열된 얼음발톱의 지도자 빌드릭 또한 같은 운명을 맞이했다.

다음 수십 년 동안, 원시용 수백 명이 현신들의 발자취를 따르려다 죽고 말았다. 아무도 성공하지 못했던 것이 우리에게는 무척 큰 행운이었다……. 물론 빌드릭이 사망한 이후로는 이리디크론도 현신을 만들려 하다가 최정예 부하를 잃는 부담을 감당할 수 없었을 것이다. 우리 병력은 고룡쉼터 사원 주위의 영토를 되찾았고, 돌비늘은 알렉스트라자와 넬타리온이 거기에서 멈추지는 않을 것임을 알았다.

용의 여왕은 참혹한 심연까지 공격을 밀어붙여 이리디크론을 소굴에서 끄집어 낼 생각이었다. 알렉스트라자가 용의 벌판을 가로질러 서쪽으로 진격하는 동안에는 어떤 아군도 원시술사의 대의를 위해 결집하지 않았다. 그럼에도 우리는 참혹한 심연에서의 전투가 가장 치명적인 교전이 될 것임을 알았다.

나는 그 지옥의 산에서 끔찍한 전투를 너무나도 많이 보았다. 그 낮게 깔린 산맥에서 바위격노자들에 의해 도살된 부대들, 끝없는 돌의 미궁에 영원히 갇힌 비행지도자들, 하늘을 불타오르게 하는 화산 분출까지……. 하지만 이리디크론이 마음대로 활개 치는 한, 진정한 평화를 이룰 수는 없다. 참혹한 심연의 공포를 우리가 직접 마주하는 한이 있더라도, 반드시 돌비늘을 붙잡아야 한다.

오늘, 알렉스트라자는 이리디크론의 영토 가장자리에 서 있다.

조만간 나머지 위상들도 합류할 것이다.

우리는 이 전쟁을 끝낼 것이다.

제 25 장

이리디크론은 수십 년 동안 참혹한 심연에서 용의 여왕을 맞이할 준비를 했다. 원시술사들이 여왕의 진격을 늦추고, 알렉스트라자와 넬타리온이 접근하지 못하게 막아냈다. 그동안 돌비늘은 새로운 계획을 수립하고, 새로운 현신을 만들 방법을 궁리하고, 참혹한 심연의 빛이 없는 동굴을 가늠할 수 없는 공포로 채웠다. 그가 명령을 내리면 요새에 있는 일천 개의 통로가 즉시 위치를 변경하여, 산을 끝이 없고 통과할 수도 없는 미로로 바꿨다.

용의 여왕이 자기가 공세를 취하고 있다고 생각하게 하자! 그런 자신감 때문에 이리디크론이 그림자와 돌에 새겨놓은 위험을 간과하게 될 것이다. 용의 여왕이 참혹한 심연에 발을 들인다면, 이리디크론은 그녀가 라자게스, 피락, 비라노스에게 그랬던 것처럼 그녀를 산 아래에 묻어 버릴 것이다.

어떤 대가를 치르더라도, 이리디크론은 위상들을 가루로 만들어 버리고, 용군단을 조각내고, 이 세계에서 질서 마법을 씻어낼 것이다.

넬타리온을 비웃기 위해서라도, 다른 현신들을 감옥에서 해방시킬 것이다.

하지만 그런 계획이 결실을 맺으려면, 돌비늘에게 새로운 아군이 필요했다.

이리디크론은 세계의 지각 아래 깊고 커다란 동굴 안에서 자라던 족장을 찾아냈다. 잔혹한 이기라는 자라딘 중에서도 가장 덩치가 큰 거대한 생물이었다. 불타오르는 문신이 쪽빛 피부 위에서 춤을 추고, 온몸에 깊은 흉터가 가득했다. 세탁하지 않은 옷에는 용의 피 냄새가 알싸하고 퀴퀴하게 들러붙었다. 전투 도끼는 붉은 용과 검은 용 수백 명의 비늘을 찍어대느라 여기저기 이가 빠졌다.

거인은 바위투성이 곶에 홀로 앉아 용암 호수를 내려다보고 있었다. 이기라는 최근 깨어나는 해안에서 알렉스트라자와 넬타리온이 자리를 비운 사이에 연합군과 함께 비늘파괴자 봉우리로 진입했다. 하지만 달이 열다섯 번 차고 기운 후, 붉은 용군단과 검은 용군단의 발톱에 치명적인 패배를 겪었고, 결국 자라딘은 용군단에 쫓겨 선조들의 땅으로 돌아와야 했다.

이리디크론이 녹아내린 돌처럼 고요하게 다가가자, 거인이 입을 열었다.

"싸우러 온 거냐, 용?"

이기라는 움직이지 않았다. 그저 생각에 잠겨 용암 위를 떠도는 커다란 검은 돌의 섬들을 지켜봤다.

"새로운 도전을 제안하러 왔다. 복수할 기회도 주겠다."

자라딘 지도자는 콧방귀를 뀌고는 턱을 들었다. 길고 헝클어진 머리 타래가 넓은 등에서 흔들렸다.

"내 도끼에 목숨을 바치려는 거냐, 용?"

"너와 나, 우리의 적은 같다."

이리디크론이 그렇게 말하며 거인에게서 날개 몇 개 거리만큼 떨어진 곳에 멈춰섰다.

"내가 깨어나는 해안뿐 아니라 다섯 위상까지 네게 넘겨줄 수 있다면 어떻게 하겠나?"

"널 멍청이라고 부르겠지."

이기라가 대답했다.

"위상들은 약삭빠른 적이야. 너도 잘 알고 있겠지, 돌비늘 이리디크론. 놈들이 너도 하늘에서 떨어뜨리지 않았던가? 놈들의 우월한 힘 앞에 너희 병력이 쓰러지는 모습을 몇 번이나 봤다!"

이리디크론이 눈을 가늘게 떴다.

"너라고 상황이 더 낫진 않았던 것 같은데, 잔혹한 이기라."

"그러면 왜 지금 날 찾아온 거냐?"

자라딘은 돌아서서 그를 곁눈질로 바라봤다.

"넌 아마 나보다 더 위상을 증오할 거다."

이리디크론이 대답했다.

"그들을 말살하면 너와 네 동족이 아주 많은 걸 얻을 수 있겠지. 힘을 합쳐 놈들과 싸우자."

자라딘의 얼굴엔 아무런 표정이 없었다. 이기라는 눈을 가늘게 뜨고 아주 오랫동안 이리디크론을 바라본 후 고개를 돌렸다.

"네 아군이 되느니 차라리 널 죽여 버리겠어."

"그렇다면 증명해 봐라!"

이리디크론이 꼬리로 바닥을 때려 발 아래 바위를 갈랐다. 바위가 새롭게 갈라지며 나타난 틈이 갈라지는 천둥처럼 자라딘의 지도자를 향해 뻗어 나갔다. 그 틈이 등 뒤에 도달하기 직전에, 이기라가 주먹을 내리쳤다. 그 충격이 바위에 작은 분화구를 형성하며 이리디크론의 공격을 멈췄다.

자라딘이 벌떡 일어나 돌아섰다. 전투 도끼의 날이 밝게 타오르고, 이기라가 돌진했다. 이리디크론은 으르렁거리며 턱을 숙여 목을 보호하고, 발톱을 바위에 박아 넣어 충격에 대비했다.

이기라가 커다란 호를 그리며 도끼를 휘둘렀고, 이글거리는 빛이 이리디크론의 시야를 불태웠다. 도끼날이 돌비늘의 목을 때렸지만, 금속은 돌을 깨뜨리지 못하고 산산이 조각났다. 타격이 이리디크론의 몸 전체에 반향을 일으켰다. 이리디크론이 신음했다. 이기라의 부서지고 쓸모없어진 도끼 조각이 바닥에 찰그랑 떨어졌다.

자라딘은 휘둥그레진 눈으로 비틀비틀 물러섰다. 이리디크론은 그녀의 무릎이 흔들리는 걸 보았다고 생각했지만, 상상의 산물일 수도 있었다.

"내 가죽을 깨뜨리려면 도끼보다 더 강한 걸 가지고 와라."

이리디크론이 말했다.

"아, 나쁘지 않은 도전이군."

이기라의 입술이 말려 올라가며 사악한 미소가 드러나고, 거인은 한 번 더 돌진했다.

"그럼 맨손으로 죽여 버리겠어!"

"그럴 수는 없다."

이리디크론은 그렇게 대답하며 자라딘 아래의 땅을 꺼지게 했다. 이기라는 비틀거리며 무릎을 꿇었다.

그리고 으르렁거리며 고개를 들어 이리디크론을 바라봤다.

"내가 위상을 처치하는 걸 도와라, 이기라. 그러면 네가 갈망하는 전투를 경험할 수 있게 해주겠다."

이기라는 그를 바라보며 일어섰다.

"내가 이…… 연합에 동의한다면,"

그녀는 불쾌감을 숨기지 않고 말했다.

"내가 해야 할 일은 뭐냐?"

"용의 벌판에 있는 자라딘 부족들에 친구가 많겠지."

이리디크론이 말했다.

"그들을 참혹한 심연으로 불러 모아라."

"좋아."

그녀는 대답하며 한쪽 손의 관절을 꺾었다.

"사냥감을 빨리 데려오는 게 좋을 거다. 그러지 않으면 우리가 널 배신할 테니까."

* * *

탈린스트라즈는 고룡쉼터 사원 근처에서 자라딘이 안전한 용군단의 정찰 범위로부터 용들을 유인해 내는 걸 도왔다. 붉은 비룡은 우선 반 거인의 창에 맞아 다친 척을 했다. 그리고 목표가 공격 범위 내로 들어서면, 자라딘이 그림자에서 뛰쳐나와 상대 용을 기절시켰다. 그다음 희생자를 사슬로 묶어 지하 통로를 통해 옮겼다.

탈린스트라즈는 잡은 용들을 톱이빨 산맥에 있는 동굴로 전달하고, 자라딘 사냥지배자와 함께 잠깐 이야기를 나눴다. 그렇게 하룻밤 사이 총 열두 명의 용을 붙잡았다. 사냥지배자는 호기심이 가득해서 거의 허기진 듯한 눈빛으로 그를 바라봤고, 탈린스트라즈는 언젠가 자기도 우리 속에 갇히는 게 아닐까 생각했다. 붉은 비룡은 이리디크론이 결코 자기를 믿지 않을 것임을 알았지만, 그래도 상관없었다. 탈린스트라즈 역시 돌비늘에게 아무런 유대감이나 충성심을 느끼지 않았으니까.

탈린스트라즈는 오직 비라노스만을 위해 싸웠다.

이리디크론은 탈린스트라즈와 그의 동료들에게 자라딘과 협력해서 최대한 많은 용을 붙잡으라고 명령했다. 붉은 비룡은 결의를 품고 그 임무를 수행했다. 비라노스를 현신의 금고에서 풀어줄 수 있다면 무슨 일이든 할 생각이었다. 비라노스는 그를 말 그대로의 가족으로 받아들이고, 이 세계에 대해 많은 것을 가르쳐 주었다.

탈린스트라즈는 절대로 비라노스가 이대로 썩어가게 내버려 두지 않을 것이다.

그가 사슬에 묶여 잠자고 있는 용들 곁을 지나갈 때, 희미한 목소리가 들렸다.

"탈린스트라즈?"

그 목소리를 들으니 탈린스트라즈의 핏줄을 타고 찌릿한 전기가 흘렀다.

아는 목소리였다. 붉은 비룡은 눈을 감고 그 자리를 떠나라고, 그냥 날아가 버리라고, 잊어 버리라고 자신을 타일렀다. 지금 중요한 건 산 아래의 감옥에 갇힌 비라노스를 풀어주는 것뿐이었다.

하지만 그는 꼬리로 동굴의 돌 바닥을 긁으며 자기도 모르게 돌아섰다.

잠자는 용들 사이에서 한 붉은 비룡이 황금색 눈 가득 애원하는 눈빛을 담고 그를 바라봤다. 그림자가 드리운 얼굴을 탈린스트라즈는 알아볼 수 있었다. 높은 광대뼈, 우아한 네 갈래 뿔의 왕관, 계란형 눈, 날카로운 입. 그녀는 무거운 검은색 목줄을 차고, 세 개의 두꺼운 사슬로 지면에 묶인 모습이었다.

그의 심장이 잠시 뛰는 걸 잊었다.

"라일라스트라자."

그는 얼어붙은 채 속삭였다.

"내 누이."

고룡쉼터 사원에서 뭘 하고 있었던 걸까? 라일라스트라자는 루비 불꽃인 도자에 합류했다는 이야기를 마지막으로 들었었다. 그랬다면 여기서 날개 수천 개 거리만큼 떨어진 곳에 있었어야 했다.

라일라스트라자는 팽팽한 사슬 때문에 힘겨워하며 일어서려 했다. 근처 횃불의 빛이 그녀의 당황한 표정을 비췄다. 라일라스트라자 뒤쪽의 그림자 속에서 녹색 비룡이 자세를 바꾸며 고개를 돌려 그들을 바라봤다. 탈린스트라즈는 그 녹색 비룡도 알아봤다. 누이와 가장 친하고 오랜 친구 중 하나인 아티라누스였다.

"여기서 뭘 하는 거야?"

라일라스트라자가 근처의 경비병을 흘긋 바라보며 말했다.

"너…… 자라딘을 돕고 있는 거야? 용학살자를?"

"널 다치게 하진 않을 거야, 라일라. 맹세할게."

탈린스트라즈는 그렇게 말했지만, 그 거짓말의 씁쓸함이 입술을 떠나지 않았다.

“위상들이 참혹한 심연을 공격해 올 거야. 너와 네 친구들은 그냥 넬타리온이 참혹한 심연을 날려 버리지 않게 할 방어선일 뿐이야.”

“누가 그런 얘기를 했어?”

라일라스트라자가 속삭였다. 두 눈에 눈물이 가득 고였다.

“이리디크론? 잔혹한 이기라? 자라딘이 날 해치지 않을 거라고 정말 믿는 건 아니겠지. 난 우리 국경에서 수십 년 동안 저들과 싸워 왔어. 날 살려주지는 않을 거야.”

“살려줄 거야.”

탈린스트라즈는 가슴을 찌르는 날카로운 통증을 무시하며 말했다. 그는 고개를 돌렸다.

“미안해, 누이. 하지만 난 도와줄 수가 없어.”

“탈린스트라즈, 부탁이야.”

라일라스트라자가 흐느끼며 말했다. 그 목소리에 서린 공포와 슬픔이 그의 심장을 반으로 쪼갰지만, 그는 억지로 한 걸음씩 옮기며 계속 나아갔다.

“우릴 버리지 마. 자라딘이 우릴 죽일 거야! 탈린스트라즈? 탈린스트라즈!”

그는 하늘로 날아올라, 누이의 비명으로부터 멀어졌다.

제 26 장

알렉스트라자는 톱이빨 산맥의 북적거리는 얼음 봉우리에 내려앉아, 전쟁인도자 라바와 그녀의 병력이 참혹한 심연으로 물러나는 모습을 지켜봤다. 이리디크론의 요새는 인근의 어떤 산봉우리보다 더 높아서, 하늘을 꿰뚫는 눈 덮인 괴수 같았다. 일몰이 요새의 정상을 붉게 물들였다.

요새 아래로 넓게 펼쳐진 계곡은 마치 세계의 비늘 가죽에 난 상처 같았다.

넬타리온의 대지 방벽이 빠르게 라바를 추적하고, 남쪽 산마루에서 원시술사들을 몰아냈다. 루비 불꽃인도자가 후방을 지켰고, 위상군의 나머지 병력은 용의 여왕의 신호에 따라 멈췄다. 오늘 밤에 나아갈 거리는 이 정도로 충분했다. 산마루를 이용해서 본대를 보호할 수 있고, 다른 위상들을 소환하고 공성전에 대비해서 남은 병력을 동원할 수도 있었다.

너무나도 오랜 전쟁을 겪어 온 탓에, 참혹한 심연을 보자 알렉스트라자도 분노와 공포가 뒤섞인 감정을 느꼈다. 이리디크론이 전장으로 나서 위상들을 상대할 거라는 생각은 들지 않았다. 그를 막고 싶다면, 산속 깊은 곳까지 내려가 끌어내야 했다. 현신 하나가 다섯 위상을 상대할 수는 없었지만, 알렉스트라자는 돌비늘이 그 오랜 시간 동안 빈둥거리고만 있지는 않았을 거라고 생각했다.

위상들이 현신을 금고에 가둔 것처럼, 이리디크론은 그 끔찍한 산 아래에 위상들을 가두려 할 것이 분명했다.

넬타리온이 그녀 곁에 내려앉아 산을 찬찬히 살펴봤다.

"오래전부터 참혹한 심연을 직접 보고 싶었소."

그는 말했다.

"어둠비늘은 이곳의 굴이 쉬지 않고 움직여서 요새 전체가 끝없이 변화하는 미궁이라고 하더군. 이 심연 속에서 우린 선한 용들을 많이 잃었소."

알렉스트라자는 침착하게 숨을 내쉬었다.

"움직이는 굴에 대응할 방법은 찾아 뒀겠지?"

"이리디크론의 굴에 녹아내린 돌을 채우거나, 대지를 갈라 머리 위로 산을 떨어뜨리고 싶은데."

대지의 수호자가 날개를 살짝 움직이자 갑주에서 삐걱거리는 소리가 울렸다.

"하지만 그대가 그런 계획을 허락하진 않겠지?"

"이리디크론을 붙잡거나 처치했다는 증거가 필요하오."

알렉스트라자가 말했다

"그자가 달아나서 더 큰 세력을 이끌고 혈족의 터에 다시 전쟁을 불러오게 할 수는 없소."

"그렇다면 우리가 직접 아래로 내려가야 하오."

넬타리온이 고개를 약간 기울이며 말했다.

"일단 내부로 진입하면 검은 용군단이 통로를 확보하겠지만…… 이리디크론의 요새에서 우리 돌의 수호물이 얼마나 효과가 있을지는 모르겠소."

"그의 소굴 위치를 알고 있소? 알렉스트라자는 봉우리들을 훑어보며 물었다.

"혹시 그곳도 움직이는 거요?"

"우리가 알기로는 통로만이 움직이는 것 같소. 하지만 어둠비늘 중에서 이리디크론의 전쟁동굴에 들어가 본 자는 없소."

"좋소."

그녀가 대답했다.

"발드라켄에서 다른 위상들을 소환합시다. 그들이 도착하면 전쟁 의회를 열어서 돌비늘을 어떻게 처리할지 결정하겠소."

넬타리온은 경계를 세우고 차원문을 준비하라는 명령을 내리고 떠났다. 알렉스트라자는 산마루에 홀로 서서 그림자가 산봉우리 사이의 공간을 채울 때까지 참혹한 심연에서 시선을 떼지 못했다. 이 순간을 얼마나 오랫동안 기다려 왔던가? 의기양양한 기쁨을, 승리의 환희를 느껴야 했지만, 이리디크론의 소굴에 가까이 다가갈수록 비라노스가 알렉스트라자에게 했던 마지막 말이 용의 여왕을 괴롭혔다.

왜 내게 한 약속을 지키지 않았어? 비라노스의 말이 알렉스트라자의 기억 속에서 메아리치며 그녀의 심장을 갉아 먹고, 그 자리에 차가운 공허를 남겨 놓았다. *왜 수호자들과의 약속만 그렇게 중요했던 거야?*

그 말이 아프게 그녀를 찔렀다. 그래도 용의 여왕이자 생명의 어머니, 붉은 위상인 알렉스트라자가 아픈 건 아니었다. 그쪽 알렉스트라자는 위태로운 상황에 놓인 아제로스를 지키기 위해 티탄과 맺은 서약을 우선해야 하는 이유를 충분히 이해했다. 하지만 한명의 용이자, 어머니, 누이, 친구인 알렉스트라자는 가장 오랜 친구를 배신한 고통과 후회에 짓눌린 채, 영혼 가장 깊은 곳에서 애처롭게 흐느꼈다. 지금 알렉스트라자가 원하는 건 이 전쟁을 끝내고 그 공포를 바위 아래에 영원히 묻어 버리는 것뿐이었다. 지금까지 일어난 모든 일에 대해 사과할 수는 없었지만, 비라노스의 얼어붙은 심장을 녹일 기회가 없었다는 사실이 후회스러웠다. 게다가 그녀는 과거의 실수를 반복하지 않겠다고, 더 많이 듣고 감추지 않겠다고 맹세했다.

펄럭거리는 날개 소리에 알렉스트라자는 뒤를 돌아봤다. 사리스트라즈가 그녀 뒤쪽에 내려앉아 고개를 숙였다.

"방해해서 죄송합니다, 여왕님. 다른 위상들이 도착했습니다."

"바로 가겠다."

알렉스트라자는 그렇게 대답하고 어둠에 잠기는 산으로부터 돌아섰다. 태양이 다시 떠오르기 전에 용군단은 전쟁을 준비할 것이다.

사리스트라즈는 알렉스트라자를 이끌고 산비탈을 급하게 파내 만든 둥지로 향했다. 그곳으로부터 남쪽 산마루 근처의 버려진 동굴들로 길이 이어졌다. 바깥쪽에선 푸른 용들이 커다랗게 반짝이는 보호막을 유지하고 있었다. 바크스로스로 통하는 차원문을 통해 혈족의 터로부터 수백 명의 새로운 용들이 합류했다. 청동 용들은 야영지 주위에 시간의 마법을 엮어 적들의 기습을 차단했다. 붉은 용들은 용기병을 집결시키고, 검은 용군단은 야영지를 건설하고 녹색 용들과 함께 포대를 구축했다.

알렉스트라자는 회색 바위를 깎아 만든 둥지를 향해 날아들어 입구 앞에 착륙했다. 공기가 조금 더 따뜻했다. 중앙의 커다란 방에서 넬타리온과 다른 위상들이 용의 벌판과 참혹한 심연이 표시된 돌 지도 주위에 모여 있었다. 동굴을 가득 채운 청지기와 비행지도자들이 용의 여왕을 향해 고개 숙여 인사했다. 간이 화로에서 타오르는 불길에 그들의 비늘이 빛났다.

"오늘 여기 함께한 모두를 환영하겠소."

알렉스트라자는 다른 위상들을 둘러보고 지도의 상석에 자리를 잡았다. 그녀는 이세라와 지친 미소를 교환한 후 말리고스와 노즈도르무를 향해 고개를 끄덕였다. 그녀는 먼저 넬타리온을 바라보며 말했다.

"우리가 같은 전선에서 함께 싸운지도 너무 오랜 시간이 흘렀군. 내일이면 우리는 우리 용군단을 조각내고, 고향을 파괴하고, 신성한 서약을 깨뜨리려 했던 전쟁을 종식시킬 것이오."

여왕의 말과 함께 환호성과 외침, 포효가 울려 퍼졌다. 모두의 응원이 고마웠지만, 용의 여왕은 날개를 들어 모두를 조용히 시켰다.

“이리디크론의 병력은 몇 달 째 도망치고 있소.”

알렉스트라자는 아래쪽 대장정 지도를 향해 시선을 돌리고 발톱으로 가리켰다. 여왕은 전쟁인도자 라바와 옥소리아의 말을 요새로 옮겼다.

“원시술사들의 수가 아무리 많다고 해도 다섯 위상과 용군단에 맞설 수는 없소. 이리디크론도 그 사실을 알고 있으니, 진짜 전투는 참혹한 심연의 심연에서 치러질 것이오.”

알렉스트라자는 돌비늘의 말을 성채에 놓았다. 말 아래의 돌이 떨리는 것만 같았다.

말리고스가 생각에 잠겨 목에서 흥얼거리는 소리를 냈다.

“이리디크론이 아예 참혹한 심연에 없는 건 아닐까 두렵군. 이리디크론이 산을 붕괴시킬 수도 있는 상황에서 그냥 안쪽으로 들어갈 수는 없소.”

“참혹한 심연이 함정이라는 것만큼은 분명하오.”

알렉스트라자는 위상들의 빛나는 말을 남쪽 산마루로 옮겼다.

“하지만 이 전쟁을 정말로 끝내려면 반드시 이리디크론을 붙잡아야 하오.”

“나도 알렉스트라자와 같은 생각이오.”

넬타리온이 말했다.

“이리디크론은 참혹한 심연을 떠나지 않을 것이오. 그는 매우 교활하지만, 자기가 전장에서 가장 뛰어난 전략가라고 자부하고 있소. 다른 자들과 마찬가지로, 그런 오만이 몰락의 시발점이 될 거요.”

대지의 수호자는 발톱을 흑요석 성채에서 고룡쉼터 사원으로 가져가며 말했다.

“용의 벌판에서 원시술사들은 불규칙적인 전술을 활용하여 우리 접근을 저지하려고만 했소. 최근 우리는 더 빠른 속도로 영토를 수복하고 있소. 아무래도 돌비늘이 우릴 맞이할 준비를 마쳤기 때문에 우리가 이렇게 빨리 그의 요새에 접근할 수 있었던 것 같소.”

“그가 어떤 계획을 세워 두었을지 짐작 가는 거라도 있소?”

이세라가 노즈도르무를 향해 물었다.

청동 위상은 고개를 가로저었다.

"참혹한 심연의 통로는 광대하고 끊임없이 움직이오. 길이 어떻게 변할지 알 수조차 없소. 시간의 길에서 내가 볼 수 있는 건, 세계의 심장에 있는 흔들리는 돌의 방 안에 선 이리디크론뿐이오."

"재미있군."

말리고스가 대답했다.

알렉스트라자는 용군단과 용기병의 말을 지도 반대편으로 움직였다.

"놈이 우릴 지하에 가두지는 못할 것이오. 여기에 차원문의 방을 만듭시다."

그녀는 지금 그들이 있는 둥지를 두드렸다.

"그리고 이곳을 지킬 용들을 남겨 둡시다."

"그러면 푸른 용은 대피할 수 있겠지만, 다른 용군단은 어떻게 할 생각이오?"

말리고스는 앞발톱으로 턱을 문지르며 물었다.

"모든 부대에 푸른 용을 포함시킬 수도 있겠지만, 인원이 나뉘거나 마법사가 사망했을 경우의 비상 대책을 마련해 두어야 하오."

"사전에 지정된 장소로 돌아가게 해주는 마법을 돌이나 비늘에 부여할 수 없겠소?"

알렉스트라자가 물었다.

"가능할 것 같소."

말리고스가 눈을 가늘게 뜨고 지도 위 병력의 수를 세며 말했다.

"하지만 아침까지 모두에게 돌아갈 수량을 만들어 낼 수는 없을 거요. 시산즈와 서리비늘을 제외한다고 해도 이미 일천 명 이상의 용이 여기 있으니까."

"참혹한 심연에 일천 명의 용을 데려가지는 않을 거요."

알렉스트라자는 위상들의 말을 북쪽의 요새로 옮기며 말했다.

"우리와 함께 아래로 내려가는 건 백 명이 넘지 않아야 하오."

“참혹한 심연에 병력을 투입하지 않을 생각이오?”

말리고스가 넬타리온을 흘긋 바라보며 물었다.

“그게 현명한 생각일 것 같소?”

대지의 수호자는 고개를 살짝 기울였다.

“우리는 적의 수를 면밀히 검토했소. 이리디크론은 내일 전장에 모든 병력을 내보내 우리와 맞설 거요. 우리가 요새로 내려가기 전에 최대한 병력을 소모시킬 생각이겠지.”

“우린 아군 병력 다수를 동원해서 전쟁인도자 라바의 전선을 파괴하고, 시산즈가 북쪽에서 공격할 거요.”

알렉스트라자는 얼어붙은 송곳니에서 시산즈의 말을 내려놓았다. 말이 돌지도를 긁으며 움직였다.

“원시술사들이 혼란에 빠지면, 서리비늘이 그들을 분산시켜 벌판으로 보낼 거요. 우리 용군단은 요새 외곽을 확보하고, 각각의 위상은 선발 부대와 함께 안쪽으로 진입해야 하오.”

이세라가 긴장한 듯 자세를 바꿨다.

“다 좋은데, 끝없는 지하 미로 안에서 돌비늘을 어떻게 찾아야 하겠소? 가뜩이나 찾기 어려운 상대인데, 통로까지 계속 움직인다고 하지 않았소.”

“지진을 따라가야 하오.”

넬타리온이 말했다.

“검은 용군단이 동굴의 바위를 따라 움직이는 지진파를 측량해서 그의 위치를 찾아낼 수 있을 것 같소.”

“이건 미친 짓이오.”

말리고스가 앞발톱으로 관자놀이를 누르며 말했다.

“용군단의 모든 비늘장이를 동원해서 산맥 전체를 붕괴시킬 수는 없겠소, 넬타리온?”

대지의 수호자는 그 생각에 싱긋 미소를 지었지만, 그가 미처 대답하기 전에 알렉스트라자가 목소리를 높였다.

"안 되오. 그에게 달아날 기회를 줄 순 없소. 돌비늘 이리디크론은 우리 용족에게 저지른 수많은 악행의 대가로 현신의 금고에 수감되어야 하오. 내가 온 힘을 다해서 반드시 그렇게 하겠소."

집결한 용들이 작은 목소리로 알렉스트라자의 마지막 말을 반복했고, 그 목소리가 결의에 찬 합창으로 동굴을 가득 채웠다.

"여왕님."

누군가 말했다. 알렉스트라자가 고개를 들었다. 어둠비늘의 지도자인 에그니온이 앞으로 나섰다.

"의회가 개최되기 직전에 고룡쉼터 사원에서 소식이 들어왔습니다. 아무래도 이번 문제와 관련이 있을 것 같습니다."

모두가 비늘을 번득이며 고개를 돌려 에그니온을 바라봤고, 동굴 전체에 침묵이 내려앉았다.

"말해 봐라, 에그니온."

알렉스트라자는 어깨를 펴며 말했다.

비행지도자는 깊이 숨을 들이쉬었다.

"지난 며칠 사이, 서른 명 이상의 용과 비룡들이 고룡쉼터 사원 주위를 정찰하던 도중에 납치되었습니다. 저희 어둠비늘은 자라딘과 원시술사 동조자들의 연합 세력이 납치된 희생자들을 참혹한 심연의 지하에서 옮기고 있는 것이라 추측합니다."

알렉스트라자가 눈을 가늘게 떴다. 가슴 속에서 분노의 불길이 피어올랐다.

"이리디크론이 자라딘과 협력하고 있다고?"

그녀가 쉬익 소리와 함께 물었다.

"용학살자들과?"

"돌비늘이 포로들을 어떻게 하려는 거요?"

이세라는 그렇게 물으며 넬타리온과 알렉스트라자를 번갈아 바라봤다.

"혹시 죽이려는 것 같소?"

"이리디크론은 그들을 방패로 이용하려는 게 분명하오."

넬타리온은 발톱으로 바닥을 두드리며 말했다.

"참혹한 심연 내부에 전쟁 포로를 가둬 둔다면, 검은 용군단이 요새 전체를 붕괴시키려 해도 알렉스트라자가 절대 허락하지 않으리라는 걸 아는 거겠지."

"그것만큼은 틀리지 않았군."

알렉스트라자가 이를 악물고 말했다. 아무리 오늘의 전투에서 승리할 수 있다고 해도, 무고한 생명을 희생시키면서까지 참혹한 심연을 붕괴시켜 이리디크론을 묻어 버릴 수는 없었다.

"어둠비늘이 우리 가족이 붙잡힌 곳을 찾아낼 수는 없겠소?"

그녀는 에그니온에게서 넬타리온에게로 시선을 돌렸다.

"최선을 다해 찾아보겠소."

대지의 수호자는 대답했다.

"좋소."

알렉스트라자는 푸른 위상을 향해 고개를 돌렸다.

"말리고스, 차원문의 방을 만들고 방어하는 일은 그대에게 맡겨도 되겠소?"

"물론이오."

그는 고개를 끄덕이며 말했다.

용의 여왕이 뜨거운 숨결을 내쉬며 지도를 바라봤다.

"좋소. 이 소식이 우리 전략에 영향을 줄 수는 있지만, 그렇다고 전략이 바뀌지는 않소. 전투를 준비하시오. 여명과 함께 공격할 테니."

* * *

시간이 늦어졌음에도 알렉스트라자는 잠들지 못하고 넬타리온과 함께 커다란 동굴 안에 머물렀다. 그녀는 혼잣말을 하며 앞뒤로 서성였고, 대지의 수호자는 전쟁 지도 옆에 느긋하게 앉았다. 바닥을 톡톡 두드리고 있는 꼬리만이 그가 다가오는 전투에 여왕만큼이나 긴장하고 있음을 드러냈다. 다른 위상들은 이미 몇 시간 전에 처소로 물러났다. 이세라는 알렉스트라자의 눈에 꿈의 가루를 뿌려 주겠다고 했지만, 용의 여왕은 거절했다.

오늘 밤에는 수많은 걱정거리가 굶주린 새들처럼 그녀의 정신을 쪼아댔다. 그녀는 전장에서 미지의 상대와 마주하는 일에는 익숙하지 않았다. 용의 벌판과 해안에서 싸울 때는 언제나 적들이 어떻게 싸우는지 볼 수 있었지만, 내일은 가장 용맹한 최고의 전사들을 참혹한 심연의 알 수 없는 어둠으로 보내야 했다. 넬타리온의 어둠비늘조차 그곳의 굴에 어떤 위험이 도사리고 있을지, 그리고 용군단의 실종된 구성원들이 어디에 숨겨져 있는지 알지 못했다.

알렉스트라자는 무엇보다 자신과 넬타리온이 돌비늘의 계획에서 아주 중요한 요소를 예측하지 못했을까 봐 두려웠다. 원시술사들이 연합한 다섯 위상의 힘에 맞설 수는 없었다. 하지만 산기슭에 주둔한 전쟁인도자 라바의 병력은 내일 용군단의 분노에 맞서는 일은 생각조차 하지 않는다는 듯 잠들어 있었다. 옥소리아의 혈족은 산맥 곳곳에 흩어진 둥지 속으로 사라졌고, 이리디크론의 마지막 바위격노자 부대의 지휘관인 비렉은 산 중턱의 고지를 차지했다.

원시술사들은 두 가지 측면에서 유리했다. 병력이 많고, 여기가 자신들의 본진이라는 점이었다. 시산즈의 서리비늘이 전투에 합류하면, 원시술사들의 힘은 줄어들 것이다.

이리디크론은 자기 병력을 장기짝이라고 생각하겠지만, 알렉스트라자는 그가 원시술사들에게 유리한 점을 하나 더 숨겨 두었을 거라고 확신했다. *대체 뭘까?* 그녀는 생각했다. 돌비늘은 최후의 저항을 위해 어떤 공포를 감춰

두었을까? 넬타리온조차 내일 무엇이 위상들을 기다리고 있을지 짐작하지 못했다.

대지의 수호자는 이리디크론의 말을 발톱 사이에서 빙빙 돌리며, 서서히 가루로 만들었다.

"계속 그러다가는 바닥이 다 닳아 없어지겠소, 여왕."

그는 서성이는 알렉스트라자에게 말했다.

"그렇게 걱정하는 모습은 당신답지 않소."

"모든 걸 머릿속으로 검토할 수밖에 없소."

알렉스트라자가 백여 번째로 넬타리온의 곁을 스치며 말했다.

"그대 말이 옳은 것 같소. 전장 중앙에 심장 수호대를 보내는 것이 제일 나을 것 같소. 무쇠비늘보다 체력과 장비가 우수한 만큼 라바의 전략에도 더 잘 대응할 수 있겠지."

발 아래의 지면이 우르릉거리며 진동해서 용의 여왕이 잠시 말을 멈췄다. 그녀는 눈살을 찌푸리며 넬타리온의 반응을 살폈다. 대지의 수호자는 눈을 감고 머리를 기울여 대지 깊은 곳의 신음에 귀를 기울이고 있었다. 그는 알 수 없는 표정으로 한 번, 다시 한 번 숨을 쉬었다.

그리고 앞발에 든 이리디크론의 말을 짓이겼다. 넬타리온은 벌떡 일어서며 말했다.

"이리디크론이 참혹한 심연과 그 옆의 봉우리에서 화산 폭발을 일으키려 하고 있소. 지금 *당장* 모두를 깨워야 하오! 우린 지금 공격받고 있소—"

바위의 포효가 밤을 갈랐다. 동굴 전체가 뒤흔들리고 바닥이 갈라져 하마터면 바닥에 나뒹굴 뻔했다. 넬타리온은 발톱을 바위에 박고 버텼다. 대장정 탁자의 말들이 이리저리 흩어졌다. 화로가 흔들거리다 쓰러지고, 불꽃이 이리저리 흩어졌다. 경고 나팔 소리가 주위를 가득 채웠다. 두 위상은 함께 밖으로 달려나간 후 하늘로 날아올랐다.

계곡 반대쪽에서 참혹한 심연이 거대한 불덩어리와 재구름을 하늘로 뱉어

냈다. 정상에서 벌어진 상처에서 흘러나온 용암이 산비탈을 따라 쏟아져 내렸다. 두 번째 봉우리가 폭발하고, 다시 세 번째도 폭발했다. 충격에 대기가 뒤흔들리고, 전장 전체가 주황색 빛으로 물들었다. 그 빛에 전장 위로 밀려드는 원시술사들의 모습이 검은 실루엣으로만 보였다.

알렉스트라자는 고개를 뒤로 젖히고 하늘을 향해 포효했다. 길고 위엄 있는 포효가 용군단에게 전투를 알렸다. 그녀의 목소리가 계곡을 가득 채우고 용의 여왕의 적들에게 경고하고 도전했다.

갑주를 착용하고 잠을 청했던 무쇠비늘이 가장 먼저 부름에 응했다. 백오십 명의 검은 용이 하늘로 날아오르고, 가리온은 대지의 수호자의 갑주를 주인에게 가져왔다.

"우리가 계곡을 지키겠소."

넬타리온이 흉갑을 착용하며 말했다.

"가능한 한 빨리 오시오."

"백오십 명의 인원으로?"

알렉스트라자가 휘둥그레진 눈으로 말했다.

"상대는 거의 이천 명이잖소?"

"삼 분을 주겠소. 노즈도르무가 적의 속도를 늦춰 준다면 오 분까진 되겠군."

넬타리온이 짓궂은 미소를 지으며 말한 후 무쇠비늘을 향해 짧게 세 번 울부짖었다. 부하들은 산으로 강하하여 정상에서 납작한 바위를 뜯어냈다.

"서두르시오."

* * *

자라딘은 라일라스트라자의 우리를 이리디크론의 요새 깊은 곳으로 옮기고, 그녀를 묶은 사슬을 부서지지 않을 굵은 돌기둥에 감았다. 워낙 어두운 곳이라 라일라스트라자에게는 주위의 광대한 동굴조차 제대로 보이지 않았다. 천장의 바위 송곳니에서 물이 한 방울씩 떨어져 비늘을 두드렸다. 공기는 습하고 진흙 냄새를 풍겼다. 자라딘의 횃불과 어둠 속에서 자라는 커다랗고 역겨운 인광성 버섯만이 빛을 비춰 주었다.

아티라누스와 라이고스는 손이 닿을 만큼 가까운 곳에 사슬로 묶여 있었다. 청동 용군단의 도쿨도르무와 함께 라일라스트라자가 루비 생명의 웅덩이에서 함께 일했던 붉은 비룡 엘리스트라자도 벽에 묶여 있었다. 다른 용들은 의식을 잃고 움직이지 않았다. 아티라누스만이 온몸을 덜덜 떨면서 걱정스러운 표정으로 그림자를 바라봤다.

여기로 끌려오기 전에, 라일라스트라자는 자라딘이 스무 명 이상의 다른 용들을 다른 통로로 데려가는 걸 보았다. 용들은 포획자와 싸우거나, 덜덜 떨거나, 흐느끼며 어둠 속으로 사라졌다.

자라딘은 용들이 어떻게 될 것인지 아무 말도 하지 않았다. 라일라스트라자는 붙잡힌 후 시간이 얼마나 지났는지도 짐작할 수 없었다. 배 속에서 꼬르륵거리는 소리를 보면 적어도 하루는 지난 것 같았지만, 태양을 볼 수 없으니 확실하게 알 방법이 없었다.

라일라스트라자는 목숨이 붙어 있는 한 절대 탈린스트라즈를 용서하지 않을 것이다. 어떻게 그녀를 자라딘처럼 악몽 같은 적들의 손에 죽어가도록 내버려둘 수 있단 말인가? 탈린스트라자도 그녀와 아이메스트라즈가 비늘파괴자 성채에 대한 공격을 이끌고 이기라의 병력에 궤멸적인 타격을 주었다는 걸 분명히 알고 있을 것이다. 만약 자라딘 중 하나가 라일라스트라자를 알아보기라도 하면, 돌비늘의 계획과 관계없이 그녀를 죽이고 말 것이다.

우르릉 소리와 함께 바닥이 떨렸다. 아티라누스가 고개를 들었다.

"무슨 소리지?"

그가 물었다.

"그냥 지진이야."

그녀가 부드러운 목소리로 말했다.

그 말이 입을 떠나기도 전에, 바닥이 강하게 튀어 오르며 라일라스트라자를 뒤쪽 벽에 거꾸로 내동댕이쳤다. 동굴 전체가 뒤흔들리고 신음했다. 라일라스트라자는 바닥에 납작 엎드려 좌우를 살폈고, 아티라누스는 날개에 얼굴을 묻었다. 공기가 유황과 연기 냄새로 가득 찼다. 모래가 천장에서 줄줄이 떨어져 내렸다. 벽의 갈라진 틈에서 용암이 새어 나왔다. 자라딘은 서로에게 소리쳐 명령을 내렸지만, 산의 분노 때문에 알아들을 수가 없었다.

"대체 무슨 일이야?"

아티라누스가 대지의 미친 듯한 울부짖음을 뚫고 비명을 질렀다.

"나-나도 모르겠어."

라일라스트라자가 대답했다.

"화산이 폭발한 건지도 몰라."

"검은 용군단 때문일 수도 있어."

그는 외쳤다.

"산을 무너뜨리려 하는 건지도 모른다고! 이리디크론이 여기 있지? 그자와 함께 우리까지 죽여 버리려는 거야-"

"아니, 아니야."

그녀가 고개를 가로저었다.

"이 산에 용들이 갇혀 있는 동안에는 절대 그러지 않을 거야."

아티라누스가 고개를 들고 얕은 숨을 내쉬었다. 공황 상태였다.

"위상들은 우리가 사라진 것도 모를 수 있어, 라일라-"

종유석이 분리되어 근처에 떨어지는 바람에 둘 다 깜짝 놀랐다. 라일라스트라자는 급히 얼굴을 돌렸고, 파편이 비늘에 박혔다. 녹색 비룡이 낑낑거렸다.

"누군가 알아챘을 거야."

그녀가 말했다.

"누구든 얘기했을 거라고! 용의 여왕님을 믿어야 해. 여왕님은 우리 이름도 알고 계셔, 아티라누스. 이렇게 위태로운 상황에 우릴 버리진 않으실 거야."

하지만 요새는 흔들리고, 흔들리고, 또 흔들렸다. 라일라스트라자도 아티라누스 말이 옳은지도 모른다고, 산이 그들을 산 채로 삼켜 버릴지도 모른다고 생각했다. 사슬에 묶은 채로 희망을 찾는 건 쉬운 일이 아니었지만, 붉은 비룡은 희미한 루비의 빛을 내뿜어 그림자라도 뒤로 밀어냈다.

오늘 죽어야 하더라도, 어둠 속에서 죽지는 않을 것이다. 라일라스트라자는 몸을 가능한 한 작게 웅크리며 용기를 내려고 했다. 이리디크론의 산이 분노한다는 건 위상들이 공세를 취했다는 의미일 것이다. 그래도 몇 시간 동안 진동이 계속되자, 붉은 비룡도 절망의 문턱까지 내몰렸다.

어둠 속에서 흐릿한 빛이 반짝이면서 라일라스트라자의 시선을 근처 흐름석 장막으로 이끌었다. 그녀는 고개를 들었다. 그림자가 움직였다. 붉은 비룡은 으르렁거리며 일어선 후, 발가락을 넓게 벌려 흔들리는 땅 위에서 버텼다.

"거기 누구야?"

그녀는 날개 스무 개 거리만큼 떨어진 곳에서 어슬렁거리고 있는 자라딘 감시자를 곁눈질로 보며 속삭였다. 반 거인이 용들을 거대한 돌기둥에 사슬로 묶어 두었는데…… 마침 바로 그 기둥이 감시자들의 시야를 차단했다.

지글거리는 비전 불꽃과 함께 푸른 용이 나타나 예리하고 지혜로운 눈으로 라일라스트라자를 바라봤다. 라일라스트라자는 숨이 턱 막히는 걸 느꼈다. 푸른 비룡이 발톱 하나를 입 앞에 붙였다.

"시리고사?"

붉은 비룡이 가슴 속에 희미한 희망의 불씨가 깜빡이는 걸 느끼며 속삭였다.

"여-여기서 뭘 하는 거야?"

"너랑 우리 불운한 비룡들을 참혹한 심연에서 구출하려는 거지."

시리고사는 그렇게 말하며 옆걸음으로 다가왔다.

"지금 잠들어 있는 용들은 어떻게 할 수가 없어. 용의 여왕님이 이리디크론을 제압하는 데 성공해야 구할 수 있을 거야."

"내 오라비는 어디 있는지 알아?"

라일라스트라자가 물었다.

"지금 이 요새에 있어?"

시리고사는 고개를 갸웃거렸다.

"그렇겠지. 용의 여왕님이 비라노스를 물리친 후 탈린스트라즈는 이리디크론의 꼬마 심부름꾼이 됐잖아."

푸른 비룡이 라일라스트라자의 목줄을 두드리고 발톱을 활짝 벌렸다. 자물쇠가 스르륵 열렸다. 라일라스트라자는 다시 은밀하게 자라딘을 바라보며 목줄을 벗고 처음으로 편안하게 숨을 들이쉬었다.

"아주 유용한 주문이네."

붉은 비룡이 속삭였다.

시리고사는 얼굴을 찌푸렸다.

"난 나쁜 주문들도 꽤 많이 알아……. 다행인지 불행인지는 모르겠지만."

이제 라이고스와 아티라누스도 깨어났다. 시리고사는 두 용의 목줄도 풀어 주었다.

그들은 함께 근처의 어두운 구석으로 미끄러져 들어갔다. 시리고사가 위상들의 야영지로 통하는 차원문을 열었다. 라이고스와 아티라누스는 푸른 비룡에게 감사하며 차원문으로 들어섰지만, 라일라스트라자는 주저했다.

"탈린이 아직 여기 있다면 그냥 돌아갈 순 없어."

그녀가 속삭였다.

"한 번 더 만나 봐야겠어. 다시는 기회가 없을지도 모르잖아."

"정말 그러고 싶으면 날 따라와."

푸른 비룡이 말했다.

"하지만 내가 말하는 대로만 해야 돼. 참혹한 심연은 정말 끔찍한 곳이고, 우리 둘 다 죽는 일만큼은 피하고 싶으니까."

"약속할게."

붉은 비룡이 말했다.

"좋아."

시리고사가 대답했다.

"서두르자. 풀어줘야 할 용이 아직 많아."

* * *

참혹한 심연 위 하늘이 불타오르고, 알렉스트라자가 높이 도약했다. 푸른 용군단의 지원이 있었지만, 넬타리온과 무쇠비늘은 원시술사들의 공습을 그리 오래 막아내진 못했다. 최전선이 바위격노자들의 압박에 무너졌다.

"심장 수호대, 나를 따르라!"

알렉스트라자가 외쳤다. 부대는 거친 포효로 응답하고, 진홍색 날개로 하늘을 채웠다. 그들 아래쪽에서 이세라의 신록의 보존자들이 최전선의 공격 및 방어를 지원할 준비를 마치고 날아올랐다. 노즈도르무의 시간의 수호자들도 이미 전장에 뛰어들었다. 그들은 대형을 이뤄 적들을 감속시키고, 아래쪽에서의 공격에 대비해서 붉은 용군단과 검은 용군단을 보호했다. 청동 용군단의 시간마법사들은 주문술사들에게 합류하여 원거리에서 지원하고, 흑마노 돌격대는 머리 위 높은 곳을 날아다니며 언제든 재의 구름을 뚫고 적들을 파괴할 준비를 했다.

용의 여왕은 전장을 향해 돌아서서 깊이 숨을 들이쉬며 가슴 속 불을 지폈다. 용군단은 수적으로 열세였지만 크게 불리하지는 않았다. 이리디크론도 북쪽으로부터의 지원을 차단하기 위해 기습 공격을 감행한 것이 분명했다. 상관없었다. 오늘 밤이면 원시술사들의 방어선을 무너뜨리고 모두를 용의 벌판으로 쫓아버릴 수 있을 것이다.

심장 수호대 비행지도자인 보이산즈와 이미스트라자가 각각 용의 여왕 오른쪽과 왼쪽에서 함께 날았다. 둘은 부대를 이끄는 여왕의 경호를 맡았다.

"신호해 주십시오, 여왕님."

보이산즈가 알렉스트라자를 향해 고개를 끄덕였다.

알렉스트라자가 송곳니를 드러냈다. 루비 불길의 촉수가 입술을 감쌌다. 그녀의 피가 뜨겁게 타오르고, 아드레날린이 혈관을 따라 질주했다. 그녀는 피락처럼 전투 그 자체를 좋아하지는 않았다. 그래도 전투를 앞두고 있으려니 온몸의 비늘을 따라 짜릿한 전율이 흘렀다.

날개를 거칠게 펄럭이며 그녀는 하늘 위로 높이 솟아올라 외쳤다.

"혈족의 터를 위하여! 발드라켄을 위하여!"

거대한 환호성이 뒤쪽에서 울려 퍼지고, 여왕은 세 번 포효했다. 두 번은 짧게, 또 한 번은 길게. 심장 수호대가 원시술사의 최전선에 강하하여 적을 제압할 거라고 무쇠비늘에게 전하는 경고였다. 전장에서 두 번째 포효가 메아리치며 알렉스트라자의 명령을 확인했다.

용의 여왕은 더 높이 올라갔고, 심장 수호대가 그 뒤를 따랐다. 공중에서 우아하게 몸을 돌린 후 그녀는 앞쪽으로 강하했고, 나선형으로 회전하여 연쇄적으로 몰아치는 번개를 피했다. 다음 순간 알렉스트라자는 무쇠비늘의 머리 위를 지나가 원시술사의 전선에 충돌했다.

이미스트라자가 날개를 접고 용의 여왕 아래로 내려가 여왕을 노리는 용암갈퀴 둘에게 불을 내뱉었다. 보이산즈가 알렉스트라자의 오른쪽에 있는 돌비늘 두 명에게 달려들어 갈가리 찢어 버렸다. 전투가 점점 더 잔혹해졌다. 알렉스트라자는 심장 수호대가 덮친 원시술사의 최전선에서 와지끈 소리와 함께 뼈가 부러지는 걸 느꼈다.

그녀는 숨을 깊이 들이쉬었다. 입에서 폭발하듯 뿜어져 나온 진홍색 불길이 넓은 부채꼴을 그리며 원시술사들을 밀어냈고, 붉은 용들은 전선을 재구축했다. 무쇠비늘이 물러났다. 멀리서 넬타리온이 소리쳤다.

"서쪽에서 공격해라! 어서 가!"

대형이 무너진 원시술사들이 거칠게 쇄도했다. 알렉스트라자는 옆으로 몸을 굴려 용암갈퀴의 공격을 피하며 발톱을 휘둘렀고, 적의 목 앞쪽을 베었다. 용암갈퀴는 쓰러졌다. 보이산즈는 포효하며 알렉스트라자 위쪽의 강풍타격자 두 명과 충돌해 뼈를 부러트렸다. 알렉스트라자는 본능적으로 위로 솟구쳐 나선을 그린 후, 으르렁거리며 공격자들을 덮쳐 베고, 찌르고, 물었다. 아무리 수가 많다고 해도, 원시술사가 위상을 꺾을 수는 없었다.

알렉스트라자는 살상 능력이 아무리 뛰어나다고 해도 그 행위를 즐기진 않았다. 전장에서 최후를 맞이한 용과 용기병, 타라세크 모두의 생명을 애도했다. 그녀는 비명이 바람에 실려 오는 게 싫었다. 고통이 주위를 채우는 게 싫었다. 하지만 무엇보다 더 큰 고통과 더 큰 적대감, 더 큰 아픔을 초래해야만 모든 걸 끝낼 수 있다는 사실이 싫었다.

하늘에서 떨어진 별들이 재의 구름을 뚫고 내려가 원시술사들을 강타했다. 정오의 태양처럼 밝게 빛나는 금빛 불줄기가 바람을 가르며 알렉스트라자를 스쳐 지나갔다. 밝은 달빛섬광의 빛줄기가 원시술사들의 비늘을 갈랐다. 이세라와 신록의 보존자들은 천상의 힘을 불러내 용의 여왕 휘하 부대의 공격을 지원했다.

검은 용군단은 남쪽으로 이동했고, 넬타리온과 무쇠비늘은 무방비 상태의 용암갈퀴 부대를 공격해서 포위하고 쓰러뜨리는 데 성공했다. 주문술사들은 점멸 마법으로 강풍타격자와 바람직공 위로 이동한 후 원시술사들에게 신비한 화살을 쏟아부었고, 청동 용들은 그 곁을 지나가며 적들의 반격을 지연시켰다. 흑마노 돌격대가 하늘에서 떨어져 탁월한 정확도로 최전선의 목표물을 타격했다.

북쪽에서는 노즈도르무와 시간마법사들이 레바리안과 대지 방벽의 후방에 방어선을 형성했다. 청동 용군단 시간의 수호자들은 레바리안과 함께 최전선에 서서 적들을 시간 팽창으로 방해하고 위상들의 북쪽 전선에 지속적인 치유를 제공했다.

용의 여왕은 그들 모두와 그들이 이뤄낸 것들을 보며 경외심을 느꼈다. 비라노스의 군단도 절정의 시기에 이토록 조화로운 모습을 보여주진 못했다.

오늘 용군단이 무너지게 하지는 않을 것이다. 그들은 너무 오랫동안 너무 치열하게 싸웠고, 이제 와서 그토록 많은 이들을 실망시킬 수는 없었다.

* * *

알렉스트라자는 공중에서 몸을 뒤틀어 꼬리로 바위격노자 두 명을 쳐냈다. 분명 위험한 상황이었음에도 원시술사들은 때지어 몰려들었고, 압도적인 수를 이용해서 최전선을 압도하려 했다. 용의 여왕은 싸우면서 루비의 빛 오라를 방출하여 아군에게 용기와 힘을 주고, 모두를 치유했다. 용군단은 서서히 원시술사들을 참혹한 심연으로 밀어내기 시작했다. 원시용들은 다섯 용군단 모두의 분노를 감당할 수가 없었고, 특히 전장에 현신의 힘이 없는 상황에서는 위상의 상대조차 되지 않았다.

참혹한 심연과 그 주변의 봉우리가 끊임없이 우르릉거리는 것을 보며, 알렉스트라자는 이리디크론이 전투를 지켜보고 있다고 확신했다. 화산에서 쏟아진 호흡이 불가능한 짙은 잿더미로 하늘이 가득 차서 별빛이 사라졌다. 전장이 점점 더 피투성이가 되어도 돌비늘은 전장으로 나서지 않았다.

겁쟁이 같으니! 알렉스트라자는 용암갈퀴 하나를 쓰러뜨리며 생각했다.

집단적인 슬픔이 표출된 듯 고통스러운 비명의 화음이 산맥을 가로질렀다. 알렉스트라자는 서쪽을 바라봤다. 번개의 섬광 속에서 넬타리온은 대모 옥소리아를 발톱으로 붙잡고 있었다. 그리고 날카롭게 머리를 돌려 목을 부러뜨렸다.

넬타리온이 사체를 떨어뜨리자 옥소리아의 아이들은 고통스러운 비명을 지르며 검은 위상을 향해 달려들었다. 그는 날개의 폭풍 속으로 사라졌다.

"넬타리온!"

알렉스트라자가 외쳤다. 원시술사들은 그녀의 주의가 흐트러진 순간을 놓치지 않고 쇄도하여 여왕을 포위했다. 용의 여왕은 으르렁거리며 원시술사들에게 달려들었고, 뿔을 앞세워 강풍타격자를 들이받았다. 적의 두개골이 부서지는 소리가 그녀의 등뼈까지 함께 울렸다. 보이산즈가 두 번째 원시용을 그녀의 등에서 뜯어냈고, 세 번째 용은 발톱을 어깨 방어구에 걸고 날개의 발톱으로 여왕의 목을 찌르려 했다. 알렉스트라자는 몸을 옆으로 회전하여 원시용을 떨어뜨렸고, 이미스트라자가 그 용을 붙잡아 목을 찢었다. 잘린 기도에서 부글거리는 소리에 알렉스트라자는 속이 뒤틀렸다.

용의 여왕은 최전선에 우글거리는 적들 때문에 넬타리온을 볼 수 없었다. 이번에는 남서쪽 산마루에서 또 다른 봉우리가 폭발하며 쾅 소리가 대지를 울렸다. 남쪽 방향에서 불의 분수가 솟아오르며 거대한 바윗덩어리들을 공중으로 내던졌다. 바위는 무쇠비늘의 병력을 꿰뚫어 날개를 찢고, 뼈를 부러뜨리고, 거의 스무 명 가까운 용들을 하늘에서 떨어뜨렸다. 그 생명의 불길이 꺼지는 걸 보며 용의 여왕은 비명을 질렀다.

알렉스트라자의 오른쪽에 있는 산마루가 다음으로 부서지며 다시 수많은 바위를 허공에 뿜어냈다. 하지만 노즈도르무는 빠르게 대처했다. 아니, 어쩌면 그냥 시간을 조작한 건지도 몰랐다. 아른거리는 모래 구름이 용군단 북쪽에서 소용돌이치며, 바윗덩어리들의 움직임을 멈췄다. 시간의 지배자는 거칠게 포효하며 발톱 주위에 금빛 띠를 엮은 후 팽팽하게 당겼다. 공중에 떠올랐던 바위들이 산맥으로 돌아가 봉우리를 새롭게 만들어 냈다. 금빛 모래가 산마루 표면을 따라 반짝이며 돌비늘의 격노를 차단했다.

서쪽에서는 말리고스가 최전선으로 쇄도했다. 그는 아른거리는 비전 보호막을 연이어 세우며 약화된 무쇠비늘들을 원시술사들의 공습으로부터 보호했다. 붉은 용의 전선 뒤쪽에서 이세라는 치유사들을 남쪽으로 옮겼다.

여전히 대지의 수호자는 돌아오지 않았다. 용의 여왕의 가슴에서 당혹감이 커졌고, 하늘에서 내려온 흑마노 돌격대가 원시술사의 영토 안쪽 깊은 곳으로 떨어지는 걸 보며 더더욱 불안해졌다. *넬타리온은 어떻게 적 전선 뒤쪽으로 저렇게 멀리까지 들어간 거지?* 말리고스가 돌격대를 지원하라는 명령을 외치기 시작하자, 주문비늘 부대 전체가 점멸 마법으로 사라졌다.

"보이산즈, 경비대를 이끌어라!"

알렉스트라자가 말했다. 비행지도자는 고개를 끄덕였고, 전장 위쪽으로 올라간 용의 여왕 자리를 대신했다. 알렉스트라자는 크리스탈스트라즈와 루비 불꽃인도자 곁에 머무르면서, 너무 뒤로 쳐져서 이세라 및 녹색 용들과 함께하지 않도록 조심했다.

북쪽에서 남쪽까지, 원시술사들이 전선을 따라 돌진하며 끝없는 파상 공세를 펼쳤다. 주위의 화산에서는 계속해서 용암이 솟구치며 계곡 전체를 지옥 같은 주황색으로 물들였다. 산마루 아래로 지진이 빠르게 지나가며 위상들의 측방을 향해 계속 바위를 쏘아 올렸다. 용의 여왕은 화산을 피할 수 있도록 전선을 더 위쪽으로 밀어 올리는 것도 생각해 봤지만, 높은 고도에서는 화산재가 뜨겁고 검은 눈처럼 쏟아져 내렸다. 머리 위에서는 원시술사 강풍타격자들이 재를 마구 휘저어 번개를 몰아치는 성난 폭풍을 만들어 냈다.

알렉스트라자는 남서쪽을 바라봤다. 대지의 수호자는 적을 물리치며 최전선으로 돌아왔다. 주문비늘의 보호막이 부여된 비늘과 날개가 반짝거리고, 시간의 수호자의 시간 마법 덕분에 공격 속도가 무척 빨랐다. 말리고스의 비전 화살이 하늘에서 떨어져 내렸다. 넬타리온은 가열로처럼 밝게 타오르는 발톱을 어마어마한 분노로 휘둘렀다.

넬타리온이 적 전선 뒤쪽으로 간 사이에 원시술사들은 공세를 더해 위상이 빠진 무쇠비늘을 무너뜨리려 했다. 용암날개와 바위격노자의 연합군이 최전선을 공격하고, 전장 중앙의 다른 원시술사들도 움직이기 시작했다. 강풍타격자의 번개가 머리 위, 재의 구름을 뚫고 파문을 일으켰다. 첫 번째 번개 줄기가 호를 그리며 하늘을 가르자, 말리고스가 한쪽 앞발을 들어 반짝거리는 반구형 보호막으로 검은 위상을 보호했다.

동쪽을 보니, 대지 방벽이 레바리안이 아니라 부관인 스톨트리아 주위에 집결해 있었다. 레바리안이 부상을 당한 건지 사망한 건지는 알렉스트라자도 알 수 없었다. 대지 방벽은 무쇠비늘보다 사상자가 적었지만, 아무리 그래도 수가 많이 줄어든 것 같았다.

전장은 발톱 위에서 흔들리는 듯 불안정했다. 남쪽에서 화산 분출이 계속된다면 넬타리온의 부대가 큰 피해를 입고 말 것이다. 알렉스트라자는 검은 용군단을 전장에서 열외시키고 산이 더 많은 생명을 빼앗기 전에 산마루를 봉인하라는 명령을 내려야 했다.

남쪽에서 무쇠비늘의 전선이 안쪽으로 구부러졌다. 이리디크론이 총애하는 사령관인 전쟁인도자 라바가 무쇠비늘과 심장 수호대의 방어가 약화된 틈에 두 부대 사이를 돌파했다. 원시술사들이 균열로 쇄도하여 틈을 더 벌렸다.

알렉스트라자는 더 기다릴 수가 없었다. 단호하게 행동하지 않으면, 원시술사들이 무쇠비늘을 나머지 병력으로부터 단절시키고 심장 수호대 측방을 공격할 것이다.

"크리스탈스트라즈!"

여왕이 외치며 두 번은 짧게, 또 한 번은 길게 포효하여 루비 불꽃인도자들에게 알렸다.

"나를 따르라!"

짙은 붉은색 비늘을 아른거리며 알렉스트라자는 최전선의 원시술사 날개지도자들을 향해 강하했다. 반짝이는 금빛 보호막이 떨어져 내리는 여왕의 주위를 둘러쌌다. 여동생의 보호 마법이었다. 달 불꽃이 라바의 선봉대를 강타해 부수며 알렉스트라자 앞에 길을 열었다.

전쟁인도자는 발톱을 번뜩이며 달려드는 알렉스트라자를 향해 으르렁거렸다. 여왕의 공격이 라바의 돌 피부에 맞아 튕겼다. 전쟁인도자가 달려들어 알렉스트라자의 가슴을 들이받으면서 균형을 무너뜨리고 뒤로 밀쳐냈다. 갑주가 충격을 막아 주긴 했지만, 거센 위력에 알렉스트라자는 무쇠비늘 두 명과 충돌했다. 여왕은 날개를 펄럭이며 자세를 바로잡고 위쪽으로 날아올랐다.

사방에서 루비 불꽃인도자들이 라바의 바위격노자에게 떨어져 내렸다. 진홍색 불길이 불꽃인도자들의 발톱을 감싸고, 입에서 터져 나왔다. 그들은 공세에 시달리는 무쇠비늘의 곁에 줄지어 서서 원시술사들의 공습을 막아냈다. 흑마노 돌격대가 재의 구름 속에서 강하하여 상공에서 용군단의 날개를 지켰다.

"넌 이길 수 없다, 용의 여왕!"

라바가 송곳니를 드러내며 외쳤다.

"너와 저주받은 용군단은 여기 참혹한 심연의 전장에서 죽어갈 것이다!"

"내가 네게 패할 거라고 생각하느냐?"

알렉스트라자가 잘라 말했다.

"현신도 아닌 네가 비라노스조차 이기지 못한 위상에게 어떻게 맞설 생각이지?"

라바가 포효하고, 화산들이 함께 폭발했다. 바위가 하늘에서 비처럼 쏟아졌다. 최전선의 원시술사들이 그녀와 함께 포효하고, 이내 계곡 전체가 그들의 목소리에 전율했다. 최전선 아래쪽 지면이 거대한 눈처럼 갈라져 열리며 빛이 뿜어져 나왔다.

"돌비늘이 우리와 함께 싸운다는 걸 잊었구나."

라바가 말하며 날개로 우르릉거리는 봉우리를 가리켰다.

"지금도 그의 힘이 널 포위하고 있다!"

"그런데도 그 겁쟁이 녀석은 네 곁에서 함께 싸우지도 못하는구나."

알렉스트라자가 거친 목소리로 말하며 발톱에 불을 붙였다. 피락의 전술을 차용하여, 알렉스트라자는 깊이 숨을 들이마신 후 진홍색 불길을 라바에게 쏟아냈다. 그리고 불길 속을 내달려 원시술사와 충돌했다. 라바는 비명을 지르며 용의 여왕의 목을 물려고 했지만, 알렉스트라자는 라바의 정수리를 붙잡은 후 발톱을 턱 아래에 박아 넣고 뒤틀었다. 그 충격이 전쟁인도자의 목과 어깨뼈를 부러뜨렸고, 라바의 눈은 머리 뒤로 넘어갔다. 알렉스트라자는 원시술사의 육신에서 생명이 떠나는 걸 느꼈다. 아무런 기쁨도 느껴지지 않았지만, 광신도의 앞길에 서 있는 이들을 구했다는 생각에 마음이 놓였다.

용의 여왕은 라바의 사체를 떨어뜨리고, 지면의 틈에서 부글거리는 용암 속으로 빠져들어 가는 모습을 지켜봤다. 계곡의 지면이 지진에 흔들리고, 용암이 부글거리며 뒤틀렸다. 이리디크론도 날개지도자 세 명 중 둘이 죽었다는 걸 아는 게 분명했다.

최전선의 바위격노자들은 용의 여왕의 시선을 피해 황급히 뒤로 물러나다가 서로 뒤엉켜 나뒹굴었다.

"적을 밀어내라!"

알렉스트라자는 루비 불꽃인도자들을 향해 소리쳤고, 병력은 즉시 전방으로 돌진했다. 여왕은 깊이 숨을 들이쉬며 공중으로 날아올랐고, 다시 무쇠비늘의 최전선으로 내려와 치유의 불길을 내뿜었다. 이미스트라자가 여왕을 뒤따르며 한 번 더 불을 뿜었다.

돌아가는 알렉스트라자에게서 공포가 커졌다. 전장에 넬타리온이 없었다. 대지의 수호자는 원시술사들의 전선 뒤쪽에서 옥소리아의 혈족과 싸우는 것도 아니고, 무쇠비늘을 지휘하러 돌아오지도 않았다. 여전히 가리온이 무쇠비늘의 선두에서 포효하며 주위의 용들을 격려하고 있었다.

넬타리온이 죽은 걸까? 알렉스트라자는 그렇게 생각하며 루비 불꽃인도자 뒤로 물러났다. 아니, 아닐 것이다. 위상이 전장에서 쓰러졌다면, 그녀도 느꼈을 것이다. 그렇게 중요한 죽음이라면 마치 투창처럼 확실하고 날카롭게 그녀의 심장을 찔렀을 것이다.

그때 대지의 수호자가 남쪽에 있는 화산 위를 선회하는 모습이 보였다. 용암이 넬타리온의 좌우에서 솟구치며 그의 모습은 검은 그림자로만 보였다. 넬타리온은 한쪽 앞발을 내밀어 산이 뿌리째 흔들리도록 조종했다. 처음엔 산이 더 거칠게 폭발하여 녹아내린 용암의 간헐천을 공중으로 뿌렸다. 돌로 뒤덮인 산비탈에 빛나는 균열이 나타났다. 화산 폭발의 힘이 대기를 울리며 알렉스트라자의 고막을 강타했다. 절벽에서 거대한 바위 판이 떨어져 나와 아래쪽 계곡으로 차례차례 내려갔다. 산 전체가 산산이 조각날 것만 같았다.

알렉스트라자의 두 눈이 휘둥그레졌다. 이걸 위해서 넬타리온은 혼자서 난투에 뛰어들었던 걸까? 이리디크론이 준비한 마지막 공격이 바로 이것, 너무나도 강력한 화산 폭발로 양쪽의 군대를 하늘에서 모두 쓸어 버리는 것이라는 걸 감지했던 걸까? 대모의 목적은 대지의 수호자가 이리디크론의 계획을 방해하지 못하게 하는 것이었을지도 몰랐다.

넬타리온은 화산과 맞먹을 정도의 강대한 격노로 포효했다. 그의 목소리가 바위를 가르고 대지를 흔들었으며, 너무나도 뜨겁게 타오르는 분노가 세계를 둘로 가를 듯이 위협했다. 그는 앞발을 들어 양쪽으로 벌렸다. 마치 산을 이리디크론의 손아귀에서 떼어내려는 듯한 모습이었다. 이토록 먼 거리에서도 알렉스트라자는 넬타리온이 힘겨워하는 걸 볼 수 있었다. 그는 날개를 거칠게 펄럭이며 두 눈에서 환한 빛을 뿜었다.

하나씩 하나씩, 산맥의 빛나는 분화구가 어두워지기 시작했다. 우르릉거리는 소리가 멈추고, 넬타리온이 재의 구름 속으로 사라졌다. 용의 여왕이 숨결을 내뿜었고, 무쇠비늘은 환호하며 싸움을 이어 나갔다.

대지가 넬타리온에 의해 잠잠해지는 것을 보며, 서부 전선의 원시술사들은 공포에 질려 뿔뿔이 흩어졌다. 지도자를 잃은 라바의 병력은 공세를 멈췄고, 노즈도르무의 황금색 모래가 춤을 추면서 적의 시간을 늦춘 동쪽에서는 바위격노자들이 피를 흘렸다.

원시술사들은 한두 시간 더 저항했지만, 결국엔 날개지도자들이 퇴각을 알렸다. 전장에 있던 질서의 용들에게서 환호성이 터져 나오고, 보이산즈와 가리온은 진격 나팔을 불었다. 용군단은 원시술사들을 바람 속으로 흩어 버리고, 이리디크론의 요새로 가는 길을 열 것이다.

알렉스트라자는 냉정하게 그들이 달리는 모습을 지켜봤다. 승리의 기쁨은 조금도 느껴지지 않았다……. 참혹한 심연의 공포는 여전히 남아 있었기에.

제 27 장

참혹한 심연의 돌들은 잠시도 멈춰있지 않았다. 넬타리온은 그 안에서 수백 개의 동굴이 끊임없이 움직이는 것이 느껴졌다. 모든 통로가 우르릉 소리를 내며 흔들리고, 전율하고, 행성의 지표면 아래 깊은 곳으로 파고들었다. 바로 그 심연에 이리디크론이 숨어, 넬타리온과 다른 위상들을 기다리고 있을 것이다.

대지의 수호자가 요새로 들어서자 산이 으르렁거렸다. 돌들이 적대적인 태도로 자기들의 비밀과 주인이 있는 곳을 드러내지 않으려 하는 것만 같았다. 용의 여왕은 넬타리온의 뒤를 바짝 따라왔다. 알렉스트라자는 그의 오른쪽 날개 옆에 멈춰 서서, 동굴의 텅 빈 내부 공간을 훑어봤다. 전장의 주황색 불빛이 동굴 입구를 물들이며, 안쪽의 날카로운 종유석을 밝게 비췄다. 동굴 내부는 대부분 그림자에 뒤덮여 그 심연을 침입자들의 눈으로부터 숨기고 있었다.

"정말 나와 함께 가야 하겠소?"

넬타리온이 다른 이들에게는 들리지 않을 작은 목소리로 물었다.

"전쟁에서는 이미 승리했소. 이제 남은 건 이리디크론을 생포하는 것뿐이오."

알렉스트라자는 황금빛 눈으로 그를 바라봤다.

"우리는 함께 있을 때 가장 강하오."

그녀가 말하자 다른 위상들도 합류했다.

"마지막에 그대를 저버릴 생각은 없소."

"나 또한 그렇소."

말리고스가 동굴의 강한 사향 냄새 때문에 코를 찌푸리며 말했다.

"내가 그토록 많은 대가를 치르고 구원한 생명을 그대가 낭비하게 하지는 않을 것이오. 적진으로 돌진하다니, 무슨 생각이었소, 넬타리온?"

"효과는 있었지 않소."

넬타리온이 투덜거렸다.

"푸른 용군단이 지원한 덕분이지."

말리고스가 꼬리를 흔들며 대꾸했다.

"솔직히 그대의 만용을 보고는 구하지 않는 게 어떨까 생각했소."

"아, 그랬다면 참혹한 심연의 심연으로 누가 안내해 줬겠소?"

넬타리온이 그렇게 물으며, 지면에서 돌덩이를 한 개 골라 가열로의 불길로 뜨겁게 달궜다.

말리고스는 콧방귀를 뀌었다.

"죽기를 갈망하지 않는 용이면 좋겠군."

넬타리온은 싱긋 웃으며 타오르는 돌을 뿔 위로 떠오르게 했고, 그 빛이 날개 세 개 반경의 주위를 밝혔다. 다른 위상들도 비슷한 일을 했다. 알렉스트라자와 말리고스는 불꽃을 피워올렸고, 이세라는 활기찬 초록색 위습을 소환했으며, 노즈도르무 주위로는 밝은 황금빛 모래의 띠가 맴돌았다.

각 위상은 최고의 부하를 열 명씩 데려왔고, 말리고스의 차원문지기 열 명, 넬타리온의 비늘장이 전체가 동행했다. 위상들이 계곡을 점령한 후, 대지의 수호자는 흑요석 성채에서 칼시아와 그녀의 부하들까지 소환했다. 검은 용들은 공명의 엘레멘티움 막대로 동굴을 보강하고, 요새에서 위상들의 움직임을 추적하고, 넬타리온이 돌비늘의 위치를 찾는 걸 도울 예정이었다.

에그니온과 그의 어둠비늘들은 정찰조 겸 선봉대로서 앞장섰다. 알렉스트라자는 그들에게 가능하면 실종된 용 서른한 명도 찾아내서 탈출시키라고 지시했다.

다른 용들도 위상을 따라 동굴로 들어왔고, 다들 광원을 소환하며 긴장한 시선을 교환했다. 그들은 발밑의 대지가 흔들릴 때마다 깜짝 놀라 펄쩍 뛰었다. 오직 검은 용군단만이 느긋한 태도로 보급품을 운반하고, 간이 가열로를 제작하고, 정찰대를 파견했다. 레바리안이 전투에서 쓰러졌기 때문에, 가리온과 무쇠비늘 및 대지 방벽의 연합군이 뒤에 남아 비늘장이 야영지를 지키기로 했다.

넬타리온은 언젠가 비행사령관을 잃었다는 사실을 뼈아프게 슬퍼할 날이 올 것임을 알았다. 하지만 지금은 이리디크론을 추적하면서 백여 명의 용들을 살려 두는 일에 집중해야 했다.

넬타리온은 돌아서서 모여든 인원을 향해 말했다.

"시작하기 전에, 다들 푸른 용군단 차원문의 돌을 갖고 있나?"

집결한 용들이 고개를 끄덕였다.

"좋다."

그는 말했다.

"요새에 갇히는 경우, 탈출할 수 있는 방법은 그것뿐이다."

"사용할 필요가 없길 바란다."

말리고스는 말했다.

"혹시 사용하게 되면, 그 돌이 남쪽 야영지로 돌려보내 줄 것이다. 돌은 한 번만 사용할 수 있게 충전되어 있다는 걸 잊지 말도록."

알렉스트라자가 앞으로 나서, 부드럽고 포근한 루비 빛으로 용들을 물들였다.

"모두에게 각기 명령이 내려졌을 것이다. 이제 대형을 이뤄 아래로 내려가자. 용기를 내라! 오늘은 참혹한 심연이 전율하는 마지막 밤이 될 것이다."

넬타리온과 검은 용들이 선두에 서서, 빛이 없는 심연으로 모두를 이끌었다. 대지의 수호자는 지하로 내려가면서 아래쪽 굴에 주의를 기울였다. 지진이 발생할 때마다 참혹한 심연의 지층이 위아래로 움직였다. 새로운 층이 나타나 축을 기준으로 회전했다. 넬타리온은 돌비늘이 어떻게 그런 일을 벌이는 건지 알 수가 없었다. 굴은 일정한 규칙에 따라 움직였는데, 가끔은 넓은 동굴을 통로와 연결하기도 하고, 또 때로는 막다른 길로 이어지기도 했다. 지진의 타이밍과 강도는 예측할 수가 없었고, 가장 커다란 바위 구역은 막대한 진동이 산을 뒤흔들 때만 움직였다.

그들이 향하는 길은 끊임없이 뒤틀리고 회전하며 지하 깊은 곳으로 이어졌고, 그 끝에는 거대한 가시투성이 동굴이 있었다.

"경이로운 곳이군요."

칼시아가 목을 길게 빼고 동굴을 둘러보며 넬타리온에게 말했다. 벽에 돋아난 커다란 초록색 인광성 수정이 희미한 빛을 내뿜었다. 각각 넬타리온의 팔뚝만 한 굵기의 둥근 돌기둥이 천장부터 바닥까지 이어졌다. 대지의 수호자는 이 동굴로부터 여러 갈래의 길과 굴이 뻗어 나가고 있다는 걸 감지했다. 그러자 경계심이 앞섰다.

비늘장이들은 지면의 세 지점으로 흩어져 돌에 발톱을 박아 넣고 다음 지진의 강도와 위치를 측량했다. 지도 제작자들은 서로의 기록을 비교하며 양피지를 펼쳐 자기들이 지나온 구불거리는 길을 기록했다.

"돌비늘을 현신의 금고에 안전하게 가두고 나면, 여기 다시 돌아와 샅샅이 조사하고 싶습니다."

칼시아는 계속 두리번거리며 말했다.

"적의 기지 운용 방식을 개선해서 우리가 활용할 수 있을지도 모르니까요."

"구현 방식 자체는 상당히 기초적인 것으로 보이는데."

넬타리온은 위험을 경계하면서 동굴을 둘러봤다. 그는 가까이에 있는 무쇠비늘 둘에게 말 없이 손짓을 해서 주변을 확인하라고 지시했다.

"그래도 네 생각에 동의한다. 이리디크론은 수 세기 동안 이곳을 정교하게 설계했을 거다. 우리가 놈을 놓아줄 생각이 없는 것처럼, 놈도 이곳을 무너뜨릴 생각은 없을 거다."

"정말 그랬으면 좋겠습니다."

칼시아는 그렇게 말하며 가슴에 묶어 둔 도구 가방을 뒤적였다.

"이렇게 경이로운 장소를 잃는 건 원치 않으니까요."

대지의 수호자는 칼시아의 억누를 수 없는 호기심에 키들키들 웃음을 터뜨렸다. 아제로스에서 가장 위험한 장소 중 하나에 서 있는 지금, 이 비늘장이가 원하는 건 그곳이 어떻게 작동하는지 알아내는 것뿐이었다.

"그렇다면 우리가 돌비늘과 대면한 후에도 이곳이 무사히 남기를 바라보자."

그는 말했다.

옅은 지진이 동굴을 흔들었다. 뒤쪽의 용들은 비늘 위로 흙과 돌이 떨어져 내리자 불안한 듯 몸을 움직였다. 알렉스트라자는 어깨에 붙은 자갈을 털어냈고, 노즈도르무는 고개를 좌우로 흔들어 모래를 날려 보냈다.

"다음 지진을 기다려라!"

칼시아가 비늘장이들에게 외쳤다.

"더 큰 규모의 지진이 발생해야 더 많은 정보를 알아낼 수 있을 거야."

넬타리온은 불탄 머리카락과 악취를 풍기는 육신의 냄새를 맡았다. 그는 콧구멍을 벌름거리며 고개를 이리저리 돌렸지만, 움직이는 그림자는 없었다.

"아니."

그는 발톱을 흔들어 비늘장이들을 불렀다.

"지금까지 확인한 정보만 갖고 움직여라. 여긴 왠지 마음에 안 드는군."

넬타리온이 미처 말을 마치기도 전에, 자라딘이 내지른 전투의 함성이 동굴 전체에 메아리쳤다. 반 거인 열 명이 천장의 틈새에서 뛰어내려 용의 여왕 앞에 섰다.

알렉스트라자는 뒤로 물러서며 움켜쥔 주먹으로 가장 가까이에 있는 자라딘을 강타해서 날려 버렸다. 수호자들이 용의 여왕을 둘러싸자, 동굴 지면이 흔들렸다. 울퉁불퉁한 바위 모양 대지의 정령이 버둥거리며 일어섰다. 구멍 뚫린 상체가 마치 정동석처럼 반짝였다.

"물러나라! 용의 여왕은 내 몫이다."

외치는 소리와 함께 묵직한 발소리가 동굴을 울렸다. 넬타리온이 빙글 돌아섰고, 거대한 용암 매머드를 타고 굴에서 뛰쳐나오는 칼라시 족장 이기라를 보자 이빨을 드러내며 으르렁거렸다. 이기라의 가슴과 사지 전체를 뒤덮은 불길의 문신이 그녀가 쓰러뜨린 용들의 수를 입증했다. 곤두선 새하얀 머리카락이 청록색 피부와 날카로운 대조를 이뤘다. 피로 얼룩진 거대한 도끼가 한쪽 어깨에 얹혀 있었다.

다른 굴에서 고함이 터져 나왔다. 용암 매머드에게서 타오르는 불길에 자라딘의 그림자가 벽을 따라 춤을 췄다.

"여왕을 지켜라!"

넬타리온이 그렇게 소리치며 달려드는 자라딘 족장을 향해 돌진했다. 바닥이 덜컹 움직여, 대지의 수호자는 비틀거렸다. 이기라는 그를 그냥 지나쳤다. 강한 지진이 산을 뒤흔들고, 넬타리온은 발톱을 바위에 박아 넣어 매달렸다. 넬타리온과 나머지 용들 사이의 바닥이 갈라졌다. 그가 제대로 발을 딛기도 전에, 넬타리온이 있던 구획이 흔들리면서 거의 날개 하나 길이만큼 거칠게 솟아올랐고, 알렉스트라자가 있던 구획이 아래로 꺼져 사라졌다.

꽥 소리를 지르며 이기라는 탈것에서 펄쩍 뛰어올라, 머리 위로 도끼를 치켜든 채 움직이는 지층 사이의 틈을 건너뛰었다. 그녀의 용암 매머드는 발을 헛디뎌 비명을 지르며 지층 가장자리 너머로 추락했다.

거대한 석판 두 개가 서로 교차하며 넬타리온을 침묵과 어둠 속에 봉인했다.

"알렉스트라자."

넬타리온이 벌떡 일어서며 말했다. 그는 서둘러 달려가고 뒷발로 일어서서 두 앞발을 석판에 올려 봤지만, 돌이 그의 명령에 따르지 않았다.

"알렉스트라자!"

아무도 대답하지 않았다.

누군가 떨리는 숨을 들이쉬었다. 넬타리온이 돌아섰다. 칼시아가 그의 뒤에서 돌벽을 바라보며 아래턱을 덜덜 떨고 있었다. 비늘장이가 그녀의 곁에 내려앉아 팔꿈치로 쿡 찌르며 괜찮냐고 물었다. 칼시아는 이를 악물고 고개를 끄덕였다.

"위상님, 명령을 내려주십시오."

무쇠비늘이 고개 숙여 인사하고 넬타리온에게 다가서며 물었다.

그는 얼마 남지 않은 부하들을 훑어보며 빠르게 인원을 파악했다. 무쇠비늘 일곱, 대지 방벽 둘, 비늘장이 둘. 그 정도면 충분했다.

"계속 간다."

대지의 수호자가 그렇게 말하며 동굴 중 하나를 향해 출발했다.

"돌비늘이 우리를 갈라놓으려고 수작을 부린 게 분명하다만, 그런 건 아무 상관없겠지. 용의 여왕은 충분히 강한 전사이고, 인원이 줄어든 만큼 우린 더 빨리 움직일 수 있을 거다. 가자. 이리디크론의 소굴을 찾아내 보자."

* * *

알렉스트라자는 경비병의 머리 위를 뛰어넘는 자라딘 장로를 보며 이를 드러냈다. 반 거인은 착지 후 쪼그려 앉은 채 적개심 가득한 눈빛으로 용의 여왕을 노려봤다. 자라딘과 용이 충돌하면서 포효와 외침이 동굴에 메아리쳤다.

"아는 얼굴이군."

알렉스트라자가 적 족장을 보며 말했다.

"잔혹한 이기라라고 했지."

"그래."

이기라는 싱긋 웃으며 말했다. 반 거인은 벌떡 일어서서 혀로 이를 문질렀다.

"생각한 것보다 적은 용을 끌고 왔군. 아쉽네. 우리 부족은 제대로 재미 좀 보려고 했는데."

"재미를 보고 싶나?"

요란한 고함과 함께 동굴로 밀려드는 자라딘을 보며, 알렉스트라자가 말했다. 그리고 두 날개를 활짝 펼치고 앞발로 지면을 강타하며 비늘을 루비의 빛으로 불태웠다. 알렉스트라자가 입을 벌렸다.

"지금까지 네가 싸워본 상대는 기껏해야 비룡뿐이다. 비늘파괴자 성채에서 널 꺾은 이들도 채 성년이 되지 못한 아이들이었다. 그런 그들이 너희 선조의 땅에서 널 쫓아냈다! 그런데도 네가 위상을 상대할 수 있을 것 같더냐? 넌 내 비늘 사이의 진드기에 불과하다."

"하! 땅 속에 갇혀 죽어라!"

반 거인은 거칠게 포효하며 용의 여왕을 향해 도끼를 휘둘렀다. 희미한 빛이 무시무시한 도끼날에 반사되어 번쩍였다.

"그럴 일은 없을 거다."

알렉스트라자가 이를 드러냈다.

이기라가 귀를 찢을 듯한 전투의 함성과 함께 용의 여왕에게 도약했다. 알렉스트라자는 날개를 등에 붙인 채 왼쪽으로 몸을 움직였다. 착지한 족장은 한쪽 발을 축으로 돌아선 후 알렉스트라자의 머리를 향해 도끼를 휘둘렀다. 도끼날이 바람을 가르며 위상의 코 아래를 스쳤다.

이기라가 미처 중심을 되찾기 전에, 알렉스트라자가 돌진해서 족장의 옆구리를 들이받았다. 이기라는 비틀거리며 물러났다. 알렉스트라자는 앞발로 이기라의 넓은 근육질 어깨를 덮쳤다. 둘은 꿍 소리와 함께 쓰러진 후 날개 몇 개 길이를 미끄러졌다. 알렉스트라자의 비늘도 돌 위에서 거칠게 긁혔다.

이기라가 알렉스트라자의 코 위 무른 부분에 공격을 적중시켰고, 붉은 위상의 눈앞을 환한 별들이 뒤덮었다. 용의 여왕은 깜짝 놀라 머리를 뒤로 뺐다. 알렉스트라자가 회복하기도 전에, 이기라는 작은 칼로 붉은 위상의 발가락 사이를 찔렀다.

고통스러운 비명과 함께 알렉스트라자는 뒤로 풀쩍 뛰었다. 그리고 오른쪽 앞발을 거세게 흔들어 칼을 떨궜다. 돌 바닥에 피가 흩뿌려졌다.

장로는 싱긋 웃으며 일어섰다. 주위 모든 곳에서 전투가 벌어졌다. 말리고스는 꼬리를 휩쓸어 자라딘 전사 다섯의 용암 매머드를 치워 버렸고, 이세라는 돌에서 거대한 뿌리를 소환하여 반 거인과 그들의 탈것까지 묶어 버렸다. 그리고 노즈도르무가 내뿜은 과열된 모래의 숨결 앞에 자라딘들은 비명을 질렀다. 호위병들도 위상의 사이에서 부채꼴 대형을 이루고, 위상들의 측방과 후방을 지켰다.

이기라가 도끼를 바닥에 끌며 들어올렸다.

"내가 너희 비룡만 사냥한 건 아니다, 용의 여왕."

그녀는 콧방귀를 뀌며 말했다.

"너희 용군단의 용도 여럿 쓰러뜨렸다. 이번은 네 차례다. 조만간 네 머리를 내 천막 위에 걸고-"

머리 위 그림자 속에서 나타난 짙은 붉은색 비늘이 족장을 향해 떨어져 내렸다. 붉은 비룡이 거칠게 으르렁거리며 이기라를 내리쳤고, 발로 자라딘을 짓눌렀다.

"어서 가십시오, 여왕님!"

붉은 비룡이 말했다.

"자라딘은 저희가 막겠습니다!"

"너희는?"

붉은 위상은 그 비룡을 알아봤다.

"라일라스트라자, 여기서 뭘 하는 거니?"

라일라스트라자가 미처 대답하기 전에 다른 반 거인이 그녀를 향해 돌진했고, 붉은 비룡의 머리를 향해 거대한 몽둥이를 휘둘렀다. 라일라스트라자는 으르렁거리며 이로 몽둥이를 붙잡아 반 거인의 손에서 빼앗았다. 그리고 이기라에게서 떨어지면서 몸을 회전시켰고, 가시 돋친 꼬리로 다른 반 거인의 옆구리를 강타해 멀리 날려 버렸다.

이기라가 비틀거리며 일어섰다. 그녀가 라일라스트라자를 공격하려 할 때, 알렉스트라자가 풀쩍 뛰어 갑주를 걸친 어깨로 이기라의 상체를 들이받았다. 족장은 거친 분노의 포효를 외치며 비틀비틀 물러났다. 용의 여왕은 깊이 숨을 들이쉰 후 잠시 호흡을 멈추고 폐 속의 불길에 공기를 공급했다. 그리고 자라딘 족장을 향해 진홍색 불길의 격류를 내뿜었다. 그 불길이 이기라를 처치하지는 못하겠지만, 알렉스트라자의 공격 범위 밖으로 밀어낼 수는 있었다.

"시리고사가 요새에 갇혀 있던 저희를 구했습니다."

라일라스트라자가 혀가 꼬일 정도로 빠르게 상황을 설명했다.

"스무 명 이상이 함께 있습니다! 자라딘은 저희가 맡겠습니다, 위상님. 절대 실망시키지 않겠습니다."

"너희가 날 실망시킬 일은 없단다."

용들을 노려보는 이기라 앞에서 붉은 위상이 말했다.

"좋아! 내 호위병은 너희와 함께 싸울 수 있게 여기 남겨 두겠다. 티탄이 너희와 함께하길."

"위상님과도 함께하길."

붉은 비룡은 그렇게 말한 후 싱긋 웃으며 자라딘 족장을 향해 돌아섰다.

알렉스트라자는 날개를 활짝 펴고 공중으로 날아올랐다.

"위상들이여, 함께 갑시다!"

그녀가 포효했다.

"우리가 돌비늘의 공포 지배를 종식시켜야 하오!"

*　*　*

넬타리온과 검은 용들은 지진의 진앙을 따라 참혹한 심연의 심연으로 내려갔다. 길이 뒤틀리고 바위가 움직였다. 발 아래에서 지면이 붕괴되고, 열린 굴은 막다른 길로 이어졌다. 옆쪽에서 바위가 무너져 내리며 대지의 정령 무리가 쏟아져 나오기도 했다. 바닥은 갈라지며 용암이 쏟아져 나왔다. 그들은 조여드는 굴을 기어서 통과하고, 절벽 너머 완전한 어둠 속으로 뛰어내리고, 이리디크론의 힘으로 날뛰는 거대한 대지의 정령과 맞서 싸웠다.

무쇠비늘 둘이 용암 벌레에게 끌려 용암 호수에 빠지면서 화상을 입었고, 넬타리온은 차원문의 돌을 이용해 이들을 밖으로 돌려보냈다. 칼시아도 무너진 바위 기둥에 오른쪽 날개가 깔리는 바람에 곧 그들을 따라 떠났다.

그래도 대지의 수호자는 계속 앞으로 나아갔다. 측량을 할 때마다 검은 용들은 돌비늘의 소굴에 가까이 다가갔다. 이 행성의 지표면 아래, 이렇게 깊은 곳까지 내려와 보니 지진도 더 강한 충격과 공명을 일으키는 듯했다. 현신도 넬타리온이 접근하고 있다는 사실을 알고 있는 게 분명했다. 요새 전체가 오직 그들을 없애 버리는 것에 전념하고 있는 것만 같았다. 넬타리온의 부하들이 하나씩 차례대로 쓰러졌고, 검은 위상은 그들을 안전한 곳으로 돌려보낼 수밖에 없었다.

참혹한 심연의 중심에 도달했을 때, 어느덧 넬타리온은 홀로 남아 있었다. 그것이 아마 돌비늘이 원하는 바였을 것이다. 지진이 마치 중력처럼 넬타리온의 배를 끌어당기며 계속 나아가게 했다.

넌 이제 혼자다. 마음 뒤편에서 목소리가 들려왔다. 여기 심연에서는 한층

더 또렷했다.

네 친구는 모두 떠났다. 또 다른 목소리가 말했다.

너 혼자서는 돌비늘에게 이길 수 없을 거다. 세 번째 목소리였다.

넬타리온은 콧방귀를 뀌며 콧구멍으로 길게 숨을 내쉬었다. 모든 용들을 이 깊은 곳까지 이끌어 온 것이 바로 넬타리온 아니었던가? 마지막까지 홀로 남아 이리디크론의 소굴에 당당히 입성하고, 현신과 발톱을 맞대고 싸울 용이 바로 넬타리온 아니었던가? 현신은 위상을 이길 수 없었다. 아무리 자기 권좌에서라도 그럴 순 없었다. 알렉스트라자가 그 사실을 증명했다.

굴의 끝 지점은 칙칙한 호박색 불빛으로 얼룩져 있었다. 넬타리온은 거대한 동굴 안으로 들어섰다. 참혹한 심연의 다른 장소와 비교조차 할 수 없을 만큼 드넓은 공간이었다. 바닥은 끝이 보이지 않는 심연을 향해 떨어져 내렸고, 그 어둠이 넬타리온의 비늘까지 부들부들 떨리게 했다. 높은 회색 현무암 기둥이 벽을 따라 서 있었다. 거대한 황옥 수정이 천장 여기저기에 돋아나 있었다. 원소 마력이 수정의 뾰족한 끝부분에서 빠직거리며 튀었다. 동굴의 아름다움에 넬타리온은 숨 쉬는 것조차 잊고 말았다.

이리디크론은 공중에 뜬 커다란 섬 위에서 넬타리온을 향해 등을 돌리고 서 있었다. 거대한 바윗덩어리들이 서로 다른 궤도와 서로 다른 속도로 그 단상 주위를 공전하며 산 전체를 뒤흔든 지진파의 에너지를 생성하는 중이었다.

"다른 용이 이곳을 보게 되는 일은 없을 거라고 생각했다만."

이리디크론은 뒤를 돌아보지도 않고 말한 후 고개를 들었다.

"상대가 너라면 당연한 일이겠지."

넬타리온은 대답하지 않았다. 그는 머리를 낮추고 온몸의 근육을 긴장시키며 공격에 대비했다.

돌비늘은 빙글 돌아서 검은 위상을 바라봤다. 그의 두 눈은 동굴의 수정과 동일한 원소의 힘으로 환하게 타올랐다. 이리디크론은 날개를 활짝 펼치며 주위 동굴을 가리켰다.

"말해 봐라, 대지의 수호자, 티탄의 의지에 자신을 구속하는 일에 그만한 가치가 있었나?"

"수호자가 내게 수여한 힘을 이용하지 않을 이유가 있을까?"

넬타리온은 이리디크론을 바라보며 말했다.

"그걸 물어본 게 아니잖아."

현신이 말했다.

"그들의 힘이, 그들이 네게 강요한 서약의 무게를 짊어질 만큼 큰 가치가 있었느냐는 말이다."

"내 서약은 짐이 아니다."

넬타리온은 그렇게 말하며 단상 끝으로 다가갔다.

"하지만 너는 지난 오백 년 내내 눈엣가시 같은 존재였다."

"여전히 내 질문에 답하려 하지 않는구나."

돌비늘은 고개를 갸웃거리며 말했다.

"그렇다면 대답은 '아니다'겠지."

넬타리온은 거칠게 포효하며 공중으로 도약했고, 날개를 크게 펄럭여 단번에 동굴을 가로질렀다. 그는 중앙의 섬에 착륙한 후 한 걸음에 이리디크론과 충돌했다. 넬타리온은 발톱에 불길을 주입하고 현신의 목을 향해 휘둘러, 그의 돌덩이 같은 비늘에 얕은 상처를 냈다.

이리디크론은 머리로 넬타리온의 턱을 들이받은 후, 다시 어깨를 넬타리온의 가슴에 부딪혀 뒤로 밀쳐냈다. 검은 위상의 눈앞에 환한 빛이 번뜩였다.

넬타리온은 헐떡이며 비틀거렸고, 대지가 이상하리만큼 강하게 자신을 끌어당기는 걸 느꼈다.

"넌 이길 수 없다."

이리디크론이 말했다. 그의 등뼈를 따라 흐르는 대지의 힘이 더욱더 밝게 타올랐다.

"여기서, 그것도 혼자서는 그럴 수 없다."

"내가 이 동굴에 들어섰을 때, 넌 이미 패했다."

넬타리온은 그렇게 말하며 현신을 향해 돌진했다.

이리디크론은 날개의 발톱으로 지면을 때렸다. 날카로운 화산암 지느러미가 땅에서 솟아올랐다. 넬타리온은 그 돌덩이를 그대로 돌파하며 파편을 사방으로 흩뿌렸다. 그는 왼쪽으로 살짝 몸을 움직여 속임수를 쓴 후 오른쪽으로 미끄러져, 이리디크론의 가슴에서 불타오르는 핵에 발톱을 박아 넣었다. 현신은 거칠게 포효하며 비틀비틀 단상 끝으로 물러났다. 그의 분노와 함께 산 전체가 뒤흔들렸다.

넬타리온은 지진을 무시한 채 그대로 현신을 향해 달려들었다. 그리고 이리디크론의 날개를 깨물어 옆으로 당긴 후, 관절에 두 개의 발톱을 내리꽂았다. 이리디크론은 으르렁거리며 넬타리온의 입에서 날개를 빼냈고, 대지의 수호자의 이는 피투성이가 되었다. 돌비늘은 바닥을 따라 충격파를 내보내 검은 위상을 뒤로 밀쳐냈다. 동굴 전체가 다시 흔들렸다. 천장의 황옥 수정이 산산이 조각나고, 파편이 아래쪽 어둠 속으로 떨어져 내렸다.

보이지 않는 힘이 넬타리온을 지면으로 끌어당겨, 그의 왼쪽 무릎이 꺾였다. 넬타리온은 균형을 잃고 앞발로 바닥을 짚었다.

넌 약하다. 속삭임이 말했다.

머릿속 목소리에 저항하며, 넬타리온은 억지로 몸을 일으켰다. 관절이 후들후들 떨렸다. 수 세기 동안 대지의 수호자로 살아온 덕분에 온 세계의 무게를 짊어지는 데는 익숙했지만…… 이건 그런 부담이 기하급수적으로 커져버린 듯한 무게였다. 온몸의 뼈가 삐걱거리며 당장이라도 부러질 듯했다. 두 눈의 모세혈관이 터졌다. 온몸의 모든 근육이 부들부들 떨렸다.

돌비늘은 고개를 옆으로 기울이고는 매우 흥미롭다는 눈빛으로 검은 위상을 바라봤다.

"아제로스 자체보다 더 강한 자는 없다."

그는 부드러운 목소리로 말했다.

넬타리온은 현신을 노려볼 수밖에 없었다.

거짓말. 속삭임이 말했다. *우리가 더 강하다.*

섬 주위를 공전하는 돌들의 속도가 빨라졌다. 대지의 수호자를 찍어누르는 힘이 두 배로 커져, 다시 그를 무릎 꿇렸다. 그는 헐떡였고, 심장 박동이 두개골과 머릿속까지 쿵쿵 울리는 듯했다. 모든 관절이 풀어 달라며 비명을 질렀다.

우리 힘을 불러내라. 속삭임 중 하나가 말했다. *아니면 넌 여기 이 어둠 속에서 죽고 말 테니까.*

돌비늘이 천천히 그의 주위를 맴돌기 시작했다.

"수호자들이 수여한 힘을 소유한 너라고 해도, 원소 앞에선 고개를 숙여야 한다."

우리를 불러내라. 또 다른 속삭임이 말했다. *아니면 네 친구들도 여기서 모두 소멸할 거다.*

"내가 널 부숴 주겠다."

이리디크론이 말했다.

"질서의 어리석음과 너희 주인의 무력함을 증명하기 위해서라도, 내가 너희 동족을 이 전당에 영원히 가둬 주겠다!"

어서 해! 또 다른 속삭임이 말했다. *어서 하지 않으면 넌 여기서 패배하고 부서진 채 죽고 말 거다!*

넬타리온은 부서지지 않을 것이다. 이리디크론처럼 열등한 자에게 패배하지는 않을 것이다.

대지의 수호자는 두 눈을 질끈 감고 온몸의 고통을 담아 거칠게 포효했다. 끔찍한 어둠의 힘이 그의 안에서 터져 나와 방안의 모든 빛을 뒤덮었다. 그림자들이 그에게 세계를 파괴할 끔찍한 힘을 부여했고, 모든 고통이 속삭임처럼 사라져 갔다.

그는 두 눈을 뜨고 으르렁거리며 일어섰다. 온몸의 비늘에서 보라색 빛이 뿜어져 나왔다. 그 빛이 단상을 기어 넘고, 모든 것을 뒤덮었다.

이리디크론은 두 눈이 휘둥그레진 채 넬타리온에게서 떨어졌다.

"그런 거였군."

현신은 작은 목소리로 말했다.

"이 힘으로 라자게스를 꺾었구나! 어둠의 힘을 끌어내 라자게스를 돌 아래에 봉인한 거였어. 이건 티탄의 마법이 아니다! 용의 여왕도 네가 다른 주인을 섬기고 있다는 걸 알고 있나?"

"나는 그 누구도 섬기지 않는다."

넬타리온은 으르렁거리며 말했다. 그 말과 함께 키들거리는 웃음소리가 그의 정신 깊은 곳에서 메아리쳤다.

그에 저항하듯 대지의 수호자는 발톱으로 단상을 내리쳤고, 그림자를 내보내 돌들을 뒤덮었다. 단상 주위를 맴돌던 돌덩이들이 움직임을 멈췄다. 그리고 그는 발톱을 흔들어, 그 돌덩이들을 아래쪽 심연으로 떨어뜨렸다. 떨어지는 돌들이 동굴의 벽에 충돌하며, 요새 전체에 마지막 지진을 일으켰다. 남아 있던 황옥들이 폭발하며 불꽃과 노란색 불똥이 깊은 어둠 속으로 쏟아져 내렸다.

넬타리온의 등을 짓누르던 무게가 사라졌다.

"그걸 봤다면 널 죽여야 마땅하겠지."

넬타리온은 그렇게 말하며 돌비늘을 향해 다가갔다.

"하지만 사체를 조사하게 할 수는 없지. 현신의 금고에서 네 동료들과 함께 잠들어라. 알렉스트라자는 여기에서 무슨 일이 있었는지 알 수 없을 것이다."

이리디크론은 다가오는 넬타리온을 향해 으르렁거리며, 머리를 낮추고 공격할 준비를 했다.

"여왕에게 이 사실을 숨길 수 있다고 생각하나?"

"언젠가 그녀도 자기 동족에 대한 가장 큰 위협이 원시술사도 현신도 아닌 자기 오른쪽에 선 용이라는 사실을 알게 될 거다!"

넬타리온은 이를 드러냈다.

"난 절대 알렉스트라자를 배신하지 않는다."

"이미 배신했다."

돌비늘이 그의 말을 잘랐다.

넬타리온은 이리디크론을 향해 도약하여, 현신을 지면에 찍어 눌렀다. 그리고 어둠의 힘으로 돌비늘의 가슴 안에 손을 뻗어 노출된 대지의 힘을 움켜쥐었다. 그리고 넬타리온은 돌비늘의 가슴에서 심장을 뜯어내기라도 하려는 듯 뒤틀었다. 이리디크론은 고통스럽게 울부짖으며 버둥거렸지만, 검은 위상이 그를 단단히 붙잡았다.

넬타리온은 머리를 낮추고 속삭이듯 말했다.

"너 따위가 나와 동등하다고 생각하다니."

이리디크론은 이를 드러냈지만, 현신이 미처 대답하기도 전에 넬타리온은 어둠의 힘으로 현신의 핵에 충격을 주었다. 쪽빛 섬광이 돌비늘의 가슴 속에서 타올랐다. 그 빛이 이리디크론의 비늘 위를 미끄러지고, 등뼈를 따라 뚫린 구멍에서 뿜어져 나왔다. 그림자가 이리디크론의 눈으로 흘러들자, 그는 비명을 질렀다. 등이 둥글게 굽고, 온몸이 뻣뻣하게 굳었다.

그러다가 현신의 몸이 축 늘어졌다.

넬타리온은 주위 모든 곳에서 그림자가 사라질 때까지 이리디크론을 찍어 누른 손을 거두지 않았다. 떨리는 숨을 내쉬며, 대지의 수호자는 의식을 잃은 현신 옆에 쓰러져 부들부들 떨었다.

참혹한 심연이 침묵했다. 지진이 멈추고, 통로들도 더는 움직이지 않았다. 하지만 여전히 이리디크론의 말이 넬타리온의 머릿속 광대한 공간에 메아리치고 있었다. *용의 여왕도 네가 다른 주인을 섬기고 있다는 걸 알고 있나?*

오랜 세월에 걸친 전투 끝에, 마지막 전쟁의 불길은 어둠과 침묵 속에서 사그라들었다. 넬타리온은 진실을 이곳 참혹한 심연에 묻어 둘 것이다. 그는 속삭임에 굴복하는 건 이번이 마지막일 거라고 말없이 맹세했다.

진실의 무게는 오롯이 그 혼자서 감당해야 했다.

알렉스트라자에게는 절대 알릴 수 없었다.

제 28 장

알렉스트라자와 다른 위상들은 어둠에 잠긴 이리디크론의 요새 깊은 곳에서 어둠에 둘러싸인 넬타리온을 찾아냈다. 대지의 수호자는 단상 위 의식을 잃은 현신 옆에서 고개를 숙인 채 앉아 있었다. 용의 여왕이 중앙의 단상에 내려앉았을 때에도, 그는 고개를 들지 않았다. 그녀는 넬타리온을 따뜻한 루비의 빛으로 감싸고, 그에게서 어둠을 밀어냈다. 이리디크론은 여전히 숨을 쉬고 있었지만, 바닥에 가만히 누워 돌덩이처럼 움직이지 않았다. 두 용 모두 다친 곳은 없어 보였다. 적어도 육체적으로는 그랬다.

"넬타리온?"

알렉스트라자는 부드럽게 그를 불렀다. 다른 위상들도 주위로 모여들어 포로를 확보했다.

"괜찮소?"

검은 위상이 온몸을 부들부들 떨었다. 그가 고개를 들어 눈을 맞췄을 때, 용의 여왕은 흠칫 놀랐다. 대지의 수호자는 육체적으로는 온전해 보였지만……. 그의 안에서 무언가 부서진 것이 느껴졌다. 갈라짐이 거미줄처럼 길게 그의 심장을 파고들었고, 알렉스트라자에겐 그 틈새 깊은 곳을 들여다볼 힘이 없었다. 대체 어떤 공포가 혈족의 터의 가장 굳건한 수호자의 심장에 금이 가게 했다는 말인가? 대체 어떤 두려움이 대지의 수호자가 전율하게 했다는 말인가?

알렉스트라자는 넬타리온의 고통을 자기 것처럼 느꼈다. 참혹한 심연 그 자체만큼이나 거대하고 모든 것을 집어삼킬 듯한 아픔이었다. 그녀는 넬타리온 옆에 앉아, 어깨로 그를 살짝 밀었다.

한참 동안 머뭇거린 후, 대지의 수호자는 긴 한숨을 내쉬며 알렉스트라자에게 몸을 기댔다.

"혼자서 여기까지 오지는 말았어야 하오."

알렉스트라자는 그의 무게를 지탱하며 말했다. 떨림이 넬타리온의 근육을 잡아당겼지만, 그는 강철의 의지로 참아냈다.

"우리와 함께 왔으면 이렇게 되지는 않았을 텐데."

"알고 있소."

넬타리온은 말했다. 목소리가 떨리는 것이 느껴져 침을 꿀꺽 삼켰다. 다시 입을 열었을 때, 그는 한층 침착해져 있었다.

"요새의 굴이 움직였을 때, 그대를 찾아 나설 여유가 없을 거라고 생각했소. 계속 나아가는 게 최선의 선택이었소."

"정말 놀라운 일을 해냈소, 넬타리온."

알렉스트라자가 부드러운 목소리로 말했다. 그 칭찬에 검은 위상의 등뼈가 뻣뻣하게 굳었다.

"이토록 오랜 세월이 지나고, 드디어 전쟁이 끝났소."

"용군단도 평화를 맞이할 수 있을 것이오."

넬타리온은 눈을 감았다. 심장이 한참을 뛴 후, 그는 다시 입을 열었다.

"끝났소."

그는 떨리는 숨을 길게 내쉬었다.

"다 끝났소."

* * *

참혹한 심연의 전투가 끝나고 몇 주 동안 알렉스트라자는 용군단을 애도했다. 위상들은 전쟁에서는 승리했지만 너무 많은 것을 잃었다. 수천 개 생명의 불꽃이 꺼져 버렸고, 혈족의 터와 용의 벌판에는 전쟁의 상흔이 남았다.

용들 모두의 고통이 온 하늘을 가득 채우고 메아리쳐, 그 누구도 외면할 수 없었다. 어디에나 고통이 가득했다. 알렉스트라자의 모든 걸음을 뒤따르고, 꿈 속까지 그녀를 쫓아왔다. 고통을 조금이나마 달래 주려고, 용의 여왕은 부상자들을 찾아 기운을 북돋워 주었다. 그리고 이세라를 도와 대지를 달래고, 발드라켄 주위의 정원들에 다시 생명을 불어넣고, 루비 생명의 웅덩이에서 새끼용들과 시간을 보냈다. 이제 원시용들의 둥지에서 알을 빼앗아 오는 일은 없을 거라고 그녀는 분명히 맹세했다.

그래도 용군단의 심리적 상처는 결코 그녀를 떠나지 않았다. 지금까지 그녀가 저질렀던 모든 실수의 잔재 또한 그랬다. 설사 그런 실수가 선의에서 비롯된 거라고 해도, 그녀는 도와주려던 용들에게 상처를 입혔고, 친구와의 약속을 깨뜨렸다.

아니, 알렉스트라자는 단순히 비라노스와의 약속을 깨뜨리기만 한 것이 아니었다. 그녀는 옛 친구에게 등을 돌려 버렸다. 그녀는 비라노스와의 우정이 무관심으로 시들어 가고, 다시 증오로 얼어붙어 가도록 내버려 두었다.

알렉스트라자는 결코 같은 실수를 반복하지 않을 생각이었다.

그래서 용의 여왕은 시산즈와 그의 추종자들을 고룡쉼터 사원으로 초대하고, 그곳에서 평화 조약을 논의했다. 전쟁 범죄를 저지른 현신들은 그대로 수감되어야 했다. 질서의 용과 원시용 사이의 모든 적대 행위는 중단되고, 이제 그 어떤 원시용도 혈족의 터를 공격하는 일은 없을 것이다. 지도자를 잃은 원시술사들은 이미 뿔뿔이 흩어진 후였다.

그 대가로, 알렉스트라자는 용의 벌판에서 병력을 철수하고, 그 영토를 영원히 원시용들에게 수여하겠다고 맹세했다. 또한 원시용의 알을 둥지에서 꺼내는 일도 다시는 없을 것이다. 알렉스트라자만이 아니라 모든 위상이 그와 같이 맹세했다.

또한 시산즈는 용의 여왕에게 탈린스트라즈와 그의 동료들을 사면해 달라고 요청했다. 다른 위상들, 특히 넬타리온은 그 요청에 반대했지만, 알렉스트라자는 사면을 승인하여 탈린스트라즈와 시리고사, 다른 탈주자들이 자유롭게 하늘을 날 수 있게 해주었다.

협상이 끝난 후, 시산즈는 용의 여왕과 잠시 독대할 시간을 요청했다. 그들은 높은 난간뜰 위에 함께 앉았다. 그곳에서는 칼림도어 북부의 거칠고 길들지 않은 아름다움을 한눈에 조망할 수 있었다. 태양은 하늘 높은 곳에서 빛나고, 갓 내린 눈이 햇살에 반짝거렸다.

"우리가 이렇게 만나는 건 이번이 마지막이겠지요."

백발의 용은 그렇게 말하며, 작은 물체를 알렉스트라자에게 내밀었다.

"그래서 돌려드리고 싶은 게 있습니다."

알렉스트라자는 아래를 내려다봤다. 시산즈의 발톱에는 아주 오래전 알렉스트라자가 비라노스에게 주었던 용 조각상이 놓여 있었다. 녹지 않는 얼음은 햇살을 가득 머금어 층층이 아름다움으로 빛났다. 갈라진 틈을 채운 금이 반짝이면서, 얼음에 깊이를 더해 주었다.

알렉스트라자는 입을 굳게 다물고 눈을 빠르게 깜빡였다. 그 조각상을 다시 보게 될 줄은 몰랐었다.

"부서진 것에서도 아름다움을 찾을 수 있는 법이겠지요."

시산즈는 그렇게 말하며 둘 사이에 조각상을 내려놓았다. 그리고 뒤로 물러나며 말했다.

"비라노스를 기억해 주십시오, 용의 여왕님. 그리고 이 유물을 볼 때마다 다짐해 주십시오. 비라노스에게 했던 약속과…… 이제 저에게 했던 약속을 지켜 주시겠다고요."

"약속은 지키겠다고 맹세하마."

알렉스트라자는 그렇게 말하며 조각상을 살며시 감싸 들었다.

"고맙다, 시산즈."

연로한 용은 고개를 한 번 끄덕였다.

"현명하게 이끄십시오, 알렉스트라자. 이런 전쟁을 다시는 보고 싶지 않습니다."

"나도 그렇다."

알렉스트라자의 목이 메어 왔다.

협상 이후 며칠이 지나고, 알렉스트라자는 혈족의 터 곳곳으로 날아가 도둑맞은 알들에서 태어난 용들을 찾았다. 많은 용들은 질서 마법에 만족했지만, 그렇지 않은 용들도 적지 않았고…… 알렉스트라자는 그들의 이야기에 모두 귀를 기울였다. 그리고 모든 용에게 진심으로 사과하고, 용의 여왕으로서 축복을 내려 주었다.

신드라고사의 감시 아래 시리고사는 하늘빛 기록 보관소에서 개인 서재를 할당받았고, 그곳에서 하루 종일 책에 파묻혀 시간을 보냈다. 쌍둥이인 라비아와 오베지온은 처음엔 마냥 조용했지만, 넬타리온이 휘하에 받아들이겠다고 약속하자 두 눈에 생기가 돌았다. 놀리즈도르무는 청동 용군단 최고의 용들과 함께 시간의 길을 누볐고, 아티라누스는 꿈의 수호자가 되겠다고 했으며, 라이고스는 기록 보관소의 제한 구역에 들어가게 해달라고 요청했다. 워낙 장난이 심하기로 유명한 어린 푸른 비룡의 요청에 말리고스는 깊은 한숨을 내쉬었지만, 결국엔 허락해 줄 수밖에 없었다.

한 가지 요청이 알렉스트라자의 가슴을 무너뜨렸다.

"마지막으로 한 번만 탈린스트라자를 보고 싶어요."

라일라스트라자가 말했다.

"작별 인사를 해야 하거든요."

그래서 어느 맑은 날, 용의 여왕은 라일라스트라자와 함께 얼어붙은 송곳니로 날아갔다.

비라노스의 옛 둥지 밖에 내려앉은 용의 여왕은 여전히 친구의 향기를 느낄 수 있었다. 비라노스의 마법이 발 아래에 얼음을 주입해 두었지만, 그 서늘한 냉기에서는 예전의 잔혹함이나 악의가 느껴지지 않았다. 어디를 봐도 비라노스가 보였다. 산봉우리에서 흘러내리는 눈과 아래쪽 계곡을 파들어가는 빙하까지, 이곳 구석구석엔 얼음심장의 힘이 깃들어 있었다. 알렉스트라자의 슬픔이 커져만 갔다. 친구는 절대 이 봉우리 사이를 다시 날지 못하겠지만, 그 영혼은 여전히 여기에서 살아가고 있었다.

"탈린?"

라일라스트라자가 용의 여왕 곁에 내려앉으며 불렀다. 붉은 비룡이 둥지의 동굴 같은 입구 쪽으로 조심스럽게 걸음을 옮겼다.

"거기 있어?"

아무 대답도 없어, 붉은 비룡은 알렉스트라자를 돌아봤다. 용의 여왕은 라일라스트라자에게 고개를 끄덕였다. 앞서 탈린스트라즈가 여전히 비라노스의 둥지에 기거하고 있다는 걸 확인했을 뿐 아니라, 미리 전령을 보내 누이와 함께 찾아오겠다는 소식까지 전했었다.

라일라스트라자는 다시 동굴을 향해 돌아섰다.

"탈린, 날 만나고 싶지 않다고 해도 이해할 수 있어."

그녀는 동굴 안쪽까지 들릴 만큼 큰 목소리로 말했다.

"우리 사이에 무슨 일이 있었든, 우리가 한 둥지에서 태어난 남매라는 사실은 변하지 않는다는 얘기를 하고 싶었어. 때가 되면, 우리가 다시 가족이 될 수 있으면 좋겠어."

아무런 반응도 없었다. 그들은 먹먹한 가슴을 부여잡고 한참을 기다렸다. 그래도 아무 대답이 없어서, 라일라스트라자의 어깨가 축 늘어졌다. 그녀가 용의 여왕을 향해 돌아서고, 알렉스트라자는 붉은 비룡의 기운을 북돋워 줄 말을 골랐다. 루비 생명의 웅덩이까지 경주를 하거나, 아이가 좋아하는 식사라도 해 볼까……. 하지만 그때, 누군가 말했다.

"잠깐만."

라일라스트라자가 멈춰섰다. 알렉스트라자는 고개를 들었다. 동굴 입구에 선 붉은 비룡의 그림자가 눈에 띄어, 마침내 마음이 놓였다. 탈린스트라즈는 고개를 높이 들고 햇살 속으로 들어섰다. 그의 시선은 용의 여왕에게 고정되어 있었다. 아주 오래전 여왕에 반발했던 때처럼, 탈린스트라즈는 두려움 없이 위상의 시선을 맞받아쳤다.

"탈린."

라일라스트라자가 얼음에 비늘을 긁으며 빙글 돌아섰다.

"여기 있었구나!"

"라일라스트라자."

탈린은 누이를 향해 시선을 돌렸다.

"너라면 안으로 초대하겠지만, 여왕은 밖에서 기다리라고 해."

"아."

라일라스트라자가 주저하는 목소리로 말했다.

"너무 춥잖아!"

"난 괜찮다."

알렉스트라자가 부드러운 목소리로 말했다. 그리고 탈린스트라즈를 향해 다시 말했다.

"내가 오늘 여기 온 이유는 두 가지다. 하나는 라일라스트라자의 간절한 소원이 이루어질 수 있도록 도와주는 것이고, 또 하나는 이렇게 직접 만나서 네게 진심으로 사과의 뜻을 표하는 거다."

탈린스트라즈는 당황한 듯 두 눈을 끔뻑거렸다.

"괜한 변명을 하지는 않으마. 이미 다 들은 이야기일 테니까."

용의 여왕은 말했다.

"위상들과 다섯 용군단을 대표하여, 네 알을 훔치고 질서 마법을 주입한 일에 대해 진심으로 사과하고 싶구나. 살아 있는 생물에게 결코 해를 끼치지 않겠다고 맹세했던 내가 네게 돌이킬 수 없는 상처와 절망을 주고 말았다. 미안하다, 탈린스트라즈. 오늘은 네게 위상들이 그런 행동을 중단했고, 앞으로도 영원히 반복되는 일이 없을 거라고 맹세하겠다."

알렉스트라자는 깜짝 놀란 붉은 비룡 앞에서 눈을 감고 고개를 숙였다. 여왕의 말이 지나간 자리에 침묵만 남았지만, 알렉스트라자는 그 침묵을 받아들이고 고개를 들었다. 여기서 용서를 받을 수 있을 거라는 기대는 애초에 없었다.

"비라노스 님이…… 당신은 절대 사과하지 않을 거라고 했어요."

탈린스트라즈가 말하며 앞으로 나섰다. 그는 빠르게 눈을 깜빡이며 목소리를 높였다.

"비라노스 님은…… 당신이 자기가 옳다는 생각에 사로잡혀 있을 거라고 했죠!"

'자기가 옳다는 확신이 과도할 때는, 그 어떤 행동도 부당하게 느껴지지 않지.' 비라노스가 그녀의 기억 속에서 속삭였다.

"살아 있는 것은 언제나 성장하고 변화할 수 있다."

알렉스트라자가 대답했다.

"용의 여왕도 거기 포함된다고 생각하고 싶구나."

붉은 비룡이 자기도 모르게 입을 벌렸다. 그는 뒤로 물러나 털썩 주저앉았다. 새로운 정보를 받아들이느라고 애를 쓰는 모습이었다.

"탈린스트라즈, 내게 하고 싶은 말이 있으면 무엇이든 하려무나."

알렉스트라자가 말했다

"너와 함께했던 모든 비룡의 부탁을 내가 다 들어 줬으니까."

붉은 비룡은 고개를 갸웃거리며 숨을 죽였다.

"비라노스 님을 풀어주실 수는 없겠죠?"

"그건 할 수 없단다."

알렉스트라자는 슬픈 미소를 지으며 대답했다.

탈린스트라즈의 날개가 축 늘어졌다. 그는 잠시 절망에 사로잡힌 듯, 발치에 굴러다니는 얼어붙은 자갈들을 멍하니 바라봤다.

"그렇다면…… 혹시 라일라스트라자와 제 부모님을 찾아 주실 수 있나요? 물론 아직 살아 계시다면요."

라일라스트라자가 헉, 숨을 멈췄다. 붉은 비룡은 희망으로 반짝이는 황금빛 눈을 들어 용의 여왕을 바라봤다.

알렉스트라자는 고개를 끄덕였다.

"그런 거라면 도와줄 수 있지."

* * *

현신의 금고를 돌 아래에 봉인하려고 용군단이 모두 모인 날, 알렉스트라자는 금고의 내부 성소로 내려갔다. 탈드라서스에는 피락과 비라노스, 이리디크론 등 세 현신이 빛나는 황금 보주 안에 갇혀 잠자고 있었다. 수감실 안팎에서는 금속 고리들이 회전하면서 현신들을 정지 상태로 유지했다. 노즈도르무는 중앙 단상에 서서 마지막 점검을 하는 청동 용들과 티탄벼림을 감독했다.

알렉스트라자가 수감실을 바라보는 청동 위상 곁에 내려앉았다.

"마지막 작별 인사를 하러 왔소, 여왕?"

노즈도르무가 돌아서며 물었다. 그의 얼굴에는 걱정하는 빛이 가득했다. 그 또한 다른 위상들과 마찬가지로 전쟁의 기억이 알렉스트라자의 심장을 얼마나 거칠게 할퀴고 있는지 잘 알고 있었다.

"그렇소."

알렉스트라자는 고개를 들어 비라노스를 바라봤다.

"금고를 완전히 봉인하기 전에 잠시 비라노스와 함께 있고 싶소."

"그러시오."

노즈도르무가 말했다.

"우리 용군단이 조만간 최종 점검을 마칠 것이오."

"고맙소."

알렉스트라자는 비라노스의 수감실을 향해 고개를 돌리고는 언뜻 혼잣말처럼 말했다.

"다시는 볼 수 없다니, 정말 기분이 이상하군. 난 영원히 이 이별을 애도할 거요."

노즈도르무는 고개를 기울여 비라노스 쪽을 바라봤다. 그의 눈은 일만 리 떨어진 먼 곳을 보고 있었다. 알렉스트라자가 곁눈질로 그를 봤다. 노즈도르무는 머나먼 미래의 환영을 보는 듯, 두 눈에서 시간의 모래가 아른거렸다. 하지만 얼음결속 눈에서의 경험 이후, 용의 여왕은 청동 위상에게 시간의 길에서 무엇을 보았는지는 굳이 묻지 않았다.

그녀가 흔들어 깨우기 전에, 노즈도르무는 두 눈을 깜빡였다. 그리고 알렉스트라자를 향해 미소를 지으며 말했다.

"나는 밖의 대기실에서 기다리고 있겠소. 필요한 만큼 시간을 보내시오."

"고맙소."

알렉스트라자가 말했다 청동 용들이 티탄벼림과 함께 떠나자, 금고에는 알렉스트라자와 현신들, 그리고 수감실 뒤쪽에 드리운 그림자만 남았다.

알렉스트라자는 비라노스의 수감실 앞에 앉아, 금빛 아지랑이 속에서 잠자는 옛 친구를 바라봤다. 얼음심장은 움직이지도, 숨을 쉬지도 않았다.

작별이었다. 정말 마지막 작별이었다.

어떻게도 지금 이 순간을 준비할 수는 없었다. 알렉스트라자의 심장에 새겨진 수많은 상처 중에서, 비라노스를 잃은 상처가 가장 깊었다. 알렉스트라자는 영혼 전체로 비라노스를 사랑했고, 둘이 함께한 기억을 소중히 간직할 것이다. 적어도 행복한 기억만은 그럴 것이다.

"비라노스."

알렉스트라자는 말했다.

"내 가장 오래고 소중한 친구. 우리 사이의 사정이 지금과는 달랐다면 얼마나 좋을까! 네가 아직 내 곁에 있다면 얼마나 좋을까!"

그녀는 두 눈을 감고 말을 이었다.

"하지만 그 어떤 바람으로도 과거를 바꿀 순 없겠지. 짝을 잃은 널 위로하던 때, 네가 내게 해준 얘기야."

"나는 이 전쟁의 이야기를 여기, 너와 함께 묻어 두겠어. 우리 위상 모두의 결정이야. 이 전쟁의 공포를 미래 세대가 경험하게 하고 싶지는 않아. 이제 모든 걸 잊고 새롭게 시작하는 게 훨씬 더 나을 것 같아. 그로 인해 내 심장의 일부를 영원히 묻어 두어야 한다고 해도 말이야."

"우리 용군단을 향해, 난 날개를 펼치며 승리를 선언했어……. 하지만 이겨도 이긴 것 같지가 않아."

그녀는 아주 부드러운 목소리로 말했다.

"너 없이는. 네게 솔직해야 했어. 네게 모든 진실을 내보였어야 했어……. 여왕은 본심을 감춰야 하는 때도 있다지만, 친구라면 그래선 안 됐던 거겠지."

그녀는 고개를 숙였다.

"우리 이야기가 이렇게 끝나진 않겠지?"

"알렉스트라자."

누군가 희미한 목소리로 말했다.

"시간이 됐소. 이제 금고를 봉인해야 하오."

넬타리온이 그녀 뒤쪽의 단상에 내려앉았다. 지난 몇 주 동안, 대지의 수호자는 참혹한 심연에서의 시련을 모두 회복했다.

알렉스트라자는 넬타리온의 마음에 남아 있는 고통을 느낄 수 있었지만, 지금 전쟁의 여파로 고통받고 있지 않은 이가 있겠는가? 그들 중 악몽에 시달리지 않고 흉터에 남은 아픔을 느끼지 않는 이가 있겠는가?

대지의 수호자는 그 증오스러운 산 깊은 곳에서 어떻게 이리디크론을 물리칠 수 있었는지 동료 위상들에게 아무 얘기도 하지 않았다. 알렉스트라자가 물어볼 때마다 넬타리온은 그저 고개만 저을 뿐이었다. *적당한 때가 되면 그날의 이야기를 하겠소.* 넬타리온은 그렇게만 말했다. *지금은…… 그 기억을 현신과 함께 묻어 두는 게 좋겠소.*

"알겠소."

그녀는 그렇게 말하며 날개를 펼치고 공중으로 도약하여, 친구의 감금실 옆에 떠올랐다.

"안녕, 내 친구."

알렉스트라자는 한쪽 앞발을 감금실에 얹으며 말했다. 그녀가 닿은 돌에서 웅웅 소리가 났다. 그녀는 마지막 미련으로 비라노스를 바라보며, 얼음심장의 모습을 기억에 새겼다.

그리고 알렉스트라자는 돌아서서 그림자 속에서 잠자는 현신들만 남겨둔 채, 넬타리온을 따라 내부 성소를 떠났다. 그들은 입구에서 잠시 멈춰, 노즈도르무가 이리디크론과 그의 증오를 영원히 안쪽에 가둬 두기 위해 시간 마법을 내부 관문에 엮는 과정을 함께했다. 현신의 금고는 크게 세 가지로 보호되고 있었다. 노즈도르무는 시간 마법으로 내부 관문을 봉인했고, 말리고스는 티탄이 만든 외부 관문에 비전 수호물을 설치했으며, 넬타리온은 이 금고를 대지 아래에 묻어 현신들과 그들의 고통스러운 유산을 안식에 들게 할 예정이었다. 그들은 현신의 금고 밖 햇살 속으로 들어섰고, 알렉스트라자는 고개를 들어 하늘을 바라봤다. 다섯 용군단의 용들이 현신의 금고 주위에 모여 있었다. 햇살 아래 용들의 비늘이 반짝였다. 알렉스트라자와 넬타리온이 금고를 벗어나 단상 위의 이세라와 말리고스, 노즈도르무 곁에 서자 요란한 환호성이 터져 나왔다. 하지만 그런 환호성도 알렉스트라자에겐 공허하기만 했다. 축하할 일 따위는 아무것도 없었다.

“이제 시작해도 되겠소?”

말리고스는 금고 문을 향해 돌아서며 물었다.

“이제 우리 역사의 이번 장을 마무리하고 싶소.”

“그렇소.”

알렉스트라자는 슬픈 미소와 함께 답했다.

“이제는 더 밝은 지평선을 향해 나아갑시다.”

감사의 말

가장 먼저, 이번 여정을 함께해 주신 독자 여러분께 감사드립니다. 제 커리어 사상 가장 큰 기쁨은 바로 워크래프트 커뮤니티의 여러분이 너무나도 오랫동안 사랑하고 또 미워해 왔던 캐릭터들의 이야기를 써 내려가는 것이었습니다. 표지에 제 이름이 적혀 있긴 하지만, 이 책은 많은 이들의 고된 노력으로 탄생한 작품입니다.

뛰어난 실력에 부지런하기까지 한 블리자드와 랜덤하우스월즈의 편집팀 여러분, 감사합니다. 톰 홀러. 이 책을 기획하는 기간 내내 굉장한 도움을 주셨죠. 청동 용의 마법으로 이 프로젝트가 제시간에 마무리될 수 있게 해 주셔서 감사합니다. (아, 거의 제시간에 마무리됐다고 해야겠죠! 전 언제나 다음 주말까지만 시간을 달라는 얘기를 할 거니까요.)

에릭 게론. 저와 함께 투박한 초고와 맞서 싸워 준 사람. 최고의 편집자는 항상 적당한 질문을 던져 주는 법이죠. 당신의 질문이 이 책에서 가장 멋진 순간들을 완성해 주었습니다. 현명하게 이끌어 주고, 또 참을성 있게 격려해 주셔서 감사합니다.

클로이 프라보니. 2차 원고를 마법으로 다듬어 주셔서 감사합니다. 저도 당신의 의견을 정말 재미있게 읽었고…… 특히 포도주에 관한 부분에서는 웃음이 터졌습니다. 당신 덕분에 이 책에 아주 멋진 내용이 추가되었습니다.

스티브 대뉴저, 테란 그레고리, 데이미언 잘스도어퍼, 브리안 메시나, 바이런 파넬, 코리 페테르슈미트, 앰버 프라우티보도, 코리 리건, 데렉 로젠버그, 기타 값진 통찰과 피드백을 전해 주신 모든 분들까지, 블리자드 팀의 모든 분들께도 감사드립니다. 이 원고에 얼마나 많은 분들의 손길이 닿았는지 짐작할 수조차 없지만, 이 작품에는 여러분의 흔적이 지워지지 않고 분명히 남아 있습니다. 정말 감사합니다.

제 주변으로 돌아와 보자면, 현실 세계와 아제로스에서 언제나 훌륭한 동반자가 되어 주는 남편 보에게 감사 인사를 빼놓을 수는 없습니다. 마감과 싸울 때마다 격려해 주고, 골치 아픈 부분을 소리 내어 읽을 때도 늘 귀를 기울여 주었죠. 절벽에서 뛰어내리는 제가 추락할 거라고 확신하고 있을 때도…… 당신만은 제가 날 수 있다고 믿어 주었습니다. 당신 덕분에 전 알렉스트라자 여왕 곁에 섰습니다. 아베루스의 그림자 속을 넬타리온과 함께 걷고, 비라노스와 함께 애도했습니다. 용들이 절 하늘로 낚아챘고, 전 저만의 날개를 길러 하늘을 날 수 있었습니다.

맷 커비. 당신에게도 이 소동에 대한 책임이 조금 있어요. 운명의 그날 저녁 제게 연락해서 디아블로라는 작은 게임을 플레이해 봤냐고 물어봐 줘서 고맙습니다. 제겐 절대로 잊을 수 없는 경험이에요.

덕 룸의 여러분. 다들 자기 얘기라는 걸 아시겠죠. 특히 이 모든 과정에서 굳건한 지지자가 되어 주었던 스티븐과 제인, 애리얼, 밥에게 감사하고 있습니다. 이렇게 사려 깊고, 친절하고, 관대한 동료들에게 둘러싸여 있다니, 전 정말 운 좋은 사람인 것 같아요. 꽥!

현실의 라일라스트라자, 아티라누스, 라이고스, 크리스탈스트라즈, 스탈리엔, 탈리엔, 조라스티아, 티메우스트라즈 여러분. 우리가 공유하는 가상 세계를 통해 여러분과 삶을 함께할 수 있다는 사실에 진심으로 감사하고 있습니다. 우린 함께 현실의 용과 픽셀로 그려진 용까지, 온갖 종류의 용들을 정복했죠……. 여러분이 …… 등 뒤를 지켜 준다니, 전 정말 운 좋은 사람입니다. 운 얘기가 나와서 말인데…… 사랑하는 친구들, 카토아와 댁, 기타 나머지 대원들까지. 여러분의 웃는 얼굴 덕분에 힘겨운 날들을 수도 없이 견뎌낼 수 있었습니다. 우리 우정과 우리가 함께 만들어 낸 커뮤니티가 정말 소중해요. 많이 사랑합니다.

마지막으로 아제로스의 모든 용사 여러분, 우리의 세계를 이토록 생생하고 활기 넘치게 만들어 주셔서 감사합니다. 이 세계 어디를 여행하든, 위상들이 당신을 지켜봐 주길.